Des Engels Hörner

Teil 1 wie alles begann...

Von derselben Autorin oder demselben Autor

Veronique Geene

Des Engels Hörner

Teil 1 wie alles begann...

Veronique Geene

© 2024 Veronique Geene

ISBN: 978-3-7693-1556-1

Verlag: BoD · Books on Demand GmbH, In de Tarpen 42, 22848 Norderstedt, bod@bod.de
Druck: Libri Plureos GmbH, Friedensallee 273, 22763 Hamburg

Veronique Geene

In Nordrhein-Westfalen geboren, entdeckte ich bereits früh meine Leidenschaft für das Schreiben. Erst im Jahr 2014 hatte ich mich dazu entschlossen, unter dem Pseudonym Schabbock meine ersten Werke öffentlich einzustellen. Die positive Resonanz und Unterstützung dort haben mir den Weg geebnet, meinen Traum zu realisieren. Auch wenn meine Werke im Genre Fantasy angesiedelt sind, strebe ich stets danach, sie fesselnd und realistisch zu präsentieren. Meine besondere Fähigkeit besteht darin, die Grenzen zwischen Realität und Fantasy aufzuheben und euch in ihre Welt zu entführen.

-Es geht über das bloße fühlen hinaus, es ist eine Symphonie der Sinne-

♦*Für meine Sterne, die mir die Dunkelheit erhellen und meinen Weg bescheinen.* ♦

Inhaltsverzeichnis

Vorwort

Vor einer Million Jahre war ich die rechte Hand Gottes.

Er nannte mich Samael, seine großartigste Erschaffung und das vorzüglichste Meisterwerk im Himmel, auserwählt, als Gottes Gift zu dienen.

Einst habe ich ihm bedingungslos gehuldigt, ohne Zweifel und voller Hingabe tat ich alles, selbst die schlimmsten Grausamkeiten.

Ich glaubte daran, dass alles eine höhere Bestimmung habe.

Mein Dasein wurde auf den Kopf gestellt, als ich begann, Mitgefühl für die Menschheit zu empfinden, und als er mir das wertvollste nahm, verlor der Himmel für mich jegliche Bedeutung.

Jedoch greife ich vor und so müsstet ihr meine Geschichte gar nicht erst lesen ...
Es wird erst verständlich, wenn du es selbst erlebt hast

Erfahre, was mich zu dem gemacht hat, als den die Menschheit mich heute kennt ... LUCIFER.. ...

Trete ein in die Abgründe meines Geistes und erkenne die Wirklichkeit, die dahinter steckt.

Greife nach meiner ausgestreckten Hand und wandere mit mir durch meine Erlebnisse ...

Einleitung

Als Samael gefallen ist, ist Lucifer aufgestanden....

Viele Jahrhunderte hat es gedauert, doch nach einer mehrwöchigen Mission auf der Erde, beginnt er an Gott, seinem Vater und Erschaffer zu zweifeln.

Nachdem Samael kurz nach seiner Rückkehr in den Himmel, gemeinsam mit seinem jüngeren Bruder Fexiel einen schweren Verlust erleidet, lehnt er sich gegen Gott auf und beschuldigt ihn des Mordes. In Ketten gelegt und mit gebrochenen Flügeln, werden die Brüder gemeinsam aus dem Himmel geworfen und in die Tiefen der Hölle verbannt.

Als Lucifer, nimmt er es sich zur Aufgabe, die Hölle mit der Unterstützung seiner rechten Hand zu verändern. Doch schnell muss er erkennen, dass er nicht der einzige Fürst der Hölle ist und diese viel komplexer aufgebaut ist, als er es sich vorgestellt hatte.

Zudem ist nicht jeder damit einverstanden, dass ein gefallener Erzengel nun in ihren Reihen verkehrt und ein neuer Fürst sein soll. Schnell spannt sich ein finsteres Netz aus Intrigen und finsteren Pakten.

Rückkehr in den Himmel

... nach einer weiteren Mission auf der Erde bin ich einfach nur froh, wieder zu Hause zu sein. Meine Glieder und Augen schmerzen. Meine Haut brennt von den Strapazen der letzten Wochen und ich genieße die Ruhe um mich herum sowie die Kühle des Bodens unter meinem Körper. Ich möchte mich einfach nicht bewegen und lasse gedanklich das erlebte, Revue passieren.

Fünf Wochen bin ich dort unten gewesen und habe für Beschäftigung gesorgt. Wie es mich mehr und mehr an Überwindung kostet. Was es mich immer mehr anwidert. Behutsam strecke ich meine Glieder, bedacht auf jede meiner Bewegungen, um meine beanspruchten Muskeln nicht noch mehr zu strapazieren. Weiterhin halte ich meine Augen geschlossen und will gerade versuchen, etwas der Ruhe in mich aufzunehmen, doch an meiner geschlossenen Tür wird zaghaft geklopft. Im scharfen Tonfall spreche ich laut gegen die sich vorsichtig öffnende Tür. „Nicht jetzt! Verschwindet, und lasst mir meine verdiente Ruhe!" Als ich meine gereizten Augen öffne und sie im Türrahmen stehen sehe, bereue ich augenblicklich meinen zu scharfen Tonfall ihr gegenüber. Sie steht mit gesenktem Kopf im Eingang, ihre Lippen leicht aufeinandergepresst, ihr langes blondes Haar sorgsam zu einem Zopf geflochten, der über ihre linke Brust fällt. Ihr schlichtes Kleid umspielt ihren zierlichen Körper. Egal, ob sie ein Gewand wie eine Königin oder einen Jutesack wie eine Bettlerin tragen würde, sie wäre immer mein schöner, zarter und so empfindsamer Schmetterling. Vorsichtig hebt sie ihren Blick und sieht scheu in meine Richtung. Eilig erhebe ich mich vom Boden und schiebe das unangenehme Ziehen und Pochen meiner Muskeln beiseite, während ich sie mit einem aufrichtigen und warmen Lächeln zu mir reinwinke. „Du bist wirklich zurück." Wispert sie leise „Verzeih mein Eindringen, Bruder. Doch ich wollte mich selbst vergewissern, dass du unbeschadet zu uns zurückgekommen bist. Mein geliebter Samael. Das reicht mir schon, denn du bist erschöpft und ich kann warten." Ihre Stimme klingt wie zarte Harfenmusik in meinen Ohren. Immer ist Cassiel auf das Wohl anderer mehr als auf ihr eigenes bedacht. „Wie du mich kennst, mein Schmetterling. Ja, auch diese Mission habe ich beenden können, auch wenn es dieses Mal mehr meiner Zeit beanspruchte. Es tut gut, dich zu sehen, geliebte kleine Schwester. Sobald ich etwas erholter bin, widme ich dir meine Aufmerksamkeit und erzähle dir, welchen Tieren ich dieses Mal begegnen durfte und wie die Menschen sie benennen." Mit etwas Distanz steht sie mir gegenüber und streckt mir ihre kleinen Hände entgegen, welche ich nur allzu gerne entgegennehme. Auf ihren Lippen zeichnet sich ein Lächeln, doch es erreicht nicht ihre wunderschönen moosgrünen Augen. Ich frage mich, was in den vergangenen Wochen, in denen ich auf Mission war, mit ihr passiert ist, denn das Strahlen darin scheint erloschen. Mit einem forschenden, konzentrierten Blick versuche ich, ihre versteckte Traurigkeit aufzudecken, doch unsere Zweisamkeit wird durch die Hunde meines Vaters schroff gestört. „Verschwinde, Engelchen, der Herrscher über alles und jeden im Universum erwartet umgehend das Eintreffen des Erzengels Samael!" Ihre kalte Stimme tost um uns wie ein Orkan.

Hinter ihr stehen zwei in weiße Roben gehüllte Figuren. Man würde sie nur spüren können und auch nur dann, wenn sie es für notwendig ersehen, doch das würde sicherlich nicht geschehen. Deren Körper ähneln denen von Menschen, doch sind Gesichter und Beine nicht vorhanden. Sie sind gefüllt aus Strudeln, die mit reiner Energie gefüllt sind. Ihre Kommunikation besteht aus Schallwellen, die dem Ultraschall von Fledermäusen ähnlich sind, die sie zu ihrer Orientierung aussenden. Ihre einzige Aufgabe besteht darin, uns Erzengel zu unserem Erschaffer zu geleiten und sich ansonsten im Hintergrund zu halten. Eigentlich werden sie „die Gesichtslosen" genannt, doch ich bezeichne sie als Hunde. Genervt wende ich meinen Blick von Cassiel ab und schaue den beiden missbilligend entgegen, mit dem Wissen, dass sie meine Verstimmung spüren können, doch das ist mir egal. »Wenn er mich sofort auf die nächste Mission ansetzt, werde ich Cassiel und Fexiel umgehend packen und mitnehmen. Es sind die Einzigen, die mich hier noch halten!« Cassiels Hände üben einen leichten Druck auf meine aus. Schwer seufzend streicheln meine rauen Finger über ihre weiche, zarte Haut. „Geh jetzt. Zieh nicht seinen Zorn auf dich, Samael, denn das bin ich nicht wert. Heute Abend, kurz vor Sonnenuntergang, werde ich auf dich warten. Lass uns an der Lichtung am schönen Pavillon treffen. Von dort aus ist er noch immer am schönsten. Fexiel wird auch da sein." Schnell liegen ihre vollen Lippen auf meiner rechten Wange und sie gibt mir einen sanften Abschiedskuss, bevor sie zügig mein Zimmer verlässt. Die Hunde meines Vaters drängen mich ebenfalls, mich nun in Bewegung zu setzen. Ich verdrehe meine Augen und setze widerwillig einen nackten Fuß vor den anderen.

Der Weg zu den Privatgemächern Gottes ähnelt einem Irrgarten aus Wegen, die nicht enden wollen. Es gibt mehrere Kontrollpunkte, an denen weitere Hunde stehen. Je näher ich in Begleitung seiner Hunde zu Vaters Privatgemächern vordringe, umso stärker wird mein Verlangen, ihm zu demonstrieren, dass ich es leid bin. Diese Wochen auf der Erde und den Menschen haben etwas mit mir gemacht und mich verändert. Mein Wissensdrang und meine Neugierde sind größer als je zuvor. Heute Abend werde ich ihm meinen Entschluss mitteilen und mich nicht noch einmal in die Knie zwingen lassen. Als wir vor den imposanten Säulen seiner privaten Räume stehen, stehe ich mit geradem Rücken und festem Stand sowie fester Entschlossenheit vor den goldenen Toren. Ich warte darauf, dass diese sich für mich öffnen und ich dem Schöpfer von allem und jedem entgegenstehe. Die letzten dreißig Meter hinter den Toren lege ich alleine zurück. Das Herz in meiner Brust schlägt kräftig und beständig und ist das einzige Geräusch, welches meine empfindsamen Ohren wahrnehmen.

Sein Privatgemach ist in goldenes Licht getaucht. Es ist der einzige Raum, dessen Boden aus Elfenbeinmarmor gefertigt wurde. Ich muss an Cassiels Worte denken, in denen sie mich darum bat, unseren Vater nicht warten zu lassen und ihn somit zu provozieren. Doch genau das ist es, was ich will. Ich will, dass er sieht, was er aus mir gemacht hat. Ich sehe mit einem zufriedenen Lächeln auf meinen Lippen an mir herunter. Dieses Mal habe ich mich vorher weder gewaschen noch umgezogen. Ich trage noch immer eines der Gewänder der Menschen dieser Zeit. Eine weiße leichte Hose aus Leinenstoff, die vom roten Sand der Wüste eingestaubt wurde, und ein weißes Leinenhemd, welches mein einziger Schutz gegen die heiße Sonne war. Meine Füße sind rotbraun vom Sand, über den ich gelaufen bin. Ich erinnere mich trotz all des Schlechten an die schönen Erlebnisse der letzten Wochen. Es mag sein, dass die Menschheit Gottes Erschaffung ist, doch er kennt sie nicht, wie ich sie kennengelernt habe, und ich beginne daran zu zweifeln, dass alles seine Richtigkeit hat.

Mit dem Rücken in meine Richtung gedreht, steht er vor einem der bodentiefen Fenster. Wir Erzengel sind die einzigen Wesen, denen es erlaubt ist, ihn in seiner Gänze anzusehen. Doch je nach Belieben hüllt er sich entweder in das Licht der Sonne selbst und lässt nur seine Stimme durch den Raum hallen oder er manifestiert sich zu einem Menschen, der in beeindruckende Gewänder gehüllt ist. Meistens sind diese dann aus Silber oder Gold und schmiegen sich an seinen imposanten Körper. Auch heute hat sich der gnädige Herr dazu entschieden, seinen menschlichen, männlichen Körper in gold-weiße Gewänder zu hüllen. „Du hast dir Zeit gelassen, Samael", sagt er in einem kalten, ermahnenden Tonfall. Ich verdrehe meine Augen und verziehe meine Mundwinkel zu einem spöttischen Grinsen. »Du arroganter Affe!« Schießt es mir durch den Sinn. Am liebsten würde ich sofort damit loslegen, ihn damit zu konfrontieren, und fragen, was man Cassiel angetan hat, doch ich ermahne mich zurückhaltend zu sein und stillzubleiben. Mein Schweigen scheint Wirkung zu haben, denn er dreht sich mit gerunzelter Stirn und geballten Händen endlich zu mir um.

Als er mir schließlich in die Augen sieht, beginne ich, spöttisch zu sprechen, und sehe mit vergnügen, wie sich seine Augen vor überraschung weiten und mit jedem meiner Worte missgünstig verengen„Ihr wolltet mich sehen, hier bin ich und verzeih mir mein unangebrachtes Auftreten, doch es sollte ja schnell gehen. Was ist es denn dieses Mal? Hat das kleine Fischerdorf im Süden seinen Glauben an dich verloren? Soll ich sie strafen und so die Schäfchen wieder zu euch führen? Sagt Vater, welches Programm der Bespaßung wünscht ihr euch heute von mir?" „Samael! Mir gefällt dein bissiger Tonfall nicht. Hüte deine Zunge!" Donnert er mir zornig entgegen. Wie wird mir gerade warm um mein Herz, aber definitiv nicht vor Angst! Nein, ich bin zufrieden, denn mit so einem Auftreten meinerseits war bis jetzt nicht zu rechnen. „Da will man den Besuch nur einmal nicht in die unnötige Länge ziehen und dann ist es nicht erwünscht." Gott durchbohrt mich mit seinen hellen Augen: „Du legst mir gegenüber ein sonderbares Verhalten an den Tag, mein Sohn. Sag, was hat dich so aufgewühlt?"

Seine Neugier ist aufrichtig, dennoch bringt mich seine Frage dermaßen in Rage, dass ich meine Hände nun zu Fäusten balle und meine Kiefer fest aufeinanderpresse. Ich zische ihm meine Antwort entgegen. „Was mich aufwühlt? Das alles hier, Vater! Wir alle sind nur deine verdammten Marionetten! Wir führen deine Befehle aus und sollen es hinnehmen! Dauernd sollen wir den Grund, welchen nur du selbst dahinter siehst, schweigend akzeptieren! Cassiel war eben bei mir und sie scheint verändert, was ist während meiner Abwesenheit mit ihr geschehen?" Seine regungslose Anteilnahme macht mich wütend. Wie kann er nur so emotionslos sein? Ich will antworten und ich will sie jetzt! Zornig halte ich den Blick aufrecht und fixiere ihn. Doch auch das scheint ihn nicht aus der Fassung zu bringen, und er beharrt ebenfalls schweigend auf meine Antwort. Dieses Machtspiel zwischen uns macht mich wahnsinnig! Aber gut, wenn er meint, dann werde ich sein Spiel mitspielen, aber dieses Mal spiele ich nach meinen eigenen Regeln! Ich balle meine Hände zu Fäusten, presse meine Lippen fest aufeinander und wende mich mit einem Blick voller Verachtung von ihm ab.

Niemals zuvor gab es einen Erzengel, der ihn mit solch einer

Respektlosigkeit behandelt hat, doch ich bin es leid. Ich habe endgültig genug davon, mich wie eines seiner perfekt abgerichteten Hündchen von ihm behandeln zu lassen. Lange genug war ich seine kleine Marionette.

Gerade als ich ihm den Rücken kehre, erhebt er seine Stimme in einem Tonfall, der mich in meiner Drehung stoppen lässt. „Samael!" Sein Tonfall ist wie eine harte Ohrfeige. Ich drehe mein Gesicht zu ihm um und starre ihm voller Abscheu und Ablehnung entgegen. „Ihr seid meine Augen und Ohren auf MEINER Welt! Und ja, ihr, insbesondere DU Samael, bist mein verlängerter Arm! Mein Sprachrohr für die Fehlgeleiteten auf der Erde, die den Weg aus den Augen verloren haben. ABER niemals seid ihr meine Marionetten!" Ungläubig stehe ich da und starre ihn an. Ein kleiner Teil in meinem Herzen hofft, dass das alles nicht passiert, dass das ein irrwitziger Scherz unseres Schöpfers ist, der sich auf meine Kosten amüsieren will. Jedoch, was er als Nächstes von sich gibt, erdrückt diesen kleinen Hoffnungsschimmer und zerreibt diesen zu Asche und Staub.

Wir stehen uns mittlerweile dicht gegenüber. Seine Augen glühen weiß vor Zorn, während er mir eine Antwort zu Cassiel gibt. „Was weiß ich, was deine Schwester verändert hat! Sie redet seit ihrer Rückkehr vor zwei Wochen nicht mit mir. Jegliche Aufforderung der Gesichtslosen ignoriert sie. Ja, sie war schon immer zart und sensibel, jedoch ist Cassiels Verhalten inakzeptabel und wird Konsequenzen mit sich tragen! Ich habe sie als Schutzengel auf die Erde gesandt und das ist ihr Dank dafür? Sobald ich deinen Bericht erhalten habe, wirst du sie dazu bringen, bei mir vorstellig zu werden, und wenn du sie zu mir schleifen musst. Sie hat mit mir zu sprechen!" Schockiert stehe ich nur so da. Wie konnte er nur so eine Entscheidung fällen? Seine Stimme hämmert in lauten, bestimmenden Tonfall durch den Raum. „Und nun zu deinem Bericht! Noch ist er brauchbar, denn deine Erinnerung sowie deine Erfahrungen sind derzeitig noch frisch!" Ich schlucke den Brocken, der sich in meiner Kehle festgesetzt hat, runter und spüre, wie mein Herz immer mehr zu brechen beginnt. Ich benötige eine Sekunde, um meine Stimme zu finden, denn dass er Cassiel ausgerechnet meinen kleinen Schmetterling auf die Erde geschickt hat, bestürzt mich. Tränen der Wut reizen meine Augen und ich blinzle sie schnell fort.

Welcher Vater, der seine Kinder liebt, lässt diese auf eine Welt los, von der er doch ganz genau weiß, wie grausam diese sein kann? Zu Anfang ist meine Stimme ein leises Flüstern, doch mit jedem weiteren Wort brülle ich meine Frustration, Wut und Verachtung heraus. „Ihr habt sie auf die Erde geschickt? Was für ein Monster seid ihr? Wie kann man so ein liebender Vater sein? Cassiel ist nicht für die Menschen geschaffen! Sie ist feinfühlig, zerbrechlich und versteht die Menschheit nicht! Ich muss weder mit ihr sprechen noch muss ich in ihren Verstand gewaltsam vordringen! Scheinbar bin ich der Einzige von uns beiden, der weiß, was man so einem Geschöpf auf Erden anhaben kann!" Nicht das kleinste Anzeichen Mitgefühl ist in Gottes Augen oder seiner Körpersprache zu erkennen. Das Einzige, was ich fühle und sogar sehen kann, ist seine eisige Kälte, die er mit jeder einzelnen Pore seines Seins ausstrahlt. Ungerührt steht er vor mir, so nah, dass ich mich nur nach vorn beugen müsste, damit sich unsere Nasenspitzen berühren. In diesem Moment ist all meine Achtung und der letzte Schimmer von Liebe für ihn erloschen. Er hat das Herz meiner kleinen Schwester, meines zarten Schmetterlings, zerstört, und ich hoffe inständig, dass ich mit der Hilfe unseres Bruders und unendlicher Geduld ihre Seele wieder zu reparieren vermag. Der zornig knurrende Tonfall Gottes reißt mich aus meinen Gedanken. „Du unterstellst mir, dass ihr mir egal seid? Du Narr! Ich sorge dafür, dass ihr wachsen könnt. Ihr alle seid meine Schöpfung, meine Kinder und das Einzige, was ich von euch erwarte, ist, dass ihr mir gegenüber loyal seid! Ich erwarte deine Ergebenheit, Samael. Nieder mit dir!" Widerwillig geben meine Knie unter seinem Befehl nach und ich sinke mit geballten Fäusten zu Boden. Mein einziger Stolz besteht darin, meinen Kopf erhoben zu halten und ihm hasserfüllt entgegenzublicken, da seine ganze Macht und Kraft in seinem Befehl auf mich niederdrückt. Ich fühle mich derartig gedemütigt. Selbstgefällig sieht er mich an und verzieht seine Mundwinkel zu einem zufriedenen Grinsen. Er erhebt seine rechte Hand und streichelt über meine Wange, als wäre ich sein liebstes Haustier. Unter seiner Berührung fürchte ich zu verbrennen. Ungehindert rollt eine einzelne Träne über meine von der Sonne gebräunte Wange. „Es ist bald vorbei, mein schöner Engel. Lass es einfach geschehen." Zwar sind seine Worte zärtlich, doch das, was er währenddessen vollzieht, alles andere als das. Es ist schmerzhaft und äußerst unangenehm. Seine linke Hand drückt sich gegen meinen Brustkorb. Dieser Druck ist vergleichbar mit einem Medizinball, der mit hoher Geschwindigkeit frontal gegen den Brustkorb geworfen wird. Er treibt das letzte bisschen Luft aus den Lungen und lässt einen, wie ein Fisch auf dem Trockenen, jämmerlich aufkeuchen. Auch nach dem hundert tausendsten Mal fühlt es sich furchtbar an. Nein, heute fühlt es sich brutal an. Beschmutzend ... Ich fühle mich ausgeliefert ... schrittweise legt er alles in mir Verborgene frei. Gedanken und Emotionen, die ich niemals wieder mit ihm teilen will.

Ungehindert dringt er in meine Welt ein ... Sosehr ich versuche mich zu widersetzen, so schnell fließen alle Erinnerungen nur so aus meinem aufgebrochenen Brustkorb, wo seine Hand mein Herz umschlossen hält und diese in sich aufsaugt.

Auf der Erde

Das Wichtigste der letzten fünf Wochen:

Als ich auf der Erde eintreffe, fühlt sich meine Kehle wie brennende Lava an und mein Schädel droht vor Spannung zu platzen. Die Sonne brennt gnadenlos auf mich herab und der weiße Leinenstoff meiner Kleidung ist mein einziger Schutzschild. Ich schirme meine Augen mit der Hand ab, um mich zu orientieren.
Die kurze Hoffnung, eine Wasserquelle in der Nähe vorzufinden, schwindet, als ich nichts als roten Wüstensand vor mir und den strahlend blauen Himmel über mir sehe. Bis auf meinen schweigsamen Begleiter, den ich immer bei mir trage, bin ich vollkommen alleine.
Ich stütze mich auf mein heiliges Schwert Azrael, dessen klarer Kristall wie ein großer Diamant im Sonnenlicht in allen Regenbogenfarben funkelt und atme einmal kräftig durch. Dann schließe ich meine goldenen Augen und konzentriere mich auf meine anderen Sinne. Eine milde, salzige Brise wirbelt durch mein dichtes, dunkelblondes Haar und lässt meine prächtigen weißen Engelsflügel aufleuchten
»Wie konnte ich nur so weit vom Kurs ab kommen?« Ich schüttele meinen Kopf, denn Nachdenken bringt nichts; ich ziehe meine beeindruckenden Schwingen ein, ziehe das Schwert aus dem Sand und folge dem warmen Wüstenwind. Dort, wo Wasser ist, gibt es auch Leben und je länger ich in dieser Richtung unterwegs bin, umso mehr verändert sich die Vegetation. Vereinzelt sind kleine Landflecken mit niedrigen Sträuchern und Gräsern zu entdecken, in denen bei genauerer Betrachtung das Leben nur so wimmelt. Wer

glaubt, dass die Wüste ein toter Ort ist, der irrt. Seine Bewohner haben sich im Laufe der Zeit nur perfekt an diese Umgebung angepasst. Eine kleine rotbraune Eidechse sprintet mit ihren kleinen Beinen in Schlangenlinien an mir vorbei und verschwindet mit einem gekonnten Sprung direkt im Geäst. Während ich ihr nachsehe, wird mein Herz schwer, denn ich denke an meinen kleinen Schmetterling, der zu Hause im Himmel auf mich wartet. Was hätten ihre moosgrünen Augen vor Begeisterung geleuchtet! Welches Tier auch immer, egal ob bunter Kanarienvogel oder ein schwarzer Skorpion, Cassiel liebt einfach alle. Ihr ist ihre Verpackung egal, denn sie sieht ihren Kern und der ist in ihren Augen grundsätzlich wunderschön. Dieser Gedanke bringt mich leicht zum Schmunzeln, denn wir könnten nicht verschiedener sein. Sie ist so rein wie das Gletscherwasser, der Arktis. All ihre Liebe fließt in die Natur, doch Menschen versteht sie nicht. In ihren Augen sind sie brutale Monster, die alles besitzen wollen und dafür bereit sind, alles andere auszubeuten und wenn nötig zu töten. Ich hingegen wurde zu Gottes rechten Hand erschaffen, stolz und stark und wenn es sein muss, bin ich erbarmungslos. Immer mehr beginne ich damit, die Menschen zu studieren und somit entdecke ich auch ihre Unterschiede untereinander. Viele unter ihnen schätzen die Natur, beuten sie nicht aus und leben im direkten Einklang mit ihr. Auch untereinander bilden sie Gemeinschaften und sie unterstützen einander. Ich sehe die Welt mittlerweile nicht mehr wie ganz zu Anfang nur in Schwarz und Weiß. Dennoch unterstehe ich Gottes Willen und er hat mich heute hier hergeschickt, damit die Zweifelnden unter den Menschen sich wieder an ihn wenden. In weiter Distanz sehe ich die Küste mit ihrem Fischerdorf. Dort soll meine Mission beginnen.

Ein kleiner Lockenkopf sitzt vor einem Steinhaufen, der meine sofortige Aufmerksamkeit erweckt. Er greift mit seinen kleinen Händen willkürlich nach einem der kleineren Steine und ist so in sein tun vertieft, dass er die ruhende Gefahr in seiner direkten Nähe nicht wahr nimmt. Niemand ist in da und kümmert sich um diesen kleinen vielleicht vierjährigen Mann, dessen Leben solch ein schnelles Ende finden könnte. Während er freudig seinen Stein begutachtet, hat es sich eine Hornviper an einen der größeren Steine gedrückt, bequem gemacht. Ihre rotbraune Schuppenpracht lässt sie beinahe im roten Wüstensand vollständig verschwinden. Eine unbedachte, zu schnelle Bewegung über ihren Kopf hinweg und der Junge würde von ihr gebissen werden. Ein überflüssiger Tod für beide Beteiligten, der so einfach vermieden werden könnte. In letzter Sekunde stehe ich neben ihm, ergreife seinen kleinen dürren ausgestreckten Arm und zerre ihn schroffer als gewollt von den Steinen und der Viper weg. Der kleine Junge brüllt um sein Leben und tritt um sich, doch ich will sicher sein und so laufe ich einfach mit ihm im Schlepptau weiter in die Richtung des Fischerdorfs. Immer mehr und lauter beginnt er zu weinen und ruft nach seiner Mutter. Behutsam hebe ich ihn in meine Arme und drücke ihn gegen meine Brust, während ich ebenfalls nach ihr Ausschau halte. Eine junge Frau in einem langen mitternachtsblauen Gewand gekleidet rennt mit einem panischen Gesichtsausdruck auf uns zu und brüllt den Namen des Kindes. „Leon! Leon ich komme! Lass ihn runter! Leeeooon!" Wenn sie in ihrer Panik nicht aufpasst, könnte die Mutter einer anderen Schlange oder einem Skorpion zum Opfer fallen und gebissen werden. Auch wenn der Kleine unruhig zappelt und sich zu befreien versucht, ignoriere ich seine Tritte, beobachte die Frau und übe ein wenig mehr

Druck auf ihn aus. Der auf uns zu stürmenden Mutter strecke ich meine erhobene rechte Handfläche entgegen und rufe Ihr eine energische Warnung zu. „Stopp Weib! Ich habe Deinen Sohn und er ist wohlauf. Bleib gefälligst stehen! Es könnten noch weitere Schlangen diesen Ort für sich entdeckt haben. Hier bieten sich die besten Verstecke! Unachtsamkeit kann ein Leben schnell enden lassen!" Unter Schock beginnt die junge Frau zu weinen und streckt flehend Ihre Hände nach uns aus. Mit weiten Schritten durchquere ich aufmerksam den steinigen Sand und setze den kleinen Jungen vor ihr ab. Eilig ergreift sie ihren Sohn und beginnt mit zittriger Stimme zu schimpfen, „Leon, ich hatte dir ausdrücklich verboten, alleine wegzugehen! Verdammt noch einmal, die Bucht ist kein Spielplatz!" Energisch beginnt sie ihn abzutasten. Ernst beobachte ich Ihre Handlung. Ich verstehe Ihre Vorwürfe nicht. „Du gibst einem vierjährigen Kind die Schuld für deine Unachtsamkeit? Er ist im Gegensatz zu dir doch noch nicht in der Lage eine versteckte Gefahr zu erkennen!" Sie sieht mir wütend entgegen. „Ach wirklich? Du willst behaupten, dass ich dafür verantwortlich bin! Hier gibt es andere Sitten und Bräuche als bei dir Fremder! Hier heißt es: entweder du lernst schnell und wirst erwachsen oder du stirbst! Mein Bruder ist mir das Wichtigste auf der Welt und ich würde alles für ihn tun, aber er muss endlich lernen, auf mich zu hören!" Zornig dreht sich die junge Frau von mir weg und zieht Leon hinter sich her. Trotzig lässt dieser sich auf seinen Hosenboden fallen und beginnt wieder zu weinen. „Es reicht jetzt! Willst du, dass unser Vater herkommt? Komm schon, ich brauche keine weitere Prügel von ihm!" doch Leon bleibt sitzen und schüttelt energisch seinen kleinen Lockenkopf. „Nein, will ich nicht und ich will auch nicht mit nachhause! Du musst dich bei dem Engel entschuldigen, denn du warst gemein zu ihm!" Mit kindlichem trotz zeigt er auf mich, ohne den schmollenden Blick von seiner Schwester abzuwenden. „Es gibt weder Gott noch Engel! Glaubst du Gott nimmt sich die Zeit und hört zu? Vergiss es! Dieser Mann ist jemand, der gerade rechtzeitig in deiner Nähe war." „Du lügst! Das stimmt nicht, er ist ein Engel! Du siehst es nur nicht, weil du nicht hinsehen willst!" schreit er ihr entgegen. Fasziniert von diesem lebhaften kleinen Wesen beginnt plötzlich Sympathie in mir aufzusteigen und ich lache leise in mich hinein. Seine Hartnäckigkeit inspiriert mich dazu, mich zu offenbaren und das Verborgene sichtbar zu machen. Meine zwölf strahlend weißen Flügel entfalten sich wie Segel hinter meinem Rücken.

Mit weit aufgerissenen Augen und Mund starrt seine Schwester mir entgegen, sinkt auf die Knie und bekreuzigt sich ehrfürchtig. „Heiliger Strohsack! Du bist ein wahrer Engel! Kommst du, um uns endlich die verloren geglaubte Hoffnung zurückzugeben?" Ich schüttel meinen Kopf und beginne zu erklären. „Meine Mission ist es, dich und die anderen Bewohner dieses Fischerdorfs an euren Glauben zu erinnern. Ihr sollt Gott wieder ehren. Er ist zornig, weil ihr nicht mehr betet und seine Lehren vernachlässigt. Das ganze Dorf hat ihm den Rücken gekehrt." zitternd vor Angst, doch mit entschlossenem Blick, stellt sie sich schützend vor ihren kleinen Bruder. Mit weitausgestreckten Armen versucht sie mich aufzuhalten. Ich lasse meine Augen von ihrem Mut über ihren Körper wandern. Nun erst erkenne ich ihren Zustand. Mit zweifelndem Stirnrunzeln und fragendem Blick betrachte ich das vor mir stehende Mädchen, das im Flüsterton um Mitleid für ihren Bruder und mit Scham um Vergebung für sich selbst bittet,„Ja auch ich habe aufgehört zu beten. Aber nur, weil dein Vater mich verlassen hat, als ich ihn so dringend brauchte! Ich verlor die Hoffnung und meine Liebe zu ihm." Sie legt ihre Hand auf ihren Bauch und sieht mich hoffnungslos an.

„In dir wächst ein neues Leben? Wo ist dein Vater?" Die Traurigkeit in Ihren Augen verändert sich zu Ekel, als sie mir antwortet „unser Vater behandelt mich nun wie sein Weib. Als ich Schutz brauchte, kam er in mein Bett! Seit mehr als einem Jahr geschieht das, immer wieder, wenn es ihm passt. Meistens ist er betrunken und stinkt nach Schweiß und Bier. Ich habe mit dem beten aufgehört, denn es nützte nichts! Der Wind hat mein Flehen mitgenommen, doch keine Antwort kam. Ich ertrage es für Leon mit. Wenigstens hat er aufgehört, ihn zu schlagen. Ich bin für ihn nur von Nutzen, um seine Bedürfnisse zu befriedigen. Ich halte still und gehe durch meine eigene Hölle." Ihre Worte treiben eine tosende Wut in mir hoch. Wie kann ein Vater das verantworten?! Ist es nicht seine Aufgabe, seine Kinder zu lieben und vor Unheil zu bewahren? Wie konnte mein Vater solch eine Schandtat zulassen! Instinktiv, greife ich nach meinem Kristallschwert, welches sich zwischen meinen Flügeln verborgen hält, während ich die Kinder vor mir nicht aus den Augen lasse. „Nein! Bitte tu das nicht! Bitte erbarme dich unser!" Erst als ich realisiere, dass ihre Angst meinem Schwert und mir gilt, werde ich meiner Handlung bewusst und ramme Arzael mit einem Wutschrei in den sandigen Boden vor mir. „Vater! Was willst du von mir? Warum soll ich bei all diesem bereits bestehendem Elend noch mehr verursachen? Warum muss ich es sein, der hier herkommen muss? Weshalb schickst du mich, Samael, Gottes Gift hierhin? Du hättest Zadikel, den Engel der Barmherzigkeit satt meiner hier herschicken müssen. Hörst du? Ich verstehe dich und deinen Willen nicht!" Seine Antwort ist ein tosendes Unwetter, welches sich im hellblauen Himmel unter der späten Mittagssonne aufbaut. Schlagartig umgibt uns ein Sturm mit tosendem Donner und grellen Blitzschlägen. Leon sucht verängstigt Schutz zwischen seiner Schwester und mir. Um uns rennen vereinzelte Bewohner panisch herum. Die bis eben noch stille See wütet unbändig und schickt drohende, hohe Wellen auf die schlichten kleinen Fischerboote zu. Ein Blitz schlägt knapp fünfzig Meter von uns entfernt ein, woraufhin die junge Frau, Leon an der Hand haltend, in Angst und Schrecken davonläuft. In ihrer Eile stürzt sie jedoch und verstaucht sich den rechten Knöchel. Leon versucht, seiner Schwester wieder auf die Beine zu helfen. Ich greife beherzt ein, hebe sie vorsichtig in meine Arme und strecke meinem kleinen Freund, der mich dankend ansieht, meine linke Hand entgegen. Er führt uns zu einer naheliegenden winzigen Hütte, die nur aus einem Zimmer besteht. Der Raum ist feucht und kalt, und selbst ein nicht ausgemisteter Kuhstall würde besser riechen als dieses Zimmer! Ich beiße mir auf die Lippen und drücke meinen empfindlichen Nasenrücken zusammen, doch die Magensäure steigt bereits meine Kehle hoch. Im letzten Moment schaffe ich es zurück vor den Eingang. Als ich mich erholt habe, atme ich tief die tosende Luft ein und gehe wieder hinein. Das feuchte morsche Holz in der winzigen Feuernische ist kaum nutzbar, doch die Kinder frieren, und so erwecke ich es mit einem Fingerschnippen zum Leben. Von der Wärme angezogen steht eine dürre fleckige Ziege vor und meckert mich an. „Pi! Du bist eine blöde Meckerziege!" Leon läuft zu Pi und tippt mit seinem kleinen Zeigefinger auf dessen Stirn, doch er lässt es sofort bleiben, als seine Schwester ihn daran erinnert, wie wichtig diese Ziege für sie ist. „Entschuldige Pi. Ich hab dich trotzdem lieb und zumindest du, gibst uns ein bisschen

Milch." „Habe ich das richtig verstanden? Er behandelt euch wie Sklaven und sorgt zudem nicht um euer Essen?"
Bitter schüttelt das Mädchen den Kopf und umfasst ihren sonst so ausgemergelten Leib. Ich fahre mir mit meinen Fingerspitzen durch mein längeres Haar und atme einmal lautstark aus. Dieser Mann ist einfach Abschaum und ich hoffe darauf, ihm persönlich entgegentreten zu können. Sorgfältig achte ich darauf, ihr beim Verarzten ihres verstauchten Knöchels keinen zusatzlichen Schmerz zuzufügen, und denke an Rafael, der sicher stolz auf mich wäre. Sie schenkt mir ein dankbares Lächeln und ergreift meine so groß wirkende Hand. „Samael, auch wenn du nicht Zadikel bist, schenkst du uns so viel Barmherzigkeit. Wie können wir dir danken?" Schwer seufzend sehe ich in ihre klaren braunen Augen. „Meine barmherzigkeit Mädchen, hat ihren Preis. Sag mir bitte deinen Namen."

„Kyla", sagt Leon voller enthusiasmus und schenkt ihr ein breites, stolzes lächeln. „Mama heißt Kyla, Engel Samael!" Ich zwinkere dem kleinen Plappermaul zu und streiche ihm durch seine Locken. „Gut, Leon. Du musst mir ab jetzt etwas versprechen!" Er bekommt ganz große runde Augen und nickt aufmerksam. Stolz sehe ich zu ihm hinunter, „Kyla benötigt die nächsten Tage ganz viel Ruhe, es kann ihr eine Weile wirklich miserabel gehen, aber ihr müsst keine Angst haben! Ihr zwei habt einander und dazu eure Ziege Pi. Sie wird euch mit allem Nötigen versorgen, dafür werde ich sorgen." Er sieht mir vertrauensvoll in die Augen, zuckt seine Achseln und nickt. Ich sehe zu Kyla und bitte sie schweigend um Erlaubnis, während sich meine Hand auf ihren Unterleib ablegt. Mir reicht ein langsames Schließen Ihrer Augenlider und ein erleichternder entspannter Gesichtsausdruck von ihr und so tue ich es.

*„May fructus meos venenum victum...." Als ich den Abbruch vollzogen habe, wende ich mich zum Gehen, doch Kyla ergreift meine Hand und hält mich für einen Moment fest. Eine letzte Sorge liegt düster über ihrem Gesicht. „Samael, eins bitte noch, kommt er zurück? Er war auf einem der Fischerboote. ... Muss ich ihn jemals wieder?" Ich lege meinen Zeigefinger auf ihre Lippen und lausche nach draußen, in den tosenden Abend und schüttel wissend meinen Kopf. Erleichtert lässt sie die Tränen hochkommen und küsst meine Hand. „Hab Dank für alles Samael. Du hast mich aus meiner Hölle befreit." Ihre Worte lassen mich schwer schlucken und sie berühren mich tief in meinem Herzen. Ich erhebe mich, denn meine Aufgabe hier ist erledigt. Beide Kinder sowie dieses Dorf haben Ihren Glauben zurückerlangt. Mit einem „Ruh dich aus Kyla, die Nächsten Tage werden deinem Körper viel abverlangen", verlasse ich die Geschwister und das kleine Fischerdorf. Meine letzten Tage auf der Erde verbringe ich im Inneren des Landes der nie untergehenden Sonne. Ein lebhafter Markt bietet mir eine entspannte Atmosphäre, während die Händler exotische Gewürze, wertvolle Materialien und verschiedene Tierarten zum Verkauf anbieten. Laut wird über die ausladenden Tische gerufen, um die Menschen auf deren Ware aufmerksam zu machen, oder um sich einfach über den neusten Klatsch und Tratsch auszutauschen. Muskatnuss, Zimt und verschiedene Currysorten sowie gebratenes Ziegen- und Rindfleisch steigen mir in die Nase. Obwohl ich nicht essen muss, fühle ich mich trotzdem bei all diesen Düften und Gerüchen hungrig.
Ich beobachte eine alte Frau, deren Gesicht von der starken Sonne geprägt ist, während sie eifrig in den Töpfen, die auf dem offenen Feuer stehen, rührt und ein altes Lied über die

harte Arbeit des Lebens singt. Sie sieht mir interessiert entgegen und schenkt mir ein freudiges, wenn auch zahnloses Lächeln. Inmitten des hektischen Treibens um mich herum fühle ich einen festen Blick, der meine Aufmerksamkeit erregt und mich dazu bringt, mich umzuschauen.

 Eine Frau mit tiefrotem Haar und stechenden grünen Augen fällt mir nach einem umherschweifenden Blick auf. Als sich unser Blick trifft, zeichnet sich ein mysteriöses Lächeln auf ihrem Gesicht ab. Doch binnen einer Sekunde ist sie aus der Gasse, in der sie eben noch stand, verschwunden. Bin ich möglicherweise anfällig für irdische Krankheiten, wenn ich zu lange auf der Erde verweile? Immerhin leidet meine Haut ebenfalls an dem Ausmaß der Sonne nach all den Wochen. Ich denke darüber nach, ob ich mir diese Frau vielleicht eingebildet habe, aber mein Instinkt und meine übernatürlichen Sinne haben mich noch nie im Stich gelassen. So beschließe ich, zu dieser Gasse zu gehen und nach dieser Person Ausschau zu halten.
Nur langsam komme ich in meinem irdischen Erscheinungsbild voran und es fühlt sich wie eine Ewigkeit an, als ich endlich die abgelegene Gasse erreiche. Jedoch ist diese bei meinem Eintreffen menschenleer. Ich fahre mir durch mein dunkelblondes Haar, während ich zum Himmel hochblicke und tief seufze. »Was bin ich doch für ein Narr! Nun folge ich scheinbar doch Hirngespinsten hinterher.« Als ich mich umdrehe, sehe ich die Frau, wie sie zufrieden kichert. Angelehnt an einem Türrahmen, steht sie da. „Du kannst versuchen mich zu finden, doch ich entscheide, ob ich mich finden lasse." Ihre grün leuchternden Augen ähneln der einer Katze, die ihrer Beute entgegenblickt. Ihre Stimme klingt stark und dennoch wie

ein Flüstern. „Also doch", sage ich knapp, um mir
deren Präsenz selbst zu bestätigen. „Was willst du von mir?",
frage ich sie, als ich sie genauer betrachte. Diese Frau ist gute
zwei Köpfer kleiner als ich und geht mir bis zu meiner breiten
Brust. Das feine, schmale Gesicht lenkt den Blick direkt auf
ihre fesselnden Augen. Ihre Figur ist vollständig in
Dunkelheit gehüllt und doch strahlt sie eine starke Macht
aus. Augenblicklich zieht sie mich durch die Tür der
Gassenwand, und wir befinden uns plötzlich in einem
spärlich eingerichteten und nur vom Tageslicht erhellten
Raum. Von ihrer unerwarteten Stärke und der abrupten
Wendung bin ich so perplex, dass ich abwehrend meine
Hände hebe. „Was immer das werden soll, ich hab kein
Interesse!" kommt es mir schnell über die Lippen. Worin bin
ich hier geraten? Mit verengten Augen steht sie mir dicht
gegenüber. „Sei still und hör zu! Ich weiß genau, wer du bist!"
Ungläubig runzle ich meine Stirn und schenke ihr ein
spöttisches Grinsen. Diese Person ist ziemlich verrückt, aber
möglicherweise besitzt sie selbst die ein oder andere
Begabung. „Grinse nur Engel!" Erwidert sie kühn und erntet
einen anerkennenden Blick von mir, da sie mich entlaft hat.
„Meine Augen kann ich demnach nicht verändern, wie ich an
deiner Feststellung bemerke." Sie nickt zustimmend. „Nein,
das kannst du nicht. Aber nicht deine goldenen Augen
offenbaren dein Ich. Es ist deine Aura, die so hell wie ein
Stern in der Nacht leuchtet. Demnach bist du nicht nur ein
gewöhnlicher Engel, sondern weitaus mehr. Du bist einer der
Erzengel!" folgert sie in einem ernsten Tonfall.
„Stimmt. Es scheint, als ob du genug über mich informiert
bist, also wäre es fair, wenn du ebenfalls etwas über dich
erzählst." diese Frau bleibt mir ein undurchsichtiges Rätsel,
etwas, das mir bisher nicht passiert ist. Ohne Erklärung fällt

die Tür hinter uns ins Schloss und Dunkelheit umhüllt uns. „Halt die Klappe und hör zu! Meine Zeit ist knapp, doch das, was ich dir zu sagen habe, Erzengel, ist von enormer Wichtigkeit und wird alles verändern! Das hier ist nur für deine Ohren bestimmt! Sobald wir auseinandergehen, wird dein Gedächtnis es ausblenden, bis es an der Zeit ist, dass du dich erinnerst." Das alles ist so absurd, dass ich ein genervtes Brummen hervorstoße. Liebend gern würde ich sie alleine lassen, doch sie packt mich energisch an meinem rechten Unterarm und hält mich ihrer vollen Stärke fest. Wütend glühen meine goldenen Augen auf und ich gebe ihr eine letzte scharfe Warnung. Doch sie keift nur unbeeindruckt zurück. „Lass es endlich sein du aufmüpfiger Sturkopf eines Erzengels!" Sie behandelt mich so, als ob ich ein ungezogener kleiner Junge wäre, der seinen trotzigen Willen durchsetzen will. „Ich werde dir jetzt aus der Hand lesen!" Missmutig lasse ich es über mich ergehen, um endlich ihr und diesem Raum den Rücken kehren zu können. „Du wirst alles verlieren und doch gewinnen! Hüte dich vor falschen Zungen, denn diese sind es, die dir großen Kummer und Schmerz bereiten werden! Solltest du dieser Warnung nicht nachkommen, so werden Jahre ins Land ziehen, in denen du dich von der Dunkelheit erholen musst. Sie wird dein Herz brechen. Doch ich prophezeie dir, einst wirst du ein König sein!" Ihre abschließenden Worte bringen mich zum Lachen ihr mysteriöser Auftritt und die Prophezeiung sind beinahe glaubwürdig, aber ich in Zukunft ein König? Wie absurd! Sie ist offensichtlich nur eine verrückte Hexe mit ein paar Illusionstricks, denn ich bin und bleibe ein Erzengel! Grinsend befreie ich meinen Arm aus ihrem Griff und drehe mich von ihr. „Wende dich ab, aber der Zukunft kann niemand entkommen, Samael!" Sagt sie mit lauter Stimme.

„Dies ist deine Prophezeiung, und sie wird eintreffen! Du kannst nur entscheiden, ob dieses voller Leid und Schmerz oder Licht sein wird!" Wütend knallt meine Hand gegen das dicke Holz der vor mir geschlossenen Tür. „Woher hast du meinen Namen? Du irre. Das sind nichts weiter als heuchlerische Lügen! Hau ab, ehe ich mich vergesse und ich mich dazu entschließe, dich mit meinem Schwert aufzuschlitzen!" Bevor die Tür sich eigenständig öffnet und ich mich auf der Straße, der Gasse wiederfinde, spricht sie mich in einem zornigen Tonfall ein letztes Mal an. „Du hochmütiger stolzer Engel! Ich habe alles getan, um dich zu warnen! Sei dir sicher, dies wird nicht das Ende unserer Begegnungen sein. Nun wird es Zeit zu vergessen!" Mit ihrem letzten Satz verblasst die Tür in der Mauer, und sie ist auf einmal nicht mehr da, als hätte es sie nie gegeben. Irritiert sehe ich mich in der Gasse um und reibe meinen Nacken. Es muss an der Hitze und der unerbitterlichen Sonne leigen, das ich hierher gegangen bin. Zügig gehe ich zurück auf den Markt und lasse mich von der Menschenmenge verschlucken.

Bald schon rückt der Fokus meiner Arbeit hier auf der Erde wieder in den Vordergrund und ich erfülle meine letzten grausamen Taten auch hier in diesem Dorf. Da die Habgier der Menschen größer ist als deren Glauben zu Gott, lasse ich einmal alle Ziegen und Schafe im Dorf verenden. Wie schnell Gebete und Anfragen verschickt werden. In diesen fünf Wochen musste ich so viel Angst, Tod und Elend verbreiten wie nie zuvor. Ich sollte zufrieden mit meiner Arbeit sein, weil Gottes Name nun überall erwähnt wird, aber das Gegenteil begleitet mich. Mein Körper ist müde von den Strapazen und meine Gedanken rotieren.

Über mir beginnen bereits die Sterne, den Abend einzuläuten, und die über Tag achtundfünfzig Grad Celsius sinken rapide ab. Sicherlich wird auch diese Nacht hier in der Wüste nicht wärmer als zwölf Grad sein. Mein erhitzter Körper hatte die letzten Wochen reichlich mit der Sonne zu kämpfen, und so geht es nicht spurlos an mir vorüber. Meine Schultern sind böse verbrannt und sie spannen bei jeder Bewegung. Meine vollen, dichten Haare sind mit hellen Haarsträhnen durchzogen, und die Kleider an meinem Körper ähneln mittlerweile denen eines Bettlers. Doch wozu sich zum Ende meiner Reise diesbezüglich noch Gedanken machen? „Ich bin es müde." Murmel ich vor mich in die Dämmerung. In meinem Anflug von Selbstmitleid nehme ich weder das hell leuchtende Feuer noch den Mann wahr, der sich an diesem seine ausgestreckten Hände wärmt. „Die Nacht kommt schnell. Setzt Euch zu mir und legt eine Rast ein." Seine Stimme ist voller Freundlichkeit, als er mich zu sich winkt. Erst jetzt fällt mir auf, dass er hier nicht alleine ist. Er hat sein kleines Beduinenzelt etwas abseits einer größeren Gruppe aufgeschlagen. Ein großes Dromedar liegt mit eingeschlagenen Beinen entspannt daneben und zerkaut sein trockenes Futter, welches aufgeschichtet vor ihm liegt. Dankbar nehme ich sein Angebot schweigend entgegen und setzte mich zu ihm an das knisternde Feuer. Stumm unter einem warmherzigen Blick bietet er mir seine Fellflasche zum Trinken an. „Hast du Hunger, mein Freund?" Hinter uns tritt ein jüngerer Mann in seinem weißen Leinengewand hervor. Er trägt einen großen silbernen Kessel mit beiden Händen und hebt ihn angestrengt auf das Feuer. Während er seine Arbeit verrichtet, sieht er zu mir und zu dem Mann neben meiner Linken. „Karim, richte deiner Mutter aus, dass wir einen Gast haben, der über Nacht bei uns bleiben wird." Obwohl ich dankend ablehnen möchte, verstummt mich sein strenger Blick. „Und informiere sie darüber, dass wir für morgen Früh die Kamelmolke benötigen, denn nicht nur der Magen unseres Freundes braucht ein bisschen Sorgfalt. Ich würde es gern schon heute behandeln, aber die Molke benötigt Zeit und die kühle Nachtluft und eine warme Mahlzeit ist nun am wichtigsten.", endet er mit einem Lächeln. Sein Sohn nickt schweigsam und zieht sich diskret zurück. „Ich danke um eure Gastfreundschaft, doch Ihr macht euch viel zu große Umstände. Ich bin nur ein Fremder und vor Sonnenaufgang werde ich meine Reise fortsetzen und wahrscheinlich werden sich unsere Wege dann nicht mehr kreuzen." Seine gebräunte Hand legt sich warm auf meinen Oberschenkel und er beginnt seinen Kopf zu schütteln. „Nur Allah weiß, ob sich unsere Wege ein weiteres Mal kreuzen.", sagt er und schaut hoch zum funkelnden Himmelszelt. „Hier in der Wüste gibt man was man kann. Das ist das Gesetz der Beduinen. Nur so können wir hier überleben. Wir teilen Feuer, Wasser und Essen und tauschen untereinander Erfahrungen aus." Ich beginne zu verstehen. „So werde ich gerne zusammen mit euch essen und die Nacht hier verbringen." Der Junge trägt gefüllte Kupfertabletts mit Chirac, ein frisch gebackenes Brot, Lammspieße und Schafjoghurt heraus und präsentiert uns diese wohlduftenden Köstlichkeiten, als hätte er bereits auf sein Stichwort gewartet. Hierzu wird mir noch ein aromatisch duftender Salbeitee, verfeinert mit Kardamom gereicht. Die anderen Feuer der Beduinen um uns herum entzünden sich langsam und weitere Gerüche der arabischen Küche umhüllen meine Sinne. „Jetzt beginnt unser gemeinsames Mahl. Jeder trägt zusammen. Von Reis, geschmortem Blumenkohl, Linsensuppe bis zu Hühnerbrühe wird aufgetragen." Erklärt mir mein Gastgeber voller Stolz und lässt seine Hand hinüber zu den anderen Zelten schweifen, die jetzt nur noch durch das Feuer davor und die Geräusche ihrer Kleintiere offenbart werden. Interessiert lasse ich meinen Blick über die anderen Feuer schweifen. „Vereinzelt treffen sich zwei bis drei unterschiedliche Völker. Wir alle orientieren uns an den Sternen und dem aufsteigenden Rauch unserer Feuer. Sie signalisieren Umherreisenden sichere Zuflucht und immer eine warme Mahlzeit"" erklärt er weiter.

Ich genieße die mich umgebende Wärme und seine Erzählung, während ich mich durch die große Vielfalt der Speisen zaghaft probiere und alles förmlich in mich aufsauge. Niemals zuvor habe ich zartes Geflügel oder saftiges Lammfleisch gekostet, geschweige Reis mit scharfen Soßen. Genussvoll rollen meine Augen, während ich meinen letzten Bissen Brot mit meinem letzten Schluck Tee hinunterspüle und seufze. Ahmad, der Mann, dessen Gastfreundschaft ich kosten darf, ist wie der Rest seiner Familie zuvorkommend, geduldig und voller Wissen. Durch ihn erfahre ich im Schein des Lagerfeuers so viel über seine Kultur und dessen Glauben. Ihr kulturelles Erbe lehrt sie, alles Leben als ein besonderes Geschenk zu sehen, und jede Lebensform wird wertgeschätzt. Ihr kostbarster Besitz besteht aus dem, was sie unentwegt begleitet: ihren Tieren, ihrer Familie und ihren Freunden. Holz wird bis tief in die Nacht nachgelegt, sodass die Wärme bleibt und der Rauch weiteren Reisenden wegweiser sein kann. Sein Sohn Karim gibt mir mitten in der Nacht ein weiches Kissen und eine dicht gewebte, kunstvoll gestickte Decke. „Von Mutter, sie möchte, dass Ihr euch rundum wohl und willkommen fühlt. Möge Allah euren Weg immer mit Licht und Glück bescheinen." Dankend nehme ich die weiche Decke entgegen und ignoriere den scharfen Ziegengeruch, den diese ausströmt. „Durch dich und deiner Familie ist dies eine unvergessliche Nacht auf Erden für mich geworden." Nachdenklich schweift sein Blick über meinen Körper und mich. Als er leicht lächelt, beginnen seine Augen vor Stolz zu leuchten. „Dann haben wir unsere Aufgabe erfüllt. Ruht gut und solltet Ihr vor meinem Erwachen die Reise bereits angetreten haben, so wünsche ich inneren Reichtum und ebenfalls eine Familie, wie ich sie haben darf." Er legt seine linke Hand auf Herzhöhe, verbeugt sich vor mir und zieht sich in das Zelt zurück, aus dem ihn seine Mutter zu mir geschickt hatte. Auch Ahmad hat sich für die Nacht ein Kissen und eine Decke zurechtgelegt. Eingehüllt warte ich, bis auch er vom Schlaf empfangen wird. Doch erst als jeder Mensch in meiner Nähe tief und fest schläft, nehme ich meine Decke von meinen Schultern und lege sie zum Abschied auf dessen bereits kühle Beine. „Lebe wohl, mein Freund, möge euch allen ein langes und gütiges Leben gegönnt sein."...

Nun hat er alles gesehen. Er hat all meine Empfindungen und Emotionen wie ein Schwamm in sich aufgesaugt. Er hat miterlebt, welche Gräueltaten ich in seinem Namen ausgeübt habe und alles, was er mir zu sagen hat, ist: „Ich danke dir für diesen ausführlichen Bericht." Noch beim Herausziehen seiner Hand aus meinem Brustkorb fühle ich mich leer und von ihm angewidert. Ich konnte nichts anderes tun, als es auszuhalten und darauf zu warten, dass es vorbei ist. Kraftlos ziehe ich mein rechtes Bein an, um aufzustehen. Mit meiner rechten Hand stütze ich meinen schmerzenden Brustkorb und bedacht auf meine Bewegungen drehe ich mich zum Ausgang. Doch der gnädige Herr ist weiterhin nicht fertig mit mir. Seine Stimme ist wieder schneidend und bedrohlich, als er das Wort an mich erhebt. „Wage es nie mehr, mich oder meine Beweggründe infrage zu stellen, Samael! NIEMALS WIEDER!"

Ich beiße meine Zähne fest zusammen und verkrampfe meine Kiefer, damit meine düstersten Verwünschungen nicht über die Lippen kommen. So schnell wie es mir möglich ist, verlasse ich Vaters Räumlichkeiten und dessen elenden Anstandshunde. Draußen ziehe ich keuchend die klare und so reine Luft in meine Lungen ein. Ich ignoriere das kurzweilige Brennen in meinen Lungen sowie die neugierigen Blicke meiner Brüder und Schwestern, die sich für die täglichen Trainings versammelt haben. Nach all den Strapazen der letzten Wochen werde ich ganz sicher nicht mein Training hier im Himmel aufnehmen. Außerdem habe ich ein bedeutungsvolles Treffen. Zügig schaue ich nach dem Stand der Sonne. Es bleibt mir ein kleines Zeitfenster, mich zumindest für meinen kleinen Schmetterling frisch zu machen.

*Möge mein Gift deine Frucht nähren...

Cassiel

Frisch gewaschen des Weiteren in saubere Gewänder gehüllt gehe ich zielsicher zu unserem vereinbarten Treffpunkt. Zu meiner Überraschung steht Cassiel mit dem Rücken zu mir gewandt bereits im Pavillon. Mit leisen Schritten nehme ich die drei schmalen Stufen auf einmal und bleibe am Treppenaufsatz stehen. „Schmetterling", sage ich sanft zur Begrüßung, doch sie zuckt erschrocken zusammen und umfasst das breite Geländer vor sich. „Verzeih, ich wollte dich nicht überrumpeln."

Langsam lässt ihre Anspannung nach und sie dreht sich mit ihrem Oberkörper zu mir. Ihr Gesicht ist so blass und trotz des Lächelns auf ihren Lippen, sind ihre moosgrünen Augen traurig. „Ich hätte dich an deinem Geruch erkennen müssen. Nur du riechst so frisch wie der Regenwald selbst." Sie löst ihren Griff und dreht sich nun vollständig in meine Richtung. „Diesen Geruch habe ich so vermisst." Sagt sie mit einem Hauch Melancholie in ihrer klaren Stimme.

„Ich bin wieder zurück und ich gebe dir mein Wort, dass ich bleiben werde! Als ich bei Vater war, musste ich erfahren, dass er dich auf die Erde geschickt hat! Wieso musste er ausgerechnet dich erwählen und dazu noch ohne eine Begleitung an deiner Seite?! Wie konnte er das tun?" Ich blicke voller Mitgefühl in ihre Augen, die so voller Leere sind und verspüre einen fürchterlichen Schmerz in meinem Herzen. „Weißt du, dass diese Tageszeit immer die schönste für mich war? Zum Sonnenuntergang küssen sich die Sonne und der Mond. Sie flüstern sich dann immer zärtliche Worte zu und versprechen sich erneut, sich bei Sonnenaufgang wiederzusehen." ihre Worte bringen mich zum Lächeln, denn genau diese Geschichte hatte ich ihr vor so vielen Jahren erzählt, als sie mich einst fragte, warum die Sonne und der Mond zu unterschiedlichsten Zeiten scheinen würden. Ich erzählte ihr, dass sie einander immer eine gewisse Anziehung verspürten, doch der Himmel sowie die Sterne bräuchten einen besonderen Gefährten und die Tiere auf der Erde würden sich durch die Sonne und den Mond orientieren können. Jedoch bei Sonnenunter- und Aufgang hätten sie einen Moment nur für sich und in diesem Moment würden sie ihre Liebe bekunden und sich versprechen, sich immer wiederzusehen. „Dass du dich daran immer noch erinnern kannst, kleiner Schmetterling." Sage ich in einem zärtlichen Unterton.

Ihre klaren Augen füllen sich mit Tranen, während sie zu sprechen beginnt. „Oh Samael, ich erinnere mich an alles …" Sie bricht ab und will ihr Gesicht von mir wegdrehen, doch behutsam lege ich meine flache Hand gegen ihre Wange und unterbreche ihre Bewegung. „Cassiel. Bitte Schwester." Mein Blick ist das reinste Flehen und ich lege all meine Hoffnung und meinen Entschluss in meine nächsten Worte. „Was auch immer in meiner Macht steht, ich tue es. Ich werde bei dir sein. Könnte ich doch nur alles ungeschehen machen." Ich streichle ihr sanft über ihre kühle Wange und ergreife als Nächstes ihre kleine bleiche Hand. Ich muss sie halten, ich muss sie fühlen. Denn auch, sofern ich nicht gewillt bin in ihren Verstand zu dringen, will ich versuchen so ihr Leid auf mich zu übertragen. Bitter lächelt sie und schüttelt ihren Kopf. „Es musste so kommen Samael und du hast bereits genügend für mich getan. Das Wichtigste ist, dass du jetzt bei mir bist. Zu meinem Abschied." Schockiert stehe ich da und brauche eine Sekunde, um mich wieder zu fangen. „Dein Abschied? Niemals, was hast du vor, Cassiel?" Müde sieht sie mir in meine vor Aufregung glühenden Augen. „Ich war eine Zeit lang ein Schutzengel und morgen muss ich zurückgehen. Nur deine baldige Rückkehr hat mich hierher zurückgeholt." energisch schüttel ich meinen Kopf und ziehe meine Augenbrauen zusammen. „Wenn du glaubst, dass ich dich gehen lasse, vergiss es, Schwester!" Sie lacht und verschränkt ihre dünnen Arme vor ihrer leicht fraulichen Figur. „Immer mein großer Bruder, du und Fexiel ihr wart immer meine Beschützer hier im Himmel. So sehr ich euch vermissen werde, doch meine Entscheidung ist unwiderruflich!" Als könnte ich die Zukunft verhindern, umfasse ich sie und ziehe sie dicht an mich heran. Unter meiner Berührung versteift sie einen Augenblick, doch dann erwidert sie meine Umarmung darüber hinaus legt ihren Kopf leicht gegen meine Brust. „Schmetterling, bitte!" „Diese Welt ist nicht für dich geschaffen und ich spüre dein Leid." Sie legt ihre Arme um meinen breiten Rücken und beginnt dann leise zu sprechen. „Ich weiß Samael. Sie finden etwas Seltenes und Zack, es wird von ihnen beansprucht! Was sie wollen, nehmen sie sich, ohne Rücksicht ohne Gewissen. Sie zerstörten alles und jeden! Du siehst soviel Gutes, soviel schönes in ihnen, doch ich habe das reinste Böse gesehen und auch erfahren müssen." Ihr Geständnis lässt sie weinend zu Boden gleiten und verzweifelt bei dieser Erinnerung krallt sie ihre Finger in ihre Haare. Als ich versuche, sie zu beruhigen, schlägt sie schreiend meine Hand von sich weg. „NEIN! Lass mir Luft! Ich muss atmen! So sollte es nicht sein, unser letztes Treffen. Nicht so Samael!" Zitternd umschlingt sie ihren Bauch. Das Atmen fällt ihr fürchterlich schwer. Voller Besorgnis beobachte ich sie und reiche ihr meine Hand, um ihr beim Aufstehen eine Stütze zu sein. Erleichtert atme ich aus, als sie meine Hilfe annimmt und aufsteht. „Samael, ich bin so müde. Ich wusste bis vor kurzem nicht das man einen Engel auch anders brechen kann. Ich meine ohne ihm seine Flügel zu brechen und zu zerfetzen. Weißt du? Ist das nicht im wahrsten Sinne des Wortes verrückt?" Ihr Zustand ist weitaus besorgniserregender als ich es mir versuche einzureden. In kurzweiligen Abständen zittert ihr ganzer Körper und ein leise rasselndes Geräusch in ihren Lungen ist zu hören. Angespannt löse ich meinen Blick von meiner kleinen Schwester und sehe auf den Weg, den ich zuvor genommen habe. Eine schlanke, hochgewachsene Gestalt kommt uns über diesen entgegen. Das muss Fexiel sein. Mit einem amüsierten Grinsen auf den Lippen winkt er uns zu. Für ihn scheint es ein Moment der innigen Liebe zwischen zwei Geschwistern zu sein, die Wochen sehnsüchtig auf diesen Moment gewartet haben. „Hey, meine Lieblingsgeschwister. Kleine Pfauenfeder ich verstehe schon. Ich dreh einfach noch eine Runde und komme später zurück. Nehmt euch noch was Zeit füreinander. "

Angespannt unter der Situation knurre ich ihm beinahe entgegen, dass er nirgendwo hinzugehen hat und mir helfen soll. Erst als ich Cassiels sanften Händedruck verspüre, beruhige ich mich wieder ein wenig. „Nicht miteinander streiten. Bitte Brüder, dies sollte ein Augenblick werden, an den ihr gerne zurückdenkt." Fexiels Grinsen ist nun ebenfalls Besorgnis gewichen und er kommt direkt zu uns. „Was ist los, kleine Schwester?" Diese Frage stelle ich meinem Bruder, denn schließlich war er ja bei ihr, während ich für Vaters Bespaßung auf wochenlange Mission geschickt wurde. „Samael, bitte hör auf. Fexiel wusste es nicht. Niemand wusste es! Ich wurde nicht offiziell angemeldet. Bitte es war ein Pilotprogramm, um mich zu fördern, ... Tu nichts, was du später bereuen würdest." In diesem Moment reicht ihre Kraft, um sich zwischen uns zu stellen, und hält mich somit davon ab, Fexiel ordentlich zu verprügeln. Überrascht sieht er zwischen Cassiel und mir hin und her. „Wow, okay." ... „Du glaubst ernsthaft, dass ich alles mitbekomme, oder mir auch nur ansatzweise erzählt wird? Nun dann muss ich dich wohl enttäuschen, Samael. Denn nur, weil du dich mit so niederem Gefolge wie uns abgibst, heißt das noch lange nicht, dass wir ebenfalls in Ansehen und Status aufgestiegen sind und geheime Informationen erhalten. Hätte ich auch nur die leiseste Information bezüglich dieser Sache erhalten, schwöre ich dir, hätte ich es unterbunden, oder wäre zu ihrem Schutz mitgegangen! Für wen hältst du mich? Habe ich dich, oder unsere Schwester jemals enttäuscht, oder im Stich gelassen?"

Ich bin es nun, der sich fahrig durch seine dunkelblonden Haare fährt und sich die angestaute Verzweiflung hinausbrüllt. „Was für eine gärende Scheiße läuft hier ab? Geheime Missionen, gebrochene Engel, die dem Wahnsinn verfallen, weil alles auf sie hinabstürzt. Es gibt nur noch Intrigen! Unser Zuhause ist mittlerweile ein Spiegelbild der Welt geworden! Geht das so weiter, wird er mich nicht mehr benötigen, denn ich fürchte, wir werden uns alle selbst vergiften und somit auslöschen."

„Cassiel. Bitte kleine Pfauenfeder, nicht weinen. Samael ist doch schon immer aufbrausend gewesen, wenn er nicht weiterkommt. Komm her." Cassiel stürzt bitterlich weinend in dessen geöffnete Arme. „Ach Bruder, ich liebe euch beide so sehr. Ich weine, weil Samael im Recht ist. Der Himmel hat sich verändert, aber ihr beide habt es nicht! Ihr werdet immer dieselben sein. Nur das gibt mir Trost in der kommenden Dunkelheit. Samael, versprich mir, was auch passieren mag, dass ihr beide für immer und alle Zeit zusammenbleibt! Versprecht es mir beide, bitte!" „Das muss ich dir nicht versprechen, denn das ist eine Selbstverständlichkeit in meinen Augen. Ihr seid meine Geschwister, meine Familie, und darum werde ich mich niemals von euch trennen." Sie schüttelt ihren Kopf und sieht mit glasigen traurigen Augen zu Fexiel hoch. „Das ist es nicht! Er versteht nicht. Fexiel, bitte versprichst du es mir wenigstens. BITTE, nur so kann ich mit ruhigem Gewissen gehen." „Kleine Schwester, ich schwöre es dir heilig und aus tiefstem Herzen. Immer werde ich an Samaels Seite sein, doch wohin willst du wieder gehen?"

Erleichtert lächelt sie auf und umschließt unsere beiden Hände. „Du wolltest wissen, was ich auf der Erde erlebt habe, Samael. Ich bin nun bereit, es euch zu erzählen. Ich sagte dir, dass ich gebrochen wurde, ... nur euch vertraue ich mein dunkles Geheimnis an." Fexiel tauscht mit mir einen ernsten Blick aus und doch warten wir, bis sie weiterspricht. „Ich sollte der Schutzengel für ein Baby werden, aber es sollte in Gestalt einer Sterblichen geschehen. Darum wurde es so geheim gehalten. Es war so winzig und klein. Ihre Mutter starb drei Tage nach der Geburt an einer Sepsis. Der Vater der Kleinen wollte sie loswerden und das Baby in einem Fluss ertränken. Ein kleines wehrloses Wesen, das niemandem etwas zuleide getan hat. Bevor er seine Tat vollziehen konnte, habe ich mich vor das kleine Mündel geworfen und somit seine blanke Wut kassiert. Er schlug mir hart ins Gesicht und riss mir die Bluse vom Körper. Danach schob er gewaltsam meine Röcke hoch, während das Baby neben mir im Dreck lag und aus Leibeskräften schrie. Ich schenkte ihm all meine verbliebene Liebe und Hoffnung, als er sich gewaltsam in mich drängte. Ich fühlte mich so schmutzig, als hätte er es meinem Engelskörper angetan und meine Seele beschmutzt! Für mich fühlte es sich wie Stunden an, doch sicherlich waren es nur wenige Minuten, in denen er mich würgte, während er sich immer schneller und härter in mich stieß. Noch immer höre ich sein abscheuliches Grunzen und rieche seinen stinkenden Atem nach Bier und Fleisch. Dann, als er endlich seinen Höhepunkt erreichte, brannte es in meinem Unterleib und es lief zwischen meinen Unterschenkeln wie Wasser hinunter. Ich blieb liegen, während er sich von mir aufraffte und mir wieder ins Gesicht schlug. Das einzige, was er sagte, war, dass ich mich wenigstens ein bisschen hätte bewegen können, statt dem Baby meine Hand entgegenzustrecken." Sie räuspert sich und hält ihre Hand hoch, damit wir nichts sagen. „Ich möchte, dass ihr beide alles erfahrt. Jetzt, da ich so weit gekommen bin, will ich es auch noch zu Ende bringen. "Sie beginnt zu schwanken. Schützend nehmen wir sie in unsere Mitte und setzten uns auf die kleine Steinbank in direkter Nähe. Fexiel und mir ist Abscheu und Wut in den Geschichten geschrieben als sie weitererzählt. „Was er nicht kommen sah, war, dass ich nach meinem Dolch griff, welcher wie durch einen Zufall unter dem Baby lag. Damit stach ich direkt in sein Herz. Seine Augen waren vor Überraschung geweitet als er mich angesehen hat und dann er kippte blutend mit meinem Dolch im Brustkorb einfach zur Seite. Ich schnappte mir das kleine Kind und rannte einfach drauflos. Irgendwann erreichte ich mit ihr in meinen Armen, eine Kirche. Ich wollte sie behutsam vor dem geschlossenen Tor ablegen, als ich spürte, dass meine Unterröcke immer nasser wurden. Was ich als warmes Wasser deutete, war jedoch mein menschliches Blut. Kurz darauf verlor ich mein Bewusstsein und wurde von einem jungen Priester, der uns beide somit gefunden und aufgenommen hatte, gesund gepflegt. Er hatte sofort einen Arzt kommen lassen, der zumindest meine körperlichen Leiden heilen konnte. Ich beschwor ihn, dass er sich des kleinen Mädchens annehmen müsse und er versprach es mir bei meiner Abreise." Rapide verschlechtert sich ihr Zustand. Ihr blondes Haar klebt mittlerweile an ihrer nassen Stirn und ihre Lippen werden bläulich, während sie zu husten beginnt.

„Noch bin ich nicht bereit!", hustet sie immer stärker.

Erst jetzt beginnen wir der grausamen Realität ins Auge zu sehen. Sie greift sich vor ihre glasigen Augen – als würde ein Schleier ihre Sicht einschränken. „Du dummes Mädchen! Sag mir, was du für ein Gift genommen hast. Warum Schmetterling? Von wem hast du es bekommen?" Verzweifelt fühle ich ihren immer schwacher werdenden Puls. „Sag uns, wo das Gegengift ist! Cassiel, sag es uns bitte!"

Fexiel umfasst ihr nun totenblasses Gesicht und fleht sie mit glänzenden Augen an. Unter Anstrengung erhebt sie ihre Hand und streichelt seine rechte Wange. „Es gibt kein Gegengift. ... darum habe ich es ausgewählt." Hustet sie angestrengt und doch zeichnet sich ein Lächeln auf ihren Lippen. „Keine halben Sachen Brüder, das habt ihr mir gelehrt. Du Samael, wirst immer mein geliebter Regenwald sein und du mein geliebter Fexiel, du erinnerst mich mit deinen wunderschönen blauen Augen und deinem unverkennbaren Geruch an den tosenden Ozean." Energisch schüttel ich den Kopf. Ich will es einfach nicht wahrhaben! „Nein, das kannst du uns nicht antun! Bitte Cassiel du musst dagegen ankämpfen!" wir knien nun beide rechts uns links neben ihr, während sie ausgestreckt auf der Bank liegt, und stützen ihren Oberkörper, um ihr das Atmen zu erleichtern. Immer wieder beginnt sie nach Luft zu schnappen und verliert das Bewusstsein.

„Der Himmel war für mich durch dich, ein Ort des Frohsinns und der Leichtigkeit, kleine Pfauenfeder. So schwindet der Glanz aus ihm, wie aus deinen wunderschönen Augen ... Ich werde dich ewig lieben, Cassiel." Ich fühle, wie ihr Herz immer langsamer schlägt und ich beeile mich, ihr einen letzten sanften Kuss auf ihre Wangen zu geben. Ein letztes Mal will ich mich verabschieden. „Du darfst schlafen, Schmetterling. Ruh dich aus." Flüstere ich mit belegter Stimme und tränennassen Augen. Ein letzter, schwerer Atemzug, ein Zucken, welches durch ihren Körper fährt, und dann ist sie mit einem zufriedenen Gesichtsausdruck für immer eingeschlafen. Mein Körper ist wie Blei, und in mir sind nur noch zwei Gefühle vorhanden. Hass und Leere. „Er hat sie auf dem Gewissen! Er hat sie dazu getrieben!" Kommt es über meine Lippen, während mein Blick die untergehende Sonne am unendlichen Himmel begleitet. In unserer Trauer bekommen wir nicht mit, dass die Anderen ihr Training unterbrochen und sich eine abgesonderte Gruppe neugieriger Engel zu uns begeben haben. Einer unter ihnen ist Haduriel. Er steht mit ausgestellten Beinen am Treppenabsatz und hat seine Arme vor seine Brust verschränkt. Mit einem abfälligen Blick sieht er von mir direkt auf unsere tote Schwester herab. „Was wird das hier?", fragt er mit einem herablassenden Ton und erwartet eine umgehende Antwort. Ich bekomme nur ein sehr ärgerliches Schnauben über seine Dreistigkeit zustande. Es ist gerade besser Fexiel sprechen zu lassen. „Wonach sieht es denn aus Haduriel? Wir trauern um unsere kleine Schwester Cassiel, die den Himmel nun für immer verlassen hat." abfällig schnalzt er mit seiner Zunge. „Was für eine Beschämung und Verunreinigung für das Himmelreich Gottes." Als er sich das Recht herausnimmt, sie und ihr Andenken mit diesen Worten zu beschmutzen, kocht die Wut in mir über. „Du hältst dein verräterisches Maul, Haduriel! Verschwinde so lange ich noch meinen Rang und Status kenne!" Ich balle bereits meine Hände zu Fäusten und knurre die Worte durch meine zusammengepressten Zähne. Fexiel erkennt, dass ich es ernst meine und nur eine einzige Warnung von mir gebe, bevor ich zuschlage. „Geh besser sofort!" Fexiel legt seinen Kopf leicht schief und fixiert unseren Engelsbruder, der uns weiterhin provokant entgegenblickt. „Letzte Warnung Bruder." Statt uns in Ruhe weiter trauen zu lassen, provoziert er es weiter und genießt es offensichtlich mit jeder einzelnen Silbe, die ihm über die Lippe kommt.

„Ich sage, was ich will und wann ich es will! Vor allem, wenn es der Wahrheit entspricht. Sie war immer nur ein labiler Schimmer. Schön aber talentfrei. Kein Wunder, dass sie sich in eure Gesellschaft eingefunden hat. Na ja, ich hatte es mir ein bisschen anders vorgestellt, aber so ist es wohl das Beste für alle Beteiligten. Genug getrauert, geht zu Seite, damit ich mich um die Sache hier kümmern kann." Fexiel macht einen Schritt nach vorne und stellt sich vor Cassiels leblosen Körper. „Die Sache?" Faucht er, „Wage es dich auch nur noch einen weiteren Schritt in ihre Richtung zu machen, dann..." noch bevor mein Bruder weiterreden kann, landet meine Faust mit voller Wucht auf Haduriels herablassendem Gesicht und trifft sein Kinn. Eine zufriedene Wärme füllt nun meine innere Leere. Er dreht sein Gesicht zur Seite und spuckt sein Milchfarbendes Blut auf den Boden. Sein wütender Blick bringt mich dazu, süffisant zu grinsen. Nun geht auch er in seine Kampfposition über und sieht mich wütend an. „Dann also so, Engel gegen Erzengel!" „Du wurdest mehr als nur einmal gewarnt." Erwidere ich trocken und unser Kampf beginnt. Wir schenken uns nichts und gehen erbarmungslos aufeinander los. Sämtliche Wut gegen ihn sowie gegen Vater und dem restlichen Himmel in mir verwandelt sich in pures Adrenalin. Immer wieder weichen wir den gezielten Tritten und Schlägen unseres Gegenübers aus. Bis zuletzt schlägt er sich ordentlich und ich stecke deftige Prellungen in der Hüft- und Beinregion, sowie eine angebrochene Schulter ein. Trotz seiner Ausdauer und seines Trainings bin ich stärker und so liegt mein kleiner Bruder, mit aufgeplatzter Lippe, angebrochenem Schienbein und ebenfalls etlichen Prellungen unter mir im weichen Gras, welches mit unserem beider Blut weiß gesprenkelt ist. Mein Atem geht schnell und ich befinde mich in einem vollkommenen Zustand der Raserei. Irgendwie muss ich in diesem Zustand meinen stummen Gefährten herbeigerufen haben, denn ich halte ihn nun fest umklammert am Griff. Mit seiner Spitze auf Haduriels sich schnell hebenden und senkenden Brustkorbs gerichtet. Ich spüre Fexiels Hand an meiner unverletzten Schulter und höre, wie seine Stimme zu mir vordringt. „Bruder, nicht! Ich weiß, der Schmerz ist unermesslich, aber Mord an einem Engel bringt uns Cassiel nicht zurück! Bitte Bruder, Samael, es wurde bereits mehr als genug Blut vergossen." Mit einem tiefen befreienden Schmerzensschrei stoße ich mit Azrael zu und erhebe mich von meinem Bruder, der mich mit aufgerissenen hellen Augen schockiert anstarrt und vor mir regungslos im Gras liegen bleibt. Nur Fexiel ist es zu verdanken, dass ich im letzten Moment anders gehandelt habe und dieser Haufen Dreck noch atmet. „Er soll mir aus den Augen gehen! Schaff ihn sofort weg, Fexiel!" Arzael steckt neben seinem Kopf tief in der Erde und glüht bedrohlich im sanften Mondeslicht. Fexiel nickt und will meinem Befehl Folge leisten, doch Haduriel schlägt seine Hand von sich und erhebt sich keuchend und drückt seine linke Hand gegen seinen Unterbauch. Nochmal spuckt er helles Blut, welches sich in seinem Mund angesammelt hat, aus. „Ihr seid beide nicht besser!" Knurrt er uns an und geht einen Schritt zurück. Unser Kampf hat einen weiteren ranghohen Engel herbeigeholt. Zadikel, der Hüter der violetten Flamme/des siebten Lichtstrahls, ebenfalls als Hüter der Gerechtigkeit auf Erden sowie im Himmel bekannt ist, stürmt in seiner violetten Robe auf uns drei zu. „Was ist das hier für ein Tumult? Ich verlange einen sofortigen Bericht von allen Beteiligten!" Wild gestikulierend wedelt er mit seinen Händen durch die Luft. Als er den leblosen Körper von Cassiel hinter uns auf der Steinbank liegen sieht, erschrickt er und fragt schockiert, was passiert sei. Noch immer ist Haduriel bei uns und noch immer meint er sein dämliches Maul nicht halten zu müssen. „Was passiert ist? Die da, hat sich selbst umgebracht und somit Vaters Augen und Ansehen beschmutzt! Dann ist Samael wie ein Verrückter auf mich losgegangen und wollte mich umbringen, nur weil ich den Schandfleck umgehend beseitigen wollte. Beinahe hätte er mich von den Augen unseres anderen Bruders ermordet! Zum Glück seid ihr, Zadikel gekommen, denn sicherlich hätte Fexiel es nicht verhindert und mir beigestanden! Nun, übt Gerechtigkeit aus und klagt beide bei Vater an." Ich bin außer mir vor Zorn. Was fällt diesem kleinen Dreckstück ein? „Halt dein verlogenes Maul oder ich schwöre bei dem letzten Bisschen, was mir heilig ist, ich stopfe es dir mit deiner eigenen Scheiße, bevor ich Arzael doch noch in dein verkümmertes Herz bohre!

Ich schwöre dir, dass mich NIEMAND daran hindern kann es zu vollenden!"

Fuchsteufelswild springe ich auf ihn zu und werde noch im

Sprung von Fexiel und Zadikel an den Schultern gepackt und zurückgehalten. Trotz der Schmerzen in meiner Schulter, brauchen sie ihre ganze Kraft um mich festzuhalten. In einem klaren und eisigen Tonfall gibt Zadikel unserem Bruder den Befehl, sich umgehend zurückzuziehen. Mit einem selbstzufriedenen dreckigen Grinsen verbeugt er sich und wendet sich zum Gehen. Erst als Haduriel ganz verschwunden ist, lassen sie mich los. Aufgewühlt fahre ich mir durch meine Haare und kneife meine Augen zu. „Das hättet ihr nicht tun dürfen! Warum habt ihr mich zurückgehalten? Er hat ihr Andenken beschmutzt!" Kraftlos gehe ich auf Arzael zu, umfasse es und lasse mich neben meinem Schwert auf die Erde sinken. Welchen Sinn hat der Kampf noch, wenn nichts mehr übrig ist? Für mich hat nichts mehr an Bedeutung. Soll er mich anklagen. Am liebsten würde ich den Platz neben meinem kleinen Schmetterling einnehmen. Zadikels Worte berühren mich nicht mehr. Selbstverständlich vernehme ich jedes Wort, doch irgendwie dringen sie dennoch nur dumpf an meine Ohren. „Samael, was hättest du mit ihrem kostbaren Ansehen angerichtet, wenn du einen Engel in deiner blinden Wut getötet hättest? Hm, ich hätte keine Wahl gehabt, als euch beide zu melden. Cassiel kann niemand mehr zurückbringen, ihre Seele ist zerbrochen und es tut mir aufrichtig leid." Fexiel steht mit verschränkten Armen neben uns. In einem gereizten Tonfall an Zadikel gerichtet, verteidigt mich mein kleiner Bruder. „Pfff! Dieses Arschloch ist zu weit gegangen! Er musste unbedingt nochmal nachtreten! Samael und ich haben ihn jeweils einmal gewarnt uns nicht zu provozieren und der kommt davon! Wenn es nach ihm gegangen wäre, hätte er Cassiel wie Lumpen in Flammen aufgehen lassen! Das hat meine Pfauenfeder, unser aller Schwester definitiv nicht verdient!" Stillschweigend steht der Erzengel der Gerechtigkeit da, hört zu und nickt. Dann räuspert er sich leise und erhebt seine Stimme, „Da muss ich dir vollkommen zustimmen Krieger und darum werde ich es nicht melden. Dennoch wird und kann ihre unsterbliche Seele kein Stern werden. Das verbietet unser Gesetz." Ich schnaube verdrossen. „Immer Gesetze! Gesetze, die nur dann eingehalten werden, wenn sie zum eigenen Vorteil genutzt werden können! Ich könnte im Strahl kotzen! Cassiel wurde gebrochen, ihr Körper wurde geschändet und bis zum letzten Atemzug hat sie dennoch nur an andere gedacht und jetzt soll ihre Seele nicht einmal in Ruhe Frieden finden dürfen? Wo ist da die Gerechtigkeit, für die du erschaffen wurdest, Zadikel?" Auch wenn er weiß, dass ich recht habe, hadert er mit sich selbst. „Bruder, wie ich bist du ein Erzengel und ich bin dir sehr verbunden. Doch bitte halte dich im Zaum, denn ich möchte dich nicht zurechtweisen müssen. Ich muss dir die Gesetze nicht erklären. Selbstmord ist eine Todsünde und durch diese ist es nicht möglich, etwas so Vollkommenes wie einen neuen Stern entstehen zu lassen." Ich verdrehe meine Augen und nicke wütend. „Ja, ja. Blabla... Ich weiß es und ich weiß auch, dass wer einen andern Engel tötet, der stirbt durch die Entfernung seiner Flügel. Im aufkommenden Wahnsinn wird er aus dem Himmelreich geworfen. Das hätte ich in Kauf genommen, denn so wäre ich nun wenigstens bei ihr!" Ende ich mit tiefem Bedauern in meiner Stimme. Fexiel keucht erschrocken meinen Namen aus, doch Zadikel klingt in keinster Weise erzürnt. „Ich sehe darüber hinweg. Zur Liebe an unserer Schwester. Seht nur, wie friedlich sie daliegt. Es scheint als würde sie sich nur ein bisschen ausruhen wollen." wehmütig sehe ich zu ihr rüber. „Ich will doch nur, dass sie nicht wie ein Stück Dreck entsorgt wird.

Das ist mein letzter Wunsch." Entschlossen stimmt er zu. „So sei es. Samael, Fexiel, ich erlaube es euch! Nehmt Cassiel und lasst ihre Seele auf Erden ihren Frieden finden. Lasst sie dort frei. Bedenkt ihr müsst das Ritual alleine durchführen, an einem Ort OHNE Beobachter und dann kommt umgehend zurück! Ich werde so lange Posten beziehen und euch den Rücken frei halten." in diesem Moment ist Zadikel wahrlich der Erzengel der Gerechtigkeit. Er tritt an uns vorbei und geht ein Stück des abgelegenen Weges, damit wir uns in Ruhe unterhalten können. Die anderen schaulustigen Engel hatten sich nach und nach aufgelöst, nachdem sie ihre perfide Neugierde gestillt hatten und der Kampf zwischen mir und Haduriel geendet war. Wir stehen wieder an der Brüstung vom Pavillon und schauen in eine Sternenklare Nacht. Von hier aus können wir bis auf die Erde hinunterschauen. „Es gibt ein paar unberührte Inseln. Meinst du, sie wäre da glücklich?" Frage ich Fexiel mit belegter Stimme. „Bestimmt ist es der perfekte Ort für sie. Du hast ihr all das Schöne der Welt nahegebracht, Samael. Ich vertraue dir blind. Zeig mir den Weg. Ich werde sie tragen."

Ein schwerer Abschied

Zadikel sieht uns schweigend entgegen. Auch wenn er unsere Unterhaltung nicht stören möchte, wissen wir, dass uns nicht allzu viel Zeit bleibt.

Ich nicke meinem treuen und besten Freund entschlossen zu. „Lass uns aufbrechen, Fexiel. Mit etwas Glück treffen wir noch vor den ersten Sonnenstrahlen am Ziel ein." Meine beanspruchte Schulter sollte mich nicht weiter einschränken, denn der heilungsprozess ist bereits eingetreten. Er nickt und geht zu unserer Schwester hnüber, die noch immer auf der Steinbank liegt. Sanft hebt er ihren zierlichen Körper in seine Arme und lehnt sie behutsam gegen seine breite Brust. Kommentarlos passieren wir Zadikel und laufen auf die Grenze des Himmelreichs zu, um von dort aus unsere Reise anzutreten. Angekommen beschwören wir unsere Schwingen herauf und lassen uns auf die Erde hinabstürzen, während er uns seinen Abschiedsgruss hinterherruft. „Gebt auf euch acht, Brüder. Wenn ihr zurückkommt, werde ich hier sein und euch empfangen." Der eisige Wind streichelt mein Gesicht, fährt durch meine Haare und liebkost meine zwölf Engelsflügel. Nun zahlt es sich aus, dass ich die Erde so viele Male besucht habe. Stillschweigend fliegen wir nebeneinander her. Hier lasse ich meine Sinne mein Kompass sein. In Gedanken habe ich mir ihren letzten Ort der Ruhe vorgestellt. Der unendliche Ozean ist von unberührten kleinen grünen Vulkaninseln umgeben, die mit dichten Palmen und anderen Bäumen bewachsen sind. Sie würden zumindest ein wenig dem Regenwald ähneln und was mir wichtig ist, keine Menschenseele beheimatet. Die Vorstellung, die ich mir in meinem Kopf mache, führt dazu, dass wir uns immer weiter von unserer Heimat entfernen.

Lautlos gleiten wir im schwachen Schein des Mondes und der Abermillionen Sterne über die Wolken des Himmels. Da Fexiel nicht an langem Fliegen gewöhnt ist, frage ich ihn, ob er eine Pause einlegen möchte oder ob ich Cassiel für eine Weile halten soll. Er sieht mich mit einem prüfenden Blick an und hebt skeptisch seine Augenbraue an. „Vergiss es. Sicherlich ist deine Schulter durch die dauerhafte Beanspruchung gereizt! Durchs Training habe ich ordentlich Kondition aufgebaut und selbst in ihrem jetzigen Zustand wiegt sie nicht mehr als eine Feder." „Wie du willst, kleiner Starrkopf. In einigen Stunden sollten wir den Ozean und seine Vulkaninseln erreichen." Bemerke ich mit einem Achselzucken, welches mir nun doch ein unangenehmes Ziehen in meiner rechten Schulter beschert. Es bleibt meinem aufmerksamen Bruder nicht unbemerkt und er grinst mir frech entgegen. „Denk nicht daran, es auszusprechen." Kommentiere ich leicht gereizt. Manchmal ist es unheimlich, wie gut Fexiel es beherrscht, mich zu lesen … „Es sind noch gut hundertsiebzig Kilometer bis zu den Inselbuchten." „Dann legen wir mal ein bisschen Tempo zu, das war genug der Aufwärmphase." Er wackelt mit seinen Augenbrauen und seine hellblauen Augen bekommen diesen besonderen Glanz, wie immer, wenn er ein Kräftemessen mit mir ausfechten will. Trotz der bedrückenden Situation, in der wir uns befinden, bringt er mich zum Schmunzeln. „Gut. Siehst du da ganz hinten den grünen kleinen Punkt?" Ich nicke Richtung Osten. „Dort müssen wir hin!" Fexiel kneift seine Augen zusammen und fixiert den Flecken in der Landschaft. „Da ist es?", fragt er mit leichter Enttäuschung in seiner Stimme. Aufmunternd sehe ich ihm entgegen. „Es ist ein wundervoller Ort. Du wirst schon sehen." Er nickt mir zu und dehnt seinen Nacken. „Okay, wir warten auf dich."

Schützend hält er Cassiel an sich und beschleunigt sein Tempo, indem er gekonnt den Nachtwind als Auftrieb nutzt. Tatsächlich gewinnt er einen kleinen Vorsprung, doch ich kenne eine Abkürzung. »Man muss immer einen Trumpf im Ärmel haben, kleiner Bruder.« Denke ich zufrieden und drehe meinen Kurs leicht von ihm ab. »Wir sehen uns an den grünbewachsenen Klippen.« Die letzten Meter vor meinem Ziel verlangsame ich mein Tempo und lege meine Schwingen dicht an meinen Körper an. Dieses Gefühl ist unbeschreiblich, ich bin eins mit den auswirkenden Kräften der Natur. Im Sturzflug komme ich den zerklüfteten Klippen der Inseln, die wie Poseidons Dreizack aus dem Meer herausragen, gefährlich nahe. Nichts außer dem stetigen Rauschen der Wellen, die sich gegen das harte Gestein brechen, ist um mich herum zu hören. Das Meer des Ozeans spiegelt sich in seinen schönsten Blautönen. Von Azurblau bis zu Türkis und Minzgrün an den Stellen, wo die Inseln sich dem Wasser entgegenstrecken und ihr perlweißer Strand aufleuchtet. Noch glitzern die Sterne über der Wasseroberfläche, doch langsam kündigt sich ein neuer Morgen mit seinem dezenten rosaroten Schimmer am Horizont an.

Beinahe ehrfürchtig strecke ich meine Hand nach dem kühlen Nass unter mir aus. Ich lasse sie hindurchgleiten und ziehe einen Streifen hinter mir her. Sofort ist diese unsichtbare Verbundenheit zwischen uns wieder vorhanden. Es ist, als würde ich einen alten, wohlgesonnenen Freund begrüßen. So als würde er mir schweigend seine Erlaubnis geben, dass Cassiel hier ihren endgültigen Frieden finden darf. In waagerechter Position haltend, verschaffe ich mir ein letztes Mal Auftrieb und strecke meinen Körper der Länge nach so aus, dass ich mit meinen Beinen und Füßen auf den grünbewachsenen Klippen Halt finde und zum Stehen komme. In meinem weißen Gewand und mit meinen noch immer ausgefahrenen weißen Engelsflügeln stehe ich in meiner vollen Größe da. Ich lasse mir den rauschenden Wind und die salzige Luft um meine Nase und mein wildes Haar wehen. Genussvoll atme ich mit geschlossenen Augen die reine Morgenluft ein und lasse sie langsam aus meinen gefüllten Lungen durch meine Nase entweichen.

Noch bevor ich seine Schwingen schlagen höre, weiß ich, dass nun auch mein Bruder mit unserer Schwester eingetroffen ist. Mit einem Grinsen auf den Lippen und weiterhin geschlossenen Augen wende ich mich an ihn. „Hast dir Zeit gelassen." Es ist immer eine Art Ritual zwischen uns, dass wir uns bei jeder sich bietenden Möglichkeit gegenseitig sticheln. Auch jetzt ist es von so großer Bedeutung, denn es nimmt uns beiden etwas die Anspannung. „Pfff... Du spielst mit gezinkten Karten, Samael. Unter fairen Gegebenheiten hätte ich dich haushoch geschlagen, selbst mit nur einem funktionierenden Flügel und einem Arm auf dem Rücken gebunden, wäre ich schneller gewesen." Ich grinse breiter, denn für diesen Augenblick ist all seine Traurigkeit der puren Freude gewichen. „Träume weiter, solange ich ein Ass im Ärmel habe, bin ich immer besser."

Da keine weitere Antwort kommt, öffne ich meine Augen und sehe neugierig zu ihm rüber. Fexiel steht direkt rechts neben mir und hält Cassiel in seinen Armen gegen seine Brust. Sein Blick ist auf den Ozean gerichtet, welcher sanfte Schaumkronen über die auslaufenden Strände streichelt. Mit leicht geöffneten Lippen und voller Bewunderung für dieses malerische Fleckchen Erde beginnt er zu sprechen. „Hier ist nichts anderes möglich als zu träumen. Das Paradies hier vorfinden zu dürfen." Er schüttelt seinen Kopf und sucht

nach den passenden Worten. „Es ist einfach perfekt, Samael!"
Dank unserer ausgeprägten Sinne verstehe ich jede vom
Wind verschluckende Silbe seiner Worte und stimme ihm zu.
„Lass uns mit ihr ins Wasser gehen." Sage ich in einem
sanften Tonfall. „Es wird uns eine Stütze sein." Ich kneife
mich in meinen Nasenrücken und versuche die aufkommen,
wollenden Tränen so zu unterdrücken. Wir werden das Ritual
nachher alleine durchführen müssen und ich hoffe inständig,
dass das Meer uns seine Unterstützung gibt. Für das von
Cassiel verwehrte Ritual wären sechs ranghohe Engel Pflicht.
Sie stellen sich in der Formation eines Pentagramms um die
Hülle des Verstorbenen auf und schirmen diese mit ihren
Flügeln als Zeichen ihrer Reinheit und Unschuld ein. All die
umher fließende Energie wird freigesetzt und von den Engeln
gebündelt auf den Körper des Toten übertragen. Dessen
Seele wird somit der Weg ins Universum gezeigt und sie
steigt mit einer gleißenden Explosion am Himmel auf. Die
Geburt eines neuen Sterns.
Ich versuche den Gedanken daran zu vertreiben, denn ich
kenne keinen Engel, der es mehr verdient hätte, als Stern im
Universum zu leuchten und von dort aus, zu wachen, als
unsere Schwester. Sie war etwas Besonderes und das wird sie
für Fexiel und mich auch auf Ewigkeit bleiben! Behutsam
gleiten wir in das kühle Nass. Die Sonne reckt sich geduldig
über das Meer und streckt ihre Strahlen über das glitzernde
Wasser aus. Während ich Cassiels zierliche Schultern halte,
kümmert sich Fexiel um ihre Beine. Vorsichtig legen wir sie
im minzgrünem Wasser ab. Ihre Arme sind ausgebreitet, ihr
Gesicht friedlich entspannt. Der geflochtene Zopf muss sich
bei der Hinreise bereits gelöst haben, denn nun sind ihre
hüftlangen, wunderschönen welligen blonden Haare wie ein
Fächer ausgebreitet um sie herum drapiert. Ihr schlichtes

Kleid schmiegt sich um ihre Konturen und hätte sie Muscheln und Blumen im Haar, so hätte man sie für eine Meeresprinzessin halten können. Bis zu den Hüften stehen wir im leicht wiegenden Meer. Das Wasser ist kristallklar und wir können bis auf den Grund des Meeres schauen. Der Sand streichelt sanft mit jeder kleinen Stromschnelle über unsere Füße. Doch es ist nicht das Einzige, was uns umgibt. Zielstrebig kommen zwei lang gezogene hellgraue Schatten in unsere Richtung geschwommen, die von kleinen gelb schwarzen Fischen begleitet werden. Ihre eleganten Bewegungen und ihre weit ausgestellten Brustflossen geben keinen Zweifel. Ein Engelshai-Paar beehrt uns und zieht gemächlich ihre Bahnen unter Cassiel. Wie fasziniert sie zu Lebzeiten von diesen Fischen war. So wie Fexiel gerade Zeuge des Schauspiels wird, reagierte unsere kleine Schwester bei einer meiner Erzählungen über diese Urzeittiere. Er steht mit weit aufgerissenen Augen im Meer und beobachtet jede ihrer entspannten Bewegungen. Sie scheinen, durchs Wasser zu fliegen und zeigen dabei keinerlei Hast oder Eile. Es sollen nicht die einzigen Bewohner sein, die Cassiel willkommen heißen. Eine riesige und alte Meeresschildkröte taucht zum Atmen durch die Wasseroberfläche. Schnaufend stößt sie Wasser durch ihre Nasenlöcher und reckt ihre rechte Brustflosse in die Luft, so als wolle sie uns begrüßen. Einen Augenblick lang treibt sie an der Oberfläche und beobachtet uns, dann zieht sie langsam ihren dunklen Kopf zurück und verschwindet mit kräftigen Ruderstößen wieder im offenen Meer. „Als hätte man sie bereits erwartet", flüstert Fexiel. Von überall her schwimmen oder treiben die edelsten Geschöpfe zu uns. Mal ist es eine Schule von Teufelsrochen, mal eine Gabelschwanzseekuh, die mit ihrem Jungtier das nahe

Seegras vertilgt. Doch auch die winzigen unscheinbaren Lebewesen, wie Einsiedlerkrebse oder silberne kleine Fische, die in ihren Schwärmen Schutz finden, lassen ihre ganz besonderen Grüße hier. Wer braucht schon die Anwesenheit von fünf weiteren ranghohen Engeln, wenn man ihn als Bruder und dazu diese wundervollen Geschöpfe an seiner Seite haben kann?

 Alles, was wir brauchen, befindet sich hier im Meer bei uns. All diese Geschöpfe spenden einen Teil ihrer Energie für unsere Schwester. Entschlossen sehe ich zu Fexiel hinüber und frage ihn, ob er bereit ist, unsere Schwester mit mir zusammen von ihren Fesseln zu befreien. „Mit all meiner Liebe und Zuneigung!" Ist seine prompte Antwort, während wir unsere Flügel ausstrecken und sie einander an ihren Schwungfedern berühren lassen. Unsere Augen schließen wir gleichzeitig und beginnen damit, unseren Geist zu klären. Wir lassen all unsere Energien, mit denen der anderen Lebewesen verbinden und senden diese dann als gebündelte Kraft zu Cassiel. Dann sprechen wir gemeinsam die heiligen Worte: *„Animam tutam pius ignis." Direktdirekt über ihrem Herzen flammt es auf. Es ist ein gleißendes, wunderschönes weißes Licht, welches im Kern rosarot aufkeimt und sich gierig über ihren Körper ausbreitet. Als das Feuer sie bis zur letzten Haarsträhne verzehrt hat, kommt ein warmer Windhauch auf. Mit ihm zusammen erscheint der schönste Tropenvogel, den ich je auf Erden zusehen bekam, er schraubt sich mit seinem kanariengelb und schwarzen Gefieder und seinen doppelt so langen Schwanzfedern freudig trällernd in die Lüfte. Ein letzter Dank und Gruß wird uns zum Geschenk gemacht. Eine Weile bleiben wir noch im Meer beisammen und schauen dem Exoten hinterher, bis auch wir unsere Reise zurück in den Himmel antreten.

Die Prophezeiung dieser verrückten Hexe ist bereits im vollen Gang, doch an beides erinnerte ich mich längst nicht mehr.

*Möge das heilige Feuer deine Seele befreien.

Der Fall der Engel

Wie versprochen, steht er an der Schwelle unseres Zuhause und wartet. Doch irgendwas scheint sich während unserer Abwesenheit abgespielt zu haben, denn Zadikel sieht uns mit versteinerter Miene entgegen. In einem ernsten Tonfall begrüßt er uns mit einem „Ihr habt euch ordentlich Zeit gelassen!" Alleine der Hinweg hatte bereits Stunden in Anspruch genommen, doch das hätte ihm bewusst sein müssen. ... Ich zucke nur mit den Schultern und will in Begleitung meines Bruders an ihm vorbeigehen, doch Zadikel umpackt meinen Oberarm und stoppt uns somit. „Hey, wo willst du jetzt schon wieder hin? Ich bin nicht deine Dauerlösung, Samael!" Jegliche Emotionen sind von mir gewichen, als wir Cassiel ihren Frieden gegeben haben. Mit eiskalten Augen blicke ich ihm entgegen. Mit ihr starb der Glaube an den Himmel und unseren Vater endgültig. So schön der Himmel auch sein mag, ich sehe nur noch Intrigen, Egoismus, Verrat und Manipulation. Ich greife mit meinem kalten Blick seine Hand auf, die mich festhält und knurre ihn an. „Lass mich sofort los, niemand hält dich hier an diesem Posten Zadikel! Ich habe mit Vater ein paar Worte zu wechseln!" Ich sehe zu Fexiel und füge zügig hinzu, „Du kommst mit Bruder, denn vor dir hege ich keine Geheimnisse!" zögerlich löst er seine Hand um meinem Oberarm und lässt seine ganz sinken. Mit gesenktem Kopf beginnt er seine Entschuldigung. „Er weiß es, Samael. Ich denke, du solltest ihm Zeit geben, sein Gemüt zu beruhigen. Es war einfach ein zu großer Tumult, in dem ihr beide verwickelt wart. Es tut mir leid." Ich setzte ein süffisantes Lächeln auf, denn Zadikels Worte sind wie Musik in meinen

Ohren. Der Allmächtige ist somit in bester Stimmung, warten wir mal ab, wie sich seine Laune verändert, wenn ich mit ihm abgerechnet habe! „Oh nein, mein Guter, auch wenn du sicherlich gute Absichten hegst, werde ich jetzt mit ihm reden und er wird sich die Zeit nehmen! Immerhin bin ich doch sein kleiner Schoßhund!" Ich mache eine abfällige Handbewegung bei der Bezeichnung meines Status, doch genau dieser beschreibt ganz treffend, wie er mich die letzten Jahrhunderte behandelt hat. Ich hoffe auf einen Schlagabtausch mit meinem Bruder der Gerechtigkeit, doch ich werde enttäuscht und er sieht mir beinahe schon gequält entgegen. „Du hast dich verändert, Samael. " Kommentiert er mit brüchiger Stimme. „Die emotionale Kälte, die von dir ausgeht, erschüttert mich zutiefst." Ich rümpfe meine Nase und blicke ihn von Kopf bis Fuß an. Wie er so dasteht, eingehüllt in seine violetten Gewänder, sein Haar akkurat gebürstet, seine prachtvollen Schwingen in Demut zusammengeklappt.

Wir hingegen sind das komplette Gegenteil, unsere Haut mit dem Salz des Ozeans überzogen und unser beider Haar wild vom Wind, der uns umgeben hat. Im Gegensatz zu unserem Bruder haben wir von der Freiheit gekostet. Er ist nur eine kümmerliche kleine Persönlichkeit. Eine Schachfigur unseres manipulativen Vaters und eigentlich müsste er mir leidtun, denn er sieht nicht die unsichtbaren Fäden, die seine Glieder und Schwingen am Spielkreuz zusammenlaufen lassen und er dadurch von Vater als Marionette missbraucht wird. Die Betonung liegt auf müsste, denn in mir ist die kleine Flamme Mitgefühl erloschen. ... Ich kann ihm nur einen bemitleidenswerten Blick entgegenbringen und lasse ihn zurück. Zügig kommen Fexiel und ich voran. Selbst als Blinder wüsste ich, welche Abzweigungen ich nehmen müsste, um die goldenen Tore vor seinen heiligen Hallen aufzustoßen, damit ich ihm gegenübertreten kann. Vaters Hunde scheinen ausgeflogen, denn bisher ist noch keiner der »Gesichtslosen« uns entgegengekommen und hat uns kontrolliert. Ob es an meiner dunklen Aura liegt, die mich umgibt, oder ob Vater sie zurückgerufen hat, lässt sich nicht sagen und es interessiert mich ehrlich gesagt nicht. Ich habe nur ein einziges Ziel vor Augen und das ist ihm zu sagen, dass er Cassiels wahrer Mörder ist. Leicht irritiert muss ich feststellen, dass die goldenen Tore bereits geöffnet sind und wir auch hier, ohne Wachposten hindurchgehen können. Ich erhasche einen warnenden Blick von meinem Bruder und nicke stumm. Es könnte eine hinterhältige Falle sein. Aufmerksam, mit geschärften Sinnen und lautlosen Schritten setzen wir unseren kurzen Weg weiter fort. Die Tür zu Gottes Privatgemächern ist fest verschlossen, dennoch hören wir seine tosende Stimme über den kurzen Flur donnern. „Wieso wurde ich nicht umgehend in Kenntnis gesetzt! Welches Recht nehmt ihr euch heraus, mich zu umgehen?" Brüllt er, „Nur durch mich seid ihr was ihr seid! Ohne mich und meine Macht wärt ihr ein Haufen Staubkörner! Ein Haufen NICHTS! Begreift ihr das? Für mich seid ihr Augen und Ohren und notfalls greift ihr in meinem Namen ein, auch wenn es euer Bruder ist, der meint sich aufzulehnen zu müssen!" Fexiel runzelt seine Stirn und sieht zu mir rüber, „Willst du da jetzt wirklich hineingehen?" Ich lege meinen Kopf leicht schief und grinse verwegen. „Ich war selten so entschlossen. Es wird Zeit, dass zumindest einer den Mut aufbringt, ihm die Stirn zu bieten. Ich weiß es zu schätzen kleiner Bruder, doch komme was wolle, du hältst dich im Hintergrund!" Nur widerwillig nickt er mir zu. Ich weiß seine Loyalität zu mir wirklich zu schätzen, doch ich will ihn ungern in meine Angelegenheiten mit hineinziehen. Wenn Vater mich bestrafen will, ist mir das egal, doch jetzt auch noch meinen treusten Bruder zu verlieren, wäre für mich unerträglich. Vor allem jetzt, nachdem ich das Wissen habe, nur noch ihm mein Vertrauen entgegenbringen zu können. Vater brüllt weiter durch seinen Privatraum und mich überkommt die Neugierde. Sicherlich, ich könnte hier draußen weiter Spionage betreiben, denn in seiner derzeitigen Rage, bekommt der allwissende Herrscher nichts um sich herum mit, aber ich will einfach nicht mehr warten. Entschlossen gehe ich auf die Flügeltüren zu, umfasse diese mit festem Griff und reiße diese auf. Wie der Racheengel persönlich stehe ich im Eingang und werde von umher schnellenden Köpfen, die ihre Blicke auf mich richten, in Empfang genommen. Ariel, Michael, Gabriel, Rafael und sogar der Seraph Jahwe sind um Vater, der auf seinem erhöhten Podest vor ihnen in seiner goldenen Pracht thront, versammelt. „Du!" Donnert mir Vaters Stimme entgegen, während mich alle Anwesenden mit finsteren Blicken mustern. Ich würdige sie nur eines kurzen, unbedeutenden Blickes. „Ist es nicht ein bisschen unfair eine Party zu veranlassen, wenn doch der Hauptgast nicht einmal eingeladen wurde?" Ich mache eine kurze Pause und trete mit ausgebreiteten Armen ein. Fexiel bleibt wie versprochen im Hintergrund. „Wie schön, dass meine Augen und Ohren in Takt sind und ich dich Vater, beinahe über das ganze Himmelreich über mich sprechen habe hören können." Sage ich provokant, während ich ihm genau in seine weißen Augen sehe. Seine Schläfenaterie tritt hervor und beginnt zu pochen. „Du wagst es hier hineinzuplatzen!" Ich schüttel den Kopf, verenge meine Augen und schürze meine Lippen. „Tzz tzzz ... Nicht doch. Du hast mich doch förmlich her zitiert! Ich dachte jedoch, dass wir ein Gespräch unter ... na ja, vier bis höchstens sechs Augen führen und nicht in Anwesenheit deiner unterstehenden Elite." meine Geschwister, bis auf Fexiel, ziehen scharf den Atem ein und lassen ihre Blicke zwischen Gott und mir hin und her springen. „Ich hatte dich gewarnt, Samael! Du irrst, wenn du glaubst, dass dein Verhalten entschuldbar ist! Dieses Mal bist du zu weit gegangen!" aufgebracht erhebt er sich von seinem Thron und streckt mir seinen ausgestreckten Zeigefinger drohend entgegen. In diesem Augenblick setzte ich zum ersten Mal mein bekanntes, süffisantes Teufelsgrinsen auf.

„Du kannst mich strafen, doch zuerst beginne ich! Welches deiner kleinen Lämmchen wird denn mein Nachfolger? Wie wäre es mit Michael? Du hast doch schon immer nach meinem Posten gestrebt kleiner Bruder!" Ich sehe desinteressiert in seine Richtung und spreche einfach weiter. „Oder doch lieber unsere taffe Schwester Ariel? Immerhin hat sie sich durchgesetzt, nicht wahr? Sie ist ja auch kein labiler Schimmer wie unsere kleine Schwester Cassiel! Nein, sie ist eine treue Dienerin und dir immer eine gute Kriegerin." „ES REICHT SAMAEL!" Ich lache in mich hinein und runzle die Stirn. Sollte er tatsächlich glauben, dass er mich so zurechtweisen kann, irrt er sich gewaltig. Es hat gereicht! Cassiels Tod war nur der letzte Tropfen, der das Wasser überlaufen ließ und so erhebe ich kalt meine Worte an Gott. „Wohl war, ich bin deiner Machenschaften überdrüssig, Vater! Ich will und werde einem Gott und Vater, wie du es bist, nicht mehr meine Dienste anbieten. Du hast deine eigene Tochter in Gestalt eines Menschen ohne Schutz und jegliche Unterstützung auf die Erde geschickt, damit diese als Schutzengel eines Babys geschändet und gebrochen wird! Nicht sie ist schuldig, sondern du! Du hast sie im Stich gelassen! Du hast deine eigene Tochter getötet!" Jede Silbe, jedes einzelne Wort schmeckt wie der süßeste Honig auf meiner Zunge. Jetzt, wo mein geliebter Schmetterling ihren Frieden finden konnte, bin ich von meinem Schweigen entbunden. All das Entsetzen, welches sich in den Gesichtern meiner ach so tollen Geschwister widerspiegelt, ist die reinste Wohltat für mich. Auch wenn sie sich blenden und weiterhin manipulieren lassen werden, wird mir in diesem Augenblick eine Last genommen und meine Ketten werden gesprengt. Er ringt um Fassung, ballt seine Hände zu Fäusten und lockert diese schnell wieder. Sein brennender Blick durchbohrt mich, doch ich halte ihm Stand und recke stolz mein Kinn nach vorne. „Was bildest du arroganter Engel dir ein? Du unterstellst mir, dass ich für den Tod meiner Tochter die Verantwortung trage? Ich habe dir aufgetragen, dich ihrer anzunehmen, da sie sich meiner entzog. Habe ich ihr das Gift gegeben, welches sie in Ungnade fallen ließ? Nein! Doch du wagst es dich immer noch, trotz unseres letzten Gesprächs und meiner eindringlichen Warnung an dich, mich und meine Absichten infrage zu stellen und dich sogar aufzulehnen!" er steht inzwischen mitten in seinem Zimmer, umringt von seinen weiterhin naiven Lämmchen. Feindselig betrachte ich dieses erbärmliche Spektakel und rümpfe meine Nase. „Ich unterstelle dir gar nichts. Es sind einzig und allein Fakten, mit denen ich dich konfrontiere und ja, ich stelle dich weiterhin infrage! Ich bin Äonen von Jahren von dir als Hund an der Kette gehalten worden. Durfte die Freiheit schnüffeln, solange ich dir ergeben war! Doch im Gegensatz zu dir habe ich die Erde gänzlich kennengelernt! Es ist mein Gesicht geworden, welches die Menschen gesehen haben!" Ich straffe meine breiten Schultern und lasse meine zwölf Flügel emporsteigen. „Ich habe ihnen den Glauben zurückgebracht! Ihr wisst, ich besitze nicht die Fähigkeit zu lügen und mir steht auch nicht der Sinn danach. Ich will einzig und allein Gerechtigkeit! Nach all dem was passiert ist, frage ich mich, ob ich mit all meiner Kenntnis nicht geeigneter bin!" Ein böses, kaltes Gelächter dringt aus seiner breiten Brust hervor. „Du? Du meinst, du seist ein besserer Gott als ich? Ich habe dich erschaffen, ich habe alles erschaffen! Ich kenne jede Zelle im Universum!" Er macht eine ausladende Handbewegung, die alles umschließt. „Mag sein." Erwidere ich emotionslos. „Doch ich war es, dem die Menschen ihre Probleme anvertrauten. Ich war es, der in deinem Namen Gift verschütten musste, damit die Menschen sich deiner wieder zuwenden! Mich haben sie größtenteils gefragt, warum du sie verlassen hast!"

Weiter und weiter zähle ich auf. „Ich bin bei weitem besser als du jemals sein wirst, denn ich liebe die Menschen! Ja, sie sind fehlerhaft. Dennoch bemühen sie sich und man kann nicht alle über einen Haufen werfen!" „Du Narr Samael." kommentiert er in einem selbstgefälligen Tonfall und dreht mir den Rücken zu, um sich wieder auf seinen Thron niederzulassen. Erst als er seine sitzende Position eingenommen hat, redet er weiter. „Wie du möchtest, kommen wir nun zu deiner gerechten Strafe!" Als er Fexiel in den Raum befielt, bleibt mein Herz für gefühlt eine Minute stehen. Tausend Möglichkeiten rasen in Hochgeschwindigkeit durch meine Gedanken und zeichnen mir die schrecklichsten Szenarien auf. Mit erhobenem Kopf und durchgestrecktem Rücken kommt Fexiel herein. Er würdigt unseren umher stehenden Geschwistern keines Blickes und geht auf Befehl direkt auf den Thron von Vater zu. Erst kurz vor dem Podest bleibt er stehen und deutet ein Kopfnicken an. Egal, in welcher Situation er sich befindet.

Immer strahlt er Ruhe aus. Selbst jetzt ist Fexiel gelassen und sieht ihm ohne auch nur mit der Wimper zu zucken, entgegen. Kein Wunder, dass er so weit gekommen ist und zum ersten Offizier der Himmelslegion ernannt wurde. In Taktik, Geschick, Ausdauer sowie durch seinen Ehrgeiz ist er bei weitem anderen überlegen. Von seiner Loyalität ganz zu schweigen. „So lernen wir uns persönlich kennen." Richtet Gott sein Wort direkt an ihn und mustert ihn eindringlich. Das ungute Gefühl begleitet mich weiterhin und lässt sich nicht abschütteln. „Sag, wie sehr liebst du deinen Bruder? Würdest du für ihn alles tun und würdest du ihm dein Leben anvertrauen?" Ich schlucke hart und schüttel meinen Kopf. Erst im Flüsterton und dann schon beinahe schreiend, überkommt meine Lippen ein energisches „Nein! Halt bloß deinen Mund Fexiel!" panisch sehe ich ihm entgegen und sehe wie Vater diesen Moment auskostet. Fexiel hat den Rücken zu mir gedreht und so habe ich keine Sicht auf sein Gesicht. Somit entgeht mir auch sein entschlossener Blick und sein stolzes Lächeln auf seinen vollen Lippen. „Nicht doch. Sag würdest du Schmerz aufnehmen, obwohl er nicht an dich, sondern an deinen Bruder gerichtet wäre?" Stellt Vater seine nächsten Fragen, ohne auf seine Antwort zu warten und hebt seine Augenbraue an. Mein Herz rast vor innerer Unruhe. „Was soll das werden? Willst du wirklich noch einen weiteren Engel in unsere Diskrepanzen hineinziehen? Es reicht dir wohl nicht, dass sich ein Engel geopfert hat, nicht wahr? Du bist wohl zu einem Bluthund geworden, dem es nach mehr verlangt!" Voller Hass sieht er mich an und weist mich ein weiteres Mal zurecht. „Halt deinen Mund! Ich bin es leid, dich immer auf deinen Platz verweisen zu müssen, Samael!" Ich schnaube auf. „Du forderst es doch herauf! Du weißt genau, wie viel mir Cassiel und Fexiel bedeuten!" Es stürzt über meine Lippen und obwohl es der absoluten Wahrheit entspricht, hätte ich in diesem Monet so gerne gelogen.

Als Fexiel sich räuspert, steigen meine Nackenhaare zu Berge. „Um euch eine Antwort zu geben. In allen Punkten ist meine Antwort ein klares JA! Ich vertraue ihm blind!" Seine Kühnheit wird noch sein Verhängnis werden. Um es nicht noch schlimmer zu machen, presse ich meine Zähne fest aufeinander, schnaube tief durch und zwinge meine unausgesprochenen Verwünschungen bitter hinunter. »Ich will dich nicht auch noch verlieren!« Das ist mein einziger Gedanke, denn sollte dies passieren, wird dies der letzte Tag des Himmelreichs sein! Ich werde persönlich alles und jeden in ein blutiges Meer aus Leichen verwandeln! ... selbstzufrieden mustert Vater erst ihn und lässt dann langsam seinen Blick über die anderen Erzengel schweifen, bis er bei mir angekommen ist und sich an mir und meiner erzwungenen Zurückhaltung vergnügt. Auch wenn sein Gesicht mir zugewandt ist, spricht er meinen Bruder direkt an. „So sei es Fexiel, zu dir werde ich mich zuletzt äußern, denn das Beste hält man für den Schluss auf!" Seine Augen glühen vor Erregung während er mir ein kaltes Lächeln entgegenbringt. „Komm her, Sohn Samael, dessen Name als Gottes Gift überliefert in den heiligen Schriften verankert ist." Er betont das Wort »Sohn« und deutet mir an, die geringe Distanz zwischen uns zu schließen. Noch immer steht Fexiel vor seinem Podest und sieht gelassen geradeaus. Er wartet auf seine Urteilsverkündung, indem er mit breiter Brust, leicht ausgestellten Beinen und verschränkten Armen hinter seinem Rücken wartet. Als ich mich neben ihm einfinde, deutet er ein leichtes Lächeln an und zwinkert mir zu. Immer noch zeigt er mir bereitwillig, auf wessen Seite er steht. Wenn ich ihn nicht bereits lieben würde, so wäre es in diesem Moment geschehen. Fexiel und Cassiel würden immer in meinem Herzen ruhen und für meinen noch lebenden Bruder würde ich alles geben, so wie er für mich dazu bereit ist. Für einen Moment fahre ich meine Mauern hinunter und präsentiere ihm meine Verletzlichkeit und mein Bedauern, ihn in diese Situation mit hineingezogen zu haben. Und dennoch bin ich stolz auf ihn und unsere unerschütterliche sowie tiefe Verbundenheit. Es bedarf keiner Worte, denn wir wissen, wir werden gemeinsam untergehen, oder es zusammen durchstehen. Mittlerweile hat sich Gott erhoben und ändert sein Aussehen. Zuvor war er in eine lange Gold-weiße Robe gehüllt, dessen Säume mit Gold und Silber verwoben abgesetzt waren. Sein menschliches Aussehen hält er bis auf seine gleißend weißen Augen weiterhin aufrecht. Nun ist sein hochgewachsener schlanker Körper, in ein Tiefrot gehüllt, welches dem Blut der Menschheit ähnelt. Durch diese Farbwahl hebt er sich voll und ganz der Menge ab und sieht auf uns herab. „Samael." Er nennt mich bei meinem Namen und es fühlt sich wie das reinste Gift an. „Heute werde ich über dich urteilen, dich für deinen Verrat und deine Sünden strafen! Du hast mich, den Gott über alles und jeden infrage gestellt und dich gegen mich aufgelehnt. Nun wirst du dein unwiderrufliches Urteil entgegennehmen!" bis auf die dröhnende Stimme unseres Vaters herrscht eine Todesstille. Auch wenn meine Sinne und Nerven angespannt wie Drahtseile sind, bleibe ich nach außen hin ruhig. Das Einzige, was ich nicht verbergen kann, ist das Muskelzucken an der Partie meiner Kiefergelenke, die weiterhin aufeinander gepresst verweilen. Er lässt eine Pause einfließen und beginnt dann seine Urteilsverkündung. „Von heute an, wird der Name Samael niemals wieder in weiteren

Schriften aufgenommen oder in Erzählungen einfließen! Zudem wird deine Existenz mit sofortiger Wirkung gelöscht!" noch ehe ich handeln kann, stellt sich Fexiel mit einem lauten »Nein!« Schützend vor mich. „Du wagst es Krieger?", kommt es Gott verwundert über die Lippen. Schnell hat er seine emotionslose Seite wider hervorgeholt und lächelt uns kalt entgegen ... „Nun gut. So werden jetzt zwei bedeutsame Namen ihrer Existenz beraubt!" jetzt durchströmt aufgewühltes Gemurmel die heiligen Hallen. Nie zuvor wurde jemals so ein Urteil gefällt, jedoch muss man zustimmen, dass auch niemals zuvor jemand es sich gewagt hat, unser aller Gott in jeglicher Form des Versagens zu beschuldigen und ihm die Stirn zu bieten. Jetzt wo unser Urteil gefällt und wir beide dem Untergang geweiht sind, weigere ich mich es stillschweigend anzunehmen. Schlimmer kann es nicht mehr werden. Voller Stolz sehe ich Fexiel in seine Ozean-blauen Augen, präge mir sein bildhübsches Gesicht, seine schmalen Wangenknochen und den leicht angedeuteten Bartschatten darauf ein. Ich brenne mir sein verwegenes Grinsen in meinen Verstand, welches ich von ihm entgegengebracht bekomme und löse dann meinen Blick von ihm. Drehe mich von ihm und Gott weg und wende mich an unsere Geschwister, die uns mit einer Mischung aus Traurigkeit und Entsetzen anstarren. Keiner der anwesenden hier, hat auch nur ein Wort erhoben. Was für mitleiderregende Gestalten, der Himmel doch birgt. Sie alle sind so mächtig und doch so schwach. Gehalten von ihren unsichtbaren Ketten und Fesseln, geknebelt und ihrer eigenen Meinung beraubt. Wie auch immer unsere Existenz enden mag, eins ist sicher. Unsere Häupter werden nicht gesenkt sein! Nein, wir sehen unserem

Schicksal mit stolz entgegen! Sollte das meine letzte Möglichkeit sein, so will ich diese nutzen!

Ich präsentiere ihnen meinen Status, denn noch bin ich ein Erzengel des höchsten Ranges. Mit fester Stimme wende ich mich an meine Geschwister „So geht er mit Problemen um und wenn sein Haustier umständlich wird! Seht gut hin und genießt den wahren Gott und Herrscher! Denkt daran, immer schön zu kuschen, sonst könnte euch das gleiche Schicksal ereilen!" Gott bringt mich zum Schweigen, indem er tosend vor Wut sein Wort erhebt. „Es genügt!" Brüllt er und ein gigantischer Windstoß wirbelt durch sein Audienzzimmer. Seine göttliche Aura glüht wie Feuer um seine menschliche Erscheinung und zeigt, dass er mehr als in Rage ist. „Hüte deine Zunge und höre mein mehr als barmherziges Urteil bis zum Ende!" Mit dieser Ansage ebbt der Wind ab und es wird beinahe schon unerträglich heiß. Ungläubig drehe ich ihm mein Gesicht zu und vollziehe eine halbe Drehung. Wie als wäre Fexiel zu einer Salzsäure erstarrt, steht er regungslos an seinem Posten. Er hatte mir einmal anvertraut, dass wenn er in einer lebensbedrohlichen Situation kommen würde, er einfach seinen Geist klären und in eine Art Trance verfallen würde. Er blendet alles um sich geschehende um sich herum aus und sucht nach einer Lösung. Unser Vater fährt derweil ungerührt, mit fester Stimme fort und verkündet seine Entscheidung. „Fexiel! Du wirst des Verrats angeklagt und wirst demnach deine passende Strafe erhalten! Doch zuvor werde ich Samaels Strafe zu seinen Sünden verlauten lassen!" Ich keuche vor Zorn auf und kann nicht an mich halten. „Verrat? Er hat dich niemals verraten!" Mit Missachtung werde ich und meine Worte gestraft. „Er hat mich in dem Moment verraten, als er meine zuvor gestellten Fragen mit einem klaren Ja bestätigte und sich wie deine rechte Hand schützend vor dich stellte!" Erklärt er gelassen mit einem breiten Lächeln. „Du legst dir alles so wie du es benötigen kannst, um von dir abzulenken! Ich verachte dich! Fexiel ist der Einzige, der sich nicht den Mund verbieten lässt und Loyalität versteht!" Sage ich und sehe ihm verbittert entgegen. Er zuckt nur seine breiten Schultern und legt seinen Kopf leicht schräg. „Das ist nichts Neues mehr, Samael." Kommentiert er trocken und sieht zu Michael, der schweigend in der Runde steht und seinen Blick ergeben auffängt. „Erzengel Michael, erlaube mir dein Schwert der Flammen zu führen und Samael persönlich für seine Sünden zu strafen." Michael lässt mit stolz glänzenden Augen sein flammendes langes Schwert erscheinen und bringt ihm dieses stillschweigend entgegen. Vor dessen Podest geht er auf die Knie, streckt seine Arme weit nach vorne und senkt, mit dem Blick zum Boden gerichtet, sein Gesicht. Dankend nimmt Gott es von diesem Speichellecker an und schickt ihn zurück an seinen Platz. Geduldig wartet mein Vater während er das flammende Schwert, welches seinem Namen gerecht wird, andächtig betrachtet. „Mit diesem Schwert, werde ich dir entziehen, was ich dir einst aus Überzeugung und als Lohn für deine Dienste gegeben habe! Acht deiner zwölf reinen Flügel werde ich dir nehmen!" Ich weite meine Augen und balle meine Hände feste zu Fäusten. Selbst Fexiel regt sich leicht und seine Augen verengen sich, während er schneller zu atmen beginnt. Doch ich stehe weiterhin aufrecht und lasse die weiteren Worte über mich rieseln. „Des Weiteren werde ich dir das Anrecht auf Reinheit verwehren, denn als Sünder ist weder dein Herz noch deine Seele rein und somit sollst du dich auch äußerlich zu erkennen geben! Deine restlichen vier Flügel, die ich dir lasse, werden schwarz wie die Sünde werden!" Jedes einzelne

Wort, welches über seine Lippen gleitet, ist wie ein Faustschlag in mein Gesicht. „Zudem verstoße ich dich und deine selbstgewählte rechte Hand! Doch ich bin immer noch euer Vater und als dieser, sowie in meiner allumfassenden Gütigkeit, werde ich euch nicht vernichten!"

Fast muss ich laut auflachen und nur mit Mühe halte ich meinen Mund geschlossen. Doch meinen armseligen Geschwistern gelingt es nicht sich unter Kontrolle zu halten und verfallen in aufgeregtes Gemurmel untereinander. Ein streng ermahnender Blick genügt und es kehrt schlagartig gebannte Stille ein. Umgehend führt er seine nicht enden wollende Rede weiter fort. „Du liebst die Menschen so viel mehr, dass von nun an auch euer Blut dasselbe sein soll! Möge es rot durch eure Adern fließen! Zudem bestrafe ich deinen Hochmut, da du meinst ein besserer Herrscher, ein besserer Gott sein zu können, als ich es bin! So beweise es und herrsche von nun an über die Unreinen!" Ich schnaube bei dieser ganzen Aufzählung. Mir ist es recht, solange er Fexiel hinaushält, verzichte ich bereitwillig auf acht meiner zwölf Flügel. Sicherlich wird der Schmerz mich übermannen, doch ihn an meiner Seite zu wissen gibt mir Kraft, es durchzustehen. „Ihr werdet beide aus dem Himmelreich verstoßen und in die Hölle verbannt! Euch ist der Zutritt in MEIN Himmelreich ab heute und in alle Ewigkeit verwehrt! Von nun an gibt es mein Gegenstück im Universum!" Ruft er aus und hält Michaels flammendes Schwert mit ausgestreckter Hand über seinem Kopf. Im selben Moment werden Fexiel und ich jeweils von zwei Engeln an unseren Oberarmen ergriffen und voneinander getrennt gehalten. Ich werde wie ein Schwerverbrecher schroff, mit dem Bauch nach vorne, gegen ein sich plötzlich manifestierendes Kreuz gedrückt und mir werden die Handgelenke nach oben hin angekettet. Das weiße Hemd, welches ich trage, wird mir am Rücken aufgerissen und meine Haut, dass mit meinen Schwingen verbunden ist, wird freigelegt. Als sich Michaels Schwert in meine empfindsamen Flügel arbeitet und diese von ihren Muskeln und Knochen trennt, kralle ich mich verzweifelt und im Schmerz windend in meinen eisernen Fesseln. Nie zuvor habe ich solche Schmerzen gefühlt und nur durch meine Ketten stehe ich noch halbwegs aufrecht. Der Geruch von brennendem Fleisch und kochendem Blut steigt mir in die Nase, während die Schmerzen so unerträglich sind, dass ich drohe, bewusstlos zu werden. Ich spüre wie ich an Kraft verliere und wie meine Beine unter mir nachgeben wollen. Doch als ich höre, dass Gott mit Fexiel ebenfalls nicht fertig ist, stößt der letzte Funke Adrenalin in mir so hoch, dass ich mich von meinen Ketten losreißen kann und ihm entgegen Schreie, dass er meinen Bruder in Frieden lassen soll. Doch diese Kraft ist zügig verbraucht und ich bin so geschwächt, dass ich mich gerade noch zu ihm geschleppt bekomme und dort zusammenbreche. Er wurde bereits auf den Knien sitzend sowie mit auf dem Rücken gestreckten Armen gefesselt, vor Gott in Position gebracht. Noch immer ist mein Wille ungebrochen. Mein Körper schmerzt unerträglich und doch krächze ich, denn ich will, dass er weiß, dass es mir unendlich leidtut. Nur durch mich ist er in das Visier unseres Vaters geraten. Sein Blick ist voller Liebe und Verständnis. „Niemals wieder wird es so weit kommen, Bruder! Das schwöre ich dir!" Ich sehe im Augenwinkel, wie Ariel, unsere hochgewachsene Schwester mit den eiskalten Augen, auf Fexiel zu kommt. Vater steht neben ihr und legt seine Hand warmherzig auf ihre schmale Schulter. „Arroganz mein Sohn, ist eine hässliche Sünde. Sie sollte jedem förmlich ins Gesicht geschrieben sein ... Findest du nicht geliebte Tochter?" Ich verstehe nicht, was das zu bedeuten hat, denn der Schmerz hindert mich daran klar denken zu können. Fexiel hingegen scheint eine Ahnung zu haben, denn er grinst böswillig und wendet sich an ihn. „Ich trage jede einzelne Narbe mit stolz! Ich bin ein Krieger und mein Ehrgefühl lasse ich mir niemals von euch oder sonst jemandem streitig machen! Da macht eine weitere Narbe keinen Unterschied!"

Als Ariel sein Kinn umfasst, verstehe ich es endlich. Sie wollen ihm das Gesicht zerschneiden! Sein so wundervolles Gesicht! Fexiel dreht ruckartig sein Kinn zur Seite und spuckt ihr vor die Füße. „Das ist das letzte Mal, das du mich anfasst du Schlange! Ich verachte dich Ariel, all meine Gefühle wenden sich nun zu Hass und Abneigung! Ich bereue es dich gehabt zu haben!" Sein Ozean farbigen Augen wandeln sich eisblau vor Hass. Zornig blickt sie ihm entgegen und umfasst das Messer, welches sich in ihrer linken Hand hält immer fester. Mit einer unglaublichen Wucht und Schnelligkeit lässt sie das Messer tief über seine rechte Gesichtshälfte unterhalb des Auges hinunter Schneiden. Direkt quillt rotes Blut aus dem offen klaffenden Fleisch hervor und rinnt über seine zerschnittene Gesichtshälfte. Ausgerechnet die Wange, die zuvor ein allerletztes Mal seine geliebte Pfauenfeder liebkost hatte! Unaufhaltsam tropft sein Blut auf den Boden und bildet eine Lache vor ihm. „Das war dein letztes Vergnügen mit mir, Schlange! Begegnen wir uns irgendwann zahle ich es dir zurück." Sagt er, ohne eine Miene zu verziehen. Sie lässt kommentarlos das Messer auf den Boden fallen und rennt augenblicklich davon. Gott sieht ihr hinterher und seufzt. „Du hattest so viel Potenzial, Fexiel. So sei es, lerne aus deinen Fehlern." Er winkt Gabriel zu sich und deutet auf meinen verletzten Bruder. „Los, beende ihre Aufgabe!" Sagt er knapp und deutet auf Fexiels weiße Flügel, die sich an seinen Rücken gedrückt unter seinen Handfesseln befinden. „Das ist Mord! Du veranlasst vor allen Augen den Mord einer deiner Söhne, obwohl du uns in die Verbannung schicken wolltest? Gabriel, neeeiiiiin!" appelliere ich mit letzter mir verbleibenden Kraft. Ich werde auf die Füße gezogen und verspüre einen stechenden Schmerz in meine Magengegend, der mir endgültig die Luft aus den Lungen treibt. Noch während mein Körper zu Boden geworfen wird, kann ich Fexiels grauenvolle Schmerzensschreie vernehmen und höre, wie seine empfindsamen feinen Knochen, die sich in unsren Flügeln befinden, einzeln gebrochen werden. Die letzten Worte dringen nur noch dumpf an mein Gehör. „Es bedarf vier Flügel, um sie sicher in die Hölle zu begleiten. Kettet sie aneinander und schafft mir diesen Dreck aus meinem Himmelreich!"

Ein bekanntes Gesicht

Zu gerne würde ich behaupten, dass wir uns aufgerafft und mit ausgestreckten Mittelfingern einen würdigen Abschied hingelegt haben. Doch das wäre nicht wahrheitsgemäß und zudem ist nun bekannt, dass ich nicht der Lüge fähig bin. Wie nasse Säcke schleppt man uns in Ketten aus Vaters Zimmer und lässt uns am Rand des Himmels wie Abfall auf den weichen Boden fallen. Immer wieder verliere ich das Bewusstsein, denn trotz des veröden der Schnittstellen habe ich nicht nur Blut, sondern auch Unmengen an Macht verloren. Dennoch gelten meine Gedanken meinem kleinen Bruder, der so viel mehr erleiden musste. Mit großer Mühe versuche ich meinen verschwommenen Blick zu klären und Fexiel, der mit seinen Handgelenken an meine gekettet ist, vor mir zu erkennen. Da er sich nicht regt, als ich ihn anspreche, hoffe ich, dass ihn seine zugefügten Verletzungen nur in die Bewusstlosigkeit geführt haben. Immer wieder hallen Vaters letzte Worte in meinen Gedanken nach: »Es bedarf vier Flügel, um sie in die Hölle zu geleiten ...« Um ehrlich zu sein, beschleicht mich in diesem Moment das erste Mal Panik zu versagen. Schließlich geht es nicht mehr nur um mich, sondern um meinen einzigen Bruder, der mir bis jetzt sein Vertrauen und seine Loyalität entgegengebracht hat. Ich darf nicht versagen und so versuche ich mich auf das Kommende vorzubereiten. Immerhin sind wir bisher mit unserem Leben davongekommen, und das sollte nicht mit dem Sturz in die Hölle enden! Im Hintergrund höre ich unsere Geschwister, doch ich verstehe ihre Worte nicht mehr und sie sind mir auch vollkommen egal. Mit einem äußerst groben Tritt gegen meine Wirbelsäule werden wir aus dem

Himmelreich verbannt und ich vernehme dumpf das Knacken weiterer Knochen. Entsorgt wie Haustiere, welchen man überflüssig geworden ist und einfach an der nächsten Kreuzung aussetzt. Reflexartig klappen zwei meiner nun rabenschwarzen Flügel, um Fexiel um seinen schlaffen Körper zumindest etwas zu schützen. Unsere Umgebung rast in Lichtgeschwindigkeit an uns vorbei. Einzig die uns umgebende lodernde Hitze, die sich unsichtbar um unsere Körper legt und mir zusätzlich Kraft und Energie zu rauben droht, nehme ich wahr. Sie quetscht meine Lungen und erschwert mir zusehends das Atmen. Ich versuche mich auf meinen Herzschlag zu fokussieren, blende das zusätzliche Gewicht, welches ich tragen muss, aus und vertraue auf meine Erfahrungen und Fähigkeiten. Ein leichter Hauch der Begeisterung flammt in mir auf, da ich es dem Anschein nach schaffe, unsere Geschwindigkeit teilweise verlangsamt zu bekommen. Doch dieser Siegesmoment ist nur von kurzer Dauer. Unter uns erstreckt sich ein riesiger zerklüfteter Felsvorsprung, den ich nicht erkennen kann. Dieser schickt mich mit einem leuchtenden Lichtblitz vor meinen Augen und einem nie zuvor gefühlten Schmerz, der meinen gesamten Körper durchfährt, in die schwarze erlösende Besinnungslosigkeit. Wie lange wir so da gelegen haben, weiß ich nicht. Es können wenige Minuten, aber vielleicht auch Tage gewesen sein. Was bedeutet hier, wo wir uns jetzt befinden, auch schon Zeit? Als ich zu mir komme, liegt Fexiel regungslos und weit abseits von mir entfernt auf dem Boden. Ich kneife meine Augen zusammen und fahre mir über mein schweißnasses Gesicht. Erst jetzt, als ich meinen Arm hebe, realisiere ich die zerrissene Kette der Handfessel, die immer noch straff um mein Handgelenk liegt.

Zumindest hatte der Aufprall einen Nutzen und uns die Freiheit geschenkt. Ich winkle meine Arme und Beine vorsichtig an, drücke meinen Rücken vom klebrig nassen Boden ab und stehe schwankend auf. Scharf ziehe ich die schwefelhaltige faulige Luft ein und bekomme davon direkt einen würgenden Hustenanfall. Dies ist also unsere neue Heimat. Ein Ort, der sich in die Unendlichkeit zu erstrecken scheint. Trostlos, wie eine riesige, schwarze und klebrige Einöde, aus der in weiter Ferne dichter, grauschwarzer Rauch emporsteigt und den orangeroten Himmel der Hölle verhüllt. Ich spüre, wie sich die Hoffnungslosigkeit und Finsternis dieses Ortes um mich legen will, doch ich dränge diese aufkommenden Gefühle beiseite und wende mich zu Fexiel. Langsam komme ich bei ihm an und gehe vor seinem regungslosen Körper auf die Knie. Sein Gesicht ist mir zugewandt, seine Augen geschlossen. Ich starre auf seine zerfetzte Wange und fühle mich schuldig. Sein ganzer Körper ist schlimm zugerichtet. Sein linker Unterarm weist einen offenen Bruch auf und seine sonst makellosen weißen Flügel sind immer noch gebrochen. Wie von selbst hebt sich meine Hand und ich berühre zaghaft seine sich langsam schließende Wunde von seiner Wange. Ein tiefes Brummen lässt mich diese jedoch schnell zurückziehen. „Es ist nur eine weitere Narbe ...", brummt er tief und lässt endlich seine Augenlider zucken. „Moah, will ich wissen, was hier so nach Verwesung stinkt? Das weckt selbst Halbtote!" Bei seiner Bemerkung heben sich meine Mundwinkel zu einem Grinsen an. „Willkommen im neuen Zuhause, Bruder ... Oder doch lieber meine zukünftige rechte Hand?" Ich strecke ihm währenddessen meine entgegen, um ihm beim Aufstehen zu helfen. Mit einem Zisch-Ton ergreift er sie und steht mit zusammengepressten Lippen auf. „Was 'ne verdammte

Scheiße!" „Auch aus Scheiße lässt sich Gold machen, Fexiel."
Erwidere ich schulterzuckend und seufze. Er runzelt seine
Stirn und mustert mich nachdenklich. „Eben noch kauerst du
neben mir und ich dachte, du sorgst dich um mich. Schönen
Dank auch, dass ich meinen scheiß, Zustand meinte, auch
wenn das auf das hier zutrifft. Hier ist absolut nichts außer
stinkende Einöde und ein paar Vulkane, die da hinten
verschwinden und den Himmel verpesten!" Er streckt
angespannt seinen rechten Arm in die Richtung aus, aus der
dichte Rauch steigt. „Wenn du aus diesem Höllenloch Gold
machst, werde ich meine eigenen Federn vor deinen Augen
fressen!" Seine Aussage verleitet mich zu einem noch
breiteren Grinsen. „Deal!" Sage ich und wir schlagen
brüderlich darauf ein. Er schüttelt seinen Kopf und sieht sich
skeptisch um. „Okay, und welchen Weg gehen wir weiter?
Willst du die rechte oder lieber die linke Pampa
erkunden?" „Lass uns Richtung Westen gehen, vielleicht hat
der Rauch auch eine andere Bedeutung." Er zuckt mit den
Schultern und zischt genervt durch seine
aneinandergepressten Zähne aus, als der Schmerz ihn an
seine Verletzungen erinnert. „Verdammt nochmal! Wie du
willst." Seine Flügel sind bisher nicht wiederhergestellt und
auch meine haben bei dem Sturz hier hinunter wie unsere
ursprüngliche weiße Kleidung ordentlich gelitten. Ohne viel
Hoffnung setzen wir uns in bewegung, während ich ihn aus
den Augenwinkeln anschaue. Seine schönen reinweißen
Flügel sind zerzaust. Seine Schwungfedern und
Schulterflügel, die man ihm gebrochen hatte, sind mit
getrocknetem Blut und dem schwarzen zähen Zeug dieses
merkwürdigen Bodens verschmiert und gezeichnet. Da meine
Flügel nun schwarz sind, fällt bei mir das Blut nicht
sonderlich auf. Bei diesem Untergrund kommen wir nur in

langsamer Schrittfolge weiter, doch ans Fliegen ist bislang nicht zu denken! „Wenn du eine Pause einlegen willst …“, schlage ich vor und werde mit einem freudlosen Lachen seinerseits unterbrochen. „Ernsthaft? Hier ist nichts und niemand. Ganz sicher werde ich hier keine Pause machen und auf die vollkommene Nacht warten, sofern es hier so was geben sollte! Nein, Samael, wir gehen weiter und sehen uns diesen Vulkan, oder was auch immer das da hinten sein sollte, genauer an. Hier auf offener Fläche in einem uns unbekannten Gebiet ist man nur ein gutes Ziel.“ Da ist er wieder, der Stratege, mein Krieger und meine jetzige rechte Hand. Immer aufmerksam und bedacht. Für mich ist das alles hier nur totes Ödland ohne jegliche Gefahren. Dennoch hat Fexiel recht. Was, wenn Tag und Nacht hier anders funktionieren und verborgene Gefahren in der Dunkelheit lauern? Unsere Ankunft wird bestimmt nicht unbemerkt geblieben sein … so stimme ich stumm zu und verliere mich in Gedanken, während wir weitergehen. Um seine Sichtweise zu erfahren, teile ich ihm meine Überlegungen mit: „Ich hab mir überlegt, jetzt, wo mir Rang und Status genommen sind, sollte ich eine neue Identität entwickeln.“ „Und was schwebt dir da vor? Engel sind wir ja immer noch, auch wenn es eine Weile dauert, uns wiederherzustellen.“ Er presst die Lippen zusammen und seine Stirn runzelt sich „verdammte Kacke! … nicht alles kann repariert werden …“ Seitdem er wieder bei Bewusstsein ist, flucht er ständig. „Es sind nur ein paar Flügel gewesen. Soll der Alte sie sich hinter seinem Schreibtisch an die Wand nageln und sich daran aufgeilen! Er wollte die anderen einschüchtern und das ist ihm gelungen! Wie kleine Welpen lecken sie ihm die Stiefel und erhoffen sich nun aufzusteigen. … Ich bereue es nicht, denn ich, nein wir haben unsere Fäden abgeschnitten und sind frei."

Fexiel kneift seine hellblauen Augen zusammen, lacht herzlich und schüttelt sich. „Jetzt hab' ich Kopfkino, Bruder! Es artet gerade dermaßen aus, das kannst du dir nicht vorstellen!" Für einen Moment lachen wir beide und genießen es einfach. Egal, wie grässlich dieser Ort sein mag, mit ihm an meiner Seite ist es erträglich und wer weiß, was sich hinter dem Rauch noch so verbirgt. „Wir haben dein angeschnittenes Thema bezüglich deiner neuen Identität nicht weiter aufgenommen." Sagt er nach einer längeren Pause. „Was stellst du dir vor? Willst du dir ein unnahbares und undurchschaubares Image zulegen? Könnte sich bei der hierzu bietenden Kulisse sicherlich bezahlt machen." Aufmerksam lässt er seinen Blick über unsere Umgebung schweifen. „Wer weiß schon, wie die verstoßenen Seelen hier darauf sind. Mit Sicherheit sind es Meuchelmörder und verrückte arme Teufel, die eine harte Hand mehr respektieren als einen sanftmütig gefallenen Engel." Ich brumme in mich hinein und verenge meine Augen. „So sieht man mich?" Mein Bruder wackelt mit seinen Augenbrauen und zwinkert kurz darauf. „Ich seh' dein Innerstes. So war es schon immer, Bruder, du hast einen ausgeprägten Sinn nach Gerechtigkeit und suchst trotz der dir aufgelegten Aufgaben einen Weg des kleineren Übels für die Betroffenen. Was deine Person betrifft, bist du waghalsig und impulsiv, aber vor allem hast du ein Herz, welches größer nicht sein könnte." Er hat recht mit seiner Aussage. Ich kann schlecht hierherkommen und mich den Wölfen zum Fraß vorwerfen, wenn ich sie regieren soll. Wie wir, wissen auch diese Kreaturen um ihre Existenz. Laut uralten

Überlieferungen, soll die Hölle abgrundtief schlecht, niederträchtig und vor Unmengen an Qualen nur so triefen. Auch als gefallener Engel wird man uns einen Stempel aufgedrückt haben. Hat man einmal seinen Ruf weg, muss der Status neu erarbeitet werden ... so werde ich meine Mauern hochziehen und mir seine zuvor beschriebenen Eigenschaften zunutze machen. Ich muss emotionslos und unnahbar erscheinen. Jeweniger Angriffsfläche ich zu bieten habe, umso unverwundbarer werde ich sein.

Zumindest nach außen werde ich mich so künftig zu präsentieren wissen. Ich werde es mir zunutze machen, dass ich bereits Jahrtausende existiere und umfassende Missionen auf der Erde verrichten musste. Ich werde selbst zu einem von ihnen undtrotzdem werde ich mich von ihnen abheben und nicht nur wegen meiner Flügel! „Ich benötige einen neuen Namen!" Sage ich in einem bestimmenden Tonfall und beginne direkt mit der Aufzählung etlicher Namen. Fexiel schüttelt bei jedem entschieden seinen Kopf. „Nope! Namen wie Abaddon oder Asmodeus sind altbekannt! Mammon gibt es auch schon, und ich glaube nicht, dass es ihm gefällt, dass du dir seinen Namen vergibst. Du bist der Neue, mit den vier gewaltigen schwarzen Flügeln der Herrscher über das hier! Da muss dir etwas Einzigartiges und Bedeutenderes einfallen!" Es kommt gleichzeitig über unsere Lippen. „Der Teufel persönlich!" Enthusiastisch drücken sich meine Flügel durch meine Haut und präsentieren sich weit ausgebreitet und erholt in ihrem neuen Glanz. Fexiel stellt sich vor mich, legt seine rechte Hand auf seinen Brustkorb und grinst mich an. Er verneigt sich vor mir und sagt mit fester Stimme: „Mein Teufel, ich stehe euch stets loyal zu Diensten. Als eure rechte Hand und treuer Freund. Ich schwöre euch hier und immer die Wahrheit zu sagen und deinen Starrkopf, wann immer er durchkommen mag, geradezurücken. Wenn nötig werde ich nicht scheuen dir in den Arsch zu treten! Mit meinem Leben werde ich dir zur Seite stehen und jegliches Unheil von dir abwenden!" mit der Überzeugung, mit ihm hier vollkommen alleine zu sein, gebe ich meiner Fassade nach und lege ihm meine rechte Hand unter sein Kinn und hebe es an. Meine Augen sind voller Stolz und mit Tränen gefüllt. „Fexiel, ich werde diese Worte selten bis eventuell niemals mehr sagen, doch ich liebe dich und ich bin dir auf alle Zeit dankbar. Dir vertraue ich blind und von deinen Erfahrungen werde ich ebenfalls profitieren. Auch ich würde für dich mein Leben geben, Bruder! Ich hätte mir keinen anderen Bruder, als dich an meiner Seite wünschen können." Fexiel sieht mich ebenfalls aus feuchten Augen an und streckt seine breiten Schultern. Ohne, dass es ihm oder mir bewusst aufgefallen ist, haben sich seine Flügel vollständig erholt und erstreckten sich nun kraftvoll aus seinem Rücken entgegen und zeichnen somit einen starken Kontrast zu der Dunkelheit ab. Freundschaftlich umarmen wir einander und verharren einen Moment zusammen. Diese Vertrautheit und den Geruch des anderen, statt diesen beißenden Schwefel und der anderen uns undefinierbaren Gase zu riechen, ist gerade wie ein Hauch vom Paradies. Wir haben uns dem Moment vollkommen hingegeben und unsere Umgebung komplett aus den Augen gelassen. Ein Fehler, denn jetzt ist uns entgangen, dass wir nicht mehr alleine sind.

Erst als durch die Stille leise applaudiert wird und sie ihre klare kalte Stimme verlauten lässt, trennen wir uns zügig voneinander und blicken mit aus einer Mischung aus Verwunderung und Wut in ihre Richtung. „Was für ein ergreifender Moment!" Sie steht gelassen, einige Meter von

uns entfernt, nur so da. Die langen tiefroten Haare umrahmen ihr Gesicht und fallen über ihren langen geraden Rücken hinab. Wieder sind es ihre grünen Augen die mich von ihr gefangen nehmen. Ihre schmalen Lippen sind zu einem süffisanten grinsen verzogen, als ich beginne mich an sie und ihre Worte in der Gassevon damals zu erinnern. „Wie ich sehe, kommt ihr eurer Bestimmung nach! Ich sagte ja, wir sehen uns wieder, Samael." Sofort beschwört Fexiel seine gold-silberne Peitsche herauf und umfasst diese mit seiner rechten Hand. Mit einem eiskalten, entschlossenen Blick wartet er nur auf meinen Befehl, um diese tödliche Waffe an ihr einsetzten zu dürfen. Leicht zucken ihre Augen und ich meine Angst in ihrer Miene aufkommen zu sehen. Im Nu geht sie zum Angriff über, ihre Fingernägel werden zu tödlichen Krallen und ihre Oberlippe zieht sich ein Stück zurück. Jetzt offenbart sie ihr wahres selbst. Ein drohendes Fauchen entweicht ihren Lippen und ihre spitzen Fangzähne kommen zum Vorschein statt der verrückten Hexe steht nun eine wilde Raubkatze vor uns. „Das wagst du nicht, Schoßhund!" Faucht sie und geht in eine Kampfposition über. Fexiel als Schoßhund zu beleidigen ist ein Fehler, denn schneller als ich reagieren kann, knallt auch schon das Ende seiner Peitsche direkt neben ihrer Stiefelspitze auf den Boden und lässt sie eilig einen Schritt zur Seite machen. „Das nächste Mal reiße ich dir deine verdorbene Zunge heraus!" Zischt er ihr drohend entgegen. Ich strecke meine Hand gegen seinen Brustkorb und schiebe mich zwischen die beiden. Sie hier wiederzusehen, überrascht mich.
Fexiel sieht verständnislos zu mir, während sie ein böses Lächeln aufsetzt und damit beginnt sich zu entspannen. „Was soll das?" Knurrt er, während sie anfängt zu kichern. „Halt ihn lieber an der Kette. Wir wollen doch kein Blutbad unter

Verbündeten beginnen, wo man doch Allianzen schließen kann ..." Bei ihrer bissigen Bemerkung drückt sich mein Bruder gegen meine noch immer erhobene Hand. „Es reicht jetzt!" Sage ich in einem scharfen Tonfall und sehe zu ihr rüber, wahrend ich ihn ordentlich bremsen muss. „Zügel deinen Ton und du Fexiel, lass deine Peitsche verschwinden!" Er klappt seinen Unterkiefer hinunter und sieht mich an, als hätte ich meinen Verstand verloren. Ich beeile mich, ihn aufzuklären. „Ich kenne diese verrückte! Sie stellt vorerst keine Gefahr dar." Fexiel brummt und hält seine Gedanken vorerst für sich. Stattdessen lässt er die Peitsche verschwinden und wartet darauf, dass ich weiter ins Detail gehe. „Wir sind uns auf der Erde kurz begegnet. Ich war auf dem Rückweg, meiner letzten Mission und wurde von ihr aufgehalten." Jede Silbe unseres absurden Gesprächs von damals kommt aus der Versenkung meines Unterbewusstseins hoch.

Sein Blick verrät seine Gedanken, auch wenn er erst später, wenn wir alleine sein werden, es sagen wird. Er verdreht seine Augen und rümpft seine Nase. Mit einem knurrenden Unterton fragt er nach ihrem Namen, aber sie hatte ihn mir nie genannt und auch jetzt vermeidet sie eine Antwort. „Mein Name, ist unbedeutend. Eurer jedoch nicht! Es sollte ein Name voller Kraft und Stärke sein, mein Fürst. Euer Eintreffen und des eures ..." sie überlegt kurz und lässt ihren Blick auf Fexiel ruhen „Nun ja und den eures treuen Begleiters, wurde bereits sehnlichst erwartet!" Sie zwinkert vielsagend in meine Richtung. Und wieder spielt sie das geheimnisvolle Medium! Mit zusammengepressten Lippen betrachte ich diese diabolische Frau in ihrer menschlichen Tarnung „Was bist du und wie konntest du aus der Hölle emporsteigen und auf der Erde wandeln?" Sie legt ihren Kopf leicht zur Seite. „Nun, einiges werde ich dich erfahren lassen, doch alles zu gegebener Zeit. Sowohl ihr Erzengel als auch einige Dämonen haben ihre Berechtigung auf Erden zu wandeln ...", mit einem kalten Grinsen sehe ich ihr entgegen. „Gut, dann entziehe ich als erste Amtshandlung diese Berechtigung!" Sie sieht mir entgegen und bricht in schallendes Gelächter aus. „Geht es an, neuer Herrscher der Dunkelheit; ihr werdet durch diese dumme Maßnahme nur Feinde gewinnen, denn allmächtig seid ihr keineswegs!" Ihre Arroganz bringt mich dazu, dass meine Augen wie lodernde Feuer anfangen zu leuchten. „Du lehnst dich sehr weit aus dem Fenster, Hexe!" Knurre ich, doch das lässt sie ungerührt. „Anders als ihr bin ich mit der Hölle bestens vertraut, doch euch zu lehren ist nicht meine Aufgabe, jemand anderes steht euch dabei bei." sie pausiert, wirft einen Blick nach hinten und schaut dann zu uns zurück „Paymon wartet bereits auf euch ich bin nur hier, um Grüße zu senden und euch den Weg zu eurem Anwesen nahezubringen. Geht nicht verloren, denn ich kann nicht immer eingreifen, um euch vor Gefahren zu bewahren." Sie zuckt ihre schmalen Schultern und deutet, in die entgegensetzte Richtung. „Es wäre klug, wenn ihr euch zunächst zu Hause einrichtet und über die Sitten der Hölle bei Paymon informiert, bevor ihr unbefugt in das Land eines anderen Höllenfürsten vordringt." ihr Blick wandert über uns, dann empfiehlt sie: „Gönnt euch ein Bad, der Engelsduft lockt hier gefährliche Bestien an. Geflügel steht ganz hoch im Kurs." mit einem neckischen Lachen zerfällt sie zu schwarzem Sand, der umgehend mit dem Boden verschmilzt „noch ein Rat: folgt dem Weg geradeaus. Euer Anwesen ist unübersehbar. Auf Wiedersehen, Lucifer Lux!" ihre Stimme bleibt in der Luft, während ich auf die Stelle blicke, wo sie vorhin war, und den Namen übersetze

„Lichtbringer." Er gefällt mir und so vergebe ich mir selbst den Namen Lucifer.

Zufrieden sehe ich mich um und wende mich an Fexiel, der nur darauf wartete, dass wir endlich alleine sind und er mir seine Meinung unter vier Augen entgegenbringen kann. „Zum einen Lucifer, klingt tatsächlich gut, das muss ich ihr lassen. Aber zum Zweiten, wie konntest du dich auf so eine irre einlassen! Ich weiß um deinen schlechten Geschmack bei Frauen Bruder, aber die? Das hätte doch ein Blinder gesehen, dass die nicht gewöhnlich ist!" Er tippt sich selbst mit seinem rechten Zeigefinger an die Schläfe, während er mit mir redet. „Wow Moment! Ich hatte nichts mit ihr! Keine Ahnung warum, weder Azrael noch meine Sinne sie nicht entlarvt hatten, auch jetzt schien sie sich bis zu eurer Auseinandersetzung zu tarnen." rechtfertige ich mich energisch. „Wenn es dich noch interessiert, sie hatte mich bei meiner letzten Mission in eine art Kammer geschliffen und da …", doch Fexiel schüttelt den Kopf und legt mir seine Hand auf meine Schulter. „Schon okay, es ist dein Ding. Neue Welt, neues Leben. Aber von jetzt an hab' ich besser n Auge auf dich." erwidert er grinsend. Ich seufze und lasse es unkommentiert im Raum stehen. Manche Beziehung entpuppte sich als totale Katastrophe, das kann ich nicht leugnen.

Gemeinsam schauen wir ein letztes Mal dorthin, wo der schwarze Rauch aufsteigt und der Himmel blutrot leuchtet. Ich frage mich, welcher Dämonenfürst dort residieren könnte und wie viele von ihnen hier unten hausen. Haben sie alle ihren eigenen Wirkungsbereich und entscheiden sie eigenständig über die Qualen der Seelen? Mit einer Mischung aus Neugierde und Unwohlsein löse ich meinen Blick und wende mich zum Gehen ab. Auf meine Fragen werde ich sicherlich durch diesen Paymon Antworten finden. ...

Ein neuer Begleiter

Je weiter wir unsere Reise fortsetzten, umso stickiger und schwerer wird die Luft um uns herum. Keine einzige Vegetation ziert unseren Weg. Das Einzige, was sich verändert, ist der schwarze schmierige Boden unter uns, der sich inzwischen in Steine wandelt und stellenweise regen sich alte verwitterte Ruinen in den roten Höllenhimmel empor. Gelegentlich huscht eine aufgeschreckte Rattengruppe an uns vorbei, und versucht in den breiten Rissen der Gemäuer Schutz zu suchen. Wie aus dem Nichts schießt ein riesiger langer Schatten plötzlich an uns vorbei und verschmilzt mit der neben uns befindlichen Mauer. Kurz ist ein jämmerlich schreiendes Quieken zu hören. Direkt sind wir beide in Alarmbereitschaft und beschwören unsere Waffen hervor. Fexiels gold-silberne Peitsche ist fest um seine Hand gewickelt und lauert wie eine Schlange auf ihren Einsatz. Aus der Ferne hören wir weiteres panisches Gebrüll. „Schaaattteeennnn!" Was hat das zu bedeuten? In dem Moment, als wir lokalisieren, woher dieser Ausruf kommt, stürzt sich auch schon eine gut sechzig Zentimeter hohe Straßenkatze, auf mich und versucht mit ihren vier Pfoten Schutz sowie festen Halt auf meiner Schulter zu finden. Reflexartig, greife ich mit meiner linken Hand nach ihrem struppigen, flohverseuchtem Fell und schleudere sie schroff zurück auf den steinigen Boden. Hasserfüllt sieht sie mir entgegen und setzt zum erneuten Sprung an, doch dann entscheidet sie sich schlagartig zum Gegenteil und gibt Vollgas in entgegengesetzte Richtung. Wir sehen dem grässlichen Tier hinterher und einigen uns schweigend darauf, uns über Telepathie weiter auszutauschen. °*Alter, du hast es scheinbar den Muschis angetan. Die war ordentlich in Fahrt.°* Ich verdrehe meine Augen, warum kann er nicht einmal ernst bleiben? *°Dir ist aber schon klar, dass sie wegen eines Schattens panisch wurde? Wir sollten auf alles vorbereitet sein.°* er stimmt mir zu und wir beobachten gemeinsam, wie das Fellknäuel in der nahegelegenen Ruine, wie zuvor die Ratten, Schutz sucht.

Umgehend taucht der lange Schatten vor uns auf und beginnt sich zu manifestieren. Lange dünne Beine tragen einen beinahe rauchgefüllten Körper mit einem gigantischen Wolfskopf und ausgestreckter Rute. Sein graues Fell ist vom Nacken bis zu seiner Schwanzspitze aufgestellt und lässt dadurch seine beeindruckende Schulterhöhe von gut hundertvierzig Zentimetern noch imposanter aussehen. In seiner Länge ist er sicherlich hundertsechzig Zentimeter, doch das lässt sich schlecht schätzen. Nur kurz sieht er mit seinen glühend roten Augen mir entgegen, fährt sich mit seiner ebenfalls schwarzen Zunge über seinen gigantischen Fang und sprintet dann kurzerhand der Katze mit einem lang gezogenen Geheul hinterher. Ungläubig starre ich vor mich hin. *°Hast du das gesehen, was ich meine gesehen zu haben?°* *°Jup. Der macht Hackfleisch aus der Muschi. Was war das für ein Ungeheuer?°* Ich sehe ihm mit einem Achselzucken entgegen. *°Ein Schattenwolf? Oder eine Art Höllenhund? Du bist von uns beiden derjenige, der sich mit den heiligen Schriften und Dämonen befassen sollte. Sofern es mal zu einem Krieg auf allen Ebenen kommen würde. Hast du etwa geschwänzt, kleiner Bruder?* Er boxt mir leicht in die Seite und redet laut weiter: „Du als Erzengel solltest selbst ein wenig an Erfahrung und Wissen mitbringen. Ich schätze also, wir drücken zusammen die Schulbank der Hölle und glaub mir, ich lass' dich nicht bei mir abschreiben!" Keine Gelegenheit wird ausgelassen, einander zu sticheln, und ich muss sagen, gerade das tut verdammt gut!

Ein erst ängstliches Gekreische, welches sich dann in wütendes Fauchen umwandelt, veranlasst uns, dem mysteriösen Wolfsschatten hinterher zugehen. Bevor wir die beiden Wesen erneut zu Gesicht bekommen, hören wir ihr Brüllen: „Du beschissener stinkender Schatten! Ich hab' Rechte! Hier ist freies Gebiet!" Es sieht wahrlich schlecht für dieses Wesen aus, da sie dicht an die Mauer gedrängt wurde und vom Wolf gegenüberstehend fixiert wird. Immer wieder versucht sie, mit ihren Vorderpfoten im Wechsel, auf seine empfindsame Schnauze einzuschlagen. Doch er scheint sich einfach in Rauch aufzulösen und zu warten, dass sie aufgibt. Ihr Überlebenswille ist unerschütterlich, und da sie merkt, dass diese Strategie nicht den gewünschten Erfolg hat, versucht sie einen letzten Trumpf zu spielen. Sie beginnt zu wimmern und drückt sich, so gut es ihr möglich ist, auf den Boden. „Komm schon, dann mach es wenigstens schnell und bring es zu Ende." Das Schattenwesen plant, sich gnädig zu erweisen, und in dem Moment, als er sie mit ausgestrecktem Maul packen will, drückt sich die übergroße Katze vom Boden ab und rennt zwischen seine Beine mit einem lauten „Fick dich, Höllenhund!" davon. Fexiel grinst voller Zuversicht, doch als er sieht, wie wendig und unfassbar schnell dieser Jäger ist, muss er sich einfach eingestehen, dass sie es wohl doch nicht schaffen wird. Selbst mir ist in all den Jahrtausenden kein schnelleres und ausdauernderes Wesen unter die Augen gekommen. Dieser Höllenhund fasziniert mich in seiner Erscheinung sowie in seiner Strategie immer mehr. „Oh man, ich kann mir das nicht weiter ansehen! Schick mich aufs Schlachtfeld, ich zerfetzte aufmüpfige Dämonen und schließe für dich meinetwegen neue Bündnisse für ne Armee oder Ähnliches, aber das kann ich mir nicht weiter ansehen!" Er dreht sich vom Schauspiel weg und ich lasse ihn. Ich jedoch bin regelrecht gefesselt von dem, was mir geboten wird. Wie ein Orca bei der Jagd nach seiner Leibspeise, einem Robbenbaby, stürzt er sich auf die Dämonenkatze. Er schleudert sie durch die Luft, rennt ihr hinterher und fängt diese noch im Fall mit seinem weit aufgerissenen Maul auf, wo sie in einem Stück von ihm verschlungen wird. Das alles dauerte sicherlich kaum eine Minute. Genussvoll schließt er seine wie glühende Kohlen leuchtenden Augen und fährt sich zufrieden brummend über seine Schnauze. „Es ging schnell." Sage ich ruhig und knapp, damit mein Bruder sich wieder in meine Richtung drehen kann. Fressen und gefressen werden. Nur wer ganz oben an der Spitze der Kette sitzt, muss sich nicht sonderlich fürchten, denn alle anderen sind Beute.

Es dauert nicht lange, da beginnen sich seine Nasenlöcher flatternd zu heben und zu senken. Als würde er die Luft vor sich greifen können, schnappt er danach und lässt seinen wuchtigen Kopf in unsere Richtung schnellen. Seine roten Augen fixieren uns und ehe wir reagieren können, liegt Fexiel auch schon unter seinem massiven Körper auf dem Boden. So langsam wie möglich versucht er an seine Peitsche zu kommen. Sein durchdringender Blick ruht auf dem Hund, während er gelassen weiteratmet. Ohne auch nur eine Sekunde nachzudenken, erhebe ich meine tiefe Stimme und beginne im scharf dominanten Tonfall das Untier anzusprechen. „Hey! Sofort runter von meinem Bruder, sonst setzt es was!" Ich weiß nicht, ob es meine Stimmlage oder doch eher mein durchdringender Blick ist, doch winselnd hebt er seine schwere Tatze von Fexiels Kehlkopf und geht langsam rückwärts von ihm runter. „Ganz von ihm weg! Was denkst du dir dabei!?"sage ich schroff, da es den Eindruck erweckt, dass er mich auf die Probe stellen will. „Du ungezogenes Hündchen! Greifst du Fexiel an, greifst du indirekt mich an! Wag es dich nicht." Jetzt, da ich die volle Aufmerksamkeit auf mich gezogen habe, umfasst Fexiel seine tödliche Waffe.

Diese braucht er jedoch nicht einzusetzen, da der riesige Schattenwolf sich sofort zurückzieht und sogar winselnd seine Vorderpfoten vor ihm ausstreckt und seinen gigantischen Wolfskopf auf diese ablegt. Fassungslos setzt sich mein Bruder auf und starrt ihm entgegen. „Was macht er da?" „Er möchte sich bei dir entschuldigen, er wollte sich einen Spaß mit uns erlauben und ist zu weit gegangen." Zustimmend brummt er, doch Fexiel schüttelt seinen Kopf und runzelt argwöhnisch seine Stirn. „Verarsch mich nicht! Willst du mir sagen, du kannst den Köter da lesen?" Das Wort Köter, lässt den Höllenhund energisch aufspringen und in die Luft vor sich schnappen. Der Schaum an seinem Maul wird dichter, während sein kalter Atem als Rauch in die Luft steigt. Ich verschränke meine Arme vor der Brust und mache einen Schritt auf die beiden zu. „Ich verarsche dich nicht und er ist kein Köter! Wenn ihr beide etwas gemeinsam habt, ist es, dass ihr beide es nicht ausstehen könnt, beleidigt zu werden! Sein Name ist im Übrigen Cerberus."

Wie als würde er lachen, wufft Cerberus und sieht zu mir rüber. „Jetzt redest du schon mit einem Höllenhund? Das ist selbst für dich schräg." Fexiel steht auf und kommt auf mich zu, während der Höllenhund weiterhin auf seinem Platz verweilt. „Er spricht mit seinen Gedanken zu mir, genauso wie wir uns eben unterhalten haben." Erkläre ich. „Komm, wir sollten endlich weitergehen. Ich hab' Fragen und die kann mir nur Paymon beantworten." Mit Fexiel im

Schlepptau wende ich mich zum Gehen. Cerberur verfolgt uns geduldig mit seinen blutroten Augen, bleibt jedoch an seinem Platz, bis wir um die Ecke der Ruine biegen und aus seinem Sichtfeld verschwunden sind. Nach gut einem halben Kilometer, den wir zurückgelegt haben, zieht etwas sanft, aber dennoch bestimmend an meinem rechten Hosenbein und knurrt. Es ist Cerberus, der uns heimlich gefolgt ist. „Och, du kleiner Windbeutel! Das hättest du mir auch eher sagen können!" brumme ich genervt und sehe zu ihm hinunter. „Was will er denn?", fragt mich mein Bruder mit aufrichtigem Interesse und bleibt stehen. Sofort lässt mich der Schattenwolf los und dreht sich in die entgegengesetzte Richtung und läuft mit erhobener Schnauze und lockerer Rute los. „Er kennt Paymon und weiß, wo wir hin müssen", brumme ich kleinlaut. Prompt kassiere ich ein von Fexiels typischen Grinsen. „Wie gut, dass sich zumindest einer hier auskennt. Dann folgen wir mal deinem Wolf ..." Nach einer ordentlichen Strecke, die wir zurückgelegt haben, bleibt Fexiel stehen und reibt sich über seinen Bauch. „Weißt du, auch wenn es untypisch für n Engel ist, aber ich verspüre gerade wirklich so etwas wie Hunger." Selbst mir beginnt der Magen zu knurren, doch ich vergewissere mich zunächst, dass es wirklich dieser und nicht unsere vierbeinige Begleitung ist. Cerberus blickt mir zügig entgegen und schüttelt sich. „Mir geht's nicht besser. Es liegt sicherlich an dieser drückenden Luft und daran, dass wir unsere letzten Reserven zur Regeneration verbraucht haben", gebe ich zu bedenken. Nachdenklich stimmt er mir zu und wir folgen Cerberus weiter. Dank seiner Anwesenheit können wir uns etwas entspannter auf die Erkundung unserer neuen Umgebung konzentrieren und die Veränderungen um uns herum aufnehmen. Aus einem uns unbekannten Grund wird unsere direkte Umgebung lebendiger, je weiter wir uns vorwagen. Selbst der zähe, schleimige Boden hat sich in einen moosbewachsenen Pfad verwandelt. Heiße Quellen stoßen in Intervallen Rauchwolken und heiße Wasserstrahlen aus. Moore mit kleinen und größeren satten Grasinseln darin erstrecken sich drumherum und es scheint, dass sich mit unserem Eintreffen auch ein Teil der Hölle verändert.

„Die Luft wird klarer ... So langsam könnte mir die Hölle doch gut zusagen. Was mich verwundert ist, dass wir bis auf Ratten, diese Katze und Cerberus auf keine weiteren Lebewesen getroffen sind." „Liegt sicherlich an deinem neuen Freund." Kommentiert mein jüngerer Bruder trocken und sieht sich weiter um. Wie man merkt, ist er nicht so direkt der Hundetyp und auch Cerberus schnaubt in seine Richtung, trottet dann aber gemächlich neben uns weiter her. Je weiter wir gehen, desto stabiler werden die Wege unter unseren Füßen, und die Moore weichen schrittweise klaren Flüssen und Bächen, die sich in ruhigen Seen sammeln. Wie, als hätte ich mir das Leben herbei gewünscht, regt und zappelt es eifrig im Gewässer. Ein riesiger Fischschwanz durchstößt die Wasseroberfläche und spritzt uns das überraschend kühle Nass entgegen. Kristallklares Lachen erfüllt unsere Umgebung. Eine Welle der Unbeschwertheit erfasst uns, doch Cerberus' Haltung ändert sich abrupt in Angriffslust. Er stellt seine Nackenhaare abermals aufrecht und fährt sich über seine tödlichen langen Fangzähne. Schlagartig verstummt das Lachen und der See beruhigt sich. Sofort sehen wir zu Cerberus, der uns scheinbar vor etwas, oder jemanden in Schutz genommen hatte. Wieder schweift mein Blick zum Wasser, das nun ruhig, frisch und klar vor sich schimmert. Die kühlen Tropfen waren so wohltuend. Die Trockenheit in meiner Kehle wird unerträglich, und so lasse ich mich auf die Knie sinken, um meine Hände in die kühle Frische des Wassers zu tauchen. Der Schluck dieses Wassers ist wie Met auf meiner Zunge, der ein leichtes Brennen gemischt mit süßem Honig hinterlässt. Ich nehme einen weiteren Schluck und jetzt ist es mehr Lust als Durst, meine Kehle und meine Zunge damit zu erfreuen. So eingenommen von dem eigenartigen Geschmack des Wassers, überhöre ich das warnende Knurren und ignoriere selbst den ausgeübten Druck an meinem Nacken, durch den ich kopfüber ins Wasser gestürzt werde. Sobald ich unter die Oberfläche gerate, wird das Wasser zu einem düsteren grau und ist schmutzig und verschleiert! Was zum Henker geht hier vor? Ich spüre nach wie vor den Druck, als ob jemand absichtlich versucht, mich unterzutauchen. Trübe, graue Augen starren mich an, um sich dann zu den räuberischen Linsen einer Jagdamphibie zu formen. Mein Kopf schüttelt sich ungläubig, das alles kann nur ein Trick sein!

 Doch mit einer gehörigen Portion Kraft drückt das Ding, welches seinen Mund öffnet und mir seine spitzen kleinen Zähne zeigt, mich noch weiter in die Tiefe hinunter. Ich kann etliche Zeiten ohne Sauerstoff auskommen, doch dieses Fisch-halb Krokodilbiest hat mich wirklich in einem Moment der Unaufmerksamkeit überrumpelt. Ich versuche mich zu beruhigen und schwöre mein Schwert hervor.

Arzael erscheint augenblicklich und leuchtet wie der goldene Anhänger an meiner Kette gleißend auf. Laut kreischend bedeckt das Ding vor mir seine Augen und zieht sich mit rasender Geschwindigkeit in die Tiefe des trügerischen Sees zurück. Diesen Moment nutze ich und drücke mich an die Oberfläche. Am Randufer steht ein winselnder Cerberus, der nicht von Fexiels Seite weicht. Dieser steht gelassen am Ufer und grinst wieder „Da ist er doch! Na, hat dich die Idee dieser Verrückten, doch noch ins Wasser gezogen? Glaub mir, es ist sicherlich noch ne ordentliche Strecke, bis wir ankommen." „Vergiss es. Da unten ist etwas!" erwidere ich mit Anspannung in der Stimme und halte meine Augen auf das Wasser gerichtet. „Gut, bleib, wo du bist. Ich komme zu dir rein!" „Bleib bessser da und halt das Wasser von deiner Position aus im Blick. Ich hab' Arzael, hier, wenn das Vieh meint, mich erneut angreifen zu können, wird es mit ihm Bekanntschaft machen!" Wie als hätte ich es dadurch hervorgeholt, fühle ich wie sich etwas Langes und Breites eng, um mein rechtes Bein wickelt und mich wieder versucht hinunterzuziehen. Schnell lasse ich mein Schwert in die Tiefe neben mir stoßen, doch es ist vergebens. Was auch immer in diesem See sein Unwesen zu treiben scheint, ist wendig und äußerst schnell. Sind denn hier alle Jäger mit dieser Fähigkeit ausgestattet?!

Mittlerweile bin ich des heimtückischen Spielens im Wasser wirklich müde! Immer wieder zieht es mich hinunter und lässt mich dann kurzerhand auftauchen, so als wolle es mich spielerisch ertränken. „Ich seh' von hier aus absolut nichts! Die Wasseroberfläche ist ruhig und klar, selbst Cerberus, scheint nichts mehr zu spüren …" erklärt mir Fexiel und sucht angespannt das Wasser nach einem Schatten oder Ähnliches ab. „Komm raus und lass es auf sich beruhen, Bruder!" Wütend sehe ich ihm entgegen. Aufgeben, ich? Niemals! „Ich komme raus, wenn das Vieh entweder tot am Ufer liegt, oder es sich aber bei mir entschuldigt hat und dann um sein Leben bettelt!" Eiskaltes, klares Lachen erklingt und hallt erneut über das Wasser. Wir drei sehen über die Fläche doch nichts und niemand ist zuerkennen und mittlerweile ist auch der umschlingende feste Druck um mein

Bein wieder verschwunden. Jetzt platzt mir der Kragen. „Du willst spielen? Dann zeig dich. Ausgeburt der Hölle!
Ich werd' dir Beine machen, du hast dich mit dem Falschen angelegt!" Das Wasser scheint zu brodeln und wechselt von einem kühlen Nass in ein kochend heiß über. Eine körperlose Stimme, begleitet von einem lachen, schwebt um mich herum. „Willst du mir wirklich Beine schenken?
So schöne, kraftvolle wie du sie besitzt?" Neckt es mich. „Zeig dich mir und lass es uns gemeinsam herausfinden, Geisterwesen!" Cerberus scheint wieder etwas zu wittern und brummt tief. Schnell folgen meine Augen seiner Deutung in Richtung Süden, dort, wo der See am gegenüberliegenden Ufer endet. Auch wenn sie sich nicht zu erkennen gibt, so weiß ich durch ihn, wo sie sich aufhält. Ich grinse zufrieden, denn jetzt spielen wir nach meinen Regeln. Schnell setzte ich mich mit Fexiel gedanklich in Verbindung, °*Nimm den Schatten und schneide ihr den Weg vom Ufer aus ab. Ich lenke das Biest und dessen Aufmerksamkeit auf mich, damit sie euch nicht kommen sieht.*° Ich warte einen Moment auf sein Okay und beginne das Wesen in ein Gespräch zu verwickeln, während ich mich langsam auf die Stelle zubewege, aus der Cerberus sie gerochen hatte. „Armes Ding, was wünschst du dir denn noch außer kraftvolle Beine?" Beginne ich zu fragen und ihre Antwort kommt in Sekundenschnelle. „Seine Augen! Deine sind zwar schön, doch seine strahlen so blau wie das Meer! Bekomme ich sie als Nächstes, wenn ich deine Beine habe? Dann kann ich umherlaufen und mir an Land alles ergreifen, was ich will!" Sie füttert mich mit hilfreichen Informationen, demnach ist sie ans Wasser gebunden. „Darum hast du mich also hinterrücks ins Wasser zu dir gezogen? Weil du mich wolltest? Du hättest mich auch einfach höflich fragen

können, ob ich mit dir ein Bad nehmen will." „Aber, wo bleibt denn da der Spaß und das Vergnügen?" Es scheint, als würde sie die Worte dicht an mein Ohr raunen, doch ich fühle rein gar nichts und auch Cerberus, der Schattenwolf, deutet weiterhin nach Süden, sie muss demnach immer noch da sein. „Na ja, hättest du einen Körper, könnten wir uns so richtig vergnügen, wenn du verstehst ... im fleischigen Sinne!" Ich mache eine bewusste Pause, um ihre Neugierde zu verstärken. „Wilde Küsse der Lust, während meine Hände deinen sinnlichen Körper erfoschen. Dich an deinen sensibelsten Stellen streicheln, während meine Lippen und meine Zunge deine Brüste liebkosen und dich in sündige Verlockung treiben." Ich entlocke ihr ein lang gezogenes sehnsüchtiges Stöhnen und das Wasser schmiegt sich um meine Figur. Erst jetzt wird mir klar, dass sie selbst das Wasser ist! Sie beherrscht es, kontrolliert es und lenkt es nach ihrem Belieben. Das muss eine zusätzliche Fähigkeit von ihr sein! Darum konnte Fexiel auch aus der Entfernung keinen Schatten unter dem Wasser erkennen! Sinnlich beginne ich sie mit weiteren Worten hervorzulocken. „Du bist sicherlich biegsam. Definitiv kraftvoll, so muss ich keine Sorgen äußern, wenn ich dich animalisch und hemmungslos an das Ufer drücke, während ich dich leidenschaftlich nehme, während sich dein Körper unter meinem wimmend windet! Willst du dafür Beine, mein hübsches Ding?" Noch während ich zu ihr spreche, blicke ich ununterbrochen zu meinem Bruder und unserem neuen Freund. Zügig sende ich Fexiel eine Botschaft. °*Sobald sie ansatzweises auftaucht, wirst du sie mit deiner Peitsche fixieren. Doch achte darauf, sie nicht zu köpfen. Ich will sie lebend, zumindest vorerst!*° genug der Worte, die ihr sicherlich genügend die Sinne einnehmen. Taten müssen her und sie hervorlocken. So knöpfe ich mein Hemd auf, fahre mit meiner rechten Handfläche durch die Wasseroberfläche und setze ein sündiges Lächeln auf. Langsam schöpfe ich das trügerische Wasser und lasse dieses über meine breite Brust tropfen. Lässig streichle ich mir selbst über meine Brust, wandre hinab über meinen Rippenbogen und meine definierten Muskeln. Dann ganz bewusst mit einem auffordernden Zwinkern in ihre Richtung lasse ich meine Hand fest gegen meinem Bauch gepresst zurück in das Wasser sinken. Fexiel knirscht angespannt mit den Zähnen und beobachtet die Situatiuon während ich seine Antwort empgfange, °*Ich versuche es ... willst du sie in ein Goldfischglas stecken und mitnehmen?*° ein teuflisches Grinsen legt sich auf meine Lippen als ich sage, „Lass uns gemeinsam sehen, was ich als Nächstes beginnen will." Am Ufer beginnt sich etwas zu regen und erweckt unsere angespannte Aufmerksamkeit. „Du hast noch immer deine Waffe!", gibt sie zu bedenken. Schweigend lasse ich mein Kristallschwert verschwinden und breite meine Arme vor ihr aus. Auch bin ich dem Ufer mit der Zeit immer näher gekommen. Dennoch scheint der Wasserspiegel keineswegs abzusinken und so stehe ich weiterhin bis zu meinen Hüften im Wasser. „Ich bin unbewaffnet. Zeigst du dich nun? Ich wüsste gerne, was für ein Wesen meine Bekanntschaft auf so dreistem Wege macht." Sie lacht, taucht jedoch nicht auf. „Ich bin es eigentlich nicht gewohnt, mit meinem zukünftigen Essen zu sprechen. Doch bei dir will ich eine Ausnahme machen." Weitere kostbare Informationen werden mit uns geteilt. „Du willst mich immer noch fressen? Ich bin äußerst unbekömmlich." gebe ich zu bedenken und erhalte ein gieriges hämisches lachen als Antwort. „Das liegt in meiner Natur! Zuvor werde ich dich jedoch ertränken, ich bin bei weitem kein Unmensch." Ich nicke zustimmend, denn im letzten Punkt sind wir uns einig, da auch ich kein Unmensch bin. „Gut, dann tauch auf und zeige dich mir. Ich will meinem vermeintlichen Tod in die Augen sehen und ehrenhaft sterben!" Im selben Moment wie das Geschöpf ihren Kopf durch das Wasser schiebt, wickelt sich Fexiels Peitsche um ihren dürren Hals und zieht sie unter heftigen Schlägen ihrer Arme, bis zur Hälfte aus dem Wasser. Um ihren Körper peitscht das sonst so ruhige Wasser und schlägt hohe Wellen empor. Sie keucht und schnappt nach Luft, während ihre untere Hälfte vom Wasser verborgen bleibt. Das, was sich da windend uns zappelnd unter Fexiels Kontrolle befindet, ist eine befremdliche Mischung aus Mensch, Fisch und Krokodil. Das Gesicht eines Menschen besitzt sie sehr wohl und der Kopf ist von weißem langem Haar eingerahmt. Ihre toten Augen sind jedoch die eines Krokodils, was nun auch die graue, blasse Färbung zuvor ihrer Augen erklärt. Denn sie besitzt zu ihren zwei normalen Augenlidern ein Drittes, welches sich von der Seite über das Auge liegt. Somit ist sie in der Lage, mit offenen Augen ihre Beute ausfindig zu machen. Ihr Mund ist Lippenlos, doch ihre markanten Kiefer sind gefüllt mit kleinen rasiermesserscharfen Zähnen. Kiemen scheint sie keine zu besitzen, auch wenn ihre dürren Arme mit kleinen Silber-blauen Flossen untermalt und ihre langen Finger-ähnlichen Hände mit kräftigen Schwimmhäuten überzogen sind, an denen scharfe Krallen enden. Je länger er sie an der Oberfläche hält, desto sichtlich erschöpfter wird sie. „Ich gebe dir eine letzte Chance, Geist. Denn auch ich bin kein Unmensch und als Zeichen meines Eintreffens werde ich einmalig Erbarmen mit dir zeigen." Schwach schließt sie ihre Augen und versucht zu nicken. „Du kannst nicht ohne Wasser atmen, nicht wahr?" konfrontiere ich sie mit meiner Vermutung und wieder schließt sie ihre Krokodilaugen und ringt nach Luft. „Fexiel, lass den Fisch nicht vom Haken, aber lass ihr bis zur Nasenspitze, Wasser stehen." Dann wende ich mich drohend an sie. „Wenn du Dummheiten machst und versuchst zu fliehen oder einen von uns angreifen willst, so schwöre ich dir, wird meine rechte Hand dich noch in deiner ausführenden Bewegung köpfen und deinen Schädel aushöhlen, um aus ihm Wein zu trinken!" Gierig saugt sie das Wasser in sich ein, wobei sie mich mit ihren Augen anstarrt. „Ich werde meine neu gebotene Chance nutzen, das schwöre ich!" keucht sie durch das belebende Wasser. „Das solltest du, er wird dir nur diese eine einzige Chance geben!" Fexiel ist mittlerweile in die Hocke gegangen und hält seine Peitsche entspannt vor sich. Zugleich hat es sich Cerberus auf der anderen Seite bequem gemacht und lauert mit ausgestreckten Vorderpfoten nur auf seine Gelegenheit, sein Können ein weiteres Mal unter Beweis stellen zu dürfen. Sie sieht mich nervös an und beginnt erneut zu keuchen. „Solche Wesen wie ihr sind mir noch niemals zuvor begegnet, dazu Barmherzigkeit in der Hölle!" Es scheint, als würde sie bei dem Wort Barmherzigkeit frösteln. Ich ziehe meine Augenbrauen zusammen und schüttel leicht meinen Kopf. „Das ist keine Barmherzigkeit, das nennt sich vertrauen." Sofern es so einem Geschöpf möglich ist, starrt es mir entgeistert entgegen. „Vertrauen? Ich wollte euch fressen und nur die zwei hinter mir verhindern das gerade. Sowie ihr zuvor, mit diesem scheußlich grellen Licht aus eurer Kette und eurer Waffe!" Lange sehe ich sie an und höre auf meine innere Stimme. Ich fühle einen winzigen Hauch von Ehrlichkeit. „Was bist du für ein Dämon? Ich verlange, dass du mir deine Rasse nennst und mir wahrheitsgemäß antwortest." Ihre

Augen beginnen zu leuchten und sie scheint zu grinsen. „Ich bin nicht jedem unter meinem Namen der Zigeuner bekannt, doch dort nennt man mich Nivashi. Ich lebe in jedem Gewässer, welches mir beliebt. Wie auch euch ziehe ich Unwissende von Brücken oder Ufern mit in die Tiefe. Ich ertränke sie uns labe mich an ihrem Fleisch, wenn mir danach gelüstet. Ihre Seelen sperre ich in Violen und erfreue mich an ihren Wehklagen." So liege ich mit meiner Theorie nicht falsch. Ich studiere sie weiter und gehe einen Schritt auf sie zu. Meine Augen sind kalt auf sie gerichtet. „Hier gibt es aber überhaupt keine Menschen, denen du Seelen streitig machen kannst." Nervös zuckt sie zusammen. „Nicht direkt, aber gelegentlich laufen hier Dämonen umher und die haben Hüllen dabei. Ich liebe einfach nur diese Musik. Wir sind Sammler!" Ich sehe kommentarlos zu Fexiel, schließe meine Augen und lege meinen Kopf leicht zu Seite. Sofort beginnt er an seiner Peitsche zu ziehen und lässt den gefangenen Nivashi schmerzlich aufkeuchen. „Auuu Aua! Ich werde bestraft, weil ich die Wahrheit sage?" Wimmert sie und schlägt wütend mit ihren Händen auf die Wasseroberfläche. „Du wirst bestraft, weil du die Halbwahrheit sagst! Weißt du, wer ich bin? Wer wir sind?" Trotzig sieht sie mich an. „Du wärst meine Vorspeise geworden und den hätte ich zum Hauptgang verschlungen!" Ich brumme und mein Bruder zieht ein zweites Mal. „Provoziere niemals den Fürsten!" Knurrt er und ich sehe, wie ihr Gesicht an Farbe verliert und sich ihre Augen vor Entsetzen weiten. „NEIN!", stößt sie hervor und starrt mir entgegen. Ich koste diesen Anblick vollkommen aus. Ich entscheide über den weiteren Verlauf dieses Treffens, sogar über das mickrige Leben dieser Kreatur. „Oh doch, vor dir steht Lucifer, der neue Fürst der Hölle!" Um meine Aussage zu bekräftigen, lasse ich meine vier schwarzen Flügel und mein Kristallschwert Arzael erneut hervorkommen. In voller Ehrfurcht bekundet sie ihren törichten Fehler. „Mein Herrscher! Ich wusste nicht, wie ihr aussieht! Ihr seid wahrlich wunderschön und außergewöhnlich. Verzeiht meine fahrlässige Unwissenheit! Lasst mich euch dienen und euer Eintreffen verkünden!" Aus Leibeskräften brüllt sie weiter, „Der Lichtbringer ist hier und die Veränderung wird kommen!" Ihr schmeicheln lässt mich ungerührt, doch ist es sicherlich nicht verkehrt, sie leben zu lassen und unser Eintreffen zu verbreiten. Deswegen richte ich mein direktes Wort an meine rechte Hand. „Sobald mir dieser Wasserdämon ihre Treue schwört und dies mit ihrem Blut auf Arzael bekräftigt, darf sie gehen und die Botschaft verkünden." Während sie eifrig zustimmt, sieht mir mein jüngerer Bruder entgegen und formt ein lautloses »du Teufel!« Ich grinse passend und bekomme gerade im letzten Moment mit, dass sie sich an meinem Schwert schneiden will. Zügig ziehe ich es zurück und weise sie kühl in ihre Schranken. „Nicht anfassen! Es bedarf nur einen Tropfen Blut für deinen Schwur!" Hätte ich zugelassen, dass sie sich an meinem Schwert schneidet, so wäre es tödlich für diese Dämonin ausgegangen. Azrael ist darauf ausgelegt jeden Dämonen auszulöschen und dessen Essenz in sich einzuschließen. Schnell beißt sich der Wasserdämon in seine linke Pulsader und streckt ihren Arm über Arzael aus. Ein einziger dicker schwarzer Blutstropfen von ihr genügt und mein kristallklares Schwert glüht von der Spitze der Klinge in einem tiefen Rubinrot auf und erstreckt sich anhand eines schmalen Streifens bis zu seinem Schwertgriff. Dort angekommen verblasst dieser und mein Schwert erhält seinen Ursprung zurück. Nachdem ich das Schauspiel mit

110

eigenen Augen verfolgt habe und feststelle, dass der Schwur abgelegt und angenommen ist, veranlasse
ich Fexiel den Nivashi in die Freiheit zu entlassen. Doch bevor es dazu kommen kann, verlangt Cerberus auf seine eigene Art eine weitere Absicherung. Der Schattenwolf schleckt über das schwarz blutende Handgelenk des Dämons und lässt seine blutroten Augen wie zwei Rubine aufglimmen. Der Atem des Nivashi beschleunigt sich unter seinem durchdringenden Blick. Nachdem dies geschehen ist, verneigt sie sich tief, erst vor mir und dann vor Fexiel. Blitzschnell ruft sie einen Wasserstrudel herbei, der sie im selben Moment in sein Inneres zieht. Im nächsten Moment ist das Wasser wieder gänzlich still. Während ich aus dem Wasser ans Ufer trete, schweift Fexiels Blick für einen Augenblick über die Wasseroberfläche. „Du hast scheinbar aus Fehlern gelernt, mein Herr." Stellt er sachlich fest und nickt mir zu. Direkt nach dem Packt habe ich mein Schwert wieder unsichtbar werden und zwischen meinen Schulterblättern verschwinden lassen. Ich nicke und sehe an mir herunter. Wahrlich in meinem jetzigen Zustand sehe ich wirklich nicht wie ein Höllenfürst aus. Begossen wie ein Pudel, mit zerrissenem Hemd, dazu barfuß und heller Hose gehüllt, die bei weitem bessere Tage gesehen hatte! Achtlos streife ich mir die letzten Fetzen meines Hemdes ab, lasse es zu Boden fallen und fahre mir durch meine triefend nassen Haare. „Ich bin und bleibe dein Bruder." Sage ich müde. „Mein Herr und des Weiteren will ich nur hören, wenn es zwingend notwendig ist." Er kommt auf mich zu, nickt bereitwillig und reicht mir für die letzten Schritte seine ausgestreckte Hand entgegen. Gerne nehme ich diese an, als Cerberus tief zu brummen anfängt und in schnellem

Tempo zu rennen beginnt. Laut ihm müsste hinter dem Waldstück endlich mein Anwesen zu finden sein.

Willkommen zu Hause...

Nachdem wir den Wald passiert haben, erhebt sich tatsächlich vor uns ein gigantisches Gebäude, welches schon fast einem Schloss ähnelt. Von unserer Entfernung aus sehe ich mindestens fünfzehn Räume und vermute, dass es sich um ein Gebäude mit zwei bis drei Stockwerken handelt. Der Anblick erscheint mir jedoch bei genauerer Betrachtung äußerst surreal. Denn wohin mein Blick auch reicht, überall erstreckt sich ein tristes Ödland aus verfallenen Bauten, Höfen und ausgedörrten Feldern. Hier vor uns dieses gigantische Bauwesen betrachten zu können, welches in einem äußerlich tadellosen Zusand scheint, verwirrt mich und lässt mich an der Echtheit zweifeln. „Ich setzte keinen Fuß in dieses verhexte Gebäude." Angespannt bleibe ich stehen, als Cerberus von meiner Seite auf die brachliegenden Felder zu sprintet und sich voller Enthusiasmus in einer der etlichen Schlammpfützen suhlt. „Na wenigstens er hat Spaß." Sagt Fexiel in einem entspannten Tonfall und beobachtet den Höllenhund weiter. „Jetzt sieht er auch gar nicht mehr so angsteinflößend aus. Er sieht schon fast wie ein zugroßgeratener Welpe aus, der spielt." Mitlerweile hat sich der Höllenhund so klein gemacht, dass nur noch seine Nase, Augen und dessen spitz zulaufenden Ohren zu erkennen sind. „Schön für ihn, von mir aus kann er hier bleiben! Dieser Ort ist in meinen Augen alles andere als real. Sieh dir doch diesesn grotexsen wiederspruch an! Bis auf dieses Schloss ist alles verwittert, baufällig und tot. Soll ich erntsthaft hier bleiben und uber dieses tote Gebiet, in dem sich bis auf eine Handvoll Ratten tummeln, regieren? Der Weg hierhin und selbst im Wald war nichts als eine erdrückende Atmosphäre!

Das alles kann doch nicht mit rechten Dingen ablaufen." mein ungutes Gefühl zwingrt mich zur Umkehr, doch Fexiel hält mich zurück und versucht mich umzustimmen. „Hey, warst nicht du derjenige, der groß sagte, dass man auch aus Scheiße Gold machen kann? Hier ist die Gelegenheit. Lass uns hingehen und es überprüfen. Wer weiß, was hier für ein Zauber wirkt. Vielleicht ist auch dieses Ödland die Illusion dahinter." Mürrisch sehe ich in seine hellen Augen und brumme. „Wolltest du mich nicht vor weiteren Dummheiten bewahren? Ich bin überzeugt davon, dass das hinter mir nur eine weitere Ruine ist, in der mindestens dreißig Dämonen mit gezückten Waffen lediglich darauf warten, in den Genuss von Geflügel zu kommen! Ich hab' keinen Bock mehr Fexiel und bin der Spiele überdrüssig. Sieh uns doch an. Wir sehen selbst aus wie verlorene Seelen, die mit nichts außer verdreckten und zerrissenen Kleidern hier herumirren und nun vor einem prächtigen Anwesen mitten im Nirgendwo stehen. Wir sind in unserer eigenen Hölle gefangen." Jetzt schiebe ich ihn doch von mir und gehe einige Meter weg, um ein bisschen Abstand von ihm und der Situation zu gewinnen.

Resignierend fahre ich mir durch meine Haare und sehe hoch in den orangeroten Himmel, als ich einen leichten Druck gegen meine Knie spüre. Umgehend schweift mein Blick hinunter und trifft auf die glühenden Augen von Cerberus. „Was willst du, Cerberus?" Er brummt tief und seine Töne formen sich zu Silben, die sich in meinen Gedanken zu Wörtern bilden. °*Das hier ist euer Land und Anwesen, Fürst Lucifer. Dieser Flecken Erde wird sich unter eurer Herrschaft formen. Es ist nur selbstverständlich, dass es euch irritiert, hier ein bereits funktionsfähiges uns bezugsfertiges Gebäude vorzufinden. Seid euch aber gewiss,*

114

dass es real ist und nur von Paymon, eurem Verwalter und eurem Personal bewohnt wird. Mir steht nicht der Sinn danach, euch in die Irre zu führen.° noch immer steht Fexiel abseits und wartet auf mich. „Was ist denn jetzt? Kommst du mit und erkundest mit mir zusammen dieses Haus, oder willst du dir doch den möglichen Spaß entgehen lassen?" Er klingt ungeduldig und wirft einen Blick auf das entfernt gelegene Anwesen. Mit schweren Schritten gehe ich in Begleitung des Höllenhundes zu ihm zurück. „Gut. Lass uns der Sache auf den Grund gehen. Aber ich schwöre, wenn auch nur ein einziger Stein wackelt, werde ich alles persönlich dem Erdboden gleichmachen und Köpfe rollen lassen!" Mit einem zufriedenen Nicken sieht Fexiel mich an, während Cerberus erwartungsfreudig über den staubigen kargen Boden vor mir Hin und Her tänzelt. „Sehr gut, dass du deine Meinung geändert hast Bruder. Das ist der unerschrockene Teufel, der sich nicht ins Boxhorn jagen lässt." Wir lassen die Felder hinter uns und folgen einem breiten Pfad, der auf das Anwesen hin führt. Zu unserer linken erstreckt sich ein großer, verfallender Hof, mit zwei ausgedehnten Koppeln. Der Draht an den morschen Holzlatten ist rostig und an manchen Stellen sind die Latten bereits vollständig verschwunden. Auch hier erstreckt sich der dunkelbraune, schlammige Boden. Im Angesicht dieser Verwahrlosung kann ich kaum an das glauben, was Cerberus mir eben noch erzählt hat. Die drückende Athmosphäre, die ich zuvor im Wald gespürt habe, überkommt mich erneut. Auch hier ist nichts Weiteres als unsere eigenen Schritte zu hören. Diese erdrückende Stille ist allgegenwärtig. Ich vermisse das Zwitschern der Vögel, sowie güne Wisen und klare Bäche und Flüsse. Wie in trance setze ich einen Fuß vor den anderen und bemerke somit nicht die kleinen aber bedeutsamen Veränderungen, die sich um uns herum entwickeln. So realisiere ich auch nicht, dass der Pfad in einen gepflasterten Steinweg übergeganen ist. Dieser erstreckt sich bis vor die breiten Steintreppen des Anwesens. Ich nehme einen tiefen Atemzug und werfe Fexiel einen schnellen Blick zu, bevor wir gemeinsam auf die Tür zugehen, die mit einem soliden Schieber im Sichtfenster versehen ist. Gerade als ich meine erhobene Hand gegen das schwere Holz drücke, schwingt diese von innen heraus auf und ein Koloss von Mann tritt hervor.

Als seine echsenartigen Augen uns fixieren, weicht sein finsterer Blick und wandelt sich in ein freudiges breites Grinsen, welches seine spitzen Zahnreihen preisgibt. Er hat die Augen einer Giftschlange, seine Pupillen sind schlitzförmig und blutrot unterlaufen. An der linken Seite seines Halses besitzt er ein langezogenes Tattoo, welches sich jedoch nicht genauer erkennen lässt. Mit einer tiefen grollenden Stimme begrüßt er uns und tätschelt Cerberus, der es sichtlich genießt, von ihm berührt zu werden, über seinen gigantischen Wolfskopf. „Endlich hat das Warten ein Ende! Willkommen in eurem Heim! Ich bin Paymon, euer verwalter und Berater." Mit einem durchdringenden Blick mustert er uns beide genauer und rümpft seine Nase. „Der Weg hierher hat euch einiges abverlangt, wie ich sehe." fährt er knapp fort und deutet dann mit einer ausladenden Handbewegung in die große Eingangshalle, um uns hereinzubitten. Wie selbstverständlich schiebt sich der Höllenhund an uns vorbei und löst sich beim Umherlaufen in dunkle Rauchschwaden auf. Noch immer sehe ich diesem Typen fest in die Augen und rege mich nicht einen Zentimeter. Wie auch wir, zeigt sich dieser Dämon in Menschengestalt, doch sein breites Lächeln und seine Augen bleiben dämonisch. Laut Überlieferungen und Schriften ist besagter Paymon, ein Dämon mit weichen Gesichtszügen, der eine imposante Krone auf dem Kopf tragen soll und eine donnernde Stimme besitzt beschrieben. Bis auf seine tosende Stimme muss ich dem jedoch widersprechen. Trotz meiner versteinerten Miene, scheint er meine Verwirrtheit zu spüren. Laut lachend zwinkert Paymon und beginnt zu erklären. „Mein Erscheinungsbild ist mir überlassen, doch als Verwalter und euer Berater ist die Gestalt eines Menschen einfach angenehmer. Zudem ist nicht immer alles, was man sich zusammenspinnt und als Wahrheit verkauft, der Wahrheit entsprechend. Ich kann euch versichern, dass meine Stärke und mein Einflus sich auch in dem simplen Erscheiniungsbild eines Menschen wider findet." Er bittet uns erneut, die Eingangshalle zu betreten, um das Gespräch dort fortzusetzen. Da auch mir Fragen unter den Nägeln brennen und ich mit von ihm die richtigen Antworten erhoffe, folgen wir seiner Aufforderung.

Im Inneren fällt mir auf, wie aufwendig und kostspielig dieser einzelne Bereich gefertigt wurde. Eine meterhohe Deckenkoppel, in der mittig ein gigantischer Kronleuchter aus Obsidian, Diamanten sowie kunstvoll gehaltene Goldeinfassungen für Kerzen besteht, erstreckt sich über unseren Köpfen. Fexiel mustert den Kronleuchter, der in gut fünf Metern Höhe über uns hängt, und nuschelt leise, „Wer zum Henker soll darauf und wer macht den sauber und tauscht regelmäßig die Kerzen aus?" Ich nutze, dass Paymon seinen Blick zum Leuchter schwenkt, sehe meinem Bruder böse entgegen und boxe ihn zügig mit meinem Ellenbogen in seine rechten Rippen. °*Sind das gerade deine einzigen Gedanken Fexiel?*° er lässt leicht seine Schultern zucken und lässt seinen Blick neugierig schweifen. Schwarzweiß

verlaufender Marmor ist als Fußboden verwendet
worden, eine gigantische breite Treppe aus schwarzem
Mahagoniholz, über der ein weinroter Teppich verläuft und
somit einen passenden Farbtupfer abgibt, ziert die Mitte des
Raumes und führt rauf in die erste Etage. Rechts und links in
den Ecken des Eingangs stehen jeweils riesige Pflanzkübel
mit außergewöhnlichen hochgewachsenen dichten
Grünpflanzen, die das Gesamtbild stimmig abrunden.
Lässig brummt Paymon seine Antwort. „Darüber müsst ihr
euch keine Gedanken machen, diese Kerzen sind Magie
gefertigt." Er schnippt mit seinen Fingern, um es uns zu
demonstrieren und die Kerzen erlöschen. Ein weiteres
Schnippen und sie entflammen wie von Geisterhand erneut
auf. „Zudem habt ihr Personal, welches sich um euch und
eure Bedürfnisse zu kümmern hat, denn schließlich seid ihr
Fexiel, die rechte Hand des Teufels und neuen Fürsten."
Während er spricht, ziehe ich zweifelnd meine Augenbraue
hoch. „Na da bin ich gespannt. Immerhin habe ich hier bis
auf dich noch niemand anderen zu Gesicht bekommen. Den
ganzen Prunk und Proll hätte man sich im Übrigen sparen
können." Grölend beginnt er zu lachen, schüttelt seinen
Glatzkopf und hält sich den Bauch. „Prunk, Pracht und
Protzerei sind das, was die Fürsten der Hölle
repräsentiert! Daran werdet ihr euch schon noch
gewöhnen." als er seine Anmerkung macht, seufze ich
missmutig und rolle mit den Augen „Die angesammelten
Ressourcen hätte man besser im ganzen Gebiet verteilt.
Überall erstreckt sich Verfall und das Elend ist scheinbar so
groß, dass sich selbst die Ratten von hier fernhalten." Meine
mürrische Antwort bringt ihn erneut zum Lachen. „Oh Fürst.
Glaubt mir, es wird sich alles zu eurer vollen Zufriedenheit
entwickeln. Gut Ding braucht Weile und manches eine klare

Ansage! Was mich auch direkt zu unserem Personal bringt. Nur gutes Personal steht nicht im Weg und verrichtet seine Arbeiten ungesehen, schnell und anständig! Vondaher ist euch noch kein Bediensteter unter die Augen getreten." Er hüllt sich den rest des Weges in Schweigen und führt seine Führung fort. Wir folgen ihm die unendlich vielen Treppenstufen hinauf in die erste von zwei Etagen, während er schon oben am Treppenabsatz steht und auf uns am Treppengeländer gelehnt wartet. Hier teilt sich der Weg in zwei Richtungen. Er deutet von sich aus in die linke Richtung und beginnt uns zu informieren. „Hier entlang kommt ihr zur Küche und dem angrenzenden Speisesaal. Direkt daneben befindet sich der Herrensalon mit einer unerschöpflichen Bibliothek, die sowohl leichte Kost als auch Schriftrollen von unschätzbarem Wissen birgt und hütet." Dann wendet er sich zügig nach rechts und bleibt vor einer verschlossenen Flügeltüre, die ebenfalls aus schwarzem Mahagoniholz geschnitzt ist, stehen. „Hier befindet sich euer Arbeitszimmer." Mit einem leisen Klick öffnet Paymon die Flügeltüren und schiebt diese zur Seite. Dann übergibt er mir breit grinsend den goldenen Schlüssel und deutet uns an, ihm zu folgen. „Sollte euch etwas missfallen, oder ihr euch weiteres wünschen, lasst es mich umgehend wissen." Das Arbeitszimmer ist zweckgemäß eingerichtet, doch auch hier protzt es nur so von Reichtum. Im Zentrum steht ein imposanter Schreibtisch aus schwerem Holz. Dessen dicke Arbeitsplatte besteht aus tiefschwarz glänzendem Marmor. Direkt dahinter befindet sich ein bequemer schwarz ausgeschlagener Stuhl mit hoher Rückenlehne sowie ausladenden Armlehnen. Direkt vor dem Schreibtisch stehen zwei Sessel, die mit luxuriösem tiefrotem Samt überzogen sind. Im Hintergrund ist die Wand, so wie die Bücherei, mit einem lang gezogenen Regal versehen, in dem ebenfalls alte Bücher und Schriftrollen stehen. Ein interessanter Standglobus steht links neben dem bodentiefen oval geformten Fenster und erweckt meine Neugierde. Unter näherer Betrachtung sehe ich, dass dieser in der Mitte geteilt ist. Ich lasse meine rechte Hand über den oberen Teil streifen, als dieser sich öffnet und sich als kleine Bar entpuppt. Mit gerunzelter Stirn sehe ich zu unserem Verwalter hinüber. „Ein interessantes Versteck." Entgegne ich und verschließe den Globus wieder. Derweilen grinst mich Paymon vielsagend an und wackelt mit seinen buschigen Augenbrauen. „Oh, wenn euch das schon gefällt, dann drückt gegen das Regal zu eurer Linken!" Ich folge seiner Aufforderung, doch im ersten Augenblick tut sich rein gar nichts. Ich rümpfe meine Nase und will gerade meine Hand zurückziehen, als er seine Stimme erhebt und mich anspricht. „Ihr müsst es wollen Fürst Lucifer Lux. Gleich noch einmal!" Meine Laune verschlechtert sich immer mehr. Erst ignoriert er meine Fragen und nun erteilt er mir Befehle? Knurrend ziehe ich meine Hand zurück, drehe mich in seine Richtung und fauche ihn zu Recht. „Verdammte Scheiße, was erlaubst du, verkorkster Beutel verwesender Eingeweide dir? Niemand hat das Recht, mir Vorschriften zu machen! Wenn sich hier in diesem Raum etwas Unbekanntes zu verbergen versucht, soll es sich mir umgehend offenbaren!" Mit großen Augen steht er da und fixiert mich schweigend. Doch als sich dann ein scharrend, kratzendes Geräusch über den Boden zieht, beginnt er stolz zu applaudieren und zu jubeln. „Welch großartige Darstellung eurer Macht! Seht, es hat funktioniert! Nur ihr allein besitzt die Fähigkeit, diesem Haus Anweisungen zu erteilen. Das alles ist auf euch abgestimmt!" Er vollführt eine umfassende Armbewegung und grinst zufrieden.

Wütend sehe ich statt zu der inzwischen geöffneten Wand zu ihm. „Soll das ein Scherz sein, so beliebe ich nicht zu lachen, Paymon! Da draußen ist ein gigantischer Haufen Scheiße, der unbewohnbar vor sich hin verrottet und du kommst mir mit der lächerlichen Aussage, dass dieses Haus auf meine Befehle wartet, da es voll auf mich abgestimmt ist?" Schon wieder beginnt er dämlich zu kichern. Ich schwöre mir, ihn bei seinem nächsten dummen Gelächter mit meinen eigenen Händen aufzuschlitzen und auszuweiden! So langsam bin ich seiner Aussagen überdrüssig. Fexiel geht an mir vorbei und streift meine Schulter. Als ich ihm finster entgegensehe, fange ich seinen Blick auf, der besagt, ihm zu vertrauen, und ich folge ihm. Regungslos stehen wir beide vor dem großen eingefasstem Erkerfenster und starren auf eine indessen vollkommen regenerierte Landschaft. Üppige Gräser, kleine Hügel, Flüsse, Quellen und Bäche schlängeln und gabeln sich über den zuvor ausgedörrten toten Boden. Selbst die eingefallenen Häuser sind nicht mehr wieder zuerkennen. „Heilige Mutter! Das ist doch nicht möglich!"schlüpft es mir über die Lippen. Statt eine Bemerkung abzugeben, beginnt Paymon damit die vostattengezogene Veränderung zu erläutern. „Im Regelgfall existiert bereits das Anwesen des Fürsten sowohl das dazugehörige Herrschergebiet dazu. Doch nun kam es zu einem Sonderfall. Euer Eintreffen lässt euch somit selbst über die Ländereien und deren Anwesen entscheiden. Seht es als eure persönliche Handschrift. Es spiegelt eure Sehnsüchte und Wünsche wider, wenn ihr wünscht." Ich grinse ihn durch die Glasscheibe hinweg an und genieße den Anblick meiner Ländereien. „Wessen Namen wollt ihr eurem Einflussgebiet geben, mein Fürst?"

Da muss ich nicht lange drüber nachdenken. „Meine Morgenländer. Stolz und kraftvoll reckt sich die Sonne empor, so wie ich." Er nickt und deutet auf den offen gelegten Geheimgang zu seiner linken. „Mein Fürst, seid ihr bereit, mir jetzt zu folgen? Hier in diesem Raum befinden sich eure bereits angehäuften Schätze. Die erste von weiteren Millionen Seeleos, Tausende Juwelen, Edelsteine und Goldbarren und die ersten Anträge warten auf euch ..." Bei seiner Aufzählung brummt mir der Schädel. „Was sind Seeleos und was für Anträge?", frage ich mit zusammengezogenen Augenbrauen. Er tippt sich an seine Schläfe und setzt ein zaghaftes Lächeln auf. „Hab' ich ganz vergessen. Die Hölle ist euch nicht ganz geläufig. Seeleos ist unser überwiegend beliebtes und weitverbreitetes Zahlungsmittel!" Er stapft auf den noch verschlossenen Beutel zu, öffnet ihn und greift hinein. „Das sind sie! Je höher ihr Wert, umso breiter der Rand!" Er streckt uns einige runde Münzen entgegen, die auf seiner breiten Handfläche zu funkeln beginnen. „Schon bald werden sie sich eigenständig eurem Gebiet in Form eines unverkennbaren Symbols anpassen. Gold, Juwelen und dergleichen sollten jedoch auch nie zu verachten sein! Gerade Drachen, sind damit, sofern ihr einem begegnet, gut zu bezahlen. Jedoch muss man sagen, sind sie eine geringe Spezies geworden und mir ist nur einer bekannt, der einen sozusagen als Haustier hält und das ist der Sohn des angrenzenden Fürstenreichs." Ich unterbreche ihn, indem ich meine Hand erhebe. Fragend sieht er mich an. „Was genau hat es mit diesem Höllenfürsten auf sich? Sein Land scheint umgeben von Feuer und Rauch und nun erwähnst du einen Drachen." „Die Feuerländer sind beeindruckend! Neben eurem neuen Einflussgebiet ist dies, sowie die Nachtländer, die Ödländer, die Dunkelländer und die Kristallstadt eine der einflussreichsten Herrschaftsgebiete auf dieser Ebene der Hölle, Fürst Lucifer Lux. Doch es gibt noch etliche weitere Länder, die von Gutsherren, Pächtern und sogar Erzdämonen beherrscht und regiert werden." „Demnach gibt es hier mit meinem Gebiet noch fünf weitere, die von Fürsten beherrscht werden." Schlussfolgere ich. Er zuckt mit seinen breiten Schultern und bleibt mir abermals eine Antwort schuldig. Lauschend legt er den Kopf schief. „Was ist denn?", frage ich, weil weder Fexiel noch ich etwas Auffälliges hören konnten. Er mustert uns und beginnt dann zu sprechen, „Wie es scheint, hat eure Ankunft bereits die Runde gemacht. Ich werde die Führung schnell vonstattengehen lassen, damit ihr euch passend kleiden könnt. Nur gut, dass auch dafür bereits gesorgt wurde. Es bleiben circa zwei Stunden, wenn überhaupt, bis die ersten Fürsten und Könige eintreffen!" brummt er. Das Geld lässt er zurück in den Beutel gleiten und sieht zu den Anträgen kurz hinüber. „Auch die müssen vorerst warten." Missmutig sehe ich Paymon entgegen. Zum einen habe ich noch reichlich unbeantwortete Fragen und zum Zweiten ist mir heute überhaupt nicht nach fremder Gesellschaft. Immerhin war die Herreise alles andere als entspannend und komfortabel. „Ich verstehe euren Unmut Lucifer, dennoch ist es eure Pflicht und eine große Ehre der hiesigen Dämonen eure Gastfreundschaft entgegenzubringen. Der erste Eindruck ist entscheidend und während ich euch weiter durch die Räumlichkeiten führe, werde ich euch über die Gepflogenheiten in Kenntnis setzen."

Ein Funken Menschlichkeit in der Hölle

Er führt uns in die nächste und letzte Etage, wo sich laut seiner Information insgesamt sechs Schlafzimmer sowie zwei Badezimmer befinden. Ununterbrochen redet und redet er. Er gibt mir Ratschläge und Empfehlungen, an die ich mich heute im Kontext des Festmahls zu halten habe. An Fexiel stellt er ebenfalls bestimmte Anforderungen, da er als meine rechte Hand in meinem Umfeld auftreten wird. Fexiel verzieht nur spöttisch seine Mundwinkel als Reaktion auf Paymons Frage, ob er Erfahrung im Kampf besitze. Stillschweigend lässt mein Bruder seine Peitsche aufblitzen und sieht ihm fest entgegen. Trocken, fragt er, „willst du mich auf die Probe stellen und es herausfinden?" Der Dämon sieht auf seine Waffe und setzt ein leicht angespanntes Grinsen auf, als er erwidert, „beizeiten können wir gerne zusammen trainieren." Er brummt kurz aus und sieht dann flüchtig auf den Fußboden. „Zudem sollte ich dich mit den Kerkern und Folterräumen vertraut machen." Fexiels blaue Augen beginnen zu glimmen, „Mal sehen, wie oft ich in das Vergnügen komme, diese zu füllen und mit ein paar Dämonen gewisse Spielchen spielen darf!" So wie Paymon ihn ansieht, ist er mehr als zufrieden mit ihm und seiner Antwort. „Oh, das werdet ihr, es gibt in etlichen Regionen der Hölle Ausständige und sogar in den eigenen Reihen könnte sich ein Spion einschleichen." Ich lächel kalt und emotionslos während ich meine Stimme erhebe, „was Verräter und Spione betrifft, so bin ich abgesichert!" sage ich und lasse Arzael vor seinen Augen erscheinen. »Nun kommen wir zu dem Punkt zurück, wo sich zeigt, wie loyal ergeben du mir sein wirst!« Denke ich insgeheim. Er sieht es mit Neugier an und brummt anerkennend. Jedoch warnt er mich, inständig. „Euer Schwert ist machtvoll und ich weiß um seine verborgene Fähigkeit. Solltet ihr einen hochrangigen Dämon wie einen Fürsten oder König mit dieser Forderung jedoch konfrontieren, wüde man euch mgehend zu Tode verutrteilen! Ihr bfeindet euch nun in der Hölle und müsst lernen euren Instinkten und auch mir zu vertrauen, wenn ihr hier überleben wollt." „Bis auf Fexiel, der mir mehr als genug seine treue und auch Löyalität bewiesen hat, traue ich niemandem. Alle anderen, werden sich mir beweisen und sich dieses Vertrauen erarbeiten müssen", knurre ich und lasse mein Schwert wieder unverrichteter Dinge verschwinden. „Eine gesunde und vernünftige Einstellung Fürst Lucifer.", er räuspert sich und spricht dann weiter. „Ihr werdet sehen, dass ich euer Vertrauen würdig bin." Kommentarlos nicke ich und sehe zu meinem privaten Zimmer, das an eines der zwei erwähnten Badezimmer angrenzt hinüber. Was würde ich für ein bisschen Ruhe und ein augiebiges Bad in diesem Moment geben? Fexiel der mich auch ohne Worte versteht, nimmt sich Paymon an. „Lucifer sollte sich eine Pause gönnen. Schließlich hat sich ja hoher Besuch gemeldet und da sollte auch der neue Fürst sich im neuen Glanz präsentieren können." Mein Bruder deutet auf mein Erscheinungsbild und Paymon nickt zustimmend, da ich, wie Fexiel auch, barfuß bin. Abgesehen von einer langen, leichten Stoffhose wegen des Vorfalls mit dem Niwashi-dämon nichts weiter trage. „Wie wäre es, wenn du mich hier weiter herumführst, mir alles erklärst und auch mein Zimmer zeigst?" Paymon wirft einen letzten Blick in meine Richtung und lässt seinen Blick abschweifen „Nun gut, falls noch etwas benötigt wird, lasst es mich wissen." mit einer leichten Verbeugung wendet er sich ab und zieht mit Fexiel den Korridor entlang.

Erleichtert über diese augenblickliche Ruhe und einen Moment für mich allein beschließe ich das Badezimmer aufzusuchen. Neben einer riesigen, runden Badewanne, die im Boden eingelassen ist, gibt es einen großen Waschtisch mit zwei tiefen Waschbecken. Wie, als wüsste dieser Raum um meine Bedürfnisse, füllt sich die Badewanne zügig von selbst mit einem wohlriechenden Kräuterbad. Auch hier gibt es zwei Fenster in den Wänden, die diese erhellen. Neugierig bertrachte ich die Tür am anderen Ende des Raums, gehe darauf zu, öffne sie und kann ein zufriedenes Grinsen nicht unterdrücken. Es stellt sich heraus, dass diese nützliche Tür mein Masterzimmer direkt mit dem Badezimmer verbindet. Meine Augen wandern automatisch zum prächtigen Himmelbett, dessen frische Bettwäsche und schwere Vorhänge es fast unwirklich erscheinen lassen. Mit einem schweren Seufzer denke ich »Was für eine Verschwendung.« Da Engel wie ich, keinen Schlaf benötigen. Der Kamin gegenüber dem Bett, beherbergt ein beruhigend flackerndes, blaurotes feuer, das auf wundersame Weise kein Holz zu verbrauchen scheint. Hinter den hohen Fenstern liegt ein kleiner Balkon, mit niedriger Brüstung. Ich gehe zum Fenster und sehe, dass es nach Westen gerichtet ist, über die weiten grünen Koppeln bis zum angrenzenden Wald. Mein Blick schweift zurück ins Zimmer. In den Wänden verbergen sich deckenhohe Kleiderschränke, die bis zum Anschlag mit edelsten Kleidern gefüllt sind. Drei weitere Kommoden sind mit passenden Accessoires wie Ringe, Broschen, Taschenuhren und Armbänder gefüllt. Stöhnend lasse ich meinen Blick über diese Ansammlung schweifen. Ich brauche nur einen unverzichtbaren Luxus und das ist

Musik. Ich liebe sanfte Klänge, die schlagartig in das Gegenteil übergehen können. Musik ist der Reflektor für Gefühle und Gedanken. So beschließe ich Paymon, darüber zu unterrichten, dass er sich um einen Flügel kümmern soll und meinetwegen das protzige Himmelbett dafür verschwinden lassen kann. Doch vorab wähle saubere Kleidung für später und nehme ein entspannendes heißes Bad. Kaum bin ich angezogen, höre ich Paymon laut über den Flur brüllen und etwas fällt krachend zu Boden. Mit gerunzelter Stirn gehe ich nach Draußen auf den Flur und folge seiner aufgebrachten Stimme in eines der unzähligen Gestezimmer. „Du einfältiges, dämliches Gör!", schreit er. „Was hast du zu denken? Du sollst deine beschissene Arbeit machen und nicht trödeln! Was ist mit dem Essen? Hast du dich wenigstens darum anständig gekümmert?" Da er sich noch im Zimmer aufhält, sehe ich nur anhand von Fexiels wütenden Körperspannung, dass er mit Paymons Verhalten nicht einverstanden ist, sich jedoch zusammenreißt. °*Was stehst du da und lässt ihn so toben?*° frage ich meinen Bruder über Telepathie. Umgehend reagiert er auf meine Frage: °*Ich kann nichts machen! Sie ist sein Besitz, wie ich verstanden habe. Mir sind demnach die Hände gebunden, auch wenn ich ihn gerade liebend gern in der Folterkammer haben will! Die kleine ist fix und fertig!*° Seine Wut ist selbst in meinen Gedanken zu spüren. Zügig schließe ich auf und sehe, den Grund dafür. Vor Payments Füßen kauert eine zierliche kleine Person, deren dunkelblonde langen Haare über ihr Gesicht gefallen sind. Sie schluchzt bitterlich und entschuldigt sich ohne Unterlass bei ihm. „Bitte. Es tut mir schrecklich leid, doch deine Tochter hat mich allein gelassen! Das Geflügel musste noch gerupft werden und ..." Schmerzerfüllt schreit das junge Ding auf, als der Dämon sie an ihren Haaren gepackt hält und vom Boden schroff in die Luft reißt. Mit hasserfüllter Stimme zischt er ihr entgegen: „Hoffe besser, dass ich dich gleich nicht rupfe und zerlege Phuka! Ich dulde deine dummen Ausreden nicht mehr! Du bist faul und vertrödelst kostbare Zeit!" Donnernd erhebe ich meine Stimme, „Was hat das hier zu bedeuten? ! Warum drohst du der Kleinen auf meinem Anwesen und in meinem Haus?" Wütend sehe ich ihm entgegen. Meine Flügel sind erschienen und auch Cerberus eilt umgehend an meine Seite und brummt bedrohlich. Als ich ihre moosgrünen, flehenden Augen für einen Moment sehe, flammt für eine Sekunde das Gesicht unserer toten Schwester vor meinen Augen auf. Zügig verdränge ich diese Erinnerung und schlucke fest. Direkt habe ich mich wieder gefasst und blicke ihm missbilligend entgegen. „Paymon! Ich verlange eine Erklärung!" Rasch und mit zittriger Stimme beginnt das Mädchen für ihn das Wort und die Partie zu ergreifen. „Es ist meine Schuld. Eurer Zorn sollte an mich gerichtet sein mein Fürst! Ich ... es stimmt, ich bin ungeschickt und verdiene, gestraft zu werden, schließlich war ich es, die etwas beschädigt hat." während Paymon ihr zufrieden zunickt und sie weiterhin festhält, sehen Fexiel und ich verständnislos in deren Richtung und auf die zerbrochene Karaffe, deren Scherben auf dem Boden liegen. In mir kocht die Wut beinahe über und das liegt nicht an der zerbrochenen Karaffe. Er ergötzt sich beinahe in ihrer Angst und dadurch heimst sich Paymon reichlich Minuspunkte von mir ein. „Wie armseelig bist du, dass du deine Macht so präsentieren musst, das dieses Mädchen eine solche Panik vor dir hat. Wie oft hast du sie bisher verprügelt, dass sie davon ausgeht, dass ich sie ebenfalls so behandeln werde?" Meine Stimme hat einen eisigen Ton angenommen. Es scheint sogar so, dass die

Raumtemperatur selbst um einige Grad abgesunken ist, da mein warmer Atem nun in der Luft zu sehen ist. Er sieht mir mit einem teuflischen Grinsen entgegen und zieht sie noch fester an sich. Mit einem bedrohlichen Glitzern in seinen Augen lässt er seine nachtschwarzen Krallen aufblitzen und erklärt mit tiefer grollener Stimme, dass sie sein Besitz sei und ihre Aufgaben mit größtem Fleiß, Schnelligkeit und Genauigkeit zu erfüllen habe. Da sie das nicht geschafft habe, müsse sie jetzt die Konsequenzen ertragen. Die Schmerzen, die sie stumm weinen lassen, und das Zusammenkneifen ihrer Augen steigern nur Paymons Wut: „Kannst du auch was anderes als flennen? Ich sorge für dich, ich füttere dich durch und du machst nur Schwierigkeiten! Ich gebe dir gleich einen richtigen Grund zum Heulen Phuka!" Panisch reißt die kleine Phukadämonin ihre Augen auf und ich greife ein. „Wenn du dich so um sie sorgen würdest, dann sehe sie nicht aus wie Haut und Knochen! Das kann auch anders geklärt werden!" Seine Augen glühen tiefrot. „Ohne mich wäre sie bereits tot! Wer fett ist, arbeitet nicht zügig!", er schüttelt sie in der Luft herum, als wäre sie eine Puppe. „Sie ist mein Eigentum! Ich habe viel für sie bezahlt und werde demnach mit ihr machen, was ich will!", johlt er weiter. Dieser Satz bringt mich zur Weißglut, denn niemand sollte als Besitz oder Eigentum angesehen werden! Die nächsten Worte sage ich knurrend: „Lass Sie los! Aufderstelle!" Im Augenblick ist es mir gleich, dass Paymon einen höheren Rang und Titel trägt als ich, und seine zweihundert Legionen kümmern mich ebenso einen Dreck. Ich bin bereit, alles zu riskieren, um meinen Standpunkt klarzumachen. Er schenkt mir kurz einen anerkennenden Blick, bevor seine Augen listig funkeln und seine Stimme gefährlich sanft wird. „Aber selbstverständlich, sie muss doch schließlich ihre Arbeit noch beenden."

Schneller als ich reagieren kann, passiert es. Mit einer rasenden geschwindigkeit und einer unfassbaren Wucht schlägt er ihr brutal ins Gesicht, während er sie mit der anderen Hand in selben Moment loslässt. Ihr Schmerzschrei durchdringt die Luft, als ihr dunkles Blut wie Tropfen durch das Zimmer regnen und die angrenzende Wand erreichen. Fexiel fängt ihren bewusstlosen Körper im letzten Moment auf, bevor dieser auf dem Boden aufprallt. Augenblicklich verlange ich von Paymon, mir ins Büro zu folgen. Fexiel weise ich an, er solle sich ausschließlich um die Pflege des Mädchens kümmern und mich über ihren Zustand informieren. Noch bevor wir den Raum verlassen, sehe ich, wie Cerberus gierig ihr Blut vom Boden leckt, während Fexiel ihren Puls überprüft. Im Arbeitszimmer stehend, wirft er mir ein zufriedenes Grinsen zu und verharrt in einer regungslosen Pose. Der Zorn über das, was im Gästezimmer geschehen ist, lodert noch in mir. Bei der Wucht wird es sicherlich zu mehr als nur einer bösen Verletzung gekommen sein. Angespannt gehe ich um meinen Schreibtisch und lasse mich in meinen Arbeitsstuhl sinken. Ich stütze meine Ellenbogen auf die Platte und greife mir in meine Haare, um mich kurz zu sammeln. „Setz dich!", befehle ich Paymon eindringlich. Er zieht den Sessel zu sich und setzt sich in gelassener Pose vor mich. „Ich muss sagen, ihr seid äußerst interessant... Wie schnell ihr von emotionslos in aufgebracht umstellt, dabei betrifft euch die Sache mit dem dummen Gör nicht." Wie kann er es wagen! Das ist hier in meinem Haus und vor meinen Augen abgelaufen. Was er bei sich macht und wie er dort mit Angestellten und Dergleichen verfährt, ist ein anderes Thema und kann ich wolmöglich nicht beeinflussen, doch hier werde ich durchgreifen! „Selbst wenn du Phuka als dein Eigentum ansiehst, gelten hier meine

Regeln, da ihr beide in meinem Dienst steht und unter meinem Dach lebt! Du hast sie so schwer verletzt, dass sie voraussichtlich nicht arbeiten kann, was Fexiel genauer einschätzen wird." Paymon schmunzelt und zuckt mit seinen breiten Schultern. Neugierig mustert er mich mit und lehnt sich entspannt zurück. „Bisher habt ihr noch keine Regeln genannt, Fürst, und was Phuka betrifft, sie kann ordentlich einstecken. Das Gör benötigt eine strenge Hand, denn sie kann es besser, sie brauchte eine Erinnerung." Mit verengten Augen sehe ich ihm zornig entgegen. „Was wird das hier Paymon? Willst du mich auf die Probe stellen und mit mir einen Machtkampf ausfechten?" konfrontierte ich ihn. „Glaub mir, ich habe mich mit weitaus höherem angelegt als dich und ich scheue keinerlei Konsequenzen!", beende ich meine Ansage. Mittlerweile habe ich mich wieder von meinem Platz erhoben, meine Handflächen auf der Tischplatte abgestützt und mich ihm entgegen gebeugt. „Deine Geschichte ist mir bekannt, denn wir haben mit Widdow bereits gemeinsame Freundin Lucifer ..." Sein wissender Blick lässt mich ungerührt. Da diese Verrückte mir bereits seinen Namen genannt hatte, ist diese Aussage bis auf ihren eigenen Namen für mich vollkommen nutzlos. „Wir beide sind deine Verbündeten und auch ich werde dir helfen, in dieser Welt Fuß zu fassen. Vor allem jetzt, wo ich durch den Vorfall erfahren habe, welche Schwachstellen du besitzt." Ich versuche, ein Anzeichen von List in seiner Stimme herauszuhören, doch entweder ist dieser Dämon ein schnell lernender Schauspieler oder aber, er meint jedes seiner Worte wirklich ernst. Der, der so launische Wutausbrüche hat, will mir ein Lehrmeister sein? Resignierend schüttel' ich den Kopf, doch was für eine Wahl bleibt mir? Paymon und diese irre namens Widdow sind neben Fexiel die Einzigen, die ich hier kenne. Insofern muss ich ihm in einem Punkt leider zustimmen. Ich benötige Verbündete und bisher hatte er uns wirklich gute Informationen geliefert. Schwer seufze ich aus und erhebe mich. Um klarer denken zu können, muss ich mich bewegen. Jeder Schritt von mir wird neugierig von ihm aufgenommen. „Du magst ein Dämon sein, doch ich besitze immer noch einen kleinen Funken Herz und darin ist ein Hauch von Menschlichkeit. Diese werde ich ganz sicher nicht aufgeben, denn ich bin stolz, mich von euch abheben zu können!" Er grinst breit und sieht äußerst zufrieden aus. „Das habe ich gesehen, wobei du diese einem Dämon entgegenbringst, der lieber sterben würde, als sich von mir verstoßen zu lassen. Phuka gehört nun mal mir und da hilft auch nicht dein kleiner Funke Menschlichkeit." Inzwischen ignorieren wir Titel und Rang und sind aufs »du« übergegangen. Ich hasse es, wie er über die junge Frau spricht. „Ich verachte die Sklaverei unter den Menschen und war selbst, wie dir bekannt sein wird Gottes scheiß Marionette." Der Dämon nickt mir zustimmend zu und hört weiter zu. „Wenn das zwischen uns funktionieren soll, dann halte dich an meine Regeln." Er beginnt amüsiert zu grinsen und macht eine ausladende Handbewegung „Wann stellst du endlich welche auf? Bisher sagst du, dass es Regeln gäbe und du dein bisschen Menschlichkeit schützen und nicht aufgeben willst. Meinetwegen. Ich werde das zu akzeptieren wissen, da ich in deinem Dienst stehe, doch die anderen Fürsten und Könige werden diese Schwäche für deinen Untergang ausnutzen. Sie werden sich auf dich stürzen. Wenn sie davon erfahren reißen sie dich wie gierige Wölfe in Stücke." Ich bleibe direkt vor ihm stehen und sehe ihm in seine roten Augen. Ein hauch von einem Lächeln erscheint auf meinen Lippen, doch es ist ein kaltes Grinsen. „Dann weiß ich, wie ich mich von jetzt an zu verhalten habe Paymon. Schließlich bist der Einzige unter ihnen, der diese Seite von mir kennengelernt hat. Sollte vondaher auch nur ein anderer Fürst oder König mich darauf ansprechen, was sich in diesem Zimmer abgespielt hat, wirst du dir wünschen, mich niemals kennengelert zu haben." Anerkennend pfeift er aus und grinst. „Das gefällt mir sehr. Ich halte meine Versprechen. Wie gut, dass du schnell lernst Lucifer, denn uns läuft die Zeit davon."

Er erhebt sich von seinem Platz, streckt mir seine Hand entgegen und ich ergreife sie mit einem gemischten Gefühl. Wir werden sehen, wie hoch seine Loyalität mir gegenüber wirklich ist. Im selben Moment tritt Fexiel mit einer ernsten Miene ins Arbeitszimmer und fixiert Paymon mit einem wütenden Blick. „Gibt's hier was zum Nähen?", fragt er in knappen Worten. Wo soll ich das zur Hölle aufbringen? „Geht's denn nicht anders?" Wieder sieht er zu dem Dämonen rüber. „Nope, der hat ordentlich Arbeit geleistet! Die Hälfe ihrer Wange ist regelrecht zerfetzt worden. Ist n schönes Bild, den halben Kiefer sehen und ihr beim Schlucken zusehen zu können. Bedarf es noch mehr an bildlicher Erzählung?" Er zieht eine Augenbraue an und verschränkt seine Arme vor seinem Blutverschmierten Hemd. „Ach im Übrigen wünscht sie ihre Arbeit tatsächlich wieder aufzunehmen und zu Ende bringen. Trotz das ihre Schulter ausgekugelt war." allein bei dem Gedanken verziehen sich meine Mundwinkel nach unten. Paymon raunt mir zu, „Daran musst du ebenfalls arbeiten." Ich brumme generft, doch er hat recht. „Zu gut, dass dieser Raum vollkommen privat ist und nichts unserer Worte nach Draußen dringen kann", sagt er mit einem Zwinkern. „Oh, wie ich sehe, seid ihr mitlerweile die besten Freunde, du und hau drauf, Grobian!", brummt mein Bruder und verzieht spöttisch seine Mundwinkel. Paymon scheint das gar nicht zu interessieren, denn er löst unseren Handschlag und schnippt lasziv mit seinem Mittelfinger und Daumen. Unverzüglich erscheinen Nadel und Faden in seiner anderen Hand. „Gedankenkontrolle. Eine schöne Spielerei, die jeder Dämon bereits in die Wiege gelegt bekommt." Kommentiert er beiläufig, „Mit etwas Übung kannst auch du manifestieren, was immer du willst Lucifer." Mit einer schnellen Bewegung ist er bei Fexiel und übergibt ihm beides. „Ich hoffe, du kannst damit ebenfalls so gut wie mit Waffen umgehen." Mein Bruder bringt ihm ein kurzes, jedoch kaltschnäuziges Lächeln als Antwort entgegen. „Ich verstehe. Einen Besseren hättest du nicht mit hierhin bringen können, Lucifer. Dein Bruder passt wirklich perfekt in die Hölle", bemerkt Paymon grinsend. „In zwanzig Minuten werden die ersten Gäste eintreffen. Ich werde den Speisesaal vom restlichen Personal herrichten und den Besuch dort unterbringen lassen. Ach ja. Zu guter Letzt, gebe ich euch besser noch einen Hinweis zu den hisigen Tischmanieren. Niemand wird Waffen bei sich führen. Am Tisch wird sicherlich lauthals und impulsiv gestritten, doch niemals gemordet!" Er sieht zu Fexiel rüber und nickt grinsend auf sein mit Phukas blutverschmiertes Hemd. „Das ist eins der wenigen Gesetze hier in der Hölle. Auf dem Anwesen darf bei einem offiziellen Treffen nicht gemordet werden. Diese Regelung gilt ebenfalls in Wirtshäusern.Irgendwann braucht es dann doch Regeln um der Sache Herr zu werden und sich vernünftig zu einigen oder sich anderwertig zu entspannen und zu besaufen." Dieser Nachsatz ist eine kleine Stichelei an mich. Spöttisch hebe ich meinen rechten Mundwinkel an, „Um meine Regeln noch zu nennen Paymon. Eine dieser betrifft mein Heim und mein Einflussgebiet! Ab jetzt ist es nicht mehr gestattet, Strafen ohne meine Zustimmung zu verhängen, und es ist notwendig, mir das zugrundeliegende Vergehen zu erklären." Er grinst breit und hört weiter zu. „Zweite Regel. Hier soll jeder, der mir seine Treue und Loyalität schwört, mit achtung behandelt werden! Ihnen wird ein sicheres Zuhause und gute Arbeit versprochen." „Da ist er wieder, der barmherzige Teufel." Witzelt Paymon, „Zu gut, dass deine rechte Hand unbarmherzig und grausam ist, das bringt das Ganze wieder ins Lot." Er klopft Fexiel auf die Schulter und verlässt dann mein Zimmer. „Ist das alles Samael?", beginnt er, als er sich vergewissert, dass Paymon die Tür geschlossen und sich entfernt hat. Ich verenge meine Augen bei der Nennung meines alten Namens. Er verdreht seine Augen und setzt von Neuem an. „Lucifer, sie hat eine panische Angst und sie tut mir wirklich leid." „Es ist bereits alles gesagt und ich habe ihm meine Regeln genannt. Ich kann nicht in einem Atemzug die Sklaverei verurteilen und dann selbst diesbezüglich einen Handel eingehen, indem ich die Kleine abkaufe. Solange sie hier in meinem Wirkungsbereich und unter meinem Dach bleibt, ist sie sicher." „Ich weiß, doch ich glaube, wenn sie länger sein Eigentum bleibt, wird er sie eines Tages, irgendwo verschwinden lassen. Ach, ich weiß auch nicht, sie erinnert mich einfach an unsere..." „Ich weiß, mir geht es nicht anders. Sie hat Cassiels Augen." beende ich seinen Satz und er nickt schweigsam. Wir konnten Cassiel nicht retten, doch vielleicht wird uns bei ihr eine neue Chance geboten.

Zorn, Chaos, Begierde

Gemeinsam mit einem frisch gewaschenem und umgezogenen Fexiel gehe ich in Begleitung von Cerberus zum Speisesaal. Dort treffen wir auf Paymon, der alles mit Adleraugen zu bewachen scheint. Aus einem unbekannten Grund rebelliert mein Magen und leichter Schwindel überkommt mich. Ich würde es heute liebend gern verschieben, doch es abzusagen wäre laut Paymons Aussage eine direkte Kriegserklärung. Da ich jeden Verbündeten benötige, wenn ich mich nicht alleine auf Paymons Legion verlassen will, muss es heute stattfinden. Angespannt fahre ich mir über mein Gesicht und reibe meine gereizten Augen. Noch ist der Speisesaal bis auf die lang gezogene, überladene Tafel und der etlicher Sitzplätze leer. „Das hilft." Mir wird ein langes Trinkhorn mit einer klaren Flüssigkeit entgegengereicht, welches ich argwöhnisch begutachte. „Das Höllenklima bedarf ein wenig Gewöhnung, damit geht's besser", erklärt unser Verwalter. Ich sehe einen jungen Dämon, dessen Name ich nicht kenne, und halte ihn an, als er an mir vorbeilaufen will, und drücke ihm das Horn in seine Hände. Mit einem knappen „Trink!" befehle ich ihm, davon zu probieren. Paymon verkneift sich ein Grinsen. Der Bursche trinkt einen kleinen Schluck und gibt mir angespannt das Gefäß zurück. „Wenn es ein siechendes Gift ist, wird sein Tod langsam und qualvoll." Kommentiert Paymon beiläufig, mustert den Jungen und zuckt seine Schultern. „Jedoch ist es nur Met, mit einer kleinen Kristallsalzmischung versetzt. Es beseitigt die Symptomatik unverzüglich. Schon vergessen, dass auch ich mich an Gesetze halten muss und zudem euer Verbündeter bin?" „Vertrauen muss man sich erarbeiten." Der Junge sieht mich an und scheint meine Aussage ebenfalls auf sich zu beziehen. Er streckt seinen Rücken gerade und erhebt seinen Kopf. Stolz nickt er mir zu und verbeugt sich tief. „Ich vertraue euch, mein Fürst!", sagt er kraftvoll, grinst schief und zieht sich mit zügigen Schritten zurück. Da der Bursche weder schwankt noch sonstige Auffälligkeiten zeigt, hebe ich das Horn an meine Lippen und leere es. Tatsächlich schmeckt es würzig mild und ein Hauch von Honig streichelt meinen Gaumen. „Scheint geschmeckt zu haben", kommentiert Fexiel und sieht zu dem leeren Horn in meiner Rechten hinunter. Ich stimme dem zu und nicke, „und die Symptome sind ebenfalls weg." Mit Zähneknirschen beginnt Fexiel zu sprechen, „auch wenn ich es nur ungern von mir gebe, doch ich denke, er ist dir treu und zuverlässig." Fest sehe ich meinen Bruder in dessen Augen und sage: „Es klingt fast so, als würde Eifersucht in deiner wunderschönen, tiefen Stimme mitklingen. Sei dir gewiss, dass ich mit meiner Wahl, dich zu meiner rechten Hand erwählt zu haben, nicht im Geringsten bedauere. Niemand wird jemals deinen Posten abgreifen!" Er grinst mir dankend zu. Paymon räuspert sich und deutet auf das Tafelende, an dem zwei Stühle nebeneinander gereiht stehen. „Die besten Plätze für die Herrschaften des Hauses, so kann euch niemand bei der Tischordnung in den Rücken fallen und ihr habt sie alle inklusive der Flügeltüren im Blick." Wir lassen uns zu unseren Plätzen führen, nehmen Platz und warten. Eilig werden unsere leeren Kristallgläser mit beinahe schwarzem Rotwein gefüllt. „Ein Gruß aus den Feuerländern", kommentiert Paymon. „Durch die aschehaltige Erde ist das Gebiet äußerst fruchtbar. Größtenteils gerät der Wein sowie andere köstliche Spirituosen von dort in den Umlauf der Hölle sowie auf Erden." Er unterbricht und dreht sich zur

Tür. „Euer Besuch ist eingetroffen. Entschuldigt mich!" Er löst sich in Rauch auf, doch innerhalb von Sekunden schwingen die Türen auf und er steht bereits am Eingang. Mit kräftiger Stimme kündigt er die eintreffenden Dämonen an. „Aguares. Dämon der Unterwelt, Großherzog und Oberhaupt von Einunddreißig Legionen. Asmodeus, Fürst der Wollust. Prinz des Zorns, König der Verschwendung und einer der acht Unterfürsten der obersten Ordnung, einer der oberen bösen Geister. Zudem Herrscher von zweiundsiebzig Legionen." Bei jeder Erwähnung macht Paymon eine kleine Pause, damit wir jedem Dämonen Beachtung schenken können. „Amon, Fürst der Hölle, dargestellt durch ein Feuer speienden Wolfes mit Schlangenschwanz. Er befehligt vierzig Legionen und genießt den Ruf, einer der stärksten Höllenfürsten zu sein." Besagter sieht zu uns hinüber und verbeugt sich tief. Seine Aura lodert wie ein Inferno. „Marbas, Präsident der Hölle, er befehligt sechsunddreißig Legionen und wird in Gestalt eines Löwen überliefert." Wird uns weiter erklärt. Mittlerweile sind bereits zwanzig Dämonen mit unterschiedlichen Rängen und Posten eingetroffen und es scheint kein Ende nehmen zu wollen. Zügig werden die Kelche und Kristallgläser der Eintreffenden gefüllt sowie weitere Dämonen aufgezählt. „… Nybbas, hoher Repräsentanten des höllischen Hofes und Personifikation der Albträume, erweist euch die Ehre." endlich füllen sich die Plätze und nur noch fünf sind offen. Erleichtert seufze ich aus und mime den guten Gastgeber, der von mir erwartet wird. Caym wird uns als Nächstes vorgestellt. Dieser ist ein Dämon höherer Klasse und sei der Sprache der Tiere mächtig. Paymon erhält eine brennende Nachricht, die direkt vor ihm erscheint. Zügig liest er den zu Asche zerfallenden kleinen Zettel und sieht auf die aktuellen leeren Plätze. Ehe er jedoch zu einer Erklärung kommt, stellt er den letztenwartenden Besucher vor. Ereschkigal, die Unterweltgöttin sowie Herrscherin über das Totenreich selbst. Sie verbeugt sich mit einem sündigen Lächeln in Fexiels und meiner Richtung und nimmt erwartungsvoll am Tisch Platz. „Das Königspaar der Nachtländer, König Udril und seine Gemahlin Cardil bekunden ihr Bedauern, dem neuen Fürsten der Unterwelt nicht persönlich beizuwohnen und zu begglückwünschen", gibt er direkt bekannt, „Eine Tragödie hat sich auf deren Hof zugetragen und die Familie hüllt sich abermals in Trauer." Ein reges Getuschel beginnt und wilde Vermutungen werden untereinander ausgetauscht. Gerade will Paymon seine Stimme erheben, als ein letzter Besucher eintrifft. Hochgewachsen, raubtierhaft, mit stechend gelben Augen und in vollkommenem Schwarz gekleidet, kommt dieser dunkelblonde Mann zielstrebig herein und sieht mir provokant entgegen. Direkt stellen sich meine Nackenhaare auf. Dieser Dämon strahlt reine Verachtung und Hohn aus. Herablassend sieht er zu Paymon und knurrt ihn beinahe an. „Du wolltest doch nicht etwa meine Ankündigung unter den Tisch kehren oder Paymon?" Augenblicklich kehrt Ruhe ein und alle sehen auf den neu eingetroffenen Dämon. „Tragödien spielen sich überall ab, diese hier sollte man sich jedoch nicht entgehen lassen", sagt er abfällig und sieht mir missbilligend entgegen. Ich zwinge mich, dem Gesetz treu zu bleiben, und rufe nicht umgehend nach Arzael, dennoch spüre ich, wie es sich eigenmächtig empordrückt. Als Paymon den unliebsamen Gast vorstellen will, ergreift dieser jedoch selbst das Wort. „Belial, Herrscher der Gefäße der Ungerechtigkeit, der dritten Stufe teuflischer Geister." beginnt er seine Vorstellung. „Zudem Höllenfürst der mächtigen Feuerländer sowie ein rein geborener

Dämonenkönig der Hölle, gleichgestellt mit Chaos und Tod."
Er setzt ein raubtierhaftes Grinsen auf, entblößt somit seine
spitzen Fangzähne und zieht seinen angestellten Stuhl
zurück, um sich zu setzen. „So danke an das vorzügliche
Geschenk eures Weines, Fürst Belial", erwidere ich und
erhebe mein Glas. Er regiert nur mit einem Schnauben und
lehnt sich zurück. Die restlichen Dämonen schließen sich
jedoch meiner Handlung an, erheben ihre Gläser und jubeln
mir im Chor „Fürst Lucifer Lux!" zu. Auch wenn Belial uns
unter dem Zurufen der anwesenden Dämonen schweigsam
mit seinen kalten Blicken durchbohrt, schenke ich ihm keine
weitere Beachtung. Mein Augenmerk liegt vollkommen auf
Bündnissen, Abkommen und wertvollen Informationen.
Wiedereinmal sollte Paymon recht behalten. Dämonen lieben
Essen, Wein und Weib. Vor allem in dieser Konstellation
wurden sowohl Zungen als auch Hände lockerer. Je mehr die
anwesenden Dämonen ihre Aufmerksamkeit dem Essen statt
mir widmen, erhebe ich mich ein letztes Mal von meinem
Platz für eine kleine Ansprache. „Lass uns diesen Augenblick
für die Ewigkeit bannen! Eine neue Ära beginnt, von der wir
alle gemeinsam profitieren werden. Auf neue Bündnisse!",
rufe ich aus und recke mein Weinglas. Tosender Beifall und
Gejohle begleiten die Arbeiten der Bediensteten, die immer
mehr Wein auffüllen, Platten mit Wild, sowie Fisch, aber
auch menschliches Fleisch und Innereien auf der Tafel
abstellen. Jedoch wird auch reichlich an Beeren und anderen
Obstsorten gebracht, jedermann soll zufriedengestellt sein.
Der Wein und die doch überwiegend positive Aufnahme hier
in der Runde tragen dazu bei, dass auch wir lockerer werden
und unsere Anspannung lösen. Uns wird von den anderen
etliches bestätigt, was Paymon uns bei unserem Eintreffen
erzählt hat. Aber auch, dass es eigenständige Völker gibt, die

als Nomaden umherziehen und unabhängig bleiben wollen. Diese halten sich weitestgehend in neutralen Zonen auf und treiben mit jedem Handel. Hinzu kommen die Unruhestifter, die habgierigen Dämonen, die, die mit allen Mitteln andere unterwerfen und ihren Willen aufzwängen. Diese leben überwiegend im sogenannten Dunkelland. Hier besteht unsere Aufgabe darin, das Gleichgewicht der Hölle aufrechtzuerhalten. Hierbei seien die Bündnisse und Allianzen unumgänglich. Soweit unterscheidet sich die Hölle nicht von dem, was ich auf der Erde durch meine Missionen erfahren habe. Interessant ist die Klassifizierung unter den einzelnen Dämonen. Hier gibt es die Reinen, meistens sind es Erzdämonen und Könige, aus sehr alten Linien. Diese legen außerordentlich großen Wert auf die Reinhaltung der Erblinie. Wiederum gibt es die Mischer. Das sind Dämonen, die ausschließlich mit Menschen schlafen, um dämonische Brut zu säen. Nicht zu vergessen, die unwürdigen ... Dämonen, die aus Fragmenten von Menschen entstanden sind. Es sind Wesen, die entmündigt sind, also keinerlei Rechte besitzen. Diese sind eine der niedrigsten Dämonen, die es gibt. Sie haben nichts, nicht einmal mehr ihre Würde, sie werden entweder als Haustiere, Arbeiter in den Fabriken oder eben als Nahrungsquelle gehalten. Alle Rassen besitzen unterschiedliche Qualifikationen oder halten sich in den unterschiedlichsten Regionen auf. Wie wir nun bereits wissen, leben Nivashi Dämonen nur in Gewässern. In diesen warten sie auf Unachtsame, die sie in die Gewässer reißen, ersäufen und auch gelegentlich fressen. Dann die Naturdämonen und Vampirdämonen, die man nur an Friedhöfen und geweihten Ruinen antrifft. Auch wenn dies reichlich an Informationen ist, so ist es nur ein klitzekleiner Teil, der die Hölle umfasst.

Trotz des regen Trubels um mich herum bemerke ich, wie Fexiels Blick immer zu einer gewissen Person schweift. Viele der angetrunkenen Dämonen versuchen sie näher an sich heranzuziehen, doch sie weicht geschickt ihren trägen Klauen und Krallen aus. Vereinzelt fängt sie einen Blick von meinem Bruder auf. Dann bekommt ihr so blasses Gesicht einen leicht rosigen Glanz. Beginnt er jedoch nur ansatzweise zu grinsen, taucht sie unter und ist für eine gute Zeit nicht auffindbar. Ich nutze einen Moment, der nur meinem Bruder und mir gegönnt ist, da die Dämonen sich wieder hitzig über die Gerüchte aus den Nachtländern austauschen. „Du magst sie, nicht wahr?" schlussfolgere ich. Sein Blick verrät mir, dass ich genau ins Schwarze getroffen habe. Er nimmt einen Schluck Wein und schüttelt den Kopf. „Ich brauch was Besseres!" Grinsend lehne ich mich an ihn und beobachte Phuka, die ein scheues Lächeln aufsetzt, weil ein anderer Dämon ihre verletzte Wange streichelt. „Du meinst sicherlich den Wein, kleiner Bruder. Wie wärs mit einem Whisky?" Er sieht zu den beiden rüber und umfasst das Weinglas mit einer solchen Kraft, dass es in seiner Hand zerspringt. „Es ist harmlos, er reißt sie schon nicht unter sich." Versuche ich, ihn zu beruhigen, doch scheinbar ist sein Beschützerinstinkt geweckt. „Sie mag zwar über diesen sogenannten Unwürdigen stehen, doch als Sklavin hat sie sicherlich auch keine allzu großen Rechte!" knurrt er zwischen zusammengepressten Zähnen hindurch. „Sie unterhalten sich nur", äußere ich meine Deutung der beiden. „Und ich beobachte nur!", brummt er angespannt zurück. Rasch bringt man ihm ein neues Kristallglas, doch dieses lässt er unangerührt stehen. Asmodeus, ausgerechnet der Fürst der Wollust und unter anderem der Prinz des Zorns, hatte sich scheinbar Phuka als neues Ziel ausgesucht, doch definitiv wurde die Rechnung ohne meinen Bruder gemacht. Als Asmodeus in dessen Richtung sieht, beginnt dieser dämonisch zu grinsen und zwinkert ihm zu. Rasch nutzt die kleine Dämonin den Moment und zieht sich von dem Dämon zurück. Dieser grinst jedoch weiter und schickt eine Botschaft. »**Bin gern bereit, mit dir zu teilen.**« Fexiel beißt seine Kiefer aufeinander und wäre er fähig, einen Dämon mit seinen Blicken töten zu können, so wäre auf dessen Stuhl nur noch ein Häufchen Asche zu finden. Überraschenderweise reagiert Asmodeus recht amüsiert, beinahe schon leicht angetrunken. Er erhebt sich von seinem Sitzplatz und kommt auf uns zu. °*Wehe, du fällst ihn an!*° warne ich Fexiel, der ihm immer noch wütend entgegenblickt. Asmodeus lächelt offenherzig, bleibt in naher Distanz stehen und verneigt sich. „Fürst Lucifer Lux, Fexiel." begrüßt er uns der Norm entsprechend und spricht dann weiter, „Ich möchte euch für den gelungenen Abend und das hervorragende Bankett danken! Auch, wenn ich mit leeren Händen euer Anwesen verlasse, so wurde mein Magen und mein Geist königlich genährt." er zwinkert Fexiel ein letztes Mal zu und seufzt „Selten widersteht mir ein süßes Geschöpf, doch gegen euch ist es keine Schmach zu verlieren!" er macht eine kurze Pause und sieht meinem sprachlosen Bruder fest in die Augen. „Danke für den einzigartigen Genuss. Zorn ist beinahe so delikat wie purer Sex." bei Asmodeus Worten verschlucke ich mich beinahe an meinem Getränk und sofort sehen Paymon als auch Phuka besorgt in meine Richtung. Zügig erlange ich meine Fassung wieder und gebe den beiden ein dezentes Zeichen, dass alles in Ordnung ist. Mit einem kühlen Windhauch ist er binnen einer Sekunde verschwunden. ... Sein Aufbruch scheint den restlichen verbleibenden Dämonen ein Wink mit dem sogenannten

Zaunpfahl zu sein. Allmählich verlassen sie unser Anwesen auf demselben Weg, wie sie eingetroffen sind. Wann jedoch Belial aufgebrochen ist, vermag ich nicht zu sagen. Erst als sich der Saal lichtet, fällt mir auf, dass auch er bereits verschwunden ist.

Endlich ist der Speisesaal nur noch von dem eigenen Hauspersonal gefüllt, das die Spuren des Banketts verräumt. Mit flinken Handgriffen werden sie zügig Herr des vor ihnen befindlichen Chaos. Überall sind Knochen und einzelne Speisen, sowohl unter als auch auf der Tafel verteilt zu finden. Gut ein Drittel der Hauptspeisen und ein Viertel des Angebots vom Nachtisch sind übrig geblieben. Ich sehe über die unberührten Lebensmittel und denke nach. Ich winke dem jungen Burschen zu, der mir heute bereits einen Dienst erwiesen hat. Zügig kommt er angelaufen und verneigt sich. „Mein Fürst, wir werden dieses Schandbild zügig verräumen! Alles wird vernichtet und in einer Stunde ist dieser Saal wieder, wie ihr ihn gewohnt seid!" „Hat das Personal sich bedient?", hinterfrage ich. „Niemals! Das war rein für euch und eure Gäste, mein Fürst!" Entsetzt sieht er mich an. Beruhigend lege ich meine Hand auf seine rechte Schulter und lächel ihm gütig zu. „Da das Bankett nun beendet ist, möchte ich, dass ihr alle unangerührten Speisen in die Küche bringt." Er sieht mich mit offenem Mund an und stottert. „Aber … mein Fürst. Wir haben die Kammern bereits gefüllt! Ihr dürft niemals wie ein Bettler leben!" „Hör zu und mach den Rand zu. Der Fürst war nicht fertig mit seiner Kundgebung!" Entschuldigend sieht er zu Boden und bekommt seine zweite Ermahnung, „Sag mal, ist die Information auf dem Boden zu finden? Sieh gefälligst zu der Person auf, die mit dir redet!" Umgehend sieht er zu Fexiel auf und stellt sich gerade hin. Auch das restliche Personal hat aufgehört zu arbeiten und hört angespannt zu. „Entschuldigung, ich wusste nicht, wie ich mich zu verhalten habe." In einem sanfteren Tonfall spricht Fexiel weiter, „Schon gut, das kann erlernt werden. Zum einen unterbreche niemals wieder deinen Fürsten." Wissbegierig nickt der Dämon und wartet auf weitere Anweisungen. „Du kümmerst dich darum, dass die unberührten Speisen in die Kammer gebracht werden. Dann findet euch alle gemeinsam ein und esst, bis ihr wirklich alle vollkommen satt seid! Ihr alle habt hart gearbeitet und meine Gäste zufriedengestellt." Cerberus schiebt sich lautlos an mir vorbei, an seine teilweise verborgene Anwesenheit muss ich mich wirklich noch gewöhnen! „Was dann noch überbleiben sollte, wird an ihn verfüttert." Ende ich. Der Junge sieht mich mit großen schwarzen Augen ungläubig an, dreht seinen Kopf in Richtung Tafel und der anderen und starrt eine Weile dorthin. „Soll ich dir etwa beim Zusammentragen helfen?", fragt Fexiel und löst ihn damit aus seiner Starre. Mit einem Dank macht der Zwerg sich zügig an die Arbeit und schichtet auf, was er tragen kann. Phuka kommt mit etwas Verzögerung zu uns und erklärt, dass sie das Arbeitszimmer herrichten ließ und auch die anderen Wünsche sowie den Flügel im Masterzimmer erfüllt hat. „Wünscht ihr meine Dienste noch, Fürst Lucifer? Ich kann euch nachher noch ein wenig an Obst oder Gebäck nachbringen." Irritiert sieht sie zu den Dämonen, die sich bereits beim Hinaustragen der Speisen eilig ihre Münder vollstopfen. „Sorge du besser dafür, dass du ebenfalls was auf die Rippen bekommst, Mädchen. Ich will dich erst wieder zu Gesicht bekommen, wenn du meiner Anweisung gefolgt und gesättigt bist, Phuka." wenn der Junge mich schon wie ein siebtes

Weltwunder angesehen hat, so toppt dieses Dämonenmädchen seine Reaktion.

Schlagartig füllen sich ihre moosgrünen Augen mit Tränen, sie schnieft und sinkt demütig auf ihre Knie. Dann ergreift sie meine Hand und drückt ihre Stirn gegen meinen Handrücken. Mit leiser, verweinten Stimme beginnt sie zu flüstern: „Erlaub mir die dreisten Worte mein Fürst. Doch niezuvor habe ich solch sanftmut und schönheit genießen dürfen. Wie euer Bruder seid ihr das Schönst hier in der Hölle. Dass ich euch zu diensten stehen darf, ist mir eine außerordentliche Ehre." Auch wenn Paymon mit seiner Aussage richtig liegen mag, dass ich verwundbar mit dieser Seite bin und meine Schilder verstärken muss, so hat dieses Mädchen eine scheinbar besondere Gabe und trifft mich mitten in mein Herz.

Mag sein, dass es an der leichten Ähnlichkeit zu unserer Schwester liegt, doch ich meine zu ahnen, dass sich noch mehr in Verborgenen hält.

In einer fließenden Bewegung erhebt sie sich und tritt einen Schritt zurück. „Ein Gedanke, meine Herren, und ich erscheine umgehend um eure Wünsche zu erfüllen." Mit dieser Information zieht sie sich zurück. Ich sehe, wie Fexiel ihr grinsend nachsieht, lasse es jedoch unkommentiert und ziehe ihn mit ins Arbeitszimmer, um die liegengebliebene Arbeit noch zu verrichten.

Während des Banketts scheinen weitere Anträge eingetroffen zu sein. Ich verschaffe mir einen Überblick, während Fexiel nachdenklich am Fenster steht und hinaussieht und meine Frage unbeantwortet im Raum stehen lässt. Ich sehe von meinem Berg an Papieren auf und räuspere mich. „Die Aussicht scheint äußerst interessant zu sein.", fragend dreht er sich in meine Richtung. „Was ist interessant?" „Sag du es mir. Ich hatte gehofft, du unterstützt mich." Ich hebe ein paar der auf dem Tisch verbreiteten Schriftrollen hoch und strecke sie ihm entgegen. Zügig kommt er und nimmt sie an sich. Mit gerunzelter Stirn beginnt er zu lesen. „Sind das alles Anfragen, um hier Handel treiben zu können? Wie soll ich dir da meine Unterstützung anbieten? Ich bin kein Verwalter, sondern ein ehemaliger Heerführer und Krieger", überfordert zuckt er seine breiten Schultern und gibt mir die Dokumente zurück. Ich brumme und massiere meine Schläfen. „Ich glaube, Paymon wäre dir doch eine bessere Hilfe als ich." „Vielleicht in diesem Punkt, aber für heute habe ich genug, morgen ist auch noch ein Tag." Ich sortiere die Anträge und suche die Bündnisverträge heraus, um diese zumindest fertigzustellen. Noch ehe die Tinte getrocknet ist, gehen sie in Flammen auf, verschwinden und erscheinen mit einer weiteren Unterschrift wieder vor mir auf dem Schreibtisch. Überrascht und fasziniert beobachte ich das Schauspiel. „Wer hätte gedacht, dass Dämonen so komplexe Methoden besitzen, um sich untereinander über diese Distanzen auszutauschen? Äußerst praktisch und zeitsparend." kommentiert er den magischen Vorgang, der sich bereits zum zehnten Mal in Folge wiederholt. „So bist du schnell, damit fertig und wir können uns noch n Drink genehmigen." Grinsend öffnet er den Globus und sieht hinein. „Was nach deinem Geschmack dabei?" Er schüttelt den Kopf und seufzt. „Nope, ich dachte, wir sind in der Hölle. Hier gibt es nur Weine, Gin und Whisky." Auf dem Bankett hatte man Fexiel scheinbar mit Scotch so verwöhnt, dass er diesen nun schmerzlich vermisste.

Sicherlich, mein Bruder könnte sich auch mit Whiskey zufriedengeben, doch geschmacklich hatte er sich zügig dem Scotch verschrieben. „Ich dachte, wir sind in der Hölle, auf dem Pfad der Sünde und der Laster." seufzt er und ist im Begriff, den Globus zu schließen, doch ich bremse ihn. „Tzz, warte! Ich nehme gern n Glas Whisky ..." nickend macht er mir ein Glas zurecht, reicht es mir über den Tisch und setzt sich vor mich in einen der Sessel. Meine goldenen Augen blitzen auf, als ich ihn ansehe und zu ihm sage: „Schmoll nicht herum und lass ihn dir bringen!" Ich genehmige mir einen Schluck des süß-würzigen Bourbon-Whisky und lasse ihn sich in meinem Mund verteilen. Aromen von Vanille, Orangenschale, Estragon sowie das rauchige Aroma von Eichenholz streicheln meine Zunge und meine Gaumen. Genussvoll schwenke ich mein Glas mit der dunklen, bernsteinfarbenen Flüssigkeit in meiner Rechten und grinse ihn provokant an. „Du willst doch nur, dass sie wieder in deiner Nähe ist. Dabei ist er doch schon gegangen", stichel ich. Umgehend ist er wieder voll auf mich fokussiert und sieht mir mit seinen stechend blauen Augen entgegen und spannt seinen Kiefer an. „Du bist ein solcher Arsch, Samael! Ich will doch einfach nur auf die Kleine aufpassen! Sie hat doch überhaupt keine Chance, wenn ein solches Tier über sie herfallen würde! Das ist alles!" Ich werfe ihm bei der Erwähnung meines alten Namens einen giftigen Blick zu, „nenn mich nie wieder so!" „Okay, aber so hab ich dich seit über tausend Jahren genannt. Da kann, dass schon mal herausrutschen." Oh, ich kenne diesen aufgesetzten Blick. „Das machst du mit Absicht, Fexiel." Er beginnt herzhaft zu lachen, „Türlich, so wie du mir versuchst einzureden, dass ich andere Absichten habe, was die kleine Phuka betrifft." Durchdringend sehe ich ihn an und er wird ernst. „Lass das, Bruder. Bitte..."

„Du weißt, ich würde niemals ohne deine Zustimmung in deine Gedanken dringen. Das muss ich auch nicht, denn dein

Verhalten ist mir selbst bekannt." Fexiel schüttelt seinen Kopf und verneint die offensichtliche Situation.„Pfff! Solch ein Schwachsinn. Da gibts nichts zu analysieren. Und jetzt komm mir nicht mit dir und diesem Luder Eva um die Ecke." Die Erwähnung von Eva gibt dem guten Whisky einen bitteren Beigeschmack.

Ihr war ich vom ersten Moment unserer Begegnung an erlegen. Ich hab ihr jeden Wunsch erfüllen wollen, sie so sehr geliebt, doch dann kam er! Und das erste Mal in meinem langen Leben erfuhr ich, wie man ein Herz brechen und wie Eifersucht einen vergiften kann ...

Ich wurde eiskalt hintergangen, betrogen, fallen gelassen und ersetzt. Danach stürzte ich mich von einer in die andere bedeutungslose Affäre, doch keine hat dazu beigetragen, Eva vollkommen zu verbannen. Ich schnaube und spüle mit dem guten Tropfen nach. „Du bist eifersüchtig, aber dazu hast du kein Recht." Aufgebracht beginnt er sich zu verteidigen: „Ich will sie nur beschützen!" Sanft sehe ich ihn an, ich spüre sein Gefühlschaos. „Dann sei für sie da, so wie du damals für mich da warst. Es ist ihre Entscheidung und ihr Leben. Lass ihr wenigstens das." Schwer seufzend fährt sich mein Bruder durch sein leicht gewelltes, schwarzes Haar. „Ich weiß nicht, was mit mir los ist." Mit zusammengezogenen Augenbrauen und aufeinander gepressten Lippen sieht er an mir vorbei. Ich stelle mein Glas ab, erhebe mich von meinem Platz und gehe zu ihm. Bei ihm angekommen, lege ich meine Hand auf dessen Brust und fühle sein wild schlagendes Herz. „Du bist in diese Phukadämonin verliebt." Wie vom Blitz getroffen steht er da und sieht mich an. Er setzt zum Reden an, doch es kommt kein Ton über seine geschwungenen Lippen. Genau in diesem Moment hört man ein leises Klopfen an der Tür und schon steht sie im Türrahmen: „Ihr habt einen Wunsch, mein Herr?" Zügig ergreife ich das Wort und bitte um einen guten Scotch für Fexiel. Sofort funkeln ihre grünen Augen auf und sie beginnt stolz, ihr neu erlangtes Wissen preiszugeben, „Oh ja, natürlich! Wir haben einen vierzehnjährigen Balvenie Caribbean Cask, Asmodeus hat eine ganze Kiste kommen lassen, da er so gut ankam! Er meinte, er sei exotisch und fruchtig im Geschmack, genau das Richtige für euren Geschmack."doch währenddessen verfinstert sich Fexiels Blick. Sie sieht nervös zu mir rüber. „Habe ich etwas Falsches gesagt, mein Fürst?", unsicher spielt sie mit ihren Fingern. Er beginnt sich unter ihrer Frage zu entspannen und schenkt ihr ein sanftes Lächeln. Direkt werden ihre blassen Wangen rosig und sie sieht schüchtern zu Boden als Fexiel sie direkt anspricht. „Nein, das hast du absolut nicht. Bringst du mir bitte eine Flasche davon und falls noch vorhanden, ein bisschen Käse sowie schwarze Trauben?" Übereifrig nickt sie und beißt sich auf ihre vollen Lippen. Mit einem „Selbstverständlich!" welches sie beinahe piepst, ist sie auch schon aus dem Türrahmen verschwunden. Er sieht auf den leeren Platz und flüstert vor sich hin, „ich bin in eine Dämonin verliebt? Dieses Mädchen ist mein Untergang."

Orobas

Seit unserer Ankunft sind bereits mehrere Monate ins Land gegangen. Die Geschäfte laufen beinahe wie von selbst und wir haben uns gut eingelebt und ich sollte wirklich äußerst zufrieden sein. Dennoch plagt mich eine innere Unruhe, seitdem die beiden zu ihren Gefühlen zueinander stehen. Nein, ich gönne meinem Bruder sein Glück, er macht seinen Job und auch Phuka verrichtet ihre Arbeiten tadellos. In meiner oder Payments Anwesenheit sind sie zudem äußerst professionell und diskret zueinander. Es sind meine immer wiederkehrenden Gedanken, die mich unruhig auf und ab laufen lassen. Immer wieder sehe ich dieses Biest und ich vermisse es trotz des Verrats an mir. Fexiel wurde durch Paymon in die Verwaltung einbezogen und ist somit auch hier eine gute Entlastung geworden. Er steht wie beinahe jeden Tag neben mir im Arbeitszimmer und beobachtet mich, wie ich mit meinen Händen hinter meinem Rücken und schlechter Laune über den teuren Perserteppich laufe. „Also, die Geschäfte laufen bestens, dein Ansehen ist weiter gestiegen und dein Gebiet ist bereits auch ordentlich angenommen worden. Die Dämonen hier sind mehr als zufrieden, unter deiner Herrschaft zu dienen, also, was ist los, dass du den Perser so beanspruchst?" Ich brumme nur und gehe Richtung Fenster. Als könnte die Aussicht auf mein Herrschaftsgebiet ihr Bild vor meinem inneren Auge davon wischen. Wäre sie doch nur bei mir geblieben, nur ein paar Monate, und ich hätte ihr zwar nicht den Himmel, aber dafür die Hölle zu Füßen legen können! Trotz ihres niederträchtigen Verrats sehne ich mich nach ihr! Ich höre Phuka hineinkommen und das leise Klappern des Tabletts, welches sie neben Fexiel abstellt. „Komm, Lucifer, trink was und iss etwas vom Obst." Desinteressiert drehe ich mich zu den beiden um und sehe, wie er zärtlich über ihre vernarbte Wange streichelt, sie ihn währenddessen verliebt anschaut und sich gegen seine Hand drückt. Schroffer als beabsichtigt unterbreche ich die Turteltauben „Dafür habt ihr nach der Arbeit Zeit!" Zügig zieht sie ihr Gesicht zurück und rennt raus. „Was soll das denn?", erwidert Fexiel und kommt auf mich zu. „Sie hat nichts getan, was deine schlechte Laune verursacht haben könnte!" Ich schnaube verächtlich. „Sie hält dich von der Arbeit ab! Hör zu, mir egal, was ihr außerhalb eurer Arbeitszeit macht. Aber hier will ich Tausend Prozent Einsatzbereitschaft!" Er lacht kalt auf und verschränkt seine starken Arme vor seiner Brust. „Wir sind konzentriert bei der Arbeit, aber du scheinbar nicht! Rede mit mir!" Sein Blick fordert offenheit, also beginne ich zu sprechen, während ich erneut aus dem Fenster schaue „Warum kann ich sie nicht vergessen? Sie hat mich nie geliebt und doch folgt sie mir selbst in die Hölle!", sage ich mit erhitzter Stimmlage und schlage gegen die massive Panzerscheibe vor mir. „Ich kann dir nicht folgen, wer ist dir hierher nachgekommen?" „Eva. Ich vermisse sie. ... noch immer schmecke ich das Salz ihrer erregten Haut und selbst der beste Whisky kann es nicht hinunterspülen!" Die Spiegelung im Fenster zeigt mir seine Reaktion. Mitgefühl, gemischt mit Wut und Unverständnis. „Dass du noch immer einen Gedanken an diese dumme Ziege verschwendest! Sie hat bekommen, was sie verdient, und das sollte dir Frieden geben!" „Tut es aber nicht! Wäre er nur nie aufgetaucht! Dann wäre sie mitgekommen! Sie wäre bei mir!" Mitfühlend sieht Fexiel mich an und ich weiß derzeit nicht, was sich schlimmer anfühlt. Sein Mitleid oder, dass ich mir die

Schwäche erlaube, ihr hinterherzutrauern, weil ich mich einsam fühle. „Was bin ich für ein Volltrottel!", knurre ich gegen die Scheibe. Fexiel ist hinter mich getreten und legt seine warme Hand auf meinen oberen Rücken. „Du wärst einer, wenn du sie zurücknehmen und ihr dazu noch das Hier geben würdest! Aber glaube mir, ich wüsste es zu verhindern und würde dich entweder in eines der Laugefässer bis zur Besinnung tauchen, oder dir Bilder ihres Verrats immer und immer wieder vor Augen kommen lassen, bis du beginnst, sie erst zu hassen und dann in Gleichgültigkeit verblassen lässt." definitiv hat er seine Bestimmung hier gefunden. Wie einst versprochen rückt er mir den Kopf gerade, auch wenn ich seine harten Worte derzeit nur ungern höre, und das mache ich auch deutlich. „Du hast leicht zu reden, du hast schließlich jetzt dein kleines Haustier, mit dem du vergessen kannst!", konter ich in meinem Frust, ohne nachzudenken. „Aber sicherlich war das zwischen dir und Ariel ohnehin nichts Ernstes. Also lass mich in Ruhe." Auch wenn er keinerlei Regung zeigt, sehe ich es in seinen Eis-farbigen Augen, dass ich seine Achillesferse getroffen habe. Mit eiskalter Stimmlage setzt er zu sprechen an: „Nenn sie niemals wieder Haustier, denn das ist sie weder für mich noch für dich! Meintewegen, versink im Selbstmitleid, oder aber du gehst vor deine Höhle und beginnst endlich dein Leben aufzunehmen. Es gibt etliche Schönheiten, die dir bereitwillig dabei helfen würden, dieses Aas ein für alle Mal aus deinem Hirn zu ficken!" Wütend sehe ich ihm entgegen. „Sag mal, spinnst du? Ich vögel mich garantiert nicht durch die Hölle! Ich herrsche hier, aber ich werde nie das Bett mit einer Dämonin teilen!" Er schenkt mir ein teuflisches Grinsen, kommt näher an mich heran und raunt mir ins Ohr: „Dafür braucht es kein Bett, Bruder! Das garantiere ich dir."

Perplex über seine Dreistigkeit stehe ich nur so da, während er weiterhin grinst und sich langsam entfernt. „Wo gehst du hin?", ist das Einzige, was mir über die Lippen kommt. „Wir haben so viel über fleischiges Vergnügen gesprochen, dass ich jetzt meines dringend stillen will! Solltest du mich suchen, findest du mich im Kerker. Ach ja, klopf lieber an, es wird definitiv schmutzig und wild!" Bevor er zur Tür hinausgeht, gibt er mir noch einen letzten Rat.

„Weißt du, wenn es echt ist, dann kann man der sein der man ist. Mit all seinen Fehlern, Macken und Eigenarten. All das ist deinem gegenüber egal, wenn es richgtige Liebe ist. Das ist das schönste Geschenk, welches man einander machen kann. Es ist egal, ob derjenige ein Engel oder Dämon ist. Entscheident ist der Kern Bruder, icht die äußere Hülle. Glaub mir, wenn du dich dem nicht wiedersetzt, sondern öffnest, dann findest du wie ich einen Juwel hier in der Hölle."

Ich denke über seine Worte nach und gehe zum Fenster zurück. Mein Anwesen hat sich ebenfalls in der Zeit verändert. Aus etlichen Teilen der Hölle sind Dämonen zu uns gewandert. Das Angebot, welches ich verkünden ließ, wurde nur allzu gern angenommen und es treibt weitere zu mir. Mittlerweile sind richtige Dörfe auf meinem Land erichtet worden. Etliche trieben Handel oder genießen dank ihrer eigenen Fähigkeiten Ansehen in Jagd oder Handwerk. Sie alle haben ihren Eid geschworen und sich an Arzael gebunden. Im Gegenzug regiere ich fair und gerecht über sie. Keiner meiner Untertanen muss Hunger leiden oder in Armut leben. Vielleicht liegt er richtig da draußen könnte es etwas geben, das mich von Eva ein für alle Mal befreit … Ich löse meinen Blick und wende mich ebenfalls zum Gehen. Ein ausgedehnter Ausritt und eine Jagd erscheinen mir genau das Richtige! Ich suche mein Zimmer auf und lasse mir meine Kleidung sowie Pfeil und Bogen zurechtlegen. Währenddessen genieße ich ein wohltuendes, heißes Bad und überlege mir, wohin ich ausreiten will. Der Wald bietet Etliches an Beute: Perlhühner, Wildschwein, sogar Schwarzhirsch wäre dort zu finden. Andererseits reizt mich auch die Steppe, mit ihren Gebirgen und ihren Herausforderungen. Ganz in meinen Gedanken versunken kleide ich mich in eine schwarze, robuste Lederhose sowie ein dickes, schwarzes Leinenhemd und steige in meine kniehohen Reitstiefel. Zu guter Letzt ergreife ich meinen Umhang, der aus schwarzen, glänzenden Rabenfedern eigens für mich angefertigt wurde, und nehme Pfeil und Bogen an mich. Cerberus liegt vor meinem Bett und beobachtet mich mit großen, tiefroten Augen und wartet angespannt auf meine Zustimmung. „Gut, Großer, du kannst mit mir kommen." ... „Aber glaub mir, das wird kein Spaziergang!" Er bellt tief und freudig und tänzelt wie ein kleiner Welpe um mich herum. „Mal sehen, welche Beute wir erlegen können und mit nach Hause bringen!", sage ich an ihn gewandt. Zügig erreichen wir die Koppel und die angrenzenden Stallungen. Paymon ist dabei, die Höllenpferde auf der Koppel zu versorgen.

Eilig werde ich von Paymon begrüßt, „Mein Herr, ihr wünscht, auszureiten? Ich sattel euch Orsak." doch ich schüttel nur den Kopf und sehe zu meiner Stute rüber, die genüsslich auf der Weide umher trabt und sich das frische Gras unter ihren Hufen schmecken lässt. Denn es ist nicht meine Stute, die mein Interesse weckt. In den Stallungen höre ich ein anderes Pferd, welches verborgen in einer magischen Box gegen die verzauberten Gitter tritt und sich zu befreien versucht. Bestimmend sage ich zu Paymon: „Ich

will jagen gehen und nicht wie ein Pfau durch mein Land flanieren. Ich verlange Sie!" Unter Paymons wachsamen Blick deute ich auf die Stallungen, in denen sie tobend zu wiehern begonnen hat. Erst gestern wurde sie von meinen besten Männern eingefangen. Wie als würde sie mich in ihren Bann ziehen, gehe ich zielstrebig zu ihr und bleibe direkt vor ihrer Box stehen. Diese wilde schwarze Schönheit! Sie bäumt sich mir entgegen und keilt mit ihren Vorderhufen aus. Ohne den Blickkontakt abreißen zu lassen, fixiert sie mich schnaubend, mit glühenden Augen, die wie das Feuer der Hölle selbst in ihren Augäpfeln lodern. Ich spüre ihr Verlangen, welches ebenfalls in mir schreit. Paymon sieht mich zögernd an und beginnt dann, es mir auszureden. „Mein Herr, sie würde euch umgehend unter ihren Hufen begraben! Seht ihr denn nicht, wie gefährlich sie ist?" Sie hat sich im Sprung umgedreht und steht nun auf allen vier Hufen. Auch wenn sie ruhig da steht: Ihr Blick verrät mir in dem Augenblick, als Paymon sie für mörderisch hält, dass er richtig liegt. Doch ich erwarte sie und ich weiß, dass ich sie bekomme! Ich löse meinen Blick von dieser wilden Schönheit, deren Fell wie schwarze Seide glänzt, und drehe mein Gesicht zu ihm. „Du wagst es, mich hier infrage zustellen!" „Nein, ich dachte nur", er atmet tief durch und ändert dann seine Meinung. „Ich lasse Zaumzeug und euren Sattel holen, während ich sie für euch auf den Hof führe." „Nein! Keinen Sattel. Ich will, dass uns nichts voneinander trennt. Sie soll sich an mich gewöhnen."
Wieder bäumt sich das Wildpferd auf und rammt das Gatter mit ihrer ganzen Kraft. Sie bockt in der engen Box auf und stampft auf dem trockenen Stroh herum. Unbeeindruckt sehe ich ihr in ihre lodernden Augen. „Du willst hier raus, also Mädchen, schließ mit mir einen Pakt." Als würde sie lachen,

wiehert sie leise und schüttelt ihren beeindruckenden Kopf nach rechts und links. Ich verziehe meine Mundwinkel und wende mich mit einem „Wer zuletzt lacht, lacht am besten Mädchen" von ihr ab und gehe zum Hof zurück. Ich höre, wie Paymon hinter meinem Rücken Folgendes sagt: „Das ist blanker Selbstmord. Ras, hol besser den Heiler für unseren Herrn!" Er wird schon sehen, dass es überflüssig ist, diesen herbeizuholen. Diese Stute ist wie für mich gemacht und das werde ich unter Beweis stellen. Mit einem düsteren Grinsen erwarte ich das Eintreffen meiner Stute. Wie erwartet höre ich einen gigantischen Knall, einen wütenden Schmerzensschrei und sehe sie ungebremst auf mich zustürmen. Dicht vor mir bremst sie ab und steigt auf ihre langen Hinterbeine, um mit Kraft und Schwung ihre Vorderhufe in meine Richtung ausholen zu lassen. Unter den panischen Blicken meiner Diener beginne ich zu lachen und weiche der Stute spielerisch aus. Es ist ein Tanz unter zwei Feinden, die dasselbe Ziel vor Augen haben. Ich fange ihren Blick auf und erhebe meine Hände. Cerberus umrundet die Stute und mich mit aufgestelltem Kamm. Er knurrt tief und bedrohlich, während er sie nicht aus seinen Augen lässt. Ich möchte vermeiden, dass sie weiterhin verschreckt wird. „Cerberus, nur im Äußersten! Benimm dich und zieh dich zurück", ermahne ich meinen untergebenen Höllenhund, dann spreche ich zu meiner wilden, „Hoooo. Ruhig. Meine schöne. Du gehörst einzig mir!" Dass ich sie als mein bezichtige, scheint ihr überhaupt nicht zu schmecken, denn abermals beweist sie ihr können und setz im Stand auf. Ihr langer, schwarzer Körper funkelt förmlich unter der Anspannung ihrer Muskeln.
Vor Wildheit und Panik rollen ihre lodernden Augäpfel, ihre Mähne weht im leichten Wind und ihre Zügel hängen

schwingend an ihrem langen, breiten Hals herunter. Als ich diese ergreife, springt sie auf ihren Hinterbeinen zurück und versucht mich auf diese Art zu erwischen. Angespannt ziehen die Beobachter in sicherer Distanz scharf die Luft ein. Meine Handfläche schmerzt von der entstehenden Reibung, doch ich lasse nicht los! Sie gibt ein wenig nach, stellt sich wieder hin und beobachtet mich angespannt. Ihr Fell glänzt bereits immer mehr vor Anspannung. Zu gern würde ich sie berühren, doch noch ist sie nicht so weit. Mit sanfter, ruhiger Stimme spreche ich die Stute an. „Wie ist dein Name, Schönheit?" Es ist Paymon, der ihren Namen und ihre Besonderheit nennt. „Man gab ihr den Namen Orobas. Sie gibt laut Legenden wahre Antworten auf Fragen der Vergangenheit, der Zukunft und der Gegenwart. Sie ist ein wahres Teufelspferd..." zustimmend nicke ich. „Wahrlich, einem Fürsten würdig. Diese Stute wird von mir eingeritten und gebändigt." Ich werfe meinen Mantel sowie meine Waffen ab, denn ich benötige sowohl Bewegung als auch Platz für mein Vorhaben.

Orobas wird zwar unter ihren Ausbrüchen schwächer, aber dennoch lodert in ihren klaren Augen noch immer das Feuer. Jeden zuckenden Muskel unter ihrem Fell studiere ich. Ihre ganze Körperhaltung ist auf Ablehnung eingestellt. Ihre kurzen Ohren liegen dicht am Kopf an und verstecken sich beinahe vollständig in ihrer dichten seidigen Mähne. Orobas weiche Nüstern zittern und ihr kochend heißer Atem steigt heraus. Wir beobachten und studieren uns gleichzeitig. „Meine Schöne, wir haben zwei Möglichkeiten und ich lasse dich wählen, wie wir zueinanderfinden. Denn auf die eine oder andere Weise wirst du von mir geritten!" Es ist, als ob sie mir mit ihrem wütenden Wiehern antwortet und mit dem Scharren ihrer Hufe ihren Standpunkt vertreten will. Doch ich bleibe entspannt und atme tief durch. Sie soll sich an meinen Geruch und mich gewöhnen und das geht nur auf diese Weise. So strecke ich meine Hand aus und lege sie an ihre weiche Blässe. Meine andere Hand ist mit ihrem Zaumzeug zur Faust geballt. So muss sie stehen bleiben. „Ich mag es ebenso wenig, dich in dieser Position zu halten, Orobas doch irgendwie müssen wir einander kennenlernen. Zudem ist es so, dass wenn ich dich in diesem Zustand loslassen würde, entweder du oder meine Leute verletzt werden und das werde ich nicht dulden!" Zärtlich streichel ich über ihr weiches, feuchtes Fell. Meine Lippen berühren beinahe das schwarze Fell, während ich weiter mit ihr spreche. „Mädchen, wäre es nicht viel schöner, jetzt gemeinsam diesen Hof zu verlassen und im Wald oder in der Steppe zu jagen?" langsam lauscht sie meiner Stimme und beruhigt sich unter meiner Berührung. Puls und Atmung beginnen zu sinken. Auch meine Hand darf auf ihrer Blässe weiter verweilen. Ich erzähle ihr jede weitere Handlung, ehe ich diese durchführe. Ich habe mich zu ihrer Seite gestellt und berühre vorsichtig und ohne viel Druck ihren Hals. Langsam lasse ich meine Hand an ihre Seite entlangfahren und streichel ihren Rücken. Zwar erzittert sie, bleibt jedoch geduldig stehen. Ihr Geruch ist betörend und ihre Aura glüht wie ein oranges Feuer. Nervös kaut sie auf dem harten Metall in ihrem Maul herum und nun sehe ich, wie blutiger Schaum hervorquillt. Sofort legen sich meine Hände um ihren Kopf und ich löse behutsam die zugezogenen Schnallen ihres Zaumzeuges. „Ganz ruhig, mein Mädchen, ich verschaffe dir Linderung." Ich nehme den Protestruf wahr, jedoch interessiert er mich nicht. Angelockt vom Lärm auf meinem Hof kommt inzwischen auch Fexiel an. Er sieht in meine Richtung, gesellt sich zu Paymon und dem Knecht

verschränkt seine Arme vor seiner Brust und lehnt sich an die Wand. „Wenn der Herr sich etwas in seinen Dickschädel gesetzt hat, dann kann ihn nichts und niemand davon abbringen. Er wird es durchziehen, koste es, was es wolle." Grinsend sieht er zu unserem Heiler hinüber und brüllt quer über den Hof in meine Richtung, „Hey Lucifer, der Heiler hat Langeweile! Brich dir mal ordentlich ne Ladung deiner Knochen, sonst verlernt Gondur noch sein Handwerk."
„Vergiss es, kleiner Bruder, den Gefallen tu ich euch nicht. Das zwischen ihr und mir ist Liebe." Fexiel beginnt herzhaft zu lachen, „oh ja, ich sehe es, setz dich auf sie und sie zeigt dir ihre Liebe."
Grinsend nehme ich das Zaumzeug von ihr ab und gebe ihr Zeit, die neue Situation auf sich wirken zu lassen. Beinahe zärtlich beginnt sie an meiner Hand zu knabbern, während sie ihren Atem darauf verteilt und meinen Geruch in ihre Nüstern einsaugt. Getrieben vom aufkommenden Vertrauen, greife ich in ihre volle Mähne und ziehe mich an ihr hinauf auf ihren Rücken. Ich genieße dieses wundervolle Gefühl, sie zwischen meinen Oberschenkeln spüren zu können, doch wird es, wie Orobas mir bald darauf zeigen wird, ein trügerischer Monet bleiben.
Sie steigt wiehernd in die Luft und versucht mich abzuwerfen. Unter all ihren scheiternden Versuchen, jubel ich euphorisch, doch noch würde sie sich nicht ergeben. Sie buckelt, tobt, schlägt nach vorn und nach hinten aus, aber was sie auch versucht, ich halte mich an ihrer Mähne fest und presse meine Schenkel gegen ihre Seiten. „Woho Baby! In dir lodert ein Feuer, das mindestens für drei Weiber reicht!" Ich beuge mich zu ihrem Hals hinunter und sehe zärtlich in ihre lodernden Augen.

„Lass uns auf der sanften Tour unseren Tanz beenden, Schönheit." Ruhig beginnt sie im Hof zu tänzeln und wiegt mich in falscher Sicherheit. Gerade als ich meinen Griff in ihrer Mähne beginne zu lockern, schlägt mein Teufelspferd einen ordentlichen Haken, galoppiert wie eine wilde Furie davon und bremst knapp vor den Zäunen der angrenzenden Koppel. Mir ist es nicht möglich mich festzuhalten und so lande ich direkt auf meinem Rücken, auf den harten Boden. Ein stechender Schmerz, zieht meine Lungen und mein Bauchfell so energisch zusammen, dass ich für einige Sekunden nach Luft ringe. Während ich mich versuche zu sammeln, und mein Blut auf den Bode spucke, beobachtet das Biest mich aus seinen glühenden Augen und trabt wiehernd vor mir hin und her.

Wütend stehe ich auf, gehe auf sie zu und packe sie schroff in ihrer Bewegung am Hals. „Du willst es so? Okay, mein böses Mädchen!" Fest umschlossen drücke ich sie mit meiner ganzen Kraft zu Boden. Ich weiß nicht, ob es bei einem Höllenpferd funktioniert, doch ich vertraue auf meine Intuition. Verzweifelt stemmt sie sich gegen mich, doch mein Griff ist unerbittlich und somit bringe ich die schwarze Stute unter mir hart zum Fall. Alle viere unter sich ausgestreckt, wiehert und schnaubt sie panisch. Das Weiß ihrer Augen ist zum ersten Mal zuerkennen. Ich schnaube sie an und rede in einer dominanten Stimmlage zu ihr: „Und wie gefällt es dir auf dem Boden Orobas! Du hast nur die eine Möglichkeit, denn du wirst dich mir unterwerfen und wenn ich das bis in die Nacht mit dir durchziehe! Ich lasse mich nicht verarschen, Mädchen! Ich schwöre dir, du wirst es am Ende genießen, mit mir ausreiten zu können!" sanfter, beinahe zärtlich gebe ich ihr mein Versprechen „wir beide werden es genießen." langsam gibt sie auf. „Wird mein Mädchen müde oder gibst du dich mir wirklich hin?" Ihre Stimme ist so kraftvoll, voller Stolz und kalt wie Eis! °*Versucht es doch herauszufinden und steigt ein weiteres Mal auf meine Rücken ...*° ihre Stimme in meinen Gedanken vernehmen zu können, beschert mir eine kribbelnde, wohlige Gänsehaut. „Oh das werde ich meine wilde Amazone!" Schroff greife ich abermals in ihre dichte Mähne, setze mich noch, während sie liegt auf ihren Rücken und ziehe sie an ihren langen Haaren hoch. Wütend springt sie auf und tobt. °*Das tut weh! Ihr seid viel zu schwer! Ihr wiegt mehr als ein ausgewachsener Hengst, der sich durch die Gegend tragen lässt, weil die Altersschwäche ihn ergriffen hat! Geh endlich ... runter von mir!*° Ich lasse sie toben und wiehern, genieße ihr Temperament unter mir und drücke meine Schenkel und dieses Mal auch meine Waden umso fester in ihre Flanken. „Willst du Sattel und Zaumzeug? Kein Problem, ich lasse es dir anlegen!" Sie tobt wie eine Verrückte, als ich mir gedanklich beides vorstelle und mir vor Augen führe. Umgehend befindet sich beides an der vorgesehenen Stelle und der Stolz es direkt manifestiert zu haben, ist mir ins Gesicht geschrieben.

Obwohl ich ihre Gedanken nicht lesen kann, fühle ich, dass sie aufsteigen will, und halte ihren Kopf mit dem Zaumzeug gegen ihre Brust. Auch wenn sie mich bereits in ihren Bann gezogen hat, will ich, dass wir einander vertrauen können. Jedesmal, wenn sie bocken oder nach hinten austreten will, drücke ich meine Sporen fest in ihre Flanken. „Ich will das nicht, aber du sollst mir vertrauen! Es könnte einfacher zwischen uns laufen, aber scheinbar benötigst du die harte Tour Orobas!" °*Pah das ich nicht lache und tot umfalle!*° blafft sie mir entgegen. °*Glaubt ihr, ich bin naiv und spüre nicht, wie erregt ihr seid und eure Position von Macht und*

Gewalt auskostet? Ihr wollt die Kontrolle, aber ich gebe sie euch nicht!° Ich versuche an sie heranzukommen, denn es liegt nicht in meiner Absicht etwas so Vollkommenes zu verbiegen oder gar zu brechen. „Orobas bitte, ich beabsichtige, dich nicht zu brechen. Ich liebe dein Feuer, Mädchen, aber ich bin nicht scharf darauf, jedes Mal darüber nachdenken zu müssen, ob du mir den Tod wünschst, wenn ich mit dir ausreiten will!" Für einen Augenblick wird es still und ich spure eine aufkommende Leere. Sie hatte sich zum Nachdenken scheinbar von mir vollkommen gelöst.

Dann ist sie wieder da und ihre Stimme donnert in meinem Kopf wie ihre ungeschlagenen Hufe auf dem Hof unter uns. *°Alles verschwindet! SOFORT!°* befiehlt sie mir, *°kein Zaumzeug, kein Sattel und vor allem nie wieder tragt ihr diese beschissenen Sporen! Niemals wieder.°* durch ihre hitzige Art und Weise verliebe ich mich nur noch weiter in diese Amazone. Wäre sie ein menschliches Wesen, so würde ich sie definitiv in mein Gemach schleppen und mit ihr Machtspiele der Lust ausfechten ... doch auch so macht es ebenfalls unglaublichen Spaß. Ich gebe ihr, was sie will und beuge mich meinem guten Willen. *°Geht doch!°* kontert sie und kichert. *°So und nun zeige ich dir, wozu ich in der Lage bin, wenn man mich lässt!°* Ich beuge mich gegen ihren kräftigen Hals und schließe vertrauensvoll meine Augen, während ich mich auf den kalten Klang ihrer Stimme fokussiere. *°Wenn du mich mit dieser Achtung behandelst, lasse ich dich eins mit mir werden. Unser ganzes sein verschmilzt miteinander. Lass die Augen geschlossen oder sieh hin, ganz gleich, doch fühle es.°* Sie galoppiert über den Hof, steuert auf die Koppel zu und überwindet dort den mannshohen Zaun mit einer gespielten Leichtigkeit. Diesen überwunden, hält sie zielstrebig auf den Wald zu und verschwindet dort mit mir. Ich bin viele Pferde bereits geritten, doch Orobas wird mir das liebste Pferd. Ich spüre durch unsere keimende Verbundenheit, wie sich ihr Herz vor Freude öffnet. Wir genießen einander den Ausritt und das Gefühl der Freiheit. Wir sind schneller als der Wind und sie scheint kaum die bemooste Erde unter ihren starken Beinen zu berühren. Endlich gibt sie mir ihr Versprechen und ich bin erfüllt von Stolz bei ihren aufrichtigen Worten. °*Jetzt endlich verstehen wir einander! Das ist Freiheit, mein Fürst! Niemals war ein Pferd schneller als ich und sicherlich wird es niemals ein Schnelleres als mich geben! Ich benötigte jemanden, der mich an meine Grenzen treibt, aber mich akzeptiert so, wie ich bin! Niemals zuvor hätte ich gedacht, in einem Teufel meinen Meister zu finden, doch so sei es. Wie ich euch gehöre, so gehört ihr mir! Von heute an sind wir eins ...*° vollends lasse ich mich auf diese wilde Schönheit ein, überlasse ihr die Führung und die Umgebung zieht nur so an uns beide vorbei. Etliche Stunden sind bereits vergangen und längst befinden wir uns nicht mehr in meinem Wirkungsbereich.

Sie ist bei weitem das schnellste Pferd, dem ich jemals begegnet bin. Selbst Cerberus hat Schwierigkeiten mitzuhalten, so beschließe ich ihn nach Hause zu schicken und unsere Grenzen zu kontrollieren. Auch ich werde mich bald wieder meinen Pflichten zuwenden müssen. Da Orobas mir jedoch noch etwas Wichtiges zu zeigen wünscht, treibe ich sie an ihre Grenzen und sie beschleunigt ihr Tempo. Sie fliegt beinahe über große Schluchten und nimmt die größten Hänge mühelos. An einem Abhang kommt sie zum Stehen. Als ich an ihr vorbei nach unten sehe, sehe ich nichts weiter als vollkommene Dunkelheit und gehende Leere. „Wie kann das sein? Ich dachte, es gibt kein Ende der Hölle." Zustimmend schnaubt sie. °*Das ist wahr, mein Fürst. Die Hölle ist wie das Universum unendlich. Doch bald wird es eure Aufgabe, die Dunkelheit in Schach zu halten!*° beginnt sie, °*Sie muss im Einklang zum Restlichen stehen und darf ihre Grenze niemals überschreiten!*° wie soll ich sie in ihre Schranken weisen? Sie ist ein Phänomen, welches kein Sein besitzt. Orobas scheint meine Gedanken zu spüren und redet in meinen weiter: °*Ihr seid der Lichtbringer der Hölle, Fürst. Nichts fürchtet die Dunkelheit mehr als das Licht selbst. Somit seid ihr der Einzige, dem diese Macht zusteht, doch ihr werdet viele Verbündete benötigen. So wie ihr eure Macht stärkt, wird auch die Dunkelheit mehr und mehr an Macht gewinnen. Schon bald wird es ihr möglich sein, diese Schlucht, die als Gefängnis dient zu überwinden!*° je länger ich dieser Finsternis ausgesetzt bin, umso intensiver breitet sich ein Gefühl von Zorn und dem Bedürfnis alles zerstören zu wollen, in mir aus. Orobas beginnt aufzusteigen und schlägt wiehernd in die Luft, als sie meine Gefühle wsahrnimmt. °*Nein! Ihr dürft sie nicht an euch heranlassen. Nicht jetzt, mein Fürst!*° so schnell es ihr möglich ist, macht sie kehrt und donnert in Richtung der Steppenländer davon. *Nach einigen Kilometern erklingt ihre eisige Stimme,* °*Wie fühlt ihr euch?mein Fürst*° „Diese Zerstörungswut … sie ist weg." bemerke ich, „Doch woher ist sie gekommen? Eben noch fühlte ich gar nichts und dann …" °*Ist sie in euch gedrungen. Ihr seid unvorsichtig gewesen mein Fürst. Ihr seid machtvoll, doch ebenso seid ihr verletzlich. Die Dunkelheit ist wie eine lauernde Schlange, die ihre Beute bereits fixiert und nur darauf wartet, ihre giftigen Zähne in eurem Fleisch zu versenken. Die Zeit für die endgültige Schlacht liegt noch in sehr weiter Ferne. Doch gebt acht,*

denn sie wird euch immer wieder testen um eure
Schwachstelle zu finden. Seit Jahrhunderten lebt sie
verbannt und körperlos hier in der Schlucht und wartet auf
ihre Chance dies ändern zu können. Sie will vollends zurück
um sich der Hölle wieder anzunehmen.° Ich lasse ihre Worte
sacken und denke darüber nach. „Das heißt, ich kämpfe
gegen einen unsichtbaren Feind?" °*Nein und ja. Die*
Dunkelheit hat wie ihr mächtige Verbündete, die ihren
körperlosen Zustand beschützen. Wie ihr am eigenen Leib
verspüren konntet, besitzt sie die Fähigkeit, in euer Herz zu
dringen, wenn dieses nicht geschützt ist.° Ich nicke und
erinnere mich bei ihren Worten an eine leichte Kälte, die wie
eine Hand mein Herz gestreichelt hatte, als diese Wut
aufkam. „Wieso konnte sie dich nicht erfassen?" °*Ich besitze*
kein Herz, mein Fürst und doch auch ich sollte hier nicht
länger als nötig verweilen.° „Lass uns
umkehren, Orobas. Ich muss sofort
mit Fexiel und Paymon sprechen." noch im Stand heraus
galoppiert sie los und folgt meinem Befehl. Während wir
zurückkehren, erfasst mich ein klagendes Heulen und ich
ändere meinen Kurs in richtung Wüste.

der Preis eines Lebnes

Im ersten Moment denke ich an Cerberus, doch warum sollte er meinen Befehl untergraben? Es sei denn, er hat einen Feind bis hierher verfolgt und ist selbst in Schwierigkeiten geraten. Doch er hätte mich anders kontaktiert, davon bin ich überzeugt. Also verwerfe ich meine Vermutung umgehend und suche die Umgebung nach dem Gejaule ab, welches immer lang gezogener und verzweifelter klingt. „Ein zweiter Höllenhund?" Verwirrt sehe ich die kleinere Version von Cerberus jaulend auf etwas liegen. Ich steige von Orobas ab und gehe geradewegs auf ihn zu. In sekundenschnelle erhebt sich die Höllenkreatur und fletscht drohend ihre Zähne. Ich werde ein wenig langsamer und beginne, mit ihm zu sprechen. „Hey Kleiner, was auch immer du hinter dir versteckst, es soll dir gehören. Lass mich dir helfen. Was ist passiert?" Aufgebracht erzählt er, wie er heißt und was er gemacht hat, doch seine Beute erwähnt und zeigt er mir nicht. Stattdessen drückt er sich wie ein Umhang darüber und knurrt bedrohlich, als ich versuche, mich zu nähern. „Gut Gram, um dir helfen zu kommen, muss ich wissen, worum es sich hierbei handelt." Jeder meiner Schritte wird mit wachsamen und glühenden Augen verfolgt. Sein Maul ist leicht geöffnet, wodurch seine tödlichen Reißzähne sichtbar werden. Übelriechender Speichel läuft über seine nach oben gerichteten Lefzen, als er warnend in die Luft schnappt. Ganz dezent mischt sich ein mir bekannter Geruch unter den schweren Eigengeruch von Gram. Ohne an meine eigene Sicherheit einen Gedanken zu verschwenden, mache ich einen immensen Schritt auf den drohenden Höllenhund zu und bemühe, ihn von seinem Wachplatz zu schieben. Umgehend schnappt er und verfehlt meine Hand nur um wenige Zentimeter. *°Gebt Acht und seid vorsichtig, mein Fürst, sein Gift ist tödlich!°* Ihre klare Stimme hallt warnend in meinen Gedanken. *°Zwar enthält euer Anhänger eine schützende Essenz. Doch diese schützt nicht vor Symptomen wie Halluzinationen und Höllenqualen.°* Ich halte mir vor Augen, dass ich nur einen Versuch habe, den darunterliegenden Menschen zu befreien. Denn mittlerweile hat sich sein Herzschlag rapide gesenkt. Hitzig fahre ich ihn an „Geh freiwillig runter Gram, oder ich trete dich bis in das nächste Grenzland! Willst du, dass er jetzt stirbt? Du wolltest ihn doch beschützen, darum hast du mich doch zu dir gerufen!" Wehleidig winselt er und drückt seine Schnauze auf den verborgenen Körper. Endlich erhebt sich der kleinere Höllenhund und gibt nach einer mir empfundenen Ewigkeit den Körper der Person frei. Doch unter ihm liegt kein Mann, sondern eine schlanke junge Frau mit langen tiefschwarzen Haaren. Ihre Haut ist so weiß wie gebleichtes Elfenbein und sie ist splitterfasernackt. Da ich meinen Mantel mit Pfeil und Bogen auf dem Anwesen liegen gelassen habe, ziehe ich meine Reitjacke aus und wickel sie darin vorsichtig ein. Zu meinem Entsetzen muss ich feststellen, dass ihre Haut glüht, als wäre sie eine menschliche Fackel! Da hier weit und breit kein Wasser zu finden ist, entscheide ich mich, sie mitzunehmen und ihr alles zu geben, was in meiner Macht steht.

Dank Orobas' Schnelligkeit gelange ich doppelt so schnell ans Ziel, als wenn ich mit der unbekannten Frau in meinen Armen geflogen wäre, was aufgrund ihres kritischen Zustands dringend nötig ist. Sie ist bislang nicht zu Bewusstsein gekommen und ihr Körper strahlt eine Hitze aus, die der Sonne ähnelt. Haltlos von der Eile gepackt renne ich drei Stufen gleichzeitig hoch und stoße fast mit Phuka zusammen. „Mein Herr, was ist passiert?" Mit wenigen kurzen Befehlen lasse ich sie zurück, stürme durch den Flur hoch in die erste Etage und suche dort das erstbeste Zimmer auf, in dem ich ihren Körper sanft auf das frisch bezogene Bett ablege. Erst jetzt greife ich ihren schlaffen Arm und suche nach ihrem Puls. Dieser ist unverändert und klopft schwach gegen meine Fingerspitzen. „Komm schon, ich möchte dich nicht gefunden haben, um dir beim Sterben zusehen zu müssen. Halte durch, der Heiler wird bald hier sein." Für mich scheinen Stunden des Wartens zu vergehen, doch innerhalb weniger Minuten sind seine schweren schlurfenden Schritte bereits draußen auf dem Gang zu vernehmen und ich sehe erleichtert auf. Schweigsam schiebt er sich in Begleitung von Phuka in das Zimmer und sieht auf die junge Frau hinunter. Seine schwarzen Augen kleifen sich zusammen und seine schmalen Lippen pressen sich zu einem Strich zusammen, als er sieht, für wen er herbeigerufen wurde. „Was soll ich hier?" Brummt er und sieht mich herablassend an. „Du bist ein Heiler, also wirst du deine Arbeit verrichten, Gondur!" Knirsche ich wütend durch meine Zähne. Umgehend nuschelt er mir unverständliches in seinen Bart und greift, ohne sich ihr zu nähern, in seine mitgebrachte schwarze Tasche. „Lasst sie das hier trinken. Es erlöst sie von ihrem Leiden." Er hält eine schwarze bauchige Flasche in Phukas Richtung und sieht mir mit einem emotionslosen Blick entgegen. Meine Wut staut sich über dessen stümperhaftes Benehmen ins Unermessliche: „Willst du mich wütend erleben, Gondur? Was soll der Schwachsinn? Untersuche sie gefälligst, und zwar mit deinen Händen, oder du machst Bekanntschaft mit einem der Kerker!" Fexiel taucht unvermittelt mit Paymon an seiner Seite auf und beide betreten mit ernsten Gesichtern den

Raum. Unter den wachsamen Augen und der angespannten Lage schluckt mein Medikus deutlich schwer, greift Payments ernsten Blick auf und tauscht dann mit schlurfenden langsamen Schritten meinen Platz ein. Widerwillig legt er seine Hand auf ihre Stirn und lässt diese dann zügig über ihren restlichen Körper wandern. Unaufhörlich lässt er unverständliches Gemurmel ertönen. „Was, Gondur? Was!" Anstatt meinen Blick zu erwidern, wirft er Paymon einen ernsten Blick zu, räuspert sich dann und erhebt sowohl seine kalte Stimme als auch sich selbst. „Ich kann nichts für sie tun. Meine Macht wird ihr nicht helfen können." Ich kann nicht glauben, was er sagt, schließlich hat er es keineswegs versucht. Abgesehen von der Aktion mit der Phiole. „Was auch immer hier für ein Spiel gespielt wird, Gondur. Unter keinen Umständen lässt du diese Frau in meiner Obhut sterben!" Als ich Gondurs Blick bemerke, wird mir klar, dass er genau dies mit der Phiole plante. Schnell reiße ich Phuka die Flasche aus der Hand und rieche am tödlichen Inhalt. Bittermandel! Wie kann er mich nur so hintergehen und verraten? Er war mir bisher immer loyal und erledigte seine Aufgaben mit großer Sorgfalt und einem noch größeren Pflichtbewusstsein.
Wütend werfe ich die Flasche gegen die Wand und packe meinen Medikus an seiner Kehle. „Du hinterhältiger, mieser Verräter! Du hast ernsthaft versucht, diese wehrlose Frau in meinem Beisein zu vergiften und nun, da dieser Versuch gescheitert ist, kommst du mir so, dass deine Magie nicht ausreicht, um ihr zu helfen? Wie kannst du es wagen, Gondur." Entschlossen sieht er mir entgegen. „Mein Fürst, ich gab einen Schwur ab, der mich dazu verleitet, euch zu dienen und zu schützen. Dies ist meine Art, euch vor nahendem Unheil zu bewahren! Lasst sie sanft entschlafen

und lasst es hier und jetzt ein Ende finden, ehe es zu spät ist!" Meine Stimme donnert durch das Krankenlager dieser wehrlosen Frau. „Schaff ihn weg, ehe ich mich vergesse und diesem niederträchtigen Wicht den Kopf abreiße!" Fexiel ergreift grob seinen Oberarm und führt ihn aus dem Zimmer. Paymon schüttelt bedauernd seinen Kopf und sieht zu der reglosen Frau hinunter. „Die zweite Prophezeiung ist eingetroffen. Sobald das Licht seinen Weg in die Hölle findet, erhebt sich die Dunkelheit und reißt an ihren Ketten. Der gefallene Stern wird von der Dunkelheit beansprucht und ..." Weiter kommt er nicht, da ich ihn fahrig unterbreche, „Noch ein weiteres Wort, Paymon und du folgst ihm! Warum bäukotiert ihr mich so?" Paymon beißt sich auf seine Kiefer und sieht betreten zu Boden. Einzig Phuka steht mir zur Seite und bietet ihren Dienst zögerlich an, „Sie benötigt Flüssigkeit ... Ich könnte ihr eine Mineralsuppe anrichten, aber zuvor gehe ich nasse Decken und Laken besorgen. Vielleicht lässt sich so das Fieber senken." Paymon grummelt und fixiert sie zwar mit einem intensiven Blick, bleibt jedoch weiter still. „Beeil dich Mädchen. Ich schwöre, wenn diese Frau stirbt, dann wandern weitere in den Kerker." Eifrig nickt sie und noch während sie den Raum durchquert, beginnt Paymon sein Schweigen zubrechen. „Nun gut, ihr seid der Fürst. Wenn die Rettung dieser Person euer Befehl und Wunsch ist, so werde ich mich nicht beugen ... möge das Licht stärker als die Dunkelheit sein und die Prophezeiung umkehren." Unter seinen Worten bleibt Phuka angespannt im Türrahmen stehen und lauscht seinen folgenden Worten. „Es gibt eine einzige Dämonin, die euch helfen könnte, doch diese ist mit Vorsicht zu genießen. Marischka, eine Asakkudämonin. Ruft man sie, so gibt es kein Zurück und sie wird das Kostbarste in Zahlung nehmen, was sie finden kann." Ihre Augen weiten sich vor Entsetzen, und bevor sie laut schluchzen kann, beißt die kleine Dämonin sich fest auf ihre Lippen. Sie weiß, dass Paymon die Wahrheit sagt, denn auch ihr wurden als Kind die schlimmsten Dinge über diese Dämonen erzählt. Nur in aussichtslosen Situationen ruft man diese Dämonen und bittet um deren Dienste. Als ich nicht mehr an mich halten kann und durch das ganze Zimmer brülle, zuckt sie zusammen und löst sich aus ihrer Starre. „Damit kommst du mir erst jetzt? Wie ist ihr Name und wann kann sie hier sein?" Paymon sieht erst zu mir und dann zur Tür, in der sich Phuka regt. „Nur wenn der Preis für ihre Dienste lohnt, wird sie eintreffen." Umgehend beginne ich zu sprechen,„Was sie auch verlangt! Ich bin bereit, es zu zahlen, sofern sie in der Lage ist, diese Frau zu retten." In meiner verzweifelten Naivität bin ich bereit, einen Handel mit einem Teufel einzugehen.

Paymon sieht mit einem freudlosen Grinsen in ihre Richtung. Als ich ihrem Blick folge, sehe ich, dass die kleine Dämonin mit aufkommenden Tränen zu kämpfen hat. Auf meinen fragenden Gesichtsausdruck hin entgegnet sie nichts weiter und erzwingt sich sogar ein kleines Lächeln. Zügig wischt sie ihre Tränen, die ihren Weg über ihre blassen Wangen geflossen sind, fort. Mein Verwalter sieht weiterhin ungerührt zu ihr herüber und beginnt in einem emotionslosen Tonfall weiterzusprechen: „So sei es. Der Preis, den sie fordert, muss gezahlt werden. Es gibt kein Zurück und es kann nicht neu verhandelt werden!" obwohl mich ein flaues Gefühl in miener Bauchgegend warnt, habe ich den Punkt längst überschritten, an dem es ein zurückgibt. Angesichts dessen stimme ich zu und warte angespannt auf ihr Erscheinen, doch sie lässt sich Zeit. „Asakku, Dämonen lieben es, wenn die Verzweiflung am größten ist. Sie nähren sich von Elend, Verzweiflung und Schmerz." Beginnt Paymon mich aufzuklären. Das Warten ist für mich eine Qual der Unruhe und Anspannung. Da Paymon das Wort nicht ergreift und nur so in der Ecke abseits vom Bett steht und er mein einziger Gesprächspartner derzeit ist, beginne ich erneut ihn zu fragen, warum er sich so weigerte mir zu helfen. Paymon schnaubt und zuckt seine breiten Schultern unter meinen enttäuschten Blick. „Wenn ihr auf Gondur anspielt, Fürst, so hat er euch nur die Treue gehalten. Wir stehen in eurem Dienst und nur euch gilt unser Schwur." Ich verdrehe meine Augen, wie können Dämonen nur so egoistisch und kalt sein? „Hast du kein Herz, Paymon? Diese junge Frau hat niemandem etwas zuleide getan." Er bringt mir ein kaltes Lachen entgegen und sieht mir mit stolz entgegen. „Mein Fürst. Nein, ich besitze weder Herz noch Seele. Beides beeinflusst nur das Denken und macht verwundbar... nicht immer ist Barmherzigkeit der richtige Weg oder angebracht. Manches beeinflusst zu sehr das eigene Schicksal oder das der anderen. Was wisst ihr schon über diese Frau, die hier bewusstlos in einem Bett unter eurem Dach liegt?" Unter seinen Worten schüttel' ich meinen Kopf und sehe nach draußen in die aufkommende Nacht. Über meine ganze Existenz habe ich Verderben über die Welt gebracht, um die Menschheit an den einen Gott zu erinnern. Teilweise habe ich sogar mit ihnen getrauert, ihren Schmerz und ihre Wut über den plötzlichen Verlust, der nicht nachvollziehbar war, geteilt. All das hat mich geprägt und zu dem werden lassen, der ich heute bin. Ein gefallener Engel. Ein Teufel mit Herz und Seele. Ein Teil von mir hat selbst mit ihm Mitleid. Ich löse meine Augen von der dunkelrotvioletten Färbung des Himmels und sehe auf die junge Frau, deren Atem schwer und stoßweise geht. Sie ist einfach zu jung zum Sterben. Die gebotene Chance, ihr Leben zu retten, muss einfach genutzt werden. Er sieht zwischen der jungen Frau und mir hin und her, dann räuspert er sich. Noch einmal versucht er mir eine Warnung zuzusprechen und über den Tellerrand zu schauen. „Noch könnt ihr ablehnen, doch wenn sie hier ist, ist diese Möglichkeit endgültig verloren." Entschlossen schüttel' ich meinen Kopf und verdeutliche meinen Standpunkt ... es sollte mein größter Fehler für die Zukunft sein, diese Prophezeiung nicht ernst zu nehmen. Doch in der aktuellen Situation sehe ich nur diese wunderschöne Frau, die hilflos in einem meiner Betten um ihr so junges Leben kämpft.

Der Zustand der Frau wird immer besorgniserregender. Selbst die nassen Laken und Decken, die Phuka mittlerweile hochgebracht hat, zeigen keinerlei Wirkung. Sobald diese mit ihrer weißen Haut in Berührung kommen, steigt nur so der kochend heiße Dampf auf. „Hat sich diese Dämonin genügend ergötzt? Warum erscheint sie nicht?" Langsam schwindet meine Hoffnung. Jeder Versuch wird behindert! Fexiel ist mittlerweile zurückgekommen und legt mitfühlend seine Hand auf meine Schulter. „Was, wenn wir sie ins Bad bringen? Vielleicht gewinnen wir so an Zeit, bis Madame, leck mich am Arsch, auftaucht." Ein warnendes Knurren erfüllt den Raum, „Haltet euch zurück, Fexiel!" Es ist Paymon, der drohend in seine Richtung knurrt. Wütend sieht mein Bruder zu ihm herüber. „Wieso? Verträgt dieses Pussy nicht die Wahrheit? Diese Frau liegt mittlerweile gute zweieinhalb Stunden hier und verreckt, während die, die ja scheinbar ein Gegenmittel hätte, meint nicht aufzutauchen!" Fexiel tritt an das Bett näher heran und hebt den schlaffen Körper unter einer Flut von Flüchen hoch in seine Arme und bringt sie ins nahe gelegene Badezimmer. In dem Moment, als er sie in das tiefe Wasser taucht, gibt es ein zischendes Brodeln von sich. „Ich werde einen weiteren Aufruf starten“, beginnt Paymon zögerlich und sieht zu uns. Dann erhebt er seine Stimme und beginnt auf Latein einen Zauber zu sprechen.

* „Marishka, filia ventorum, appare! Pretium huius vitae elig es, dabitur optio! Mulierem a maledicto et tormento liberate, sine recusatione qualibet in hac parte vobis precium persolve mus!“ Endlich geschieht etwas. Das Fenster öffnet sich unter einem gigantischen Windstoß, prallt gegen die Steinmauer und kündigt das Eintreffen der Asakkudämonin an. Die Raumtemperatur wechselt von stickig heiß in eisig kalt, als sich ihre Konturen beginnen abzuzeichnen. Noch während sie sich vor unseren Augen manifestiert, erschallt ihr boshaftes Lachen, welches Phuka dazu veranlasst, angespannt den Raum abzusuchen. Fexiel greift nach ihrer kleinen Hand und umfasst diese. „Solche Verzweiflung und Angst! Welch süßer Geschmack auf meiner Zunge!“ Nun steht sie am offenen Fenster und betrachtet einen nach dem nächsten. Sie sieht die beiden an und grinst böse. Phuka versucht, ihre Hand aus Fexiels zu nehmen, doch er lässt sie nicht los. Sie legt ihren Kopf leicht schief und sieht dann zu Paymon und mir. „Wer hat mich gerufen?“ „Das war ich, Marischka ...“ Missbilligend sieht sie zu ihm rüber und verzieht ihr hübsches Gesicht. „Du kennst die Abmachung, König! Ich gehe!“ mir steigt Hitze ins Gesicht, meine Schläfen pulsieren, meine Kiefermuskeln sowie meine Hände spannen sich an, als ich dieses unverschämte Weib sprechen höre. „Du wirst nirgendwo hingehen, es sei denn in eine meiner Zellen!“ Sie dreht sich zu mir und mustert mich mit angezogener Augenbraue von oben bis unten. „Gerade ein paar Monate hier und schon befehligen.“ Ihr Blick bleibt unterhalb meiner Hüften hängen

und sie fährt sich genussvoll über ihre schmalen Lippen. Schwer seufzend sieht sie mir in meine Augen, reckt ihr Kinn nach vorn und stemmt ihre Hände gegen ihre breiten Hüften. „So läuft das hier nicht! Ihr benötigt meine Hilfe und ich stelle die Bedingungen!" Kurzzeitig breitet sich ein Siegesgefühl in mir aus, da ich es geschafft habe, sie zum Bleiben zu bewegen. „Stell deine Bedingungen, heile sie und dann will ich dich niemals wieder unter meine Augen bekommen!" „Schade, ich mag diesen wunderschönen Goldton darin." Sollte dies ihr Preis sein? Es ist nur eine Farbe ..., wenn ja, warum nicht? Sie verlangt schließlich nicht mein Augenlicht. Nochmals und dieses Mal mit Nachdruck will ich ihren Preis wissen. Wieder werde ich von ihr gemustert, doch jetzt ist es wie eine Fleischbeschau ..., dass sie mir nicht in mein Gesicht packt, meine Kiefer auseinanderdrückt und meine Zähne kontrolliert, ist das Einzige, was mir erspart wird. Angespannt lasse ich es über mich ergehen, auch wenn es mich ekelt, wie sie jeden Zentimeter meines Körpers berührt und abtastet. „Wisst ihr, dass Engelsblut hoch im Kurs steht?" Sie tritt zurück und sieht mich fordernd an. „Wenn das, deine Bezahlung, sein soll, gut!" Ich lasse ein Messer in meiner Hand erscheinen und greife mit meiner freien Hand in die Klinge. Umgehend füllt sich meine Handfläche mit meinem roten Blut. Ich strecke ihr meine gewölbte Handfläche entgegen, doch sie faucht wütend auf und schlägt sie von sich. „Ihr beabsichtigt, mich zu narren? Ich dachte, ihr seid Engel! Der Deal ist geplatzt!" Wütend packe ich die Dämonin an ihrem Handgelenk und ziehe sie dicht an mich. „Du wirst den Deal durchziehen, Miststück oder ich jage dir Arzael durch deine Brust!" zische ich ihr ins Ohr und lasse sie mit einem selbstgefälligen Grinsen los. „Das wirst du büßen! Du wirst leiden!" Auch ihr Tonfall ist ein leises Zischen geworden. Sie sieht abermals zu Phuka und Fexiel. „Es heißt, du bist ihm treu, ergeben bis zu deinem Tod

Krieger." Während Phuka ängstlich ihre Hand vor ihren Mund drückt, um nicht aufzuschreien, grinst mein Bruder herausfordernd in die Richtung der Asakku Dämonin. „Willst du es darauf ankommen lassen? Ich habe etliche getötet und ich hatte Spaß dabei …" Da sie sich von mir weggedreht hat, kann ich nur die Augen meines Bruders und seine Körpersprache sehen, doch ich fühle, wie ihr Interesse an meinem Bruder wächst. „Die Regel besagt, dass im Anwesen kein Mord vollzogen werden darf! Drohst du meiner rechten Hand, ist es eine Drohung an mich! Zieh es durch und ich werde dir deinen Kopf von deinen Schultern schneiden und meinen Höllenhunden zum Spielen zuwerfen!" Es ist Paymon, der sich zwischen unsere erhitzten Gemüter stellt und schlichtet. „Hört auf! Du, Marishka, erhältst deine Belohnung noch früh genug. Es sei denn, sie stirbt!" Er deutet energisch auf das brodelnde Wasser der Badewanne. Lässig sieht die Dämonin auf die bewusstlose Frau. „Ich werde ihn nicht töten … wo bleibt denn da der Spaß?" Endlich kümmert sie sich um die Menschenfrau in unserer Badewanne. Sie umfasst ihren linken Arm und fährt mit ihren Fingerspitzen hinauf bis zu ihrer linken Brust. Dort breitet sie ihre Handfläche aus und schließt ihre braun grünen Augen. „Der gefallene Stern …", bemerkt sie angespannt. „Ich weiß. Er wollte es so …" Sie setzt ein kaltes Lächeln auf. „So möge er die Kraft beisitzen, sie zu retten …" „Ist es wieder eure dämliche Prophezeiung?" Wütend sieht sie mich an, „Ihr werdet es in Kürze erfahren! Denn nun sind eure beiden Schicksale miteinander verbunden!" Sie zuckt mit ihren schmalen Schultern, greift über ihr Herz und zieht ihre Hand zurück. „Holt sie da raus, das Wasser hilft nicht! Sie benötigt, wärme! Das, was in ihr haust, muss ihren Körper verlassen! Sie kann es nicht beherbergen!" Mit Payments Unterstützung hole ich das Mädchen heraus und wir hüllen sie in eines der weichen Badetücher. „Gut, bringt sie ins Bett, es bedarf Wärme. Decken, Felle, Körperwärme …" Sie fährt sich demonstrativ über ihre Lippen bei dem letzten Wort und zwinkert provokant. „Achtundvierzig Stunden. Solange wird sie brauchen, um ihre Augen zu öffnen, und solange werde ich deinen Dienst in Anspruch nehmen!" Ihre Wahl ist auf Fexiel gefallen. Sie drückt ihre Hand gegen seine Brust, deutet ein Lächeln an und wendet sich an Phuka. „Willst du dabei sein, wenn ich mit ihm spiele, oder reicht es dir, wenn er im Nachhinein berichtet, wie wir welche Stellung ausprobiert haben." Kein Wort kommt über Phukas Lippen. Still laufen ihre Tränen über ihre Wangen. „Du bluffst … nichts wird mich verleiten können, sie zu betrügen!" „Du willst meinen Bruder ficken?" Sie grinst uns beide an und umfasst seine Hand. „Es ist nur Sex … nicht wahr, Phuka? Du bekommst ihn zurück, vielleicht mit einem Organ weniger, aber funktionsfähig. Ich bin schließlich kein Untier, noch kannst du mitkommen, Katze!" Sie zwinkert herausfordernd, doch Phuka schweigt weiterhin. „Achtundvierzig Stunden … danach wird die Familie wieder vollständig sein! Ach ja, sollte einer nur ansatzweise versuchen, uns zu stören, werde ich umgehend Sorge tragen, dass sie stirbt!" „Nein! Wähle einen anderen Preis! Lass uns verhandeln!" Das kann ich nicht akzeptieren. Es widerspricht meiner und seiner Moral. Sie sieht mir kalt in die Augen, während sie lacht. „Jetzt wollt ihr verhandeln? Ich sagte bereits, ich lasse euch beide leiden und ihr solltet die Spielregeln kennen. Mit einem Asakkudämon verhandelt man nicht!" Aufgebracht sehe ich zu einer emotionslosen Phuka rüber. Wie kann sie nur da stehen und schweigen? „Kätzchen ..." Seine sanfte Stimme löst ihre Starre auf. Er dreht sich zu ihr und greift mit seiner freien Hand nach ihrer Wange. „Ein letztes Wort zum Abschied. Die Heilungsphase beginnt erst bei unserem Aufbruch ... Tick Tack." Phuka schmiegt sich in seine Hand und schließt für einen Moment ihre Augen. Als sie diese wieder öffnet, sieht sie ihm voller Liebe und Vertrauen entgegen und beginnt zu lächeln. „Ich liebe dich, auf ewig, mein Wölfchen. Nichts kann und wird das ändern! Wenn du zurückkommst, werde ich hier sein und auf dich warten!" Er schenkt ihr einen liebevollen, tiefen Kuss, den Marishka rücksichtslos abbricht und ihn mit sich fortzieht.

Nun bricht ihre Fassade wie ein Kartenhaus in sich zusammen und Phuka bricht weinend an Ort und Stelle zusammen. Paymon kommt auf mich zu, hebt die junge Frau in seine Arme und bringt sie zur Tür hinaus. So stehe ich da, kämpfend mit meinen eigenen Dämonen und der kleinen auf dem Boden sitzenden Phuka, die kaum noch Tränen weinen kann. „Geht zu ihr, Lucifer" schnieft sie, ohne ihren Kopf zu heben, doch auch wenn mein Herz nach dieser unbekannten zehrt, höre ich auf meinen Verstand und dieser befiehlt mich zuerst, um diese kleine Person zu kümmern. Still und mit Beinen, die sich wie Blei anfühlen, gehe ich auf die kleine Dämonin zu. Ich helfe ihr auf und nehme sie schützend in meine Arme. „Du brauchst mich ebenfalls." Flüstere ich in ihr dunkelblondes Haar, während ich sie einfach festhalte. Sie umklammert meinen Rücken und schnieft bitterlich. „Er findet einen Weg, kleine. Fexiel ist der beste Krieger im Himmel gewesen und er ist brillant, was Strategien betrifft! Er wird sie austricksen und schnell wieder hier sein." Ich sage es, um uns beiden Mut zuzusprechen, denn ich will mir einfach nicht vorstellen müssen, dass er dieses Opfer für mich erbringen wird. Sie hebt ihren Kopf an, um mir in mein Gesicht zu sehen. Die Traurigkeit sowie dieses Wissen in ihrem Blick schmerzt mich. „Du weißt, wie er ist. Dich liebt er ebenfalls", sagt sie mit belegter Stimme. Ich trete einen Schritt zurück und nehme ihr feines Gesicht in beide Hände. „Ich wünschte, sie hätte mich statt seiner gewählt. Ich hätte mich mehr für ihn einsetzen müssen." Ernst sieht sie mich an. „Ihr habt alles getan. Die Frau ist unschuldig und benötigt Hilfe. Sie ist die Einzige, die sie retten kann und egal, was ihr versucht hättet. Marischka hätte es nur ausgedehnt. Schon als sie in den raum getreten ist, wusste ich, was sie verlangen würde. Hätte sie nur meinen Tod gefordert, ich hätte bereitwillig mein Leben gegeben!" „Nein, Phuka! Sag niemals wieder so etwas! Auch du bist mir wichtig kleine Dämonin und für Fexiel bist du alles! Sag niemals wieder so törrichte Worte." Ihre feinen Gesichtszüge verlieren sich in Schuld. „Entschuldige bitte. Für mich ist Fexiel mein Ein und Alles und ich hätte niemals gedacht, dass ich eine solche Erfahrung in meinem Leben machen werde." Mitfühlend nehme ich sie in eine lange Umarmung, die uns beiden guttut. Als wir darauf ins Gästezimmer zurückgehen, um nachzuschauen, ob schon eine Änderung eingetroffen ist, wartet eine böse Überraschung auf uns. Wie als wolle die Dämonin uns verhöhnen, taucht ein gigantisches Stundenglas auf, welches mit schwarzem Sand gefüllt ist. Dieses dreht sich langsam einmal um seine eigene Achse und verharrt in der neu ausgerichteten, senkrechten Position. Quälend langsam beginnt der Sand durch die schmale Öffnung der Sanduhr zulaufen. Phuka geht schwankend auf dieses Ungetüm zu und berührt das eisige Glas, welches in Gold und Diamanten eingefasst ist. „Sobald das letzte Sandkorn gefallen ist, wird er mich vergessen haben und sie wird leben … das ist der Preis eines Lebens." Mit einem Schritt bin ich bei ihr und ziehe sie unter den neugierigen Blicken von Paymon zurück. „Wie kannst du das sagen? Eben noch waren deine Worte unerschütterlich so wie deine Liebe!" Sie sieht mich mit ihren großen Augen an und schiebt ihre Unterlippe schmollend nach vorn. „Und die Worte nehme ich nicht zurück! Doch ich kenne die Kraft dieser Dämonin! Sie steht für das Kopffieber …, auch wenn ich euch Glauben schenken will, dagegen kommt niemand an!" Ich sehe das anders. Sie mag ihn einige Monate kennen, doch ich kenne meinen kleinen Bruder über Jahrtausende und er ist der beste Krieger des Universums. „Komm mit, ich habe mit dir zu reden!" Sie nickt und folgt meiner Anweisung nach draußen. Das, was ich ihr sagen will, geht niemandem etwas an, schon gar nicht einen Dämon, der meint, dass ich zu weich und zu barmherzig bin. Ich befehle Paymon, dass er umgehend eine Nachricht in mein Arbeitszimmer zu senden hat, sollte sich hier in diesem Raum auch nur ein Sandkorn festsetzen. Er nickt und stellt sich so an das Bett, dass er Sie, die Uhr und auch den Eingang des Zimmers in Blick behalten kann. In meinem Arbeitszimmer angekommen, lasse ich umgehend mit einer Handbewegung die Türen zufallen und biete ihr einen Sitzplatz an. Zögerlich nimmt sie Platz und sieht mir neugierig nach, als ich zum Globus gehe und diesen öffne. „Möchtest du einen Whisky oder Scotch?" Bei der Erwähnung von Fexiels Lieblingsgetränk schluckt sie schwer, senkt ihren Blick wehmutig und schüttelt zögerlich den Kopf: „Weißt du, wir haben bereits etliches erlebt und du sicherlich ebenfalls. Ich weiß nicht, wie viel Fexiel von seiner

Vergangenheit erzählt hat, und normalerweise halte ich mich aus seinen Angelegenheiten raus. Aber du bist, wie er mir gestern an den Kopf warf, einer der wenigen Juwelen hier in der Hölle." Ungläubig sieht sie zu mir und schüttelt ihren Kopf. „Bei weitem, mein Fürst! Mich mit einem Juwel gleichzustellen, ist unangebracht." Ich grinse ihr entgegen und setzte mich mit meinem Glas Whisky ihr gegenüber. „Du hast ein Herz, Phuka. Das ist unter euch eine Seltenheit.", unglücklich sieht sie zu mir auf und spielt mit ihren langen dünnen Fingern. „Ja, ein weiterer Makel, mein Fürst. Darum haben mich ihre Worte fast ohnmächtig werden lassen, als sie erzählte, was sie mit ihm vorhabe. Mir sind Asakkudämonen bekannt, doch heute traf ich das Erste mal auf eine persönlich. Wolltet ihr darüber mit mir sprechen? Ich verspreche, ich arbeite daran, mir meine Gefühle nicht mehr so deutlich ansehen zu lassen." „Daran sollten wir beide arbeiten." Zwinkere ich ihr aufmunternd zu. „Doch das ist es nicht. Egal, was gerade passiert. Er wird zurückkommen. Doch für eine Weile wird er sich selbst hassen." meine Stimme ist voller Bitterkeit, die Situation erinnert mich an eine Mission, die weit in der Vergangenheit liegt und ihn verändert zurückbrachte ... damals war er am Anfang seiner Kariere und als er mit nur einer Handvoll Männern zurückkam, war er schwer verletzt. Es war ein niederträchtiger Hinterhalt. Verrat aus den engsten Reihen. Fexiel konnte sie nicht alle retten, doch er beschützte die Schwächsten mit seinem Leben. So entstand auch die Bindung zu Cassiel und mir. Sie pflegte ihn wochenlang gesund und ich leistete beiden Gesellschaft, wann immer ich konnte. Sobald er wieder einsatzfähig war, trainierte er gemeinsam mit ihnen und machte aus ihnen die besten Krieger der himmlischen Armee. „Er wird Zeit benötigen.

Versprich mir, wenn du ihn wirklich liebst, gebe ihn nicht auf!" „Ich würde ihn immer wählen! Aber was, wenn er mich nicht mehr haben will? Werdet ihr mich auf die Straße schmeißen?" „Natürlich nicht!" Sage ich mit zusammengezogenen Augenbrauen und einem Nachdruck in meiner Stimme. „Du hast einen Eid geleistet und auch ich habe dies getan. Ich halte mein Wort so, wie mein Bruder dir seins gegeben hat!" „Ich werde euch bei allem, was mir möglich ist, unterstützen. Sie kann vielleicht seinen Körper nutzen, aber sein Herz und seine Seele gehören mir." Mit neuer Entschlossenheit erhebt sich die kleine Dämonin von ihrem Platz, reckt ihr schmales Kinn nach vorn, ballt ihre kleine Hand zur Faust und sieht mit einem mystischen Funkeln in ihren grün leuchtenden Augen zu mir auf. „Fexiel ist mein, sowie ich sein bin! Da kann diese blödi Mastkuh versuchen, tausend Höllenfeuer zu entfachen! Es ist nur doofie Sex mit ihr! Sie kann das, was wir haben, nicht zerstören. Nö! Gemeinsam schaffen wir das schon."
Optimistisch bewältigen wir die ersten sieben Stunden und wechseln uns mit der Wache ab. Zumindest Phuka sollte sich ausruhen, denn sie ist die, die am meisten mit der aufkommenden Müdigkeit zu kämpfen hat. Da die Zeit der Hölle normal weiterläuft, auch wenn jedes fallende Staubkorn sich wie Stunden anfühlt, häufen sich die Arbeiten hier auf dem Anwesen und meinem Wirkungsbereich. So wende ich mich den anfallenden Arbeiten, wie Seelenverträge, der Verteilung der Aufgabenbereiche und dem Aufsuchen meiner Bauern und Jägern zu und lasse die nächsten Stunden an mich vorbeiziehen.
Endlich sind es nur noch wenige Stunden, bis Fexiel zu uns nach Hause kommen wird. Der untere Teil der Sanduhr ist bereits ausgefüllt und bestätigt meine dunkelste Vermutung.

Angespannt stelle ich fest, dass sich der Zustand der Frau nicht verändert hat. Dieses Miststück macht ihre Drohung wahr. Noch immer glüht ihre Haut, als ich meine Hand auf ihre Stirn lege. „Sie hält ihr Wort. Noch ist die Zeit nicht abgelaufen. Mit dem letzten Sandkorn und der Rückkehr eures Bruders wird sie erlöst und gesund." Bemerkt Paymon und bewegt sich von seinem Platz. „Du, mach dich nützlich und bereite die Knochensuppe zu." Er nickt in Phukas Richtung und deutet aus dem Zimmer. „Wenn ihr mich entschuldigt, mein Fürst. Es bedarf einiger Zutaten dafür." Mit einem Nicken erteile ich ihr die Erlaubnis zu gehen und weise Paymon an, ihr zu folgen und ihr zu helfen. Ich setzte mich auf die Bettkante und sehe die junge Frau nachdenklich an.

Ohne es zu merken, vergeht die Zeit und sie beginnt sich leicht unter dem Berg an Decken und Fellen zu regen. Ihre Augenlider beginnen zu flackern, während ihre schmalen Augenbrauen sich zusammenziehen und ein schwaches Stöhnen über ihre vollen Lippen weicht. Sofort liegt meine Hand auf ihrer Stirn. Erleichtert spüre ich, dass ihr Fieber sinkt. In einem beruhigenden Flüstern beginne ich zu sprechen: „Alles wird gut. ... du bist in Sicherheit." Unter meiner Berührung öffnet sie ihre Augen und es durchfährt mich wie ein Blitzschlag, der mein Herz schneller schlagen lässt. Violette, fiebrige Augen voller Hoffnung sehen in meine Goldenen. Ihre Stimme ist zittrig vor Anstrengung. „Ich bin in Sicherheit?" Ich nicke und streichel über ihr kastanienbraunes nasses Haar, welches ihr blasses Gesicht umrahmt. „Das bist du. Ich bleibe bei dir und passe auf dich auf ..." Sie schenkt mir leichtes Lächeln und setzt abermals zum Sprechen an. „Danke schön, Löwe ..." wie sie mich nennt, schmeichelt mir und ich fühle, wie sich ein leichtes

Schmunzeln auf meine Lippen zeichnet. „Es wird alles gut." Nicht ganz habe ich ausgesprochen, da beginnt sie auch schon in den Schlaf zu gleiten. Ich genieße den Anblick, als eine flammende Nachricht über ihr erscheint.

*Marischka, Tochter der Winde, erscheine! Du wählst den Preis für dieses Leben, es wird deiner Wahl nachgegeben! Erlöse das Weib von ihrem Fluch und ihren Qualen, wir werden jeden Preis diesbezüglich ohne Widerspruch an dich bezahlen!

Die Dunkelheit erhebt sich

Schnell lese ich die wenigen Worte und erhebe mich, um das Zimmer zu verlassen. Gerade als ich aus der Eingangshalle trete, erscheint er. Er drückt seine rechte Hand gegen seinen Oberkörper und kommt in leicht gekrümmter Haltung langsam näher. Auf der halben Strecke sehe ich, dass er mit seiner Hand eine tiefe Wunde auf der Höhe der zehnten Rippe zu verbergen versucht. Sofort kommen die Bilder der Vergangenheit hoch. Doch ich muss mich kontrollieren, das ist die Gegenwart. Als er mir grinsend entgegensieht, bemerke ich, dass er sich verändert hat.

Auch meinem Seelenschwert scheint diese Veränderung zu spüren, da es versucht sich zu erheben. Ich kann hören, wie Phuka eilig die Treppe hinunterrennt und auf den Hof gelaufen kommt. Es gelingt mir in letzter Sekunde die kleine Pjukadämonin an ihrer Hand zu packen und sie hinter mich zu ziehen. „Hey, was soll das denn? Lass mich zu ihm. Ich habs doch versprochen." Protestiert sie, doch nun scheint sie es ebenfalls zu spüren und geht einen weiteren Schritt zurück. „Ist das euer Ernst? Wird das meine Begrüßung? Nachdem wir uns über zwei Tage nicht gesehen haben? Kommt gleich ein Fexiel, ich erwarte unverzüglich deinen Bericht?" Er lacht, doch es ist ein eiskaltes sowie dunkles Lachen, das einem das Blut in den Adern gefrieren lässt. „Weißt du, dass du ihm gar nicht mal so unähnlich bist Samael?" Ich wende meinen Blick nicht von Fexiel als ich Phuka den direkten Befehl erteile, rauf ins Gästezimmer zu gehen und dort umgehend die Tür von Innen abzuschließen. „Sag Paymon er hat vor eurer Tür Wache zuhalten und sich keinen Millimeter davon wegzubewegen, ehe ich es sage!" „Eine reicht dir wohl nicht mehr." Jetzt steht er mir direkt gegenüber und sieht prüfend in die Eingangshalle. „Du bist gerade nicht in guter Verfassung." Mit einem Kopfnicken deute ich auf seine Verletzung. Er zuckt nur seine Schultern und grinst mir schief entgegen. „Du willst Zeit schinden … guter Plan, großer Bruder …" er nimmt seine Hand von der Wunde und lässt diese sinken. „War nur die Milz. Eine weitere bedeutungslose Narbe auf meinem Körper. Weißt du, es brennt mir wirklich unter den Nägeln. Hat mein Kätzchen dir gut die Wartezeit vertrieben? Sie kann es einem verdammt gut besorgen. Man muss nur wissen, wie man mit ihr umzugehen hat. Wisst ihr, für einen kleinen Moment hatte ich tatsächlich Abneigung gegen Mariska gefühlt. Dabei war es eine sehr vorzügliche Ablenkung." Es muss mehr geschehen sein als die Milzentfernung und der erzwungene Sex mit dieser Asakkudämonin.

Ich erkenne meinen Bruder nicht wieder, ihm fehlt jegliche empathie und feinfühligkeit. Was hat sie nur mit ihm angestellt? „Was hältst du von einem Scotch?" Er zieht eine Augenbraue hoch und sieht mich spöttisch an. „Ich glaube nicht. Hab' noch einen besonderen Geschmack auf der Zunge liegen, wenn du verstehst, was ich meine." „Ich kenne dich, Bruder, egal, was vorgefallen ist! Du bist stärker als das, was dich gerade repräsentiert!" Laut knacken seine Nackenwirbel, als er seinen Nacken überdehnt und die Augen geschlossen hält. Als er mich wieder ansieht, ist er für einen Moment der Fexiel, den ich kenne. Seine Augen sind so voller Schmerz und Verzweiflung. „Ich komme dagegen nicht an! Seine Macht zwingt mich dazu, Lucifer! Verhindere, dass ich ihr noch mehr Leid beschere! Bitte …" er ballt seine Hände zu Fäusten, zittert und ein tiefes kehliges Knurren erklingt. Während ich ihm dieses Versprechen entgegenbringe. „Wie

rührselig. Aber kannst du dein Versprechen einhalten?...
Versprich nichts, was du nicht halten kannst!" Seine Ozean-
blauen Augen sind grau geworden und funkeln nur so voller
Hass. Entschlossen versperre ich ihm den Weg. Jede freie
Minute verbringt er mit hartem Training, somit muss ich ihn
anders zur Besinnung bekommen. Was auch immer in ihm
haust, es muss aus ihm raus und in eines der Säurebäder im
Kerker versenkt werden! Die Wunde unterhalb seines
Brustkorbs scheint sich langsam zu verschließen, doch sicher
bin ich mir nicht. Da er ein schwarzes Hemd trägt, lässt sich
dies nur erahnen. Ich rieche Schwefel und den schwer
süßlichen Geruch seines Blutes. Ein weiteres Mal versuche
ich es mit einem Gespräch. „Lass uns gemeinsam in die
Stadt! Lass uns feiern gehen, dass du wieder da bist! Die
Familie ist wieder beisammen." Er legt den Kopf schief und
mustert mich. Dann setzt er dieses eisige Grinsen wieder auf.
Mein Atem beschleunigt sich und ich höre mein Blut durch
meine Venen rauschen, während sich meine Hände sowie
meine Muskelpartien verkrampfen. Ich will ihn wirklich
nicht verletzen, doch welche Wahl bleibt mir? Wenn er sich
in diesem Zustand Zugang verschafft, sind zwei unschuldige
Frauen in großer Gefahr und das kann und werde ich nicht
zulassen!„Warum so weit weggehen, wenn doch alles an Ort
und Stelle vorhanden ist? Wein, Weiber und Gesang … na ja,
Wimmern und Schreien kann man als Gesang deuten, oder?"
Ich verdrehe meine Augen und fahre mir angespannt durch
meine Haare.
„Ach komm schon. So einer wie du hat das doch überhaupt
nicht nötig." „Stimmt, ich brauche nur Schnipsen! Weißt du,
der Status der rechten Hand des Teufels öffnet so manche
Türen und doch genieße ich den Spaß dabei." „Schön, dann
hast du deinen Drang sicherlich gestillt und bekommst dich

jetzt wieder in den Griff!" Er schnalzt mit der Zunge und reibt sich sein Kinn. „Sicherlich … wenn ich so darüber nachdenke, hatte Marischka echt was zu bieten. Bei gelegenheit sollten wir sie zusammen versuchen. Ich sage dir, diese Frau ist eine wahre Künstlerin auf ihrem Gebiet!" Wer auch immer den Körper meines Bruders besetzt hat, beschert mir ein ungutes Gefühl. Es scheint mittlerweile vollkommen belanglos, dass er zuvor noch ins Haus wollte. Unter Anspannung rufe ich nach Paymon, aber es kommt keine Antwort. „Nanu, was ist denn? Er ist doch so ein loyaler Diener! Oder doch nicht?" Nicht er wollte ins Haus, sondern er wollte mich herauslocken! Verdammte scheiße. Während ich in langen Sätzen die Treppe hinaufstürze, verfolgt mich sein herzloses kaltes Lachen.

Einer meiner beiden Höllenhunde schießt Zähnefletschend über den Korridor, biegt nach rechts und springt durch das offenstehende Fenster, welches in Richtung Wald liegt heraus. Nochmals rufe ich nach Paymon, doch er reagiert weiterhin nicht! Als ich in die Nähe des Gästezimmers komme, steht er nicht wie befohlen vor der Zimmertür. Ich greife den Türknauf und rufe gleichzeitig nach Phuka, doch im Zimmer herrscht bedrückende Stille. Ich fluche, während ich die verschlossene Tür zerspringen lasse und in das Zimmer stürme. Die junge Frau liegt noch in ihrem Bett. Der kleine Höllenhund liegt am Bettende und schaut mit tiefroten Augen zu mir auf, doch von Paymon und Phuka fehlt jegliche Spur. „Scheiße verdammt!" „Oh, ist das Kätzchen ausgeflogen? Ach, ist das herrlich, wenn sich Bekanntschaften als nützlich erweisen." Brüllt er in lachendem Tonfall das Stockwerk hoch. In unmenschlicher Geschwindigkeitbin ich wieder bei ihm und sehe in ein Gescicht, welches die reine Genugtuung

wiederspiegelt.Refelexartig, schießt meine rechte Faust genau dahin, wo vor ein paar Stunden noch seine Milz ihren Platz hatte. „Wo sind Sie? Du warst mit mir hier unten, also, wer war bei dir? Rede Fexiel, wer hat Phuka und Paymon und warum?" Er krümmt sich vor Schmerzen und spuckt Blut auf den Boden. „Was ist passiert? Wo ist Phuka?" Scheinbar hat der Schmerz meinen Bruder zurück an die Oberfläche getrieben. „Mir fehlt die Zeit für Einzelheiten. Wer ist dir begegnet und wohin ist er mit Phuka und Paymon? Was haben die vor?" Fexiel sinkt auf seine Knie und krallt seine Finger vor Verzweiflung in den Boden. „Nein. Er hat keinen Namen. Sie ...", keucht er. Irritiert sehe ich ihn an: „Sie war es? Diese Hexe von einer Asakkudämonin?" Er schüttelt den Kopf und knurrt die Antwort schnell hervor. „Es! Die Dunkelheit, sie will ..." Er kann den Satz nicht beenden, da er vor Schmerzen brüllt und sich auf dem Boden krümmt. „Sie ist viel stärker ... keine Kontrolle darüber ... Ich kann nicht mehr!" Seine Worte sind zusammenhanglos und bringen mich nicht weiter. Zwei meiner loyalsten Dämonen sind offensichtlich entfürt worden. Einer meiner Höllenhunde ist unkontrolliert auf und davon und vor mir kauert ein unzurechnungsfähiger Fexiel, der offensichtlich von einer dunklen Macht besessen ist.
Meine Kiefermuskeln spannen sich unter dem Druck, während meine Finger unruhig durch meine Haare fahren. Der Umstand, Fexiel in solch eine Situation gebracht zu haben, zermürbt mich. Beinahe ist es so, als würde Gott die unsichtbare Wand anheben, darunter hindurchschauen und mir voller Hohn entgegenlachen! Ich muss handeln und den Schaden so gering wie möglich halten, bevor es wie ein Waldbrand eskaliert! Meine Gedanken überschlagen sich und so irrsinnig es klingt, für einen Moment erwäge ich, ob ein

Exorzismus meinem Bruder helfen könnte. Ich bin einfach verzweifelt und es ist das Einzige, was mir logisch erscheint, um ihn eventuell zu retten, ohne ihn endgültig zu verlieren. Meine letzte Option ist für mich undenkbar, denn diese wäre, ihn, mit meinem heiligen Schwert, Arzael zu durchbohren und ihn somit zu vernichten. Als könne er meine Gedanken ahnen, beginnt er böswillig zu grinsen und richtet sich vom Boden auf. Seine Stimme klingt kratzig und hohl, als er mich anspricht. „Samael ... es wird dir nichts bringen, ich bin stärker als du und auch ihn wirst du nicht vor mir retten können. Ich spüre, wie sein Wiederstand schwindet. Ich bin nicht hier, um dich in den Abgrund zu stürzen ... zumindest bis jetzt nicht. Da wäre der Spaß zu kurzweilig." Er lacht aus tiefer Kehle und fixiert mich. „Heute sollst du nur einen Vorgeschmack meiner Macht bekommen. Heute Nacht, stelle ich mich dir persönlich vor ..." „Ich beende es hier und jetzt! Mein Fürst, die Dunkleheit darf nicht abermals emporsteigen!" Plötzlich steht hinter ihm mein verschollener Verwalter und drückt seine geschwungene Dämonenklinge gegen die Kehle von Fexiel.

„Hör auf!" Befehle ich und ernte von Paymon einen zornigen Blick. „Wie ich sehe, ist das Prinzesschen wach geworden. Na, wie schmecken die Schuldgefühle Paymon? Hast du überhaupt soetwas wie Gefühle?" „Halt dein Maul! Wo ist die Kleine?" Paymon drückt seine Klinge stärker an den Hals meines Bruders und knurrt, während seine Augen auf mich gerichtet sind.

„Ich gab einen Schwur und den werde ich nicht brechen!" Langsam tritt Blut hervor und rinnt seine Kehle hinunter. Mein Pulsschlag beschleunigt sich immens, wieso kämpft er nicht, sondern steht nur so da und grinst selbstgefällig? Es wäre ihm doch ein leichtes sich aus dieser

Situation zu befreien, es sei denn, dass dies genau das ist, was er will. Das Funkeln in seinen veränderten beinahe weißen Augen bestätigt meine vermutung. Doch so schnell werde ich nicht aufgeben! Ich kann Fexiels Widerstand fühlen, also reagiere ich schnell und manifestiere schwere Ketten, um seine Hände zu fesseln. Missbilligend sieht er mich an, doch schnell versucht er, die Fassade wieder aufzunehmen und redet in einem gelangweilten Tonfall. „Behandelt man so neuerdings seine Gäste? Paymon, es wird dir leicht gemacht. Ein fester Ruck deinerseits und es ist beendet! Wie du sehen kannst, sind mir förmlich die Hände gebunden ...“ Tatsächlich ist mein Verwalter in Versuchung, doch dann lässt er seine Klinge vor meinen Augen verschwinden und tritt stattdessen hart gegen Fexiels Kniekehlen. Noch während er ihn zu Fall bringt, zischt er seine Erwiederung: „Ich unterstehe ihm und niemandem sonst, du parasitäre Ausgeburt!“ Lachend dreht Fexiel seinen Kopf in Payments Richtung, „Du bist und bleibst ein speichel-leckender Feigling. Ich wusste schon, warum ich ihn statt deiner wollte. Er ist wahrlich eine äußerst schöne Herausforderung, doch am Ende wird er mir gehören. Ich weiß ihn jetzt zu brechen ...“ selbstsicher greife ich seinen Blick auf, als ich beginne, mit ihm zu sprechen, „Du wirst ihn nicht bekommen. Er wird dich innerlich zerfetzen!“

Mit einem halben Lächeln auf den Lippen sowie hochgezogenen Augenbrauen sieht er zur Seite. „Lassen wir es doch darauf ankommen ... Ich hab Zeit, meine Herren.“ „Paymon, schaff ihn umgehend in den Kerker. Nutze alles, was du vorfinden kannst und dann verschließe den Raum. Sorge dafür dass er Sowohl Luft- als auch Schalldicht ist! Nachdem ich unsere Kleine nach Hause gebracht habe, werde ich dieses Etwas aus ihm herausprügeln und wenn ich

Fexiel jeden einzelnen Knochen dafür brechen muss! Ich gebe ihn nicht her." Mit einem Nicken bestätigt er und wir gehen getrennte Wege. Nervös hetze ich auf die Stallung zu und werde dort bereits von Orobas wiehernd erwartet. °*Sie ist hier! Die Dunkelheit ist hier! ... Ihm bleibt nicht mehr viel Zeit, mein Fürst!*° ihre schwarzen großen Augen glühen und ihr Blick brennt sich ungezügelt in mein Herz. „Deswegen bin ich bei dir. Du bist das schnellste Höllenpferd, Orobas, nichts ist schneller als du und ich vertraue dir blind." Stolz reckt sie ihren Kopf nach vorn und klopft ungeduldig gegen das Gatter. °*Worauf wartet ihr dann noch? Los, macht auf!*° mit einer zügigen Handbewegung öffnet sich ihr magisches Gattertor und befreit so meine Stute, die umgehend auf mich zukommt. „Bevor wir uns auf den Weg machen muss ich ein letztes Mal mit Paymon sprechen." „Eilt euch, mein Fürst. Gegen die Zeit ist selbst das schnellste Höllenpferd machtlos." Noch gerade ist sein Name in meinen Gedankenm, da erscheint er uns. Ihm ist anzumerken, dass ihn die Situation belastet. Seine sonst so kraftvolle grollende Stimme klingt wie ein ruhes Flüstern.„Ich habe versagt ... und ja, ich hätte ihn beinahe getötet! Für einen Moment habe ich nur diesen Willen in mir gespürt. Hass und Wut. Ich wollte ihm das Licht ausknipsen. Sein Blut fließen lassen ... Ich nehme meine Strafe entgegen. Ich hatte nur eine einzige Aufgabe. Sie zu beschützen und ich habe auf ganzer Linie versagt wie ein Amateur." Er senkt den Blick vor mir und wartet auf seine Strafe, doch stattdessen lege ich ihm meine Hand auf seine breite Schulter. „Ich weiß, gerade fühlst du dich so, wie du mich beschreibst." Betreten sieht er zu Boden. Unter seiner rauen Schale ruht ein weicher Kern. „Du hast Stärke gezeigt, in dem du ihn nicht getötet hast. Auch ich habe gravierende Fehler gemacht und ich bin ich dir" es fällt mir schwer, es über meine Lippen zu bringen, doch er verdient es, mit seinen eigenen Ohren zu hören. „Dankbarankbar! Du hast mir deine Loyalität und Treue bewiesen und dich nicht von der Macht der Dunkelheit beeinflussen lassen." beende ich meinen Satz nach einer kleinen Pause. Eine Reihe spitzer Zähne glänzen mich an, während er breit grinst. „Oh, ihr werdet es wirklich lernen müssen, Lucifer! Einem Dämon dankbar sein zu müssen, hat immer einen Preis! Doch dieses Mal wiegt es sich auf, da ich euren Bruder in Ketten gelegt und es wahrlich genossen habe!" „Hat er noch etwas gesagt?" Er zuckt mit den breiten Schultern. „Nichts Sinngebendes. Er hat versucht, an seinen Fesseln zu zerren, und ihm schmeckt sein neues Halsband nicht, dabei hat er es eigens entworfen." Wo zuvor noch Zufriedenheit und Freude in seinen Augen zu lesen war, hat sich nun ein düsterer Schatten gelegt.

Mit zusammengebissenen Zähnen fragt er mich: „Ihr werdet sie doch nach Hause bringen, nicht wahr, Lucifer?" „Das werde ich! Sie wird nach Hause kommen. Und zwar lebend!" Ich drehe mich zu meiner ungeduldig wartenden schwarzen Schönheit und schwinge mich auf ihren langen Rücken. Noch im Stand galoppiert sie über den Hof in Richtung der Wälder davon. Das Gefühl der Hoffnungslosigkeit und bedrückender Kälte legt sich über Phukas ausgestreckten Körper nieder. Es scheint ihr den Atem nehmen zu wollen. Nur langsam und schwerfällig schafft sie es, ihre Augen zu öffnen und zumindest ihren linken Arm etwas anzuheben. »Scheiße verdammt! Wo bin ich hier? Was ist passiert?« Trotz ihrer ausgeprägten Fähigkeit, im Dunkeln sehen zu können, ist sie hier vollkommen blind. Ihr Kopf dröhnt, als sie sich versucht zu erinnern. Eben noch war sie zu Hause. Als sie Fexiel im Vorhof stehen sah, wurde sie von Lucifer zurückgehalten.

Von ihrer großen Liebe ging eine große Bedrohung aus, die in der Luft zu spüren war. Was war nur mit ihm geschehen? Sie war direkt Lucifers Anweisung gefolgt und umgehend zurück ins sichere Heim gerannt. Sie erinnert sich noch daran, dass sie ein unwohlsein gespürt hatte und erleichtet aufgeatmet hat, als sie auf Paymon getroffen war. Gerade als sie sich ihm zugewendet hat, wurde er jedoch hinterrücks von einer dunklen Gestalt niedergestreckt und ihr wurde schwarz vor Augen. Nun war sie hier, umgeben von einer erdrückenden Dunkelheit, die sie umfangen hält.

 Panisch kneift sie ihre Augen zusammen und versucht wenigstens etwas oder wen hören zu können, doch hier ist nichts. Absolute Stille und einsamkeit. Unter Schmerzen versucht die kleine Phukadämonin sich auf die Seite zu drehen und sich so klein wie möglich zu machen. Ihre Angst und ihre Verletzungen lassen eine Verwandlung nicht zu. Unter Tränen denkt sie an ihren Fexiel und an ihre unzerstörbare Liebe zu ihm. Selbst eine Asakkudämonin hatte diese nicht zerstören können. „Nein! Ich werde nicht aufgeben. Ich komme wieder nach Hause zu ihm und zu meinem Mann." Phuka spürt, wie eine eisige Klinge über ihre nackten Arme streichelt, dann über ihre Wirbelsäule und wieder zurück. Eine hohle Stimme manifestiert sich in ihren Gedanken. °*Du wolltest doch für ihn sterben ... warum sträubst du dich so wehement dagegen? Zeig mir dein Herz, Mädchen. Ich kann dir deinen Schmerz nehmen.*° verzweifelt schüttelt sie ihren dröhnenden Kopf und presst ihre Kiefer aufeinander. „Nein ... ich will ihn nicht verlassen! Wer auch immer du bist, geh weg von mir." Unerbittlich hämmert die Stimme durch ihren Kopf. °*Er liebt dich nicht! Das hat er nie! Warum hat er dich sonst hergegeben? Zu mir in mein Reich der Dunkelheit?*° die

unheimliche Stimme sucht den Riss in ihrem Herzen und schiebt sich immer tiefer in ihre Gefühle und Gedanken hinein. Der Geschmack ihres Zweifels ist wie eine geschmackvolle Droge, von der gekostet wurde und nur schwer wieder loskommt. „Er hat mich doch gar nicht hergegeben! Das würde er nicht tun. Hör auf mit dem Scheiß!" kalt hallt ein Lachen durch ihre Gedanken.°*Natürlich hat er es! So wie er sich ihr bereitwillig hingegeben hat. Du stehst ihm doch nur im Weg, kleine. Du verhinderst, dass er sein volles Potenzial ausschöpft. Willst du das wirklich, Phuka? Du bist schlecht, niemand wollte dich jemals in seinem Leben. Du bist auf dich alleine gestellt*
namenlose Weise. Komm zu mir ... Ich kann für dich alles sein. was du auch willst. Gib dich mir hin Phuka.° die Vergangenheit steigt in ihr hoch. ...

sie war eine Fremde in ihrem eigenen Rudel, das hatte sie mit ihrem sechzehnten Lebensjahr erfahren. Der Alpha, von dem sie dachte, er sei ihr Vater, erzählte es ihr. Es riss ihr den Boden unter ihren Füßen weg und es schien ein Wunder, dass nur drei Nächte darauf Paymon auftauchte und er sie ihm zielstrebig abkaufte.

Bis heute hat sie keine Ahnung, warum er es getan hatte, doch sie war ihm unendlich dankbar, denn so war sie diesem Monster an Phuka entkommen. Damals hatte er ohne mit der Wimper zu zucken einen übernatürlich hohen Preis an den alten Alpha gezahlt. Fünfhunderttausend Seeleos eingefasst in Gold, sowie dreihundertsechzig Seeleos in Silber. Dazu noch etliche Diamanten und eine handvoll Perlen. All diese Unsummen für einen unbedeutende kleine Dämonin wie sie. Ihr kommen die Tränen, auch ihn vermisst sie, trotz seiner Grausamkeiten und seines schroffen Tonfalls. Doch er hatte sie nie angerührt und, sondern auf seine Art und Weise beschützt. Nur durch ihn und seinen Kauf musste sie nicht eine Zwangspartnerschaft mit ihm eingehen, dem fremden Alpha, der ihren Ziehvater lebensbedrohlich verletzte und nur einen Tag nachdem Paymon sie zu sich genommen hatte, das Rudel vollkommen an sich gerissen hatte. Vor Paymons Ankunft war sie auf ihn getroffen. Als er sie am Teich baden gesehen hatte, wollte er sie besitzen. Nur um Haaresbreite entkam sie seiner brutalen Annäherung und dank Paymonts unerwartetem Eintreffen war sie all die Jahre sicher vor ihm. Doch hier scheint sich das Blatt zu wenden. Beinahe glaubt sie, seinen scharfen bitteren Geruch in dieser unendlichen Dunkelheit wahrnehmen zu können. Ihr Herz rast, das kann doch nicht sein! Als sie eine eisige Berührung auf ihrer Schulter spürt, reißt sie ihre Augen auf und schreit ihre Todesangst heraus. Er ist hier und steht direkt vor ihr! Seine rot glühenden Augen sind auf ihren schutzlosen Körper geheftet. Gierig vor Lust leckt er sich über seine schmalen Lippen. „Hast du mich auch so vermisst, Raubkatze? Ich sagte doch, dass wir uns wiedersehen! Nun werden wir uns amüsieren." „Das ist nicht real! Das ist nicht wahr!" Immer wieder wiederholt sie die beiden Sätze und kneift ihre Augen zusammen. Doch als sie seinen festen Griff an ihrem Handgelenk spürt, wird sie eines Besseren belehrt und sie schreit abermals aus Leibeskräften. Der Dämon übertönt ihre Schreie mit einem boshaften Lachen und zieht sie noch tiefer mit sich in die Finsternis hinein. Verzweifelt versucht sie, sich irgendwo festzuhalten, doch nichts bietet ihr eine Möglichkeit. Selbst der Boden, auf dem sie sich befindet, scheint aus nichts zu bestehen. Sie versucht sich aus seinem griff zu winden und tritt ihn mit all ihrer Kraft. Doch der Dämon verstärk seinen Griff und packt die kleine Dämonin erbarmungslos. Immer wieder bettelt sie darum, dass er sie freilassen soll, doch auch das lässt ihn nur weiter lachen und an ihrem Arm zerren. „Wie lange habe ich auf diesen Moment gewartet! Tja, damals wollte ich dich besitzen, dein Erster sein! Nun hast du selbst schuld, Phuka! Wie konntest du dich solch einem Abschaum hergeben? Hast du seinen Namen gestöhnt? Habt ihr bereits einander markiert? Ich schwöre dir, ich werde seine Makierung aus deiner Haut reißen und eure Bindung auslöschen. Du gehörst mir! Jeder einzelne Zentimeter deines Körpers wird mir gehören. Du wirst meine Sklavin, meine Gespielin, meine Hure, wann immer ich dich will und es wird mein Name sein, den du schreist! Und wenn ich deiner überdrüssig bin, werde ich dich töten. Ich werde ihm deinen schlaffen Körper mit all meinen Spuren drauf, vor seine Stiefel werfen. Ich werde ihn brechen und danach werde ich ihn ebenfalls töten kleine Schlampe!" je weiter er sie mit sich zieht und über sein Vorhaben spricht, umso schwächer wird ihr Kampfgeist. Es scheint ihr eine endlose Zeit vergangen zu sein, als er im Nichts einfach stehen bleibt und sie loslässt. Doch sie hat weder den Mut noch die Kraft, um sich zu verteidigen oder zu fliehen. Wohin sollte sie auch? Sie waren vollkommen von der Dunkelheit eingehüllt. Wie ein Koloss steht er über ihr und sieht mit einem überlegenen grinsen auf die kleine zitternde Dämonin herab. „Ich werde dich schmecken! Sowohl dein Fleisch als auch dein Blut und ich werde es zusammen mit deiner Angst genießen, wie ein Festmahl! Das wird entschädigen, dass er dich vor mir hatte! Ich werde ihn dir austreiben! Deine Liebe! Da wird nichts mehr übrig bleiben! Ich werde euch alle vernichten." Mit leeren Augen sieht sie ihn an, dann schaut sie zur Seite und flüstert, „Er konnte es und ich kann es auch ... Ich werde beschützen, was ich liebe!",aber als er ihr die Bluse zerreißt und sich auf sie stürzt, zerreißt es ihr jedoch beinahe das kleine tapfere Herz. Sein Atem bringt sie zum Würgen und verzweifelt versucht sie ihn von sich zu drücken. Sie tritt und schlägt ihn, doch das stachelt ihn nur weiter an und schon hat er ihre Röcke hochgerissen und drückt sich ihr hart entgegen. Seine Nägel formen sich zu langen schwarzen Krallen, seine Reißzähne werden länger und er beißt ihr seitlich in den Hals, während er in sie eindringt. Qualvoll schreit sie auf und krallt sich in seinen Rücken, als sein bitteres Gift durch ihre Adern rauscht. Er knurrt voller Genugtuung und Lust, während er hart, unerbittlich und lachend in die kleine Dämonin stößt. „Wie in meinen dunkelsten Fantasien! Ach herrlich! Jaaa ... bettel scheie, es wird dich niemand hören." Wie oft er noch in sie hämmert, bis er endlich seinen Höhepunkt erreicht, weiß sie nicht und es ist ihr auch egal. Endlich kommt die ersehnte Dunkelheit und klopft an der Türe ihres Herzens an. Sie müsse diese nur öffnen und dann wäre es geschafft. Sie hat sich vollkommen in ihre eigene Dunkelheit zurückgezogen und diesem Monster die Kontrolle über ihren Körper gegeben. Wie als wäre sie nur eine Zeugin und nicht das Opfer, sitzt sie in der Dunkelheit, mit angezogenen Knien und umschlungenen Armen. Als sie plötzlich seine warme Stimme hört.°*Kätzchen! Du bist mein Anker, mein Licht! Ich liebe dich.*° °*Ich werde sterben, ohne dich ein letztes Mal gesehen und umarmt zu haben. Ich liebe dich, Wölfchen, doch meine Liebe wird wie mein Leben in dieser Dunkelheit erlöschen. Verzeih mir meine Schwäche Geliebter.*° stumme Tränen, die sie mit geschlossenen Augen weint, zeugen von ihrem Schmerz und ihren finsteren Gefühlen ... nur noch Minuten trennen sie von der rettenden

Erlösung, doch das weiß sie nicht. An ihre Grenzen getrieben gibt sie nach und schließt ihre moosgrünen Augen …
Binnen Sekunden hat er sich von ihr gelöst und sich in seine wahre Gestalt gewandelt. So als habe es den Alpha nur in ihren Gedanken gegeben.
Zufrieden starrt er in gebeugter Haltung auf ihren leblosen und geschundenen Körper hinunter. Sein pockenvernarbtes Gesicht unter einem Schwarzen Cape verhüllt. Sie war seine Belohnung für seine Treue an der Dunkelheit. Und diese war so unsagbar köstlich. Als er sie unter sich hatte, hatte er seinen Geschmack der Verzweiflung und des Schmerzes gekostet, dazu ihre Angst und Hoffnungslosigkeit. Sie könnten versuchen, was auch immer sie wollten, doch nun hatten sie diesen Engel, Fexiel mit der Dunkelheit infiziert. Oso ist ein wahrlicher Glücksgriff. Mithilfe von ihm war es einfach, Fexiel zu besetzen. Ein Dämon, der seine und die Gestalt anderer ändern kann, ist ein wertvoller Verbündeter.
 Die Dunkelheit lässt noch auf sich warten, was für ihn bedeutet, dass weiterhin alles nach Plan verläuft. Zufrieden tritt er mit seinem gesunden Bein hart gegen ihren regungslosen Körper. „Es war mir ein Vergnügen kleine Schlampe! Du wirst in Einsamkeit verrecken." Lachend hinkt der unbekannte Dämon davon und lässt sich von der umgebenen Dunkelheit der Schlucht vollkommen verschlucken ….
Es war ein Fest, durch den Bruder eine Weile umherzuwandern und seinen Feind aus der Nähe betrachten zu können. Ein gefallener Engel, dazu Gottes ehemaliger Liebling und jetzt will so einer die Hölle regieren? Nein, die Dunkelheit wird aufsteigen und dies verhindern! Die Dunkelheit und ihre Anhänger haben sich auf die

Prophezeiung vorbereitet und jetzt müssen sie nur warten. ...
sie wird aufsteigen und das Licht endgültig verschlingen.
Donnernde Hufschläge sind bereits aus der Ferne zu
vernehmen, als die Dunkelheit ihren Willkommensgruß zu
ihm hinaussendet ... °*Komm Lucifer, komm. Du wirst bereits
erwartet* ...° Orobas bringt mich auf anderen Wegen zu den
Klippen. Jedoch wird sie weit davor langsamer und ich fühle
den Grund am eigenen Körper. Wie kann das möglich
sein? Die Anspannung in mir wird von Hass zurückgedrängt.
Ich höre Orobas Stimme in meinem Kopf: °*Es hat bereits an
Macht gewonnen! Ihr müsst euch umgehend schützen!
Selbst den stärksten Wesen ist es nicht möglich, näher an,
dessen Grenzen zu kommen, ohne von ihr eingenommen zu
werden! Seht!*° es kostet mich eine Menge an Kraft und
Konzentration dagegen anzukämpfen, doch langsam gewinne
ich meine Beherrschung zurück und baue einen imaginären
Schutzschild auf. Erleichtert schnaubt sie. °*Sehr gut, mein
Fürst! Dennoch düft ihr nicht zu lange in der Dunkelheit
verweilen! Ich werde hier auf deine Rückkehr warten. Eins
noch, seid wachsam. Die Dunkelheit wird versuchen, euch
ebenfalls zu täuschen! Bleibt wachsam! Denkt daran, möge
das Licht immer leuchten!*° Ich nicke entschlossen und
antworte ihr mit folgendem Gegensatz, „und die Dunkelheit
verdrängen!" Ein stolzes, °*so sei es!*° wird mir erwidert. Jetzt,
da ich wieder Herr meiner vollen Sinne und Emotionen bin,
sehe ich, worauf die Stute mich hingewiesen hatte. Cerberus
bellt mit schaumigem Fang in die Richtung der Grenze. Seine
langen Beine sind weit ausgestellt und sein scheinbar
flüssiges Fell drohend aufgestellt. Kontinuierlich springt er
vor und zurück, während er seine tödlichen Kiefer zusammen
schnappen lässt. Es bedarf Orobas Warnung nicht, denn ich
kann sehen, dass Cerberus in dessen Einfluss geraten ist, als

er seinen wuchtigen Kopf in meine Richtung dreht. Mit einem „das wird ein Spaß ...“schwinge ich mich von ihrem Rücken und lande mit festem Stand auf dem schwarzen steinigen Boden. Zeitgleich wendet Cerberus und stürmt auf meine Richtung zu. Ich fixiere ihn aus zusammengekniffenen Augen. Jede seiner Bewegungen nehme ich auf und weiche somit in letzter Sekunde seinem ersten Angriff aus. Sein stinkender Atem zieht an mir vorbei, als er um wenige Millimeter meinen Hals verfehlt. Noch im selben Moment greife ich über ihn hinweg, fasse ihn im Nacken und schleudere ihn weit von mir. Umgehend nach seinem Aufprall stellt er sich jedoch wieder auf und stürzt in meine Richtung. Dieses Mal trete ich nach rechts und lasse ihn hinter mir auf den Boden aufkommen. Ich will ihn ermüden. Denn nur so wird es mir gelingen, in seine Gedanken vorzudringen. Durch sein kontinuierliches Bellen und Schnappen zuvor hat er bereits ordentlich an Energie verloren, aber ich sehe an seinen veränderten Augen, dass er nicht bereit ist aufzugeben. Ich schnalze mit der Zunge und verziehe meine Mundwinkel. „Wenn du glaubst, dass ich dir das durchgehen lasse, irrst du! Ich werde dich in deine Schranken weisen und dich zurückdrängen! Gib mir Phuka zurück!“ Ein kaltes Lachen hallt durch die Schlucht. „Holt sie euch, wenn ihr mutig seid, Lucifer! Was ein Genuss!“ Der Moment der Ablenkung wird von meinem manipulierten Höllenhund genutzt und schlagartig spüre ich den brennenden Schmerz in meinem Oberarm. Keuchend ziehe ich scharf die stickige Schwefelluft ein und presse meine Kiefer aufeinander. Ich spüre eine immense Wut, doch diese kommt weder von meinem Höllenhund noch sende ich selbst dieses Gefühl aus. Ich habe gesehen, wie Cerberus tötet. Er spielt mit seinem Opfer ja, denn er liebt das Jagen,

doch niemals würde er daneben beißen, wenn ihm
die Chance zum Töten geboten ist!

Auch wenn der Biss immens schmerzt, sehe ich ihm stolz
entgegen. Cerberus ist ebenfalls nicht verloren und das wollte
er mir auf diesem Weg zeigen. Bereits geht er in den nächsten
Angriff über, doch dieser soll sein letzter werden. Ich warte,
dass er mit seinem Kopf knapp auf meiner Höhe ist, dann
lasse ich mich rücklings auf den Boden fallen und ziele
meinen Tritt auf seinen Brustkorb. Mit einem lang gezogenen
Heulen stürzt mein treuer Hund der Länge nach zu Boden
und bleibt dort benommen liegen. Mit einem Gedanken von
mir sickert sein Körper in den Boden ab und
verschwindet. Ich kann förmlich die Missgunst und Wut über
meinen kleinen Sieg in der Luft schmecken. °*Also du und
ich! Wie lange kannst du dem Gift standhalten, Samael? Es
wäre schade, wenn es so schnell endet, auch wenn es auf die
eine oder andere Weise, enden wird! Vielleicht doch schon
heute!*° unter Schmerzen verziehe ich spöttisch meine
Lippen, meinen Trumpf in seinem Gebiet zu spielen wäre
töricht, also muss ich anders die nötige Zeit aufbringen, um
nicht unter seinem Gift zu kollabieren. Kommentarlos gehe
ich auf die Grenze zu. Der Widerstand, der sich mir
entgegenbringt, fühlt sich wie eine unsichtbare klebrige
Wand an. Wieder erreicht mich von allen Seiten dieses
fürchterliche Lachen, es trommelt gegen meine hämmernden
Schläfen, doch ich lasse mich nicht in die Knie zwingen! °*Oh
so stur? Es wird mir ein Genuss sein, dich langsam zu
zerstören!*° „Gleichfalls elender, feiger Bastard!" Knurre ich,
als ich den Weg vor mir nach Phuka absuche. Mittlerweile
umgibt mich die Düsternis vollkommen und ich spüre nichts
außer dem Brennen, welches sich durch meine
Schlüsselbeinarterie frisst, obwohl Cerberus nur eine geringe

Menge seines tödlichen Giftes abgegeben hat. Es wird nicht mehr lange dauern, bis es sich durch meine Venen weiter verbreitet. Bereits von meiner linken Hand bis hoch zu meiner Schulter ist kaum noch etwas anderes als brennender Schmerz zu spüren. Ich schüttel' meinen Kopf, um mich nicht der einladenden kalten Leere hinzugeben und stemme mich gewaltsam mit meiner Willenskraft dagegen. Es erscheint mir wie eine Ewigkeit und zuerst halte ich es für eine Halluzination.

Doch da liegt sie. Keinen halben Meter von mir entfernt liegt sie leblos da. Ihre Kleidung zerrissen, ihr schmaler Körper mit Schnitten und Bissen übersät! All ihre Wunden sind erkennbar, ihr ganzer Körper mit ihrem dunkelroten Blut getränkt. Für einen Moment übermannt mich das Bild dieser Grausamkeit. Ich sinke zu ihr runter, strecke meine Hand gegen ihren Hals aus und berühre zögernd ihre freigelegte Halsschlagader. Ein leichtes Pochen wandert über meine Fingerspitzen. °*Lass sie liegen. Sie wird ohnehin sterben! Warum dann nicht schon heute?*° Ich nehme ihren Körper auf, umschließe sie mit meinen Armen, während ich sie gegen mein Herz drücke. Ich erhebe mich und sage: „Weil ich dich niemals gewinnen lassen werde. Phuka ist ebenfalls eine Kriegerin und sie gehört zu meinem Bruder. Du wirst sie niemals bekommen. Ich bin der neue Fürst der Hölle und wenn du deine Grenzen auch nur ein weiteres Mal überschreitest, werde ich dich vernichten! Diese Warnung ist die erste und einzige, die ich dir geben werde."

Er bringt mir sein kältestes Lachen entgegen. „Du begehst einen Fehler, Lucifer. Einen großen Fehler. Ein Leben für Tausende." Mit einem heiseren „Wir sehen uns wieder!" zieht sich mein Gegner zurück in die Finsternis.

All meine Gedanken kreisen um die kleine Phukadämonin in meinen Armen und so ignoriere ich meinen eigenen kritischen Zustand. Es scheint, als wäre der Weg zu Orobas in Treibsand gewandelt worden, mein linkes Bein knickt trotz des geringen Gewichts in meinen Armen immer wieder ein. Auch das Halten der kleinen Dämonin erweist sich immer mehr zu einem Problem. Orobas kommt einige Schritte auf uns zu und schnaubt, °*scheinbar werde ich wieder als Packesel von dir missbraucht!*° Ich spüre, wie das Gift mein Herz erreicht und dieses zum Rasen bringt. Schweiß bedeckt meinen ganzen Körper. Die Kraft verlässt mich und so sinke ich zusammen mit Phuka auf den staubigen Boden der Steppe. °*Du Esel! Nimm die Essenz deiner Kette! Ich hatte dich gewarnt!*° wütend stampft sie neben meinem Kopf auf und wirbelt so den Sand in die Luft. Energisch greift sie mit ihrem weichen Maul an meinem Hals und wühlt an meinem Hemdkragen nach der feinen goldenen Kette. Ich spüre ihren leichten Widerstand an meinem Hals und versuche mit zittriger Hand den filigranen Anhänger zu nehmen.°*Mach schon! Wenn das Gift durch dein Herz jagt, kann es zu spät sein!*° gleich mehrfach greife ich neben den Anhänger, da ich ihn im aufkommenden Fieberwahn dreifach vor mir baumeln sehe.

Zwischen Licht und Dunkelheit

In letzter Sekunde habe ich es doch noch geschafft und einige Tropfen des Gegengiftes aus meiner Kette eingenommen. Trotzdem dauert es eine quälend lange Zeit, bis das Herzrasen, die Krämpfe und die Taubheitsgefühle abklingen. Sobald ich meine Finger der linken Hand spüre, strecke ich diese nach Phuka aus. Ich muss direkt nach der Einnahme mein Bewusstsein verloren haben, denn ich erinnere mich nicht mehr daran, gesehen zu haben, dass sich Orobas dicht an ihren Körper gelehnt auf den Boden gesellt hat, um ihren kleinen Körper zu wärmen. Ihr glühender Blick verdeutlicht mir, wie knapp es war. Sie schnaubt auf und erhebt sich leichtfüßig vom schwarzen, sandigen Boden. Sie bleibt ruhig stehen und wartet, bis ich endlich aufstehe und mich um die immer noch bewusstlose Phuka kümmere. Als ich in ihr totenblasses Gesicht blicke, schlucke ich schwer. Auch wenn ein Sieg zu verzeichnen ist, zu welchem Preis? Ihr ganzer Körper ist geschunden, ihr Hals weist eine tiefe Bisswunde auf und ihre Kleidung ist zerfetzt und mit ihrem Blut geränkt. Behutsam an meine Brust gedrückt, flüster ich gegen ihre eiskalte Wange fogene Worte immer und immer wieder: „Halte durch, kleine Katze, bitte halte durch ...“ Meine Stute wartet bis zu dem Augebnblick, bis ich sie im Arm haltend auf Orobas sitze und donnert durch die Steppe zurück zu unserem Einflussgebiet. Wir benötigen so schnell wie möglich einen Heiler! Ein weiteres Mal Marischka um Hilfe zu bitten kommt absolut nicht infrage, doch Gondur, diesen Verräter, werde ich ebenfalls nicht aus seinen Ketten lassen. Noch während des Ritts nach Hause denke ich an eine adressierte Nachricht an Paymon. Er muss jemanden finden, dem wir vertrauen können! Es vergehen höchstens zwei Sekunden, da bekomme ich seine Bestätigung. Noch einmal verlange ich in dieser schwarzen Nacht das Äußerste von Orobas; ihr Fell trieft vor Feuchtigkeit, ihr Maul sprüht Schaum in die Luft, und doch hält sie ihre Geschwindigkeit auf dem Weg nach Hause bei. Paymon erwartet uns und nimmt Phuka, die ich zuvor in eine Decke hülle, mit einem unergründlichen Geschichtsausdruck entgegen.

„Status Paymon, ist ein Heiler bereits eingetroffen?" Seine Augen heften sich auf sie, als er mir antwortet. „Sie ist bereits auf dem Weg hier hin. Euer Bruder ist im Verlies wie befohlen und euer verlorener Höllenhund ist vor einer Stunde heingekehrt. Gebt mir die Kleine, ich werde sie in Ihr Zimmer bringen und mich um alles anstehende kümmern..." Ich schlucke hart bei der Zeitangabe, denn es kam mir selbst nur wie Minuten vor. Ich kann nur hoffen, dass wir sie retten können. ... „Lucifer, sie wird es schaffen ... sie ist tough. Etwas anderes wird nicht geduldet. All die Jahre habe ich sie schroff behandelt, um sie stärker zu machen und das ist sie geworden. Sie ist stark und wird das überleben. Was anderes wird nicht akzeptiert!" Ich nicke mit wenig Hoffnung und lasse ihn gehen. Bevor ich weiteres unternehme, muss ich zu meinem Bruder. Gerade als ich die ersten Stufen zum Kellergewölbe genommen habe, höre ich einen gewaltigen Streit unter Paymon und einer Frau, der sich in der oberen Etage abzuspielen scheint. Ihre Stimme kommt mir bekannt vor und so mache ich umgehend, auf halbem Absatz kehrt und gehe auf direktem Weg zurück nach oben. „Sag mir ja nicht, was ich zu tun habe, du unfähiger Klotzkopf, gefüllt mit Madenscheiße! Ich werde euch alle für diese Situation ver-antwortlich machen!" „Widdow, beruhige dich. Noch gibt es einen funken Hoffung" Ich sehe die beiden vor Phukas Zimmertür, da sie mir zugedreht ist, sehe ich ihre grün leuchtenden Katzenaugen und die Wut darin aufflammen. Sie hat Paymon, der gute drei Köpfe größer als sie ist, am Hemdkragen gepackt und zu sich hinuntergezogen.

Jetzt, wo sie mich sieht, stößt Widdow ihn mit ganzer Wucht von sich und kommt wutschnaubend zu mir. „Du! Ihr beide bringt nur Chaos und Verderben mit!" wirft sie mir an den Kopf. „Wie konnte das passieren?" Ehe ich etwas erwidern kann, fährt sie ungehalten fort. „Moah. Ihr Engel, macht nichts als Ärger! Ich dachte wirklich, dass sich alles zum Guten wendet, doch der eine ist zu arrogant und der andere ist einfach nur ein Kraftprotz, der micht in der Lage ist, sein Gehirn auch bloß im Ansatz zu nutzen! So und nun zu dir Paymon. Du bist ein verdammter König! Wie kannst du dich so überweltigen lassen? Wie konnte ich nur so naiv sein?" verärgert greife ich ihre Schultern und sehe ihr eindringlich in die Augen „Wenn du nur gekommen bist, um uns zu beleidigen, Widdow, dann verschwinde! Eine kleine Dämonin, die mir und dem rest sehr viel bedeutet kämpft hier ums überleben! Entweder unterstützt du uns jetzt oder ich werde dich eigenhändig rauswerfen. Wage es niemals wieder, dich hier so aufzuführen und uns als Sündenböcke darzustellen!" Sie schnappt nach Luft und ballt ihre Hände zu Fäusten. „Bringt mich zu ihr. Tu, was ich sage. Ich werde eure Unterstützung benötigen!" Ich übergebe ihr bereitwillig die Führung, doch nur, da das Leben von Phuka am seidenen Faden hängt. Kaum im Zimmer eingetroffen stockt Widdow auch schon der Atem. Ihre Augen zeigen tiefe Besorgnis. Sie presst die Lippen aufeinander und senkt ihren Kopf. „Es wäre das Beste für sie, sie würde nicht mehr wach werden", flüstert sie leise, doch ich habe jedes Wort verstanen. „Du bist her

208

befohlen worden, um genau das zu verhindern! Rette sie, oder ich schwöre dir sie ist nicht die Einzige, die heute ihren letzten Atemzug macht. An die Arbeit Widdow!" Sie schiebt ihre Unterlippe vor und brummt tief. Auch wenn sie es zähneknirschend tut, macht sie einen Schritt auf das Bett zu, um sich einen vollständigen Überblick zu verschaffen. Behutsam setzt sich die rothaarige Dämonin neben das Mädchen und untersucht jede einzelne Biss- und Schnittstelle. Dann hagelt es nur so an Anweisungen, die sie gibt. In Sekundenschnelle lasse ich alles in dem kleinen Zimmer erscheinen und Widdow lässt ihre Magie in den aufgestellten Kessel fließen. Während die erforderten Kräuter ihre ätherischen Essenzen im Wasser entfalten, erscheint wie aus dem Nichts eine bauchige, dunkelbraune Flasche in ihren Händen, die sie mir überreicht. „Der darin befindlihe Sud ist für ihre äußeren Wunden. Sorge dafür, dass sie ihn trinkt, aber langsam!" während Widdow die im Kessel gebraute Mixtur auf Phukas Wunden verteilt, setze ich die Flasche an ihre Lippen, doch sie verschließt den Mund. In Sorge spreche ich die kleine Dämonin an „kleine Katze, bitte lass es nicht umsonst gewesen sein. Ich bin nicht bereit, dich ebenfalls unter solchen Umständen zu verlieren! Bitte trink Phuka!" ohne den Blick zu heben, sagt Widdow: „Wenn sie sich weiter weigert, öffnest du ihren Unterkiefer, Lucifer, und gibst ihr das Elixier tropfenweise." Da Phukas Widerstand weiterhin ungebrochen ist, folge ich Widdows Anweisung. Kaum sind die ersten Tropfen der blauen Flüssigkeit auf ihre Zunge, beginnt sie sich fauchend auf dem Bett zu winden und krallt sich mit der rechten Hand mit ganzer Wucht in meinen Oberschenkel.

Mit zusammengebissenen Zähnen stoße ich ihren Namen aus, während das Gift sich seinen Weg bahnt. Auch wenn das

Gift eines Phukadämonen nur für kleine Säuger und wirbellose Tiere tödlich ist, brennt es nicht umso weniger bestialisch. „Sie hat keine kontrolle darüber, es ist ihr Instinkt, der sie so handeln lässt. Gib ihr alles. Sofort!" zögerlich richte ich meine Augen auf sie. „Es bleibt nicht mehr viel Zeit! Mach es, Lucifer! Vertraue mir, bitte." Widdow sieht eindringlich in meine Richtung und ich führe es aus. Ihr Körper sträubt sich und sie kämpft darum, das Mittel auszuspucken. Ich sehe keine andere Möglichkeit und presse meine Hand auf ihren Mund, während ich sie sanft, aber bestimmt zurück in ihr Kopfkissen drücke. Grollend schlägt und tritt sie um sich und verpasst mir somit ordentliche Schläge und Kratzwunden, die
 Widdow mit einem leichten Grinsen beobachtet. „Gut so, mein Mädchen! Du hastden Kampfgeist, deiner ..." Sie macht einen plötzlichen Stopp und sagt kein weiteres Wort mehr. So schnell wie ihr zierlicher Körper aufbegehrt hat, hat er sich wieder beruhigt und Widdow zieht sanft ihre Bettdecken bis an ihren Hals. Mit einer liebevollen Geste beugt sie sich vor und streicht über Phukas vernarbte Wange, ehe sie sich seufzend erhebt und einen Schritt zurück macht.
Eine unsichtbare Wolke unausgesprochener Schuld legt sich bleiern über den Raum. Unbeteiligt stehe ich da und betrachte die beiden schweigend. Als ich mich dazu entschileße ihnen etwas mehr Raum zu geben, schlage ich ihr vor, dass sie gerne bleiben kann und versichere ihr das ihre Bezahlung auf sie warten wird. Zu meiner Überraschung schüttelt Widdow ihren Kopf und schließt zu mir auf. „Es ist alles erledigt, was in meiner Macht stand. Sie braucht vorallem Ruhe und ich sollte nicht zu lange hier sein. ..." Ein Lächeln umspielt ihre Lippen, doch ihre Augen verraten den verborgenen Kummer. „Wie konnte es passieren,

210

Lucifer?" Ich führe sie auf den Flur und sehe nach, ob wir alleine sind. „Wir reden in meinem Büro unter vier Augen, Widdow." auch wenn niemand hier auf dem Gang ist, so bin ich dennoch dessen bewusst, dass nur mein Büro der einzige Ort für vertrauliche Gespräche ist. „Ich lasse dich gerne von Paymon hinführen und komme nach. Ich muss mich um ein weiteres Problem unten im kerjer kümmern." als ich seinen Namen erwähne, beginnt sie zornig zu fauchen, „der soll mir in den nächsten hundert Jahren besser nicht unter meine Augen kommen!" Ich runzel meine Stirn und seufze, „er hat getan, was er konnte ..." als sie redet, ist ihr Gesicht von tiefem Kummer gezeichnet. „Nein, er hat auf ganzer Linie versagt ..." Sie schiebt sich an mir vorbei und läuft den lang gezogenen Korridor in Richtung der Treppe entlang. Ich sehe an die Decke und fahre mir durch meine Haare. »Das habe ich ebenfalls.« Kurz vor dem Treppengeländer bleibt sie stehen und dreht sich fragend nach mir um. „Bedarf es meiner Unterstützung bei noch etwas?" Ihre Stimme klingt müde und jetzt, wo ich sie genauer betrachte, sehe ich bläuliche Schatten unter ihren leuchtend grünen Augen aufkommen. Mit einem schwachen Lächeln schüttel' ich den Kopf. Ich habe sie bereits genügend in Anspruch genommen. Den Aufwand, den sie an Magie betreiben musste, hat ihre Spuren hinterlassen. „Nein, ich denke, ich bekomme es mit dem, was sich unten als mein Bruder repräsentiert, alleine aufgenommen." forschend sieht sie mich an. „Ich glaube, ich komme besser mit! Auf dem Weg dahin kannst du mich unterrichten, was mit ihm passiert ist. ..."

In kurzen Sätzen fasse ich die Vorkommnisse der letzten Stunden zusammen. Noch während ich erzähle, wechselt ihr Gesichtsausdruck von purem Entsetzten zu blanker Wut.

„Verdammte Scheiße! Nicht nur, dass ihr
eine Asakkudämonin gerufen habt, was einfältig gewesen ist!
Ihr habt die Dunkelheit ins Haus gelassen! Er ist die ganze
Zeit über sein beschissener Wirt! Du kannst rein gar nichts
alleine ausrichten!" „Doch! Er ist schließlich hier in Ketten
gelegt und handlungsunfähig!", entgegne ich ihr wütend. Als
sie die schweren Türen sieht, hinter denen ich meinen
Bruder gefangen halte, zieht sie die Augenbrauen an. „Du
hältst wirklich deinen eigenen Bruder wie einen gefährlichen
Köter hier unten gefangen." „Mir blieb keine andere Wahl …
Ich muss die Mädchen beschützen. ….." Sie legt ihren Kopf
leicht zur Seite und legt ihren Zeigefinger gegen ihre
Lippen. „Kann er uns hören?" Ich zucke mit meinen
Schultern und flüster, „ich denke nicht. Der Kerker ist Schall-
und Luftdicht versiegelt." Umgehend rollt sie mit ihren
Augen und zieht mich von der Tür wieder weg. „Dein
Leichtsinn bringt euch noch ins Verderben! Was bringt
dieser Holzkopf euch nur bei? Es wird immer schlimmer! Du
hast keinen gewöhnlichen Feind in deimem Verlies
Lucifer!", murmelt sie in gedämpftem Ton, während sie ihre
Arme vor der Brust verschränkt. Ihr Blick ist eindringlich als
sie zu mir weiterspricht. „Egal, was hinter dieser Tür auf uns
wartet, ich werde das mit dir gemeinsam durchstehen, doch
du musst mir dein volles Vertrauen entgegenbringen
Lucifer!" zähneknirschend lasse ich ihre Predigt über mich
ergehen, doch ihr mein volles Vertrauen entgegenbringen,
ohne zu wissen, was sie vorhat ist so eine Sache. Sie macht
einen Schritt auf mich zu und legt ihre Hand auf meiner
Herzhöhe ab. „Auch in meiner Brust schlägt ein Herz,
Lucifer. Ich gab dir mein Wort und ich halte es. Ich bin deine
Verbündete. Lass uns gemeinsam das Leben deines Bruders
retten." Ehrlicherweise muss ich zugeben, dass Widdow mir

bis hierhin wirklich sehr geholfen hat, deshalb bin ich einverstanden. Als die vielen Schlösser an der Tür von mir entriegelt und geöffnet sind, trete ich als Erster ein und verschaffe mir einen Überblick. Sein Zustand ist katastrophal, sein Gesicht leichenblass und er scheint schlaff an den an der Decke befestigten Ketten zu hängen. Gerade als ich überzeugt davon bin, dass er bewusstlos ist, erklingt eine Melodie, die das Blut in den Adern gefrieren lässt. Langsam hebt er den Kopf und sieht uns mit seinen beinahe schwarzen Augen selbstgefällig an. Als seine Worte durch den Raum dringen, klingt seine Stimme leblos und hohl „Oh, Hexe Nummer Zwei, welch eine Freude! Besuch ist mir stets willkommen, wenn da nicht diese, äh, geringfügigen Einschränkungen wären." er lässt seine Handgelenke unter einem hässlichen Lachen rasseln und mustert sie gierig! Widdow nimmt das funkelnde Halsband wahr und stellt einen gedanklichen Bezug her. Ein forderndes „schweig still!" führt dazu, dass es sich enger zusammenzieht und ihn mit Erstaunen keuchen lässt. „Das war selbst für mich unvorhersehbar Hexe. ... Ich wusste gar nicht, dass du auf solche Spielchen stehst. Sag Lucifer, wie hat dir mein Geschenk in der Schlucht gefallen?" Sein spöttischer Ton lässt meine Hände unwillkürlich zu Fäusten werden, doch noch werde ich keine weitere Reaktion zeigen und überlasse Widdow die Führung. „Um dich kümmer' ich mich später, und du kannst sicher sein, es wird schmerzhaft sein!" Ihre Augen treffen seine, während ein kühles Lächeln ihre Lippen umspielt. „Was ist das für ein klingen? Ach, lediglich diese nutzlosen Ketten, von denen ihr denkt, sie könnten mich aufhalten. Das Halsband ist eine schöne Spielerei, dem Stimme ich zu. Wisst ihr, ich amüsiere mich gerne noch eine Zeit mit eurem Spiel. Du kannst mir keinen Schaden zufügen,

Hexe, so mächtig bist du nicht, doch was ist mit ihm? Wie viel hält dieser Körper wirklich aus?" Ich möchte ihm am liebsten eine Lektion erteilen, damit er von ihm ablässt, doch Widdows Ruhe und Gelassenheit zügeln meinen aufkommenden Zorn. Seine schwarzen Augen nehmen jede Regung wachsam auf. Spöttisch verzieht er seine Mundwinkel als er mir entgegensieht und sich dann wieder Widdow zuwendet.

„Du bist etwas spät dran um mit ihm zu sprechen. Weißt du, er hat sich wie ein kleines Baby in den Schlaf geheult. Genieß doch meine Anwesenheit. Schon bald wird mir alles gehören Widdow und da sollte gut überlegt sein, wem man seine Treue anbietet." Entschlossen tritt Widdow heran und presst die flache Hand gegen seinen Brustkorb „Na dann werden wir ihn jetzt wieder aufwecken!" Er verzieht unter Qualen sein Gesicht und brüllt vor Schmerzen. „Wie ist das möglich?" Perplex schaue ich zu ihr und kann kaum glauben, dass es die gleiche Prozedur ist, die Gott an mir durchführte. Mit starrer Miene dreht sie sich zu mir und löst ihre Hand aus den Tiefen seines Brustkorbs. Er spuckt schwarzes zähflüssiges Blut auf den Boden und beginnt wieder krankhaft zu kichern und zu lachen. „Ist das alles, was du entgegnen kannst Hexe? Eine ent-täuschende Präsentation deines Hexenwerks. Mit ihr wirst du keinen Blumentopf gewinnen Lucifer! Ihr alle seid wertloser Abfall. Bald endet alles und meine Fesseln werden vor euren Augen zerbrechen! Ihre Zeit ist gekommen und schon bald wird sie erwachen! Meine Dunkelheit wird deine Hölle komplett verschlingen! Du wirst untergehen falscher Teufel!" Ich kann nicht mehr an mir halten. „Vergiss es! Du bist derjenige, der sich fürchten sollte! Ich werde dich dorthin zurück verfrachten, woher du gekommen bist! Du wirst meinen

214

Bruder freigeben und wenn ich dich persönlich aus seinem Körper herausschneiden muss! Ich werde dich zerschmettern! Du wirst leiden und ich schwöre dir, wir finden jeden einzelnen deiner elnden Anhänger und reißen diese in Stücke!" knurre ich. Ein ernstes Lächeln spielt um seine Lippen, als wolle er mich absichtlich herausfordern. „Das macht ja noch viel mehr Spaß als in der Schlucht! Herrlich, sich auf-teilen zu können." Jubelt er euphorisch und wedelt mit seinen Händen in der Luft herum. Seine provokativen Bemerkungen veranlassen Widdow dazu, ihre Hand ein weiteres Mal mit gesteigertem Druck in seinen Brust-korb zu bohren, was das unverkennbare Geräusch von brechenden Knochen und reißenden Sehnen und Bändern nach sich zieht.

Der gelbgrüne Schimmer in Widdows Augen und ihre blutrote Aura verleihen ihrem Anblick eine düstere Intensität. Unter dem ausgeübten Druck wimmert mein Bruder oder besser gesagt, was auch immer als dunkler Parasit in ihm haust! Er windet sich in seinen straffen Ketten und blutige Tränen rinnen über seine blassen Wangen. Als er seine Augen öffnet, wechseln diese von Dunkelgrau hinüber ins hellblau. „Du hast kein Recht dazu, jetzt aufzugeben und zu sterben, Fexiel! Das verbiete ich als Mutter! Du hast ihm ermöglicht sie zu nehmen! Du hsast kein Anrecht zu sterben fexiel, nicht so!" flehend, voller Schuld und Verzweiflung, wendet sich mein Bruder an sie. „Bitte, mach es! Er wird sonst die Oberhand gewinnen! Bitte rette Kätzchen für mich. Er darf sie nicht bekommen! Es ist, als würde sich meine Seele mit schwarzem Teer überziehen und mich darunter ersticken!" Tränen der Wut steigen in Widdows Augen, als sie ihn anbrüllt „Sie ist bereits TOT!" ich spüre, dass Fexiels Hoffnung wie Glas zerbricht, und nur sein Ehrenkodex sowie seine Loyalität zu mir schützen ihn vor der heranrollenden Dunkelheit. Ich versuche, sie von ihm zu lösen, aber sie bleibt standhaft und hält die Verbindung aufrecht. „Nein, Lucifer es muss sein! Lass mich ihn mit der Wahrheit konfronitieren. Sie ist seelisch zerstört worden. Fexiel, du handelst dermaßen feige, wenn du sie nun in dieser Dunkelheit alleine zurück lässt! Willst du wirklich diesen Weg gehen? Sollen ungelöste Fragen in deinem Herzen die Dunkelheit vertiefen? Los, kämpf endlich du erbärmlicher feiger Schoßhund, zeig mir das du ein echter Mann bist!" immer weiter brüllt sie auf ihn ein und dann passiert es. Seine Augen wandeln wieder ins Schwarz und sein ganzes Auftreten wirkt schlagartig machtvoller. „Mmmhhh …", stöhnt er genussvoll, „all diese Verzweiflung und dunkle Schuld. Ruhig mehr davon, es war so köstlich." Genussvoll leckt er sich über seine Lippen, als ich es endlich schaffe, sie von ihm zu lösen. „Du bist ein Spielverderber Lucifer, wie ich feststelle, ziehst du einen Schutzwall hoch und verbirgst so deine Gefühle. Beginne dich von deinem Bruder zu verabschieden, ihm läuft die Zeit nämlich ab." Ich wechsel angespannt meinen Blick von seinem Körper hinüber zu Widdow. Versucht er uns wieder zu manipulieren oder ist es dieses Mal eine ernst gemeinte Warnung?

Dunkler Fluch....

Es scheint, als würden wir den Kampf um meinen Bruder verlieren. Mit einem festen Ruck an seinen Ketten gibt sie unter der ausgesetzten Spannung nach und schlägt in unsere Richtung. Mit einem diabolischen Grinsen verfolgt er es und streckt seinen frei gewonnenen linken Arm aus. „Nummer Eins! Überlegt euch lieber schnell etwas." ihn an die Dunkelheit zu verlieren wird mich zerstören, doch wir haben uns vor tausenden Jahren das Versprechen gegeben, niemals einer unschuldigen Seele Leid anzutun! Er hat es mehr als verdient als der Engel und Krieger, der er ist, diese Welt zu verlassen! Sein Andenken wird geehrt werden! Gedanklich greife ich bereits nach meinem Schwert, doch da fühle ich Widdows heiße kleine Hand auf meiner Herzhöhe sich absenken. Ihre Augen flammen mit entschlossener Hoffnung und geben mir neue Zuversicht. Die Dunkelheit beginnt amüsiert aufzulachen, „Wie süß! Bekomme ich jetzt noch eine Privatvorstellung, ehe ich euch alle zerfetze und in die endgültige Dunkelheit verbanne? Na los! Gebt euch einander hin! So groß kann ja die Liebe gar nicht sein, wenn die hier dich so leicht verführen kann." Widdow ist mir ganz nah und beginnt mich an mich zu ziehen. Plötzlich umhüllt uns ein schwarzer Nebel und wir befinden uns wieder hinter der Tür seines Gefängnisses.

Irritiert starre ich sie an. „Ich muss mit dir unter vier Augen sprechen! Uns läuft die Zeit davon. Das, was du eben in Erwägung gezogen hast, muss der letzte Ausweg sein!" Ich will sie gerade fragen, woher sie meine Gedanken wissen will, doch sie schüttelt energisch den Kopf und nickt zu der verschossenen Kerkertür vor uns. „Und bleibt nur eine einzige Möglichkeit, Lucifer und ich weiß nicht, ob du für diesen Weg bereit bist!" Mit abgehobener Augenbraue sehe ich ihr entgegen. „Was schlägst du vor?", will ich wissen, doch sie hütet ihr Vorhaben wie einen kostbaren Schatz. „Widdow, ich muss es wissen!" „Dafür fehlt bereits die Zeit! Spürst du denn nicht? Schon bald wird es ihm ein leichtes sein und allein mit seinen Gedanken diese Tür durchbrechen! Er hat weiter an Macht gewonnen! Du musst mir jetzt vollkommen vertrauen!" abermals erwartet sie mein blindes Vertrauen, ohne mich einzuweihen. „Lucifer, sollte es nicht funktionieren, stehe ich an deiner Seite und ich werde ihn mit dir gemeinsam töten! Doch lass uns einen letzten Versuch starten! Er ist immer noch dein Bruder. Du brauchst ihn!" noch während ich nicke, ergreift sie mich und wir befinden uns wieder bei ihm. Sein Gefängnis scheint kälter und düsterer als zuvor.

Unter schwarzen, emotionslosen Augen, die in tiefen Höhlen versunken sind, beobachtet er uns und verzieht sein Gesicht zu einer abscheulichen Fratze. „Oh, jetzt bin ich wirklich enttäuscht! Dachte nicht, dass ihr so verklemmt seid! Nichtmal ein Tönchen ist an meine Ohren gedrungen." Kommentarlos geht Widdow in meiner Begleitung auf ihn zu. Schnell lasse ich seinen linken Arm wieder mit einer weiteren Eisenkette umschlingen und schroff hochziehen. Bei ihm angekommen, legt sie wieder ihre Hand auf seinen Brustkorb. Er verdreht die Augen und wirft seinen Kopf nach hinten. „Oh wirklich? ! Hast du rein nichts bisher lernen können? Du kannst mich nicht vernichten! Ihr seid viel zu kümmerlich und schwach!" ein eisiges Lächeln legt sich über ihre Lippen. Sie ergreift mit ihrer anderen Hand die Meine und legt sie zusätzlich auf dessen Herzhöhe. Obwohl seine Haut totenblass und fahl aussieht, scheint sein ganzer Körper von innen heraus zu kochen. „Nimm sofort deine schmierige

Hand von mir!", wird mir zischend entgegengebracht. Doch Widdow drückt sie noch fester gegen seinen Brustkorb. Außer sich vor Zorn brüllt er auf und versucht, die Kontrolle zurückzugewinnen. „Ich werde euch langsam und qualvoll vernichten! Ich schäle euch die Haut von eurem Fleisch, werde eurer Fleisch mit meinen Gedanken kochen und euch jeden einzelnen Knochen zerdrücken!"

Ich schenke ihm ein schwaches Lächeln und lasse Widdow meine Hand tiefer in seine Brust gleiten. Es ist nicht der Widerstand seiner Knochen, die es mir erschweren, sondern die widerspenstige Dunkelheit, die sich in Fexiels Körper rapide ausbreitet und sein Herz zu verschlingen droht. Je tiefer ich meine Finger hineingleiten lasse, umso extremer versucht er aufzubegehren und ein Wettlauf mit der Zeit beginnt unter Hass- und Drohgebärden. Widdow sagt kein einziges Wort und doch scheine ich ihre Stimme in meinen Gedanken zu hören. Wie, als würde sie mich anleiten, schließe ich meine Augen, kläre meinen Geist und lasse mich von ihr führen. Ich strecke meine Hand aus und lasse meine Fingerspitzen sein unglaublich langsam schlagendes Herz berühren. Augenblicklich erinnere ich mich an unseren letzten gemeinsamen Abend und unsere beiden Verurteilungen sowie die Verbannung. Auch da war er die Ruhe selbst, hatte sich vollkommen heruntergefahren, um einen Ausweg zu finden! Innere Wärme breitet sich in mir aus und diese sende ich durch meinen Arm über meine Hand und Fingerspitzen direkt in Fexiels Herz! Er kämpft noch und ich werde sein Anker sein!

Während ich in einem tranceartigen Zustand vor dem besessenen Körper meines Bruders stehe, übernimmt Widdow nun den aktiven Part und spricht einen uralten lateinischen Bannspruch aus: „*1 Lux iungit tenebras et corpus tenet unum! Statera irrevocabiliter stabilita est. Amodo utraque potentia in te diffluet, et cor tuum aperiet! Accipe quod ex hac nocte est, quod te destruit repudia! Expelle tenebras, sed accipe in te utrumque. Tibi lux data est, in te coguntur tenebrae. Sed vide quia non seorsum flavit!" Sie schreit die magischen Worte förmlich heraus. Sein Körper windet und bäumt sich unter Schmerzen, während er dagegen anzukämpfen versucht. „Ihr werdet sehen, ich gebe ihn niemals preis! Er wird mir gehören!" „*2 Inclinate fatum tuum, decus atque decus, Bellator, pellite." endet Widdow. Ein gleißendes Licht erhellt sein Herz und der Parasit im Körper meines Bruders brüllt ein letztes Mal voller Schmerz und Wut aus. Ihre Magie fordert ihren Tribut und sie sinkt vor ihm geschwächt zu Boden, als er sein Bewusstsein verliert. Geistesgegenwärtig ziehe ich meine Hand zurück und fange Widdows schlaffen Körper in letzter Sekunde auf. Ein gehauchtes »Danke« dringt über ihre zu einem Lächeln geformten Lippen. Mein Blick wandert von ihr zu meinem Bruder und wieder zurück. Widdow hat sehr viel von ihrer Energie und Magie verbraucht und es ist noch unklar, ob es wirklich funktioniert hat. Schwerfällig versucht Widdow eigenständig zu stehen. Ich halte ihre schlanke Taille und richte sie behutsam auf. „Ich lasse dir ein Gästezimmer herrichten, Widdow." Sie schüttelt ihren Kopf und tritt wankend zurück. „Das ist nicht nötig! Je eher ich verschwinde, desto besser!" Ich ergreife ihre Hand und sehe sie eindringlich an. „Das war keine Bitte!" Aufmüpfig sieht sie mir entgegen, „Dieses Wort ist dir ebenso fremd wie Danke! Ich gehe. ... dein Bruder hat nun einen langen Weg vor sich!" ein dunkles Grinsen legt sich über meine Lippen und ich verstärke meinen Griff. „Da du mich so gut kennst, weißt du ja auch meine Gastfreundschaft zu würdigen,

Widdow!" Sie brummt und drückt ihren von mir umfassten Arm zu sich, doch ich lasse nicht los. „Lass mich gehen!" „Ohne deine Bezahlung? Aber warum sollte ich? Hast du es verbockt und er erholt sich doch nicht? Du bist in einem schlechten physischen Zustand, Widdow und ich habe eine Fürsorgepflicht für meine Untertanen ..." Sie schiebt ihre Unterlippe vor und zieht ihre Augenbrauen eng zusammen. „Weißt du was? Wäre es hier nicht um Phuka gegangen, hättest du dich ruhig wieder auf eine beschissene Asakkudämonin einlassen können! Ich verstehe mein Handwerk und sollte er es selbst wollen, dann kommt er zurück ans Licht!" „Dann sei für die Wartezeit, mein Gast, und erhole dich! Ich akzeptiere kein Nein, auch wenn du noch sosehr mit deinen Augen rollst, deine Arme vor deiner Brust verschränkst, oder Ähnliches!" „Dann bin ich deine Gefangene?", brummt sie empört. Ich schüttel meinen Kopf und lege ihn leicht schräg. „Nenn es, wie du willst. Doch ich bevorzuge, dich als meine Versicherung anzusehen ..." Ich lasse ihre Hand los und gebe sie frei. Tatsächlich bleibt sie mit mir bei Fexiel im Raum. „Sobald er wach ist, werde ich gehen!" Zustimmend nicke ich und öffne die Schlösser sowie die Kerkertür mit einer einzigen Bewegung. Ich mache eine ausladende Handbewegung und sie tritt vor mir aus dem Raum. Hinter mir lasse ich die Tür dreifach verriegeln. „Selbst deinem Bruder misstraust du?" „Nein, ich misstraue dem, was in ihm haust ... zudem sind zwei unschuldige Frauen hier, die nicht in der Lage sind, sich selbst zu schützen." Sie zuckt ihre schmalen Schultern und schweigt. Wir gehen gemeinsam in die erste Etage, als Paymon uns entgegenkommt. „Widdow, du bist noch da?", mit leicht überraschtem Gesichtsausdruck bleibt er stehen. „Mir bleibt derzeit nichts anderes übrig." Knurrt sie ihm entgegen und rümpft ihre Nase. „Aber ..." Er zieht seine Augenbrauen an, beißt sich auf die Lippen und schielt an ihr vorbei. „Du hast einen großen Kopf, aber da ist echt nur Sägemehl drin!" zischt sie ihm entgegen. „Was ist hier los? Was läuft da zwischen euch und warum macht es dich nervös, dass sie immer noch hier ist? Ich erwarte sofort eine Antwort!" Mit hochrotem Kopf sieht mein Verwalter krampfhaft an mir vorbei und wartet scheinbar, dass Widdow ihr Schweigen bricht. Sie wiederum wirft Paymon einen giftigen Blick zu und hüllt sich weiterhin in Schweigen. Ich verdrehe meine Augen und stöhne genervt. „Paymon! Du unterstehst mir. Dein Rang und Status sind hier irrelevant! Ich erwarte eine Antwort! Sofort!" Er bekommt nur ein unverständliches Stottern zustande, welches Widdow zufrieden grinsen lässt. „Vergiss es! Auch wenn er ein ziemlich großer einfältiger Schwachkopf mit reichlich Muskeln ist, so ist er verschwiegen und loyal! Du kannst ihn unter Folter stellen, er würde eher sterben, als jemanden zu verraten!" voller Stolz über ihre Worte nickt er. Mit geschwellter Brust und breiten Schultern legt er seine Arme vor seiner Brust übereinander und grinst. „Das ist wahr. Wir sind nicht immer ein und derselben Meinung, dennoch sind wir stets loyal zueinander!" „Ihr vögelt miteinander?" Ihre beiden Gesichter entgleisen und voller Unverständnis starren mich beide an. Widdow erlangt als erste ihre Fassung zurück und fährt sich durch ihr langes tiefrotes Haar, während sie sich über meine dreiste Frage aufregt, und nun steigt auch Paymon ein, um diese Behauptung zu revidieren. „Okay, ihr schaukelt euch so hoch, dass die Affen neidisch werden!" Schlagartig ist Ruhe eingekehrt. Ich deute zu Paymon, dem die Sache wirklich äußerst unangenehm ist und entlasse ihn aus diesem Gespräch. Er verneigt sich tief und verschwindet noch an Ort

222

und Stelle. „Nun zu dir, wir sollten in mein Arbeitszimmer gehen und dort unser eigentliches Gespräch führen." Sie versucht auszuweichen und zieht in Betracht, dass Fexiel möglicherweise sein Bewusstsein wieder erlangt haben könnte. Ich schüttel nur meinen Kopf, setzte mein leichtes Grinsen auf und schiebe sie direkt vom Flur in mein Privatzimmer. „Keine Ausreden und Ausflüchte mehr, Widdow! Ich kann fühlen, wenn man mir etwas verschweigt." Sie sieht mich bitterböse an, als ich auf einen der bequemen Sessel in meinem Arbeitszimmer deute. Doch noch bevor ich Platz genommen habe, setzt sie sich seufzend und legt ihre Hände in den Schoß. „Gut, also ist er nicht ihr Vater." Mit offenem Mund und großen Augen starrt sie zu mir. „Was? Wieso sollte ausgerechnet diese Dummbratze ihr Vater sein?" Ich lehne mich zurück und lasse in meiner rechten Hand ein gefülltes Glas mit Whisky erscheinen und nippe daran, ehe ich antworte. „Was möchtest du trinken?" Sie schüttelt den Kopf und sieht zu Boden, während sie nervös mit ihren Fingern spielt. „Auch damals, bei unserem ersten Treffen warst du in Eile ... wer verfolgt dich Widdow ... Ich kann dir Schutz bieten ..." Kalt lacht sie auf, erhebt sich anmutig von ihrem Sitzplatz und geht zum Fenster. Ihre Schultern sacken zusammen und beugt ihren Kopf. „Du bist nicht einmal in der Lage, dich selbst zu retten, Lucifer. Geschweige, denn meine Tochter. Sieh doch dieses Chaos, dieses aufkommende Verderben ... Ich werde mich darum kümmern, dass sie woanders arbeitet! Sie muss hier weg! Hoffentlich kann sie es mit der Zeit vergessen." „Nein! Das werde ich nicht erlauben!" Ich werfe mein Glas auf den Boden und erhebe mich. „Du hast das nicht zu entscheiden! Sie gehört dir nicht, Lucifer!" „Oh doch." Sie weicht einen Schritt zurück und berührt mit ihrem Rücken das Fensterglas. „Genauer genommen gehörte sie mir für zwei Minuten! Danach gab ich ihr die Freiheit zurück, denn niemand sollte irgendjemandes Eigentum sein ... Phuka ist Teil meiner Familie geworden! Ob es dir passt oder nicht! Sie liebt meinen Bruder und er liebt sie." Ihre Augen werden glasig, als sie leise flüstert. „Ich wollte, dass sie sicher ist! Ich ertrage es nicht ein weiteres Mal ..." Schnell wischt sie sich über ihre Augen. Ich nehme sie in meine Arme, um sie zu beruhigen. Eine schwerwiegende Last ruht auf Widdows Schultern. „Widdow, vertraue mir. ... Wir sind hier vollkommen abgeschirmt. Deine Worte sind nur für meine Ohren bestimmt." Lange sieht sie schweigend in meine Augen, ich spüre, wie der aufgebaute Widerstand zu brechen beginnt und dass sie sich mir anvertrauen möchte. Über gut eine Stunde schüttet sie mir ihr Herz aus und beschwört mich zum Ende hin auf Knien, ihr Geheimnis zu wahren. „Sie sollte von dir die Wahrheit erfahren, Widdow." mittlerweile bin ich bei meinem vierten Glas Whisky angekommen, doch zu meinem Leidwesen bekomme ich nicht einmal einen leichten Schwips. Schockiert sieht sie mich an und beißt sich auf ihre Lippen. „Du weißt, dass ich es ihr nicht sagen kann!" Mitfühlend sehe ich sie an, ich verstehe ihre Situation, jedoch bin ich zwischen den Stühlen und befangen, da ich Phuka wirklich in mein Herz geschlossen habe. „Dann lass dir etwas einfallen, Widdow ... sie wird Fragen stellen und ich werde sie nicht belügen!" Ich fülle mein fünftes und letztes Glas unter ihrem prüfenden Blick und leere dies mit einem Zug, um zumindest die Bitterkeit ein für alle Mal hinunterzuspülen. „Du kannst wirklich nicht lügen, nicht wahr?" Ich schüttel leicht den Kopf und sehe auf mein leeres Glas, entscheide mich, es abzustellen und gehe an meinen

Schreibtisch. Dort unterzeichne ich einige Unterlagen und lasse diese im Nichts verschwinden.

Sie seufzt schwer, während sie mich beobachtet und dann weiterspricht, „dann weiche ihr aus! Du bist der Teufel, Lucifer! Ihr Fürst! Sie wird nachgeben und einfach wie bisher weiterleben ... Bitte Lucifer!" Mit angehobener Augenbraue sehe ich über meinen Schreibtisch gebeugt zu ihr auf, „weiterleben wie bisher? Dein Ernst Widdow?" Meine Handflächen drücken sich gegen die massive Tischplatte, die sich unter meiner Anspannung leicht zu biegen scheint. „Ich weiß, dass sie ganz sicher nicht nach so einem Erlebnis weiterleben wird wie bisher!" Ich bin nicht bereit, weiter auf meine Erfahrung einzugehen und entschließe mich nun doch dazu, mir ein weiteres Glas einzuschenken. Sie steht nur so da und senkt schuldbewusst ihren Blick. „Ich wollte niemals, dass ihr so etwas widerfährt. Ich wollte sie immer beschützen. Ich hoffte, sie sei bei euch und Paymon sicher ..." Wütend schlage ich auf die Tischplatte und lasse sie unter der aufkommenden Wucht mittig durchbrechen. „Schieb die Schuld nicht wieder auf andere, Widdow!" Sie zieht ihre Augenbrauen zusammen und schiebt inzwischen wütend ihre Unterlippe vor. Es wird kräftig gegen die Tür meines Arbeitszimmers geschlagen und so sind wir gezwungen, unsere Unterhaltung zu beenden. Mit einer Handbewegung lasse ich die Tür von meinem Platz aus aufschwingen und lasse Paymon eintreten. „Diese Nachricht ist gerade eingetroffen. ... Ich dachte, ich überbringe sie persönlich ..." bereits ohne den Inhalt gelesen zu haben, ahne ich, dass es keine guten Nachrichten sind, die er mir übergeben hat. Umgehend verfinstern sich meine Gesichtszüge während ich das Pergament überfliege. ... Die andere Hälfte der oberen Hölle ist in Aufruhr und in mehreren Nachbarländern sind gleichzeitig Unruhen zu verzeichnen. Ich schnaube, denn das alles kann unmöglich ein Zufall von Ereignissen sein! „Mein Fürst, ist eure rechte Hand wieder einsatzbereit? Wenn wir jetzt Schwäche zeigen, ist dies ein weiterer großer Angriffspunkt. Nicht nur für die Bewohner eures Landes, sondern ebenfalls für euch! Sie sehen zu euch auf und eure Neider haben euch im Visier! Uns bleibt keine Zeit zu verschnaufen, wir müssen umgehend handeln." Ich koche vor Wut, versuche mich jedoch zu beherrschen. Der Zeitpunkt hätte nicht schlechter gewählt sein können. „Ich werde mir vor Ort einen Überblick verschaffen!" Er verbeugt sich tief, „wenn ihr meine Dienste wünscht, lasst es mich wissen …" mit diesen Worten zieht er sich zurück und lässt uns allein. Widdow steht mit verschränkten Armen in der Ecke des Zimmers und räuspert sich. „Die Dunkelheit ist schnell. Ihre Verbündeten sind erwacht …" finster sehe ich ihr entgegen und nicke. „So mögen die Spiele fortgeführt werden …" Ich denke an die Unbekannte oben im Gästezimmer, nur allzu sehr wünsche ich mir einen angenehmeren Start des Kennenlernens. Ich sehe ihre violett gefärbten Augen und ihren süßen Mund vor mir, den ich gerade nur küssen will. Frustriert stöhne ich auf, fahre mir durch meine Haare und schließe meine Augen. „Vermaledeite Scheiße! Reiß dich zusammen!", fluche ich, denn gerade ist absolut nicht der passende Moment an körperliche gelüste zu denken! „Lass uns nach unten gehen und nach ihm schauen …", beginnt sie in einem sanften Tonfall. Ich habe gar nicht gemerkt, dass sie bereits zur Türschwelle gegangen ist. „Vielleicht ist er ja bereits wieder er selbst und du kannst dich um deine eigenen Angelegenheiten kümmern." Ein tiefes Brummen dringt durch meinen Körper. „Da die Dunkelheit sich mit mir anlegt, ist dies meine Angelegenheit,

Widdow! Ich kann mich nicht einfach nur meinen Bedürfnissen und Gelüsten hingeben. Meine Untertanen brauchen ebenfalls Sicherheit." Sie scheint mit meiner Aussage vollkommen überfordert zu sein. Ihr Blick zeigt vollkommene Verwirrung. „Du bist der Fürst Lucifer. Du kannst andere die Drecksarbeit für dich erledigen lassen. Schick Paymon, wenn Fexiel nicht einsatzfähig ist, er kriegt sie schon gebändigt, sollten die Unruhen auch in deinem Einflussgebiet aufkommen ... Er ist seit über hunderttausend Jahren ein reiner Dämonenkönig mit Macht und Wissen." meine Lippen pressen sich zusammen, während sich meine Mundwinkel nach unten ziehen und ich meinen Kopf schüttele, „Ich will nicht so enden wie ..." „Du bist nicht wie er. Lucifer ... das musst du weder dir noch sonst, wem beweisen! Doch es liegt ebenfalls in deinen Aufgaben, deinem Personal Aufgaben zu übergeben, die ihrem Tätigkeitsfeld unterliegen, oder willst du auch in der Küche selbst Hand anlegen?" Auch wenn sie es in einem todernsten Tonfall ausspricht, bringt sie mich zum Grinsen, „Weißt du, dass ich es wirklich genossen habe, den Menschen bei dieser Tätigkeit zuzusehen? Sie zelebrieren richtige Rituale je nach Kultur ..." Sie wirft ihren Kopf nach hinten, verdreht ihre Augen und seufzt lang gezogen aus. „Du treibst mich noch in den Wahnsinn, Teufel!" lachend und mit einem »gern geschehen« gehe ich mit ihr an meiner Seite nochmals hinunter in den Kerker.

Inständig hoffe ich, dass mein Bruder es mittlerweile geschafft hat, sich wieder zurück an die Oberfläche zu kämpfen. Dieser dunkle Fluch muss einfach enden! Im Kerker höre ich meinen Heiler Gondur, der mit grimmiger Miene hervorgetreten kommt und fragt, wie lange ich erdenke, ihn noch schmoren zu lassen, doch ich ignoriere ihn und gehe zu der massiven Kerkertüre, hinter der sich mein Bruder verbirgt. Meine aufkommenden Gefühle unterdrücke ich und trete ein. Enttäuscht müssen wir feststellen, dass sein Zustand unverändert ist und er noch immer schlaff in seinen Ketten hängt. „Keine Veränderung ... Ich schicke Paymon den Befehl, dass er ihm zumindest das Blut von seinem Körper waschen soll." Gerade als ich diesen ausgegeben habe, höre ich ein tiefes Brummen, welches aus seiner Richtung kommt. „Packt der mich an, verpass' ich ihm n Schädelbruch!" Es ist seine Stimme, doch das darf mich nicht täuschen. Mit einem Schritt bin ich bei Fexiel und greife unter sein Kinn und hebe sein Gesicht an. „Öffne die Augen!" Im grellen Schein der Fackeln kneift er sie jedoch fester zu und brummt mich genervt an. „Nope! Die tun bereits genug weh!" „Hör zu und hör mir genau zu. Das war eine höfliche Aufforderung!" Noch immer halte ich sein Kinn zwischen meinem Zeigefinger und Daumen. Ein süffisantes Grinsen umspielt seine Lippen, doch er lässt seine Augen zusammengekniffen. „Ich würde mir auch Sorgen um dich machen, wenn eine Bitte oder Danke über deine Lippen käme." Auch wenn es definitiv seine Stimme und seine Art sind, will ich mich vergewissern, dass es kein Trick der Dunkelheit ist. Es widerstrebt mir, dennoch lasse ich sein Kinn los und greife stattdessen schroff in sein Deckhaar und überdehne somit seinen Kopf. Sofort protestiert er mit einem bedrohlichen, kehligen Knurren. „Hast du n Schuss? Lass sofort los, andernfalls beiße ich dir den Arm durch und lasse dich verbluten! Du weißt, dass ich die Schlagadern bestens kenne, die durch einen Körper verlaufen! Brüder hin oder her! Du spinnst doch!" „Du lässt mir keine andere Wahl!" Noch beim Versuch, ihm die Augen gewaltsam zu öffnen, verpasst er mir einen deftigen Tritt in meine Magengrube. Noch während ich mein Blut auf den

Boden spucke, beschwöre ich Arzael und richte es gegen seine Kehle. Widdow sieht schockiert in unsere Richtung, auch Fexiel sieht im ersten Moment entsetzt aus, doch er erlangt schnell die Fassung und sieht nun wütend zu mir auf. „Ist das dein beschissener Ernst? Du erhebst dein Schwert gegen mich? Ich bin dein beschissener Bruder! Ich bin dir sogar hierhin gefolgt, ohne jemals an dir zu zweifeln! Wenn du kämpfen willst, dann mach mich los! So feige kannst du nicht sein, dass du deinen eigenen Bruder angekettet wie einen Köter einfach so abstechen willst!" Die Dämonin ist bereits hinter mich getreten und legt ihre Hand auf meinen ausgestreckten Arm, „das willst du doch nicht, Lucifer!" ihre Reaktionen und dazu die Augenfarbe seiner Augen lassen mich auf der Stelle mein Schwert auf den Boden fallen und ihn stattdessen umarmen. „Du elender Dickschädel!" Seine schweren Ketten und das magische Halsband verschwinden noch in unserer Umarmung unter Widdows erleichtertem Gesichtsausdruck. „Ich verstehe mein Handwerk! Willkommen zurück … Meine Arbeit ist getan." Sagt sie grinsend. Er sieht verwirrt zu ihr rüber und reibt sich sein Gesicht. „Du? Aber Marischka … Ich muss mit sofort mit Phuka reden!" Sie sieht angespannt zu mir rüber und auch ich weiß nicht, wie ich ihm die Wahrheit beibringen soll. „Was ist los? Redet schon! Ich … er hat es mich doch nicht machen lassen, oder? Er hat es nicht geschehen lassen, nicht wahr? Das alles ist nur ein Trugschluss der Manipulation gewesen, nicht wahr?!" Tränen steigen in seinen Augen auf, als ich ihm voller Kummer entgegenblicke und schweige. Ich kann ihm nicht sagen, was die Dunkelheit ihr angetan hat. Nicht in diesem Moment. Er wirft sich vor uns auf die Knie. Verzweifelt sieht er auf mein Schwert, welches noch immer vor ihm auf dem Boden liegt. „Mach!", brüllt er flehend in meine Richtung, doch ich bin weder imstande zu sprechen, noch bin ich in der Lage Arzael verschwinden zu lassen. In diesem Moment bin ich dankbar, dass Widdow bei uns ist. Sie geht auf ihn zu und kniet vor ihm nieder. „Du hast dir nichts zuschulden kommen lassen. Glaube mir, Krieger, ich hätte dich andernfalls getötet, hättest du ihr ein solch grauenhaftes Leid angetan!" mein Bruder lässt seinen Kopf sinken, stützt sich über seine Knie und Hände vom Boden ab und lässt seinen Tränen freien Lauf. „Es ist alles so verschwommen ... Aber einige Bilder sind so real! Ich muss an Wahnvorstellungen leiden. Das kann nicht real sein! Ich will zu meinem Kätzchen ... Bitte sagt mir, dass sie gesund ist und lebt." Meine Kehle schnürt sich fest zu und das Schlucken bereitet mir Schwierigkeiten und ich sehe betreten zu Boden. Dennoch sollte er es von mir erfahren und so sehe ich auf und suche nach seinem Blick. „Fexiel ... sie ist wieder zu Hause ... aber, ihr Zustand ... wir werden Zeit und Geduld benötigen." Er sitzt nur so da und starrt ins Leere, während er den Kopf schüttelt und immer wieder dieselben Sätze wiederholt. „Das kann nicht real sein. Das ist nicht wahr ..." langsam steht er auf, kommt zu mir und beginnt zu lachen, „okay, ihr habt euch einen verdammt beschissenen Witz mit mir erlaubt. Vor allem nach diesem verrückten Wahn Trip, den ich hatte, aber nun Schluss damit!" Kommentarlos ziehe ich ihn in eine weitere Umarmung und halte ihn dicht an mich gedrückt. Sicherlich stehen wir Minuten so da, doch selbst Stunden wären vollkommen egal gewesen ... irgendwann richtet er sich auf und löst sich von mir. Seine Augen sind rot unterlaufen und seine Stimme belegt. „Ich will sie nicht allein wissen. Es sei denn ..." Mit einem Kopfschütteln meinerseits unterbreche ich ihn. Ich werde ihn nicht in dieser Situation wie es die

Regelungen der Hölle vorschreiben, in seine Aufgaben drängen und auf eine Mission oder dergleichen schicken. Er hat bei Phuka zu sein, dort ist sein Platz. Beide Brauchen Zeit zum heilen und verarbeiten. „Sie ist in eurem Zimmer … wenn was sein sollte, bin ich für euch da …" Dankbar nickt er, schenkt Widdow ein kurzes Lächeln im Vorbeigehen und verlässt die Verliese, um nach seiner Partnerin zu sehen. Nun stehen wir allein in dem Verlies und ich sehe Widdow müde in ihre Katzenaugen. Sie spricht ihre Gedanken laut aus, „Ich hoffe, er macht mein kleines Mädchen wirklich glücklich …" Ich lege ihr meine Hand auf den unteren Rücken. „Das hat er und es wird ihm wieder gelingen. Wir werden alles Mögliche tun, dass sie wieder lächeln kann … darauf gebe ich dir mein Wort Widdow." Leicht legt sie ihren Kopf schief und mustert mich, „Du bist wirklich außergewöhnlich, Lucifer …" Ich schenke ihr ein Grinsen und frage nach ihrem Preis, doch sie schüttelt nur ihren Kopf und verweist mich auf mein Versprechen. „Halte es ein. Das reicht mir vollkommen. Wir hätten heute beinahe zwei unserer kostbarsten Juwelen verloren." Sie löst sich vor meinen Augen wie üblich in schwarzem Sand auf, der zu Boden fällt.

*1 Zur Dunkelheit sich Licht gesellt und diesen Körper zusammenhält! Das Gleichgewicht wird unwiderruflich hergestellt. Beide Mächte fortan in dir fließen und sich in deinem Herzen erschließen! Nimm an, was ab heute Nacht zu dir gehört, stoß ab, was dich zerstört! Vertreibe die Dunkelheit, doch akzeptiere, dass beides ist in dir. Das Licht wurde dir geschenkt, die Dunkelheit dir aufgedrängt. Doch sei gewiss, dass es dich nicht auseinandersprengt!

*2 Beuge dich deinem Schicksal, mit Stolz und Ehre, Krieger, banne ihn!

Hinter geschlossenen Türen

Drei Tage sind vergangen, seit die Unruhen begannen. Paymon und ich haben uns persönlich um die nahegelegenen Aufstände gekümmert und einige seiner Legion zu Verbündeten entsandt. Anders wäre es unmöglich gewesen, die Lage zu bewältigen. Es schien, als hätte die Dunkelheit alle gleichzeitig aktiviert, und in fünf verschiedenen, weit auseinanderliegenden Ländern brachen Unruhen aus. Heute sitze ich an meinem schweren Schreibtisch und arbeite mich durch die unzähligen Dokumente, die sich vor mir türmen. Mehrere Anfragen zu unterschiedlichen Aufgabenbereichen wollen von mir bearbeitet werden und die Dokumente der Seelenanträge zur Umverteilung häufen sich ebenfalls. Ein Antrag ist so bizarr, dass ich ihn zweimal lesen muss. „Jetzt ist es also schon so weit gekommen, das sebst Nonnen in Kreuzvisier genommen werden und um ihr Leben bangen müssen? Es scheint, dass eine gewisse Quote erreicht werden muss, damit die Hexenprozesse sich bezahlt machen. Die Kirche macht wirklich vor nichts mehr halt. Willkommen in der Neuzeit." Bitter lachend beschließe ich, dem Pfaffen, der diese unschuldige Seele zu mir schicken wollte, dreißig zusätzliche Jahre Fegefeuer aufzubrummen. Ihre Seele hingegen bekommt die Chance auf Reinkarnation und darf in den Fluss des Vergessens eintreten. Ich frage mich, ob sie im nächsten Leben einsichtiger wird.

Die Tür öffnet sich ohne Vorwarnung und schließt sich kurz darauf. Ich muss nicht aufblicken, um zu wissen, wer eingetreten ist. Auch wenn ich es hasse, gestört zu werden, brumme ich nur kurz auf. Er geht zur kleinen Bar, nimmt sich eine Flasche Scotch und setzt sich in einen der Sessel vor mir. Neugierig nimmt er ein Dokument und schnalzt unzufrieden mit der Zunge. Nachdem er einen großen Schluck aus der Flasche genommen hat, schiebt er mir das Dokument zurück und fragt, wann damit zu rechnen sei. Langsam sehe ich auf und blicke in einen Schatten seiner selbst. Seine Wangenknochen zeichnen sich ab und dunkle Schatten liegen unter seinen eisblauen Augen. „Ein Fingerschnippen und er ist hier, jedoch rückt umgehend ein anderer auf und wird seinen Posten ersetzen." Gleichgültig zuckt er mit den breiten Schultern und setzt die Flasche wieder an die Lippen.„Tja, ich sage es nicht gerne, aber so wars schon immer. Nur gibt es dieses Mal einen neuen Namen, dem man die Schuld in die Schuhe schieben kann und der sitzt mir gegenüber. Diese absurde Massenhinrichtung, geschützt im Namen der Kirche, ist wiederlich. Meinst du wirklich, dass dreihundertfünfunddreißig Jahre der Buße genug sind? Eine glatte Zahl würde mir besser gefallen." Ich ändere die Jahre auf vierhundert und sehe meinen Bruder an. „Das sechzehnte Jahrhundert ist ein recht finsteres Jahr. ..." Er nickt und leert die Flasche in einem Zug, während ich seufze. Mit einer Handbewegung sorge ich dafür, dass die Dokumente sich auf einen Stapel legen und die Schreibtischplatte freigeben. „Freu mich auf zusätzliche Ablenkung", sagt er und beabsichtigt gerade aufzustehen, um sich eine neue Flasche zu holen. Doch als er den Kopf in Richtung Bar dreht, brummt er unzufrieden auf. Es war die letzte Flasche seiner Lieblingsmarke. Mürrisch kommt er zurück und lässt sich wieder auf seinen Platz fallen. „Ich lasse Paymon neuen besorgen. Willst du reden?" „Ändert das was?" Ich zucke mit den Schultern und lasse zwei Gläser Whisky vor uns erscheinen. „Vielleicht?" Er nimmt sein Glas und prostet in die Luft. „Auf ein finsteres Jahrtausend!" Ich schüttle den Kopf. „Nein, auf dass das Licht die Dunkelheit zurückdrängt und ewig leuchtet, Bruder!" Ein schwaches Lächeln umspielt seine Lippen. Er leert das Glas in einem Zug, fährt sich über sein blasses Gesicht und will gehen, doch dieses Mal bremse ich ihn. „Wie geht es ihr? Seit der Nacht habe ich sie nicht mehr gesehen." Seine Augen werden dunkler und er beißt sich auf die Lippen. Als er den Kopf schüttelt, senkt er den Blick. „Ich auch nicht. Sie möchte mich seitdem nicht mehr sehen. Als sie wach wurde, hat sie in meinen Armen bitterlich geweint und mich dann hinausgebeten. Ich habe das zu respektieren. Die Arbeit ruft." Während er zur Tür geht, zögert er. „Ich weiß, wir haben eine stumme Vereinbarung, Fexiel. Jeder hält sich aus den Beziehungen des anderen heraus, aber das kann doch nicht so weitergehen." Er dreht sich zu mir um und schenkt mir ein bitteres Grinsen. „Nun weißt du, wie ich mich damals gefühlt habe, Bruder. Lass gut sein. Ich muss es akzeptieren und vielleicht ist es besser so. Phuka hat, wen besseres als mich verdient." Mein Blick bohrt sich in seinen Rücken, als er die Türe zu öffnen beginnt. „Ihr beide habt viel durchgemacht. Fexiel, wenn ich etwas tun kann." „Lasse ich es dich wissen. Doch, wenn sie einmal eine Entscheidung getroffen hat, lässt sie sich nicht umstimmen. ... Ich bin in den Verliesen." Schon ist er durch den Türspalt hindurch und lässt mich allein. »Das kann so nicht weitergehen. Ich muss einen Weg finden, dass er sich mir anvertraut.« Noch während ich meinen Whisky trinke, fasse ich einen Entschluss und gehe in die Küche. Weder die geheimnisvolle Fremde noch Phuka haben etwas gegessen. Ich suche zusammen, was ich tragen kann und ärgere mich, während ich die Treppen hinaufgehe, dass ich es nicht einfach gedanklich manifestiere, sobald ich es oben benötigen würde. Doch da es jetzt ohnehin nur noch ein paar Stufen sind, belasse ich es dabei und bringe alles in Phukas Zimmer. Paymon steht vor ihrer Zimmertür und sieht mir entgegen. Als er den Berg von Lebensmitteln sieht, zuckt er nur mit seinen breiten Schultern. „Sie isst nichts davon. Die letzten Tage hat sie nur Wasser getrunken und einen Apfel gegessen und das auch nur, weil ich ihr gedroht habe. So langsam mache ich mir Sorgen um unser Dämonenkätzchen." „So etwas geht nicht spurlos an einem vorbei Paymon. Ich versuche mein Glück. Gibt es bezüglich der Unbekannten bessere Neuigkeiten?" „Nein, Lucifer, alles ist unverändert. Iihr Zustand ist stabil, und die einzige Auffälligkeit ist die ungewöhnliche Schlafdauer. Es wirkt, als würde sie von einem langen Schlafzauber gehalten." „Gut, ich werde nachher bei ihr vorbeisehen, sollte ihr Schlaf weiter anhalten, werde ich Widdow zurate ziehen." Er nickt zustimmend und gibt den Weg zur Türe frei. Ohne anzuklopfen, trete ich in ihr Zimmer.

Zusammengerollt unter der Bettdecke liegt sie mit dem Rücken zur Tür seitlich auf dem Bett. „Bitte geh wieder. Ich möchte wirklich lieber allein sein." Ich respektiere ihren Wunsch nicht und setze mich, nachdem ich die Lebensmittel und zwei Flaschen Wein auf die Kommode gestellt habe, zu ihr auf die Bettkante. „Ich bin es. Dachte, du hast vielleicht Hunger." behutsam lege ich meine Hand auf ihre Schulter und streiche darüber. „Hab dir sogar deinen Lieblingsschinken mitgebracht." Sie entfernt sich ein wenig von mir, und ich wünschte, ich hätte sie nicht einfach angefasst. Ich ziehe meine Hand zurück und sehe auf die Bettdecke, die sie beinahe vollkommen versteckt. „Danke schön, doch ich habe keinen Hunger, mein Fürst." ihre Distanz schmerzt mich tief. Dieses Szenario hat mir bereits meine Schwester entrissen, und ich werde alles Erdenkliche tun, um sie nicht auch zu verlieren. „Vielleicht hast du später Hunger, kleine. Es ist wichtig, dass du zu kräften kommst und da ist ein Apfel und etwas Wasser wirklich nicht ausreichend." Langsam dreht sie sich um und an ihren geröteten Augen sehe ich, dass sie bitterlich geweint haben muss. Der aufkommende Drang, sie an meine Brust zu ziehen und zu trösten, wird immer stärker, dennoch wäre es falsch, sie ein weiteres Mal damit zu überrumpeln. „Warum?", fragt sie, und Tränen kullern erneut über ihre Wange und fallen auf ihr Kopfkissen. Ich ringe nach den passenden Worten, doch alles, was mir durch den Kopf geht, scheint falsch und plump zu wirken. Es ist wichtiger, sie nicht allein zu lassen. Sie richtet sich mühsam auf und lehnt sich eigenständig gegen meine Brust. „Ich hab solche Angst." Behutsam lege ich meinen Arm um ihre schmale Schulter und streiche über ihr dunkelblondes, langes Haar. „Das alles hätte niemals passieren dürfen. Ich war nicht rechtzeitig, da um es zu verhindern …. Ich garantiere dir, die Schutzmaßnahmen wurden erhöht. Es liegt ein mächtiger Schutzzauber über dem Haus und wenn du möchtest, lasse ich Gram oder Cerberus bei dir im Zimmer."

Ihre Augen weiten sich vor Panik und sie wird kreidebleich. „Nein, nicht er! Keiner von beiden!" Ich sehe sie verwundert an. „Du weißt doch, sie passen ebenfalls auf dich auf. Sie würden dir niemals wehtun." Angespannt schließt sie ihre grünen Katzenaugen und klammert sich fester an mich. „Ihre Augen sind rot wie glühende Kohlen und ihr Fell ist schwarz wie die Nacht. Sie erinnern mich an ihn! Ich sehe ihn immer und immer wieder! Es hört nicht auf … Ich rieche ihn sogar." wieder beginnt sie zu weinen und es zerfrisst mich, dass sie Fexiel von sich schiebt. „Unser Band wurde durch ihn

zerrissen. Ich habe meine einzige, große Liebe verloren."
„Nein, Phuka, lass ihn nicht gewinnen. Fexiel liebt dich, und
er leidet ebenfalls darunter. Lass uns dir helfen kleine Katze.
Eure Liebe ist unererschütterlich." Ich kann sie schniefen
hören, als sie ihren Kopf schüttelt und aus dem Fenster
blickt. „Ich bin es doch gar nicht wert. Er wollte mich damals
schon und nun gehöre ich ihm. Er ist der Alpha meines alten
Rudels." Ich versteife mich bei ihrer Aussage und erinnere
mich an das Gespräch mit Widdow. „Er wird sterben, Phuka!
Das verspreche ich dir! Du bist Teil meiner Familie",
Angespannt krallt sie sich in meine unterarme und beißt sich
auf ihre Lippen „Ich möchte nicht, dass er Fexiel oder dir
schadet! Bitte, ich bin nichts als ein dummes, ungeschicktes
Waisenkind und ein Dämon des niedrigsten Standes! Das
zwischen Fexiel und mir war zu schön, um wahr zu sein. Er
hat mir deutlich gemacht, dass ich niemals zu eurer Welt
gehöre. Es ist besser, dass Fexiel mir fernbleibt, vor allem ... "
Sie bricht ab und sieht auf die Bettdecke. Ich rücke von ihr
etwas weg, um sie besser in Augenschein zu nehmen. Sie ist
so fürchterlich bleich und auch unter ihren Augen zeichnen
sich schwarze Schatten, die von vielen schlaflosen Nächten
und vielen Tränen zeugen. „Phuka, noch einmal, du gehörst
zu unserer Familie! Du bist niemandes Sklavin und schon gar
nicht die seine! Wenn er Anspruch auf dich erheben will, soll
er kommen! Er wird keine zwei Worte aussprechen können,
ehe er zerfetzt wird! Ich und schon gar nicht Fexiel lassen ihn
auch nur eine Sekunde weiterleben! Glaube mir, das bereits
nach diesem Alpha gesucht wird und er wird gefunden!
Sowohl Fexiel als auch Payments bessten Mönner suchen
ihn." „Ich bereite euch nur Kummer und Ärger." Ich ahne,
dass sie noch viel mehr beschäftigt, und so warte ich, bis sie
bereit ist. Zittrig legt sich ihre Hand auf ihren Unterleib und

sie schließt unter stummen Tränen ihre Augen. Ich folge ihrer Geste mit meinem Blick und halte angespannt den Atem an.

Es betraf keine weiteren Worte der Erklärung. Sie hat fürchterliche Angst, sein Kind empfangen zu haben. … „Damit kann er mich doch niemals mehr lieben. Ich kann es selbst nicht ertragen … Ich hasse mich, dass ich diesen Gedanken habe …" wimmert sie. „Ich will es einfach nicht … Ich will es nicht einmal in mir wissen und ich möchte nicht, dass Fexiel es erfährt! Er soll mich einfach in Ruhe lassen und mich vergessen." Ich atme langsam aus und schließe meine Augen. Als ich meine öffne, spiegeln ihre Traurigkeit, Ekel, Schmerz und Verzweiflung wider. „Verzeih mir, dass ich dich damit belaste, … wir haben uns immer alles erzählt, Fexiel und ich bis …" sie holt tief Luft und redet dann weiter, „ich finde sicherlich eine Möglichkeit dem zumindest entgehen zu können. Koste es, was es wolle, ich hab dank dir von meinem Lohn ordentlich sparen können und habe rein gar nichts mehr zu verlieren!" Ich kann sie nicht weiteren Gefahren aussetzen, das würde ich mir niemals verzeihen und so bin ich bereit es für die Kleine zu versuchen. „Phuka, ich will versuchen dir zu helfen. Als ich ein Erzengel und auf der Erde war, begegnete ich einem Mädchen, das ebenfalls in deiner Notlage war. Ich weiß nicht, ob ich diese dunkle Gabe noch besitze, aber das werde ich herausfinden." Voller aufkeimender Hoffnung sieht Phuka mir schweigend entgegen. „Ich werde Zeit benötigen und du versprichst mir in dieser Zeit nicht eigenständig zu handeln und zu einem Stümper zu gehen. Sollte ich nicht in der Lage sein dir selbst zu helfen, dann werden wir eine andere Lösung finden. Ich habe nur eine Bedingung. Sollte ich dir helfen können Phuka, so wird darüber nich ein einziges Wort verloren. Niemals ist das geschehen. Diese Gabe ist ein Segen aber auch ein Fluch, den ich zu seiner Zeit öfter unter Zwang als aus Barmherzigkeit durchführen musste. Hiernach soll es meiner Vergangenheit angehören." All ihre Emotionen brechen über diese kleine Dämonin ein und sie klammert sich an mich. „Danke, danke, Lucifer! Ich … Ich schwöre es! Ich kann einfach keine Liebe mehr empfinden. In mir ist nur Ekel und Dunkelheit …" verständnisvoll nicke ich. Meine Finger streicheln sanft die Narben auf ihrer Wange, was sie mit einem dankbaren Lächeln und einem leisen Schnurren erwidert. Sanft küsse ich ihr Deckhaar und bitte sie um einen weiteren Gefallen. „Iss bitte Phuka, denn sollte der Fall tatsächlich eingetroffen sein, wirst du alle Reserven deines Körpers benötigen. Mir wäre wohler, wenn du es nicht allein durchstehst, du kennst meine Meinung. Er sollte es wissen und dir beistehen kleine." Sie schüttelt energisch ihren Kopf, beißt sich auf ihre Lippen und kneift ihre Augen zusammen. „Nö! … Ich will das nicht. Wir sind keine Gefährten mehr und das ist gut so! Das Schwein hat die Prägung herausgebissen. „Ich spüre seinen Anspruch auf mich, Lucifer, und das Einzige, worüber ich Macht habe, ist, dass dieses etwas in mir verschwindet!" meine Meinung ist zwar eine andere, aber sie fühlt sich in die Enge getrieben, sobald wir uns darüber unterhalten, also halte ich es für besser, zu schweigen und meinen Blick abzuwenden. „Ich werde es so schnell wie möglich durchführen. Doch ich werde ihn nicht fortschicken. Falls er zufällig vor eurem Zimmer Wache hält. Er teilt sich mit Paymon die Schichten, wenn er für mich arbeitet." Sie reckt ihr Kinn nach vorn und sieht mich aus verengten Augen an, „dann machen wir es in Paymons Schicht! Ich hab' schon ein paar Tage durchgehalten, also sind ein paar Tage, oder eine Woche zusätzlich auch egal."

Damit hat sie ihr eigenes Schlupfloch gefunden und meines im selben Augenblick zunichtegemacht. Grimmig nicke ich und stimme zu. „Ich weiß, dass du böse auf mich bist, doch das ist meine Entscheidung und er hat bereits genügend Last auf seinen Schultern …" „Böse bin ich nicht, doch wenn du meine Meinung hören möchtest …" sie zuckt ihre Schultern und zieht einen Schmollmund. „Du sagst sie auf jeden Fall, nichtwahr?" Mit einem augenzwinkernden Ausdruck nicke ich. Sie rollt resignierend mit ihren Augen und lässt ihre Schultern sacken. „Phuka, er ist nicht auf den Kopf gefallen. … Fexiel ist wie ein Bluthund und kombiniert eins und eins. Er liebt dich und das wird sich niemals ändern, auch wenn du dich von ihm unter Zwang getrennt hast. Denk darüber nach … Bitte!" Als dieses Wörtchen über meine Lippen huscht, starrt sie mich mit geöffnetem Mund an und schluckt. Kleinlaut stimmt sie zu und blinzelt ihre Tränen weg. Ich biete ihr etwas von dem Essen an, zögerlich nimmt sie eine Scheibe des Schinkens entgegen und knabbert daran. Zumindest habe ich sie dazu bewegen können …

Eine weitere Nacht zieht dem Ende zu, und der Morgen ist nicht mehr fern. Daher entscheide ich mich Phuka ein bisschen Ruhe zu geben. Wie mit Paymon verabredet, habe ich vor, einen kurzen Blick in das Zimmer der geheimnisvollen Frau zu werfen, bevor ich in mein eigenes gehen werde. Gerade als ich die Zimmertür erreiche, sagt Phuka etwas, was mir sehr viel bedeutet. „Ich danke dir, Lucifer, für alles. Wie ich schon bei unserer ersten Begegnung wusste, bist auch du ein ganz wundervoller Mann und ich hab dich wahnsinnig lieb! Danke, dass ich zu deiner Familie zähle, obwohl wir verschiedener nicht sein könnten." für einen Moment bin ich vom Gesagten ergriffen und es fehlen mir die passenden Worte. Es ist nicht von der

Hand zu weisen, dass sie sich von allen anderen mir bekannten Dämonen abhebt und einen festen Platz in meinem Herzen eingenommen hat. „Ich hab dich auch lieb, Phuka. Sehr sogar kleines und Familie ist nicht durch Blut gefestigt." Niemals zuvor hätte ich dergleichen zu einem Dämon gesagt, doch die Zeiten ändern sich und schließlich stehe ich nun einige Jahrhunderte auf der anderen Seite Gottes. Nichts ist einfach nur schwarz weiß. „Iss jetzt noch etwas." Überfordert sieht sie auf die überladen gemischte Fleisch-, Obstplatte auf ihrer Kommode und dann wieder zu mir. „Willst du denn nicht was mitnehmen? Ich glaube, ich platze, wenn ich das alles essen muss! Was ist mit der Frau? Wie geht es ihr? Konntet ihr schon etwas miteinander sprechen?" Entschlossen schüttel ich den Kopf. „Nein, was du nicht essen magst, lass stehen. Ich gehe gleich noch einmal nach ihr schauen. Sie schläft sehr viel und gesprochen haben wir bislang nicht." „Wie doofie. Ich wünsche mir, dass sie bald aufwacht und sie dir erzählen kann, was mit ihr passiert ist." Sie wickelt sich die Bettdecke um ihren Körper und steht schneller auf als ich reagieren kann. Leicht wankend hat sie eine Flasche Wein und auch etwas von dem Käse genommen und bringt es mir. „Kannst du ihm das bitte von mir geben? … Es ist sein Lieblingskäse." Ich nicke und bleibe in der Nähe, bis sie zurück zum Bett gegangen und sich wieder hingelegt hat. Erst danach verlasse ich das Zimmer, ziehe dir Tür hinter mir zu und trete auf den dunklen Flur. Schwere Schritte kommen die Treppe rauf und als er mir entgegenkommt, sieht er die Lebensmittel in meinem Arm. Bitter schnaubt er aus. „Hab's dir doch gesagt. Sie ändert ihre Meinung nicht mehr. Egal, ob du mit Engelszungen auf sie einredest oder sie mit Essen versuchst zu bestechen. Hat sie zumidest selbst etwas gegessen?" „Sie hat gegessen und

242

meinte, das hier sei dein Lieblingskäse. Sie wollte mit dir teilen, auch wenn eine Tür euch derzeit trennt." entgegne ich und halte ihm den Wein und Käse hin. Niedergeschlagen geht er an mir vorbei, winkt ab und lehnt sich an ihre geschlossene Tür an. „Wie soll ich einen Bissen herunterbekommen? Nicht eine Tür trennt uns Lucifer, sondern ihre Angst das dieses Phantom an Alpha sie beanspruchen will! Sie hat letzte Nacht wieder bitterlich geweint und ich stehe hier vor dieser beschissenen Tür und darf sie nicht einmal tröstend in meine Arme nehmen! Weißt du, wie beschissen, das ist? Sie ist meine Partnerin, egal ob mit oder ohne unsere Markierung!" Fexiels Augen glühen vor blanker Wut grau auf, „Sobald ich ihn gefunden habe, werde ich, nachdem ich mit ihm fertig bin, mit seinen Eingeweiden erwürgen! Sie ist MEIN Kätzchen! Das, was er bekommen hat, hat er sich gewaltsam genommen!" Ich bin davon überzeugt, dass sie uns hören kann und das sollte sie. „Du hast freie Hand. Sowohl als ihr Partner als ebenfalls als meine rechte Hand! Tob dich aus und spiele mit ihm!" Ein dunkles Lächeln legt sich über ihn und er ähnelt nunmehr einem Dämon als einem gefallenen Engel. „Ich kann es kaum erwarten … er wird um den erlösenden Tod betteln, Lucifer." Seine Augen strahlen eine eisige Kälte aus und ein Schauer wandert über mein Rückgrat.

Seit dem Vorfall beherbergt er nun eine dunkle Seite, die er jedoch dank Widdwos Zauberbann zu kontrollieren versteht. Schon vor dem Vorfall war die Neugier auf Fexiel gewachsen und selbst Paymon hatte ihn gebeten, seine Legion unter seine Fittiche zu nehmen und noch härter zu trainieren. Eindringlich sehe ich ihn an. „Eins noch Fexiel. Ich will, dass es öffentlich geschieht. Es soll ein Mahnbild für alle sein, die sich mit unserer Familie anlegen…" Sein

Grinsen wird teuflischer und er verneigt sich vor mir.
„Gewiss doch, mein Herr. Eine öffentliche Verurteilung und
Hinrichtung, das wird ein spaßiges Fest!" „Dann ist das
geklärt und jetzt nimm! Ich benötige meine rechte Hand und
keinen weiteren Schatten an meiner Seite und ich möchte,
dass wir uns unterhalten, bevor du morgen aufbrichst." Ich
drücke ihm die Flasche sowie den Käse in seine Hände und
sehe ihn streng an. Auch wenn er es widerwillig begutachtet,
hält er es fest. „Du weißt, dass auch ich ohne Nahrung
auskomme, oder?" Genervt verdrehe ich meine Augen und
bohre ihm meinen Zeigefinger genau auf Herzhöhe in seine
Brust. „Du säufst auch, obwohl wir uns nicht betrinken
können! Also halt die Klappe und iss! Ach ja und bring dich
für morgen in einen vernünftigen Zustand, Bruder!" einseitig
verzeiht er seinen Mundwinkel und starrt mich an. Sein, „ich
denk' darüber nach ..." Bringt mich zum Verzweifeln. Muss er
immer das letzte Wort haben, dieser Dickschädel? Grimmig
brumme ich ihm ein „das toleriere ich nicht!", entgegen und
kassiere ein hämisches Kichern als Antwort. „Dann schimmle
doch mit dem Käse um die Wette! Bis morgen Fexiel. Ich
erwarte dich zum halb neun in meinem
Arbeitszimmer..." seufze ich resignierend. Während ich zum
Gästezimmer gehe, wo die junge Frau seit ihrer Ankunft
schläft, ruft er mir ein 'ich liebe dich ebenfalls' hinterher.

Zweisamkeit

Im Zimmer angekommen, gibt nur der knisternde Kamin sein Licht und dessen Wärme ab. Scheinbar war Paymon in der Zeit, als ich bei Phuka war hier und hat eine frische Karaffe Wasser sowie ein wenig frisches Obst an ihren Nachttisch gestellt. Beides scheint jedoch weiterhin unberührt. Sorgenvoll lasse ich lautlos die Tür hinter mir ins Schloss fallen und sehe auf das schmale Bett, in dem sie zugedeckt auf dem Rücken liegt. Ihre Lippen und Wangen haben einen leichten rosigen Ton und zeichnen sich von ihrer vornehmen Blässe ab. Ihr Atem geht gleichmäßig und entspannt. Sollte sie den Schlaf von Wochen nachholen wollen oder war es doch ein Zauber, der sie gefangen hält? Ich hadere mit mir selbst, als ich vor ihrem Bett stehe und sie so in ihrem Schlaf beobachte. Ein Verlangen, welches so lange in mir unterdrückt schlummert, beginnt sich wieder zu regen, doch es wäre unangemessen, sie mitten in der Nacht damit zu überrumpeln. Dass ich ihre Gesellschaft ersehe, ist offensichtlich, und so setze ich mich seufzend auf ihre Bettkante, betrachte sie und atme den sanften Duft von Schneeglöckchen und Jasmin ein.

Ihre feinen Augenbrauen zucken wie ihre geschlossenen Augenlider und ihr sinnlicher Mund verzieht sich zu einem leichten Lächeln. Wovon sie wohl träumt? Weder schlafe ich noch besitze ich die Fähigkeit zu träumen. Diese Fähigkeit habe ich an den Menschen schon immer still bewundert und so lauschte ich gerne heimlich ihren Gesprächen, wenn sie sich darüber austauschten. Oft waren es Träume über das Fliegen, andere erzählten von bergeweise Essen und das sie morgens satt und zufrieden erwachten. Wiederum andere erzählten, dass sie die Liebe ihres Lebens zuvor in ihren

Träumen gesehen haben, noch bevor sie einander im wahren Leben getroffen haben. Doch es gab auch schon zu meiner Zeit als Engel die Schattenseiten des Träumens. Die Albträume. Die. die einen weinend oder schreiend im Bett hochfahren lassen. Diese bildschöne Fremde vor mir jedoch, scheint einen angenehmen Traum zu erleben.

Zärtlich streichel' ich ihr eine verirrte schwarze Haarsträhne von der Wange hinter ihr Ohr. Ihr Lächeln wird breiter und sie schmiegt sich gegen meine Fingerknöchel. Sehnsuchtsvoll stöhnt sie im Schlaf und beißt sich auf ihre vollen Lippen, während sie ihren schlanken Körper unter der leichten Bettdecke streckt. Gerade als ich die Vernunft siegen lassen und aufstehen will, schlägt sie ihre Augen verschlafen auf und strahlt mich glücklich an. „Es ist kein Traum, du bist wirklich da!" Ein breites Grinsen legt sich auf meine Lippen, sollte sie tatsächlich von mir geträumt haben? Ihre Hand legt sich an meine Wange und ich lehne mich in ihre Berührung. „Du fühlst dich so rau an, Löwe ...", flüstert sie und lässt ihre Hand weiter über mein Ohr in meine Haare gleiten.

Noch in ihrer Bewegung ergreife ich ihre Hand und bremse sie. „Magst du keinen Dreitagebart?" Sie zuckt ihre Schultern und lächelt sanft. „Ich kenne dich nur so und du gefällst mir. Bitte ändere dich nicht. Ich bin nur so verwundert." Fragend sehe ich sie an und warte geduldig. „Es ist alles so neu ... so unbekannt ..." Mit rauer Stimme beginne ich „so wie du mir, meine schöne Unbekannte. Mein Name ist Lucifer und ich heiße dich bei mir willkommen." Ruhend liegt ihre Hand in meiner. Ich deute einen Kuss auf ihren Handrücken an, den sie grinsend beobachtet. Im Flüsterton spricht sie weiter zu mir, „in meinem Traum hast du deinen Kopf an meinen gerieben. Das fühlte sich schön an, Lucifer. Mein Name ist Lilith." Wie sie meinen und ihren Namen ausspricht, beschert mir eine Gänsehaut. Ich habe das Gefühl, in ihren großen violettfarbenen Augen zu versinken. Ihr Lächeln ist so unschuldig, so rein ... Mit jedem verstreichenden Moment zieht mich dieses elfenhafte Wesen vor mir mehr in seinen Bann. Erwartungsvoll sieht sie zu mir hoch, doch so in meinen Gedanken versunken scheine ich ihre gestellte Frage ignoriert zu haben ... mit einem leichten Kopfschütteln streife ich mir durchs Haar. Jede meiner Bewegungen saugt sie wie ein trockener Schwamm mit großer Neugier und Interesse auf. Sie macht mich damit vollkommen nervös ... „Hast du ... magst du etwas essen?" Ich habe noch nie gestammelt! Und doch fühle ich mich, als würde ich einer Göttin gegenübersitzen ... grinsend setzt sie sich auf, dabei achtet sie nicht im Geringsten auf die hinunterrutschende Bettdecke, die bis eben ihre nackte Haut und ihre wundervollen Brüste verhüllte. Ungewollt stoße ich einen Fluch aus, der ihre Stirn runzeln lässt. Ich fluche ein zweites Mal über meine Dämlichkeit und sie beginnt amüsiert zu kichern.

Wütend über mich selbst erhebe ich mich von ihrem schmalen Bett, um ihr Zimmer zu verlassen, doch sie ergreift schnell meine Hand und bittet mich zu bleiben.

„Entschuldige, ich wollte dich nicht beleidigen ... bitte geh nicht, Löwe!" ihre Hand ist so weich, so warm. Wie kann sie denken, dass ich auf sie böse bin? Im Gegenteil. Ich bin erleichtert, dass sie mich nicht für einen kompletten Volltrottel und möglichen Verrückten hält und mich in ihrer Nähe haben möchte. Ich verdränge, dass die Bettdecke noch unten ist und fokussiere mich auf ihre außergewöhnlichen Augen. „Können wir noch einmal von vorn beginnen?" Sie grinst und schüttelt entschieden ihren Kopf. „Nein, ich möchte keine Sekunde mit dir missen! Ich habe meine ganze Vergangenheit vergessen und erinnere mich an nichts

Weiteres als an meinen Namen. Bitte lass mir unsere ersten Sekunden so wie sie waren im Gedächtnis, mein Löwe." „Du weißt rein gar nichts mehr, meine schöne?" Schwer schluckend sieht sie mir aufrichtig in die Augen und schüttelt ihre schwarze Löwenmähne. „Nein, ich erinnere mich nur an eine unglaubliche Hitze. Es fühlte sich so furchtbar an, dass ich Angst hatte, innerlich zu verbrennen. Ich konnte weder denken noch atmen und dann wurde mir schwarz vor Augen. Ich erinnere mich nur an deine wunderschönen goldenen Augen, deine tiefe Stimme und deine Worte. Bitte Lucifer. Erlaubst du mir zu bleiben?" Ich beiße mir fest auf die Lippen und sehe an die Decke. Allein ihre klare Stimme bringt meinen Körper in Wallung! Wie soll ich da einen klaren Gedanken fassen? Neugierig studiert sie mich. „Geht es dir gut?" Ihre Frage bringt mich vollkommen aus der Fassung, und ohne ihr eine Antwort zu geben, senke ich meinen Kopf und lege meine Lippen auf ihre. Verwirrt presst sie ihre Lippen zusammen, doch dann erwidert sie unter einem kleinen Seufzen meinen Kuss und legt ihre Arme um meinen Hals, während ihre Finger sich durch mein Haar arbeiten und streicheln. Ich koste ihre Berührungen und unseren Kuss so lange es geht aus und brumme sehnsuchtsvoll, als sie sich keuchend und mit geröteten Wangen von mir löst. Ihre Augen leuchten nun noch heller und intensiver. Ihre Zunge fährt langsam über ihre Lippe und sie sieht ebenso sehnsuchtsvoll, aber auch verwirrt zu mir auf. Jetzt stelle ich ihr dieselbe Frage und lehne meine Stirn gegen ihre, während ich meine Augen schließe und warte. „Was ist das für ein komisches Gefühl, Löwe?" Schnell lehne ich mich zurück und öffne meine Augen wieder. „Was meinst du?", frage ich angespannt, mit einem Hauch von Sorge in meiner Stimme. Sie nimmt schweigend meine Hand und legt sie zwischen ihre wundervollen Brüste. Ihr Herz schlägt im schnellen Rhythmus zu ihrem Atem. Ich grinse bei der Spiegelung meiner eigenen Gefühle und küsse ihre kleine spitz zulaufende Nasenspitze. „Das, mein süßer Stern, nennt sich Erregung …" Ohne es zu wissen, beißt sie sich sinnlich auf ihre volle Unterlippe und sieht mit großen Augen und angehobenen Brauen zu mir auf. „Werde ich wieder krank, Lucifer?" Sanft nehme ich sie in meine Arme, sofort entspannt sie sich und lehnt sich gegen meine Brust. Meine Hände liegen auf ihrem unteren Rücken und ihrem langen glatten rabenschwarzen Haar. Zärtlich und mit rauer Stimme setze ich zu sprechen an, „nein … ich fühle genauso, mein Stern … du bist vollständig gesund und solange du möchtest, darfst du bleiben. Ich würde mich sogar darüber freuen, wenn du bei mir bleiben möchtest." Sie atmet tief aus und lässt ihre Hände wandern.

Ein wohliges Gefühl durchwandert meine Wirbelsäule, doch als sie ihre Hand unter mein Hemd schiebt und diese nach vorn gleiten lässt, erschaudere ich und spüre, wie sich der unnachgiebige Lederstoff meiner Hose unangenehm meldet. Angespannt verziehe ich meine Mundwinkel und lege mein Kinn an ihre Halsbeuge. „Küss mich bitte noch einmal, Löwe … das war so schön …" Ihrer Bitte nachkommend, verändere ich meine Sitzposition und beuge mich mit ihr zurück in ihr Kopfkissen. Unser erst schlichter Kuss wird schnell gieriger und fordernder als unser erster. Ihre Zunge streichelt erst neugierig die meine und unter einem hungrigen Stöhnen erweitert sie von sich aus unseren Zungenkuss mit sanften Bissen in meine Unterlippe aus. Ich muss das bremsen, sonst überlebt weder das Bett noch Lilith! Mein Verlangen ist kaum noch auszuhalten. Ich will nicht wie ein ausgehungerter Löwe über sie herfallen und triebgesteuert bis in den Morgen und darüber hinaus vögeln! Ich will es mit ihr genießen und sie nicht überfordern, zudem hat sie seit mindestens drei Tagen nichts gegessen. Ich ignoriere das frisch drappierte Obst und die Wasserkaraffe an ihrem Bett und hebe sie mitsamt dem dünnen Laken in meine Arme. Lachend schlingt sie ihre Arme um meinen Hals, lehnt sich gegen meine Brust und lässt ihre Füße in der Luft strampeln. „Was hast du denn nun vor, Löwe? Enführst du mich?" Ich bewege mich grinsend mit ihr zur Zimmertür und vergewissere mich, dass ihr sinnlicher Körper vor neugierigen Blicken ausreichend geschützt ist.

„Ja. Ich entführe dich in mein Zimmer, kleiner Stern. Denn fortan möchte ich dich bei mir haben. Aber zuerst sorge ich dafür, dass du reichlich und anständig gesättigt bist!" noch bevor sie protestieren kann, liegen meine Lippen auf ihren. Dieses Mal küsse ich sie wild, dominant und fordernd und sie bekommt gar nicht mit, wie ich sie auf den Flur hinaustrage ... Auch ich blende alles um uns herum vollkommen aus. Zielstrebig bringe ich sie in die untere Etage in die Küche. Der Raum ist in vollkommene Dunkelheit getaucht, doch ich weiß genau, wo, was zu finden ist. Ich setzte sie mit einem leichten Brummen auf die Arbeitsplatte und trete einen Schritt zurück. „Wehe, du bewegst dich von hier weg!" Ich erhebe spielerisch drohend meinen Zeigefinger vor ihrer Stupsnase und öffne ohne meinen Blick von ihr abzuwenden die nahegelegenen Haushalts- und Küchenschränke. Sie richtet sich auf und streckt unter ihrer Neugier ihren Rücken durch. Die leichte Decke rutscht ihr von der Schulter und entblößt zur Hälfte ihre rechte Brust. Wissbegierig sieht sie mir zu und achtet nicht darauf. „Siehst du genug?" Ich knurre tief und hungrig. „Glaub mir, mein Stern, ich sehe reichlich!" Ihr Gekicher hallt durch die

250

leere Küche, während ich sie gierig betrachte. Dieser Moment soll uns gehören und so ergreife ich das Erstbeste und halte es an ihre Lippen. Mit fragendem Blick mustert sie es, während ihre Neugier erwacht. „Was ist das?" „Beiß ab und probiere", erwidere ich im Flüsterton, während ich bereits nach weiterem taste. Ihre Beine wickeln sich um meine Hüften und lassen keinen Abstand zwischen uns. Für sie mag es ein harmloses Spiel sein, doch meinen Hunger ist entfacht und bisher hat noch keinerlei Lebensmittel ihn stillen können. „Mhhh süß, fest und doch … saftig …" Ich grinse anerkennend bei ihrer Beschreibung. „Laut Bibel hat Eva solch einen gegessen und wurde aus dem Paradies verbannt. Der Apfel steht für Sünde und Verrat …", bei Evas Namen verengen sich ihre Augen für einen Augenblick. Dann schüttelt sie ihren Kopf und grinst mich ebenso süß wie der Apfel in meiner Hand an. „Ich brauche kein Paradies, wenn du bei mir bist, Löwe und was Sünde betrifft. Wie kann so etwas Schmackhaftes eine Sünde sein?…" Sie hat sich den Apfel genommen und bietet ihn mir nun lächelnd an. Ich beiße von ihm ebenfalls ab und lege ihn dann auf Seite. „Probier das und sag mir, was du denkst." Bereitwillig probiert sie und seufzt, „so zart und saftig …" Ihr Fuß wandert meinen Oberschenkel rauf und sie grinst verführerisch … „Das ist Fasanenfleisch. Weiß und zart, wie deine Haut." Ich greife nach dem dritten Produkt in meiner Reichweite und zucke mit meinen Augenbrauen. „Das wird dir gefallen …", sage ich beim Aufschrauben des Deckels und raube mir einen Kuss von ihren glänzenden Lippen. Vor ihren neugierigen Augen lasse ich meinen Zeigefinger hineingleiten, beiße mir auf meine Lippe und ziehe ihn langsam heraus. Eingehüllt in flüssiges süßes Gold, recke ich ihn ihr entgegen. Aber ich lasse sie nicht davon kosten, nein,

dafür ist mein Hunger zu enorm gestiegen ... mit einem vielversprechenden Grinsen, lasse ich ihn leicht über den schmalen Verlauf ihres Halses gleiten, ehe ich meine Zunge über ihre Haut wandern lasse. Genussvoll verdreht sie ihre Augen unter meiner Berührung und legt ihren Kopf etwas zur Seite. Abermals entweicht ein Seufzer ihren Lippen, und ich belohne sie, indem ich sie erst von meinen Lippen und dann von meinem Finger probieren lasse. Die Art, wie sie an meinem Finger saugt und leckt, raubt mir beinahe meine Selbstkontrolle. Ich male mir aus, wie ich sie nehme, ich muss nur ihre zarten Schenkel anheben, sie gegen mein Becken ziehen und ich würde sie hier sofort an Ort und Stelle nehmen können! Leise seufze ich vor Sehnsucht, während sie den letzten Hauch des Honigs von meinem Finger leckt. Meine eigene Kleidung wird zur wahren Folter und doch zögere ich den Moment meiner süßen Belohnung heraus. ... Ein weiteres Mal verteile ich das flüssige Gold über ihren Hals und ihr Schlüsselbein. Ich lecke und küsse die süße Honigspur ihren Hals hinunter, während Lilith ihren Kopf nah hinten wirft, die Augen schließt und ihren Oberkörper genussvoll nach vorn beugt. Ihre Arme sind nach hinten gestreckt, die Hände flach auf die Tischplatte gedrückt. Nur ihre Beine wickeln sich wie eine Schlange um meine Hüften und drücken mich fester an sie heran. Ich arbeite mich mit meinen Lippen weiter hinunter und umfasse ihren wunderschönen Hintern. Die Decke liegt nur noch über ihren Oberschenkeln und verdeckt ihre Scham. Bereitwillig hebt sie ihr Becken für mich an und lässt sich auf meine Unterarme und Hände gleiten.
Ihr Geschmack ist unwiderstehlich, sie schenkt mir ihr Vertrauen und gibt sich vollkommen hin. Mit meiner Zungenspitze zeichne ich kreisförmige Bewegungen um ihre

helle Brustwarze und knabbere zärtlich mit Zähnen und Lippen, als sie überwältigt meinen Namen durch die Küche schreit. Zeitgleich entzünden sich die Fackeln neben mir, und ehe ich meine Flügel schützend um sie ausbreiten kann, erreicht mich Fexiels grimmiges Knurren. „Echt jetzt? Wenn das Bett im Gästezimmer zu klein ist, dann fick sie zumindest in deinem Zimmer und nicht auf der Arbeitsplatte! Moah... Ich kotz' gleich." Ihr erschrockener Blick wandert zu ihm, doch ich bewahre die Fassade der Ruhe, auch wenn meine Stimme den Zorn in mir verrät, während ich sie weiterhin liebevoll in meinen Armen halte. „Was machst du hier?" Ich höre ihn schnauben und sicherlich steht er mit angehobener Augenbraue im Türrahmen. „Brauchte was Feuchtes ... nun muss ich mir stattdessen die Augen ausbrennen! Schon vergessen, dass ich hier ebenfalls wohne? ..." „Wenn du da stehen bleibst und uns noch länger angaffst, brenne ich sie dir persönlich aus! Hau ab!" Statt zu verschwinden, schlendert er hinein, mustert Lilith, die sich an mich klammert, und marschiert an uns vorbei. Mit zuckenden Schultern greift er nach einer Karaffe Wasser und dreht sich dann wieder um. „Isst man nicht normalerweise im Esszimmer?" Er zieht einen Mundwinkel nach oben und schnappt sich eine zweite Flasche mit Wein, die neben Lilith auf der Tischplatte steht. „Übrigens, Paymon ist im Keller, also solltet ihr wirklich besser nach oben gehen und da vögeln." Auch wenn er uns zuzwinkert, sehe ich die brodelnde Wut und Frustration unter der scheinbar ruhigen Oberfläche. „Viel vergnügen! Ich bleibe bei Phuka. ... falls das noch von Bedeutung für dich ist!" Ich bewege mich nicht einen Millimeter von ihrem Körper weg, verdrehe jedoch frustriert meine Augen. Mein Hunger ist trotz der Unterbrechung meines Bruders nicht annähernd gedämpft worden, doch sicherlich wird Lilith nach dieser unangenehmen Unterbrechung absolut keinen Appetit auf eine Fortsetzung verspüren ... °*Musste das sein Fexiel?!*° °*Definitiv.! Es ist offen gesagt eine Genugtuung, dass du heute keinen wegstecken wirst! Dir ist schon klar, dass sie mit ihrem Auftauchen den Stein ins Rollen gebracht hat?! Ihretwegen habe ich Phuka verloren und du fickst sie dreist vor meinen Augen?*° Ich reibe mein Kinn an ihrer weichen Schulter und atme ihren Duft ein, während ich mit meinem Bruder auf telepathischer Ebene aneinander gerate. °*Sie ist ebenfalls ein Opfer und es ist nicht ihre Schuld, was Phuka widerfahren ist!*° Er lacht bitter auf, °*Red dir das nur ein ... Ich traue ihr nicht! ... warum hat es Kätzchen erwischt und nicht sie? Ich bin nur deine rechte Hand und sie ist meine Gefährtin, ach nein, sie war mal meine!*° °*Das ist nicht fair! Wir werden später reden!*° Ich unterbreche die gedankliche Verbindung, da Lilith mich von sich schiebt und mir besorgt in meine Augen schaut. „Lucifer ... stimmt etwas nicht?" Ich schlucke und hebe sie von der Tischplatte. „Komm, ich möchte nicht auf weiteren ungebetenen Besuch treffen. Für heute war es genügend Aufregung für dich, und ich habe in ein paar Stunden zu arbeiten. ..." Sie zieht protestierend einen Schmollmund, gähnt jedoch herzhaft und reibt sich vor Erschöpfung ihre Augen. „Komm, kleiner Stern, ich bringe dich rauf ins Zimmer" ... sie kuschelt sich schläfrig an mich, „Bitte lass mich nicht mehr allein." Ich biege meinen Kopf und gebe ihr einen leichten Kuss auf ihren Scheitel. „Ich bringe dich und bleibe bei dir, kleiner Stern, bis du eingeschlafen bist. Noch vor meiner Zimmertüre ist sie eingeschlafen. Die Bettdecke ist bereits zurückgeschlagen und so kann ich sie ohne Unterbrechung in mein Kingsize-Bett legen und zudecken. Auch ich ziehe meine Kleidung aus und lege mich zu ihr unter die Bettdecke. In ein paar Stunden wird der rote Höllenhimmel einen neuen Tag ankündigen. Dann werde ich Fexiel den Kopf gerade rücken und die quälende Frage, die in meine Gedanken steigt, beantworten ...

Zwischen Licht und Schatten

Selbst im Schlaf sucht sie meine Nähe und schmiegt ihren Körper an den meinen. Allzu gerne lasse ich sie gewähren und genieße ihre warme Haut an meiner. Doch der Streit mit Fexiel haftet immer noch in meinen Gedanken ... Ich lehne mein Kinn gegen ihre Halsbeuge und umarme ihre schmale Taille. Natürlich hätte er uns nicht in der Küche so vorfinden sollen und auch wenn nicht das vorgefallen ist, was er mir unterstellt hat, tat es ihm weh, doch muss er sie als Sündenbock herhalten lassen? Es enttäuscht mich, denn schließlich ist auch Lilith ein Opfer und sie kann wirklich nichts dafür. Ich war der Narr, der es zugelassen hatte. Auf mich allein sollte er wütend sein!

Lilith seufzt im Schlaf und flüstert leise meinen Namen. Das lenkt mich zurück zu ihr und ich beginne wieder zu lächeln. Nein, sie als Sündenbock zu benutzen, werde ich nicht tolerieren ... sie ist mein besonderes Juwel hier in der Dunkelheit und das hat mein Bruder zu respektieren ... vorsichtig küsse ich die freie Stelle hinter ihrem Ohr und flüster leise, „Schlaf mein kleiner Stern. Träum, mein Diamant ..." Am nächsten Morgen reckt und streckt sie sich und greift in Richtung meiner Bettseite. Sie zu beobachten, bringt mein Herz zum Rasen. „Guten Morgen, glaubst du, ich halte meine Versprechen nicht?" Schnell rollt sie sich auf die andere Seite und sieht mich mit ihren leuchtenden Augen an. Ihre langen Haare haben sich durch ihre Drehung auf ihrem Kopf überschlagen und verleihen ihr so ein leicht wildes Aussehen. „Einen wunderschönen guten Morgen mein hübscher Löwe ...", begrüßt sie mich und in diesem Moment ähnelt sie selbst einer Löwin. Ich lege den Kopf schief und beginne noch breiter als ohnehin schon zu grinsen. „Heute wirst du wirklich essen müssen, Löwin! Und dieses Mal sorge ich dafür, dass wir keine Unterbrechung zu befürchten haben!" Ihr steht die Begeisterung im Gesicht geschrieben, schnell richtet sie sich auf und streckt ihre Arme über ihren Kopf aus. „Das heißt, du verbringst den ganzen Tag mit mir? Sag, wie hast du geschlafen? Hattest du auch so wunderschöne Träume?" Sie lässt ihre Arme an ihrem wunderschönen Körper herabfallen und zieht mich an sich. Ihre wachen Augen studieren mein Gesicht gründlich und bemerken jede noch so kleine Regung und Veränderung. „Hast du nicht erholsam geschlafen?", fragt sie demnach besorgt. „Ich schlafe nicht, Löwin ..." Überrascht sieht sie mich an und sucht nach einem Anzeichen der Lüge. „Ich verstehe nicht. Das Essen macht dich nicht satt und du schläfst nicht? Wie ist das möglich? Auch heute bist du wunderschön und du siehst erholt aus.. Ich muss schlafen und auch essen ..." Ihre Stimmlage verändert sich und sie sieht traurig auf die Bettdecke hinunter. „Das ist gemein." Abermals verzieht sie ihre wundervollen Lippen zu einem Schmollmund und zieht ihre Brauen zusammen. Meine Hand legt sich unter ihr Kinn und hebt es etwas an. „Hey, wir haben so viele Stunden am Tag und der Nacht und wie ich vermute, träumst du selbst dann von mir ..." Eine leichte Röte färbt ihre Wangen und sie schaut schüchtern auf. „Nicht doch, du musst dich nicht vor mir schämen. Ich empfinde dich als wunderschön, Lilith ..." „Obwohl ich so viel schwächer bin als du?" „Das bist du nicht Lil ... du hast so viel Macht und es ist dir nicht einmal bewusst ..." meine Hände umfassen wie von selbst ihre Wangen und ich küsse sie mit all meiner Bewunderung und Hingabe. Knurrend unterbreche ich unseren Kuss und sehe grimmig in ihre

Richtung. Verwirrt sieht sie mich an. „Verzeih, mein Stern, die Arbeit verlangt nach mir." Sie schenkt mir ein trauriges Lächeln und sieht sich in meinem Zimmer um. „Wird es sehr lange dauern?" Ich zucke mit den Schultern. Bisher hatte ich keine Veranlassung, dieses Zimmer großartig zu nutzen und habe fast kontinuierlich gearbeitet. „So lange?", raunt sie erschrocken. „Die Zeit reicht noch für ein ausgiebiges Frühstück, ich beeile mich, doch ich habe Pflichten, meine schöne Löwin." Erwartungsvoll lässt sie sich rücklings ins Bett zurückfallen und grinst. „Ich freue mich aufs Frühstück!", kichert sie und zwinkert. Jedoch war nicht diese Art des Frühstücks gemeint, und das lasse ich sie spüren. Frustriert brummt sie auf und greift in die Laken, „Du bist ziemlich böse! Ich dachte, wir frühstücken."

Lachend antworte ich: „Ich bin der Teufel, Lil ... Ich muss böse sein! Das wird von mir erwartet." mit einem hauch von Zweifel, sieht sie mich an und schüttelt dann ihren Kopf. „Den Teufel habe ich mir anders vorgestellt und eigentlich warst du bis eben alles andere als gemein und böse ..." Wieder küsse ich sie sanft und zärtlich. Zwischen unseren einzelnen Küssen gebe ich ihr ein Verbrechen, welches sie immer breiter grinsen lässt. „Sobald wir gefrühstückt haben und ich mit der Arbeit fertig bin, verspreche ich dir, wirst du mein Hauptgericht sein!" „Ich kann es kaum erwarten, mein Löwe! Ich hoffe, die Zeit vergeht wie im Flug." Ihre Stirn lehnt sich an meine und ich verharre einen Moment über sie gebeugt und genieße jede Sekunde. „Du darfst dich jederzeit frei bewegen, Löwin. Was mein ist, ist dein ... nicht nur mein Zimmer ... jedoch ...", ich brumme, stehe auf und gehe zu dem Stuhl, über dem meine Kleidung liegt. Ich spüre ihren Blick auf meinem Rücken und grinse. „Dein wunderschöner Körper geht nur mich was an! Vor allem gewisse Stellen werden nur von mir erkundet ..." Ohne mich umzudrehen, verrät mir das sanfte flüstern der Seide, dass sie aufsteht und sich mir nähert. Auf Zehenspitzen stehend, drückt sie sich gegen meinen Rücken und umarmt mich. „Was mein ist, soll dein sein." Ich lehne mich in ihre Umarmung und schließe für einen Moment meine Augen. Das Knurren ihres Magens bringt mich zum Schmunzeln, und ich greife nach meinem schwarzen Hemd. Ohne große Worte ziehe ich es ihr an und steige selbst in meine schwarze Lederhose und gehe zum Kleiderschrank hinüber, aus dem ich mir ein weiteres greife und über den Kopf ziehe. Sie streichelt den groben Stoff und schnuppert an dem offenen Hemdkragen, der knapp ihre Brüste bedeckt. „So bist du wenigstens etwas an mir ..." Ich grinse, „Du brauchst eigene Kleidung, mein Stern. Darum werde ich mich später kümmern ..." Sie will protestieren, doch ich ersticke ihre Worte mit einem weiteren Kuss und brumme gegen ihre Lippen. „Darüber wird nicht verhandelt!" Herausfordernd funkeln ihre Augen, während sie mich betrachtet und sie sich auf ihre Unterlippe beißt. Verdammt, diese Frau treibt mich in den Wahnsinn! „Es wird Zeit, dass du die anderen kennenlernst, Lil und ich hoffe für meinen Bruder, dass er dieses Mal mehr Respekt zeigt." Interessiert folgt sie mir aus meinem Zimmer, da der Flur nicht beheizt ist, hebe ich sie in meine Arme und trage sie den restlichen Weg bis zur Küche. „Wie viele wohnen denn hier in diesem Schloss?" „Hier wohnen mein Bruder, seine Gefährtin Phuka, Paymon und ich, während das Personal im Hof und meine Untertanen um das Anwesen herum ihren Platz haben." „Ich würde sie gerne alle kennenlernen." Stolz lächel ich, denn jeder soll sie an meiner Seite sehen ... in feine Stoffe gehüllt, die für eine Fürstin angemessen sind ... „So sei es Lil."

Die Küche weckt Erinnerungen der letzten Nacht, doch ich will nur kurz verweilen, um ein Frühstück zusammenzustellen. Auch hier beobachtet meine kleine Löwin jede Bewegung neugierig und verinnerlicht diese. Schnell sind ein paar Eier gefunden und landen in einem siedenden, leicht gesalzenen Wasserbad. Schinken, Käse, Obst sowie Brot und Wein können aufgetrieben werden. Ich strecke meine Hand darüber aus und fixiere alles mit einem konzentrierten Blick. Ich denke an das Esszimmer, nebenan und befehle die Speisen und den Wein dorthin. Ihre Überraschung endet mit einem Freudenschrei, „Du hast es verschwinden lassen! Du bist ein Magier!" Etwas verlegen greife ich mir in den Nacken, „Na, hoffentlich nur in den nächsten Raum, komm, wir gehen nachsehen ..." In der Tat befindet es sich auf der lang gezogenen Tafel des Esszimmers. Ich ziehe ihr einen der schweren Stühle zurück, lasse sie darauf Platz nehmen und schiebe ihn an den Tisch zurück. Mit großen Augen sieht sie mich an und wartet, dass ich mich setze. „Hier haben aber so viel mehr Platz als nur die drei weiteren. ..." Ich nicke und reiche ihr eine dunkle Traubenrebe, „Eigentlich dient dieser Raum für Feierlichkeiten ... ein Esszimmer ist eigentlich so überflüssig wie ein Bett ..." sie kichert und pflückt eine Weintraube, schnell verschwindet diese in ihrem Mund. „Ich bin über beides äußerst zufrieden ..." Ich brumme tief bei ihrer Anspielung. „Vorbei mit der Zurückhaltung, wie mir scheint." Wieder zupft sie eine der Trauben ab und lässt sie zwischen ihre Lippen schlüpfen. „Nun, ich lerne von dir, mein Löwe." Ich höre ihn, bevor er eintritt und nehme Liliths Hand in meine ... Unter seiner Erscheinung rutscht sie leicht von ihrem Stuhl an die Tischkante. Beruhigend streichel ich mit meinem Daumen über ihren Handrücken. „Mein Fürst."

260

Grollt er tief und deutet eine leichte Verbeugung an. Erst jetzt wandern seine echsenartigen Augen in ihre Richtung und seine Lippen verziehen sich zu einem Grinsen, welches seine spitz zulaufenden Zähne freilegt. „Erfreulich, dass euer Gast seinen Dornröschenschlaf beendet hat und sich bester Gesundheit erfreut ... eure Ware ist eingetroffen und befindet sich wie gewünscht in eurem Arbeitszimmer."

Ein knappes Nicken reicht aus und Paymon grinst breiter. „Ich kümmere mich um den Keller ... wenn ihr mich entschuldigt, Fürst." Lilith beugt sich über den Tisch und sieht unserem Verwalter hinterher. Doch es ist das pure Gegenteil von anziehendem Interesse, es ist Angst. „Hey, er wird dir nichts tun. Ich meine ja, er ist eher der schroffe, herzlose Klotz, aber er ist mir loyal ergeben." Sie lässt sich etwas entspannter zurück in den Stuhl sinken und atmet aus. „Er sieht eher wie ein Teufel aus ...", kommentiert sie so leise, dass nur ich es hören kann. „Seine Augen sind so unheimlich!" Ich nicke zustimmend. „Er ist ein geborener Dämon, Löwin ... da ich in einem anderen Leben die Menschen bevorzugte, passen sich meine Bediensteten und Untertanen diesem gerne an und verhüllen ihre wahre Gestalt, soweit es ihnen möglich ist ..." Aufmerksam lauscht sie meiner Erklärung und seufzt. „Er ist so schon furchterregend ... Ich glaube, ich möchte seine wahre Gestalt gar nicht sehen ..." beruhigend zwinkere ich ihr zu. „Seit meiner Zeit hier hat er sich nicht in meinem Beisein gewandelt. Mach dir keine weiteren Gedanken."

Dankend drückt sie meine Hand und schenkt mir ihr schönes Lächeln. „Danke, dass du mich beschützt, mein Löwe ..." Sie drückt mir einen Kuss auf die Lippen und schon wieder werden wir gestört ... „Upsi, entschuldigt bitte! Sie ist wach? Wie toooooll!" Dieses Mal ist es Phuka. Sie sieht immer noch krank aus, aber strahlt über beide Wangen, als sie in ihrem dunkelgrünen Kleid im Türrahmen und einem gefüllten Tablett in den Händen haltend, steht. Sofort erhebe ich mich von meinem Platz, gehe auf sie zu und lasse das Tablett aus ihren Händen unter einem ernsten Blick verschwinden. Dann jedoch nehme ich sie in meine Arme und gebe ihr einen Kuss zur Begrüßung auf ihre Wange. „Wie schön dich zu sehen, Phuka, aber du solltest es langsam angehen lassen …", ermahne ich sie sanft. Sie kräuselt ihr Stupsnäschen und sieht zu mir hoch. „Ich wollte das Frühstück vorbereiten und mir fällt die Decke auf den Kopf!" Ich schüttel den Kopf, sie ist so stur wie mein Bruder. Ich mache eine ausladende Handbewegung in den Raum, „Phuka, das ist Lilith, meine …" Ich suche nach den passenden Worten, da stellt sie sich selbst vor. „Sei gegrüßt, ich bin seine Gefährtin." Phuka zieht ihre Augenbrauen hoch und blinzelt verwundert. Ich bin ebenfalls leicht irritiert, aber leugne Liliths Aussage nicht. Schließlich empfinde ich mehr für sie als nur das körperliche Verlangen …

Sie findet ihre Stimme wieder und grinst spitzbübisch in ihre Richtung. „Dann sollte Lucifer dir aber schnellstens anständige Kleidung fertigen lassen." Ich höre meinen Bruder schon von Weitem genervt stöhnen. Phuka weicht in den Raum hinein und sieht mit großen Augen direkt in seine Eisblaue. Sofort lässt sich die Luft zwischen den beiden zerteilen. Es ist das erste Aufeinadertreffen der beiden seit einer gefühlten Ewigkeit. Er verkrampft seine Kiefer, während Phuka fast zu weinen beginnt und zu Boden schaut. Für einen Moment scheint er zu vergessen, dass Lilith und ich ebenfalls im Raum sind. Er streckt seine Hand aus und berührt beinahe ihre Wange, doch dann ballt er sie zur Faust und lässt seinen Arm wieder sinken. Er dreht seinen Kopf in

Liliths Richtung, hebt seine Augenbraue an und wünscht ihr einen guten Morgen. °*Deine Gefährtin ... ging mal wieder recht zügig!... Du hast scheinbar nichts gelernt. Na dann viel Spaß, hoffe, sie fickt dir Eva aus dem Verstand und lässt dir wenigstens dein Herz ganz!*° Sein Zynismus trieft nur so in meinem Kopf. Er geht einen Schritt zurück, reibt sich sein Kinn und wendet sich an Phuka, „Hier gibts n Rattenproblem!" Sein Blick wandert in meine Richtung, während Phuka entrüstet schnaubt. „Unmöglich! Selbst die kleinste Wurmbeutelratte ist entfernt und seitdem ich gestern Nacht jagen war, ist ganz sicher keine hier aufgetaucht! Du musst dich also irren!" „Nope, gestern in der Küche hab ich mindestens eine gesehen und die war riesig! Bleibt es bei unserem Termin um halb neun? Ich hab schließlich noch zu arbeiten." Auch wenn Lilith die Situation zwischen mir und Fexiel nicht verstehen kann, Phuka versteht es und sieht zwischen ihm und mir hin und her. Sie sieht Fexiel wütend an und schnaubt. „Entschuldige Lilith ... Ich freue mich sehr, deine Bekanntschaft gemacht zu haben und hoffe, wir sehen uns bei besserer Luft wieder! Vielleicht mögt ihr euer Frühstück lieber in euer Zimmer verlegen!" Sie sieht entschuldigend in meine Richtung, „Ich bringe euch später gerne eine Auswahl an Delikatessen nach oben oder in dein Arbeitszimmer, wenn ich zurück bin." „Wo willst du hin, Kätzchen?" Seine Stimme klingt angespannt und laut, doch sie würdigt ihn nur eines flüchtigen Blicks und zuckt mit den Schultern. „Heute ist Markt und die bestellten Sachen müssen abgeholt werden, zudem lasse ich gerne die Schneiderin für Lilith kommen." „Ich begleite dich! Der Termin kann warten." Sie faucht ihn bitterböse an und geht den Schritt, den er auf sie zugemacht hatte, zurück. „Vergiss es! Sollte der Fürst es anordnen, kann Paymon mich

begleiten. Du musst dich um das Rattenproblem kümmern." in ihrem Wutausbruch zeigt Phuka ein wenig ihren verhüllten Dämonen. Ihre spitzen, sonst so leicht hervorblitzenden Fangzähne zeigen ihre volle Länge, ihre Augen glühen wie Smaragde und ihre Nägel werden scharfe Krallen. Fexiel ringt sichtlich um seine Beherrschung. Nur seine Augen verdunkeln sich und ein tiefes Knurren entfährt ihm, während er vor ihr steht. Einen Moment starren sie sich beide an. In ihren Blicken sind alle Gefühle zu sehen. Wut, Verzweiflung, Schuld und Hass übertünchen die Sehnsucht zueinander. Es muss doch irgendwie möglich sein, dass sie einander wiederfinden! Doch so wie die beiden derzeit aufeinander reagieren, wüsste ich nicht mal, ob es beide überleben würden, wenn sie allein in einem Raum wären ... Fexiel erwidert ihren stechend scharfen Blick und wendet sich entschlossen von ihr ab. „Ich muss Dampf ablassen, sonst mache ich etwas, das ich bereuen könnte!" Zügig verlässt er den Speisesaal und knallt hinter sich mit so einer Wucht die Flügeltür, dass das schwere massive Holz unter Getöse zersplittert. ... Der heftige Knall lässt Lilith vor Schreck zusammenfahren, während sie uns ratlos anstarrt. Bedauernd trifft Phukas Blick den meinen, während sie leise ausatmet. „Ich lasse die Türe ersetzen ... entschuldigt bitte ..."
Ich schnaube, gehe auf sie zu und ergreife ihre schmalen Oberarme. „Spinnst du? Er macht Scheiße und du möchtest dafür aufkommen? Nein! Auf gar keinen Fall, kleine!" Sie holt Luft, um zu widersprechen, doch es reicht mir. „Schluss jetzt! Fexiel wird nicht weiter von dir in Schutz genommen! Paymon wird dich zum Markt begleiten und heute Nachmittag wirst du in mein Büro kommen! Fünfzehn Uhr, Phuka, sei pünktlich!" Die keine Dämonin nickt, sinkt elegant zu Boden und senkt ihren Kopf in Demut. „Ich werde

da sein, mein Fürst. Habt Dank für eure Zeit!" Ich deute ihr mit einem Kopfnicken an, dass sie sich erheben soll und sehe ihr fest in die Augen. „Du darfst dich zurückziehen, Mädchen ..." Sie erhebt und zieht sich dann ebenfalls schnell zurück. Erst nun, wo wir wieder allein sind, räuspert sich Lilith an ihrem Platz und regt sich. So hätte es einfach nicht laufen sollen und ich bereue es, sie mit nach Unten genommen zu haben. Ich entschuldige mich mit ringenden Händen bei ihr. Ihre Reaktion ist unglaublich, denn sie kommt in voller Ruhe auf mich zu und überträgt diese auf mich. „Es ist doch nicht deine Schuld, mein Löwe ... du wirst sie doch nicht strafen, oder?" Sie schmiegt sich gegen meinen Oberkörper und umarmt mich leidenschaftlich. Ihre Frage überrascht mich. „Natürlich nicht, warum fragst du mich das?" Sie sieht zu mir auf und beginnt zu lächeln. „Du hast nie zuvor so böse ausgesehen oder in derartigem Tonfall gesprochen. Selbst deine so schönen goldenen Augen glühten in diesem Moment wie Feuer." Das alles war mir selbst weder bewusst noch bekannt ...

„Ist das so?", frage ich leise. Sie lächelt und nickt bestätigend „Ja. Aber es hat sich zwischen uns nichts verändert und deine Augen sind wieder so, wie ich sie kenne. Golden und wunderschön. Wenn das deine böse Seite ist, dann hab ich auch davor keine Angst." „Das beruhigt mich. Bedauerlicherweise ist der Zeitpunkt unseres Aufeinandertreffens alles andere als günstig." Umgehend bereue ich meine unglückliche Formulierung, denn ihre Augen füllen sich mit Tränen und sie möchte sich aus unserer Umarmung lösen, doch das lasse ich nicht zu. „Lil ... Ich meinte es nicht so ..." „Du hast gesagt, was du denkst, Lucifer ... Ich sollte dich nicht von deiner Arbeit abhalten." Sie windet sich aus meiner festen Umarmung heraus und reibt sich über ihre Augen. „Bitte Lil, ich möchte nicht, dass du dich unglücklich fühlst! Hier ist schon genug Dunkelheit eingekehrt." Ich schüttel den Kopf und fange ihren Blick mit einem Flehen auf. „Dann erkläre es mir Lucifer." „Die beiden haben so starke Gefühle für einander und doch ist da so viel Wut. Während du krank warst, hat sich hier schlimmes abgespielt. Die beiden sind füreinander bestimmt, doch wurden sie auseinandergetrieben." Sie sieht traurig an mir vorbei und spricht ganz leise weiter, „das möchte ich nicht erleben … das würde mich vernichten, Lucifer" … „Ich empfinde so viel Gutes, dass es mich ängstigt." Ich lockere meinen Griff um sie und streichel über ihren langen Rücken, während ich mein Kinn auf ihren Kopf stütze. Mir war nicht bewusst, dass hinter ihrer Neugierde so viel Unsicherheit verborgen liegt. „Ich kann dir nicht versprechen, dass wir uns niemals streiten kleiner Stern, doch ich verspreche dir, wenn ich mein Herz öffne, dann meine ich es vollkommen ehrlich! Ich bin nicht einfach Lilith …" Sie schiebt ihren Kopf zurück und sieht in meine Augen. Das intensive Violett ist zurück und sie lächelt schüchtern nach oben. „Heißt das, dass ich darin Platz habe, Löwe?" Ich nicke mit einem Lächeln, „ja, den hast du kleine Löwin … schon seit dem Moment, als ich dich und Gram gefunden habe und von da an immer etwas mehr …" Röte steigt in ihren Wangen auf, schnell küsst sie mich und fragt mich dann nach Gram. Ich kläre sie über meine Höllenhunde auf und schon erscheint der Kleinere direkt an Liliths Seite. Sie zeigt keinerlei Scheu und sinkt sofort auf den Boden zu ihm. „Hallo mein süßes Baby!", jauchzt sie überglücklich und küsst seinen wuchtigen Schädel. „Du hast den Löwen zu mir geführt!" Nach etlichen weiteren Streicheleinheiten und Küssen löst sie sich von ihm, erhebt sich und sieht mir entschlossen entgegen. „Hast du, bevor du dich an deine Aufgaben machst, schon einen Plan, wie wir die beiden wieder zusammenbringen können?" Meine Reaktion sagt alles. Ich schaue sie mit hochgezogenen Augenbrauen und leicht geöffneten Lippen an. Sie kichert und verdreht ihre Augen. „So wird das nichts, Lucifer! Aber ich habe da schon eine Idee! Wir reden später. Ich gehe mal Phuka suchen. Sie muss mir unbedingt sagen, was ein Markt ist und was eine Beutelwurmratte ist!" Mein kleiner Höllenhund beobachtet sie ununterbrochen, seitdem ich ihm erlaubt habe in ihrer Nähe zu verweilen. „Wate mal. Du willst mich bis heute Abend schmoren lassen, meine schöne?" Sie kichert und legt nachdenklich ihren Kopf schief. „Nun, du kennst beider sicherlich besser als ich, aber ich agiere rein intuitiv … Aber jetzt an die Arbeit. Heute Abend weihe ich dich ein, mein Schöner. Es wäre schade, wenn wir sie nicht widerzusammenbringen könnten." Ich stimme ihr vollkommen zu. Kein anderer könnte es mehr gebrauchen, auch wenn ich ihn im Moment für seine sture Art verfluchen könnte. „Wie gesagt, du kannst dich auf meinem Anwesen vollkommen frei bewegen, meine Schöne. Nimm Gram meinetwegen mit." Sie strahlt über das ganze Gesicht, doch dann sieht sie unentschlossen auf. „Ich weiß nicht, was ich der Schneiderin sagen soll. Sag, was soll ich für dich tragen? … Gibt es eine Farbe oder Stoffe, die du bevorzugst, mein Löwe?" Ich grinse teuflisch, denn sobald ich mit ihr in meinem Zimmer sein werde, wird sie keinerlei Kleidungsstücke tragen! „Ich bevorzuge schwarz, rot und Gold, doch das soll dich nicht in deiner Wahl einschränken." Sie nickt, verabschiedet sich mit einem schnellen Kuss, ruft aufgeregt nach Phuka und lässt mich allein. Ich lächel in mich hinein und setze mich in Bewegung.

Schmerzen und Wahnsinn hallen als Schreie aus dem Keller. Ihre Echos tragen mich in Richtung Arbeitszimmer ... Fexiel scheint eine Lösung gefunden zu haben, um seinem Frust Luft zu machen. Gut so, dann sollte er entspannter in einigen Minuten bei mir auftauchen. Mit einer raschen Geste schließe ich die Zimmertür und wende mich meinem Schreibtisch zu. Wie vereinbart befinden sich die geforderten drei Dinge mittig auf der Tischplatte. Diskret und ohne Fragen zu stellen, hat er das Geforderte besorgt. Nachdem die gewünschten Sachen im Nichts verschwunden sind, richte ich meine Gedanken auf das unvermeidliche Gespräch mit Fexiel. Nachdenklich streiche ich über mein Gesicht, führe meine Hände durch mein Haar und verschränke sie im Nacken. Pünktlich wird von außen gegen die Tür geklopft. Von meinem Platz aus entrigel ich das Schloss und lass ihn eintreten. Wie so oft trägt er schwarze robuste Kleidung. Seine Augen streifen durch mein Arbeitszimmer, als er mit verkrampftem Kiefer eintritt und seine Aufmerksamkeit auf mich richtet. „Hier bin ich. Bereit mir deine Predigt anzuhören." Ich fordere ihn auf, Platz zu nehmen, und als er sitzt, schließe ich die Türen hinter uns, um ungestört zu bleiben. „Fexiel, ich habe nicht vor dir eine Prdeigt zu halten", beginne ich und lasse vor uns zwei gefüllte Kristallgläser erscheinen. Er hebt seine rechte Augenbraue an und mustert mich skeptisch. „Nun, du hast mich sicherlich auch nicht herbestellt, damit wir brüderlich ein paar Gläser kippen. Also Lucifer, bringen wir es hinter uns. Ich will dieses Schwein bekommen und je länger ich hier bei dir Zeit verplemper, umso schneller kann er untertauchen." „Gut, wie geht es dir?" auf diese Frage war er schichtlich nicht vorbereitet. Er lacht auf und will sich gerade vom Sessel erheben, doch ich fordere ihn auf sitzenzubleiben. „Was soll das Lucifer? Mir geht es gut!" „Das denke ich nicht Fexiel. Wir haben seit dem Vorfall über alles Mögliche geredet, aber nicht über dich. Ich weiß, dass du den Bastard willst und das will ich auch Bruder." Er beißt sich auf seine Lippen und verzieht dann angespannt sein Gesicht. „Dann lass mich gehen Lucifer! Bitte … es tut mir leid, dass ich die Beherrschung verloren habe, aber ich habe es unter Kontrolle." Ich beobachte ihn genau. Seine Körperhaltung ist verkrampft, die Hände zu Fäusten geballt und sein Gesicht spiegelt tiefe Traurigkeit wider. Als ich ihn anspreche, ist meine Stimme sanft. „Es muss für dich eine Zerreißprobe sein. All diese Gefühle, Fexiel. Ich kann mir annähernd vorstellen, wie es dir geht. Wie ist es dazu gekommen Bruder, dass die Dunkelheit von dir besitz ergreifen konnte?" Er schnaubt bitter aus und leert sein Glas in eime Zug. „Die Gefühle sind nicht das Problem, Lucifer. Widdowas Bann leistet hervorragende Arbeit. Ich akzeptiere die Dunkelheit und wenn ich ehrlich bin, sie ist eine gute Stütze bei meiner Arbeit." Ein kleines Lächeln huscht über seine Lippen, doch als ich ihm eine Akte zeige und diese vor ihm aufschlage, erlischt es. „Das ist unmöglich!" Er fixiert das Foto, das einen Dämon zeigt, der in einer Blutlache liegt, während sein abgetrennter Kopf einen halben Meter entfernt liegt. Die wenigen Informationen geben Preis, dass er der Alpha von Phukas Rudel war und bereits Tage zuvor ermordet wurde. „Das kam vor einigen Minuten. Er kann sie unmöglich so zugerichtet haben, Bruder. Wir jagen einem Phantom nach." Mit einem Mal verliert er die Kontrolle, schleudert das Glas quer durch den Raum und brüllt aufgebracht: „Verdammte Scheiße! So viel verschwendete Zeit und ich bin wieder der Arsch. Kein Wunder, das sie mich hasst und von sich schiebt. Wie soll ich es ihr erklären, Lucifer?" Umgehend stehe ich neben meinem Bruder und lege ihm beruhigend meine Hand auf den Rücken. „Vorerst werden wir es für uns behalten, Fexiel. Phuka liebt dich noch immer, aber dein Auftritt hat es nicht gerade gefördert. Ihre Angst ist weitaus größer. Wenn mein Verdacht stimmt, Fexiel, benötige ich Informationen darüber, wie die Dunkelheit dich überwältigen konnte." Durchdringend sieht er mich an. „Welchen Verdacht hegst du?" Meine Lippen verziehen sich zu einem dünnen Strich. „Die Dunkelheit wollte dich. Aber ich denke, sie wollte dich im Nachhinein nicht mehr töten, sondern besitzen. Sie wollte dich formen und vielleicht sogar gegen mich einsetzen. Du bist mein Vertrauter. Meine rechte Hand. Wenn ich dich verlieren würde, wäre ich geschwächt. Wir wissen beide um das Interesse deiner Person. Also sag mir, womit übt man das beste Druckmittel aus?" „Phuka!" Ich nicke ernst und äußere weiter meine Gedanken. „Korrekt. Eine unbekannte Person hat den Alpha getötet und seine Identität angenommen ... da ich die Kleine in der Schlucht gefunden habe, muss die Dunkelheit ihre Komplizen haben. Fexiel. Woran erinnerst du dich? Hat Marischka etwas mit ihr zu schaffen?" Ihr Name lässt eine Flutwelle der Erinnerung in Fexiel hochsteigen. Das Blau seiner Augen verwandelt sich unverzüglich in ein klares Grau, als er sich zitternd das Gesicht berührt und ich ihn besorgt anschaue. Seine Stimme ist gedämpft, als er zu sprechen beginnt. „Sie hat mich mit diesem Fieber belegt, ich war nicht herr meiner Sinne als es passierte ... doch sie wollte, dass meine Gedanken und mein Herz bei Phuka war. Sie meinte, es wäre ihr Geschenk an mich." Wie abartig und wiederwertig ihn so zu manipulieren, war so die Dunkelheit in ihn gezogen? Achtsam wähle ich miene nächsten Worte. „Du bist verletzt zurückgekommen, erinnerst du dich daran, wie es zu der Wunde gekommen ist?" Erst schüttelt er den Kopf und fährt sich nocheinmal über sein blasses Gesicht. „Das muss der Abschluss gewesen sein. Sie wollte meine Milz für den Schwarzmarkt. Zumindest erinnere ich mich daran, dass sie es beim Eintreffen gesagt hatte. Ich hatte immer wieder Blackouts. Die Zeit war abgelaufen, aber die Nebenwirkungen blieben bestehen, und selbst ihre hartnäckige Warnung hielt mich nicht davon ab, von ihr wegzugehen." Frustriert sieht er zum Fenster hinüber. „Lucifer, was war ich für ein Narr? Ich war immer ein Stratege und doch habe ich mich wie ein dämlicher Amateur in diese Sache begeben." mit schweren Schritten geht er auf das Fenster zu und leht seine fahle Stirn gegen die Scheibe. Dann fährt er sich durch sein dichtes dunkles Haar und verharrt einige Minuten schweigend. „Mit der Dunkelheit hat sie nichts zu schaffen, davon bin ich überzeugt. Aber drei Typen schwirren durch meine Erinnerung ... Verdammte Scheiße, ich erinnere mich nicht an ihre Gesichter, alles bleibt verborgen bis auf dieses Gefühl und einen Namen." Zügig schließe ich zu ihm auf und drehe ihn zu mir. „Sehr gut Fexiel! Versuch dich darauf zu fokussieren, du kannst das, Bruder." Angestrengt versucht er sich zu erinnern. „Ich habe eine unbändige Wut hierher gespürt. Ich wollte töten. Dann sind diese Bilder in mir aufgekommen. Überall war Chaos und Verderben. Ich habe versucht, mich zu widersetzen und habe mich dagegen gestreubt ihr Leid anzutun. Sie wollten, dass ich mein Kätzchen vergewaltige und töte!" Ermutigend rede ich auf ihn ein. „Du hast sie weder in deine Gewalt gebracht noch ihr Leid zugefügt. Du warst stark, Bruder und bist es immer noch. Versuch, dich an den Namen zu erinnern." „Balban. Ich weiß weder, wer er ist, noch, was er damit zu tun hat. Aber bei seinem Namen regt sich ertwas Lucifer." Entschlossen

271

packe ich ihn bei seinen Schultern und schenke ihm ein
zuversichtliches Lächeln. „Wir werden der Sache nach gehen.
Und wenn wir jedes einzelne Dämonennest ausreuchern
müssen! Bereite dich vor Fexiel. Jeder Schritt muss gut
durchdacht sein. Egal, wie lange es dauert, du bekommst
freie Hand. Jeder Anhänger der Dunkelheit muss vernichtet
werden." Endlich kehrt mein Bruder zu seiner alten
Verfassung zurück und grinst mich an. „Jeder Anhänger der
Dunkelheit wird vernichtet. Das schwöre ich." Die Zeit reicht
für eine feste Umarmung, ehe uns weitere Termine einholen.
Auch das Treffen mit Phuka rückt näher und bedarf einiger
Vorbereitungen.

Die Dunkelheit der Entscheidungen

Kaum bin ich wieder alleine, offenbare ich die verborgenen Geheimnisse. Eine einzelne Kerzenflamme tanzt, während ich im Schatten meine Flügel zum Vorschein bringe. In einer kleinen Schale liegt ein befruchtetes Hühnerei. Das Zweite ist ein Schlangenei, welches sich bereits gegen die lederne Wand drückt und sein verborgenes Leben bekundet. Das dritte ist die letzte Prüfung ... und ich lasse die große Kiste vorerst verschlossen stehen. Ich fühle mich wie ein Verräter und zudem wie der Todesengel persönlich. Ich konzentriere mich auf meine Atmung und blende alles um mich herum vollkommen aus. Mit jedem Moment wird mein Fokus klarer, bis nur noch mein Atem, das unaufhörliche Pochen meines Herzschlags und das immerwährende Fließen meines Blutes übrig bleibt.

Wie in Trance gehe ich auf das Vogelei zu. Ich kann in meiner Handfläche spüren, wie sich die befruchteten Zellen des Eies miteinander mischen und kontinuierlich teilen. ... Paymon hat eine gute Wahl getroffen... Ich atme langsam aus und lasse meine Gedanken durch meinen gesamten Körper gleiten und nutze den Kontakt meiner linken Hand als Verbindung. Ohne nachzudenken, sage ich folgende Formel, mit halb geschlossenen Augen und hohler Hand auf, : „*[1] Partem tibi dabo, partem accipiam a te... vita nova, corrumpatur... antequam momentum inchoat et tempus transit. Excute quod ligat. color quidquid inveneris nigrum ..." Sekunden, die sich wie Minuten anfühlen, verstreichen und es geschieht rein gar nichts. Ein zäher Druck zieht durch meine Arterie und drückt sich dann durch meine Fingerspitzen. Eine Mischung aus Kälte und lodernder Hitze kommt hervor und dringt in die robuste Eierschale ein. Um meine Gewissheit bestätigt zu bekommen, öffne ich meine Augen und betrachte das äußerlich unveränderte Ei. Mit einem gezielten Stoß schlage ich es auf und lasse seinen vollständigen Inhalt in die Schale gleiten.

Der aufsteigende Geruch dringt in meine empfindsame Nase und ich würge kurz auf. Der Gestank von Schwefel und dem süßlichen Verwesungsduft ist unverkennbar. Zudem ist der sonst gelbrote Dotter schwarz wie Kohle und umzogen von einem graugrünlichen Schleim ... angeekelt schiebe ich die Schale von mir fort und nehme gierig einen frischen Atemzug, ehe ich mich der nächsten Probe entgegenstelle. In wenigen Minuten würde diese Schlange mit Unterstützung ihres Eizahn die robuste Schale von innen heraus zerschneiden. Ein kleines dynamisches Wesen, das um seinen Platz in der Welt ringt, ohne zu wissen, dass ich über sein Leben bestimme. So darf ich nicht denken, nein. Wenn ich diese Gabe ausführe, muss ich vollkommen bei der Sache sein und darf keinerlei Gefühle einfließen lassen! Dieses Ei bleibt nicht ruhend in meiner Handfläche. Es erinnert mich entfernt an das ungeborene Wesen in Kylas Unterleib. Ich schiebe die Bilder energisch fort und konzentriere mich vollkommen auf mein Vorhaben. Zügig beabsichtige ich den Spruch auszusprechen, den ich schon damals nutzte, »May fructus meos venenum victum..« Doch dieses Mal habe ich Schwierigkeiten, diesen einfachen Satz aufzusagen. Mein Hals kratzt und meine Stimme bricht. Das wackelnde Ei scheint sich mehr und mehr zu verformen und ich spüre etwas, was nicht sein dürfte! Das ungeborene Lebewesen leidet wahrlich Höllenqualen! Es ist, als würde ich seinen Todeskampf miterleben! Das Atmen fällt mir schlagartig schwerer, so als würde etwas mir die eigene Luft abdrücken! Sofort muss ich diesen Kontakt unterbrechen und es erlösen!

Mir bleibt nur eine einzige Möglichkeit. Mit voller Wucht werfe ich das Ei zu Boden.

Ob durch die Wucht des Aufpralls oder der missglückte Spruch Schuld daran tragen, ist nicht möglich zu sagen, jedoch ist dieser Tod umgehend eingetreten und auch mir geht es sofort wieder besser. Dennoch stütze ich mich an der Tischplatte ab und starre in gebeugter Haltung zu Boden. Einzelne Stücke der zerrissenen feingliedrigen Schlange sowie Reste der Eierhülle liegen direkt vor meiner Stiefelspitze ... Nicht auszumalen, was geschehen wäre, wenn ich diesen Spruch an Phuka angewendet hätte.

Ich gönne mir eine Pause und eine halbe Flasche meines besten Whiskys ... Mein Blick wandert zu dem kunstvoll gefertigten Federkiel auf der rechten Seite meines Schreibtischs und noch während ich diesen Gedanken denke, erscheint eine Schriftrolle vor mir. Seine rubinrote Feder schmiegt sich gegen meine Finger und schreibt schwungvoll und ohne benötigte Tinte, über das vor mir ausgebreitete Pergament.

Eigenständig bilden sich aus Buchstaben Worte und Sätze, die meine bisherigen Experimente dokumentieren. Ich erwähne keinen Namen, als ich meine Gedanken und Sorgen äußere. Nachdem ich das dritte Experiment bereits im Geiste sowie auf Papier gebracht habe, lese ich die Zeilen des neuen Ritualspruchs einmal zur Vorsicht laut vor, : „[*2] Tenebrae plantantes semen suum nocuit tibi; Etiam lumen amoris subtiles instinctus destruit! Ergo meo te veneno nutriam, quod tuum fructum afficit. parcat corpori tuo, et perdat quod facit nesciens testimonium." bereits jetzt verspüre ich die davon ausgehende Macht dieses Zaubers.... Ich lege das Pergament auf den Tisch und erhebe mich. Gezielt nähere ich mich dem letzten Paket und lüfte seinen Inhalt. Eine riesige dunkelgraue Katze mit braunen Augen krallt sich in meine Hand, als ich sie heraushebe und auf den Tisch setze. Auch hier hat Paymon eine gute Wahl getroffen.

Sie weigert sich ein weiteres Leben schenken zu müssen und schmiegt ihren runden Kopf geduldig wartend über meine Hand, als würde sie meine Absicht spüren können. ... Ich lege meine linke Hand direkt unter ihren docken Bauch und schließe meine Augen. Die Worte der Formel verlassen kraftvoll meine Lippen, dabei entfaltet sich ein blendendes Licht aus meiner Hand und findet den Weg in ihren Unterleib. Erst leise und dann immer lauter schnurrt das alte Kätzchen, bis ihr ganzer Körper vibriert. Ich kann meinen Blick nicht von dem abwenden, was vor meinen Augen mit ihr geschieht. Statt eine Fehlgeburt zu erleiden, wie ich erwartet hatte, nimmt das alte Mädchen die Frucht scheinbar in sich auf und zersetzt den Fötus! In Sekundenschnelle wird ihr Fell seidiger und glänzender. Nach einer Minute scheint sie um mindestens drei Jahre verjüngt! Maunzend beginnt sie sich zu putzen und springt vergnügt auf dem Tisch umher. Fasziniert beobachte ich sie über eine Stunde. Dann erst hebe ich sie hoch und taste sie ab. Doch ich spüre nur ihre vibrierende weiche Haut, während sie schnurrend meine Berührungen genießt.

Ich dokumentiere mein endgültig letztes Experiment und beschließe, keinen anderen Spruch als den letzten auf sie anzuwenden! Sollte, wer auch immer seinen Samen in unserem Kätzchen gepflanzt haben, würde es umgehend und absolut ohne Komplikationen vergehen! Gerade als ich den letzten Satz zu Papier bringe, klopft es auch schon zaghaft gegen die verschlossene Zimmertüre. Ein Blick auf die hohe Turmuhr an der gegenüberliegenden Wand verrät mir, dass es erst zwanzig vor drei ist.

Bevor ich die Versiegelung aufhebe, lasse ich die Schriftrolle zügig verschwinden, warum ich sie nicht umgehend verbrenne, lässt sich nur auf meinen Hochmut zurückführen ... Das Arbeitszimmer noch immer in schummriges Licht getaucht, dazu der lang anhaltende Geruch des Eies und meine Erscheinung müssen für Phukas befremdliches Gefühl verantwortlich sein. Ihre Katzenaugen huschen nur so von rechts nach links und sie kräuselt ihre kleine Stupsnase, während sie feste zu schlucken beginnt. Ich fahre mir durch meine nass geschwitzten Haare und setzte ein schiefes Grinsen auf. Ich habe bis gerade gar nicht gemerkt, wie viel Kraft und Energie das alles mir selbst abverlangt hat.

Mit einer Handbewegung entfache ich im Kamin ein knisterndes Feuer und fülle mein auf dem Tisch befindliches Glas neu. „Komm rein ... wie fühlst du dich?" Ich deute auf einen der Sessel und sie nimmt Platz. Das graue Kätzchen mustert sie neugierig und streckt sich lasziv. „Du hast auch ein Kätzchen?" „Nein, ja also, ich weiß nicht, ob sie bleibt." Maunzend hüpft sie hinunter und schiebt sich durch den schmalen Spalt der Tür. Schnaubend aber grinsend sehe ich ihr hinterher und schließe die Tür. „Möchtest du zuvor oder lieber erst danach etwas trinken?" So im Sessel sitzend, sieht sie fürchterlich klein und verloren aus. Ihre Haare rahmen ihr schmales Gesicht ein und ihre Augen glänzen im Schein des Kaminfeuers. Nervös kaut sie auf ihrer Unterlippe herum. „Wäre beides für dich oki?", piepst sie ganz leise und starrt auf den Boden. Ich könnte mich ohrfeigen, denn genau vor ihr sind die Überreste des zweiten Experiments! Ich reiche ihr ein Glas Whisky, welches sie in einem Zug leert und dann umgehend ihren Mund verzieht. „Bäh ... wird es so ..."

Sie schüttelt ihren Kopf und setzt von Neuem an, „Wann setzt es ein?" Immer noch blicken wir auf den Boden vor ihr. „Nichts davon wird passieren, Phuka ... das schwöre und garantiere ich dir! Wie dieses braune Kätzchen wirst du hier hinausgehen! Vertraust du mir?" Sie sieht an mir vorbei und ich realisiere erst jetzt, was sie so fixiert. Sie grinst verlegen, als ich sie zügig einklappe und dann vollkommen verschwinden lasse. „Du bist mein Fürst und ich konnte mich immer auf dich verlassen!" „So wie ich mich auf dich, Phuka. Steh bitte auf und versuche an absolut gar nichts zu denken, egal was passiert, nimm einfach an, okay?" Sie nickt und folgt meiner Anweisung.

Ich stelle mich ihr direkt gegenüber und lege meine linke Hand auf ihren Unterleib. Angespannt hält sie die Luft an und kneift ihre Augen fest zusammen. Ich brumme leise, doch es reicht aus, um sie ausatmen zu lassen. „Entspanne dich, löse deine Gedanken und stelle dir einen Ort vor, wo du jetzt gerne wärst ..." Sie nickt und entspannt mit einem kleinen zaghaften Lächeln. Das Einzige, was ich hören kann, ist ihr rasend kleines Herz. Ich verstärke meinen Handdruck und sage die Zeilen auf, die mein Gift preisgeben „[2] Tenebrae plantantes semen suum nocuit tibi; Etiam lumen amoris subtiles instinctus destruit! Ergo meo te veneno nutriam, quod tuum fructum afficit. parcat corpori tuo, et perdat quod facit nesciens testimonium." Auch bei ihr tritt zur Bestätigung meiner Gabe eine rein weiße Lichtenergie aus meiner Hand und dringt in ihren Unterleib. Doch weder vibriert ihr Körper noch ändert sich etwas anderes ... zögerlich öffnet sie erst das eine und dann ihr zweites Auge ... Ich löse meine Hand von ihrem Körper und betrachte sie. Vielleicht bedarf es bei ihrer Körpergröße einfach länger? Über eine halbe Stunde sitzen wir bereits im

Arbeitszimmer und noch immer hat sich nichts
getan. „Warum passiert denn nichts, Lucifer? Ich werd echt
verrückt … vielleicht hat es erst gar nicht funktioniert?" Ich
brumme, denn deswegen hatte ich mir schließlich die Zeit
genommen und experimentiert. „Doch Phuka. Ich bin sicher,
du hattest, was das betrifft, zumindest Glück und es ist dir
wenigstens das erspart geblieben, Kleines." Endlich löst sich
ihre angesammelte Anspannung. Sie springt vom Stuhl auf
und mir direkt entgegen.

Unter einem Weinanfall gemischt mit Dankesbekundungen,
überschüttet sie mich unter vielen kleinen Küssen auf beiden
Wangen und etlichen Umarmungen. Sanft schiebe ich sie von
mir und sehe in ihre glänzend funkelnden Augen, in diesem
Moment ist ihr das Glück förmlich von den Augen abzulesen.
„Phuka, ich habe nichts für dich geleistet und doch erdrückst
du mich beinahe vor Dankbarkeit." Sie schüttelt energisch
den Kopf, umarmt mich ein weiteres Mal und tritt dann
einen Schritt zurück. „Pah! Du hast unglaublich supi dupi
dolle viel für mich getan! Wenn du das selbst nicht weißt,
dann muss ich dir das wohl aufzählen!" mit erhobenem
Zeigefinger wedelt sie grinsend vor meiner Nase herum und
setzt an, „erstens, du hast ein riesengroßes Herz! Zweitens",
sie streckt ihren Daumen aus, „du hast immer ein offenes
Ohr, drittens, du hast mir mein Leben gerettet und mir ein
Zuhause gegeben." Mit jeder Aufzählung streckt sie einen
weiteren Finger hoch. Breit grinsend unterbreche ich sie in
ihrer Aufzählung. „Kleines, du bist mir ebenfalls wichtig. Es
bedarf keiner weiteren Aufzählung." Sie kräuselt ihre
Stupsnase und sieht mir skeptisch entgegen. „Wenn du das
meinst, na gut. Doch wehe, du vergisst es einmal! Denn ich
war noch lange nicht fertig!" Lachend schüttel ich den Kopf
und hebe feierlich meine Hand, „Versprochen." Zufrieden

grinst sie und wird dann wieder ernster. „Du magst Lilith, nicht wahr? Sie ist wunderhübsch..." Ich weiche ihrem forschenden Blick aus und beiße mir auf die Unterlippe. „Ich finde, ihr passt ausgezeichnet zusammen! Lil ist toll. Gibt ihm ein bisschen Zeit, dann freut er sich sicherlich ebenfalls für dich!" Ich brumme nachdenklich. „Ich sollte mich in seiner Gegenwart etwas zurücknehmen ..." Phuka legt ihren Kopf schief und verzieht ihren Mund. „Nö, du bist der Fürst und du kannst machen, was du willst. Der hat sich heute Morgen einfach umnmöglich bvenommen." Ich seufze, „hat er und dafür hat er sich entschuldigt kleines. Aber auch mein Verhalten war unüberlegt, Fürst hin oder her. Das war egoistisch. Ich bin sturköpfig, eifersüchtig, rachsüchtig und verdammt ja, meinetwegen auch hochmütig, aber sonst bin ich niemals so egoistisch ..." Ihre großen Augen ruhen auf mir und sie seufzt schwer. „Tut mir leid, Lucifer ... warum muss Liebe so verdammt kompliziert sein?" Auf ihre Frage fällt mir nur eine Antwort ein. „Manchmal muss es schwierig sein, damit wie die richtige Liebe nicht als Selbstverständlichkeit ansehen Kleine. Aber für die wahre Liebe lont es sich immer zu kämpfen." Nachdenklich sieht Phuka mich an und lässt ihren Blick aus dem Fenster schweifen. Als die schwere Standuhr die volle Stunde verkündet, sieht die kleine Dämonin hin und flucht laut: „Beim schwarzen Papst! Verdammte Rattenscheiße, das Abendessen muss noch gemacht werden! Wieso zum Henker muss die Zeit denn so rasen? Ich war doch gar nicht so lange hier! Ich hab auch nur zwei Hände und Füße! Scheiße, man. Ich wäre besser n Tausendfüßler oder so geworden! Mennoooo!" Sie fährt sich durch ihr Gesicht und rollt mit den Augen, während sie hin und her läuft und dabei ins Fluchen verfällt. Dass ich bereits dreimal ihren Namen genannt habe, scheint sie in ihrer Rage nicht wahrzunehmen, und so ergreife ich ihren Oberarm, als sie wieder an mir vorbeiläuft, und halte sie fest. „Stopp, du läufst mir ja noch den Boden durch." Ihr Blick ist herrlich! Tatsächlich schielt sie nach unten und ich verkneife mir das Grinsen, als sie wieder in meine Augen sieht. „Ich wünsche kein großes Abendessen Phuka." Ermahnend hebe ich den Zeigefinger und bringe Sie umgehend dazu, ihren Mund zu schließen. „Fexiel und Paymon haben ebenfalls noch Aufgaben zu erledigen. Insofern reicht etwas Schlichtes und danach erwarte ich von dir, dass du etwas nur für dich tust! Entspann etwas. Du hast permanent unter Anspannung und Sorge gestanden Kleines. Wenn du möchtest, geh in die Bibliothek oder gönne dir ein entspannendes Bad!" Ein kleinlautes „oki" huscht über ihre Lippen. Doch bin ich mir nicht so sicher, ob sie es wirklich bei einer Kleinigkeit belassen wird – zum Abschied drückt sie mir einen kleinen Kuss auf die Wange und huscht lautlos auf den Flur. Bevor ich das Arbeitszimmer verlasse und hinter mir abschließe, verräume ich noch alle liegen gebliebenen Schriftrollen und Pergament und lösche die Flammen, bis auf das Feuer im Kamin. Der Flur sowie die erste Etage sind vollkommen leer und still.

[1] „Einen Teil gebe ich dir, einen Teil nehme ich dir … Das neue Leben, es möge verwesen … Noch ehe,
der Moment beginnt und die Zeit gewinnt … Stoße, ab, was sich bindet. Färbe schwarz,
was sich findet...."

[2] „Die Dunkelheit ihren Samen setzt, dich tief hat verletzt. Selbst das Licht der Liebe zerstört die feinen Triebe! Drum nähre ich dich mit meinem Gift, welches deine Frucht

betrifft. Möge es deinen Körper verschonen und nur das zerstören, was dir tut, ungewollt beiwohnen!"

Klare Ansage...

Als ich mein Schlafzimmer erreiche, zögere ich. Wäre sie überhaupt in meinem Zimmer anzutreffen? Ich schüttel meinen Kopf über diesen Gedanken. Warum sollte sie das Gästezimmer wählen? Selbstsicher öffne ich die Zimmertür und trete ein. Im ersten Moment erkenne ich es jedoch nicht wieder und bin vollkommen überrascht. Überall sind weiße Kerzen aufgestellt und der Boden ist mit weißen und roten Rosenblättern ausgelegt. Mein Blick folgt der Blütenspur und als ich aufsehe, verschlägt es mir wahrhaftig die Sprache! Ihre leuchtenden Augen auf mich geheftet steht sie nur so da und ich bin außerstande, mich auch nur einen Schritt auf sie zuzubewegen.

Schlagartig verändert sich ihr erwartungsvoller Blick in Unbehagen. Nervös greift sie nach einer einzelnen langen Haarsträhne und wickelt diese um ihre Finger. Nach einer quälenden Stille durchbricht sie diese bedrückt: „Ich wollte dich überraschen, Löwe. Es ist doch zu viel und zu übertrieben, nicht wahr?" Ich schüttel nur meinen Kopf und gehe schweigsam und langsam, ohne meinen Blick von ihr abzuwenden, auf meine Löwin zu. Sie sieht unglaublich schön aus und ich kann es einfach nicht in Worte fassen, die dies annähernd umschreiben könnten. Ich betrachte jeden Millimeter ihres wundervollen Körpers, der in hellroter und goldener Spitze gehüllt vor dem Bett steht und mich sehnsuchtsvoll erwartet. Ihr bezauberndes Lächeln erscheint und sie streckt mir auf der Hälfte des Weges ihre Hände entgegen. Sie hat einen exquisiten Geschmack, was die Wahl des Kleides betrifft. Es betont ihre Konturen und obwohl alles verhüllt, ist es verrucht und unglaublich verführerisch!

Vorn endet es knapp über ihren Knien und betont ihre langen, schlanken Beine, während es von hinten bis auf den Boden reicht. Ein tiefer Ausschnitt deutet ihre wohlgeformten Brüste unter dem Stoff an und ich kann es kaum erwarten, ihren Körper von dieser leichten Last Stoff zu befreien. Ihre Finger umschließen meine Hände und ich genieße diese simple Berührung in vollen Zügen. Langsam ziehe ich sie dicht an mich heran und atme ihren unverkennbaren Duft ein. Ebenfalls genussvoll seufzend, schmiegt sie sich an meine nackte Brust und reibt ihren Kopf an mir. Langsam streichel ich ihren langen Rücken entlang und vergrabe meinen Kopf in ihre Halsbeuge und verteile kleine Küsse auf diese und ihre nackte Schulter. „Ein Jammer um den schönen Stoff", raune ich flüsternd an ihr Ohr, während ihre Fingernägel leicht über meinen Rücken kratzen und somit leicht rötliche lange Spuren ziehen. Sehnsuchtsvoll drückt sie sich gegen mich. „Ich denke, das Kleid hat seinen Zweck erfüllt und verzeiht dir. Du hast mir gefehlt." Ihre sonst so klare, helle Stimme klingt nun sinnlich tief und beschert mir eine wohlige Gänsehaut. Ich verstärke den Druck unserer Umarmung und lasse meine Hände ihren unteren Rücken hinuntergleiten, während ihre Hände rauf wandern und sich um meinen Nacken legen. Ungeduldig und erregt knurre ich an ihren Hals, hebe sie hoch und gehe mit ihr zum Fußende des Bettes. Sie kichert und klammert sich mit ihrer ganzen Kraft an mich. „Ich bin überhaupt nicht müde, Löwe." Ich hebe meinen Kopf, um ihr in ihre Augen zu sehen, und grinse verwegen. Ihre Augen sind dunkler und schimmern in lila Tönen. Mit rauer Stimme erwidere ich: „Das will ich hoffen, denn an Schlaf ist die nächsten Stunden nicht zu denken, kleine Löwin." Gierig nehme ich ihre Lippen in Beschlag und unterdrücke ihr überraschtes Keuchen, welches sich in ein sehnsuchtsvolles Stöhnen wandelt, als ich sie auf das Bett bugsiere, auf dem sie inzwischen unter mir liegt. Jedes Gefühl von ihr ist beinahe greifbar. Erregung, Neugierde, mit einem Hauch von Angst gemischt. Ich stütze meinen Oberkörper mit beiden Händen neben ihrem Kopf ab, lasse ihr einen Moment und genieße einfach. Ihr kleines Herz rast und sie beißt sich auf ihre volle Unterlippe, als sie meinem Blick standhält. Langsam beuge ich meinen Kopf zu ihr hinunter und flüstere an ihren Lippen. „Ich werde nichts tun, was dir nicht gefällt, oder was dir gar wehtun würde. Niemals überschreite ich deine Grenze, Lil." Bestärkt hebt sie ihren Oberkörper an und küsst mich hungrig. Ihre langen Beine wickeln sich um meine Hüfte. So drückt sie sich gegen meine pochende Erregung und beginnt mit ihrer süßen Folter. Ihre Hände streifen von meinen breiten Schultern weiter über mein Rückgrat hinunter und schieben sich unter den Bund meiner Wildlederhose. Die Spannung ist unerträglich, und während nun ebenfalls meine Hände nach ihren dünnen Stoffen greifen und fest umfassen, drücken sich ihre kleinen Hände durch und umfassen mein nacktes Fleisch. Ihre Nägel graben sich in meine Haut und ich ziehe knurrend die Luft mit ihrem Geruch ein. Statt ihr Kleid einfach hochzuschieben, zerreiße ich es achtlos unter ihrem amüsierten Blick. Ich hatte mir in meinen Gedanken ausgemalt, wie ich sie sinnlich und zärtlich umwerbe, doch sie reizt mit ihren Berührungen und Gesten meinen schlummernden Dämonen und berauscht zu sehr meine Sinne. Ich drücke mein Becken gegen ihres und reibe meinen Körper voller Sehnsucht, nach Erlösung an ihrem. Erregt atmet sie aus, während ihre Hände sich sanft aber quälend langsam über meine Hüften vorwärts bewegen. Es macht mich wahnsinnig, vor allem weil sie mich mit einem unschuldigen Grinsen dabei ansieht. Ich packe erst ihren rechten Arm und strecke ihn über ihren Kopf. Mit meiner rechten Hand öffne ich meine Hose und ergreife dann ihren anderen Arm. Ihr Protestieren ersticke ich mit einem gierigen Kuss, den sie sofort erwidert. „Du spielst mit einem Teufel, mein Herz", erwidere ich zwischen unseren leidenschaftlichen Küssen, während sie sich stöhnend unter meinem Körper windet. „Dann nimm dir, wonach du dich verzehrst, mein Teufel ... Ich gehöre dir, mit Leib und Seele!" Sie lässt ihre Arme über ihrem Kopf verschränkt und genießt meine beißenden Küsse auf ihrer nackten Haut. Vom Schlüsselbein abwandernd, küsse ich mich zu ihrem Bauchnabel hinunter und massiere gleichzeitig ihre Brüste. Sie krallt sich stöhnend in die Kissen und wölbt sich mir bittend entgegen. Ich schüttel leicht grinsend den Kopf und genieße den Anblick, der sich mir bietet. Meine rechte Hand wandert hinunter, gleitet über ihren Rippenbogen weiter hinab und streichelt ihren flachen Bauch. Gekonnt arbeiten sich meine Finger weiter hinunter und erreichen ihre Schenkel. Dort streichel ich die Innenseite ihres angewinkelten Schenkels hinunter. Mit leichtem Druck lasse ich meinen Daumen über ihre versteckte Perle zwischen ihren Schamlippen kreisen. Ihr überraschter, leiser Aufschrei ist wie Musik in meinen Ohren und spornt mich zu weiteren Handlungen an. Ihre Arme strecken sich auf dem Bett aus und ihre Finger krallen sich verzweifelt in die Laken, als ich zu meinem massierenden Daumen meinen Zeigefinger in sie gleiten lasse und ihre bereits nassen Wände nun ebenfalls von innen stimuliere. In Ekstase verfallend drückt sie sich mir entgegen und schreit verzweifelt meinen Namen heraus. Mit einer einzigen Bewegung schiebe ich den letzten hinderlichen Stoff hinunter und drücke meine Erregung an ihren Eingang. Ihre Haut ist erhitzt von ihrem ersten Orgasmus, und sie zittert vor Erregung. Ich spüre den leichten Druck, als ich halb in sie eindringe und mich langsam in ihr bewege. Kurz zieht sie ihre Brauen zusammen und krallt sich in meine Hüften, doch dann drückt sie sich ebenfalls gegen mich und nimmt mich vollständig in sich auf. Ihr Körper schmiegt sich heiß gegen meinen und wir finden unseren gemeinsamen Rhythmus.

Ich spüre die Spannung ihrer Muskulatur, die einen weiteren Orgasmus ankündigt. Sie ist perfekt. Es ist ein Zusammenspiel von Dominanz sowie Zärtlichkeit, und Lilith genießt, lässt sich von mir führen und fallen. Mittlerweile ist ihr Körper schweißgebadet und ihr ganzer Körper von unserem Liebesspiel überreizt. Ich brauche nur, über ihre wundervollen Brustwarzen zu pusten, da beginnt sie auch schon wieder, meinen Namen zu wimmern. Viermal habe ich sie bereits über die Klippe stürzen lassen, doch nun benötigt ihr Körper eine Pause. Ihre Augen glänzen bereits fiebrig und ihr Atem geht stoßweise. Ich rolle mich von ihr und nehme sie in meine Arme. Seufzend schmiegt sie ihre Wange an meine Brust und versucht krampfhaft, ein Gähnen zu unterdrücken. „Ruh dich aus, mein Diamant." Ihre Wangen färben sich rot vor Scham, doch ich streichel über ihren Rücken und ihr langes, nasses Haar. „Ich möchte dich nicht enttäuschen." „Schhhh. Was sagst du denn da?" Mit zusammengepressten Lippen sieht sie mich an und streichelt über meine Brust. „Ich bin im Gegensatz zu dir so schwach. Sieh doch, kaum eine Schweißperle ist auf deiner Haut und ..." Ihre kleine Hand wandert hinunter und legt sich um meinen erregten Schaft, was mich zum Stöhnen bringt. „Selbst hier scheint keine Erlösung!" Ich lege meine Hand über ihre und sehe ihr Ernst entgegen. „Lilith, sage niemals wieder, dass du schwach bist. Und was meine Erregung betrifft, darüber mach dir keine allzu großen Gedanken. Ich wollte, dass du im Mittelpunkt stehst." Sie küsst mich zärtlich und voller Liebe. Ich erwidere ihren Kuss, den wir umgehend vertiefen. Auch wenn ich mich gerne wieder in ihr versenken würde, belasse ich es bei Streicheleinheiten und Küssen. Fest an mich geschmiegt fühle ich, dass ihr Atem langsamer und gleichmäßiger wird und sie in meinen Armen eingeschlafen ist. Ich gebe ihr einen liebevollen Kuss auf ihrem Scheitel und schließe ebenfalls meine Augen, um ein wenig vor mich hin zu dösen. ... fortan möchte ich Sie jede Nacht und jeden Tag an meiner Seite wissen, meine kleine Löwin ... Mittlerweile sind zwei Monate vergangen und bisher scheiterte jeder Versuch kläglich, Phuka und Fexiel wieder einander näher zubringen. Auch über den ominösen Dämon ließ sich bisher nichts weiteres herausfinden. Es scheint, als hätte die Dunkelheit ihn verschluckt, doch wir würden nicht eher aufgeben, bis wir ihn gefunden haben. Zumindest zwischen den beiden Frauen hat sich eine innige Freundschaft entwickelt.

Lilith hat mich so in ihren Bann gezogen, dass ich meine Pflichten als Fürst ziemlich vernachlässige. Ohne die Unterstützung von Paymon und Fexiel wären die Konsequenzen untragbar, insbesondere jetzt, in der Zeit der erwachten Dunkelheit. Die beiden halten mir größtenteils den Rücken frei. Es ist später Nachmittag, als ich mit Lilith zurück zu unserem Anwesen kehre und Fexiel mich bereits an der Eingangstür erwartet. Mittlerweile grüßt er sie wenigstens, was ein großer Meilenstein in der Geschichte ist. Jedoch unterlässt er gewisse Sticheleien nicht, so auch an diesem Tag. „Lilith, würdest du mir deinen Lustknaben freigeben? Die Geschäfte erfordern wirklich seine

Anwesenheit." Sie nimmt es mit Humor und zuckt mit ihren Schultern, „Selbstverständlich, aber wehe, er hat auch nur einen Kratzer!" Mein Blick in seine Richtung spricht Bände, doch er grinst nur und beugt seinen Kopf. „Wo gedenkst du hin? Dafür mache ich meinen Job zu gut. Zudem bin ich derjenige, der einsteckt und ihn vor Schaden zu bewahren hat." Sie gibt mir einen federleichten Kuss, der meine frustrierenden Gedanken in Rauch auflöst. „Bis später, mein Liebster, ich werde mir schon die Zeit vertreiben, und da ist meine Gelegenheit bereits!" Begeistert läuft sie an mir vorbei und grüßt Phuka herzlich. Die kleine Dämonin nickt uns zu, sieht Fexiels sehnsuchtsvollen Blick und weicht wie so oft aus, indem sie sich bei Lilith einhackt und mit ihr zügig in Richtung der Gärten verschwindet. Ich stoße Fexiel in seine Rippen und sehe ihn erwartend an. Vorerst will ich mich mit weiteren versuchen ihre Partnerschaft zu retten zurückziehen. „Hey, was ist so wichtig gewesen?" Er sammelt sich und brummt den Namen meines Besuchers.

Oso ist ein Dämon, den man nicht zu lange warten lassen sollte. Ich beschleunige meinen Schritt und gehe in Begleitung von Fexiel, der bei solchen Treffen immer an meiner Seite anwesend ist, hinein und begrüße meinen Gast. „Oso, entschuldige die Wartezeit ..." Ein überdimensionaler Leopard, mit Gehstock und einer wuchtigen Krone auf dem Kopf, steht mit übereinandergeschlagenen Beinen lasziv am Sessel gelehnt und betrachtet uns mit großem Interesse. Binnen Sekunden hat er sich in seine Menschengestalt gewandelt. Nur bei genauerer Betrachtung seines auffallenden Anzugs, wie in seiner vorigen Fellzeichnung, und seine stechend grünen Augen offenbaren nun seinen verhüllten Dämonen. „Es war bis jetzt nicht von allzu langer Dauer. Sonst hätte ich mich bemerkbar gemacht, Lucifer."

Sein kaltes Grinsen offenbart seine Fangzähne. Mit schwingendem Gehstock kommt er auf mich zu und nickt zur Begrüßung. Ich biete ihm einen Platz an und setze mich ebenfalls hinter meinen Schreibtisch. „Ich muss bekunden, Lucifer, dass es sehr viel Handlungsbedarf derzeit gibt." Oso sieht von mir zu Fexiel und grinst erneut kalt. „Eure rechte Hand wird einiges zu tun bekommen." Er kratzt sich den Nacken und bleckt zeitgleich seine langen, scharfen Fangzähne. „Ja, derzeit sind etliche Unruhen zu verzeichnen und wir nehmen uns diese Sache bereits an, es sollte schon bald wieder vom Tisch sein. War das der Grund eures Besuches?" Mein Besucher lehnt sich entspannt zurück und legt seinen Gehstock über seine Beine. Dann schüttelt er den Kopf und räuspert sich. „Leider führen mich weitere besorgniserregende Nachrichten zu euch", beginnt er. Als Präsident der Hölle genießt er, sich überall frei bewegen zu können, und seine Fähigkeit, seine Feinde in den Wahnsinn zu treiben, entlockt vereinzelt so manches Geheimnis. Zudem kann er seine Gefolgsleute in jedes andere Wesen verwandeln, was ihn ebenfalls in seine Karten spielt, um an Informationen zu gelangen. „Nun", beginnt er und räuspert sich ein weiteres Mal. Fexiel stellt ihm ein Glas Ziegenblut auf den Tisch und schenkt mir ein Glas Whisky ein. Der Dämon greift nach seinem Glas und leert es umgehend in einem Zug. Erst danach spricht er weiter. „Neuen Meldungen zu Urteilen spalten sich mehr und mehr die Dämonen untereinander und es kommt förmlich untereinander zu Hexenjagden." Ich schnaube, mir missfällt, dass er nicht einfach bündig auf den Punkt kommt. „Welche Art von Hexenjagd und was für eine Rolle soll meine rechte Hand spielen?" „Nun, Fexiel ist wahrlich die Nummer zwei der Grausamkeiten und Vollstreckung, vielleicht sogar schon der

Beste auf diesem Gebiet. Ähm. Die Dunkelheit scheint weiteren Einfluss zu erlangen, obwohl sie in den Schluchten verankert ist. Die Qualitäten eurer rechten Hand könnten einiges ans Licht befördern." Ich brumme, nippe an meinem Glas und lehne mich zurück. „Der Dunkelheit wurden ihre Grenzen aufgezeigt! Und sie hat diese laut meiner sicheren Quellen kein weiteres Mal überschritten! Insofern sehe ich es nicht als erforderlich an." Knurre ich zurück. Er kichert und schüttelt den Kopf. „Ihr seid zu viel Diplomat statt Krieger, mein Fürst." „Die Dunkelheit sammelt gewiss nur ihre Kräfte, um ein weiteres Mal zuzuschlagen." Als Fexiel ihm einen ernsten Blick der Warnung zuwirft, ergänzt er schnell seinen Satz. „Ich bitte um Verzeihung, als euer Freund. Es ist nur so, dass mit dem Eintreffen eurer Gefährtin auch der Hass gegenüber der Niwas gestiegen ist. Wo sagtet ihr, kommt eure Gefährtin her?"

Er blinzelt zu mir rüber und ich muss meine Wut über solche Dreistigkeit, Lilith damit hineinziehen zu wollen, unterdrücken, damit ich nicht über die Tischplatte greife und ihm seine bloße Kehle herausreiße. Entschuldigend hebt er seine Hände über die Tischplatte hinweg und lehnt sich zurück. „Verzeihung, mein Fürst. Es geht mich nichts an. Es muss etwas unternommen werden, mein Fürst. Wenn die Niwa abgeschlachtet werden wie die Lämmer, sinkt nur das Vertrauen in euch und eure Versprechen." Ich knurre bedrohlich, erst Unterstellungen und dann das? Egal, ob er der Präsident der Hölle oder der Kaiser von China ist, hier regiere ich und er hat mir mehr als Ratschläge zu zollen! Angespannt erhebe ich mich und lehne mich mit gestreckten Armen über die Tischplatte. „Warum sollte das meine Position schwächen? Ich bin der Teufel und der Lichtbringer persönlich und noch keins meiner Versprechen wurde nicht eingehalten!" Hilfesuchend wechselt sein Blick von mir zu Fexiel, der nur provokant seine Augenbraue hebt, aber weiterhin schweigt. Der Dämon sucht verzweifelt nach den richtigen Worten: „Ich möchte euch nicht beleidigen, aber für die Niwa seid ihr ein Schutzpatron geworden." Meine Geduld ist überreizt und ich donnere auf die gerade erst neu ersetzte Schreibtischplatte, die unter meinem Schlag erzittert. „Oso. Komm auf den Punkt!" Seine Augen werden riesengroß und er schluckt Feste, ehe er zu stottern beginnt. „Ihr ... also ihr seid ..." Erneut lasse ich meine flache Hand auf das massive Holz krachen und er bringt mit zusammengekniffenen Augen seinen stotternden Satz zu Ende. „Ihr seid den Niwa am nächsten, mein Fürst!" Meine Miene versteinert sich umgehend bei seiner Aussage, und Oso rutscht tiefer in seinen Sessel. Ich bin nicht im Bilde darüber, was ein Niwa ist, doch das werde ich ihm nicht auf seine Nase binden! Ich habe meine Quellen, die ich anzapfen werde, und dazu gehört er mit Sicherheit nicht! Auch wenn er uns mit Informationen füttert, so traue weder ich noch Fexiel ihm. Es reicht, dass ich durch ihn herausfinden konnte, dass einige Dämonen mich nicht akzeptieren, doch das ist mir egal! Denn ich bin der Teufel der Unterwelt und ich werde ihnen lehren, mich zu fürchten, wenn sie mich schon nicht akzeptieren wollen! „Das Gespräch ist vorerst beendet." Er richtet sich auf und nickt erleichtert. „Das heißt, ihr werdet etwas unternehmen?" Ich grinse ihm kalt entgegen und nicke. „Gewiss doch Oso und ich erwarte weiterhin Ergebenheit und Loyalität. Denkt an euren vor ein paar Tagen abgelegten Schwur. Arzael hat auch euren Blutstropfen in sich eingeschlossen." Er wird bleich unter meiner versteckten Drohung. Was einmal von Arzael aufgenommen wurde, kehrt niemals mehr zurück ... mit zittrigen Beinen erhebt er sich und beugt seinen Kopf. „Möge das Licht für immer scheinen", beginnt er demütig und erwartet schweigend meine Gegenantwort, die ich ihm sodann entgegenbringe. „Und die Dunkelheit bannen." Noch im Hinausgehen wandelt er sich zurück in seine Dämonengestalt und sprintet davon. Fexiel und ich stehen uns gegenüber und warten, bis wir sicher sind, dass er außer Hörweite ist. „Was zum Henker ist ein Niwa?" Mein Bruder zuckt ebenfalls ratlos mit seinen Schultern. „Wohl nichts sonderlich Nettes ... warum hast du ihn gehen lassen? Im Kerker ist noch genügend Platz." Ich fahre mir über mein angespanntes Gesicht und sortiere meine Gedanken. „Vielleicht weil ich zu sehr der Diplomat bin?" Er lacht kurz auf und zwinkert verwegen. „Dafür hast du mich als Krieger an deiner Seite, Bruder. Wie Oso sagte, ich bin vielleicht sogar besser als Kūka'ilimoku! Ich sollte mich geschmeichelt fühlen." Ich verdrehe meine Augen und verziehe meine Mundwinkel. Soll mal einer sagen, dass ich der einzige Engel mit Hochmut bin. Er wird wieder ernster und geht auf die Bar zu. Direkt greift er nach der letzten Flasche Scotch und nach einer Flasche Whisky für mich. „Nein, ernsthaft, er hat dich offensichtlich beleidigt und ist mit zittrigen Gliedern davon ... der verbigt etwas." Ich seufze und nicke, „Stimmt schon, doch ich kann mir derzeit keinen Austausch leisten ... er genießt Immunität und das Vertrauen etlicher Dämonen. Zudem hat er sinnvolle Fähigkeiten ... doch wenn die Probleme aus der Welt geschaffen sind, dann ..." Zwinkernd grinse ich teuflisch. Es bedarf keiner weiteren Worte. Das liebe ich so bei ihm, wir verstehen uns ohne viele Worte. Knarzend wird die Tür geöffnet und Paymon schiebt sich herein. „Mein Fürst. Ihr habt mich gerufen?" Ich nicke und komme direkt zur Sache. „Kurz und bündig zusammengefasst, Paymon, was sind Niwa?" Für einen

Sekundenbruchteil verzeiht er sein Gesicht zu einer angewiderten Fratze. „Nun, knapp gesagt, bedeutet es unreines Blut!" Das hilft mir absolut nicht weiter. Frustriert fasse ich mir an meinen Nasenrücken und massiere ihn. Er legt den Kopf schief und brummt. „Ihr wolltet es knapp erklärt, doch Niwa bedeutet so viel mehr." Mittlerweile ist der ganze Tag schon um und dieses umher Gerede nervt mich einfach. „Dann erkläre es, doch ohne große Umschweife!" Er nickt und beginnt. „Das ist wohl das Einzige, was Dämonen und Engel gemein haben." „Sie können beide sogenannte Niwa schaffen. Nephilim, so wie man sie in euren Kreisen nennt, wurden jedoch von eurem Gott persönlich untersagt und, soviel ich weiß, wurden sie vollkommen ausgerottet. Dämonen mit gemischtem Blut werden auch Unreine genannt. Es ist also die höfliche Beschreibung für Niwa. Meine Blutlinie ist vollkommen rein und ich bin ein geborener Dämon der ersten Klasse. Bei Niwas hingegen verpaaren sich Dämonen verschiedener Rassen." Er nickt zu Fexiel und verzieht seine Mundwinkel zu einem fiesen Grinsen. „Du zum Beispiel und Phuka als ihr noch zusammen wart. Hättest du die Kleine fett gemacht, wäre da mit großer Wahrscheinlickeit n Niwa bei herumgekommen." Bei diesem Satz wäre Fexiel ohne mein Eingreifen ihm definitiv an die Kehle gegangen: „hey Kumpel. Ich meine, es nicht abfällig, mir ist egal, was sich in anderen Zimmern abspielt, und ich sagte zudem, es könnte passieren. Manchmal überspringt es auch ein oder sogar zwei Generationen. Sollte was an den Gerüchten stimmen, gibt es sogar unter Königsfamilien faule Eier", endet er seine Erklärung und verschränkt seine Arme vor seiner Brust. „Ich verstehe weiterhin nicht, warum das ein Problem hier in der Hölle darstellt." Paymon grinst mich vielsagend an, „nun, reine Dämonen sind machtvoller und darum gerne in einflussreichen Bereichen gesehen. Dämonen in solchen Positionen gehen niemals Liebesbeziehungen ein. Da geht es rein um das Erbgut und das Weitertragen des reinen Blutes an die nächste Generation. Wer Macht hat, wird diese niemals mit unreinem Blut besudeln." Ich kann mich mit dem Gedanken nur schlecht anfreunden und das steht mir wohl im Gesicht geschrieben, denn unser Verwalter beginnt von Neuem. „Dämonen haben weder Herz noch Seele, Lucifer… Reine Dämonen sind nur auf das eigene Wohl aus. Was jedoch nicht ausschließt, dass wir loyal oder sogar treu sein können – solange es uns dienlich ist", betont er grinsend. Fexiel scheint in Gedanken versunken, denn er bekommt gar nicht mit, wie sich Paymon verabschiedet und zurückzieht. „Hey! Das ist nicht auszuhalten!" Ohne richtig zugehört zu haben, stimmt er zu. „Gut, ich packe meine Sachen und versuche auf meine Art, was herauszufinden. Ich werde mir Oso mal genauer vornehmen. Die Ablenkung wird mir guttun!" Mit halb offenem Mund stehe ich vor ihm und starre ihn an. „Willst du mich verarschen? Du gehst jetzt nirgendwohin und Oso kann warten. Jetzt werden Nägel mit Köpfen gemacht!" Noch sieht er mich fragend an, doch sobald ich ihren Namen über den ganzen Flur brülle, verzieht er angespannt das Gesicht.

Die Macht der Liebe

Sein Blick verfinstert sich, als ich mich zu ihm drehe und warte. „Was bezweckst du damit? Du siehst doch, dass sie mich meidet, und jetzt glaube ich, den Grund dafür zu verstehen!" „Abwarten, was sie dazu zu sagen hat! Ich zweifle daran, dass Phuka eine so gute Schauspielerin ist und das Blaue vom Himmel gelogen hat. Fragen wir sie doch einfach, wenn sie da ist." Er kämpft mit seinen eigenen Dämonen und brummt frustriert, als er sich zum Fenster bewegt und so der Tür den Rücken kehrt. „Ich dachte, wir hätten eine Abmachung. Nach all den Fehlschlägen dachte ich, du hast es kapiert", sagt er mit gedämpfter Stimme, als die Tür von außen zaghaft geöffnet wird. Ihre zittrige Stimme dringt an seine Ohren und er vergräbt sein Gesicht in seinen Händen. „Phuka, komm rein. Sei unbesorgt, mein Tonfall diente nur dazu, dich schnell herkommen zu lassen." Als sie Fexiel in der Fensterspiegelung sieht, ist es für mich bereits eindeutig! Diese kleine Dämonion hat ein Herz und das schlägt einzig für meinen Bruder. Ich schließe die Lücke zwischen ihr und mir und lege meine Hand auf ihren Arm. „Es wird Zeit, dass ihr euch miteinander auseinandersetzt und alles offen besprecht. Wir sehen uns morgen früh und ich hoffe, dass ihr die Nacht sinnvoll nutzt." Während Phuka mich starr vor Schock ansieht, dreht Fexiel sich ruckartig um und brüllt mich an. „Du hast n gewaltigen Riss in der Rübe! Du kannst Phuka nicht gegen ihren Willen mit mir hier lassen!" Noch während er wie ein Troll herumbrüllt, habe ich die Tür erreicht und setzte ein unschuldiges Grinsen auf. „Sorry, aber ich muss lernen, weniger Diplomat und mehr Teufel zu werden! Redet oder vögelt euch das Hirn raus. Mir verdammt noch einmal egal, was ihr mit eurer Zeit anstellt. Doch wehe, ihr benehmt euch bei meiner Rückkehr immer noch unreif." Mit wenigen Schritten bin ich draußen, schlage die Tür zu und versiegele sie im letzten Moment. Erleichtert lehne ich mich gegen die zitternde Tür und beginne zu lachen. „Du verschwendest Luft und Energie, Bruder! Die Tür verdient weder deine Zuneigung noch deinen Ärger, Fexiel, setz es sinnvoller ein … Gute Nacht, ihr Süßen." Von Ruhe ist in keiner Weise zu sprechen, denn scheinbar schmeißt er sich gegen die Tür, während er mir durch diese Drohungen entgegenbringt. „Du elender Auswurf, einer Hyäne! Samael! Öffne die beschissene Tür, dann wird es auch nicht zu lange dauern! Ich mach Ragout aus dir und serviere dich Lilith auf´m Silbertablett zum Abendessen! Öffne die beschissene Tür, du Arsch!" Nun wird es mir doch zu viel. Unser Küchenpersonal, welches alleine schon wegen Lilith jetzt öfter eingeplant ist, steht bereits im hinteren Teil und lauscht neugierig. Ich drehe mich um und schlage mit meiner Faust gegen die weiter zitternde Tür. „Mach mal Pause! Denkst du mal eine Sekunde an deine Partnerin? Glaubst du, mit deinem Verhalten punkten zu können?" Kurz ist Stille und endlich scheint er aufzuhören, die Tür einschlagen zu wollen … „Verdammt Lucifer, ich denke jede freie Sekunde an meine Kleine! Du weißt, dass es mich verfolgt, dass ich nichts davon verhindern konnte! Doch gerade bist du das Monster, welches sie einsperrt und somit ihren Ängsten aussetzt! Lass zumindest Kätzen raus!" „Das Monster hat einen wichtigen Termin und geht jetzt!" Ich schlage noch dreimal gegen das Holz und gehe die Treppe auf. Rasch verzieht sich das Personal und wendet sich seinen Aufgaben zu. Selbst auf der oberen Etage höre ich die gedämpfte Stimme meines Bruders, die mich noch über den Flur bis zu meiner Zimmertüre begleitet. Gerade als ich die Tür öffnen will, geschieht dies von der inneren Seite aus, und Lilith sieht mir mitfühlend in meine Augen. Ich ziehe sie in meine Arme und lasse noch, während ich sie innig beginne zu küssen, die Tür durch meine Gedanken ins Schloss fallen... Das knisternde Feuer im Kamin ist die einzige Wärme- und Lichtquelle, die die nahende Nacht vom Zimmer fern hält.

Zügig schlingt die kleine Katzendämonin ihre Arme um ihren Körper und versucht somit, das Wimmern und Zittern vor ihm zu verbergen. „Bitte, lass es gut sein... Bitte Fexiel." Doch alles bringt nichts, wenn die Stimme sie verrät. Sofort sieht Fexiel zu der kleinen Dämonin hinunter und fühlt sich selbst wie ein Monster. Noch in der Position verharrend, lässt er seine Hände sinken und ignoriert das verräterische Pochen in seiner rechten Hand. „Es tut mir leid, Kätzchen, gerade wünsche ich ihn wirklich in die tiefste Hölle." Sie ignoriert ihn vollkommen und starrt in die knisternden Flammen. Das Bedürfnis, sie vom Boden zu ziehen und sie einfach nur festzuhalten, ist gewaltig, und doch akzeptiert der gefallene Engel ihren stummen Wunsch nach Distanz. Resignierend dreht er sich, mit dem Rücken, gegen die Tür und lässt sich auf den Boden gleiten. Er müsste einfach nur seine Hand ausstrecken und könnte sie berühren. Diese erzwungene Nähe ist noch grausamer als das Ausweichen und nicht miteinander Sprechen. Ihm bleibt nur, auf jedes Geräusch zu achten und sie zu beobachten. Scheinbar hat sie noch die Kontrolle über ihre Platzangst, doch sobald ihr Dämon realisiert, dass sie in diesem Raum eingesperrt ist, wird dieser vor blinder Panik rebellieren. Deswegen wollte er, dass Phuka raus konnte. Als die Welt noch in Ordnung war und sie über alles geredet und sich noch vertraut hatten, da hatte sie es ihm erzählt. Sie war als Katzenjunges tagelang in einer eingestürzten Höhle gefangen gewesen und konnte, sich nicht eigenständig befreien. Als man sie endlich gefunden hatte, war sie halb verhungert. Das Feuer scheint mit dem wenigen Holz nicht bis durch die Nacht brennen zu können. Aber dafür würde sich die rechte Hand des Teufels schon etwas einfallen lassen. Sofern sie dann wirklich noch in diesem Zimmer hocken würden ... den Blick abwendend steht er auf, winkelt seine rechte Hand an seinen Brustkorb und geht zum bodentiefen Fenster. Laut denkt er nach und Phuka lauscht seiner wohlklingenden tiefen Stimme mit sehnsuchtsvollem Blick. „Wenn es mir gelingt dieses scheiß Fenster zu zerschlagen, muss ich sie nur davon überzeugt bekommen, sich zu wandeln. Als Katze käm sie mit Leichtigkeit durch die Gitterstäbe." Er wirft sich mit Anlauf gegen das Glas, doch es geschieht nichts. Brummend reibt Fexiel sich die Schulter, doch so schnell gibt der ehemalige Heerführer des Himmels nicht auf. Mit zusammengebissenen Zähnen ignoriert er den Schmerz seiner Hand und greift nach dem Sessel. Knurrend wirft er ihn mit ganzer Kraft gegen die Fensterscheibe. „Maaannnn. Du hinterhältiger, mieser Pisser! Hast echt den einzigen ausbruchsicheren Raum genutzt, der ein bisschen Komfort zu bieten hat ... Super!" Sein Gesicht ist wut- und schmerzverzerrt, doch er sieht auf den zerschmetterten Sessel und wenigstens dieses Ergebnis bringt ihm ein kleines schiefes Grinsen der Genugtuung ein. „Wenigstens geht uns das Feuer nicht aus." Langsam scheint die Starre der Dämonin sich zu lösen. Sie hatte jedes Wort gehört und so auch ihr Dämon, der langsam an der Oberfläche zu kratzen beginnt. Immer wieder huschen in ihrem Köpfchen folgende Sätze herum und sie wünschte sich, dass das einfach endet. »Ich bin nichts wert. Er wollte mich nie. Er kann so etwas Ekelhaftes wie mich niemals lieben! Ich kann mich ja selbst kaum ansehen.« Ekel überkommt sie und sie versucht, sich noch kleiner zu machen. Sein Grinsen erstirbt und sein Herz bricht in Tausend Stücke, als er sein Ein und Alles so verzweifelt sieht. Er beißt sich auf die Lippe und schickt gedanklich Flüche ins Obergeschoss. Zögerlich geht er einen Schritt auf Phuka zu, doch er wagt sich nicht weiter, als sie unter seinem geworfenen Schatten zusammen zuckt. „Es tut mir schrecklich leid, dass du das hierdurchstehen musst, Kätzchen." Er schüttelt den Kopf und sieht zu der letzten angebrochenen Flasche Scotch. Kommentarlos geht er darauf zu und greift nach zwei frischen Gläsern. Schnaubend kommt er auf Phuka zu und setzt sich wieder vor die Tür. Mit Mühe hat er die Flasche geöffnet und gießt ihr ein halbes Glas ein. „Ich glaub' n Schluck, kann guttun ..." Sie schaut auf das Glas und verzieht ihr feines Gesicht zu einer Grimasse. „Danke nein ... Ich wollte heute Abend noch die Bar auffüllen. Entschuldige bitte." Er kann seinen Ohren kaum trauen, sie entschuldigt sich bei ihm für eine lächerliche Sache. Ungläubig schüttelt er den Kopf und hält ihr das Glas hin. „Bitte nicht kleines. Eine Entschuldigung ist dafür wirklich nicht nötig. Bitte trink es. Ich sehe in deinen wunderschönen moosgrünen Augen bereits, dass dein Dämon an der Oberfläche kratzt. Es beruhigt ein wenig die Nerven. Ich schwöre dir, ich fasste dich nicht an." Tränen steigen in ihre Augen, mit zittrigen Fingern ergreift sie das Glas und ihre Finger berühren sich für einen Bruchteil einer Sekunde. In diesem einen Bruchteil jagt es ihm einen wärmenden Schauer über das Rückgrat und auch Phukas Augen glühen in diesem Moment auf. So schnell es aufkommt, ist es jedoch wieder erloschen ...

Sie schnuppert am Scotch in ihrem Glas und rümpft die Nase. Mit zusammengekniffenen Augen leert sie es. „Uäh … scheußlich und du trinkst das wie Wasser!" Sie schüttelt ihren Kopf und zieht die Schultern höher. Im Zurückgeben sieht Phuka seine verletzte Hand. „Du, du hast dich verletzt?" überrascht sieht er sie und danach seine lädierte Hand an. Im Gegensatz zu dem, was man in jener Nacht seinem Kätzchen alles gebrochen und angetan haben musste, ist das in ein paar Stunden nur noch ein lächerlicher Kratzer und schnell vergessen. Er will keine Schwäche zeigen und schenkt ihr nur ein schiefes Grinsen, das zeigen soll, dass alles in Ordnung sei. Als Fexiel ihr in die Augen sieht, erkennt er jedoch die Veränderung in ihren Pupillen. Sie werden immer schmaler, ihre Augen grüner. Nervös leckt Phuka sich über ihre Lippen und streckt und ballt ihre Finger. Auch ihre Finger und Nägel haben ihr Aussehen zu Krallen verändert. Es würde nicht mehr lange dauern, bis ihre Dämonin sich gewaltsam einen Ausweg suchen würde … „Kätzchen. Hey, es wird alles gut. Konzentriere dich …" Seine sanfte Stimme hat noch immer die magische Wirkung auf sie … Selbst jede Nacht vor ihrer Zimmertür lauscht sie seiner Stimme und lässt sich so von ihm in den Schlaf begleiten…. Nun aber ist da einfach nur Panik. Eingesperrt in einem Raum, wo sie nicht hinauskommt, wenn sie will, und draußen die vollkommene Dunkelheit. Diese Kombination ist einfach zu viel für sie. Stoßweise schnappt sie nach Luft und krallt sich in ihre Schenkel. „Ich kann nicht … Die Wände … Sie erdrücken mich … Mir ist so heiß. Ich muss hier raus!" „Phuka, du kannst das. Du bist stark. Lucifer wird sicherlich gleich kommen und dich herauslassen, dann ist der Albtraum zu Ende! Bitte konzentriere dich so lange auf deinen Atem. Du bist nicht alleine, Kätzchen, wir stehen das gemeinsam durch, okay?" Sie ballt ihre Hände zu Fäusten und drückt sich ihre Krallen ins eigene zarte Fleisch. „Nein ... Lass mich nicht alleine ... Bitte ... bitte rede weiter." Ermutigt von ihr geht Fexiel vor ihr in die Hocke und spricht in einem zärtlich sanften Tonfall mit ihr weiter. „Gib mir bitte deine Hände, Kätzchen. Du tust dir gerade selbst weh und das ertrage ich nicht." Als sie sich angespannt aufrichtet, fürchtet er, dass sie sich eingeengt fühlt und die Flucht ergreifen will, doch es kommt anders.

Sie wirft sich bitterlich weinend und zitternd gegen seine breite Brust und krallt sich verzweifelt in seinen Rücken. „Ich brauche dich!" Das ist alles, was es bedarf. Umgehend nimmt Fexiel sie schützend in seine Arme, erhebt sich mit ihr vom kalten Boden und breitet seine großen weißen Flügel wie eine schützende Daunendecke um Phuka aus. Sanft streichelt er ihren Rücken und spricht in gedämpftem Ton zu ihr. „Stell dir einfach vor, wir wären draußen, statt hier in diesem Zimmer. Wir sitzen im kniehohen Gras, so wie früher. Nicht weit von den heißen Quellen entfernt und wir reden, trinken Wein und essen zusammen würzigen Käse und schwarze Trauben." Ihre Atmung wird gleichmäßiger und der Druck ihrer Krallen etwas weniger. Doch ihr Gift ist bereits in seinem Kreislauf und macht sich bemerkbar. Aber statt sich über den pochend brennenden Schmerz zu beklagen, genießt er jede noch so kleine Aufmerksamkeit, die ihm von seiner süßen Dämonin entgegengebracht wird.

Müde durch ihr Nervengift setzt er sich mit ihr im Arm haltend auf den letzten Sessel und steht die Panikatakke mit ihr zusammen durch. Langsam zieht sich ihre Dämonin zurück und sein Kätzchen befindet sich in seinen Armen. „Ich danke dir für deine Unterstützung und danke, dass du mich vor dem Durchdrehen bewahrt hast..." Sie schmiegt ihren

Kopf unter seinen Kim und atmet den verführerischen Duft von salzigem Meer ein. Wie lange hatte sie bereits auf diesen Geruch und solche Berührungen gehofft – doch das Monster der Dunkelheit hatte in nur einer Nacht so vieles in ihr zerstört… Noch einmal berühren seine Lippen ihr weiches Haar und drücken ihr einen Kuss auf den Scheitel. Das leise Rauschen verrät, dass er seine Flügel wieder eingezogen hat. „Ist soweit wirklich alles okay, Kätzchen?" Die Nennung ihres Kosenamen bereitet Phuka eine wohlige Gänsehaut. Sie reckt ihr Gesicht, um ihn besser ansehen zu können, und schenkt ihm ein aufrichtiges Lächeln. „Mir geht's weitaus besser…" Als sie etwas zurückrutscht, sieht sie sein Blut an der Türe. Rot vor Scham beißt sie sich auf ihre Lippen. „Was habe ich getan? Du hilfst mir und ich behandele dich so!" Er sieht ihr in ihre großen Augen und würde er in diesem Moment auf sein Herz, statt auf seinen Versand hören, würde er sie jetzt davon abhalten, von seinem Schoß aufzustehen. Er würde sie einfach zurückziehen und leidenschaftlich küssen! Doch so setzt er sein typisches schiefes Grinsen auf und fährt sich durch sein Haar. „Das war vollkommen okay. Wichtig ist, dass es dir besser geht. Dein Gift bringt mich ja nicht um." Sie sieht ihm ebenfalls tief in seine eisblauen Augen und seufzt schwer. Ihre dunklen Gedanken wollen an die Oberfläche, doch dieses Mal nimmt sie all ihren Mut zusammen und stemmt sich dagegen. „Er hatte meinen Körper und sicherlich wird er ihn wieder in Anspruch nehmen, aber niemals bekommt er mein Herz…" sie schüttelt den Kopf und sieht auf seine bereits heilende Hand. Fexiel brummt und hebt ihr Kinn an. Es wird Zeit, ihr die Wahrheit zu sagen. „Kätzchen, der Alpha ist tot. Er wird dich niemals beanspruchen." Ihre Augen sind groß auf ihn geheftet, während ihre Lippen leicht geöffnet sind. „Er ist

tot? Wie, was ist passiert?" Zähneknirschend gibt Fexiel
wieder, was er herausfinden konnte. Ihre Augen füllen sich
mit Tränen. „Das ganze Rudel wurde ausgelöscht und es gibt
nur diesen Namen? Ich verstehe das nicht, Fexiel. Er war es,
es war seine Stimme ... Sein Geruch ... Er war so real."
behutsam legt er seine Hände an ihre Arme und zieht sie
vorsichtig zu sich. „Kätzchen, wir denken, dass die
Dunkelheit diesem Balban dieses Aussehen verliehen hat. Ich
kann mir nicht verzeihen, dass ich ihr den Weg geebbnet
habe, dir das anzutun. Ich schwöre dir, ich werde ihn
aufspüren und töten." Mit unaufhaltsamen Tränen in den
Augen steht sie vor ihm. „Du musst dir nicht die Hände an
diesem Scheißkerl schmutzig machen! Ich verstehe schon,
warum du gehen willst, ich ertrage mich selbst nicht",
wütend und von all den Emotionen übermannt schlägt sie
seine Hand fort und läuft zum Fenster.
Bitterlich schluchzt sie, sinkt auf die Knie und lehnt ihre
Stirn gegen die kühle Scheibe. Sie merkt nicht, wie er sich ihr
nähert, und erst als sie seine Hand auf ihrem Rücken spürt
und seine tiefe Stimme hört, zuckt sie zusammen. „Kätzchen,
sag so etwas nicht. An meinen Gefühlen zu dir hat sich rein
gar nichts verändert! Hass mich, das kann ich ertragen, aber
sage niemals wieder, dass ich dich nicht ertragen würde!"
Sofort versiegen ihre Tränen, nur noch ihr Schluchzen hallt
durch das Zimmer. Mit brüchiger Stimme fängt sie zu
sprechen an, „ich hasse dich nicht! Ich hasse mich ..."
umgehend sinkt der dunkle Engel neben ihr auf die Knie und
zieht sie in seine zärtliche Umarmung. „Meine Liebe reicht
für uns beide, bis du dafür bereit bist." verzweifelt klammert
sie sich an ihn und atmet seinen markanten Geruch ein. „Ich
wollte dich doch nur beschützen. Ich dachte, wenn ich mich
von dir trenne, dann würde er mich in Ruhe lassen. Ich hätte

es nicht ertragen, wenn ich …" Den Satz beendet die Dämonin nicht, denn es liegt ungeschehen in der Vergangenheit und da gehört es hin. Sie setzt von Neuem an. „Ich wollte so stark sein wie du, aber das hab' ich einfach nicht geschafft." „Ich habe es auch nur durch Hilfe geschafft. Ich wollte aufgeben, als ich deinen Schmerz gefühlt habe. Du bist mein Licht, Phuka." Mit verweinten Augen und roter Nase sieht sie auf. Sanft streichelt er die Spuren ihrer Tränen von den Wangen. „Ich liebe dich, Kätzchen und nichts und niemand kann das ändern!" Seine Worte bringen sie zum Lächeln und sie schmiegt sich in seine starken Arme, die ihren Körper umfassen und an seine Brust drücken. „Bleibst du bei mir?" In ihrer Frage ist so voller Hoffnung und ihm widerstrebt zu antworten. Er schiebt es hinaus, indem er ihren Scheitel liebevoll küsst und ihren langen Rücken streichelt. Doch als sie unruhig wird, nützt all das Zeitschinden nichts. „Ich muss gehen, Kätzchen." Sie lehnt sich gegen seine Brust und schließt ihre Augen. „Noch sind wir hier eingesperrt und nun, nachdem wir geredet haben, finde ich es gar nicht mehr so schrecklich eingesperrt zu sein. Ich möchte dich nicht gehen lassen." Auch der gefallene Engel beginnt offenherzig zu grinsen. Denn es fühlt sich wie ein wahr gewordener Traum an, aus dem er nicht erwachen will … dieses wärmende Gefühl und die aufflammende Verbundenheit sind das wonach er sich die letzten Wochen und Monate verzehrte. „Ich will auch nicht gehen Kätzchen. Zumindest noch nicht. … Die letzte Zeit war die Hölle und selbst die Arbeit, konnte mich nicht ablenken!" „Das tut mir sehr leid", schnurrt sie wohlig in seiner Umarmung gehüllt, dann wird sie ernst. „Je schneller du diesen Arsch und die anderen Anhänger findest. Umso schneller bist du wieder da. Richtig? Also, kann ich dir bei den Vorbereitungen helfen?"

Fexiel grinst frech und zwinkert, bevor er sie innig und leidenschaftlich küsst. Nach einem ausgiebigen Kuss, der beiden eine Gänsehaut beschert und unter Keuchen unterbrochen wird, nickt er. „Jup, kannst und wirst du Kätzchen! Ich hoffe, dieser Penner lässt uns hier bald raus, denn unser Bett find' ich angemessener als seinen Schreibtisch! Zudem will ich vorher, dass du etwas isst, denn wenn ich jetzt so um dich greife, hast du mindestens drei Kilogramm abgenommen!" Er hat den Satz nicht ganz ausgesprochen, da brennt auch schon seine Halsbeuge und seine Schulter erneut auf, doch Phukas vergnügtes Kichern macht alles wett. „Moah mein süßes kleines Biestchen." Brummt er und hebt sie in die Luft. „Hey was denn? Ich hab' Appetit auf leckeres Hühnchen!" „Pech gehabt, es sei denn du akzeptierst, dass ich die Küche noch einmal in brand setze. Alternativ mache ich dir gerne Thunfischsandwitches." „Ohhh nein, ein Küchenbrand reicht wirklich! Aber, keine doofie Tomaten und extra Zwergie-Gürkchen müssen bitte darauf!" er kann zwar ihr wildes in der Luft wedeln nicht sehen, doch ihr Kichern bringt ihn ebenfalls zum Lachen. Endlich hat er sein kleines, wundervolles Kätzchen wieder. Er schwört sich, dass er dieses Dreckschwein in seine Finger bekommen und für all den Schmerz, den er verursacht hatte, tausendfach leiden lassen würde. Sein Tod würde langsam eintreffen, unter viel Folter und Qualen. Doch jetzt will er die Gedanken bezüglich dieses Dämons zur Seite schieben, schließlich gibt es in diesem Moment weitaus Schöneres, als an seine Folter zu denken.

Noch gut zwei Stunden hat Lucifer vor sie schmoren lassen. Bis zum Sonnenaufgang, es sei denn... „Scheiß darauf!" Brummt er und zwinkert Phuka zu, die ihn neugierig beobachtet. „Was hast du vor?" Verwegen grinst er. „Ich hab' keine Lust hier weiter zu hocken, du etwa?" Jetzt, wo sie sich endlich wieder hatten, wäre ihr sogar die eingestürzte Höhle schnurz. Sie hatte ihren Anker wieder und auch ihre Dämonin sah in ihm ihren einzig wahren Alpha und Gefährten. Egal, ob mit oder ohne Markierung. „Zu wissen, dass du gerne mit mir in einem Raum bist und mich so liebst wie ich dich, lässt es nebensächlich wirken, dass wir hier eingesperrt sind. Auch du, mein Wölfchen, bist mein Licht!" Ihre Worte bedeuten Fexiel die Welt, er nimmt ihre Hände in seine und führt sie zu seinen Lippen, ohne den aufgenommenen Blickkontakt zu unterbrechen. Er genießt, wie das leichte Rosé in ihre Wangen steigt und ihre Augen wieder zum Glühen bringt, während sie sich krampfhaft auf ihre vollen Lippen beißt und an ihm vorbei zur Türe schielt. Sie kann sagen, was sie will, doch gerade wäre ihr ebenfalls lieber, mit ihm in ihrem eigenen Zimmer zu sein, als hier, wo jederzeit die Tür aufgehen könnte. „Ich sorge dafür, dass wir hier schleunigst herauskommen...." Sie runzelt ihre Stirn und hebt ihre Augenbrauen an. „Du wirst jetzt aber nicht wieder wie ein wilder Troll gegen die Tür hämmern und ihn aus dem Bett jagen, oder? Zum einen schläft sicherlich Lil und zum Zweiten möchte ich nicht, dass du dir wieder weh tust!" „Bring mich nicht auf teuflische Gedanken, Kätzchen ..." Sie haut ihm feste gegen den Oberarm und verzieht ihre Lippen zu einer Schnute. „Du warst echt blöde zu Lil ...", ermahnt sie ihn, doch der gefallene Engel zuckt nur seine Schultern und hebt eine Augenbraue an. „Jup. Wenn ich sauer bin, kenne ich keine Gnade, Kätzchen ..." Seine Aussage bringt ihm einen bösen Gesichtsausdruck von Phuka ein und er betreut es, es so böse wirken zu lassen. „Du magst sie sehr, nicht wahr?" Phuka nickt bekräftigend. „Sie ist wirklich supi dupi lieb. Ich hatte in meinem Leben nie wirklich eine Freundin,

mit der ich über absolut alles reden konnte. Lil ist vollkommen wertfrei und darum war ich auch so böse über deine doofie Bemerkung mit den Wurmratten! Selbst über dich hat sie nie ein schlechtes Wort verloren." Schuldbewusst schnaubt er, sieht zu Boden und lässt seine Schultern sinken. Entschuldigend sieht er zu seinem Kätzchen und hebt einen Mundwinkel an. „Ich geb' ihr 'ne Chance. Euretwegen und weil sie dir eine wahre Freundin ist." Freudig hüpft sie ihm um den Hals und küsst ihn energisch. „Aber Kätzchen, wenn sie es verbockt, egal ob bei dir, oder Lucifer, dann könnte sie brennen, ich piss daneben!" lachend hält sie ihn am Nacken umschlungen und drückt sich ihm entgegen. „Das wird sie nicht! Sie ist ne ganz tolle und sie passen zusammen", jubelt sie in sein Ohr und küsst ihn auf seine narbige Wange. ...
Noch knapp zwei Stunden, ehe der Morgen anbricht, ich genieße die Wärme von ihrem wundervollen Körper und doch denke ich an Fexiel und Phuka ... seit knapp einer Stunde ist endlich Ruhe da unten. Wie immer, wenn Lilith schläft, rutscht sie ganz dicht an meinen Körper und schmiegt sich lächelnd an meine Brust. Ich hoffe, dass die zwei da unten ebenfalls wieder zueinanderfinden. Auf dass unser Plan die erhofften Früchte der Versöhnung tragen wird ... Ich hätte ihnen vielleicht noch den Tipp geben können, dass Wahre Liebe keine Grenzen kennt und Ketten sprengt. Ob sie damit was angefangen hätten? Immerhin wäre damit die Versiegelung der Tür verschwunden, aber dann hätte ich mich ja weiter eingemischt. Doch was, wenn sie sich vertragen haben und er sie aus Rache zu mir auf meinem Schreibtisch vögelt? Ich reibe mein Gesicht und verdränge diese Bilder aus meinem Kopf. Sicherheitshalber lasse ich den verbrennen und manifestiere mir einen anderen....

Ich hänge noch dem Gedanken nach, als sich seine Stimme erhebt, als würde er direkt neben mir am Bett stehen, °*Hey Casanova! Schwing deinen Arsch hier runter, mein Kätzchen hat Hunger! Lass uns hier raus oder ...*° °*Guck auf den Schreibtisch ...*° für mich ich es mittlerweile ein Leichtes, Essen zu manifestieren und in den verschiedensten Räumlichkeiten erscheinen zu lassen. Frech grinsend lehne ich mich zurück und streichel Liliths zarten Rücken. Es dauert jedoch keine drei Sekunden, da hör ich ihn schon wieder. °*Sehr witzig!*° Ich verdreh meine Augen, er kennt die Spielregeln doch! °*Was? Ist euch das Geflügel zu lebendig? Heul nicht. Sie ist 'ne ausgesprochen gute Jägerin und du ein Krieger. Dieses bisschen sportliche Betätigung bricht euch schon keinen Zacken aus der Krone! Ihr habt Hunger und ich hab dafür gesorgt, dass was da ist ...*° er lacht herzlich und laut, °*Die Kacke wirst du selbst wegmachen Bruder! Komm runter....*° Ich werde das ganze Zimmer verbrennen müssen und nicht nur den Schreibtisch! Na ja, ich bin sicher, das war's wert.... °*Wie lautet denn das Zauberwort?*° °*Hä? Willst du jetzt echt n Bitte hören?! Du, dem weder dieses Wort noch Danke geläufig ist? Okaayyyy ... Lass uns bitte hier raus, Lucifer! Zufrieden?*° Ich beginne laut zu lachen und wecke damit beinahe meine Löwin. Als ich sie angespannt beobachte, dreht sie nur ihr schönes Gesicht leicht und reibt ihre Wange gegen meine Brust. Zum Glück habe ich vorgesorgt und werde ganz bestimmt nicht aus dem Bett steigen und das hier unterbrechen! °*Wie niedlich, bekomme ich das schriftlich? Bis zum Morgen sind, es noch gute eineinhalb Stunden ...*° nun bettelt er und ich grinse! Rache ist ein köstliches Gericht, das muss ich zugeben. °*Mensch, Bruder, bitte. Phuka will ins Bett. Ins Eigene und ich würde mich wirklich lieber im Zimmer mit ihr austoben als hier in der Vogelscheiße zu ... mussten es auch unbedingt fünf Tauben sein?°* Ich verziehe meine Mundwinkel, denn es sollten definitiv keine fünf Tauben sein, die panisch durch mein Arbeitszimmer flattern ... Da muss bei meiner Visualisierung doch der Schreibtischgedanke mitgemischt und mich abgelenkt haben, aber mein Stolz hindert mich daran, es ihm auf die Nase zu binden ... was soll's? Sie haben sich immerhin vertragen und das stimmt mich wieder zufrieden. *°Wenn ihr gegessen habt und euch definitiv vertragen habt, verrate ich euch, wie ihr hinauskommt, ich will das Federvieh nicht im ganzen Anwesen suchen müssen.°* Ich kann sein breites Grinsen förmlich in seiner Stimme hören. *°Das Happy End wartet ungeduldig darauf, im Schlafzimmer vollzogen zu werden! ... Also?° °Also öffne die Tür doch selbst.°* seinem Schweigen zu urteilen verflucht er mich gerade, ach wie ich es liebe der Teufel zu sein! Im Arbeitszimmer beobachtet Phuka neugierig Fexiel, der den Kopf schüttelt und vor sich hin flucht. Das Zimmer sieht katastrophal aus, überall haben die Tauben hingeschissen und Federn gelassen. Sie sitzt am knisternden Feuer und knabbert den letzten Flügel einer Taube vom Knochen ab. „Diese hinterhältige, durchtriebene geflügelte Ratte!" Sie sieht ihm böse über den Vergleich entgegen und widmet sich dem zarten Brustfilet des Vogels, in ihren Händen zu. „Du hast mir was versprochen. Denk dran, ich nehme auch großes Geflügel von ein Meter neunzig!" „Mhhh Kätzchen, ich freu mich darauf. Und doch nehme ich das Gesagte nicht zurück! Der meint, es ist offen!" Ruckartig steht sie auf und wirft die Überreste achtlos ins Feuer. „Wie jetzt! Er hat sie doch versiegelt bis zum Morgengrauen ..." Zustimmend nickt er ihr zu, begibt sich dann jedoch zur Türe. „Kätzchen, versuch bitte das Fenster

310

zu öffnen, ich teste derweil die Tür …" Mit einem Sprung ist sie am Fenster. Ungläubig sieht sich das ungleiche Paar an und sie beginnen wie kleine Kinder zu lachen und sich zu freuen. Die Freiheit hat noch niemals so wundervoll geschmeckt wie in diesem Moment! „Aber wie?" Der gefallene Engel schüttelt seinen Kopf und zuckt mit den breiten Schultern. „Keine Ahnung, Kätzchen. Scheiß der Vogel darauf!" lacht er herzlich und macht eine ausladende Handbewegung, die das komplette Zimmer einfasst. „Komm, ich will mit dir ins Bad und dann nur noch in unser Bett!" Mit einem verliebten Blick und einem breiten Lächeln kommt sie ihm entgegen und legt ihre kleine Hand in seine. „Da möchte ich jetzt am aller liebsten mit dir sein, Wölfchen …"

Düstere Begegnungen....

Es ist bereits Mittag und mich beschäftigt der Gedanke, dass die beiden schon wieder voneinander getrennt werden müssen. Es fühlt sich falsch an und doch muss es sein. Ich fahre mir über mein Gesicht und dann durch meine dunklen Haare. Osos Besuch und das von ihm geforderte Versprechen muss gehalten werden. Immerhin geht es hier zudem auch um Fexiel und Phuka, sollten sie jemals ein Kind bekommen und dieses kein reiner Phukadämon sein, dann ... Ich male diesen Gedanken nicht weiter aus. Nein, ich werde dafür Sorge tragen, dass Niwas ihre Berechtigung eingeräumt bekommen. Ich kann und werde nicht nur hier herumsitzen, Entscheidungen treffen, Kalkulationen erstellen, Zugänge und Bündnisse kontrollieren und diese freigeben .... Nur mur ist es möglich das gleichgewicht der Hölle auszuloten, denn ich bin der Lichtbringer. Dennoch wird von einem Fürsten erwartet, dass er, seine Lakaien und Laufburschen die Arbeit machen lässt. ... In gewissen Bereichen stimme ich dieser Pflich vollkommen zu, denn ich würde es mich nicht wagen Fexiel ins Handwerk zu pfuschen. Er ist wirklich ganz dicht davor, auch hier in der Hölle, die Nummer eins zu werden. Vor allem als er und Phuka ihre schwere Zeit hatten, ist sein Ansehen an Grausamkeit und Erbarmungslosigkeit weiter gestiegen. Doch kann man es ihm verübeln? Wir lieben aus tiefem Herzen und unser Schmerz reicht bis in das, was man Seele nennt. Meiner meinung nach hat es ihn mit Phuka das erste Mal erwischt. Das damals mit Ariel war in meinen Augen zwar ein tiefgründiges Techtelmechtel, aber als innige Liebe kaum zu beschreiben. Dennoch hat es ihn schwer getroffen, dass ausgerechnet sie die Strafe an ihm durchgeführt hatte.

Hier beobachten und miterleben zu können, wie er sich in die kleine Dämonin verliebt hatte, die zu Anfang so schüchtern und zurückhaltend war, ist eine unbeschreibliche Erfahrung für mich gewesen. Er hatte ihr Herz zurückerobert. Es bringt mich zum Lächeln denn er hat es verdient, aus tiefem Herzen geliebt zu werden und wenn eine Dämonin ihm das bieten kann, warum dann nicht?

Phuka ist absolut außergewöhnlich und mir wird sicherlich etwas einfallen, wie ich ebenfalls ein paar Informationen an Land ziehen kann. Es wird mir schon möglich werden, mein Land zu verlassen ... Es ist Lilith, die mich aus meinem Grübeln holt und mich mit einem breiten Grinsen ansieht. „Entschuldige, Löwin, ich war vollkommen in Gedanken." Zärtlich streichelt sie mir über meine Wange, als sie redet. „Ich weiß, ich werde immer die Nummer zwei bei dir sein. Kann ich dich unterstützen?" Ich kann förmlich die Bitterkeit in ihren Worten schmecken, auch wenn sie mir weiterhin ihr Lächeln präsentiert. „Nicht doch, mein Schöne. Es tut mir leid, doch ich muss etwas tun ... dieses Delegieren und Scheuchen liegt mir auf Dauer nicht." Ich seufze und lehne mich an die Zimmertüre unseres Zimmers. „Aber du bist ein Fürst, Lucifer und noch mehr, du bist ihr Teufel!" Mein Blick ist auf das bodentiefe Fenster gerichtet, welches sich hinter dem schwarzen Flügel befindet. Ich war ein Erzengel, immer auf Mission, jetzt, wo ich hier bin, fehlt mir dies ... sie dreht ihr wunderschönes Gesicht in meine Blickrichtung und sieht zu mir zurück. „Wenn du daraus möchtest, wer kann es dir schon verbieten?" spitzbübisch hebt sie ihre Augenbrauen und Mundwinkel an, als sie sich an mich lehnt und umarmt. „Es gibt ganz sicher Schlupflöcher, die nicht allzu gefährlich sind, nicht wahr, liebster?" ihr ähnliches Denken gefällt mir. Wenn ich es geschickt anstelle, wird niemand außerhalb meines Wirkungsbereiches erfahren, dass ich, Lucifer unter ihnen wandel, doch das erfordert einiges an Planung und Vorbereitung. Ich nehme ihre Hand von meinem Gesicht und küsse sie. „Du bist brillant, meine Löwin und du kommst mit mir." Ihre Gesichtsfarbe wechselt von blass in ein zartes Rosé über, während sie mich verträumt ansieht. „Wir gehen gemeinsam?" Ich nicke bekräftigend und greife hinter mich, um die Tür zu öffnen. „Selbstverständlich, doch du musst mir ein Versprechen geben!" Mit großen Augen blickt sie mich an. „Natürlich, alles, was du möchtest. Hauptsache, ich darf bei dir sein." Liebevoll sehe ich in ihren Augen und lächel leicht. „Nun, dann hast du mir fast dein Versprechen gegeben, ohne meine Forderung angehört zu haben. Du musst bei mir sein und Lil, die Hölle ist nicht überall so wie hier." „Ich weiß, Phuka erzählte mir davon. Einige Teile sind selbst ihr nicht geheuer. Ich werde nicht von deiner Seite weichen. Das schwöre ich dir!" Ihre Stimme ist ein Raunen an meinem Ohr. Ein leichter Kuss legt sich auf meine Wange und ich führe sie auf den Flur. Unten sind bereits die Bediensteten bei ihrer Arbeit und auch Fexiel ist zu hören, wie er sich mit unserem Verwalter unterhält. Als wir die Treppen hinuntergehen, unterbrechen sie ihr Gespräch und Paymon verneigt sich vor uns beiden. Fexiel hat sein typisches Grinsen aufgesetzt und grüßt uns. „Hey, die Schlafmützen kommen auch mal zum Vorschein. Ich dachte schon, ich seh euch vor meiner Abreise gar nicht mehr." „Du gehst wieder? Was ist mit Phuka, wie gehts ihr?" Sorgenvoll sieht sie zu meinem Bruder, der sie weiterhin grinsend mustert. „Jup, die Arbeit schläft nie. Muss ein paar Rattennester ausräumen. Was mein bezaberndes Kätzchen betrifft, da ist alles wieder in bester Ordnung. Ich war gerade auf dem Weg in die Küche zu ihr, da ist Paymon aufgekreutz." Schnell sinkt die Anspannung in ihr und sie lächelt ihn offenherzig an. „Das freut mich wirklich Fexiel." „Guten Tag, die Herrschaften. Wünscht die Herrin des Hauses eine Erfrischung oder eine andere Köstlichkeit?" Eine der Küchenhilfen kommt uns entgegen und macht einen tiefen Hofknicks. Lilith schüttelt ihren Kopf und lehnt freundlich ab. Leicht enttäuscht sieht die Bedienstete zu Boden, nickt jedoch und eilt davon. „Du machst sie noch erwerbslos, Lil." Sie zuckt ihre schmalen Schultern und sieht in die Richtung, in die die Dämonin verschwunden ist. „Es ist mir unangenehm, mich vorn und hinten bedienen zu lassen. Ich hab' schließlich zwei ausgesprochen gesunde und auch schnelle Hände." Fexiel sieht mit angehobener Augenbraue in meine Richtung und beißt sich auf die Lippen, um seinen Kommentar für sich zu behalten. Es ist Paymons Verdienst, dass er sich seinen Spruch verkneift. Der Dämon räuspert sich, „Nun, sollte noch etwas im Unklaren sein, weißt du ja, wo ich sein werde. Ich denke, ich lasse die Herrschaften dann jetzt mal in Ruhe." Er nickt Lilith und mir zu und zieht sich ebenfalls wie die Dienerin zurück. Neugierig schiele ich auf Fexiels rechte Hand hinunter. „Die Lagepläne. Sie sind heute Morgen eingetroffen." Erklärt er knapp. „Sehr gut. Kommst du alleine damit Klar, oder soll ich dir Unterstützung mitgeben?" Sein Grinsen wird breiter und er schüttelt den Kopf. „Lass deine Schoßhündchen schön hier. Es sind nur drei Nester, in denen sich laut Oso die Aufständischen aufhalten. Wird n Kinderspiel. Ich muss nur wissen, ob und wie viele Gefangene du wünschst." „Ich erwarte nur Informationen." Seine Augen verdunkeln sich und sein

Grinsen wird böse. „Ich verstehe … genau das, was ich erhofft habe."

 Lilith sieht zwischen uns beiden Hin und Her. „Ich verstehe nicht ganz … was bedeutet das Lucifer?" Ich bereue in diesem Moment ihre Neugierde und ihren Wissensdurst bewundert zu haben. „Er wird tun, was er tun muss." Halte ich mich vage, doch sie lässt sich nicht abfertigen und bohrt weiter. „Liebster, ich bin keines Mädchen. Ich bin deine Gefährtin, ich dachte, du vertraust mir und ich bin dir gleichgestellt." „Er vertraut dir, Lilith. Nimm es ihm nicht übel, doch er möchte dich von den Grausamkeiten der Realität weitestgehend beschützen." Sie sieht erst ihn und dann mich fragend an. „Wird es so gefährlich werden?" Schutz suchend drückt sie sich an meine Brust und lässt sich von mir in die Arme nehmen. „Nicht doch, deswegen geht Fexiel der Sache auf den Grund und wird das Problem im Keim ersticken. Das Gleichgewicht muss aufrechterhalten werden und wer sich dem widersetzt oder auflehnt, wird die Konsequenzen zu spüren bekommen." Nachdenklich verweilt sie in meiner Umarmung und ich spüre, wie sie ihren Kopf bewegt. „Ich vertraue euch. Schließlich habt ihr beide mich gerettet." Bei dem Gesagten krampft es sich in mir zusammen, doch Fexiels anfängliche Wut auf Lilith hat sich mit der Wiedervereinigung von Phuka wie in Rauch aufgelöst. „Glaub mir, weder mein Herr noch ich könnte dich anlügen, Lil und wir beide verteidigen unsere Gefährtinnen bis aufs Blut. Das, was sich in der Hölle sammelt, muss gestoppt werden. Es darf nicht weiter an Macht gewinnen, andernfalls existiert hier bald nur noch Sklaverei, Mord und Dunkelheit." Ich stimme seiner Aussage zu und halte Lilith weiterhin in meinen Armen. „Steht uns ein Krieg bevor, Liebster?" Sie flüstert ihre Frage an meinen Hals, während sie sich gegen mich lehnt. Ich schlucke und schließe für einen Moment meine Augen, bevor ich ihr antworte. „Das werden wir verhindern ..." Sanft löse ich unsere Umarmung. „Wenn es uns gelingt, die dunkle Saat im Keim zu ersticken und weitere Fürsten auf unsere Seite zu bekommen, wird es nichts zu befürchten geben. Aber wir sollten unseren spontanen Ausflug verschieben, bis Fexiel zurück ist. Ich wünsche ungern ein Risiko einzugehen Lil ..." Ihr steht die Enttäuschung im Gesicht geschrieben. Nach einem Seufzen reckt sie jedoch ihr Kinn, lächelt mir entgegen und nickt. „Es ist schade, doch ich verstehe. Aber wenn die Wogen geglättet sind, werde ich dein Versprechen einfordern, Lucifer!" Sie nickt Fexiel zu und ohne ein weiteres Wort zu verlieren oder mir die Möglichkeit zu geben, etwas zu sagen, ist sie verschwunden.

Fexiel legt mir seine Hand auf die Schulter und sieht den Flur hinunter. „Gib ihr Zeit. Ich regel das Rattenproblem, Bruder und mit Glück finde ich unter ihnen meine besonders fette Ratte Balban." Wir wechseln ein kaltschnäuziges Grinsen aus, ehe ich das Thema wieder aufgreife. „Es frustriert mich, dass ich hier tatenlos versauern soll ... es ist das Einzige, was ich wirklich von damals vermisse. Sie war so voller Begeisterung, endlich mehr erkunden und entdecken zu können als das Anwesen. Ich hatte gehofft ihr mehr als mein Land zeigen zu können." Wissend legt er mir seine Hand auf die Schulter. „Sobald ich mienen Job erledigt habe Bruder." „Möge deine Suche von Erfolg gekröt sein. Denke daran, Balban ist die einzige Fracht, die du mitbringen musst. Ich erwarte, dass er öffentlich abgeklagt und hingerichtet wird." „Naurlich, wie besprochen. Was hällst du davon, wenn wir parallel agieren?" Er schnippt mit den Fingern und wackelt begeistert mit seinen Augenbrauen, während sich ein verwegenes Grinsen auf seine Lippen legt. „Ach und wie? Denk dran, Lil und Phuka sind hier." brumme ich mit geringer Zuversicht auf einen lukrativen Plan. „Das weiß ich und darum kommt der Berg zum Propheten. Du lädst ein Lucifer!" Ich verdrehe meine Augen und stöhne. Banketts sind mehr als anstrengend und nervig. Jetzt soll ich obendrein wieder eins abhalten? Dazu noch eins, bei dem meine rechte Hand abwesend ist? „Na vielen Dank, die Frage, wer von uns beiden den größeren Spaß hat, erübrigt sich. Ich hätte es wissen müssen." Er lacht und schüttelt den Kopf. „Och komm, so kannst du deine Gefährtin zumindest präsentieren. Ich weiß, dass du wenigstens das genießen wirst. Du kannst Privates und Geschäftliches damit kombinieren und kommst an Informationen, die nur dem Fürsten der Hölle zugänglich sind." „Ich weiß, dass du diese Gesetzte meinst. Vor dir habe ich keine Geheimnisse Fexiel. Ich werde dieses absurde Gesetz nicht durchkommen lassen. Ich wünsche mir eine gesichterte Zukunft für eure Kinder Fexiel." Er räuspert sich und weicht meinem Blick schnell aus. „Paymon meinte, in den Nacht- und Dunkelländern ist es derzeit am schlimmsten …"lenkt er das Gespräch in eine andere Richtung. Ich spanne meine Kiefer an. Beide Länder sind von meinen Morgenländern nicht allzu weit entfernt, doch deren Höllenfürsten und Könige sind nicht unsere Verbündete.

Die Nachtländer hatten bereits ein schweres Schicksal ereilt, als Fexiel und ich in der Hölle eingetroffen sind. Laut Osos Behauptungen sei die Mutter der Königin unerwartet verstorben und der älteste Sohn an einer unheilbaren Krankheit erkrankt. Deswegen würde statt seiner die jüngste der Königsfamilie seinen Platz einnehmen. Sobald ein passender Gemahl für die Prinzessin gefunden sei, würden sie als neues Königspaar über die Nachtländer herrschen. Sowohl die Nacht- als auch die Dunkelländer haben mit den im Zentrum befindlichen Nebelländern ein friedliches Abkommen und halten sich weitestgehend unter sich. „Es scheint beinahe so, als würde die Dunkelheit nach eingestürzten Mauern Ausschau halten und sich dort einnisten", brumme ich nachdenklich. „Wenn du es wünschst, werde ich mich dort einmal genauer umschauen. Vielleicht können wir doch etwas unternehmen." Zähneknirschend erwidere ich, „Wenn sie unsere Verbündeten wären, wäre es einfacher, so bist du ohne Schutz und Erlaubnis unterwegs!" „Ich verstehe. Ich bleibe unter dem Radar, wenn ich dort agiere ..." eindringlich sehe ich ihm in seine graublauen Augen und umfasse seine breiten Schultern. „Du widersetzt dich eines klaren Befehls deines Fürsten, ich kann dich nicht rausholen, wenn du auffliegst. Phuka wird mich zerfetzen, wenn du nicht wohlbehalten zurückkommst und ich schwöre dir, sie werden dir weitaus mehr als deine Flügel brechen." Sein Lachen hallt über den ganzen Korridor, während er seine großen Flügel ausbreitet und mir provokant entgegenstreckt. „Weißt du, dass weiße Federn hier sehrt beliebt sind? Als Zahlungsmittel sind sie wahres Gold wert. Autsch!" Er kneift die Augen zusammen und reibt sich über seinen linken Oberarm. „Wenn jemand deine Federn bekommt, dann nur noch ich, du Doofie! Und Lucifer hat recht, wenn du enttarnt wirst und die dich gefangen nehmen oder schlimmeres, dann zerfetze ich nicht nur ihn, sondern ich werde dich zurück ins Leben prügeln und glaub mir, du wirst dir wünschen, in den Höllenfeuern Frieden vor mir zu finden!" Die kleine Dämonin hat sich mit einer Handvoll seiner Federn und einem wütenden Gesichtsausdruck vor ihn gestellt und fuchtelt wild gestikulierend herum. „Hast du mich verstanden?" Auch wenn die Szenerie ernst ist, bringt es mich zum Schmunzeln. Er mit seinen guten ein Meter neunzig steht mit eingesunkenen Schultern, gesenktem Kopf und einem herrlichen Dackelblick im Gesicht vor ihr, während ihn die kleine Katzendämonin mit ihren knapp ein Meter sechzig Körpergröße, keifend zu einem Lämmchen fertigt. Kleinlaut versucht er die vor Wut schäumende Phuka zu beruhigen und schwört ihr auf sich zu achten. Doch sie lässt sich so leicht nicht besänftigen. Sie rollt ihre giftgrünen Augen und brummt tief ein, „Das reicht mir nicht!" Hilflos hebt er seine Arme in die Luft und zuckt mit seinen breiten Schultern. „Kätzchen, du bist mein Anker, meine große und wahre Liebe. Solange ich weiß, dass du mir gehörst und ich dir, werde ich mich ganz sicher nicht in hsaltlose Schwierigkeiten begeben. Ich bin klar bei der Sache, vorallem nach meinem Schwur an dich." Sofort werden ihre Wangen rosarot und sie kräuselt vergnügt ihr Stupsnäschen. „Das sind traumhafte Aussichten. Ich hoffe, es bleibt kein Traum Wölfchen." Zuversichtlich nimmt er Phuka in seine Arme und hebt sie vom Boden. Sie schlingt ihre Arme um seinen Nacken und küsst ihn innig. „Dafür werden Lucifer und ich schon sorgen. Die Dunkelheit hat ihren Gegner gefunden. Und was uns betrifft Kätzchen, was kommt, das wird kommen. Ich werde nicht lange weg sein. Mit der ernuereung unseres Bandes kannst du mich jederzeit wieder spüren Kätzchen, so wie ich dich." Mit einem Kuss auf ihre Nasenspitze setzt er sie wieder ab. Sie legt ihre schmale kleine Hand auf seine Brust und er tut es ihr gleich. „Unsere Herzen sind aneinander gebunden ...", sagen Sie gleichzeitig und es scheint, als würde die Luft um sie herum knistern. Ein letztes „Ich liebe dich" eine letzte zärtliche Berührung und

dann ist er da. ... Meine rechte Hand. Bereit, seine Aufgabe zu erfüllen, skrupellos und ohne Gnade ... Seine ganze Körperhaltung, seine Aura und seine Augen haben sich umgehend geändert. Die Dunkelheit hat seine verborgene Seite hervorgeholt, doch sie hat dank Widdows Magie und seinem Willen nicht die Macht, seine gute Seite zu zerstören. Fexiel hat gelernt, auch seine dunkle Seite zu akzeptieren und anzunehmen. Das Phuka mit beiden seiner Seiten ebenfalls keine Berührungsängste mehr zeigt, verdeutlicht sie, in dem sie ihn weiterhin verliebt und stolz entgegenblickt. „Er gehört nun vollkommen euch mein Fürst." Er dreht seinen Kopf zu mir und blickt mit seinen kalten grauen Augen direkt in meine. Ich deute ein leichtes Nicken an und er versteht direkt. Mit einer leichten Verbeugung und seiner rechten Hand über seinem Herzen gelegt, beginnt er zu sprechen. „Mein Herr, ich werde eure Befehle schnell und effizient ausführen. Möge das Licht immer leuchten!" „Und die Dunkelheit verdrängen!", erwidere ich. „Halte mich auf dem Laufenden." Er nickt mit leicht angehobenem Mundwinkel und bewegt sich zielstrebig auf den Ausgang zu. „Fexiel, Dáithí ist für dich bereitgestellt." Mit einem „Perfekt." öffnet er die Tür und tritt hinaus.
Mit hochgehobenem Kopf wartet der hochgewachsene und pechschwarze stolze Hengst bereits im Hof auf ihn. Bis auf zwei Satteltaschen gefüllt mit Proviant und Waffen und das Eigengewicht meines Bruders hat dieses wunderschöne kraftvolle Geschöpf, dessen Augen die Feuer der Hölle widerspiegeln, nichts weiterzutragen. Er schwingt sich auf dessen Rücken und greift in seine weiche, samtige Mähne. Mit einem Schnalzen und sanften Druck in Dáithís Flanken galoppiert der Hengst davon. Zu diesem Zeitpunkt ist niemandem von uns bewusst, wie nahe uns unsere

erbitterten Feinde wirklich sind und welche morbiden Pläne sie schmieden, um mich endgültig zu Fall zu bringen. ...

- Tief verborgen in der Hölle –

Wütend braust seine krallenartige Hand auf das blank polierte Holz des Tisches, auf dem sein halb gefülltes Weinglas mit frischem Feenblut zuvor abgestellt wurde. Unter der Erschütterung der Platte zerschellt der feine Kristall und der kostbare Inhalt ergießt sich unaufhaltsam, was seine Wut umso mehr anstachelt. Eine Feuerbotschaft, die er vor wenigen Sekunden in der Kaserne erhielt, ist für seinen aufkommenden Wutausbruch verantwortlich. Er gräbt seine scharfen Krallen in das robuste Holz und zieht langsam seine Hand zurück. Fünf tiefe Furchen entstehen. Neugierig durch sein Grollen und das kratzende Geräusch seiner Krallen, drehen sich vereinzelt Dämonen zu ihm um, doch wer ihn zu lange anstarrt, bereut es umgehend, sein Interesse auf sich zu lenken. Zügig wird sich umgedreht und inständig gehofft, schnellstens in Vergessenheit zu geraten. Es wird sich wieder seinem Saufkumpanen oder einer der sündigen Schönheiten zugewendet. Ja, hier war man anonüm und sicher. Sofern man sich an die Regelungen hält. Denn in den Kasernen galt Waffenstillstand, aber die offfenen Routen sowie die jetzigen Zeiten sind gefährlich. Lange genug hat er sich zurückgelehnt und gehofft, dass sich das Problem so selbst auflöst. Engel in der Hölle! Abschaum, der meint, sich hier breit machen zu können und Dämonen auf seine Seite zu ziehen! Wie hatte er die Neuigkeit genossen, dass es der Dunkelheit gelungen war, ihn zu besetzen! Es war klug gewesen, die rechte Hand statt des Fürsten selbst zu
322

besetzen, doch er hatte nicht mit dessen Widerstandskraft gerechnet. Gerne würde er ihm persönlich unter die Augen treten und ihn selbst austesten. „Wünscht Ihr noch einen Wein oder etwas schön Zartes?" Zwei fremde Hände streicheln begierig über seine Brust und er kann die Frau, die sich hinter ihn gestellt hatun dreist aus seinen Gedanken holt, riechen. Schwefel, gemischt mit Thymian und einer Portion Schweiß, dringt in seine empfindsame Nase. Vor Abscheu springt der Dämon von seinem Platz auf und schleudert sie brutal von sich. „Wie kannst du es wagen, deine Finger an mich zu legen?" Seine gelben Augen durchbohren die halb benommene Dämonin, die gegen die Wand geschlagen und zu Boden gegangen ist. „Straft dieses Miststück!" „Auf den Marktplatz mit ihr!" „Jaaaaa! Endlich eine Verurteilung!" Johlen begeistert etliche Dämonen um ihn herum und klatschen, unter ängstlichen Blicken der zu sich kommenden Dämonin, Beifall. Diese versucht sich mit Erklärungen und Entschuldigungen zu retten, doch der angestachelte Mopp und der Dämon im Vordergrund verlangen den Tribut für ihre Dreistigkeit. Es würde in keiner Weise seine Wut besänftigen, doch zumindest würden die Schreie, während ihres Todeskampfes ihm ein kaltes zufriedenes Lächeln entlocken. Der Wirt lässt nicht lange auf sich warten und packt sie schroff an ihren Haaren und befördert sie nach draußen. All das Betteln und Bitten bringt ihr nichts. Angekettet an den Pranger, wird sie mit heißem Öl übergossen und dem zuvor belästigten Dämon wird die brennende Fackel grinsend überreicht. Sein Blick wandert zwischen der Fackel zur Dämonin hin und her. Verzweifelt reißt diese an ihren Ketten und beginnt um ihr Leben zu wimmern. „Ich wusste nicht, dass ihr von hohem Stand und altem Adel seid! Bitte lasst mir mein kümmerliches

Leben!" Mit einem gleichgültigen Blick wirft er die Fackel achtlos vor ihre Füße und besiegelt ihr Schicksal. „Sing für mich, Hure!" Sofort erreicht das Feuer ihre Hufartigen Füße und frisst sich hoch zu ihrer Kleidung und ihrem Fleisch. Aus Leibeskräften brüllt sie und tatsächlich zeichnet sich auf seinen schmalen Lippen ein kaltes Grinsen der Genugtuung. Der in Schwarz gehüllte Dämon beobachtet ausgiebig, wie ihre Haut von Weiß ins tiefrot wechselt. Sich darauf große Blasen bilden und ihr Fleisch von innen kocht, während es äußerlich beständig verkohlt. Der Geruch von Süßen mischt sich in den beißenden Rauch. Erst jetzt verlässt er das weitere Schauspiel, das sich an der Kaserne abspielt. Zwei Dinge sind jetzt weitaus wichtiger als eine fast verkohlte Leiche, deren Fleisch sicherlich köstlich schmecken würde. Zum einen muss er dringend zu dem Absender der Nachricht kommen und zum Zweiten erwartet man seine Ankunft in den Nachtländern. Im Schattenland hat er sämtliche Möglichkeiten, seine Reise fortzusetzen. Würde er Richtung Norden weiter ziehen, könnte er die Nachtländer in nur zwei Tagen erreichen. Er kann jedoch auch die nordöstliche Route nehmen. Diese wäre länger, da er zuvor zwei Länder durchkreuzen müsse, nämlich die Dunkelländer und die Nebelländer. Jedoch ist der letzte Gedanke verlockender. Immerhin würde seine Macht nach getaner Arbeit auch dort Einfluss zeigen und man sollte sich zuvor informieren, wie groß der Schaden ist und wie arbeitsreich die Aufräumarbeiten werden. Dieses naive Gör würde ihm schon nicht entkommen. Schließlich war der Vertrag zur Hochzeit nahezu unterschrieben und die zwei Störfaktoren, die Probleme hätten machen können, sind beseitigt. Ein kaltes selbstzufriedenes Grinsen umspielt seine dünnen Lippen und lassen für einen Moment lange Eckzähne hervorblitzen. »Oh ich werde die Nachtländer und ihre angrenzenden Gebiete schon in die richtige Richtung bringen! Der Abendstern gehört mir, so wie das noch verhüllte Drachenkind der Dunkelheit!«, denkt er und beginnt böse und aus tiefer Kehle zu lachen. „Lang lebe die Dunkelheit! Nieder mit den Niwa und all ihren Anhängern! Die Zeit der Finsternis ist gekommen!" Mit zurückgeworfenem Kopf und von sich gestreckten Armen steht er breitbeinig da und genießt den aufkommenden Wind, der ihn wie eine Geliebte sanft umschmeichelt. Sein Entschluss steht fest. Die längere Reise bietet ihm sowohl Vergnügen als auch Informationen. Vielleicht würde sich sogar der ein oder andere Spitzel erkaufen lassen ... Schnell verfasst er selbst eine Feuerbotschaft und sendet diese ab. Die anderen Dämonen nehmen keine weitere Notiz von den Dämonen, dafür sind sie viel zu beschäftigt damit, sich die besten und schmackhaftesten Stücke zu sichern. Hier im Schattenland ist Frischfleisch eine verlockende Abwechslung zu eintönigem schleimigem Brei und alten modrigen Echsen. Die Wegetation gibt nicht sonderlich viel her, außer spärlichem Getreide und muffigem Wasser, in dem selbst die Fische auswandern würden, hätten sie Beine und Lungen. Selbst Wein und Bier werden über lange Handelsstrecken importiert. Es war schon eine Überraschung, dass er hier sein Lieblingsgetränk erhalten hatte. Feenblut ist eine Seltenheit und darum nur an die höchsten Fürsten, Erzdämonen und Könige auszuschenken. Diese dämliche Dirne war selbst schuld an ihrem Tod. Warum musste sie ihn auch anfassen und mit ihrem Gestank belästigen? Schnell schiebt er den flüchtigen Gedanken an diese fort. Abseits des Gasthauses hatte er seinen schwarzbraunen Wallach angebunden, der grasend auf seine Rückkehr wartet.

Für einen Moment spielt er mit dem Gedanken, ein Portal heraufzubeschwören, doch auch wenn er von sehr hohem Status ist, ist etwas zu beachten. Jedes Portal hat seine eigene Handschrift und ist auf seinen Erschaffer zurückzuführen und dazu ist er bisher nicht bereit. Im Wirtshaus hat er zwar Aufsehen erweckt, doch kennt dort niemand seinen Namen, und so schwingt er sich auf den dürren Rücken seines Pferdes und schlägt seine Sporen in dessen Rippen. Wiehernd hebt das Pferd seine Vorderbeine in die Luft und galoppiert mit rollenden Augen und schäumendem Maul davon …

Aufsteigender schwarzer Rauch ist durch den dichten Wald, der die Morgenländer von den Feuer- und Schattenländern abgrenzt, zu erkennen und erweckt somit Fexiels Neugierde. Er lenkt Dáithí auf eine der Nebenstraßen und trifft nach ein paar Stunden auf dem Marktplatz ein, an dem die Dämonin ihr jähes Ende gefunden hatte. Mittlerweile haben sich alle Dämonen wieder verflüchtigt und das Gasthaus quillt aus allen Ecken. Fexiel steigt ab, klopft seinem Hengst auf dessen Flanke und sieht nun mit gerunzelter Stirn auf den verbrannten Boden im Zentrum des Marktplatzes. Als er diese erreicht hat, geht er in die Hocke, greift in die Asche und zerreibt diese zwischen seinen Fingerspitzen. „Du bist zu spät, Fremder! Es sei denn, du ernährst dich von Asche und Geruch! Das war n Spektakel!" Die angeheiterte Stimme eines alten Dämons lässt Fexiel seinen Kopf in dessen Richtung drehen. „Um was für ein Spektakel hat es sich denn gehandelt?" Als der Dämon in seine hellgrauen Augen schaut, erkennt er ihn und verbeugt sich ehrfürchtig. „Ich wusste nicht, dass ihr herkommt!", murmelt der hochgewachsene Dämon, dessen Haut mit blauschwarzen Schuppen übersät ist. Sein Mund ist ein einziger Strich im Gesicht, der sich kräuselt, während seine Augen grün rot unterlaufen in tiefen Augenhöhlen ruhen. „Hat euer Eintreffen hier mit zutun? Ich versichere euch, es war rechtens! Die hat gegen das gesetz vertoßen." Er beginnt eilig, während Fexiel sich zu seiner vollen Größe aufrichtet und sich seine Hand an seiner Hose säubert. „Nun, dann musst du nicht nervös sein. Also, was hat sich hier abgespielt, Modur?" Der Dämon reibt sich über seinen kahlen Echsenkopf und schweigt für einen Moment. Als Fexiel jedoch ein ungeduldiges Brummen verlauten lässt, bricht Modur sein Schweigen eilig. „Es gibt Regelungen im Wirtshaus und da haben sich halt alle dran zuhalten." Er deutet auf die Überreste der Asche unweit von Fexiel und zuckt mit seinen Schultern. „Die wollte scheinbar schnelles Geld machen und hat einen einflussreichen Adeligen alten Standes erzürnt." Fexiel beginnt zu verstehen, vor einigen Monaten wurden neue Regelungen eingeführt, da etliche freie Dirnen meinten, ihren Unterhalt aufzustocken, und das gefiel sowohl der Kundschaft als auch dem Inhaber nicht. Dämonen mochten fleischiges Vergnügen, doch ranghohe Dämonen mochten es nicht, ungefragt angefasst und bedrängt zu werden. Für Fexiel unverständlich, denn er wusste, wie schroff diese zu den Huren sein konnten, wenn sie sie etwas wollten, und er fand es erniedrigend, wie die meisten Huren behandelt wurden. Vorallem die, die ohne Schutz arbeiteten. Viele lebten manches Mal schlechter als Knechte und Sklaven der hohen Gesellschaft. Bei seinem letzten Besuch war ihm das Schild über dem Eingang aufgefallen, auf dem geschrieben stand, beflecktes Fleisch hat die Sauberkeit eines adeligen Herrn nicht ungestraft zu packen! „Die war keines meiner Mädchen. Angesichts dessen kein großer Verlust für mich." Gleichgültigkeit liegt in seiner Stimme. Für dieses Mädchen, wer auch immer sie gewesen war, hätte selbst Fexiel nichts tun können und so legt er seinen Fokus auf den Fremden. „Du sagtest, es war ein einflussreicher Fremder. Wie sah er aus?" Modur grinst verwegen und deutet auf das Wirtshaus. „Wie er aussah? Wie jeder andere der Anonym boleiben will, aber ich hab was für dich. Ich habe es drinnen ..." „Du willst doch nur versuchen mich abzufüllen, Modur, dafür hab ich keine Zeit. Jetzt rede endlich." Unechtes Entsetzen spiegelt sich in den Augen des Dämons wider und er beginnt zu murmeln. „Immer nur das Schlechte denkend ... Nein, es ist die Bezahlung, die ich euch zeigen will und vielleicht gefällt euch ja dieses Mal eines meiner neuen Errungenschaften ..." Desinteressiert durchbohrt Fexiel ihn mit seinem Blick und lässt Modur schwer seufzen. „Wie der Fürst selbst ... man könnte meinen, ihr haltet euch, statt einer Gemahlin, selbst Sklaven, um eure Lust zu befriedigen." Seine Vermutung bringt Modur Fexiels scharfe Silberklinge ein, die sich gegen seine gepanzerte Kehle drückt. „Vorsicht, Modur, wir befinden uns außerhalb gesicherter Mauern! Du vergisst, mit wem du dich unterhälst!" Er verstärkt den Druck und lässt den Dämon nervös quieken. „Verzeiht Herr. Ich ließ mich von meinen Gedanken und Gerüchten leiten ... mit Verlaub, es wirft Fragen auf, dass niemand seine Gemahlin erblickt hat." Er zittert nervös unter seinem ausgeübten Druck und seiner Waffe. „Haltet euch aus den Beweggründen meines Herrn heraus oder es wird dir nicht mehr möglich sein, deine Zunge zu gebrauchen!" „Es wird viel gemunkelt, vor allem da mit euch neue Gesetze erhoben und alte verabschiedet werden sollen." Schroff lässt Fexiel ihn frei und stößt ihn mit Wucht zu Boden. „Um dein schmieriges Interesse zu befriedigen, schon bald wird die Fürstin präsentiert. Neue Gesetze sind das Rad der Zeit, oder wollt ihr weiterhin in dieser Steinzeit versauern?" Im Staub liegend, schüttelt der Dämon seinen Kopf und blickt zu Boden. „Die Zeiten werden immer finsterer und das liegt nicht am Schattenland." Mühselig beginnt der Dämon, sich aufzurichten. Er ächzt und stöhnt schwerfällig bei jeder seiner Bewegungen.

Fexiels Ausstrahlung ist kalt, emotionslos und stark. Modur sieht flehend zu der rechten Hand des Teufels auf. „Wir benötigen mehr dennjeh die Hoffnung fexiel. Richtet das eurem Herrn aus und nun kommt. Ich werde euch zeigen, was ich weiß." Hinkend wendet er sich ab und schlurft zur Tür des Wirtshauses. Als er diese öffnet, wird er von innen bereits neugierig gemustert und in Empfang genommen. Ohne ein Wort zu verlieren, folgt der gefallene Engel ihm zur Theke und lässt sich von ihm einen Platz zuweisen. Dann verschwindet er für einige Minuten und kommt in Begleitung eines Schankweibs zurück. „Stella, zeig es ihm!" weist er diese an. Eine junge Dämonin greift in ihren an der Hüfte gebundenen Lederbeutel und legt vier große Taler auf den Tresen. Fexiel ergreift eine und mustert sie und die anderen Taler aufmerksam. Der Aufdruck ziert eine schwarze Schlange, die dabei ist, die Sonne zu verschlucken; im Hintergrund ist der Wert in reinem Gold eingeprägt, siebzig Seeleos sind zu erkennen. „Er war unheimlich", flüstert die schlanke Dämonin und umfasst ihre Oberarme. „Inwiefern unheimlich?" Will Fexiel wissen, doch sie beißt sich auf ihre schmalen Lippen und ersucht Modurs Blick. Dieser nickt ernst und sie dreht ihren Rücken den anderen Dämonen zu, ehe sie sich im gedämpften Ton wieder an ihn wendet. „Seine stechend gelben Augen waren leer. Eine dunkle Aura umgab ihn und das einzige Mal, als er gelächelt hat war, als die Andere in Flammen stand und verzweifelt um ihr Leben brüllte. Er scheint ein brutaler Sadist zu sein. Ich war froh, dass er keine weiteren Dienste in Anspruch genommen hatte. Er wollte nur Feenblut und seine Ruhe. Dafür gab es diese hohe Bezahlung. Erst als er weg war, habe ich sie mir genauer angesehen." Nervös bricht sie ab, wirft einen Blick über ihre Schulter in Richtung der aufgehenden Tür und erstarrt. Ein hochgewachsener dunkelblonder Dämon, mit stechenden gelben Augen, ganz in Schwarz gekleidet, tritt in das Gasthaus und fixiert sie mit einem dämonischen Grinsen auf seinen schmalen Lippen. „Verzeihung. Mein Dienst wird erwartet …" Sie ergreift rasch die noch halb gefüllte Flasche Feenblut und eilt zu dem Gast, der sich bereits niedergelassen hat. Fexiel schnappt sich auch die restlichen Münzen und tauscht dieses eins zu eins aus und lässt sie in seiner Hosentasche verschwinden. Als er sich erhebt und sich Richtung Ausgang bewegt, treffen sich ihre Blicke. Der Dämon lehnt sich lasziv zurück und setzt ein gekünsteltes Lächeln auf. „Ach welch Überraschung! Die rechte Hand des selbst ernannten Teufels ist hier! Ich wusste gar nicht, dass wir dieselben Vorlieben haben. Setzt euch doch Fexiel. Es ist immer erfrischend, ein bekanntes Gesicht zu treffen und ein wenig zu plaudern." „Fürst Belial …", er ringt sich ebenfalls ein Lächeln ab und nimmt widerwillig gegenüberliegend Platz. „Stella, noch ein Glas für meinen Freund und beeil dich! Sagt, wie geht es eurem Herrn?" „Fürst Lucifer erfreut sich bester Gesundheit." Erwidert er und lässt den Fürsten der Feuerländer nicht aus den Augen. „Das erfreut mich. Ist er auch hier? Man sieht ihn ja furchtbar selten." Belial nimmt genussvoll einen Schluck aus seinem Glas und setzt es wieder auf den Tisch. „Der beste Tropfen, der Hölle. Ich hoffe, euer empfindsamer Magen verträgt es." Er deutet auf Fexiels unberührtes Glas und grinst. „Ich bin alleine unterwegs." „Das dachte ich mir. Schon schade, dass er sich überwiegend

330

in seinem Anwesen aufhält und so bedeckt hält. Fühlt er sich etwa unter meinesgleichen unwohl? Ich meine, wir sind Nachbarn und doch so distanziert zueinander." Er schüttelt seinen Kopf und ergreift erneut sein Glas. „Schmackhafter Jahrgang ..." „Dann genießt ihn, ich bevorzuge weiterhin Scotch." Belial rümpft die Nase und zuckt gleichgültig seine Schultern. „Wie euch beliebt. Was treibt euch so weit von der Haeimat ins Schattenland?" „Ab und an verlangt es mir nach einem guten Tropfen. Der gute Wein ist immer einen Abstecher wert", sagt er breit grinsend und lehnt sich zurück. Belial schnaubt. „Nun, wenn Wein euch wie Scotch anspricht, sollte ich dafür Sorge tragen, dass euch ein paar Flaschen nach Hause geliefert werden. Ich werde es bei meiner Rückkehr an Balthasar weitertragen. Euer Fürst sollte doch ebenfalls in den Genuss von unserem Wein kommen. Wie sagt man so schön? Kommt der Prophet nicht zum Berg, so kommt der Berg eben zum Propheten ... ach im Übrigen, meine aufrichtigen Glückwünsche an ihn." Sosehr Fexiel sich auch anstrengt, eine falschheit seiner Worte herauszuhören, es gelingt ihm nicht. Er runzelt seine Stirn und nickt. „Ich überbringe sie ihm." „Derzeit häufen sich ja förmlich die guten Neuigkeiten." Sein Lachen hallt durch den gefüllten Raum des Wirtshauses. „Hach ja, frisches Blut ist so belebend." Er lässt seine Fingerspitzen gegen das Glas tippen und mustert Fexiel neugierig. „Habt ihr auch schon von der baldigen Verlobung erfahren? Ich liebe einfach Festlichkeiten!" Fexiel verzieht keine Miene und sitzt weiterhin gelassen auf dem Stuhl. „Hm, besonders redselig seid ihr nicht, Fexiel." „Eine Fähigkeit, die mein Herr zu schätzen weiß, Fürst Belial. Ich wünsche dem zukünftigen Königspaar eine glückliche Zukunft. Wie sieht es mit eurem Sohn aus, wann kann man euch beglückwünschen?" Für einen Moment bricht die Maskerade, die Belial aufrechterhält, und er verzieht missmutig seine Gesichtszüge, während er sein Glas fest umpackt. Balthasar scheint sein wunder Punkt zu sein, er versucht es, mit einem Grinsen zu verbergen. „Oh ich bearbeite ihn noch. In seinem Alter war ich jedoch ebenfalls sprunghaft und wollte vorerst die Auswahl an Früchten genießen. Ich bin jedoch zuversichtlich, dass er sich schon bald seine Hörner abstößt und fest binden wird." Ein kaltes Lächeln legt sich auf Belials schmale Lippen. »Sobald er auf das Drachenkind stößt, wird er schon schwach werden! Sie ist genau sein Beuteschema. Das wird diesem Luftikus schon den Wind aus den Flügeln nehmen. Ich werde sie auf meine Seite ziehen, koste es, was es wolle! Normen und Werte spielen da kinerlei Rolle.« Denkt er sich, ergreift sein Glas und leert dieses ohne seinen Blick von Fexiel abzuwenden. „Alles okay mit euch, Belial?" Unbeabsichtigt schroff stellt er sein Glas auf den Tisch und brummt tief. „Selbstverständlich. Ich hatte nur auf das Eintreffen eines Geschäftspartners gehofft. Ich hasse es, wenn Vereinbarungen nicht eingehalten werden und meine Zeit vergeudet wird!" Sein Blick geht an Fexiel vorbei und bleibt an der Tür des Wirtshauses haften. „In der Tat. So etwas ist dreist. Einen Fürsten sollte man niemals zu lange warten lassen." Er drückt seinen Stuhl zurück und erhebt sich langsam von seinem Platz. „In der Tat, ihr wollt schon gehen?" „Jup, die Arbeit ruht nie, Fürst Belial, und wie erwähnt. Einen Fürsten lässt man niemals warten. Ich bin mir sicher, dass mein Herr sich für eure Weinlieferung erkenntlich zeigen wird." Zügig legt er einige goldene Seeleos auf den Tisch, deutet ein leichtes Nicken an und verlässt unter Belials bohrendem Blick in seinen Rücken das Gasthaus. Dieser bleibt noch eine Weile auf seinem Platz sitzen und starrt mit einem abfälligen Blick auf die goldenen Seeleos, die ihm entgegenfunkeln. Wie er diese arrogante Brut verachtet! In seinen Augen ist Lucifer nichts als ein Blender, der in der Hölle nichts zu suchen hat! Das große Tam, tam, das um ihn und dessen rechte Hand gemacht wird, ist für Belial unverständlich. Er winkt der Schankmaid zu und bestellt eine weitere Flasche Feenblut. Doch kurz bevor diese mit seiner Bestellung zurückkommen kann, ereilt auch den Fürsten der Feuerländer, so wie zuvor dem unbekannten Dämon, eine identische Feuerbotschaft. Brummend liest er die knapp verfassten Zeilen.

Die Bauern werden fallen.
Abweichung zu Plan B...

-Duke-

Die Nachricht zerfällt noch in seinen Händen zu Asche und Staub. Belial verzeiht seine Mundwinkel missfallend und ballt seine Hände zu Fäusten. Nachdem er tief ein- und ausgeatmet hat, um sich wieder einigermaßen zu sammeln, ergreift er seinen schwarzen Mantel, wirft diesen über seine breiten Schultern und verlässt die irritiert blickende Schankmaid, die die Flasche in ihren Händen hält, sowie das Wirtshaus. Scheinbar ist auch der Flatter Typ bereits verschwunden. Sicherlich wird er wie ein barav hechelnder Köter seinem Herrn Bericht erstatten. Schon bald würden sie ihr blaues Wunder erleben und dann wäre die Hölle von jeglichem Ungeziefer gereinigt! Das, was der kleinen Dämonin widerfahren war, wäre schließlich nur ein kleiner Vorgeschmack, von dem, was die Dunkelheit noch so geplant hatte.

Meister der Täuschung

Es bedarf nur eines Gedankens und Belial ist zurück auf
seinem Anwesen. Dort angekommen, wird er auch schon von
zwei Speichelleckern in Beschlag genommen. Zwei Oni,
riesige Keulen tragende Dämonen, die bis auf ihre Köpfe
einen menschlichen Körperbau und eine rötlich gefärbte
Haut besitzen. Auf ihren jeweiligen Hälsen ruhen
Ochsenköpfe mit fünf glühenden und hasserfüllten Augen.
Zusätzlich haben sie scharfe Klauen, wildes Haar und in
ihrem Fall zwei zusätzliche Hörner. Nur in ledrigen
Lendenschürzen bekleidet, stapfen sie auf Belial zu und
grunzen laut ihren Gruß entgegen. Die intelligentesten und
kultiviertesten Dämonen sind Oni nicht, doch sie sind gute
Wächter und erbarmungslose Kämpfer.
Auf ihrem Patrouillenweg durch die Feuerländer hatten sie
ihren Herrn zuvor nicht erkannt und sind auf ihn in wilder
wut zugeeilt. Erst einige hundert Meter zuvor haben sie ihren
Fehler bemerkt, ihre tödlichen Waffen gesenkt und ihre
Schritte verlangsamt. Dicht vor ihrem Gebieter haltend,
grunzen sie in lauten Tönen ihren Gruß entgegen. Belial hat
jedoch wenig Zeit, sich um diese Erbsengehirne zu kümmern.
„Geht und kümmert euch um Warlo! Die nächsten Stunden
will ich weder ihn noch einen von euch sehen. Sorgt dafür,
dass er reichlich frisst. Ich werde ihn bald benötigen und
dafür muss der Drache bei voller Kraft sein!" Die Onis
grunzen unter seinem Befehl und stehlen sich davon. Der
Dämon und Herrscher der Feuerländer sieht ihnen mit
einem verstohlenen Grinsen hinterher. „Ich wünsche euch
viel Vergnügen ... die Paarungszeit beginnt bald und Warlo
ist dann immer äußerst impulsiv." Er lacht, sieht hinüber zu
der gigantischen Drachenhöhle und macht sich dann selbst

mit zügigen Schritten auf, seine Burg zu betreten. Das schmiedeeiserne Tor knarzt und ächzt unter der Spannung der Ketten, die es aufziehen. Schrittweise gibt es den Weg frei. Die prächtigen Rosengärten zu seiner rechten und linken, die die Seiten der Burg zieren, ignoriert der Dämon ebenso gekonnt wie die üppigen grünen Weinberge, die sich hinter der Burg in ihrer vollen Größe erstrecken. Ja, diese Weinberge brachten Ertrag und Gewinn, das kann nicht bestritten werden, da ihr Grund und Boden äußerst fruchtbar durch die Asche und Lava der Vulkane sind. Aber von Wein allein lässt sich kein Imperium aufrechterhalten.

Die Dunkelheit als seinen Verbündeten schien ihm vor gut einem halben Jahrhundert eine gute Wahl, die er bisher nicht bereut. Sobald sie Erfolg hätten, würde die Dunkleheit und er als mächtigste Herrscher der Geschichte hervorgehen und jegliches Licht verschlingen. Endlich würde sich die Hölle wieder so, wie in den Mythen und Legenden beschrieben erstrecken. Ein Ort der Leere, des Schreckens, der endlosen Qualen und vor allem der Hoffnungslosigkeit! Niemals wieder würde ein Dämon mit einem Makel geboren. Siw würden herz und seelenlos sein, nicht so wie sein missratener Sohn! Belial ist an die Bräuche und Pflichten aller Fürsten gebunden und allein der Gedanke daran, schürt seine Frustration. So viele Versuche, seine Seele zu schwärzen, waren fehlgeschlagen. Nur dass er ein reinrassiger Dämon von altem Adelsgeschlecht und sein einziger Nachkomme ist, erhält dieses Leben aufrecht. Er hasst sie und ihren gemeinsamen Sohn dafür. Er ist sich sicher, dass ihre verdammte Magie mit daran Schuld trägt, dass ausgerechnet Balthasar mit diesem Makel das Licht der Hölle erblickt hatte! Niemals zuvor hatte es das in seiner uralten Blutlinie gegeben. Alle Nachkommen der Feuerländer waren wie er.

Skrupelos und ohne jegliche verweichlichung ... bis zu seinem eigenen Fleisch und Blut, diesem einfältigen, rebellierenden Klotz. Erst nach einigen Wochen war es Belial aufgefallen. Dieser Balg spielte und verhielt sich bei weitem anders als andere Dämonen. Zudem heulte er wie ein kleiner Welpe, wenn er auch nur hingefallen war. Sicherlich hatte sie sich an ihm rechen wollen, doch seine Rache ereilte sie nur einige Jahre später, als sie ihn wegen eines dieser abscheulichen Insekten verlassen hatte. Ja, auch das hatte seinen Hass auf diese Brut geschürt. Diese unerwünschten Kakerlaken nisten und mischen sich einfach überall ein. Begleitet von seinen Gedanken erreicht er sein privates Zimmer. Bevor er sich auf den Weg machen kann, muss er zuvor mit seinem Sohn sprechen. Umgehend sendet er gedanklich eine Botschaft an ihn und begibt sich selbst zu seinem wuchtigen Schreibtisch, auf dem sich etliche Schriftrollen türmen. Knurrend lässt er sich dahinter nieder und sichtet die Unterlagen, um die Wartezeit zu verkürzen. Nach gut einer viertel Stunde öffnen sich die Türen seines Zimmers und ein schlanker schwarz gekleideter junger Mann mit schulterlangem feuerrotem Haar kommt herein. Ohne von seinen Schriftrollen aufzusehen, beginnt Belial grollend zu sprechen. „Wenn ich dich rufe, hast du mich nicht warten zu lassen!" Der junge Mann steht weiterhin im Raum und zuckt nur desinteressiert seine Schultern, als der Dämon ohne aufzusehen, das Dokument unterzeichnet. „Du bist wie deine elendige Mutter. Eine reine Provokation, Balthasar." Zischt er weiter und blickt nun in das Spiegelbild seiner eigenen Augen auf. Bei der Nennung des Namens regt sich der junge Dämon. Seine Augen sprühen nur so vor Hass und Abneigung. Schließlich ist er nicht freiwillig hier. „Du hast mich von wichtiger Arbeit hergerufen, also leb damit!" Belials Blick schweift über den

Körper seines Sohnes. Seine Unterarme sowie seine Hände sind blutrot gefärbt, doch der Geruch kann nicht getäuscht werden, denn das war bei weitem kein Blut. Balthasars Kleidung riecht nach Feuer, Dreck, Erde und Wein. Selbst seine Stiefel sind mit Lehm verdreckt. Wie kann er es wagen, in so einem Aufzug unter seine Augen zu treten? Am liebsten würde er ihn umgehend in den unterirdischen Kerker stecken. Dort würde er ihn wie so oft in Ketten legen und tagelang auspeitschen lassen und mit Stromstößen seinen Ungehorsam austreiben! Als hätte sein Sohn seine Gedanken von den Augen ablesen können, setzt dieser ein spöttisches Grinsen auf und verschränkt seine Arme vor seiner breiten Brust. „Komm schon, willst du mich wieder in den Kerker werfen lassen? Wann war noch einmal das letzte Mal? Als ich mit Zehn die kleine Nixe nicht töten wollte, oder? Ach nee, ich vergaß." er tippt sich an die Stirn und knurrt „Als ich neunzehn wurde und ich mich mit meinrt süßen Vetis Freundin namens Miana vergnügt hatte." Seine stechend gelben Augen glühen vor Belustigung, während seine Stimme und Körperhaltung die reinste Provokation wiedergeben. „Ich hatte doch keine Ahnung, dass ich keine Freundin haben darf." Belial fletscht mit den Zähnen und ringt um Gelassenheit. So oft hatte er seinen Standpunkt klargemacht. „Bring mir eine, die der Blutlilie entspricht und ich bin zufrieden. So eine als deine Freundin anzusehen, war beleidigend, Balthasar. Ich habe dir nur die Augen geöffnet." Der rothaarige Dämon beginnt böse zu lachen und fährt sich mit der linken Hand durch seine langen Haare. „Du bist mit nichts zufrieden! Du hast sie vor meinen Augen ausgeweidet und mir ihren Kopf in den Kerker geworfen. Ich musste in ihre aufgerissenen toten Augen starren, während ich deiner fürsorglichen Behandlung ausgeliefert war." schreit er ihn an.

„Sie war ein Vetis, ein verdammtes Mischwesen mit einem menschlichen Körper und langen, schlangenähnlichen Armen, wenn du dich erinnerst. Wie konnte sie dich nur mit ihren länglichen Gliedmaßen sowie aalartigen Köpfen bloß reizen? Das Einzige, was euch verbunden hat, war das Horten von jeglichem, was glitzert und funkelt. Das du auch nur in erwägung ziehen konntest, mir eine solche Abscheulichkeit als deine Freunding vorzustellen, war eine Beleidigung. Von mir aus, hur so viel herum, wie du willst, doch wage es dich, niemals unsere Blutlinie zu verunreinigen und einen Niwa zu zeugen! Ich schwöre dir, ich töte sie noch, bevor ein solches Balg das Licht der Hölle erblickt. Gaube mir, wenn dich der Anblick einer ausgeweideten und geköpften Vetis schon verstört hat, wie gedenkst du wirst du auf den Anblick einer ausgeweideten Schwangeren reagieren?" er weiß, dass sein Vater keine leeren Versprechungen macht und seine Drohung in die Tat umsetzen würde. So manch weitere schmerzhafter Erfahrung hatte seine Tribute gefordert und nur zwei Freunde sind ihm bis heute geblieben. Warlo sein schwarzer Moordrache und sein bester Freund Miles, ein Schattendämon. Dieser hatte eine sterbliche Mutter und somit eine sanfte Seite. Trotz, dass er selbst keine Seele besitzt, hat er Balthasar niemals für seinen Makel verurteilt oder gar gedemütigt. Für ihn war der junge Höllenfürst wie ein Bruder und umgekehrt. Sein Vater lehnt sich mit einem zufriedenen Gesichtsausdruck und einem leichten Lächeln zurück und genießt es, wie sein Sohn mit geweiteten Augen vor ihm steht und schwer schluckt. „Nun, da das sicherlich nun endgültig vom Tisch ist, kommen wir zu wichtigeren Themen, Balthasar." Ein leises Flüstern, welches jedoch laut genug über seine Lippen huscht, lässt die Augen seines Vaters wieder schnell verengen. „Ich nenne dich bei deinem

Vornamen, um deine volle Aufmerksamkeit zu erhalten, du kümmerlicher Wicht! Hör gefälligst zu, es betrifft Warlo." Die Erwähnung des Namen seines Drachen bringt den jungen Fürsten in Alarmbereitschaft und er wartet angespannt darauf, was der Alte zu sagen hat. „Geht doch. Die Brunftzeit steht bevor. Du bringst ihn in die Sümpfe. Es hat schon wieder zwei Onis erwischt und so langsam zehrt es an meiner Geduld. Sie sind Wachen und kein Futterersatz für dein Haustier." Balthasar überkommen leichte Schuldgefühle und er beißt sich auf seine volle Unterlippe. Die Onis sind ihm egal, doch er will nicht das Warlo unter der Wut seines Vaters zu leiden hat. Nur er ist in der Lage, Warlo zu dieser Zeit zu händeln, und er hatte seine Pflichten durch die Produktion von Neuem Wein ziemlich vernachlässigt. „Es tut mir leid … wirklich … Ich kümmere mich um ihn." entschuldigt er sich und sieht durch das vergitterte Fenster nach draußen auf den Burghof. Belial schüttelt nur den Kopf und greift nach einer weiteren Schriftrolle. „Das solltest du, es sei denn, du beabsichtigst, dich mit Politik und Bündnissen abzumühen, während ich die Sache in die hand nehme. Ich werde gleich wieder aufbrechen und ich erwarte bei meiner Rückkehr ein tadelloses Anwesen vorzufinden." Sein Sohn sieht zögerlich auf den ausgebreiteten Papierkram und schüttelt schwach seinen Kopf. Genauso wie Belial dachte, der Einfaltspinsel macht sich weder aus Politik noch aus wichtigen Angelegenheiten etwas! Doch genau das spielt ihm in seine Hände. Er präsentiert sein siegessicheres, spöttisches Grinsen und winkt in Richtung der offen stehenden Türen. „Dachte ich mir, Balthasar. Warlo wartet und mach die Tür hinter dir dieses Mal zu …" Mit aneinander gelegten Fingerspitzen beobachtet Belial zufrieden, wie sich die Türen schließen und die Schritte im Flur verhallen. »Hervorragend,

Plan B kann beginnen. Wenigstens etwas, was wie am Schnürchen läuft. Jetzt muss die Maus nur den Käse fressen.« Er erhebt sich und geht zum Fenster. Mittlerweile ist auch sein Sohn auf dem Burgplatz angekommen und verschwindet gerade in der Höhle, in der sich der Drache befindet. Lässig verschränkt Belial seine Hände hinter seinem Rücken und wartet geduldig darauf, dass beide hervorkommen. Warlo schiebt seinen wuchtig gehörnten Schädel durch die Öffnung und brüllt über den ganzen Hof. Seine Druckwelle lässt sämtliche Böden und Wände erzittern. Seine Gier ist bei Weitem nicht gestillt. In der Tat lässt er sich von Balthasar führen und er ist einer der Einzigen, die den Drachen berühren können. Voller Zuneigung berührt Balthasar den langen, schuppigen Hals des schwarzen Ungetüms. Im Schein der Fackeln glitzern seine schwarzen Schuppen mitternachtsblau. Wann war der Tag der Nacht gewichen? Erregt und voller Neugier knurrt Belial, denn in wenigen Stunden würde das Treffen der Anhänger stattfinden. Geplant war eine Zusammenkunft aller in einem der geheimen Nester. Doch aus der Nachricht des Duke waren diese nicht mehr sicher und so würde man sich verteilen und nur seinem direkten Partner gegenübertreten. Endlich würde man sich persönlich kennenlernen und einander in die Augen schauen. Von da an gäbe es kein Zurück mehr ... wer der Dunkelheit Treue schwört und diese nicht entgegenbringt, erlebt keinen neuen Morgen.
Er beobachtet noch, wie Balthasar sich auf den Rücken des Monstrums schwingt und dann wie Warlo sich von der Dunkelheit vollkommen verschlucken lässt. Erst jetzt verlässt er sein Arbeitszimmer durch die Verbindungstür und sucht seine privaten Räumlichkeiten auf. In diesem Zentrum steht ein wuchtiges Himmelbett. Dessen Gestell ist aus reinem

Gold und geschwärztem Holz gefasst. Aufgebauschte Kissen aus feinsten weichen Stoffen in schwarzen Tönen und zarten Goldfäden drapiert zieren das kunstvoll geschnitzte Kopfteil, während die blutrot bezogene Daunenbettdecke einladend über der Matratze ruht. Zu seiner linken und rechten befinden sich wand hohe Regale gefüllt mit Büchern jeglicher Art und aus aller Welt. Mythen und Legenden, Zauberbücher, Romane und historische Niederschriften, aber auch Komödien und Dramen sind in seiner Sammlung vertreten. Er dreht sich von der Tür zu seiner Rechten und geht hinüber zu seinem massiven Kleiderschrank. Während er mit seiner rechten Hand die Schranktüre öffnet, öffnet er mit seiner linken sein Hemd, zieht es aus und wirft es achtlos zu Boden. Gezielt ist ein frisches Hemd und eine Hose gegriffen. Schnell wird die Kleidung getauscht und ein letzter prüfender Blick in den Spiegel geworfen. Selbstverliebt grinst und zwinkert der dunkelblonde Dämon seinem Spiegelbild zu und reibt sich seinen gestutzten Bart. Es bedarf ein einziges Fingerschnippen, seiner rechten Hand, und hinter ihm erscheint ein wilder oval förmiger Strudel, getaucht in zitternden Rotorangetönen. Ihm ist bewusst, dass solch ein Portal Spuren hinterlässt, doch dies ist für längere Strecken einfach komfortabler. Er würde einfach fünf Dörfer vor dem eigentlichen Ziel auftauchen. Vielleicht in einem abgelegenen Waldstück, welches jedoch nicht zu abgelegen ist und von dort aus würde er seine Reise entweder zu Fuß oder zu Pferd fortsetzen.

Derweil hat sich Balthasar über Warlos langen schuppigen Hals gebeugt und genießt den warmen Wind der Nachtluft. In solchen Momenten fühlt er sich endlich frei. Ohne Verpflichtungen, die ihm in die Wiege gelegt wurden, ohne auferlegte Bürden seines Vaters, denen er ohnehin niemals gerecht werden könnte.

Warlos Hals ist übersät von dicken Panzerplatten und kleinen scharfen Hörnern, doch sein Reiter würde sein Leben in dessen Klauen legen, so groß war sein Vertrauen in diese Kreatur. „Du und Miles ihr seid meine Familie Warlo und nun suchen wir dir ein umwerfend heißes Mädchen!" Der junge Dämon lacht und reibt seine flach ausgestreckte Hand über die schuppige Haut seines schwarzen Drachen. „Sag, wie soll sie aussehen? Sollen ihre Schuppen glitzern wie der Morgentau in der Sonne oder sollen sie doch lieber rot, gelb und orange sein wie das Feuer selbst?" °*Sie sollte paarungsbereit sein ... Drachen hier zu finden ist wie die Suche nach der Gabel im Misthaufen, da ist mir ihre Farbe mehr als egal*°, brummt er kehlig und vollführt eine scharfe Rechtskurve in der Luft. „Ihr habt's gut ... egal welcher Staus, egal welche Gattung ... Ihr könnt lieben, wen immer ihr wollt." °*Wir lieben nicht Junge ... Das machen nur Menschen und selbst, die haben keinerlei Ahnung von richtiger Liebe. Wir gehen unseren Instinkten nach. Doch eins sind wir ... loyal und dafür ist uns jedes Mittel recht.*° der junge Dämon lässt seinen Blick über den Boden unter sich schweifen. Mit gleichmäßigen, kräftigen ruder-artigen Flügelstößen liegt das Feuerland schnell hinter ihnen, und sie überfliegen die kargen Bäume des Waldes, der die Steppenländer und Schattenländer von ihrer Heimat abgrenzt. „In den Sümpfen hinter den Nachtländern könntest du Glück haben ... Miles meinte vor drei Wochen dort ein Weibchen gehört zu haben ..." Warlo schüttelt nur seinen Kopf und schnaubt. °*Seit wann ist dein Schattenfreund ein Drachenflüsterer? Nur Männchen brüllen.*° „Ach fuck, na dann vergiss, was ich gesagt habe. Sicherlich wirst du ein Weibchen riechen

342

können ..." lacht er verlegen und greift sich in seinen Nacken. Zustimmend schnaubt der Drache und beschleunigt sein Tempo. Schnell hat er auch die Dunkelländer durchkreuzt. Die Sümpfe hinter den Nachtländern wäre sicherlich interessant, doch die Nebelländer sollten sein erster Zielpunkt sein. Was Balthasar nicht weiß ist, dass Warlos Loyalität nur einer Person gilt und nur ein Wort von ihm und er würde sein wahres Gesicht zeigen. Gemeinsam fliegen sie durch den leichten Nebel, der das fruchtbare Land und die kleinen einzelnen Behausungen unter sich verhüllt. Im ganzen Land erstrecken sich klare Flüsse und uralte kräftige immergrüne Bäume, die sich zu Wäldern formatieren und reichlich Wild beheimaten. Für ihn war dieses Land unbedeutend, zumindest in seinem jetzigen Zustand. Dieser Drache hütet seit seiner Ankunft in den Feuerländern ein großes Geheimnis vor Balthasar. Denn wie das Pferd des neu ernannten Teufels besitzt auch er die Fähigkeit, in die Zukunft zu sehen und es ist seine Bestimmung, diese Zukunft wahr werden zu lassen. Er spürt die Anspannung seines Reiters, während er sein Tempo verlangsamt und immer wieder die Baumkronen mit seinen gigantischen ledrigen Flügeln berührt und erzittern lässt. Balthasar drückt seine Schenkel gegen das empfindsame Drachenfleisch, direkt hinter den Flügeln. „Du willst nicht ernsthaft hier jagen oder auf Brautschau gehen oder Warlo? Komm schon lass uns woanders hin." Seine Stimme ist mehr ein Flüstern, welches der Wind davonträgt. Der junge Dämon versucht, seinen Freund wieder in die Luft zu treiben, doch jegliche Versuche bleiben ohne Erfolg. Während Balthasar sich nervös umsieht, beginnt der Drache amüsiert zu glucksen und schnaubt. °*Sei kein Weichei ... wir bleiben nicht lange Levi. Hier gibt es einfach die besten Brocken weit und*

breit, außerdem ist Nacht. Da werden sie uns nicht entdecken, wenn du dich wandelst.° Seine tief grollende Stimme lullt den Versand des Phukadämonen ein und verdrängt stetig jeglichen Widerstand. °Komm schon, Kumpel ... wie oft haben wir uns früher in andere Länder geschlichen und dort gejagt und gespielt? Seitdem du älter geworden bist, friste ich ein Dasein in der Höhle und erinnere mich in meinen einsamen Stunden an unsere Abenteuer ... was sagst du, Levi? Um der alten Zeiten willen. Versprochen, wir bleiben nicht lange. Danach bin ich auch artig und wir fliegen weiter in die Ödländer und von da aus über die Morgenländer zurück. Vielleicht treffe ich auf ein paarungsbereites Weibchen in den Ödländern. Du weißt doch, ich brauche mehr Energie für die paarung. Die Weibchen wollen unterworfen werden und dafür brauch ich Kraft.° schwer seufzend stimmt der Dämon zu. „Man Warlo, du weißt, wie du mich an den Eiern packst. Ich kann dir kaum n Wunsch abschlagen, du alter Dickschädel, vorallem, wenn es um ein Mädchen für dich geht!" Wissend grinst besagter tief in sich hinein. Es ist so einfach für ihn, diesen naiven Jungen zu manipulieren ...
°Darum sind wir auch die besten Freunde. Wir teilen dasselbe Schicksal.° Lautlos gleitet der schwarze Drache durch die Baumwipfel hindurch und legt seine Flügel dicht an seinen Körper, als er in den Sturzflug übergeht. Dicht vor dem Boden schwebend, hebt er seinen Oberkörper und setzt seine wuchtigen Hinterläufe auf den moosbewachsenen Boden unter sich ab.
In der Dunkelheit verschmilzt seine gigantische Statur gänzlich mit der Umgebung. °Mach schon, hier ist ein hervorragendes Versteck°. Jeder Muskel zittert vor Anspannung, jeder Millimeter seiner Knochen und seiner

Haut spannt und verformt sich, als er seinen Dämonen an die Oberfläche treten lässt. Innerhalb weniger Sekunden ist seine Wandlung abgeschlossen und ein Jaguar mit stechenden gelben Augen und samtenen schwarzen Fell von einer beträchtlichen Schulterhöhe von ein Meter dreißig und einer Kopfrumpflänge von guten zwei Metern präsentiert sich dem Drachen. Von Weiten sieht Balthasar nun eins zu eins wie sein verhasster Vater aus. Nur aus der Nähe betrachtet würde man die feinen, aber entscheidenden Unterschiede, der beiden erkennen. Balthasars sanftmütige Augen und die besondere Fellzeichnung, welche jeden Jaguar unverkennbar macht. Bei Tageslicht würde es noch intensiver durch den kurzen weichen Pelz schimmern, doch diese Nacht war wie geschaffen zum Jagen, denn selbst der Mond leuchtet nur schwach durch die Nebelländer. Warlos pechschwarze Augen funkeln, während er den Anblick des jungen ahnungslosen Phukas genießt. Ohne es zu wissen, würde er seinem verhassten Vater mit seinem Erscheinen in den Nebelländern ein Alibi verschaffen, denn Warlo würde schon dafür Sorge tragen, dass er gesehen wird.

Noch befinden sie sich in den Wäldern, doch er kennt die unstillbare Neugierde seines jungen Herrn und darauf vertraut er auch dieses Mal. Lautlos streifen sie nebeneinander umher. Dicke Frösche, die sich ebenfalls im Schutze der Nacht im hohen Gras und Moos verborgen gehalten hatten, hüpfen nun aufgeschreckt in die kleinen Pfützen und Tümpel, die ihren Weg zieren. Die Luft riecht klar, frisch und rein. Obwohl der junge Höllenfürst sich noch immer unwohl fühlt und so gut er kann auf den Boden drückt, um nicht aufzufallen, begleiten ihn auch einige wenige schöne Erinnerungen von hier. Er war nicht oft hier gewesen, aber die wenigen Male würde er immer in seinem

Herzen tragen. Er war schätzungsweise vier Jahre alt gewesen, als Widdow mit ihm hier seinen Onkel und dessen Verlobte zum ersten Mal besuchte. Levi erinnert sich, als wäre es gestern gewesen. Sie hatten es sich auf einer Picknickdecke direkt am Fluss gemütlich gemacht und als kleiner Kater hatte er den ganzen Tag über den Nebelkrähen hinterherjagen dürfen. Anschließend gab es unglaublich viele Süßigkeiten und Eis zum Essen. Sein Onkel und Irina waren so anders zueinander als seine Eltern. Sein Onkel streichelte sie, küsste sie in aller Öffentlichkeit und trug sie wirklich auf Händen, auch zu Balthasar war er damals so viel anders als Belial. Er nannte ihn wie Warlo und Miles immer nur bei seinem Zweitnamen, Levi, die Abkürzung von Leviathan. Dieser Ausflug war einer der schönsten in seinem Leben gewesen.

Als seine Mutter ihn mit sieben einfach so bei Belial gelassen hatte, gab es kaum eine Nacht, in der er nicht bitterlich geweint hatte. Er hatte sich so sehnlichst gewünscht, dass Bathim und Irina ihn von hier wegholen würden, doch es geschah nie ... Sie hatten ihn wie Widdow einfach von sich geschoben und er erlebte kontinuierlich seine eigene Hölle. Folter, seelischer Missbrauch und Gewalt waren von da an sein tägliches Brot und seine Ängste wichen Enttäuschung, die mit den Jahren in Wut auf seine Mutter und auf die beiden umgeschlagen ist. Mittlerweile waren knapp hundertzehn Jahre vergangen, er hatte sich hochgekämpft und nun waren ihm die beiden einfach nur gleichgültig. Sie hatten sich nicht für ihn interessiert und so waren sie auch keinerlei Gedanken mehr wert. Er schiebt den Gedanken weg und erhebt sich mit stolz gestrecktem Kopf.

°*Lass uns was Spaß haben, Warlo, da hinten an der Lichtung ist was!*° wie bestellt, hat sich ein kleines Rudel

Silberhirsche aus dem Wald getraut und ausgerechnet den See aus Balthasars Erinnerungen zum Durststillen aufgesucht. Würde der Phuka das Mondlicht, das das längliche, mit Hörnern bespickte schlangenähnliche Gesicht des schwarzen Drachen bescheint, nur in diesem Moment betrachten. Er hätte so das leichte Anheben seiner schuppigen Lefze erkannt, welches sein Maul zu einem diabolischen Grinsen verformt, doch der junge Jaguar hat seine Augen nur auf die sich darbietende Beute gerichtet. °*Die Lichtung ist schwierig für mich, man könnte mich sehen Levi, aber es riecht vorzüglich. Zu schade ...*° °*Bullshit, du wartest hier Kumpel. Ich verlange Wild, und zwar dieses hier! Du bleibst hier und ich schleiche mich von der anderen Seite des Sees an, dann schneide ich denen den Weg ab und et voilà, bon appétit!*° °*Würdest du das wirklich? Ich habe wirklich einen großen Hunger, mein Freund, und die Ödländer sind noch einige Tausend Kilometer entfernt, doch ich bin mir sicher, da ist ein Weibchen. Du weißt ja, sie wollen kämpfen und wenn ich zu schwach bin ...*° °*Natürlich! Ich habe es dir doch versprochen, mein Freund, schon bald legst du n Weibchen flach! Es ist nur ein beschissener See, der mir in der Vergangenheit mal was bedeutet hat. Es wird Zeit, endgültig damit abzuschließen! Also mach dich bereit. In zehn Minuten rennen sie wie aufgeschreckte Perlhühner in deine Richtung.*° der Drache zieht sich weiter in die Böschung zurück und schnaubt zustimmend. Er muss nur warten und auch darin ist Warlo ein Künstler. Ungesehen macht sich der junge Höllenfürst auf die Jagd. Die Silberrehe trinken entspannt unter der Aufsicht ihres Leittieres, einem hochgewachsenen Silberhirschbock, während der lautloser Jäger sie ohne seinen Blick von ihnen zu nehmen umrandet.

Er ist so in Trance verfallen, dass er nichts außer den Rehen und seinem Freund wahrnimmt. Nun hat er das andere Ufer erreicht und es muss schnell gehen. Denn er hat nur einen Versuch. Wieder auf den Boden gedrückt, robbt er sich ganz langsam durch das Gras. Immer näher und näher pirscht er sich an die ahnungslose Beute heran. Nur noch fünfzig Meter und er würde sie in Warlos Richtung treiben können. Gerade als er sich vom Boden abdrückt und springt, ertönt ein lautes bedrohliches Brüllen, welches aus dem angrenzenden Gebirge zu ihnen hinüberschallt. °*Scheiße Warlo! Ein Bulle!*° Seine Gedanken gelten seinem Freund, den es zu beschützen gilt. Dieser brummt und drängt ihn, sich zu beeilen. °*Hau ab, mein Freund! Wir sehen uns zu Hause. Ich komm hier klar.*° knurrend brüllt indessen auch Warlo, dem dieser Vorschlag äußerst missfällt. Muss ausgerechnet jetzt ein weiterer Bulle hier auftauchen und seine Pläne durchkreuzen? Wütend schüttelt er seinen gigantischen Schädel durch die Luft. °*Warlo! Verpiss dich, ich will nicht, dass dir etwas passiert!*° mittlerweile hat das Wild in großflächigen Zickzacksprüngen das Weite gesucht und ist in der Dunkelheit verschwunden. Warlos Brüllen würde schon bald alle Bewohner der Nebelländer hervorholen und eine Panik verursachen. Angespannt huschen seine gelben Augen durch die Dunkelheit und bleiben an einem sich aufrichtenden Warlo haften. °*Wehe, du lässt dich erwischen, Levi.*° knurrt er drohend, wirbelt sich hoch in die Luft und verschwindet mit starken Stößen seiner Flügel in die entgegengesetzte Richtung der Feuerländer davon.
°*Wir sollten gemeinsam zurückkehren, ich warte hinter den Ödländern auf dich Levi!*° °*Spinnst du? Warloooo!*° doch der Drache ist bereits verschwunden und antwortet den jungen

Höllenfürsten nicht mehr. Wütend flucht er vor sich hin und sucht die Luft nach dem fremden Bullen ab. Die Situation spitzt sich zu. Zwar scheint der andere Bulle die Nebelländer nur ansatzweise zu streifen, doch der Lärm hat bereits etliche kleine abgelegene Häuschen erhellt. Zu seiner Verwunderung bleibt ausgerechnet das Haus, welches sich direkt am See befindet, dunkel. Aber ihm bleibt nicht genügend Zeit, um sich damit intensiver zu befassen, denn von Weitem nähern sich Reiter auf Schlachtrössern, die ihn sicherlich nicht freundlich empfangen würden. Ihm bleibt keine andere Wahl, als einen Umweg zu machen, da er nicht gewillt ist, die Reiter in einem Kampf zu töten oder selbst als Gefangener zu enden. Familie hin oder her, sein Onkel würde ihn sicherlich nicht mit einem simplen »du, du, du!« Davonkommen lassen. Noch bevor die Reiter ihn erreichen und identifizieren können, macht der junge Phuka, kehrt und hechtet davon. Sein Herz rast und doch fühlt der Dämon eine Art Hochgefühl. Er muss einfach nur das entgegengesetzte Ende des Waldes erreichen, dieses durchqueren und von da aus über die Handelsroute weiter Richtung Westen.

Wenn herauskommt, dass Warlo ohne ihn durch die Gegend fliegt, würde er ein gewaltigeres Problem haben, als dass er ohne Erlaubnis hier in den Nebelländern lungert. Auf halber Strecke des Waldes ist er nicht mehr der einzige Dämon. Auch sie verschmilzt mit der Nacht, ihr Cape tief über das bleiche Gesicht gezogen, presst sie sich gegen eine der alten Eichen, als sie das Rascheln des Laubes und den fremden Geruch wahrnimmt. Entschlossen umfasst ihre rechte Hand den Dolch ihres Geliebten, während ihre linke sich schützend über ihren bereits leicht gerundeten Bauch legt. Die Nacht hatte sie hervorgelockt und in den Wald gezogen. Nur hier gibt es die besonderen Taublüten und nur zu gewissen

Mondphasen blüht ihre kostbare Knospe. Drei Nächte vor dem Blutmond erhebt sie sich und dann auch nur für einige Stunden, ehe sie sich in ihren jahrzehntelangen Schlaf zurückzieht. Auch sie hatte das Brüllen der Drachen gehört, doch sie kannte den Wald in- und auswendig. Dies hier war seit mehr als zweihundert Jahren ihr Zuhause. Notfalls würde sie sich und ihr Ungeborenes verteidigen, bis die Wachen sie unterstützen. Nur noch vier Tage trennen sie uns ihr Herz. Dann würde er zurück sein und sie würden bei knisterndem Kaminfeuer einander genießen und sich alles erzählen. Sie spürt, wie ihr ungeborenes Leben sich in ihr regt. In zwei Monaten würden sie ihr ersehntes Wunder in den Händen halten können. Als sie uber ihren Bauch streichelt und mit Liebe in dem Moment verweilt, passiert es. Blindlings stürzt der panische Phukadämon in sie hinein. Instinktiv rammt die Dämonin ihm das silberne Messer in dessen Schulter und verhilft ihn damit zu einem markerschütternden Schmerzensschrei. Noch während Balthasar sich auf dem Boden vor Schmerz krümmt, kämpft sie sich auf die Füße. Mit schreckgeweiteten Augen starrt sie auf den schwarzen Jaguar vor sich und rennt haltlos davon. Ihre größte Angst hat sich ihr gezeigt. Er war gekommen, um alles zu zerstören, und beinahe wäre es ihm gelungen. Seihne Drohung hallt durch ihren Kopf. »Eines Tages werde ich zerstören, was du am meißten liebst und du wirst dagegen machtlos sein.« Bis zu Bathims Rückkehr, würde sie bei der kleinen Morphina und deren Eltern Zuflucht suchen.
Der verletzte Phuka windet sich noch immer unter höllischen Schmerzen im Laub und versucht vergeblich, den Dolch aus seiner Flanke zu ziehen. Bei jedem Versuch dringt die Klinge jedoch tiefer in sein Fleisch. Als würde flüssiges Silber unaufhörlich durch seinen Körper fließen und ihn daran

hindern, seine menschliche Gestalt anzunehmen ohne fremde Hilfe hat er keine Chance, zu überleben oder unentdeckt zu bleiben. Von weitem kann er die donnernden Hufe der Wachen hören. Im letzten Augenblick, bevor er sein Bewusstsein verliert, sendet er seine verzweifelte Bitte um Unterstützung aus.

Finstere Pläne

Als Miles von seinen Besorgungen zurückkommt, beschleicht ihn ein ungutes Gefühl. Scheinbar waren sowohl der Fürst, sein bester Freund als auch dessen Drache vom Erdboden verschluckt. Es würde sicherlich 'ne simple Erklärung geben. Vermutlich hatte Belial mal wieder seine Launen an ihm ausgelassen und Levi ist daraufhin mit Warlo unterwegs, um sich Luft zu verschaffen. Sicher wäre er bald zurück, denn Miles hatte ihm kürzlich von diesem Großauftrag berichtet, der ihn mehr als begeistert hatte. Die erforderlichen Zutaten hatte er organisiert und sie würden nun bestimmt zwei Nächte durchackern müssen, aber das würde sich lohnen! Nicht oft bekommt man die Chance geboten, gleich zwei neue Kunden aus zwei verschiedenen Ländern mit einer gigantischen Menge an Wein, Schnaps und Whisky zu beliefern. Ohne den stinkenden Onis, die ihn argwöhnisch mustern, einen Blick zu huldigen, reitet der junge Dämon auf seinem dunkelbraunen Höllenpferd über den Hofplatz weiter.

Immer wenn keiner der beiden anwesend ist, spielen sich diese Schleimwürmer auf, als wären sie selbst die Herschenden der Feuerländer. Er kann diese Amöben einfach nicht ausstehen. „Wo du hin willst damit?" Er bremst seinen stolzen Hengst, bleibt jedoch im Sattel sitzen und verdreht seine tief schwarzen Augen. „Ich bin dir keine Rechenschaft schuldig! Du bist nicht mein Herr!" Grunzend stellen sich ihm gleich drei dieser Kreaturen in den Weg und lassen sein Pferd wütend keilen. „Alle nicht da. Du musst zeigen uns , was in den Taschen ist!" Der Dämon beginnt zu lachen und schüttelt den Kopf. „Ich muss n feuchten Schiss euch gegenüber! Ich diene einzig dem Sohn der Feuerländer. Wenn ihr mich weiter von der Arbeit fernhaltet, sorge ich dafür, dass ihr Drachenfutter werdet! Alos?" Nun stimmen die drei Onis in ein grunzendes Lachen ein und hauen selbstbewusst ihre Keulen in ihre Hände. „Lustig ... der hat bereits gefressen." Mit denen ist einfach keine vernünftige Konversation zu führen. Schwer seufzend schüttelt der Schattendämon seinen Kopf und lässt sein Pferd gut sechs Meter zurückweichen. „Dann eben anders. Ha!" Hart gibt er seinem Hengst die Sporen und lehnt sich gegen sein Fell. Sofort versteht das Tier, galoppiert an und springt über die versammelten Dämonen hinweg. Diese realisieren erst, was geschehen ist, als Miles bereits den Hofplatz passiert und in den Hügeln der Weinberge verschwunden ist. Wütend über deren Verhalten und die verplemperte Zeit nimmt er die gefüllten Satteltaschen von seinem Pferd und geht zügig in die unterirdisch gelegene Schnapsbrennerei. Dort vergewissert er sich, dass die Zutaten noch brauchbar sind, und überprüft die vorhandenen Destillationen. Gerade rechtzeitig bemerkt er, dass bei einer Destille der Druck gefährlich hochgestiegen ist. Fluchend reguliert er die Ventile und schaut nach den Einstellungen. Die letzte Überprüfung fand vor über vier Stunden statt! „Verdammt, Levi!", flucht er bei seinen letzten Handgriffen. „Dafür dass hier dein Herzstück und Lebenstraum steht, gehst du verdammt beschissen damit um! Ja, ja, Miles, holt schon die Kohlen aus dem Feuer und rettet deinen Arsch", murrend hebt er den seiden-heißen Kupferdeckel an und wirft die zuvor mühsam gesammelten und teuer gehandelten Kräuter in den Kessel. „Wenn du mich nicht hättest, könntest du den Auftrag vergessen und glaub mir, das erklärst du selbst dem Fürsten und dem Königshaus der Nachtländer." Kopfschüttelnd macht er sich auf den Weg zu den großen Eichenfässern, in denen der Wein der letzten fünfzig Jahre vor sich hin reift. Gerade als er den Kran öffnet und sich den Frust mit dem fast schwarz beerigen Wein hinunterspülen will, erreicht ihn ein Hilferuf. Schlagartig wird er bleich und lässt den Becher auf den Boden fallen. Mit einem „Scheiße!" auf den Lippen löst er sich auf und verschwindet …

Sobald Fexiel die Grenzen des Schattenlandes passiert, spürt er ein leichtes Kribbeln auf seiner Haut, welches sich leise knisternd über seinen Rücken zieht. Direkt ist ihm das Gefühl vertraut, und er ist in Alarmbereitschaft versetzt. Vor gut zwanzig Jahren hatte er bereits eine ähnliche Erfahrung gemacht. Damals traf er zufälligerweise auf Abigor, den Höllen-Herzog, der über ihn mit einem geflügelten Unwesen mit Pferdekopf hinweggeflogen war. Lachend war dieser vor ihm gelandet und hatte ihn angehalten. Etliche Stunden hatte Abigor sich mit ihm über Kriegsführung ausgetauscht, seine sechzig Legionen erwähnt und versucht, Fexiel in diese einzubeziehen. Zum Ende hin hatten sich beide herzlich voneinander verabschiedet und einen Pakt geschlossen. Wann immer Lucifer oder er ihn brauchen würde, er und seine Legion würden ihm zur Seite eilen. Dieses Mal schärft der gefalle Engel seine Sinne und versucht, die fremde Energie in der Luft zu analysieren. Instinktiv visiert sein stolzes Reittier die angrenzenden Nebelbänke der nahegelegenen Nebelländer an. Welches Wesen solch negative Energie verströmt, vermag Fexiel nicht auszumachen, denn so schnell wie es über ihn gezogen war, so schnell scheint es verschwunden. Trotz, dass sich das Wesen scheinbar von ihnen entfernt hat, lässt Fexiel Dáithí auf der neu gewählten Route laufen. Solange er die öffentlich zugänglichen Wege und Pfade der Nebelländer aufhält, hält er sich an die Gesetze der Hölle. Vereinzelt stehen einige kleine und schlichte Steinhäuschen mit flachen Schilddächern an den leeren Pflasterstraßen, die weiter in das Land hineinführen. Einige Kilometer reicht seine Sicht, doch der graue Nebel, der diesen Ländern ihren Namen verliehen hat, verschluckt große Teile und lässt höchstens einige Schemen erkennen. Seit Tagen ist er unterwegs und doch scheint es so, als würde er kaum von der Stelle kommen. In den Schattenländern war die Spur noch warm, doch je weiter er sich hervorwagte, bis auf eine vorbeigezogene negative Energie, scheint sich die Spur zu verlieren. So als wäre er spurlos verschwunden.

Brummend lässt Fexiel die Landkarte aus dem Nichts erscheinen und studiert die neu zu nehmende Route. Angespannt spannen sich seine Kiefer. Wenn er einige Stunden aufholen und in der Morgendämmerung am ersten Ziel ankommen will, muss er den unteren Teil der Nebelländer, der durch die Moore führt, durchqueren. Leise fluchend streichelt er den dunklen Hals seines Pferdes. „Maledeite Scheiße. Wollen wir hoffen, dass der Nebel zumindest unser Verbündeter ist. So schnell werde ich sicherlich keine offizielle Erlaubnis erhalten, um mich hier befugt aufhalten zudürfen. Du weißt, was das bedeutet Junge, kein Aufsehen erregen ..." Wie als wolle der Hengst ihm Zuspruch spenden, schnaubt er stolz und stößt kleine Nebelwolken aus. „Wenn du es sagst, Dáithí. Lass uns mit vorsicht diesen Weg nehmen." Er gibt ein leichtes Schnalzen von sich und das Pferd trabt durch die aufgezogenen Nebelbänke hindurch. Der Boden unter den Hufen seines Pferdes wird weicher und schon bald haben sie die offiziellen Handelswege verlassen. Jetzt, wo sie den Nebel durchritten haben, scheint sich ihnen eine neue Welt zu offenbaren.

Trotz des dichten Nebels lässt sich die verborgene Schönheit vor ihm nicht leugnen. Satte Gräser, gefüllt mit tanzenden Irrlichtern darin, die es wie den Sternenhimmel aussehen lassen, erstrecken sich in die unendliche Weite des Landes. Verblüfft lässt Fexiel seinen Blick in den Himmel wandern. „Als wäre der Nebel die Kuppel dieses Landes … beinahe wie ein Himmelbett, dessen Vorhänge für einen Moment gelichtet werden …", murmelt er fasziniert und sieht zurück. Dort hatte sich der Nebel bereits, wie vermutet, wieder dicht zusammengezogen. „Okay mein dicker, ab jetzt geht es mit geschärften Sinnen und ohne Zwischenstopp weiter. Bisher gab es keine Möglichkeit, Bekanntschaft mit dem hiesigen Fürsten zu machen, und die aktuelle Situation wäre bei weitem nicht passend dafür. Ich will meinen Kopf noch auf meinen Schultern behalten", flüstert er in angespanntem Tonfall und treibt Dáithí vorwärts. Nicht nur der Boden, sondern auch die Bauten der Häuser haben sich im Laufe der verstrichenen Zeit verändert. Hier sind keine einfachen Steinhäuschen mit flachen Schilddächern vorzufinden, nein hier scheint alles im Einklang mit der Natur zu existieren. Mal sind es einzelne Hügel mit verzierten Türen und ovalen Fenstern. Mal mehrere Baumhäuser, die sich in den knorrigen Kronen der alten Eichen winden und überall tanzen kleine gelb und himmelblaue Irrlichter fröhlich umher. Unvorhersehbar tauchen sie an Ort und Stelle ab, um in weiter Entfernung neu tanzend aufzuglimmen. Es scheint, als wäre in diesem Land ein weiteres, verborgenes Land erschaffen worden. Kunstvoll verzierte dunkelblaue Banner dieses ihm unbekannten Herrschers hängen in den dicken Ästen der alten Bäume und zieren die einzelnen Wege. Ihr Stoff scheint so leicht wie Seide, obwohl er blickdicht und mit reinstem Silber bestickt zu sein scheint.

Eine säuselnde, körperlose Stimme raunt der rechten Hand des Teufels sinnlich ins Ohr. „Nur wer mutig und mit reinem Herzen ist, darf diese Wege passieren. Seid gewarnt, denn hier beginnt das Reich meines Herrn." Ein süßer schwerer Duft umfängt Fexiel, der sich nach dem Inhaber dieser Frauenstimme vergebens umsieht. „Welcher Dämon du auch bist, ich bin nur auf der Durchreise und nicht gewillt Schaden zu bringen." Wie als würden die Bäume zu leben beginnen, tanzen all ihre feinen Blätter in der windlosen Nacht gleichzeitig an den dünnen Zweigen und Ästen. Das rauschende Rascheln entwickelt sich zu einem melodischen Lachen, und wie aus dem Nichts entsteht ein Strudel aus Blättern und Licht. „Ich bin kein Dämon. Ich bin sein Wächter." Unerschrocken blickt Dáithí auf die Gabelung, auf der sich das Wesen allmählich zu erkennen gibt, und auch Fexiel zeigt äußerlich keinerlei Regung. Innerlich hingegen flucht er über seine Unachtsamkeit und forscht nach einer Lösung, um ein Blutvergießen zu vermeiden.

Ganz langsam ebbt der Blätterstrudel vor ihm ab und gibt die Silhouette einer kleinen halb nackten Frau mit langen silberblond gewellten Haaren frei. Ihre ganze Haut scheint mit Diamanten und verschiedenen grünen Edelsteinen besetzt zu sein. Auf ihrer Stirn ruht ein großer türkisgrüner Malachit, das Symbol für Schutz und Wachstum. Jadesteine für Glück und Harmonie in unterschiedlichen Größen und rundlichen Formen sowie Smaragde und Turmaline zieren ihre Statur von Wange bis hinunter zu ihren Füßen. Ihr Hals ist mit in Gold eingefassten Opalen, sowie kleineren Knochen behangen. Ihre schwarzen Augen stechen aus dem bleichen Gesicht hervor und ihre rosigen Lippen sind zu einem leichten Lächeln angehoben, als sie zu Fexiel aufsieht. Mit fester Stimme richtet sie ihre Worte an ihn. „Eure Augen sind voller Kälte, warum sollte ich eurer Worte da Glauben schenken? Wie kann ich sicher sein, dass ihr nicht die Absicht hegt, diesen Weg mit Blut zu überfluten?" Neugierig legt sie ihren Kopf schief, während sie weiterhin auf der Gabelung steht und diese versperrt. Er nimmt einen tiefen Atemzug und konzentriert sich, ehe er antwortet. „Wenn du ein Wächter bist, wie du sagst, dann besitzt du auch die Gabe des Sehens." Unter seiner Antwort beginnt sie breiter zu lächeln. „Du verhüllst dich, Fexiel, rechte Hand des Teufels, Lucifer. Ich heiße dich in seinem Namen willkommen ... doch achte das uralte Recht." Warnt sie im selben Atemzug und hebt ihre am Körper anliegenden Arme langsam in die Luft. Wie als würde sich ein unsichtbarer Vorhang heben, verändert sich abermals die Umgebung um sie herum. „Verdammte Scheiße!" Er flucht schockiert, als sie ihm offenbart, wo er gerade hindurchgeritten ist. Ohne es gewusst zu haben, befindet er sich auf direktem Kurs auf einen heiligen Hain zu. „Verdammt, ich hatte nicht vor, so weit vorzudringen. Wieso verbergt ihr diesen Ort?" Direkt hinter der Wächterin leuchtet ein mächtiges Höllenfeuer, welches die komplette Wegkreuzung in Beschlag genommen hat auf. „Das Zentrum des Landes muss geschützt werden, dies ist der heiligste Ort der Nebelländer. Ich bin die Wächterin des ewigen Feuers und dieses Haines. Jedem hier von Anbegin existierenden Wesen, ist dies bekannt. Ich trete nur bei Bedrohung hervor. Ich entscheide, was mein Gegenüber zu erblicken bekommt." Ihre Hand dreht sich zu dem knisternden Feuer, welches von tiefrot zu blaugrün und violett wandelt. „Hier ist der unendliche Kreislauf, gespeist durch die Wurzeln der Eichen, die Wachstum spenden. Die Irrlichter, die dir zuvor begegneten, sind Kinder der Sterne, der Nachtländer. Sie sind meine Augen und Ohren." ihre zuvor sanfte Stimme wechselt in Anspannung um und sofort verhüllt sich das wundersame Feuer unter dem Mantel der Unsichtbarkeit. An dessen Stelle erscheint aus dem Nichts ein strudelndes Portal. Sein Hengst schnaubt angespannt und tänzelt auf der Stelle, während er die Wächterin in der Höhe bei Weitem überragt. „Der Pader verbietet die Durchreise auf diesem Gebiet!" Besänftigend hebt Fexiel seine Hände in die Höhe. „Wer auch immer dieser Pader ist, ich bin nicht sein Feind. Ich muss dringend Zeit aufholen bitte... Ich weiß um die Regeln und Gesetze und ja, ich habe keine Erlaubnis. Doch bitte, mein Herz ist nicht rein, doch meine Absichten sind es! Ich muss diese Abkürzung nehmen, um Schlimmes zu verhindern! Wächterin, du hast es sicherlich kommen sehen..." Eine lange Zeit sagt sie nicht ein Wort, lauscht nur schweigend dem Rauschen der Blätter der Eichen und nickt gelegentlich oder schüttelt leicht ihren Kopf. „Bitte Wächterin, die Zeit sitzt mir im Nacken. Ich weiß, die Morgenländer betreffen nicht eure Lande und doch sind alle miteinander verwoben."

Noch immer lauscht sie schweigsam dem Rauschen und Wispern der Blätter über ihnen. Die Anspannung in Fexiel wächst ins Unermessliche. Wenn, diese Wächterin sich gegen ihn stellt, ist ihm nichts anderes möglich, als sie zu töten und zu hoffen, dass er schneller als dieser Parder ist. Endlich bricht sie ihr langes Schweigen und greift in die Luft. „Nimm dies als Zeichen unserer Verbundenheit und zu eurem Schutz. Möge dieser Turmalin euch vor dem, was kommt, schützen und euer Durchhaltevermögen stärken. Einmalig wir über euer Vergehen, diese Grenzen zu passieren, hinweggesehen." Er reckt ihr seine Hand entgegen und nimmt den glasklaren, sattgrünen Bergkristall mit einem Seufzen entgegen. „Habt Dank Wächterin. Sag, kommt dieser

Pader durch dieses Portal? Vielleicht kann ich ihm selbst meine Bitte und Anliegen vortragen ..." Entschlossen schüttelt sie den Kopf und blickt durch seine nun blauen Augen direkt in sein Herz. „Nein, eure Wege kreuzen sich heute nicht. Es stehen uns dunkle Zeiten bevor. Eilt euch, das Portal wird schwinden." „Warte, was kannst du mir sagen, Wächterin? Vielleicht können unsere Fürsten einander unterstützen! Wir haben etliche Legionen auf unserer Seite." Doch die Wächterin schüttelt ihren Kopf und löst sich langsam in einem aufkommenden Blätterstrudel auf „Keine Legion kann aufhalten, was kommt ... nur die Hoffnung wird zum letzten Schlüssel. Sie allein ist das Ende und der Anfang, doch bis dahin wird viel Leid und Grausamkeit geschehen! Nicht alles kann aufgehalten werden, Fexiel. Eilt euch." verwirrt sieht Fexiel zu der vor sich auflösenden Gestalt, noch so viele Fragen schwirren in seinen gedanken, doch das Portal droht in sich einzubrechen. Ein letztes Mal drängt ihn die Wächterin, sie endgültig verschwindet. „Eilt euch, es bringt euch zu dem Ort, an dem ihr bereits sein solltet." Mit einem mulmigen Gefühl in der Magengegend tritt er auf dem Rücken seines Pferdes durch das Portal.

Das Bankett

Bisher sind drei weitere Tage ohne eine neue Nachricht oder andere Informationen von Fexiel zu mir vorgedrungen. Ich weiß nur, dass er unbedingt die verlorene Zeit in den Schattenländern durch eine direkte Abkürzung über die Nebelländer aufholen wollte. Angespannt und ruhelos gehe ich in meinem Arbeitszimmer auf und ab. Wie die Nacht zuvor versuche ich es erneut, meinen Bruder zu erreichen. Doch wieder scheint es, als wäre eine undurchdringbare Mauer aufgestellt, an der meine telepathische Nachricht nur so zerschellt. Frustriert balle ich meine Hände zu Fäusten und presse meine Kiefer aufeinander. „Verdammt, was treibst du nur? Ich hoffe, es geht dir gut, kleiner Bruder!" zische ich, als zaghaft die Zimmertür geöffnet wird. Ich drehe mein Profil in dessen Richtung und sehe, wie Phuka geschickt durch den schmalen Spalt schlüpft und mir ihr schüchternes Lächeln entgegenbringt. „Verzeihung Lucifer …", wispert sie und schließt lautlos die Türe hinter sich zu. Ich versuche, meine Anspannung zu verbergen, doch so wie sie mich ansieht, scheint es mir nicht zu gelingen. Sie hat definitiv die Gabe, in die Gefühle ihres Gegenübers einzutauchen. Mit fließenden Bewegungen kommt die kleine Katzendämonin auf mich zu und nimmt mich ohne ein weiteres Wort sanft in ihre Arme. Erst stehe ich nur so da und lasse es geschehen, doch dann erwidere ich ihre warme Umarmung. „Es geht ihm gut!", raunt sie an meine Brust und drückt mich noch etwas fester. „Alles andere würden wir beide spüren, Lucifer. Sicherlich kommt bald sein Bericht." Ihr Optimismus lässt mich hoffen, auch wenn sie selbst derzeit ziemlich übermüdet und kraftlos scheint. „Du solltest versuchen, dich auszuruhen, statt hier durch die Gegend zu streifen, kleine." Rasch schiebt sie sich von mir und hebt ihren Kopf, um mich besser anzusehen. „Nein, das geht nicht. Es gibt noch viel zu erledigen!" Verwirrt runzel ich die Stirn und verziehe mein Gesicht. „Was meinst du?" Als hätte sie mit dieser Reaktion gerechnet, setzt sie ein wissendes Grinsen auf. „Gut, dass ich ein supi dupi gutes Gedächtnis habe!" kichert sie dezent und reibt sich über ihre müden und geröteten Augen, während sie ein Gähnen unterdrückt. „Heute ist doch euer großer Bankettabend. Ich wollte fragen, ob ihr noch weitere Wünsche habt. Um diese Zeit ist der Markt noch reichlich mit exotischen Dingen gefüllt, die es nicht dauerhaft zu erhaschen gibt." Schlagartig entgleisen mir die Gesichtszüge. „Verdammte Scheiße! Ist das bereits für heute angesetzt?" Missbilligend ziehe ich meine Oberlippe leicht nach oben und mein Blick verfinstert sich. Beruhigend legt sie ihre kleine weiche Hand sanft auf meinen breiten Oberarm. „Es ist noch früh am Morgen und Lil schläft noch. Ich habe mich bereits um ein ergiebiges Frühstück gekümmert und eine Kanne frischer Kaffee steht auch für euch bereit. Auf dem Rückweg gehe ich beim Schneider vorbei und hole noch ihr Kleid ab. Gönnt euch etwas Ruhe, Lucifer. Euch gehört noch der komplette Vor- und Nachmittag. Es ist wichtig, die Balance zu halten." Ich atme tief ein und langsam wieder aus. Sie hat vollkommen recht. Die letzten Tage war ich ein miserabler Partner, doch diese Funkstille zu Fexiel und dass ich hier auf Herrscher machen muss, macht mich wahnsinnig. Ich habe ganz vergessen, dass ich für heute dieses dämliche Bankett auf seinen Vorschlag hin veranlasst habe. Phuka blickt mir streng entgegen und schüttelt ihren Kopf. „Oh nein!" Mit zusammengekniffenen Augen hebt sie ihren Zeigefinger in die Luft. „Wehe, du denkst darüber nach, das Bankett jetzt zu überwerfen!" Ich setzte ein spöttisches Grinsen auf und verschränke meine Arme vor meiner Brust. „Wer will es mir verbieten? Du etwa Kleines?" Auf ihrem Gesicht zeichnet sich ein vielsagendes Lächeln ab und ihr Blick wandert leicht an meinem vorbei. „Nö, ich ganz sicher nicht. Nur da oben freut sich jemand sehr über das anstehende Bankett und wenn du das jetzt absagst, schwöre ich dir, wird die Hölle untergehen und du einer wundervollen Frau ihr Herz brechen." Moah, es scheint, als wäre Fexiel vor mir, der genau weiß, welche Knöpfe es benötigt, um mich umzustimmen. Ich könnte Lil keinen Wunsch abschlagen und das Wissen beide nur zu gut. Mit einem leichten Grummeln und Augenrollen gebe ich mich geschlagen. „Du bist ein ganz schön manipulatives Aas Phuka." Zufrieden rümpft sie ihre kleine Stupsnase und setzt ein unschuldiges Lächeln auf. „Ich habe nur von den Besten gelernt, mein Herr. Nun entschuldigt mich bitte, genießt den Kaffee und das Frühstück, mein Fürst." Mit einer eleganten Halbdrehung läuft die kleine Dämonin aus meinem Zimmer und lässt die Tür hinter sich offen stehen. Die wenige Zeit, die mir alleine mit Lil bis zu unseren Pflichten bleibt, sollte ich wirklich sinnvoller nutzen, als hier vor mich hinzustarren und zu grübeln, ob meine rechte Hand in Schwierigkeiten steckt. Phuka hat recht, wir beide würden es spüren und ganz sicherlich schickt er mir bald eine Nachricht. Wenig später stehe ich an der geschlossenen Tür meines Masterzimmers. Selbst durch die geschlossene Tür hindurch kann ich den Geruch des frisch gebrühten Bohnenkaffees riechen. Leise öffne ich die Tür und trete ein. Wie immer liegt meine Löwin in Seide gehüllt in unserem großen Himmelbett. Ihre schwarze lange Mähne ist über dem Kissen ausgebreitet. Die leichte Decke verhüllt nur ihren Po und ich ertappe mich, wie ich noch immer im Türrahmen gelehnt da stehe und ihren Anblick genieße. Wie immer, wenn ich in ihrer Nähe bin, scheint alles andere, um mich zu verblassen. Meine Sehnsucht, ihr nahe zu sein, sie zu berühren, zu küssen und mich zu ihr zu legen, treibt mich voran. So schnell die Zeit hier in der Hölle vergeht, so gerne würde ich mir wünschen, dass sie stillstehen würde. Ich bin zweigespalten, wenn ich an den herannahenden Bankettabend denke. Zum einen will ich mein noch schlafendes Juwel den Anden, Höllenfürsten, Königen und Landesherren zeigen und doch will ich sie für mich ganz alleine. Nie zuvor habe ich so besitzergreifende Gefühle erlebt. Sie liebt mich und niemand kann unsere Liebe ins Wanken bringen. Warum also sind diese Gefühle in mir? Gerade als ich mich neben ihr auf die Matratze setze, regen sich ihre feinen Gesichtszüge und sie öffnet noch leicht verschlafen ihre außergewöhnlichen violett schimmernden Augen. Schnell beginnt sie voller Freude zu lächeln. „Ich dachte, du hast mich längst schon vergessen, mein wunderschöner Löwe. Du hast mir die letzten Nächte und Tage so gefehlt. Komm zu mir …" So folge ich ihrem Wunsch, setzte mich zu ihr und nehme sie zärtlich in meine Arme. Mit einem tiefen Seufzer erwidert sie meine Umarmung, lässt ihre feingliedrigen Finger über meinen Haaransatz fahren und küsst mich begierig am Hals entlang. „Du hast keine Ahnung, welchen Hunger ich verspüre", raunen Liliths Lippen an mein Ohrläppchen, während ihre Finger nun weiter rauf wandern und durch mein dichtes Haar steifen. „Wie gut, dass hier bereits frischer Kaffee und ein ausgiebiges Frühstück auf dich wartet, kleine Löwin." Sage ich neckend. Küsse ihre bleiche, nackte Schulter und streichel ihren geraden Rücken hinunter. Brummend zieht sie mich fester in ihre Umarmung und lehnt sich zurück ins Bett.

„Nein! Ich hab alles in meinen Armen, um meinen großen Appetit zu stillen." Ich kann mir zwar ein zufriedenes Grinsen nicht verkneifen, dennoch bin ich mir bewusst, dass, wenn ich meine kleine Löwin jetzt gewähren lasse, wir definitiv nicht rechtzeitig dieses Zimmer verlassen werden. Mit tiefer rauer Stimme beginne ich im Flüsterton, ihren Namen zu sprechen. Ihre Hände wandern über meinen Nacken hinunter, ihre langen Fingernägel streifen mit Druck über mein Hemd und umfassen sehnsüchtig dessen Stoff, um es rauf zuziehen. Wieder erwähne ich ihren wundervollen Namen. „Lilith ... die Zeit spielt uns nicht in die Hände ..." Sie schüttelt nur ihren Kopf und zieht mir mein Hemd über den meinen. „Nein, dieses Mal lasse ich dich nicht gehen, ich brauche dich und ich spüre dein ebenfalls großes Verlangen nach mir. Liebe mich, Löwe. Liebe mich wild und rau. Ich will dich in mir und deinen Namen auf meinen Lippen!" Wie soll es mir da möglich sein, ihr diese Bitte zu verwehren? Zumal sie Recht mit ihrer Aussage hat, dass ich es ebenfalls so empfinde. Diese Frau ist wie eine Droge für mich, die mich alles andere vergessen lässt! Ihr nackter Körper schlingt sich voller Begierde um meinen eigenen und verdrängt jeglichen Widerstand. Automatisch wandern meine Lippen ihre Halsbeuge hinab, an ihrem Schlüsselbein vorbei zu ihren wunderschönen prall geformten Brüsten. Zeitgleich helfe ich meiner zunehmend ungeduldiger werdenden Löwin, meine Hose zu öffnen, streife sie ab und positioniere mich wieder zwischen ihren einladend gespreizten Schenkeln, um ihrem Wunsch nachzukommen. Ein lustvolles Stöhnen schlüpft über ihre vollen blutroten Lippen, während ich in ihre bereits feuchte Mitte langsam eindringe. Da ihr mein Tempo missfällt, winkelt sie ihre Beine an und drückt ihre Unterschenkel gegen mein Becken. „Du Teufel, fick mich

endlich!" fordernd lässt sie ihre Fingernägel über meine Wirbelsäule kratzen und sieht mir dabei fest in die Augen. Voller Leidenschaft und ohne Zurückhaltung bringe ich meinen Diamanten von einem Höhepunkt zum nächsten, während ich ihre makellosen weiß rosigen Brüste so lange liebkose, bis ein weiterer Höhepunkt ihren Körper durchzuckt, in den ich ebenfalls einsteige. Eng umschlungen und erfüllt liegen wir nebeneinander, schlemmen die von Phuka liebevoll zubereiteten Delikatessen und genießen die Zweisamkeit. Verträumt sieht sie mir entgegen und schiebt mir ein Stück würzigen Käse in den Mund. „Ich möchte niemals, dass das hier endet, mein Löwe. Wenn du bei mir bist, ist die Welt in Ordnung. Du bist mein Leben ..." Nie zuvor habe ich solche Worte zuhören bekommen und diese berühren mich tief in meinem Herzen. „Lilith, du bist mein Stern am Firmament. Dass ich hier in der Hölle wahre Liebe gefunden habe, ist nicht ansatzweise in Worte zu fassen. Heute Abend sollen alle Anwesenden meine wunderschöne Frau kennenlernen. Lange genug habe ich dich einzig für mich beansprucht." Ihre Augen leuchten vor Freude, als sie mich zu sich zieht, um mich zu küssen. „Werden sie mich lieben Lucifer?" „Sie werden dich vergöttern, Löwin! Lieben werde nur ich dich!" Erwidere ich grinsend und streichele ihren Rücken rauf und runter. „Damit bin ich mehr als einverstanden."
Es ist bereits früher Abend, als ich Phukas leichtfüßige Schritte auf dem Flur höre, die sich unserem Schlafzimmer nähern. „Ich sollte dich mit Phuka alleine lassen." Schnell steige ich in meine Hose und greife nach meinen Stiefeln. „Du kannst dich gerne nebenan im Bad frisch machen, Juwel, ich komme mit dem kleineren zurecht." Ein Seufzer dringt über ihre Lippen, während sie mich mit sehnsuchtsvollem

Blick beobachtet. „Gerade spricht deine Vernunft zu mir und versucht, meine ausfindig zu machen." Ihr schmollender Gesichtsausdruck bringt mich zum Schmunzeln. „In der Tat. Wir haben alle Zeit des Universums, Löwin und wenn du nach diesem Termin immer noch munter bist, werde ich dich nicht enttäuschen." Ich werfe ihr einen vielsagenden Blick zu, als die Schlafzimmertür von außen behutsam geöffnet wird und Phuka verstohlen hineinsieht. „Upsi, ich wollte nicht stören! Ich dachte nur, dass die Herrin bereits auf ihr wundervolles Kleid und mich wartet. Ich komme später wieder." „Nope, bleib hier, kleine. Kümmer dich ruhig um meine Raubkatze." mit drei Schritten bin ich an der Tür und lasse die kleine Dämonin ins Zimmer. „Zeigen wir dem dämonischen Hochadel meine Fürstin der Morgenländer." Voller Freude umfasst die kleine Phukadämonin das voluminöse dunkelblaue Kleid, welches sie vor mir verbergen will und strahlt bis über beide Ohren. „Denen werden die Augen ausploppen, mein Fürst!" Jubelt sie und schiebt sich an mir vorbei. „Dann wollen wir dich mal herrichten, meine liebe! Tzzz, ihr habt ja ordentlich gewütet!" plappert, sie munter weiter vor sich hin und entlockt Lil ein amüsiertes Kichern „bei dem Tempo dauert es bestimmt nicht lange und wir können bald ein weiteres Fest geben!" meine Haltung versteift sich ruckartig und ich bin gerade erleichtert darüber, dass ich mit dem Rücken zu Lilith gewandt stehe. Mit einem „Ich warte nachher an der Treppe auf dich", schließe ich hinter mir die Zimmertür zu und begebe mich zügig ins zweite Badezimmer. Ich benötige dringend eine eiskalte Dusche und einen Whisky! Jedoch haben, wie zu erwarten, weder die Dusche noch eine ganze Karaffe Whisky den erwünschten Erfolg und so sitze ich frisch umgezogen in meinem Arbeitszimmer, greife nach einer neuen Flasche

Scotch und versuche mich weiter zu beruhigen. „Versteckt ihr euch etwa, mein Fürst?" Es ist Paymon, der sich unangemeldet zu mir gesellt und mich mit einem leicht spöttischen Grinsen ansieht. „Na, wenn ihr schon von eurem heiß geliebten Whisky untreu werdet, muss die Sache ja gravierend sein. Möchtet ihr euch mir anvertrauen?" Ich leere mein Glas in einem Zug, deute Paymon an, die Tür hinter sich zu schließen und fülle mein Glas erneut. Ohne sein Grinsen abzulegen, mustert er mich von oben bis unten. Im Gegensatz zu ihm bin ich äußerst schlicht gekleidet. Wie üblich trage ich ein weißes Hemd, schwarze Weste sowie eine schwarze Wildlederhose. Darüber trage ich den passenden Gehrock und schwarze Lederstiefel. Er hingegen strahlt nur so voller Prunk. Goldene Ketten in verschiedenen Längen zieren seinen Hals, Juwelenringe stecken fast an jedem seiner Finger und selbst seine Kleidung scheint aus Gold gefertigt zu sein. „Mein Fürst, ihr geht nicht zu einer Beerdigung!" beginnt er tadelnd das Wort an mich zu erheben. Ich fahre mir über mein noch immer blasses Gesicht, gehe zu meinem Sessel und setzte mich zunächst hin. „Vielleicht ja, Paymon ..." Nun weicht sein spöttischer Gesichtsausdruck und er sieht mit einer leichten Sorge zu mir rüber. „Gibt es Neuigkeiten bezüglich eures Bruders Lucifer?" „Nein, immer noch nichts, doch die Hoffnung stirbt bekanntlich zuletzt und mit Glück taucht im Laufe der Nacht eine gute Nachricht auf." Ich meine, einen erleichterten Atemzug von ihm wahrgenommen zu haben. „Was ist es dann? Die Geschäfte laufen wieder besser, ihr habt eine Spur, die zu den Anhängern der Dunkelheit führt, und ein Teufelsweib, mit unbekannter Herkunft, an eurer Seite. Trotzdem sitzt ihr da wie ein Lamm, das wissend auf seine Schlachtung wartet. Wenn ihr so hinausgeht, garantiere ich euch, werden diese Wölfe da draußen euch zerfleischen! Sie verachten Schwäche und diesen Geruch riechen sie wie Haie, den einen Blutstropfen im Ozean. Ihr seid ein Fürst der Hölle, also repräsentiert euch als einer von ihnen." Er hat recht mit seinen Worten auf jeder Ebene, doch ich kann an nichts anderes mehr denken, als an das, was Phuka gesagt hat. Was, wenn ich Lilith bereits geschwängert habe? Wäre das überhaupt bei miener finsteren Gabe möglich und vor allem wäre ich jetzt dazu bereit, solch eine Verantwortung zu übernehmen? Wie in Trance starre ich vor mir ins Leere. Ich höre immer wieder, wie er meinen Namen sagt, und erst als er ihn streng knurrt, sehe ich ihn in seine echsenartig blutunterlaufenen Augen. „Nein, ich kann das nicht." Ich schüttel meinen Kopf, stehe auf und gehe wieder zu meiner Bar. „Das ist euer Untergang, Lucifer, und damit bin ich nicht einverstanden! Dafür haben sich weder Widdow noch ich in die Nesseln gesetzt! Ihr werdet jetzt einen klaren Kopf bekommen und eures Amtes walten!" Eindeutig, dass er mir nicht folgen kann und mein Gesagtes so auf das Bankett bezieht. Mit einer Handbewegung seinerseits verändert er mein schlicht gewähltes Outfit. Der grobe Hemdstoff ist weicher cremefarbener bestickter Seide aus Gold gewichen und auch mein Gehrock hat das Material durch schweren Samt gewechselt. Dieser ist mit Diamanten überzogen und schimmert und glitzert im Fackelschein. Zufrieden mustert mich der hochgewachsene Schrank von einem Dämon und nickt. „Immerhin, äußerlich gebt ihr jetzt etwas her. Und nun Schultern straffen, Rücken gerade und Kopf und Mauer hoch, Fürst!" Mehr denn je sehne ich mich nach einem Gespräch unter vier Augen und hinter geschlossenen Türen mit meinem Bruder. Nun heißt es Paymons Anweisung Folge leisten und Pokerface aufsetzen. Alles andere wäre ein fataler

Fehler, und so atme ich tief durch, fahre mit durch meine dunkelblonden Haare und gehe an ihm mit selbstsicheren Schritten vorbei.

Es ist schon halb sieben, als ich im Speisesaal ein letztes Mal nach dem Rechten sehe. Etliche meiner Angestellten hetzen durch den gigantischen Speisesaal, putzen die juwelen- und diamantenbesetzten Kronleuchter und stellen polierte vierarmige Kerzenständer auf den einzeln platzierten Tischgruppen ab. Unter meinem kritischen Blick wird nochmals an Tempo zugelegt und jeder noch so kleiner Makel wird beseitigt. Nur zwanzig Minuten später befindet sich alles an Ort und Stelle und alle haben sich entweder in die Küche oder auf ihre von Paymon zugewiesenen Plätze zurückgezogen, um im Hintergrund alles für das Eintreffen vorzubereiten. Ich lasse nach der Küchenmagd schicken, um mit ihr ein letztes Mal die Gerichte zu besprechen. Diese kommt hinkend aber zügig auf mich zu und sieht mich mit ihren stechenden grauen Augen zuversichtlich an. „Mein Fürst", beginnt sie in zischend säuselndem Tonfall und schenkt mir ein leichtes Lächeln. „Euer Zimmermädchen, Phuka, hat all eure Speisen auf dem Markt bekommen, selbst das, was nur spärlich zu erhaschen ist. Zudem hat sie etliche Flaschen Wein der Elfenfee bekommen und das zarteste und frischeste Fleisch einer Jungfrau, welche unter tragischen Umständen zu Tode kam. Paymon hatte diesen Wunsch bezüglich der Fürsten geäußert. Ihre Organe werden den Königen und Großherzogs vortrefflich munden." Mein Mageninhalt beabsichtigt sich, sich umzudrehen. Sicherlich werde ich mich niemals daran gewöhnen, dass es Dämonen gibt, die Menschenfleisch bevorzugt essen! Seelenessenz, ist das eine, aber dies widert mich einfach nur an und dass Paymon es wagte dies zu verlangen, wird noch Konsequenzen

370

haben! Aktuell rümpfe ich nur meine Nase und lasse sie weiter erzählen. „Zudem gibt es Geflügel vom schwarzen Fasan und Perlhuhn, Ziegen- und Lammfleisch sowie Beilagen. Mehrere Desserts wie Torten, Götterspeise, Honig und Trüffel! Oh, und ich sollte es euch nicht verraten, doch die Fürstin selbst, hat eine süße Überraschung. Also bitte gebt euch überrascht." Ich durchbohre, ihre grauen Augen umfasse ihren Oberarm und ziehe sie nah an mich heran. Im Flüsterton spreche ich zu meiner Angestellten: „Worum genau handelt es sich denn? Ihr wisst, ich mag keinerlei Überraschungen, es sei denn, sie kommen von mir." Kichernd hält sie ihre knochige Hand an ihren Mund und sieht verstohlen an mir vorbei. „Die Fürstin kennt euren Geschmack und wollte eigens eine Speise für euch herrichten. So viel verrate ich euch, mein Herr, eine der Zutaten ist Granatapfel." Ich bin sowohl erleichtert als auch überrascht. Kichernd wechselt Urma, die Küchenmagt das Thema. „Dass ihr eure Gefährtin heute mit dem Hochadel bekannt macht, wird euch sicherlich viele verschlossene Türen öffnen, mein Fürst. Möge eure Herrschaft die Hölle bereichern. Möge das Licht für immer scheinen, Fürst Lucifer." „Und die Dunkelheit verdrängen, Urma." Sie verneigt sich tief vor mir, sieht zur Turmuhr, die schon bald die volle Stunde verkündet, und zieht sich schweigend zurück. Auch ich beeile mich, den Speisesaal wieder zu verlassen und an der Treppe auf meine Gefährtin zu warten. Ich bin keine Sekunde zu spät, denn gerade angekommen steht bereits Phuka am oberen Treppenabsatz und hält suchend nach mir Ausschau. Als sie mich sieht, schenkt sie mir ihr fröhliches Lächeln. Schnell räuspert sie sich, streckt ihren Rücken durch und erhebt ihre weiche Stimme. „Mein Fürst, eure Gefährtin und Fürstin Lilith ist bereit!" Für einen

Moment bleibt mein Herz bei ihrem mir dargebotenen Anblick stehen. Ihre Haare sind leicht in Wellen zusammengesteckt und werden von einem funkelnd filigranen Diadem zusammengehalten. Doch was mir die Sprache verschlägt, ist ihr Kleid, welches ihre violettfarbene Augenfarbe und ihre Schönheit nur noch mehr verdeutlicht. Wie aus einem Märchen erscheint sie mir. Eine Taille verlängerte Corsage, die asymmetrisch zum Rockansatz in verschiedenen Silber- und Blautönen verläuft, umschließt ihre wundervollen Brüste und verleiht ihr ein atemberaubendes Dekolleté. Die Farben der Corsage gehen in einen einheitlichen dunkler werdenden Blauton über und lassen den üppig seitlich hoch gerafften Seidenstoff ihres Unterrockes, der im Kontrast hierzu Mitternachtsblau funkelt, hervortreten. Schüchtern steht sie da und sieht mich erwartungsvoll an, doch ich stehe nur so da und kann meine Augen nicht von dieser Frau abwenden! Sie muss ebenfalls aus dem Himmel gestoßen worden sein.

Die Fürstin der Morgenländer

Phuka steht plötzlich zu meinen Rechten und legt ihre kleine Hand auf meinen Rücken. „Sag was, Lucifer, du machst sie nervös!" Sie rollt verständnislos ihre grünen Augen und scheucht mich die ersten Treppenstufen hoch. „Husch, husch! Nimm sie endlich in Empfang und dann kommt! Die Knechte lassen bestimmt schon die wartenden Gäste rein." Tatsächlich beißt sich Lilith auf ihre Unterlippe und versucht, ihre Hände ruhig zu halten. „Du bist atemberaubend, Löwin", sage ich, während ich zwei Stufen gleichzeitig nehme und oben angekommen nach ihren warmen kleinen Händen greife. „Du ebenfalls Löwe." Sanft gebe ich ihr einen Kuss auf ihre Stirn und begleite sie nach unten. Wie Phuka bereits vorhergesagt hatte, sind die ersten Gäste schon eingetroffen. Unter ihnen befindet sich Oso, der sein angeregtes Gespräch mit einem Hunnen von Mann sofort einstellt, als wir den Raum betreten. Der mir Unbekannte ist beinahe so groß, dass sein blank rasierter Schädel beinahe an die herabhängenden Kronleuchter reicht. Ich merke, wie sich Lilith Schutz suchend gegen mich drückt. Sanft streichel ich ihr über ihren Rücken, um sie zu beruhigen. „Fürst Lucifer, die Gerüchte über die Schönheit eurer Gefährtin sind mit Strafen zu achten! Sie ist eine Augenweide ..." bemerkt der dämonische Präsident der Hölle und ergreift ihre Hand, um eine Verbeugung inklusive eines Handkusses anzudeuten. „Darf ich euch mit dem König der Riesen bekannt machen? Björn van Halla." der Riese macht eine Halbdrehung in unsere Richtung und neigt seinen Kopf zum Gruß. Seine tiefe, kehlige Stimme lässt den Boden erzittern, als er sich uns vorstellt. „Nach den traurigen Ereignissen in den Nachtländern ist dies eine willkommene Abwechslung für uns. Meine Brüder sind noch ein Lager für die Nacht aufsuchen." Ich atme tief ein und bereue es. Sein Geruch ist bei weitem schlimmer als ein verwesender Kadaver in praller Sonne! Ich räuspere mich, um den Schock über Geruch und die Information, dass es mehr als nur einen Riesen gibt, zu verarbeiten. „Nun, mit wie vielen weiteren Gästen eures Standes ist zu rechnen?" Lachend hält er seinen dicken Bauch und sieht sich um. „Keine Sorge, ich werde die drei anderen anderweitig beschäftigen. Es ist besser so, wenn ich mich umschaue, sonst kommt hier kaum noch wer unter. Ich muss Oso zustimmen, die Schönheit eurer Fürstin wird bei weitem unter den Tisch gekehrt! Ich suche mir mal einen Tisch aus, der mich aushält. Noch ist die Auswahl der Sitznachbarn überschaubar, das muss genutzt werden ..." Lil und ich tauschen schweigsam Blicke aus und sehen dem sich uns entfernenden Riesen hinterher. „Hoffentlich reichen die Vorräte ...", nuschle ich vor mich hin. Oso hebt fragend eine Augenbraue an, während Lilith zu kichern beginnt. „Ich freue mich auf jedes neue Gesicht, mein Löwe." Er kratzt sich seinen Kopf und schiebt dadurch seine juwelenbesetzte Krone hin und her. „Seid ihr nicht ein gefallener Engel, mein Fürst?" Ich verdrehe meine Augen und gebe ihm eine sarkastische Antwort: „Nun wenn meine partnerin mich mit einem geflügelten Löwen vergleicht, ist dies so Oso. Euch einen schönen Abend noch. Genießt die Vorstellung." Ich lasse ihn ohne weiteres stehen und führe Lilith an meiner Seite weiter in den Raum hinein Ich höre den Namen von einem Dämon, von dem ich gehofft hatte, ihn heute und schon gar nicht hier anzutreffen. „Natürlich ist mit meiner Anwesenheit zu rechnen, wenn mein Nachbar, Fürst Lucifer, einlädt. Ich hoffe, es stört nicht, dass ich in Begleitung meines Sohnes hier bin. Bei solch einem Ereignis will doch jeder anwesend sein." Als ich mich umdrehe, treffen sich unsere Blicke und ich sehe sein provokatives Grinsen. „Fürst Belial …", erwidere ich kühl und lasse ihn nicht aus den Augen. Sagte er nicht, er sei mit seinem Sohn hier? Wo ist er dann? Katzengleich bewegt er sich durch die anderen Gäste auf uns zu und wie zuvor die anderen mustert auch er Lilith mit zu großem Interesse. Belial verneigt sich, ohne seinen Blick von ihr abzuwenden und scheut sich nicht mal in meiner direkten Nähe, ihr ein anzügliches Grinsen zu schenken, während er einen Handkuss andeutet. Innerlich brodelt die Eifersucht und ich warte nur auf eine Gelegenheit, um ihn achtkant von meinem Anwesen zu werfen. „Geborener Fürst der Feuerländer, außerdem König einer alten Dämonenerblinine. Es freut mich, dass man euch endlich aus dem goldenen Käfig geholt hat." Lilith scheint geschmeichelt und strahlt ihm entgegen. „Oh, dann seid ihr der direkte Nachbar meines Gefährten? Es freut mich umso mehr, auch euch persönlich kennenzulernen, Fürst der Feuerländer!" Seine Augen beginnen dämonisch zu glühen, und er strafft seine breiten Schultern. „Warum so förmlich? Schließlich sind wir doch Nachbarn. Ich bin Belial und wie ist euer Name, schöne Nacht?" „Ihr Name ist Lilith!" Sein Gesäusel lässt mir gleich die Galle hochkommen. Ich umfasse Liliths Unterarm fester und möchte sie von ihm wegführen. „Komm liebste, es gibt Pflichten einzuhalten", beginne ich zu erklären, doch Lilith verzieht trotzig ihre Mundwinkel und sieht zu ihm rüber. Hervorragend. Es ist ihm anzusehen, wie es ihn amüsiert, dass Lil ihren eigenen Kopf hat. „Pflichten, von denen du mich bisher gekonnt ausgeschlossen hast und warum können wir nicht ein paar Worte wechseln?" Sein Grinsen wird immer breiter, während er uns interessiert zuhört. Ich kann diesen arroganten, überheblichen Lappen seit unserer ersten Begegnung nicht ausstehen! Wenn ich nur herausfinden könnte, was er ausheckt. Ich hatte insgeheim gehofft, dass er mit der Dunkelheit in Verbindung steht. Doch da er hier und mein Bruder bislang nicht zurück ist, ist dies wohl nicht der Fall. Dennoch. Beste Freunde werden wir beide niemals. Ich erringe mir ein Lächeln und sehe ihr sanft in die Augen. „Du hast vollkommen recht, mein Juwel, darum auch das Bankett. Es wird Zeit, dich einzubeziehen. Lass uns erst die Formalitäten abwickeln, danach gibt es sicherlich noch genügend Zeit, sich zu unterhalten." Sie zeigt sich entspannter und lächelt ebenfalls. „Ich will dem jungen Glück nicht im Wege stehen. Wir setzten unser Gespräch einfach später fort. Wie pflegte euer Bruder zu sagen? Die Arbeit ruht nie. Schade, dass er heute nicht unter den Anwesenden ist."

Beim Sprechen wandern seine gelben Augen wachsam über die Menge, so als würde er den Raum nach einer bestimmten Person absuchen. Kurz darauf verengen sich seine schlitzförmigen Pupillen und er verzieht seine Lippen zu einem schmalen Strich. Fast schon fauchend verabschiedet er sich und taucht ebenfalls in der angesammelten Menge unter. Ich versuche, den Grund für seine Anspannung ausfindig zu machen, doch es gelingt mir nicht. Ich sehe nur, wie sich eine der Flügeltüren wieder schließt. Der Kreis um Lilith und mich zieht sich immer enger zusammen. Die Dämonen sind von einer geradezu unersättlichen Neugier getrieben. Liliths griff, wird fester, was mir signalisiert, wie unwohl sie sich gerade fühlt. Beruhigend streichelt mein Daumen ihren Handrücken, während ich sie etwas mehr an mich heranziehe. Obwohl Paymon heute keine Verpflichtungen hat, zeigt er seine Loyalität. Mit einem finsteren Blick und entschlossenen Schritten bahnt er sich einen Weg „ihr Schaulustigen nach Informationen gierenden Lappen! Genug jetzt! Macht Platz für den Fürsten und seine Gefährtin oder ich schwöre euch, der Speiseplan wird neu geschrieben! Will einer von euch die Hauptspeidse werden?" Unter eifrigen Protesten verteilen sich die Dämonen schlussendlich, unter Paymons anhaltenden Androhungen, auf bereitgestellte Sitzmöglichkeiten, und endlich ist der Weg freigegeben. In seiner Begleitung führe ich Lilith einmal quer durch den Raum. Vereinzelt sehe ich ein bekanntes Gesicht aufblitzen und selbst der Riese scheint im hinteren Bereich einen Sitzplatz erhascht zu haben. Nach einer gefühlten Ewigkeit erreichen wir drei endlich das Podest. Links und rechts steht jeweils in schwarzer Kutte gehüllt einer meiner Diener. Sie beide halten ihren linken Arm weit nach oben gestreckt und deuten auf das an der Wand entstehende Wappenbild. Ein Löwenpaar, welches von einer gleißenden Lichtkugel eingefasst ist. Die Löwin wurde aus Silber und Mondlichtfäden gewoben, während der Löwe aus reinem Gold und Sonnenstrahlen fertiggestellt wurde. Unter dem stolzen Löwenpaar steht der Leitspruch der Morgenländer.

Sit lux in aeternum luceat et tenebras deleat

Wir nehmen unsere Plätze ein und drehen unsere Profile in Richtung aller Anwesenden. Dort warten wir darauf, dass das Tuscheln unserer Gäste abebbt. Einige Male höre ich, dass vermutet wird, dass auch Lilith ein Engel sei, wiederum andere vertreten standhaft ihren Standpunkt, dass sie eine Nachtdämonin sei. Schließlich bedeutet Liliths Namen Nachtdämonin oder auch Windhauch. Björn van Halla rollt seine stechend blauen Augen und schüttelt den Kopf. Es scheint, als wolle er am liebsten von seinem Platz aufspringen und etwas sagen. Als er meinen Blick spürt, greift er meinen auf und fokussiert mich eindringlich. °*Sie ist alles in einem, Fürst Lucifer. Doch vor allem ist sie unbeschrieben, denn ihre Zukunft ist unbekannt.°* Seine Stimme klingt so klar, deutlich und feste, als würde er direkt neben mir stehen. Mit leichter Verwirrung betrachte ich Lil verstohlen aus dem Augenwinkel. Sie steht mit geradem Rücken und zusammengefalteten Händen neben mir. Ihre ganze Haltung strahlt Bewunderung aus. So schnell wie ich die Stimme des Riesen in meinen Gedanken vernommen habe, so schnell ist sie auch abgeklungen. Nach dieser Formalität werde ich mich erneut mit ihm unterhalten. Es reicht noch für einen flüchtigen Blick in seine Richtung, als ich ihren weichen Handrücken an meiner Hand fühle und sich ihre Fingerspitzen um meine schlingen und mich dadurch wieder auf sie konzentrieren. Ohne ihre Lippen zu bewegen, haucht sie ein, „das ist überwältigend, aber ich liebe es …“ durch ihre Lippen. Eine intensive Wärme durchfährt mein Herz bei ihren Worten, denn ich hatte Sorge, sie heute zu überfordern, doch scheinbar habe ich weit gefehlt, denn sie signalisiert eindeutig, dass sie diese Nacht herbeigesehnt hat. Ich umfasse fest ihre weiche Hand und richte mich mit fester Stimme an unsere Gäste. „Ich heiße euch alle willkommen. Es ist nicht selbstverständlich, dass etliche Fürsten und Könige den langen Weg in Kauf nehmen und umso mehr erfreut es mich, auch Bewohner der entfernten Ödländer sowie aus der Kristallstadt begrüßen zu dürfen, die diesen denkwürdigen Moment mit mir genießen wollen. Ich werde mich kurz und knapp halten. Wie viele bereits wissen, kursieren die wildesten Gerüchte um meine Person, vor allem da ich bis heute mein Privatleben unter Verschluss gehalten habe. Einige unter euch sehen dies als Schwäche, anderen ist es egal, da ich nur ein »gefallener« bin und wiederum andere sind überzeugt, zu viel preiszugeben macht verletzlich.", ich mache eine kurze Sprechpause, die schnell von meinem Personal genutzt wird, um ihre Gläser mit Alkohol aufzufüllen. „Die Zeit ist wie die Welt selbst in stetigem Wandel und auch wenn ich kein geborener Dämon bin, so ist dies meine Heimat geworden. Ich habe geschworen, diese in erster Linie zu schützen und voranzubringen, damit auch das nächste und die folgenden Zeitalter gewinnbringend und fruchtbar für uns ist und wird." „Das bedeutet somit, ihr würdet auf unsere Seite agieren, wenn der Abschaum von Geflügel es abermals grundlos auf uns absieht?", ruft einer verborgen in den hinteren Reihen heraus. „Natürlich! Ich halte mein Wort! Hier ist meine Heimat und ich werde weder euch noch der Frau zu meiner rechten den Rücken kehren, auch wenn ich nicht immer einer Meinung mit euch sein werde. Bei meiner Ankunft gab ich ein Versprechen an euch, denn die Einheit ist nur so stark wie das schwächste Glied in seiner Kette!" Böses dämonisches Lachen hallt über die letzten Reihen herüber und eine kalte Stimme ertönt. Direkt wenden sich etliche Köpfe neugierig in dessen Richtung. „Die schwächsten werden versklavt oder gefressen! So ist der Kreislauf der Zeit Lucifer Lux, da lässt sich nichts schönreden. Wenn du das noch immer nicht eingesehen hast, solltest du deinen Posten vielleicht wieder abtreten. Vielleicht sollte sie deine Nachfolge übernehmen. Sie ist zwar ein Weib, aber wenn sie die Eier von fünfzig Mann hat, soll's mir Recht sein!" Sie kontert zügig auf diese Unverfrorenheit mit einer dominanten Stimmlage: „Nun, durchaus habe ich mehr Eier als mancher Mann und körperliche Schwäche gleiche ich mit Wissen aus. Tretet doch hervor, so ließe sich zu eurer Stimme ein Gesicht finden, oder seid ihr eurer Eier beraubt worden?" Instinktiv vertritt sie weiter ihren Standpunkt. „Es ist einfach in der Masse verborgen, seine Meinung kund zu tun wie eine feige Ratte, doch wie ist es, wenn ihr uns persönlich entgegentretet?" Das blecherne Lachen wird lauter und tatsächlich erhebt sich ein mir unbekannter Dämon mit hässlichen Pocken und Narben, die sich durch sein entstelltes Gesicht ziehen. In leicht gebeugter Haltung und mit hinkendem Gang schlängelt er sich durch die verteilten Tischgruppen. Knappe fünf Meter vor uns bleibt er stehen und zischt wütend unter Schmerz auf. Der heimlich errichtete Schutzwall meiner Hexe zeigt Wirkung. „Nenne deinen Rang und Namen, Dämon!" Fordere ich ihn auf, während ich die Hitze in meinem goldenen Anhänger spüre und Arzael den gedanklichen Befehl gebe, sich zwischen meinen Schulterblättern zu manifestieren. Es scheint, als würde sich die schwefelhaltige stickige Luft der Hölle um ein Vielfaches herunterkühlen und unseren ausgehauchten Atem zu Nebel gefrieren. Die schwarzen Pupillen glühen den Bruchteil einer Sekunde tiefrot auf und heften sich direkt auf Lilith, während sich ein böses Grinsen über seine hässliche Fratze legt. All die Narben und Pocken scheinen sich über seine pergamentartige graue Haut zu drücken und zu schieben. „Rang und Namen will der falsche Heiland wissen ...?" Ein abscheuliches Kichern liegt auf seiner blechernen Stimme. „Beides ist wie ihr, Schall und Rauch. Blut und Asche ... Ich prophezeie euch euer aller Untergang, sobald die Drachenkönigin erwacht und sich mit der Dunkelheit vereint!" Ich fokussiere all meine Gedanken auf Arzael und so rauscht es an mir vorbei und schlägt nur einen Millimeter neben ihm in den Boden ein. Bedrohlich glimmt die eisblaue Flamme im durchsichtigen Kristall auf und erlischt, um im Sekundentakt diesen Vorgang zu wiederholen. Mit einer gefährlichen Gelassenheit beginne ich zu sprechen und schiebe Lilith hinter mich, um sie zu schützen. „Du wagst es, eine Drohung auf meinem Grund und Boden auszusprechen?" Nun richtet sich sein Blick vollkommen auf mich, während Paymon und weitere meiner Dämonen sich für einen Kampf bereithalten. „Nennt es, wie euch beliebt. Euer Untergang steht bevor." Ein tosender Knall lässt ihn verstummen und die sich um ihn gebildete Menge strebt auseinander und bildet eine Schneise zwischen ihm und den aufgestoßenen Türen des Festsaals. Wie ein Todesengel steht er da. Seine athletische Gestalt, vollkommen in Schwarz gehüllt. „Balban! So trifft man sich wieder!" Bis zur Erwähnung seines Namens steht Balban siegessicher vor uns, doch jetzt scheint jegliche Selbstsicherheit zu weichen und einen Sekundenbruchteil ist die blanke Angst in seinen schwarzen Augen zu erkennen. „Es ist mir eine Ehre, dich endlich in Stücke reißen zu können! Es war ein Fehler, meinen Herrn und dessen inzwischen erwählte Fürstin der Morgenländer abermals aufzusuchen. Auch, wenn du mir weitere Zeit der Suche damit ersparst. Das letzte bisschen Hirnmasse scheint dir abhandengekommen zu sein! Heute wirst du sterben!" Ungläubig wendet er sich ab und starrt in die Richtung, aus der die Stimme meines Bruders dringt. „Scheiße! Er versicherte mir, euch lange genug zu beschäftigen!" Seine Stimme ist zittrig, und vergebens versucht er, dunkle Magie heraufzubeschwören, um sich zu verteidigen. „Oh, zu schade, du warst und bleibst, nur eine kleine Schachfigur, die ersetzbar ist." Wie eine quiekende Ratte beginnt er zu fauchen. Doch dann versucht Balban, seinem sicheren Ende ein Schnippchen zu schlagen, indem er einen letzten Versuch startet. Hilfesuchend sinkt er auf die

Knie und sieht zu mir auf. Jammernd, winselnd wie ein zu groß geratenes Baby bettelt er mich an.

„Bitte, Lucifer Lux! Bitte zeigt eure umfassende Gnade! Ich wurde auf den falschen Weg geführt und wandelte orientierungslos in der Dunkelheit, auch ich war sein Opfer!" Regungslos starre ich auf diesen Haufen verlogene hässliche Scheiße, der mich vor einigen Minuten noch verhöhnt, beleidigt und bedroht hatte. Immer stärker ekelt mich dessen Anblick an. Ein einziger Gedanke und Arzael würde aus dem Boden schnellen und seine kümmerliche Statur von Kopf bis Fuß spalten. Doch einen schnellen Tod hat er nicht verdient. Nicht nach seinen Taten. Selbst meine beiden Schatten, Cerberus und Gram, schleichen an den Wänden gepresst wie lauernde Jäger auf Beutezug umher, machen jedoch keine Anstalten, sich auf den Feind zu stürzen. Nein, auch sie wissen, wem diese Ehre gebührt, den Boden von diesem Dreck zu reinigen. Nur meiner rechten Hand, meinem engsten Vertrauten und Bruder, überlasse ich das Schicksal Balbans. Noch bevor ich meine Entscheidung kundtun kann, erreichen mich die Gedanken meines Bruders. °*Überlass ihn mir! Ich hab 'ne Rechnung mit diesem Bastard offen. Er ist es, dem ich nach Marischka begegnet bin und der Phuka das angetan hat!*° Ein tödliches Grinsen spiegelt sich auf meinen Lippen wider, als ich auf Balban hinuntersehe. „Interessant. Interessant ..." bemerke ich und gehe nun einen Schritt auf ihn zu. „Es scheint so, als säßest du ganz schön in der Scheiße, Balban. Sag mir, warum sollte ich Gnade walten lassen, wo ich doch nun einer der Bösen bin?" Schwer schluckend und mit aufgerissenen Augen starrt er mich an... leise haucht er, „Ihr seid noch immer ein Engel." Sowohl ich als auch alle umher stehenden Anwesenden beginnen zu lachen. Kurz darauf fahre ich meine schwarzen Schwingen aus und sehe ihn mit glühenden Augen und einem tödlichen Grinsen an. „Das lässt sich nicht von der Hand weisen, Balban, doch ich bin nicht ohne Grund in dieser Hölle gelandet. Genug der Spielchen. Wie meine rechte Hand schon erwähnte, es war ein Fehler, hier abermals aufzutauchen. Sei dir gewiss, es wird dauern. Meinen Gästen und mir verlangt es nach einer exquisiten Vorstellung." Damit wende ich mich von ihm ab, gebe Paymon und Fexiel das Zeichen zu dessen Ergreifung und wende mich an die anwesenden Dämonen. „Verehrtes Publikum, eigentlich sollte dies ein Abend werden, an dem ihr in den Genuss meiner wunderschönen Begleitung und Partnerin kommt, doch, nun lasse ich euch in einen Rausch des besonderen Genusses kommen und begleite euch nach draußen auf den Hof, wo das Schauspiel und der Höhepunkt dieses Abends stattfinden wird! Ihr sollt in den Genuss einer exquisiten Delikatesse kommen!" Bis zuletzt bleiben Lilith und ich im sich leerenden Raum stehen und erst jetzt traut sie, ihre Stimme wieder zu nutzen. „Liebster, was wird mit diesem Mann gesehen?" Ich drehe mich zu ihr und umfasse ihr so feines Gesicht mit beiden Händen, verliere mich in ihren großen violett scheinenden Augen, die leicht zu glitzern beginnen. „Ich würde dich gerne an meiner Seite wissen, doch ich habe Verständnis dafür, wenn das Bevorstehende für dich zu viel wird." Die Erkenntnis meiner unausgesprochenen Worte versetzten sie für einen Moment in Entsetzen und lassen sie scharf die Luft einsaugen. Noch immer umfassen meine Hände ihr Gesicht und ich streichel mit meinen Daumen ihre Tränen fort. „Lil ich darf keine Schwäche zeigen und dieser Dämon hat bei weitem keine Gnade verdient. Er hat dazu beigetragen, dass wir beinahe Phuka und Fexiel verloren hätten. Dieser Abschaum hat zu verantworten, dass deiner Freundin all das Leid angetan wurde, welches nicht verhindert werden konnte!" Sie schmiegt sich in meine Hände und nickt mit geröteten Augen. „Ich will bei dir bleiben, Löwe. Fexiel soll ihm richtig wehtun." umgehend legen sich meine Lippen auf ihre und ich fange an, meine kleine Löwin voller Leidenschaft und Begierde zu küssen. All meine Bewunderung und meinen Stolz lasse ich in unseren Kuss fließen. Sie ist für mich geschaffen, meine Löwin. Mit einem tiefen Seufzer beendet sie den Kuss zwischen uns und sieht fest entschlossen in meine Augen. „Wir sollten deinen Bruder und die anderen nicht länger warten lassen ... Walte deines Amtes Gefährte und lasse die Spiele der Qualen beginnen."

Der letzte Akt

Als ich mit Lilith den gefüllten Hof betrete, erbebt der Boden unter uns unter den Ausrufen und dem rhythmischen Stampfen der versammelten Dämonen. Gram und Cerberus setzen sich auf ihre gewaltigen Hinterläufe und starren gierig auf den gefesselten Dämonen, der trotz seiner aussichtslosen Situation mit einem hämischen Grinsen auf den Lippen zu Fexiel aufblickt. Die Zurufe der Dämonen übertönt das Gesagte von Balban doch es muss eine Provokation an meinen Bruder gerichtet gewesen sein, denn umgehend lässt mein Bruder seine dunkle Seite hervortreten. Seiner blaugrauen Augen verfärben sich weiß und seine sonst so helle Aura wird rabenschwarz wie in der Nacht zuvor, als die Dunkelheit von ihm Besitz ergriffen hat. Ein aufgeregtes Murmeln und begeistertes Tuscheln löst die Ausrufe schlagartig ab und alle Augenpaare sind auf meine rechte Hand gerichtet.

 Meine Miene zeigt keinerlei Regung und meine Augen glühen wie das Höllenfeuer selbst. Selbst Lilith geht mit gerade durchgestreckten Rücken und unleserlichem Gesichtsausdruck neben mir her. Paymon stößt in ein gebogenes langes pechschwarzes Horn, das mit feinen Goldringen verziert ist und lässt einen surrenden Ton ertönen, der auch direkt den letzten Ton verschluckt. Nachdem er das Horn sinken lässt, ergreife ich mit fester Stimme das Wort. „Der Höhepunkt des Abends ist erreicht!", dröhnt meine Stimme bis in die hintersten Reihen der Versammelten. „Dieser stinkende Haufen Abschaum, den die Dunkelheit als Gruß versendet hat, wird heute Nacht seinen endgültig letzten Atemzug tun! Mir sind die Höllenfeuer durchaus bekannt. Dennoch gibt es Wege auch diese zu umschiffen und eine Wiederkehr zu verhindern! Niemand vergeht sich ungestraft an das, was ich geschworen habe zu beschützen!" Erwartungsfreudig fahren sich meine Schattenwölfe über ihre angehobenen Lefzen und senden ein tiefes Grollen aus. Vorerst ignoriere ich sie. Sie werden schon noch ihren Teil der Beute bekommen. „Balban! Kommen wir zu deinen Verbrechen und zu meinem Urteil, welches meine rechte Hand Fexiel mit größtem Vergnügen ausführen wird!" „Ich scheiß' auf die Verlesung meiner Anklagepunkte! Ich war schließlich anwesend und habe es ebenfalls genossen, Meister! Er wird mich mit offenen Armen in sich aufnehmen! Lang lebe der Fürst der Dunkelheit! Möge er das Lich …" mit einem gezielten Tritt von Fexiel in dessen Unterkiefer verstummt er. Direkt sickert das schwarze, zähe Blut aus seinem gebrochenen Unterkiefer zu Boden. „Ich konnte dein Gelaber schon damals nicht ertragen! Raff endlich, dass ich im Namen meines Fürsten dein Licht verschlucke und das auf ewig!" mit einer Mischung aus Überraschung und Unglauben starrt Balban ihn an. Mehr unverständlich nuschelt er in dessen Richtung und entlockt ihm ein böses kaltes Lachen, auf dem umgehend seine Antwort folgt. „Weil ich mich niemandem unterwerfe, Kakerlake! … Das unterscheidet mich von Abschaum wie dich. Ich folge meiner Berufung." damit wendet er sich von ihm ab und sieht mit einem schiefen Grinsen zu mir rüber. „Jetzt, da das scheinbar geklärt ist, würde ich vorschlagen, du beginnst mit einem der weichsten Körperteile, Fexiel … Beginne mit der Zunge und leg sie wie die darauffolgenden Innereien und Körperteile für die Hunde zur Seite. Lass ihm vorerst die Augen, damit er sein Ende mit allen Sinnen genießen kann!" Ich gehe auf Balban zu und lasse Lilith in der schützenden Begleitung

386

beider Höllenhunde zurück. Dann ergreife ich ihn seinem wulstigen Kehlkopf und reiße ihn auf seine Beine, damit er mich ansehen muss. „Ich scheiße nicht auf die Verlesung der Anklagepunkte, du stinkende Mutation einer Ausgeburt, die selbst eine Mutter niemals lieben kann. Und jeder Anwesende soll Punkt für Punkt wissen, wofür du welche Strafe erhältst." Schnaubend hält er meinem Blick stand. Noch immer ist der Hochmut darin nicht vollständig gewichen. In einem Flüsterton spricht er, „Du kannst es versuchen, doch am Ende bist du es, der von uns beiden um Erlösung bettelt. Wie ein getretener Köter, der in der Gosse vegetiert, wirst du bei mir angekrochen kommen." Bei seinem letzten Satz bemerke ich, wie seine Augen in den tiefen Höhlen zurückrollen und seine Stimme tiefer wird. „Schön, ein paar Worte mit dir persönlich zu wechseln, Dunkelheit!" Umgehend verspüre ich den Drang, seinen Schädel einfach mit der bloßen Hand zu zerquetschen und jeden einzelnen, egal ob Untergebenen oder ranghohes Mitglied, ebenfalls zu vernichten. „Du kannst nichts gegen mich ausrichten. Ich will, dass du ihn und danach alle anwesenden Dämonen tötest. Auf der Stelle. Tu es!" Die Stimme der Dunkelheit hallt in meinem Kopf wieder und ich muss all meinen Willen aufbringen, dieser zu widerstehen und sie aus mir zu verbannen. Noch immer halte ich Balbans massigen Körper vor mir über dem Boden und fixiere ihn. Von unserer Unterhaltung scheint niemand etwas mitzubekommen. „Nur du und ich, Lucifer. Wer von uns beiden wird gewinnen?" seine Stimme krächzt provokant in meinem Schädel. Dieser Moment zeigt, dass er nichts ohne einen Wirt ist. Ohne diese Hülle ist er ein Niemand! All meine Wut bündel ich, doch werde ich sie nicht, wie er zu hoffen scheint, einsetzen. „Derzeit kannst du nichts ausrichten. Du bist nur eine kleine Made im Speck, die einen weiteren Ausflug genießt. Doch damit ist jetzt Schluss!" Meine freie rechte Hand drückt sich gegen dessen Schläfe und ich halte ihn gepackt. [1*]„Fortitudo mea in te est, ignis in te ardet. Exi hoc corpus!" noch bevor er realisiert, was ihm widerfährt, beginnt schwarzer Rauch aus Nase, Mund und Ohren zu entweichen. Wie eine Puppe, schleudere ich seinen Körper von mir, als die Rauchschwaden näher kommen und lasse ihn hart auf den Boden aufschlagen. Sein gefesselter Körper windet und krampft sich, während ich weiterhin als einziger die Stimme der Dunkelheit ein letztes Mal höre „Du magst schlau sein, doch ihr Engel habt einen programmierten Fehler. Ihr überschätzt euch! Dieser Punkt geht an dich, Lucifer, doch ich gewinne den Krieg. Möge dein Haustier spielen, der Bauer gehört euch." es ist Balbans verzweifelter Schrei, der die anderen scheinbar wieder am Geschehen teilhaben lässt. Wie es aussieht, hatte die Dunkelheit nicht nur auf meine Emotionen, sondern auch auf die Zeit Einfluss. Ob es sein Einwirken war, werde ich noch herausfinden. Denn wie sagt man? Man muss den Feind verstehen, um ihn bekämpfen zu können, und das werde ich! Die Dunkelheit wird niemals über meine Hölle herrschen. Fexiel ist mit wenigen Schritten bei uns und sieht mich fragend an, als er den Dämonen packt. °*Später. Erstmal wird das hier beendet.*° stillschweigend nickt er, mustert mich jedoch ganz genau, während ich den ersten Anklagepunkt verlauten lasse. „Balban, Manipulation durch Wort und Tat. Deine erste Strafe wurde bereits erwähnt! Dir wird die Zunge entrissen, auf dass kein weiteres manipulatives Wort mehr deine Lippen verlässt!" Viel zu schnell ist das erste Urteil vollzogen. Paymon packt den Dämonen von hinten und schiebt seine Klauen zwischen seine Mundwinkel, die wie eine Maulsperre fungieren. Mit einem präzisen Schnitt trennt Fexiel die Zunge und wirft dies achtlos auf ein poliertes Goldtablett. Ohne auf den Blutverlust zu achten, zähle ich die weiteren Anklagepunkte und die darauffolgenden Strafen auf. Ich erwähne die spanische Spinne, deren Aussehen einer Haarklammer ähnelt, nur dass dessen Spitzen aus geschärftem Eisen sind und in weiche Körperregionen wie Hals oder Oberschenkel gesetzt werden. Durch ein Seil wird diese an einen Flaschenzug gebunden und sein Körper in die Höhe gezogen. „Glaub mir, die wichtigen Organe lasse ich dir bis zum bitteren Ende. Das, was ihr Bastarde meinem geliebten Kätzchen angetan habt, werde ich dich tausendfach spüren lassen. Du wirst für all das Leiden und es ist zumindest eine geringe Befriedigung, zu wissen, dass du, nachdem ich mit dir fertig sein werde, nirgendwo einkehrst!" Unter Jubelrufen wendet Fexiel dreimal die spanische Spinne an. Wie ein Fisch am Haken hängt Balban blutüberströmt und mit tiefen klaffenden Fleischwunden kopfüber am Schauplatz und belustigt die Dämonen mit seiner Bestrafung. Ich verfolge jede einzelne Handlung mit versteinerter Miene. Auch wenn meine inneren Mauern hochgezogen sind, kann ich spüren, wie Lilith trotz seiner Taten unter dem Anblick leidet. Sie steht regungslos neben mir und starrt am Geschehen vorbei ins Leere. Dennoch ist sie nicht gewillt, von meiner Seite zu weichen. Beide Höllenhunde sitzen in Sprungbereitschaft dicht neben ihr und fixieren ebenfalls das Schauspiel der langsamen Hinrichtung. Nun wird es nicht mehr lange dauern. Das, was von Balbans Körper übrig bleiben wird, wird dessen Materie nicht mehr in sich halten können. Um zu verhindern, dass diese doch noch durch eines der naheliegenden Höllenfeuer flüchten kann und dort für eine unbestimmte Zeit regeneriert, bleibt mir nur ein kleines Zeitfenster, doch darauf bin ich vorbereitet. Vor einem halben Jahrtausend löschte ich schon einmal die vollständige Essenz, eines Erzdämonen aus.

Jetzt, wo Balban ohne Einfluss und Schutz der Dunkelheit ist, werde ich ihn ebenfalls kinderleicht auslöschen. Dies ist mein Geschenk an Phuka, die endgültig mit dem, was ihr angetan wurde, abschließen soll.

 Inzwischen wurde Balbans Körper vom Seil getrennt, auf die Streckbank verfrachtet, fest gekettet und mit mehreren Litern Ochsen- und Ziegenpisse so sehr abgefüllt, dass sowohl seine Blase, sein Magen als auch dessen Lungen bis zum baldigen Platzen gefüllt wurden. Sein Körper zuckt im unregelmäßigen Intervall abständen und seine schwarzen Augen rollen in ihren Höhlen unkontrolliert hin und her. Fluchend beobachtet Fexiel dessen Reaktion und ergreift zügig einen Dolch, mit dem er ihm in dessen Lungen stößt. „So schnell hat dein Körper nicht aufzugeben, du erbärmlicher Hurenknecht einer Bergziege. Du Abschaum eines Gestaltwandlers hast nicht einmal von ihr abgelassen, als sie bereits halb tot war! Sie war unschuldig. Ich habe geschworen, dich bei lebendigem Leib zu zerfetzen und wage es nicht vorher, diese stinkende Fäkalien verseuchte Hülle zu verlassen. Ich bin noch nicht fertig mit dir!" Noch während der Dolch in seinen Rippen steckt und die angestaute Flüssigkeit den neugewonnenen Ausgang sucht, lässt er sich von Paymon die erhitzte Krokodilschere reichen. Dann wartet er darauf, dass der Druck nachgelassen und sich Balban einigermaßen erholt hat. Ihm ist jegliche Menschlichkeit abhandengekommen. Nun ist er das, wozu er erschaffen wurde. Ein erbarmungsloser Killer und Sadist der höchsten Stufe. Bevor er ihn bei lebendigem Leib wie angedroht in Stücke zerreißen lässt, entfernt er den Dolch und drückt seine Hand in den Torso des Dämons. „Stimmt, ein Herz habt ihr Pisser definitiv nicht, doch was ist das? Oh!" Der Glanz voller Genugtuung spiegelt sich in seinen grauweißen Augen wider. Ein Ruck durchfährt Balbans Oberkörper und mein Bruder zieht seine rechte Hand langsam heraus. Lachend reckt er seinen blutüberströmten Unterarm in die Luft. In der Luft wedelnd, hängt der halbe Lungenflügel in Fexiels Hand. Wie eine Fahne schwenkt er das Organ. „Eure Anatomie ist ziemlich vielfältig... wie dem auch sei." er lässt ihn qualvolle drei Minuten nach Luft ringen, ehe er ihn mit den Beinen beginnend zerfetzt. Mir bleiben Sekunden für mein Vorhaben, doch es gelingt mir, die kleine nebelig schimmernde und schnell aufsteigende Kugel zu fixieren und mit meinem Seelenschwert zu zerschmettern, bevor sie sich im Nichts auflösen kann. Ein Wutschrei, der nur für meine Ohren bestimmt scheint, dröhnt auf und beschert mir ein teuflisches Grinsen. Denn dieser Schrei ist gerade die absolut schönste Musik in meinen Ohren. Diese dunkle Essenz ist für immer zerstört und wird weder zur Dunkelheit noch durch ein Höllenfeuer zurückkehren. Mit Stolz und erhobenem Schwert stehe ich vor der Menge und erhebe kraftvoll meine Stimme. „Zum letzten Akt!", brülle ich, um alle Anwesenden zum Stillschweigen zu bewegen. „Hier vor allen Anwesenden wurde das Exempel gestartet und glaubt mir. Egal, wer oder was sich mit mir anzulegen versucht, oder sich jemals wieder an meinen Untertanen vergreift. Wird dieses auf diese gleiche Art und Weise ausbaden. Mein Aussehen mag dem eines Engels gleichen, doch innerlich bin ich ein wahrer Teufel, der es niemals duldet und toleriert, dass so etwas ein weiteres Mal passiert! Jeder NIWA ist in meinem

Grenzgebiet ebenfalls willkommen, wie jeder andere Dämon, der sich an meine Regeln hält und zum gemeinsamen Erhalt und dem Voranbringen unserer Hölle beitragen kann! Wir alle sind Teufel und Dämonen und wir haben nur diese Hölle als gemeinsame Heimat! Ich werde niemals zulassen, dass diese von irgendwem oder etwas wie der Dunkelheit gestürzt und vernichtet wird. Nicht alle sind darüber begeistert, dass ich oder meine rechte Hand hier sind, doch wisst ihr was? Ich scheiß auf eure Meinung! Lebt damit, dass ich das Licht der Hölle bin. An all meine treuen Untertanen, ich schwöre euch hier und heute! Ein neues Zeitalter wird eingeläutet. Ich werde eine Zukunft schaffen, in der eure Nachfahren dieses Wort NIWA nur noch in finsteren Erzählungen als Gutenachtgeschichte kennen werden!" Selbstverständlich ist mir bewusst, dass meine provokante Ansprache dem ein oder anderen Anwesenden aufstößt und ich hoffe damit auf eine Reaktion. Doch bis auf Paymon, der mir schnell einen ermahnenden Blick zuwirft, verbergen sich meine Feinde weiter unter dem Mantel des stillen Schweigens. Sicherlich wird mein Gutsverwalter einen ruhigen Moment nutzen, um mit mir unter vier Augen sprechen zu können, um mir ins Gewissen zu reden, doch meine Entscheidung ist gefallen und ich stehe zu meinem Wort. Ich habe mich gegen Gott persönlich gelehnt und ich werde mich vor niemandem mehr beugen und mir vorschreiben lassen, was ich zu tun oder zu lassen habe. Was auch immer ich mit meiner Ansage losgetreten habe, ich werde sowohl jeden verborgenen Anhänger als auch die Dunkelheit selbst besiegen. Vielleicht nicht heute, vielleicht nicht morgen und vielleicht bedarf es Jahrhunderte, doch ich werde diese Hölle in ein gleißendes Licht tauchen! Mit meiner Ankunft hat der Wandel bereits begonnen. Noch immer sitzen meine beiden Schattenwölfe neben Lilith, doch der Hunger steht in ihren glühenden Augen geschrieben. Angespannt starren sie auf die einzelnen Körperteile, die Fexiel auf zwei Haufen aufgeteilt hat und nun mit den versprochenen Innereien drapiert. Der Geifer läuft bereits in Bächen aus ihren halbgeöffneten Lefzen. Ich warte, bis er den letzten Handgriff vollzogen hat und gebe dann das erlösende Zeichen an die Hunde. Cerberus wirft seinen wuchtigen Kopf zurück und stößt ein lang gezogenes Jaulen aus, in das der kleinere Gram ebenfalls einsteigt. Es ist ihre Art, allen anderen zu verdeutlichen, wem ihre Loyalität und Treue unterliegt. Sie stürzen auf die kleinen Fleischberge und werden zu reißenden Bestien. Unter in die Luft schnappen, Drohgebärden und tiefem knurren wird akribisch begutachtet, ob der andere nicht noch bessere Stücke bekommen hat. Doch auch hier hat Fexiel gute Arbeit geleistet und wie zuvor angewiesen erhält Cerberus als der ältere der beiden, zu seiner Fleischportion den Schädel und ein undefinierbares Faustgroßes Geschwür ähnliches Organ, welches mit unzähligen Adern durchzogen ist. Für den kleineren Schattenwolf gibt es die restlichen Organe, das Rückgrat sowie die Unterarme des Dämons. Binnen Sekunden zeugt rein gar nichts mehr von Balbans Existenz. Selbst das Blut ist von den beiden zum Schluss genüsslich vom staubigen Boden aufgeleckt worden. Fexiel, der seine Waffen und Werkzeuge selbst reinigt und einpackt, wird von einem kleinen Jungen in seiner Handlung unterbrochen. Er hat sich einfach von der Hand seiner Mutter losgerissen, sich durch die Menge gedrückt und steht nun wie angewurzelt vor ihm. Gerade so kann der Knirps über die Tischplatte gucken. Mit einem Satz ist Paymon da und will den Jungen gerade unsanft packen, da greift Fexiel auch schon ein. „Hey, lass gut sein. Er ist ein Kind, selbst die

beiden da nehmen keine Notiz von ihm." Knurrend lässt
Paymon den kleinen Kerl los, bleibt aber neben ihm stehen.
Fexiel fallen seine großen blaugrünen Kulleraugen direkt auf,
die der kleine Junge auf ihn heftet und lächelt warmherzig.
„Na du? Wie heißt du?" „Ich hab keinen Namen ... du heißt
Fexiel, nicht wahr? Du bist super krass und wenn ich einmal
groß bin, will ich unbedingt so wie du werden! Dein Boss hat
gesagt, NIWA sind auch Dämonen." Fexiel stellt sich vor den
kleinen Mann und geht in die Hocke. Mit einem Grinsen
greift er hinter sich und holt ein Messer hervor, dessen Griff
aus seinem schwarzmauchknochen gefertigt ist. Er wirft es in
die Luft und fängt es an der Klinge ab: „So ist es. Jeder hier
ist ein Dämon Kumpel und wenn du so sein möchtest wie ich,
dann gehört dir ab jetzt auch mein Messer. Pass gut darauf
auf, mit dem hab ich schon einen Braunen Mauchbullen
gekillt, der das Doppelte eines Büffelrindes wiegt, kleiner
Krieger." Das Gesicht des Kleinen strahlt voller Freude.
Voller Begeisterung greift er es und wirft seine Hand in die
Luft. Jubelnd brüllt er, „Mama. Auch ein NIWA kann ein
Krieger werden! Die rechte Hand des Teufels hat gesagt, ich
bin ein Krieger." Lachend richtet sich meine rechte Hand auf
und fährt mit seiner großen Hand über die blonden
strubbeligen Haare des kleinen Dämons, zwischen denen sich
zwei kleine Hörner verbergen. „Du wirst sicher einmal ein
ganz großer Kämpfer, Bursche. Den nötigen Mut dazu hast
du bereits." Durch dessen Zuspruch und Lob bestärkt, drückt
er seine Brust heraus und streckt seine schmächtigen
Schultern. Das ganze Gesicht ist ein Grinsen, als er in unsere
Richtung sieht. Wie bei Fexiel erkenne ich auch bei Lilith ihre
Begeisterung, die sie versucht zu unterdrücken, doch ihre
Augen funkeln und sie lächelt dem kleinen Dämonenjungen
entgegen. Ich nicke dem kleinen Fratz in seinen

zerschlissenen einfachen Kleidern zu und er stürmt ungehalten auf uns zu. Dicht vor uns bremst er schnaufend ab und beißt sich auf die Lippen, da er sein eigenes Tempo unterschätzt hat und beinahe in mich hineingerannt wäre. Schüchtern sieht er zu mir auf und steckt eilig sein Messer in den Hosenbund. Eine kleine Entschuldigung schlüpft über seine Lippen. Ich beuge mich zu ihm hinunter und sage im gedämpften Tonfall: „Entschuldige dich niemals, kleiner Mann, das ist ein Zeichen von Schwäche und kein Krieger ist schwach." Ich ende mit einem Zwinkern und erhebe mich wieder. Der Knirps reckt sich und nickt entschlossen. „Bist du vorher auch ein Krieger gewesen?" Will er von mir wissen. Ich grinse, „in gewisser Weise bin ich es immer noch." Er sieht zu Lilith und dann wieder zu mir. „Wenn ich ein großer Krieger bin, will ich auch so eine schöne Frau an meiner Seite haben!" „Was bist du für ein bezaubernder kleiner Junge!" Lilith streichelt ihm über seine blasse Wange und der Junge läuft knallrot bis zu seinen Ohren an. „Na, solange du nicht meine Löwin beanspruchst, hab ich absolut nichts dagegen. Ich teile nämlich niemals das, was ich liebe." Besitzergreifend lege ich meinen Arm um ihre schmale Taille und küsse ihre Schläfe. „Na, das habt ihr klargemacht, mein Fürst!" Mit einem schelmischen Grinsen formt er seine Lippen zu einem Luftkuss, wirbelt dann auf seinen Fersen herum und flitzt kichernd wie der Wind zu seiner mürrisch dreinschauenden Mutter. Ich schüttel ebenfalls grinsend den Kopf und drücke meine Löwin etwas näher an mich. „Ich möchte ein Baby Lucifer …" Ihre leise gewisperten Worte lassen mich schlucken, dennoch schenke ich ihr ein aufrichtig gemeintes Lächeln. „Ich weiß, mein Diamant."

*1 „Meine Kraft ist in dir, das Feuer brennt in dir. Weiche aus diesem Körper"

Die Maske fällt....

Nicht jeder unter den anwesenden Dämonen ist über das plötzliche Auftreten Balbans erfreut. Im Schutz der Masse untergehend verengen sich seine stechend gelben Augen vor Wut und durch seine zusammengepressten Lippen entweicht ein kaum hörbares Fluchen. „Du mieser kleiner Pisser. Halt einfach deine Fresse und verschwinde wieder!" Voller Anspannung zerdrückt er sein Weinglas mit dem kostbaren Elfenblut, welches nun über seine geballte linke Faust fließt. Eine vertraute, tiefe Stimme haucht ihm in seinen Nacken und ermahnt ihn zur Ruhe. „Entspann dich, alles verläuft nach Plan." Es ist nicht nötig, dass er sich umdreht. In dessen geschwächtem Zustand bedarf es eines Wirts, der als Gefäß dient und einzig die ihm bekannte Stimme, die zu ihm spricht, ist entscheidend. So zeichnet sich nur ein dämonisches Lächeln auf seinen schmalen Lippen. °*Es ist auch nicht eure Identität, die aufgedeckt werden könnte! Es reicht natürlich nicht das Oso hier umherschweift! ...°* °*Meinetwegen auf dem telepathischen Weg. Wobei Balban brav alle Aufmerksamkeit auf sich zieht. Mach dir bezüglich Oso keine gedanken, Unfälle passieren. Nicht mehr lange und es wird sich eine Gelegenheit ergeben, unbemerkt den Saal zu verlassen. Ich erwarte dich draußen. Wir haben über Warlo zu sprechen.°* so schnell die Stimme erklungen ist, so schnell ist diese und der kalte Windhauch in Belials Nacken auch wieder verschwunden. Der kurzzeitig besetzte Dämon hinter ihm schüttelt sich leicht irritiert und wendet sich dem Geschehen wieder zu. Noch immer sind alle Augen und Ohren auf den nun auf dem Boden knienden Balban gerichtet, der um Gnade wimmert und Lucifer regelrecht anbettelt. Wie kann ein Dämon nur so tief sinken wie dieser? Just in diesem Moment ist er mit Lucifer einer Meinung. Dieser Anblick erfüllt ihn ebenfalls mit Abscheu. Mit angespannten Sinnen wartet er auf den passenden Moment, um endlich die Räumlichkeiten ungesehen verlassen zu können, als sein Blick auf die zierliche dunkelblonde Phukadämonin trifft, die versucht, sich diskret und zügig durch die angesammelten Dämonen zu bugsieren. „Unmöglich!" Lauter als beabsichtigt flucht er aus und erweckt dadurch ihre Aufmerksamkeit. Diese Ähnlichkeit ist für ihn wie ein Faustschlag in sein markantes Gesicht! Diese Erkenntnis schürt in ihm die bereits angestaute Wut. Verwirrt über dessen Reaktion starrt sie ihn an und bemerkt das zerbrochene Glas, welches er noch immer krampfhaft umschlossen hält. Zügig versucht sie an Belial heranzukommen, doch die Menge der Dämonen wird mit Lucifers letztem Satz in Euphorie versetzt und er nutzt den Moment, um abzutauchen und sich nach draußen zu begeben. Solange er noch alleine ist und wartet, kehrt er gedanklich an den Moment zurück, als sein Hass ins Unermessliche stieg und er sich mit der Dunkelheit verbündete. ...

... *seit Stunden starrt er regungslos vor sich in das lodernde Kaminfeuer ... Überall liegen zerrissene Dokumente, Ton- und Glasscherben auf dem schwarzen Marmorboden. Bis auf seinen massiven Schreibtisch, an den er sich gelehnt hat, liegt alles in Trümmern. Er kann nicht verstehen, dass sein schwarzes totes Herz in seiner Brust so schmerzt, wo es doch zu keinerlei Emotion fähig ist. „Du miese hinterhältige Hexe! Ich erwartete nur zwei Dinge und gab dir Ansehen, Reichtum und Sicherheit mit meinem Titel, doch was habe* ich als Gegenleistung von dir erhalten? Einen Erstgeborenen mit einer scheiß Seele und jetzt noch das! Widdow, das werdet ihr mir büßen und wenn ich alle Mächte der Dunkelheit aufrufen muss, um meine Ziele zu erreichen. Ich werde dich zerstören ... ihr alle werdet erfahren, wozu ich fähig bin ... Balthasar, er und du, mit dieser Bastardart Brut unter deinem Herzen werdet erfahren, was es heißt, mich zu hintergehen! Auch wenn du versuchst, mich an der Nase herumzuführen und behauptest nicht mehr mit ihm zusammen zu sein. Es ist die Brut dieses Bastards und keines dieser Niwa bälger wird überleben." Just in dem Moment, als er seine letzten Worte ausgesprochen hat, krampft das Kaminfeuer zusammen und spuckt eine einzelne blaugrüne Flamme auf den Boden. In Sekundenschnelle wächst sie heran, entwickelt Beine, Arme und einen gesichtslosen Kopf. Vor ihm bleibt das Flammenmännchen stehen und dreht sich mit ausgebreiteten Armen einmal um seine eigene Achse. „Du hast die Neugierde der Dunkelheit erweckt, nun musst du sie nur noch überzeugen, dir zu helfen." Unbeeindruckt sieht Belial auf das halb so große Männlein hinunter. „Ein Flämmchen meint, mit mir zu sprechen? Warum sollte ich meine Zeit mit dir vergeuden?" Die Flammen um dessen Silhouette ersterben und das Männlein beginnt sich schwarz zu verfärben. Zwei glühend rote Kohlen blitzen in dessen Kopf auf und fixieren den Fürsten der Feuerländer. „Weil ich die Dunkelheit persönlich bin, dessen Hilfe du angerufen hast! So sprich ..." Belial verzieht seine schmalen Lippen zu einem triumphierenden Grinsen und er beginnt. „Wenn ihr mir helft meine Rache zu bekommen, werde ich euch helfen und mit euch zusammen die Hölle in die Dunkelheit tauchen."ein schauriges Lachen erfüllt das verwüstete Arbeitszimmer „nie habe ich jemanden mit so viel Finsternis in sich getroffen wie dich ... es ist wahrlich ein jammer, dass du mit einem verdorbenem Nachkommen, der einer Seele behaftet ist, verflucht wurdest ... soweit ich weiß, hat es dies in der gesamten Geschichte deiner Ahnen, nicht gegeben. Ich könnte ihm seiner Seele entreißen, wenn du es wünschst. Das würde ihn zwar zu einem sabbernden Wrack machen, aber es wäre besser als diese Schande ...“ Doch Belial verfolgt andere Pläne, die später Früchte tragen werden. Als Meister der Täuschung und Intrigen benötigt er einen vorzeigbaren und halbwegs brauchbaren Sohn, weshalb er dieses Angebot ablehnt „auch wenn es verlockend klingt, Balthasar ist mein einziger erbe, und ich werde ihn noch formen ... solange er mir dient, wird er für meine ziele benutzt werden ...“ gelangweilt zuckt die Dunkelheit mit den Schultern und neigt den verschleierten Kopf „Wie du meinst ... doch was sind konkret deine Möglichkeiten mir deine Dienste zu erweisen?“ „Wir beide die gleichen Ansichten und verfolgen dasselbe Ziel. Reinheit und Macht.“ „Nieder mit den Niwas und der endgültige Untergang der Engel“, zischt die finstere Macht seine Antwort. Zustimmend nickt Belial. „So sei es ... doch bevor ich dir helfe, verlange ich eine Vorführung deiner Mächte.“ Umgehend steht die verhüllte Gestalt vor ihm, umfasst dessen Kehle und drückt zu. Zornig knurrend spricht er, „du wagst es mich herauszufordern? Ich bin die Dunkelheit, die größte Macht der Hölle selbst!“ Aus verengten Augen funkelt Belial sein Gegenüber an. Mit aufeinander gepressten Zähnen knurrt er, „das mag sein, doch meines Wissens, bist du derzeit ziemlich angeschlagen und brauchst ebenfalls jemanden, der dir treu ergeben ist. Wir könnten beide voneinander profitieren ...“ Der Druck um seine Kehle lockert sich geringfügig, während die Dunkelheit ihn etwas genauer begutachtet. „Du zeigst keinerlei Schwäche. Im Gegenteil. Du genießt es, wie ich dich packe!" Belial grinst. „Denkst du, ich piss mir vor Angst in die Hose? Ich bin ein Dämon, kein Waschlappen ... noch einmal, wir verfolgen dasselbe Ziel, das sollte Grund genug sein sich mit mir zu verbünden zudem." Blitzschnell ergreift der Phukadämon die Hand der Dunkelheit und reißt diese von seiner Kehle. „Zudem liege ich mit meiner Annahme richtig, dass dieser auserkorene Wirt, in dem du dich befindest, schon bald zu Asche zerfällt." Lachend tritt die Dunkelheit zurück und streckt ihm seine andere Hand entgegen.

„Mir gefällt deine Beobachtungsgabe. Dennoch habe ich selbst in dieser Hülle noch genügend Kraft und könnte dir dein vermodertes Herz herausreißen, ..." „Tu dir keinen Zwang an ... doch um die Prophezeiung ins Rollen zu bringen, wirst du mich benötigen ..." erwidert er in einem sanften Flüsterton und entlockt der Dunkelheit ein überraschtes Blinzeln ... „Nur ich besitze einen der letzten Schlüssel, um sie erwecken zu lassen." Gelassen umfasst Belial seinen Hemdkragen und schiebt diesen so weit zur Seite, dass eine Tätowierung schwach orangerot aufflammt, um dann wieder unter dessen Haut zu verschwinden. „Das Mal eines Nachtdrachen!" „Nicht eines. Des Nachtdrachen!" „Zeig mir den Drachen, schwöre deine Treue und ich bin bereit deine Forderungen zu erfüllen!" Bei dessen Anforderung hebt Belial seine Augenbrauen und Mundwinkel zu einem schiefen Grinsen an. „Natürlich. Wir sind schließlich auf derselben Seite der Hölle."

„Ist dieser Geschmack der nackten Angst und Verzweiflung nicht herrlich?" Die ihm so bekannte Stimme führt ihn zurück in die Gegenwart. Gelassen dreht Belial seinen

Oberkörper leicht zur Seite. Im Schatten der Hauswand neben der hochgewachsenen Hecke steht er. Der Herrscher der Dunkelheit persönlich. Nur seine glühend roten Augen sind ausfindig zu machen, doch das stört Belial nicht im Geringsten. „Es wird nicht lange dauern, bis dein kleiner Handlanger um Hilfe bettelt." Kommentiert Belial trocken und erhält ein hohles leichtes Kichern als Reaktion. „Sie wissen, dass sie einer höheren Macht ihre Existenz versprochen haben und jeder ihrer Tode nährt und stärkt mich. Wenn er betteln sollte, ist er meiner Zuwendung nicht würdig." „Interessant, so sind sie kleine Lämmchen, die zur Schlachtbank geführt werden. ... du wolltest mit mir über Warlo sprechen?" Schnell lenkt Belial das Gespräch zurück auf Warlo und macht sich über Gesagtes seine Gedanken. Noch bevor die Drachenkönigin erwacht, muss er diese auf seine Seite ziehen! In scharfem Tonfall beginnt die Dunkelheit, ihre Worte an den Fürsten der Feuerländer zu richten. „In der Tat. Die Zeit ist bald erreicht, doch dein Drache scheint sich anderweitig zu amüsieren!" Belial entfährt ein missbilligendes, tiefes Knurren. Die Dunkelheit hat scheinbar überall seine Vernetzungen. „Es ist Paarungszeit. Wie bekannt ist, sind nicht mehr viele Drachen übrig!" Kommentiert er ebenfalls in einem scharfen Tonfall. „Dann sollte dein Einfaltspinsel an Nachfolger ihn besser unter Kontrolle bekommen, sonst werde ich Mittel und Wege finden, mich selbst darum zu kümmern." „Der Drache gehört immer noch mir. Wenn ihr so gut vernetzt seid, wie ihr behauptet, dann wüsstet ihr auch, dass ich mich bereits um Warlo gekümmert habe. Zudem ist Balthasar handelbar." In einem weicheren Tonfall fügt er hinzu, „Wir werden die nächsten Tage nutzen und zusammenbringen, was zusammengehört. Bis dahin wird keinerlei weiteres Aufsehen erwecken." „Das rate ich dir, Belial! Dieser Nachtdrache ist die einzige Möglichkeit, die Prophezeiung auszulösen, und ich lasse mir diese durch deinen Fehltritt und lasche Hand, mit der du scheinbar deinen Sohn behandelst, nicht durchgehen! Wenn der Drache Schaden nimmt, dann ..." „Ich erinnere dich nur ungern, doch ohne mich hättest du nicht einen Scheiß von einem Hauch auf Erfüllung dieser Prophezeiung! Ich weiß selbst, dass Warlos dummer kleiner Ausflug Aufsehen erweckt hat und es hat mir eine Menge an Aufwand bereits gekostet, dies zu vertuschen! Zudem, wo wir gerade bei dem Thema Fehltritte sind. Du hast damals nicht alle Bälger beseitigen lassen!" bevor die Dunkelheit sich zurückzieht, sieht sie ihn warnend in dessen gelben Katzenaugen und hebt drohend die Hand. „Provoziere es nicht, Belial! Meine rechte Hand ist unfehlbar!" Kalt lacht der Fürst der Feuerländer auf und fixiert die verborgene Dunkelheit. „Ich leide nicht an Wahnvorstellungen. Warum hast du dieses Gör am Leben lassen, wo sie dir doch förmlich auf einem Silbertablett serviert wurde?" „Reg dich ab, keiner setzt sie mit dir in Verbindung und laut meiner Quellen kennt weder sie noch sonst, wer ihre Wurzeln." Es bedarf seiner vollkommenen Konzentration, keinen Feuersturm heraufzubeschwören. „Das war nicht Teil unserer Abmachung! Ich weiß über ihren Ursprung und es widert mich an, dass sie quickfidel hier umherläuft! Ausgerechnet bei diesem Abschaum, wo mir die Hände gebunden sind! Direkt neben meinen Ländern! Ich will, dass sie verschwindet!" „Wird sie, doch bis dahin dauert es noch und damit sie keine dummen Fragen stellt, halt dich bedeckt!" widerwillig knurrt Belial. Noch würde er mitspielen, doch der Verrat bestärkt ihn, seinen eigenen Plan durchzuziehen. Für die Dunkelheit scheint das Gespräch beendet und abermals löst sie sich auf. Mit einem tief grollenden Knurren und schnellen Schritten begibt sich der Dämon zum bereits gefüllten Schauplatz. Angespannt hält er nach seinem Sohn Ausschau, doch wie zu erwarten ist dieser wie vom Erdboden verschluckt. Umgehend versendet er eine klare Botschaft an Balthasar. „Dieses Mal nicht Bursche!" Während sich der junge Sonnyboy angeregt mit einer attraktiven Dämonin unterhält und sich ein kleines Abenteuer klarmacht, spürt er das Brennen auf seinem Unterarm. Missbilligend verzieht er seine Mundwinkel. „Ich kenn' mich da wie in meiner nicht vorhandenen Westentasche aus, Herzchen. Aber abermals zum Verständnis, wir haben nur n bisschen Spaß, wenn die Veranstaltung hier vorbei ist." Er muss sie schleunigst loswerden, bevor sein Vater Wind bekommt. Sie schmachtet ihn an und schiebt ihre Unterlippe vor. „Türlich, aber vielleicht kommst du ja auf den Geschmack süßer." Er lacht amüsiert und zwinkert verwegen. „Ich werde in den Geschmack kommen, Honey, aber nicht mehr." Seufzend gibt sie nach und lässt ihn gehen. Zügig schiebt er seinen Hemdärmel hoch, um die Nachricht zu lesen, flucht kurz darauf aus und beeilt sich, zu seinem Vater zu eilen. „Nie ist auf dich verlass, Balthasar. Sollte ich dich ebenfalls wie Warlo in Ketten legen lassen?" Der junge Fürst seufzt nur und verdreht seine ebenfalls gelben Katzenaugen. „Antworte gefälligst, wenn ich mit dir spreche!" zischt Belial und sieht ihm aus dem Augenwinkel wütend entgegen. „Ich bin nicht dein Haustier und das mit Warlo ist unfair … er hat nur nach Instinkt gehandelt." Entgegnet sein Sohn kleinlaut. „Außerdem hasse ich es, hier sein zu müssen, das alles nervt mich." fügt er brummend hinzu. Gezielt greift Belial in die linke Seite von Balthasars Oberkörper und drückt seine scharfen krallenartigen Finger durch dessen fast geschlossene Wunde, die er bei dem Ausflug mit Warlo davongetragen hatte. Der stechende Schmerz lässt nicht lange auf sich warten, doch der junge Phuka beißt kommentarlos die Zähne aufeinander. „Du kannst froh sein, dass Miles dich gefunden hat und ich mich um Warlo gekümmert habe. Beim nächsten Mal könnte das anders laufen … ausgezeichnet, beiß die Zähne aufeinander. Du bist mir was schuldig, Balthasar, und ich erwarte, dass du gute Arbeit leistest!" Belial wartet auf das knappe Kopfnicken seines Sohnes und zieht kurz darauf seine Hand aus seiner Wunde heraus. Seine blutigen Finger wischt er sich achtlos an einem Taschentuch ab und lässt dieses in Flammen aufgehen. „Ich hasse diesen Namen und du weißt, dass ich in der Nacht liebend gerne gestorben wäre, dann hätte ich den Scheiß wenigstens endlich hinter mir …" „Hast du was gesagt?" Balthasar fährt sich angespannt mit seiner Linken durch sein tiefrotes schulterlanges Haar und bindet es zu einem Pferdeschwanz zusammen. „Nur dass ich gespannt auf diese Tusse bin, die ich ja deiner Anweisung nach unbedingt kennenlernen muss und ich mich wahnsinnig auf dieses Schlachtfest hier freue. Es wurde eindeutig langweilig. Jetzt kommt hier mal Stimmung auf." Lügt er und richtet seinen Blick auf die freigehaltene Stelle des Platzes, auf dem bereits einiges an Folterwerkzeugen zur Schau bereitgestellt wurde. Skeptisch sieht er zu seinem Vater. „Ich dachte, es wird nur einer hingerichtet, das hier sieht nach einem Dutzend Hinrichtungen aus." Wenngleich es Belial niemals zugestehen oder nach außen zeigen würde, beschleicht ihn leichtes Unbehagen bei der umfassenden Ansammlung. Sein Blick wandert über einen massiven Eichentisch. Auf diesem liegen mehrere Messer in unterschiedlichen Formen, Größen und Klingen Ausführungen. Des Weiteren zieren Zangen und krallenartige Werkzeuge die Tischplatte und warten auf ihren Einsatz. Weiter hinten erkennt er eine Art Streckbank, auf der mittig jedoch eine große stachelige Walze eingespannt ist sowie ein mannshohes Eichenfass, welches vollständig in den Boden gelassen und mit einer silbrigen Flüssigkeit aufgefüllt wird. Etliche andere Folterinstrumente wie Axt, spanischer Stier, Peitschblock und das Streckrad betrachtet er nur geringfügig aus dem Augenwinkel heraus. Was auch immer den Jünger der Dunkelheit erwartet, es wird lang und qualvoll sein, damit hat sie recht behalten …

„Ich dachte, du hättest dich wenigstens etwas mit unsren Nachbarn auseinandergesetzt und selbst wenn nicht. Ihn sollte hier bereits jeder kennen." °*Er hat die Dunkelheit noch immer in sich!*° diese Stimme würde ihn noch in den Wahnsinn treiben. Brummend blendet er alles aus, um sich auf diese in seinem Kopf befindlichen konzentrieren zu können. °*Schön für ihn. Ich hätte ihn lieber wie dieses Gör vom Hals!*° °*Hätte Lucifer und dein vermaledeites Hexenweib nicht eingegriffen, dann …*° die Dunkelheit bricht ihren Satz ab und setzt neu an. °*Ich habe ihn selbst gekostet, als ich aus Balban trat und ihn kurzzeitig besetzte. Dieser Geschmack war vorzüglich! Er hat Potenzial, Belial …, wenn die Drachenkönigin aktiviert ist, will ich ihn ebenfalls! Er wird ein guter Hund werden.*°, die Stimme der Dunkelheit dröhnt lachend in Belials Kopf. „Das war nicht der Plan!" Knurrt er aufgebracht und ballt seine Hände zu Fäusten. Verwirrt sieht sein Sohn zu ihm rüber und fragt, ob alles okay ist. „Ich sagte, halt dich an den Plan!" „Das mach ich doch schon! Ich bin schließlich hier! Du hast gemeint, ich soll an deiner Seite bleiben und nachher noch etwas bleiben … hab zwar keinen Schimmer warum, aber okay. Nichts lieber als das. Alles, was es mir ermöglich deiner Nähe zu entfliehen, ist mir eine willkommene Abwechslung." Mit einem schelmischen Grinsen auf den Lippen denkt er an sein Treffen mit der Dämonin, von dem sein Vater nichts wissen kann. Mit einem „gut so" beenden sie das Gespräch und beobachten schweigsam, wie Balban auf die Knie gezwungen und an Hals und Armen an den Boden gekettet wird. °*Pläne ändern sich, Belial. Lucifer und all die Niwas werden vernichtet, doch dieser Gaumenschmaus wird mir gehören!*° grimmig verengen sich Belials Augen. °*Und wie?*° lachend dröhnt die Dunkelheit in seinen Ohren. °*Den Stier packt man an den Hörnern. Engel hingegen an den Eiern ... die Kleine ist der Schlüssel. Sieh, wie er Balban leiden lassen wird. Diese kleine ist seine Achillissehne ... Ich muss nur seine bereits gefestigte Dunkelheit wieder lösen ...*°, mit diesen Worten ebbt das unangenehme Druckgefühl in Belials Schädel ab. Binnen weniger Minuten treffen Lilith und Lucifer in der Begleitung ihrer beiden riesigen Schattenwölfe ein und abermals ertönt jubelnder Beifall und lautes Getöse.

Die drei Riesen

Fast bis in den nächsten Abend hinein sind noch ranghohe Dämonen und auch Björn von Halla auf meinem Anwesen. Nachdem der kleine Dämon mit seiner Mutter in der Menge abgetaucht ist, wird auch schon unter den Anwesenden reichlich an Meinungsverschiedenheiten ausgetragen. Nebenbei versucht man mehr Informationen aus mir herauszulocken. Erst bleibt Paymon im Hintergrund, doch dann gesellt er sich zu Lilith und mir und verkündet, dass in drei Wochen eine Versammlung stattfindet. Erst dort würde ich mehr über meine Pläne bekannt geben. Der Riese beobachtet alles schweigsam und schaut über mein Anwesen in die Ferne. Erst als der Letzte außer Hörweite ist, kommt er gezielt auf mich zu und setzt sich mir direkt in den Weg. „Ob das wirklich solch eine kluge Entscheidung ist, der Dunkelheit noch mehr Angriffsfläche zu bieten?" Direkt fällt der Riese, von dem ich nur den Namen kenne, mit der Tür ins Haus und sieht mich interessiert an. Seine hellblauen Augen, die durch die braun gebrannte Haut noch intensiver hervorstechen, sind direkt auf mich gerichtet. Mit einem selbstgefälligen Grinsen sehe ich auf. „Ich wäre nicht ich, wenn ich meinen Schwanz einziehe. Wenn ich eine Entscheidung getroffen habe, dann lasse ich mich nur mit ausgezeichneten Argumenten eines Besseren belehren." Er beginnt tief zu glucksen und streichelt seinen langen Bart, der zu einem breiten Zopf geflochten ist. „Wahrlich hartnäckig. Was, wenn ich dir einige gute Argumente liefern könnte?" Seine buschigen Augenbrauen tanzen in seinem rundlichen Gesicht und er verzieht seinen Mund zu einem breiten Grinsen. „Der, der die ganze Zeit über schweigsam war, will nun plaudern?" Ich bin skeptisch und doch erweckt dieser Björn mein Interesse. „Warum über Themen reden, die nicht für Ohren bestimmt sind, von denen man nicht überzeugt sein kann, ob diesen zu trauen ist?" Seine Antwort bringt mich zu einem anerkennenden kleinen Lächeln. „Nun gut. Reden wir doch drinnen weiter", schnalzend schüttelt er seinen Kopf und nickt in Richtung der Stallungen. „Wir müssen uns für das, was ich zusagen habe, nicht hinter Mauern verstecken. Eure Stute ist besonders. Hier leben einige besondere Wesen, die eine höhere Macht besitzen als Könige oder Fürsten … man muss nur beginnen, ihre Sprache hören zu wollen, selbst der Wind besitzt eine Stimme. Könnt ihr sie hören, Lucifer?" Leicht verwirrt mustere ich Björn. Möglicherweise hat er einfach zu tief ins Fass gesehen und hat dermaßen einen sitzen, doch weder lallt er noch sind seine Augen gläsern. Aus dem Nichts heraus beginnt er zu lachen, steht auf und geht zu dem angrenzenden Wäldchen, neben den Koppeln, hinüber.

„Askar, Norf, ihr Grunzkartoffeln! Ihr schleicht euch an, wie eine Gruppe stampfender Schwarzmäuche, zudem ist euer Gestank der Horde Schlicksumpfratten ähnlich." Ehe ich sie erkennen kann, kommt mir ein beißender Geruch und ein tief kehliges Knurren entgegen. Umgehend versetzen sich meine Sinne in Alarmbereitschaft, und Arzael manifestiert sich in meiner rechten Hand. Sollte es zu einem Kampf kommen, bin ich froh, dass Lilith vor gut einer Stunde in Begleitung von Paymon, Phuka und Fexiel ins Haus begleitet wurde. „Wenn das hier ein Hinterhalt sein soll, warne ich dich nur dieses einzige Mal, Björn." Knurre ich bedrohlich, während ich darauf warte, dass die beiden hervortreten. „Für einen Hinterhalt sind die beiden definitiv nicht intelligent genug, Lucifer. Nein, Askar ist mein Bruder und Norf der arme Teufel, der genießt unsere tiefe Freundschaft und ich seine Loyalität sowie Jagdgeschick. Jetzt trödelt nicht herum, ihr Deppen! Ihr seid bereits enttarnt." An mich gerichtet fügt er hinzu, „Das Schwert ist unnötig. Wäre ich dein Feind, so hätte ich dich bereits wie eine Fliege zerquetschen können, Lucifer." „Glaubst du, ich habe nicht vorgesorgt?" Wieder lacht er, sieht jedoch im nächsten Moment ungeduldig in die Finsternis. „Ich weiß von der Magie, die dein Anwesen umgibt. Nicht schlecht, aber bei uns wirkt kein Hokus Pokus. Wir sind weder Menschen noch Dämonen. Erweise mir die Höflichkeit und lasse dein Seelenschwert wieder im Nichts verschwinden. Norf kann ein wenig nervös bei Fremden werden, die ihn bedrohen." Er hat seinen Satz gerade beendet, da erstreckt sich eine Gestalt vor mir, die halb Mensch, halb Mutation eines Tieres zu sein scheint. Reflexartig umfasse ich den Griff meines Schwertes fester. Die knapp drei Meter große glatzköpfige Gestalt, mit zwei schwarzen Augen und der unteren Körperhälfte, die einer Hyäne ähnelt, faucht mich aus zwei Reihen spitzer Reißzähne an. Ich weiß nicht, was schlimmer ist. Dessen grotesker Anblick, oder sein abscheulicher Mundgeruch aus einer Mischung aus Aas und Schwefel, der mir unerbittlich entgegenweht. „Norf! Freund, keine Bedrohung!" Blafft Björn und stellt sich dem Untier in den Weg. „Ich sagte doch, er reagiert auf Fremde, du Dickschädel eines Teufels! Lass dein Schwert verschwinden!" Unter Norfs Geschnaube ist das mir vertraute leise Rascheln seiner einklappenden Flügel kaum zu hören. „Was soll das werden? Erstens bin ich der einzige hier, der Lucifer die Leviten lesen darf, ohne mit Konsequenzen rechnen zu müssen und zweitens, da lässt man dich mal ein paar Stunden alleine, Bruder ..." Seine Stimme klingt heiter und entspannt hinter meinem Rücken.

Gerade fühle ich mich wirklich verarscht und das macht mich mehr als wütend. Da Björn Norf von mir fern hält, drehe ich mich um und funkel meinen Bruder wütend an. Er grinst nur und winkt dem dritten Riesen zu, der nun ebenfalls auf der Bildfläche erscheint. „Was soll dieses Theaterstück hier? Fexiel und der Zwergenaufstand oder was?" Fahre ich ihn an und richte Arzael gegen ihn. Unbeeindruckt steht er da und stemmt seine Hände in die Hüften. „Echt jetzt? Ich bin ich! Du weißt, dass ich den Rest der Dunkelheit unter Kontrolle habe und dich niemals hintergehen würde! Mehr als nur einmal habe ich das unter Beweis gestellt. Also lass den Schwachsinn! Die drei hier sind so harmlos, wie sie aussehen, also lass Arzael verschwinden!"
Knurrend lasse ich meine Waffe verschwinden, verlange dafür jedoch umgehend eine Erklärung.
Direkt verstummt Norf und beruhigt sich unter der Berührung des anderen, dessen Name Askar ist. „Wir hatten bis eben nicht mal eine Minute unter vier Augen. Lucifer, das ist Björn von Halla...." Genervt verdrehe ich meine Augen und unterbreche ihn. „Das ist mir bereits bekannt, denn er war, welch Überraschung, auch auf dem Bankett." Er atmet einmal tief ein und wieder aus, ehe er weiter spricht. „Gut, die Kurzfassung. Wir vier sind uns zwischen den Nebel- und Nachtländern begegnet, als sie auf dem Heimweg der geladenen Hochzeit waren. Björn ist der König der Riesen und das ist Askar, sein Bruder und Norf." Wissend nicke ich. „Die Hochzeit war ätzend.... Sie hätte dich heiraten sollen und nicht diesen Zodiac!" Platzt Askar heraus, der seinen Bruder ansieht. „Ja klar! Was soll ich mit einem Weibstück? Zudem wissen wir, wie die Nachtdämonen ticken! Die Kleine tut mir auch leid, aber ich halte mich aus arrangierten Ehen grundsätzlich raus. So was gibt nur

sinnlosen Ärger und da bin ich nicht scharf drauf." „Ich scheine nichts verpasst zu haben …", brumme ich, denn es interessiert mich rein gar nicht, was in den Nachtländern vonstattengeht. Die Hölle ist groß und dieses Land liegt weder in meinem Wirkungs- noch Einflussbereich. Björn sieht mich an und verzieht beim Sprechen seine Gesichtszüge voller Abneigung. „Nur, wenn du auf Sklaverei und Sex in der Öffentlichkeit stehst." „Sex in der Öffentlichkeit? Die Kleine war so überrumpelt, dass das wohl eher eine Vergewaltigung unter den Anwesenden war! Ich sag' ja! Scheiß darauf! Du bist auch ranghoch und als ein König hättest sie ebenfalls heiraten können! Du hättest sie sicherlich nicht so überrannt!" Nun bin ich doch hellhörig. „Sklaverei und Vergewaltigung?", frage ich nach und erhalte von Askar ein bekräftigendes Nicken als Bestätigung. Selbst Norf, der kein menschliches Wort zustande zubringen scheint, schnaubt und spuckt eine geleeartige Masse mit kleinen gelben Stacheln auf den Boden.

„Ja, die Nachtländer betreiben Menschenhandel wie Viehhandel! Und dieser Zodiac hat definitiv Dreck am Stecken. Der stinkt wie Drachenpisse, zehn Kilometer gegen den Wind und ich bin mir sicher, er wird kein guter und fairer König sein." Wieder steigt Björn in das Gespräch ein. „Er ist inzwischen König der Nachtländer, also halt den Rand! Es ist nicht unsere Sache, wie er sein Land oder die Untertanen dort regiert, Askar, aber wir werden dort noch öfter durchlaufen! Mir ist bewusst, dass du n Auge auf dieses rothaarige Mädchen vom Marktplatz geworfen hast, aber sie war schon dem Wahnsinn verfallen." „So ein Schwachsinn! Die ist mir egal! Es geht mir um die Prinzessin und ihr hat man kein Entspannungsserum verabreicht. Ich habe ihr in die Augen gesehen, während dieser … Als er sie genommen

411

hat und da war nichts als blanke Panik zu sehen. Das war ekelhaft!" Björn hebt leicht seine wuchtigen Schultern an und runzelt die Stirn. „So läuft das bei denen aber immer ab.Andere Länder andere Sitten. Der König hat das Sagen unter den beiden und es hat uns nichts anzugehen. Kapier das jetzut endlich." Energisch unterbreche ich beide, da ich dem Ganzen nicht mehr folgen kann. „Stopp!", ich fahre mir mit beiden Händen über mein Gesicht und lasse im Anschluss meine Fingerspitzen durch meine Haare gleiten. „Da blickt doch keiner mehr durch! Einerseits sollte es mir doch vollkommen egal sein, was in anderen Königreichen passiert, da sie außerhalb meines Machtbereiches liegen, andererseits will ich unbedingt wissen, wie es hier in der Hölle zum Menschenhandel kommen kann! Zudem bin ich deiner Meinung, Askar. Sex sollt einvernehmlich geschehen und niemals aufgezwungen werden." Askar fühlt sich bestätigt und versucht direkt wieder ein Streitgespräch mit seinem älteren Bruder anzufangen. „Siehst du, selbst, Lucifer ist meiner Meinung! Du hättest mich dazwischen gehen lassen oder selbst die Eier in der Hose haben müssen! Die können uns rein gar nichts." „Halts Maul Askar! Du weißt das, wenn wir Stress gemacht hätten, die, die Schuppen bei dir gefunden hätten." „Dann wären uns eben ein paar tausend Seeleos abhandengekommen. Na und? Sie wäre es wert gewesen. Niemand ist ihr beigestanden, Björn." In zornigem Unterton knurrt er, „die Seeleos scheren mich einen Dreck. Nicht immer ist es klug, sich in andere Angelegenheiten zu mischen."
Wütend stampft der Jüngere seinen Fuß auf den Boden und verursacht dadurch ein tiefes Loch. Fluchend tritt er heraus und hebt seinen Zeigefinger in Björns Richtung. „Du warst da ein feiges Arschloch und du bist es hier! Du magst mein

König sein, aber da warst du nichts weiter als ein…" „Es reicht, Askar! Kein weiteres Wort oder ich vergesse mich. Bruder hin oder her, wage es nicht noch ein weiteres Wort gegen deinen König zu richten." Norf stampft aufgeregt hin und her. Grölt aufgebracht und zieht Askar mit langen Armen, die in spitz zulaufenden Krallen enden, zu sich. Er scheint schlichten zu wollen, doch dieser schlägt seinen Freund von sich. „Hey, ihr benehmt euch wie hormongesteuerte Hampelmänner! Fahrt runter oder ich misch' mit und poliere eure Schädel, dass diese im geschlossenen Zustand eure Gehirne durchscheinen lassen können!" Fexiel platzt der Kragen. Er lässt die Dunkelheit durch seine Adern pumpen und funkelt alle drei wütend an. „Mag sein, dass ihr immun seid, aber ich kann und ich werde euch ordentlich wehtun, wenn ihr euch jetzt augenblicklich nicht wieder einkriegt!" Zustimmend scharrt Norf mit seinen hyänenähnlichen Beinen und schüttelt seinen Kopf. „Wenigstens einer von euch, Sumpfgurken, der noch n seinen Verstand hat." Lob scheint dem Mutanten zu gefallen, denn er lässt seinen Kahlkopf wackeln und kneift seine schwarzen Augen fest zusammen. „Jap, du bist ein feiner Norf. Die beiden sind echt schrecklich und wenn du nicht wärst, würden sie sicherlich Kain und Abel spielen … hier interessiert keinen Wilderei, also kriegt euch wieder ein!" Die Brüder starren sich beide schockiert an und verstummen direkt bei Fexiels Kommentar. „Wilderei also … so, so. Nun gut, solange ihr es nicht in meinen Ländern vorhabt, interessiert es mich wirklich nicht. Und jetzt zurück zu dem, was interessant ist. Wie zur Hölle ist es möglich, dass hier Menschenhandel betrieben wird und wer beteiligt sich noch daran?" Betreten starren sie auf den Boden und kratzen sich hinter den Ohren. „Soviel ich weiß, mischt das Ödland gerne

mit, aber woher die Menschen kommen, keine Ahnung."
beginnt Björn. „Auch im Schattenland wird vereinzelt
Menschenfleisch angeboten …", ergänzt Askar und lässt mich
in dunklen Erinnerungen schwelgen. Auch bei mir gab es
diese abscheuliche Delikatesse. Ich werde herausfinden, ob
Paymon ebenfalls mit Menschenhandel zu tun hat. Immerhin
hat er auch Phuka als seine kleine Sklavin angenommen. Ich
wechsele einen ernsten Blick mit Fexiel und er nickt
schweigsam. Er wird zunächst mit ihr reden und versuchen
auf diese Art und Weise etwas in Erfahrung zu bringen. „Der
Verkauf von Menschenfleisch ist mir zwar zu wieder, aber
nicht strafbar … das Schattenland streift mein Einflussgebiet
nur …" Björn nickt ernst, „in der Tat, dein direkter Nachbar
ist Belial, der Höllenfürst der Feuerländer." Er scheint
wirklich gut informiert zu sein. „Mein Volk kommt aus
Nordosten … wir leben hinter dem Gebirge der
Dunkelländern." „Lebten", korrigiert ihn der Jüngere.
„Mittlerweile gibt es nur noch ein Paar von uns. Viele sind
wie Norf … es scheint eine Art Virus zu sein, darum sollte es
egal sein. Vielleicht ist Mischblut ja genau das, was wir
brauchen …" genervt, rollt Björn mit seinen stahlblauen
Augen. „Das Weib eines anderen ist tabu. Egal, wie es
zustande gekommen ist! Ende der Anspielungen, zudem
brauche ich was mit Feuer! Ein Feuergolem wär nach
meinem Geschmack …" Ihre Vorlieben interessieren mich
nicht und zum Thema Menschenhandel haben sie auch nicht
mehr an Informationen beizutragen. Es macht mich rasend,
was hier in der Hölle im Verborgenen abläuft.
Menschenhandel, die Unterdrückung und Vernichtung
anderer Dämonen, weil diese sich mit einer anderen Rasse
vermischen. Dazu die Dunkelheit, die immer mehr an Macht

zu gewinnen scheint und das hier zerstören will, sobald sie nicht mehr in der Schlucht eingesperrt ist.

Dann meine persönlichen Neider, die mich nicht nur scheitern, sondern untergehen sehen wollen. Ich bitte die drei, ihre Augen und Ohren offenzuhalten. Stoßen Sie auf ihren Reisen zufälligerweise auf Menschen, sollen sie mich oder Fexiel umgehend informieren. Alle drei stimmen sofort einstimmig zu. Bevor sie weiter ziehen, lasse ich Norf und Askar einige Platten überladen mit Früchten und gebratenem Fleisch sowie einige Fässer Wein hinausbringen. Wie ausgehungerte Tiere stürzen sie sich über das Essen und verfallen in einen Rausch der Gier.

Ich bin das Licht der Hölle

Mitten in der Nacht sitze ich mit Fexiel in meinem
Arbeitszimmer. Seit seiner Rückkehr ist es uns jetzt erst
möglich, ungestört zu sprechen. Die Stimmung ist
angespannt. Denn auch wenn seine Mission von Erfolg
gekrönt ist und er zum Abschluss Balban in Stücke reißen
konnte, ist er in Sorge. Er hat sich in einem der breiten Sessel
niedergelassen und richtet seinen Blick starr auf die
Flammen im Kamin, während er sein Glas zu seinen Lippen
führt. Nachdem er einen großen Schluck genommen hat,
beginnt er seine Bedenken zu äußern, ohne seine
Blickrichtung zu ändern. „Lucifer das sind, ne menge
Baustellen. Ich weiß, dass du zudem für einen Moment
Mitleid mit Norf hattest, aber du kannst nicht alles ändern
und jeden retten." Ich drehe mein Profil vom Fenster, gehe
zu dem freien Sessel und setzte mich neben meinen Bruder.
„Dir entgeht aber auch nichts", flüstere ich und lasse einen
neuen Holzscheit im Kamin auftauchen, der sofort von den
Flammen verschlungen wird. „Auch das gehört zu meinen
Pflichten als deine rechte Hand." „Du liest mich wirklich wie
kein anderer, Fexiel." In der Tat empfinde ich Mitleid mit
dieser Kreatur. Sie sehen ihn eher als Werkzeug als einen
Freund an. „Sag mir, dass ich niemals so sein werde. Ich
mute dir viel zu, doch wenn ich dich nicht mehr als meinen
Bruder sehe, wenn ich mich jemals so verliere, dann ..." „Das
wird niemals passieren, Sama ..." schnell korrigiert er sich
mit einem Räuspern. „Lucifer. Ich liebe meinen Job und ich
liebe dich, Bruder. Auch wenn ich deine rechte Hand bin, so
stellst du mich mit dir, so gut es möglich ist, gleich. Zudem
genieße ich hier Freiheiten, von denen ich früher nur

träumen konnte." „Trotzdem, Fexiel. Ich bitte dich nicht, nein ich befehle es dir. Wenn ich dich irgendwann wie die beiden Norf behandel, dann hast du einzugreifen!" Leise brummt er in Richtung der Flammen und zuckt seine breiten Schultern. „Türlich. Wenn du meinst, abzuheben, dann bringe ich dich auf den Boden der Tatsachen zurück. So wie ich es bereits mit dir handhabe. Also mach dir nicht auch noch darüber Kopfschmerzen. Ich garantiere dir, ich liebe meinen Job." „Du weißt, wie ich bin." Grinsend dreht er sich zu mir und prostet mir zu. „Jup. Du bist ein Sturkopf mit einem riesigen Herzen und du liebst diese beschissene Hölle schon ebenso sehr wie ich." Kopfschüttelnd fülle ich sein Glas mit einem Handwink und manifestiere mir ebenfalls ein Glas mit Whisky in meiner Rechten. „Ganz sicher liebe ich nicht die Hölle. Aber sie ist meine Heimat und was mein Herz betrifft ..." „Das liegt oben im Bett und schläft wie ein zufriedenes Baby." Beendet er meinen Satz zwinkernd. „Sie wünscht sich ein ...", schlüpft es mir fast über die Lippen. Direkt versteift sich meine Haltung im Sessel. „Was n Herz?" Schief grinsend mustert mich mein Bruder und beugt sich vor. „Ein Baby, du Esel." Mein Tonfall ist lauter als beabsichtigt. Er zieht scharf die Luft ein und atmet langsam wieder aus. Dabei sieht er mich forschend an. „Uff okay, und was ist mit dir? Willst du keins?" Angespannt reibe ich mir mein Kin und sehe aus dem Fenster nach draußen. „Doch schon, nur nicht aktuell. Wie du schon selbst sagst, es sind viele Baustellen, die behoben werden müssen." Weiche ich aus. Doch Fexiel lässt nicht locker und beobachtet mich aufmerksam weiter. „Das sind Ausreden, Bruder. Son Baby hat keinen Zeitplan. Also, was bedrückt dich wirklich?" Ich erhebe mich von meinem Platz und gehe direkt auf den vor uns befindlichen Kamin zu. „Ich trage es immer noch in mir.

Du weißt schon, ich besitze noch immer die Gabe. Was, wenn es mir niemals möglich ist?" vertraue ich mich ihm an. „Als Fürst ist es eine mir auferlegte Pflicht. Ich habe erst vor einigen Tagen davon erfahren. Ich muss einen Erben hervorbringen. Du bist der Einzige, den ich mich anvertraue." Er schnaubt abfällig und erhebt sich ebenfalls. „Das ist doch die größte Mammutscheiße, die ich höre. Man kann euch doch nicht zu einem Baby zwingen. So etwas sollte aus eigener Entscheidung passieren. Ein Baby bedeutet Verantwortung, aber es braucht vor allem Liebe, um zu wachsen. Die ticken doch nicht sauber! Mal abgesehen davon, dass ich überzeugt bin, dass du könntest, wenn du es wollen würdest." Er fährt sich durch seine dichten schwarzen Haare und setzt sein typisch zuversichtliches Grinsen auf. „Hey Mann, auch wenn die Umstände nicht gerade rosig sind. Wenn ihr es wollt, dann macht. Legt los. Ich bin der überzeugung, du wirst n klasse Vater und ich garantiere dir, ich kriege auch noch einen kleinen Hosenscheißer mehr beschützt." spielerisch boxt er mich in die Seite und zwinkert. Kurz lässt das meine Anspannung fallen. Ich weiß, dass er Wort halten wird und doch überschattet meine Gabe diesen Gedanken.„Deinen Optimismus in Ehren, kleiner Bruder."
„Geb dir gerne 'ne Portion ab und dass du deine Gabe weiterhin besitzt, weiß ich doch bereits." Ich hebe meine Augenbraue an und verziehe einen Mundwinkel. „Phuka diese kleine Plaudertasche. Ich verzeihe ihr, wenn du der Einzige bist." „Nope. Sie hat kein wort darüber verloren. Wie auch bei dem Trubel, aber ich habe Augen und ein funktionierendes Hirn im Kopf, Bruder." Grüblerisch sehe ich wieder in den Schein des Feuers. Der Vorfall war circa vor drei Wochen. Wie immer scheint, er auch hier wieder meine Gedanken erahnen zu können. „Sie hätte bereits an Gewicht

zugenommen, doch das ist nicht passiert. Sie hat sogar abgenommen und mein Kätzchen hat keine plötzliche Übelkeit. Ich bin dir dankbar, dass du ihr das ersparen konntest. Das hätte Phuka endgültig zerbrochen." „Nach den paar Wochen würde man es bereits merken?" „Laut dem Buch über Hauskatzen, jup. Sie nehmen wohl rasant ein bis zwei Kilo zu und die Tragezeit bei Katzen ist ziemlich kurz. Nur dreiundsechzig bis siebenundsechzig Tage." lachend vergewissere ich mich, dass ich mich nicht verhört habe. Er hat ein Buch über Hauskatzen gelesen und analysiert anhand dieser Daten seine Partnerin? „Wow ... und ich dachte, ich bin bescheuert. Fexiel, Phuka ist eine Dämonin." „Das weiß ich auch, aber sie ist ebenso 'ne Katze." „Ne Dämonenkatze Bruder. Vielleicht redet man auch einfach über solche Themen. Möglicherweise ist die Schwangerschaft eines Phukadämonen nicht so wie die einer normalen Hauskatze. Moment, ihr redetet doch miteinander, oder?" „Spinnst du? Natürlich reden wir seit dem ersten Tag miteinander. Wie wäre ich denn sonst mit ihr zusammengekommen? Wir haben bisher nie konkret über Babys geredet und dann musste ich auch wieder auf die nächste Mission ..." „Ich fordere dich immens ..." „Und es wird vorerst nicht besser werden. Die Anhänger sind nur der Anfang. Es tat gut wenigstens mein Kätzchen rächen zu können, aber Lucifer ... die Dunkelheit ist verdammt gut vernetzt und es gibt definitiv in den Reihen der Erzdämonen und Könige schwarze Schafe, wenn ich das sagen darf." Ernst blicke ich in seine eisblauen Augen und nicke. „Es beschäftigt mich, dass Paymon am Tag des Angriffs außer Gefecht gesetzt werden konnte und jetzt das Thema Sklaverei. Du weißt, er hat ebenfalls eine Vorliebe für Menschenfleisch und wir wissen beide, wie er mit deiner Kleinen umgegangen ist ..." „Ich werde der Sache nachgehen, doch ich bin sicher, er ist sauber. Was ich icht direkt von belial sagen kann, den hab ich im Übrigen im Schattenland angetroffen als ich einer heißen Spur nach bin ..." er greift in seine Hosentasche und holt eine der vier Münzen hervor. „Diese zeigt, dass zuvor ein Anhänger der Dunkelheit ebenfalls dort gewesen war." Ich betrachte die Münze genauer. Eine schwarze Schlange, die beginnt, die Sonne zu verschlucken. Meine Miene verfinstert sich direkt. „Kannst du belegen, dass Belial mit diesem hier in Verbindung steht?" Er schüttelt missbilligend den Kopf. „Nope, leider nicht. Er kam nach mir und ich muss diesen anderen Typen nur knapp verpasst haben. Stella, die Schankmaid, konnte oder wollte mir nur spärlich von ihm erzählen. Er scheint von altem Adel und hat stechend gelbe Augen. Sie meinte, dass er ein Sadist sein muss, denn er habe nur bei der Verbrennung einer Dämonin herzhaft gelacht. Scheinbar steckte ihr die Angst noch in den Knochen. Neben dieser hab ich noch drei weitere Münzen, hier nimm du sie." Im ersten Moment erwäge ich es, dass er sie herbringt, damit ich mehr aus dieser Stella herausbekommen kann. Doch uns bleiben nur noch drei Wochen. Wieder geht mein Blick zurück zu den Münzen in meiner Hand. „Woran denkst du, Bruder? Diese Münzen können dir keine weiteren Antworten geben." Ich grinse, während ich sie mit meinen Fingern umschließe und zu meinem Schreibtisch gehe. Dort öffne ich eine Schublade und hole eine kleine Schatulle hervor, die im Inneren mit schwarzem Samt ausgeschlagen ist. Dort lege ich die Münzen hinein und versiegel sie, bevor ich diese wieder in die offene Schublade lege und auch diese im Anschluss verschließe und ein weiteres Mal versiegel. „Die Münzen nicht, aber ich hörte von jemandem, der sie quasi zum Singen bringen kann ..." Er sieht mich mit einem sorgenvollen Blick an und seufzt schwer. „Bitte lass es Widdow sein … wenn schon wieder eine Hexe, dann das kleinere Übel. Du weißt, wie es beim letzten Mal geendet ist." „Ich weiß, aber ich brauche eine Seherin und keine Wahrsagerin, die in Rätseln quatscht." Fexiel beißt die Zähne aufeinander und verengt seeine Augen „An wen hast du dann gedacht?", fragt er zögerlich. „Ich brauche die Hilfe der grünen Hexe." Ungläubig starrt er mich an und schüttelt den Kopf. „Degreen? Von der weiß keiner, wo sie ist. Sie ist seit Ewigkeiten verschwunden!" Ich umrunde den Tisch und gehe mit einem zuversichtlichen Grinsen zu ihm, lege beide Hände auf seine breiten Schultern und zwinker während er schwer stöhnt. „Wofür habe ich den besten Spurenleser des Universums, kleiner Bruder?" „So typisch. Gut, ich mach's, aber wenn die auch so wie Marischka ist, schwöre ich dir platzt der Deal! Ich ficke mit keiner anderen mehr außer mit meiner Phuka! Das, was ihr angetan wurde, bleibt eine einmalige und dunkle Erfahrung! Nicht umsonst haben wir unsere Beziehung öffentlich bekannt gemacht." Drohend bohrt er seinen Zeigefinger in meine Brust. „Deal! Ihr beide seid in allen Punkten bezüglich der Bezahlung raus. Das steht außer Frage, diesen gravierenden Fehler werde ich mir niemals verzeihen Fexiel. Was immer Degreen fordert, ist nur von mir und über mich zu erhalten! Sag ihr das direkt zu Anfang." angespannt reibt er sich über seinen Bartschatten. „Lilith liebt dich, aber ich glaube nicht, dass sie dir verzeihen kann, wenn du sie betrügst. Auch, wenn es rein geschäftlich ist. Bedenke, diese Frau ist besessen von dir. Die bringt erst sie und dann dich um und bestimmt wird es qualvoll und langsam bei dir ablaufen.."

„Hast du Lilith hinter meinem Rücken angelernt? Der Gedanke gefällt mir." beginne ich amüsiert. Ernst sieht er mich an und knurrt aus zusammengepressten Lippen. „Das ist kein Spaß, Lucifer! Wir sind schon einmal auf die Fresse gefallen, mit einer Hexe! Diese Degreen ist keine gewöhnliche Hexe, sie ist ein Wendigo! Sie sind machtvoll, ihre Rasse nahezu ausgestorben und sie sind äußerst gefährlich. Nimm das nicht auf die leichte Schulter!" „Ich weiß deine Sorge und Feindseligkeit gegenüber fremden Hexen zu schätzen. Dieses Mal habe ich meine Hausaufgaben gemacht, kleiner Bruder, das garantiere ich dir. Sie liebt die Natur und übt keinerlei dunkle Magie aus. Diese Hexe ist außergewöhnlich." Er lacht sarkastisch auf und schüttelt den Kopf. „Na klar, mich aufziehen, weil ich n Hauskatzenbuch gelesen habe, aber an einen Wendigo glauben, der keine finsteren Absichten hat und die Flossen von schwarzer Magie hält! Hast du das aus einem alten Märchenbuch gelesen?" „Als würde ich mich mit Märchen beschäftigen! Du vergleichst Birnen mit Äpfeln. Scheinbar hast du nur draußen und vor mir Eier in der Hose, denn sonst hättest du den Mut sie anzusprechen." Wütend sieht er mich an. „Sagt der Richtige! Ich wollte Phuka zu der Zeit nicht damit unter Druck setzen und sie auch noch damit konfrontieren! Und nur damit du's weißt, wir wollen Kinder. Nachdem wir uns versöhnt hatten, haben wir es kurz angerissen. Und jetzt nach den knirps ist mir noch was bewusst geworden. Ich will mindestens sieben kleine Teufel nd ich schwöre dir, entweder die bekommen von dir Spielgefährten oder sie nehmen dich auseinander!" leicht geraten meine Gesichtszüge aus der Fassung. Sieben kleine Monster? Der nimmt mich doch auf den Arm! Doch je länger ich den anstarre, umso glaubhafter ist er mir gegenüber. „Du hast n Rad ab, Fexiel. Bestimmt hast du diese Anzahl auch aus deinem bescheuerten Buch.... Es ist besser du gibst es mir, bevor deine Freundin das findet.

Ich werfe es für dich lieber in den Kamin. Nicht, dass sie dich noch grillt." Unbeeindruckt hält er mir stand und zuckt nur mit den Achseln. „Nope. Von ihr weiß ich, dass eine in ihrem Rudel damals fünf gesunde Kitten geworfen hat. Sie war total aufgeblüht und euphorisch, als ich ihr sagte, dass wir den Rekord sicherlich beim ersten Mal knacken werden." Mir kommt nur ein, »ihr spinnt doch« über die Lippen. Ich sehe, wie er herausfordernd zu mir hinüber grinst. Dann geht er lässig an mir vorbei und bedient sich an der Bar. „Mal sehen, bei wem von uns beiden es schneller klappt. Theoretisch bei euch, da du mich ja wieder in die Pampa schicken wirst. Du kannst dir auch gerne n paar meiner Bücher leihen. Im Kerker hab ich ein kleines Geheimversteck. Da du mein lieblingsbruder bist, verrate ich es dir. Das Dritte von links ist interessant. Kamasutra. Testet mal Yin und Yang, die Sphinx, oder den Hochstuhl aus. Lohnt sich. Kätzchen ist begeistert von der gebotenen Abwechslung." bevor mein Kopfkino rotiert, bremse ich ihn. „Okay, stopp!" Ich bin bei weitem nicht verklemmt und habe eine ausgelassene Ader beim Liebesspiel, doch ich will mir meinen Bruder und Phuka definitiv nicht bei deren ausgefeilten Sexpraktik vorstellen. Vehement schüttel ich meinen Kopf, um auch den letzten, hartnäckigen Gedanken abzuschütteln und wedel mit den Händen vor mir in der Luft herum. Während Fexiel mich genaustens beobachtet, bekommt er einen heftigen Lachanfall. „Ach herrlich!" Lacht er, „Versuchst du da was auszutreiben, großer Bruder?" Umgehend lasse ich meine Hände sinken und rolle genervt mit den Augen. „In drei Tagen will ich, dass du verschwindest und wehe, du kommst nicht unbeschadet zurück. Bis dahin will ich Paymon durchleuchtet haben. Vielleicht kann Degreen auch Belial entlarven, der hat definitiv Dreck am Stecken! Testen wir doch mal die Fähigkeiten der grünen Hexe und sehen dann weiter." Direkt fängt er sich wieder und verändert seine Haltung. „Ich finde sie, mein Fürst und was Paymon betrifft, ich fange direkt damit an." „Vielleicht hat Phuka ja in der Zeit etwas Merkwürdiges mitbekommen, als sie mit ihm alleine lebte." Er nickt knapp und verlässt umgehend mein Arbeitszimmer.

Hoffnungsschimmer

Wie erwartet bekommt er von Phuka bereitwillig alle Informationen und trägt diese auf direktem Weg zu mir. In der Tat hat Paymon in der Vergangenheit mit zwielichtigen Gestalten engen Kontakt gepflegt. Ihre Namen kannte die junde Dämonin nicht und sie wurde immer in ein anderes Zimmer geschickt. Als Phuka mehrere Monate zuvor mit ihm in die Morgenländer gereist und hier in meinem Anwesen sesshaft wurde, brachen diese Kontakte umgehend ab. Auch unser treuer Verwalter veränderte sein Wesen, wie sie erzählte. Zweimal hatte sie mitbekommen, wie er und Widdow sich stritten und wie sie ihm drohte, dass wenn ihr etwas zustoßen würde, sie ihn zur Rechenschaft ziehen würde. Es hatte sie zwar irritiert, dass Widdow sich so sehr für sie einsetzte, aber sie traute sich nie, ihn danach zu fragen. Des Weiteren hatte sie Angst um ihre Stellung, da nur er ihr damals Sicherheit und Schutz bieten konnte. Immer akribischer versank er in der Instandsetzung des Anwesens und dessen Verwaltung. Auch zu ihr wurde er strenger und auch vereinzelt handgreiflich, bis wir ihn zurechtgewiesen hatten. Über Sklaverei und Menschenhandel konnte sie aber nichts sagen, jedoch bestätigte sie Fexiel, dass Menschenfleisch von einem der Händler angeboten wurde und sie es für die Erzdämonen kaufen sollte. „Ich musste ihr schon fast schwören, dass sie sich nicht Schuldbar gemacht hat und du sie nicht strafen würdest."

„Sie sollte mich nach all den Jahren besser kennen." Er legt den Kopf schief und zuckt seine Achseln. „Türlich, doch erinnere dich, wie sie zu Anfang war." Ich nicke knapp und widme mich den Unterlagen auf meinem Schreibtisch. Immer mehr Anträge stapeln sich vor mir. Dieser

Papierkram, scheint kein Ende zu nehmen. „Paymon ist also sauber. Gut. Wir wissen, warum er mit Widdow aneinandergeraten ist. Immerhin ist Phuka ihre Tochter. Ich würde ebenfalls alles dafür tun, um mein Fleisch und Blut zu schützen. Ich frage mich nur, wer ihr Vater ist …" Fexiel sieht mir über die Schulter während er spricht „Na wenigstens nicht, Belial. Moah, allein der Gedanke bringt mich zum Kotzen. Lass Widdow ihr Geheimnis, als Mutter hat sie auf ganzer Strecke versagt. Mein Kätzchen ist ohne sie besser dran, außerdem hat sie uns." Alles hatte sie mir in der Nacht anvertraut. Jede Grausamkeit und die Morde an den anderen drei Geschwistern. Nur Phuka habe sie in letzter Sekunde retten können, da sie als letzte und kleinste eine halbe Stunde danach das Licht der Welt erblickt hatte. Es schien Widdow selbst wie ein Wunder und dieses musste versteckt werden. Bis auf den Namen, bei dem sie bis Heute standhaft schweigt, wurde mir alles offengelegt. Da sie immer noch seine Frau ist und es nicht seine Kinder waren, kann ich ihn nicht des Mordes beschuldigen. Auch hier ist er unantastbar. Diese verdammten Gesetzte! Ich hoffe inständig, dass er niemals Phuka genauer betrachtet, denn sie hat nicht nur die Augen ihrer Mutter. Fexiel scheinen dieselben Gedanken durch den Kopf zu schießen, denn knurrend sagt er, „Wenn dieses Schwein auch nur im Ansatz meint, mein Kätzchen beseitigen zu können, reiß ich ihn persönlich in Stücke. Ich scheiß auf jede Regel und jedes Recht, Lucifer! Sie ist mein Ein und Alles. Mein Heiliger Gral und mein Anker in der Dunkelheit. Ich werde über Leichen gehen, sollte sie nur jemand anzüglich angrinsen." Seine Fingerknöchel zeichnen sich weiß unter den angespannten Fäusten ab. „Sollte eines Tages herauskommen, dass er es war, der Balban auf sie angesetzt hat, bringe ich ihn um!" Ich kann es ihm nicht verdenken, denn ich würde genauso agieren. Das Geschehene hat uns alle verändert. Es ist auffällig, denn Belial verhält sich seit dem Bankett uns gegenüber ungewöhnlich friedfertig. „Ich verspreche dir, dass ich dich nicht aufhalten werde, doch ich denke, nicht, dass er nach all den Jahren versucht, sie zu töten. Keiner hier weiß, dass sie Widdows Tochter ist. Oder aber es wird darüber nicht geredet." nicht ganz zufrieden gibt er ein „Dann ist das geklärt." von sich und dreht den Kopf Richtung Tür. Umgehend wechselt er das Thema. „Nun, der Wein war nicht schlecht, trotzdem werde ich meinem Scotch nicht untreu. Da können noch so viele interessante Weinsorten hereingebracht werden. Ich mein, der Rotschopf hat Talent, aber Scotch ist und bleibt wie bei dir der Whisky mein Lieblingsgesöff!" Umgehend werden die schweren Flügeltüren von außen geöffnet und Paymon tritt hervor. „Fürst Lucifer, der junge Höllenfürst Balthasar bittet um Einlass." Ein leises Grollen ist bei der Namenserwähnung auf dem Flur zu vernehmen. Schnell tausche ich mit meinem Bruder einen Blick aus und gebe Paymon den Befehl, ihn einzutreten und uns drei allein zu lassen. „Welch Überraschung. Wenn wir dir ein Gästezimmer herrichten sollen, sag doch meinem Gutsherrn Bescheid." Ich biete ihm den freien Sessel neben Fexiel als Sitzplatz an, doch der junge Höllenfürst schüttelt nur den Kopf und sieht starr geradeaus. „Danke, aber ich bleibe nicht lange." Wie immer mustert Fexiel ihn neugierig aus dem Augenwinkel heraus. „Wir haben gerade über dich gesprochen." Sage ich gelassen und erhebe mich von meinem schweren Schreibtisch. „Sag mal, trinkst du nur Wein oder auch das harte Zeug?" Mittlerweile bin ich an der Bar angelangt und genehmige mir ein Glas Whisky, dabei sehe ich Balthasar aufgeschlossen in seine stechend gelben Augen.

„Ähm, nö ... Ich trink gelegentlich auch mal gerne n Whisky. Kommt immer auf die Gesellschaft an, in der man verkehrt", antwortet er höflich und sieht neugierig zu mir rüber. „Magst du einen Anständigen? Meine rechte Hand lässt mich diesbezüglich im Stich und trinkt lieber seinen Scotch." frage ich, während ich bereits ein zweites Glas mit Whisky fülle. Wieder antwortet er höflich, fährt sich jedoch verlegen mit seiner linken Hand durch seine schulterlangen dunkelroten Haare. „Sehr gerne." Ich reiche ihm das Kristallglas entgegen und er schenkt mir ein zurückhaltendes Lächeln. °*Wenn ich es nicht besser wüsste, würde ich nicht daran denken, dass er sein Sohn ist.*° kommentiert Fexiel gedanklich das Auftreten des jungen Höllenfürsten. Laut spricht er ihn direkt an und erhebt sich ebenfalls von seinem Sitzplatz. „Also ich finde den torfig herben Geschmack eben besser, aber darüber kann man sich streiten. Zum Glück sind die Vorlieben ja gut verteilt. Wie geht es eurem Vater, Balthasar?" Bei Fexiels Frage verschluckt sich der Dämon leicht und beginnt zu husten. „Ups, zu stark für dich, Junge?" Er klopft sich gegen seine Brust und schüttelt den Kopf. „Geht schon ...", lügt er und nimmt wieder Haltung an. Lange könnte er in deren Gesellschaft nicht den emotionslosen, gefühlskalten Dämonen mimen. Es scheint so, als könnten die beiden hinter seine Fassade blicken.
Angespannt nimmt er einen weiteren und dieses Mal größeren Schluck. „Er erfreut sich bester Gesundheit", beginnt er anzusetzen. „Er wäre heute gerne selbst hier, doch die Geschäfte hindern ihn und so soll ich seine besten Wünsche und den Wein vorbeibringen ..." »Würde lieber sagen, er ist an einem verdammten Hühnerknochen verreckt, aber so einer hat selbst beim Scheißen Glück!« „Ja, ja. Immer in Beschäftigung, euer Vater. Aber erfreulich, wenn die

Geschäfte laufen. Momentan ist bestimmt Tabback, Schokolade und Fleisch ordentlich gefragt." Desinteressiert sieht er sich um. „Mag sein. Wein wird ebenfalls immer getrunken." Schnell schenke ich ihm nach und fülle sein Glas mit einem Grinsen auf. „Das ist das Stichwort Junge", proste ich ihm zu. Er sieht leicht irritiert auf das Randhoch gefüllte Glas, hebt aber an und leert es in nur einem Zug. Fexiel grinst mich an und nimmt die Flasche Scotch an sich. „Dir scheint ja viel am Weingeschäft zu liegen." Seine Augen nehmen bereits einen leichten Glanz an, es stimmt also, dass Phukadämonen Alkohol nicht schnell abbauen können. „Ich liebe mein Weingeschäft und ich lasse es mir von niemandem ruinieren!", brummt er und verengt seine gelben Katzenaugen. „Richtige Einstellung, Junge. Man sollte für das, was man liebt, kämpfen und einstehen." bestärke ich ihn. Eifrig nickt er und sieht in sein leeres Glas. „Der ist gut, oder? Brennt nur einmal." lache ich und fülle sein Glas dieses Mal mit einer Handbewegung nach. „Cool ... praktisch, wenn die Flasche nicht in Reichweite ist. Beeindruckt sicherlich die Mädels." „Ne Kleinigkeit und eher reine bequemlichkeit und Spielerei." Weiterhin sieht er mir angestrengt zu, wie ich mein eigenes Glas auf diese Weise fülle. „Ich bin davon beeindruckt." Ich grinse und nicke Fexiel zu, da er ihm am nächsten ist. „Hey, komm, setzt dich. Mach's dir doch etwas bequemer oder bist du doch unter Zeitdruck?" Schon liegen seine Hände auf dessen Schultern und er schiebt ihn zu den Sesseln rüber. „Nun ja, lange sollte das hier nicht gehen. Ich sollte euch nur für nächste Woche einladen. Also zu ihm. Kommt ihr? Also ihr und eure Frau ..." skeptisch mustere ich den jungen Mann und wechsel einen vielsagenden Blick mit Fexiel. Dieser nickt nur zustimmend. „Gibt es einen besonderen Anlass?", erkundige ich mich. „Nö, ihr seid doch

Nachbarn und da, so meinte er, wäre es doch schön, sich untereinander besser kennenzulernen. Immerhin war er schon öfter bei euch, aber ihr noch nie bei uns in den Feuerländern." er reibt sich über seine Augen und fährt sich anschließend wieder durch seine langen Haare. „Man könnte meinen, ihr mögt entweder meine Heimat, oder meinen Vater nicht." Er lehnt sich zurück und kneift seine Augen zusammen. „Wie kommst du darauf? Auch hier gibt es reichlich zu tun und ich widme gern meine Freizeit meiner Frau." Er beugt sich vor und lehnt seine Unterarme auf seine Oberschenkel. Sein Grinsen ist leicht schief und seine Stimme bereits tiefer vom Whisky. „Ganz ehrlich? Weil er ein egoistischer, eiskalter Arsch ist!" Nun beginnt das Vögelchen oder in diesem Fall das Katerchen, zu singen. Endlich werde ich was gegen ihn in die Finger bekommen! Zufrieden stellte ich mich zu ihm und setzte mich anschließend in den anderen Ledersessel. „Na, er ist ein Dämon, Balthasar. In seiner Branche muss man emotionslos und eiskalt sein, um etwas zu erreichen." Er sieht mich forschend an und schüttelt seinen Kopf. „Nö, ihr seid vollkommen anders und habt auch schon einiges erreicht! Hattest du das wirklich so gemeint, als du das am Hof gesagt hast, nachdem deine rechte Hand Balban kalt gemacht hat?" „Er hätte noch mehr verdient, leider war seine Kondition nicht so trainiert wie sein Ego!" Knurrt Fexiel. Beschwichtigend hebt er seine Hände und sieht ihn mitfühlend an. „Glaub mir, ich stehe vollkommen hinter dir. Ehrlich! Dieser Wichser hat es nicht anders verdient. Kein Mädchen sollte so was erleben." Sosehr ich mich anstrenge, spüre ich keine Spur der Lüge. Dieser Dämon scheint absolut das komplette Gegenteil von seinem Vater zu sein.

„Ja, ich lüge nicht." beantworte ich seine Frage. „Niemals?
Also, wenn ich dir jetzt eine Frage stellen würde, müsstest du
mir dann die Wahrheit sagen?" Ich grinse ihm entgegen.
„Man kann immer ausweichen, wenn man nicht lügen kann,
Junge." Er erwidert mein Grinsen und reckt mir seinen
Zeigefinger entgegen. „Ich beginne immer mehr dich zu
mögen, Lucifer. Schade, dass du nicht mein Dad bist." Seine
Worte lassen mich überrascht aufsehen. „Könntet ihr beide
mich wenigstens hier, wenn ich euch allein besuche, Levi
nennen? Ich hasse es, Balthasar genannt zu werden. Er fühlt
sich so an, als wäre ich gefesselt und hinter Mauern
gefangen. Ständig muss ich mich hinter dieser doofen
Maskerade an Emotionslosigkeit und Gleichgültigkeit
verstecken. Ich bin das so leid." Sein Blick ist
herzerwärmend. Wie ein kleiner Welpe sieht er zu mir hoch.
Mit gerunzelter Stirn und vorgeschobener Unterlippe sitzt er
mir mit eingesunkenen Schultern gegenüber. „Natürlich,
Levi. Du kannst hier frei reden. Dieser Raum ist geschützt.
Red dir von der Seele, was du magst, mein Junge." bitter
lacht er auf und reibt sich über seine Augen. „Diese Scheiße,
ist es ja! Die macht es so verdammt beschissen schwer." „Was
meinst du denn?", frage ich nach. Sein Blick ist voller
Schmerz, Wut und Verzweiflung. „Ich hab eine beschissene
Seele! Ich bin sein wertloses Aushängeschild. Wenn er
könnte, hätte er mich entweder ersäuft oder verbrannt!"
„Oder auf den Bauch deiner Mutter gelegt, nachdem er dir
deinen eigenen vom Schambein bis zur Kehle aufgeschlitzt
hätte." Fassungslos sieht Levi zu meinem Bruder. „Was? Wie
meinst du das?" Ein knappes „Fuck", huscht über Fexiels
Lippen. Auch ich sehe ihn böse an und deute ein
Kopfschütteln an. Hätte ich doch meinen Mund bezüglich
Widdow und Phuka bei ihm gehalten. „Na ja, dein Vater ist

skrupellos, das sagtest du selbst." Umschifft Fexiel zügig die
Situation. Zum Glück ist der Alkoholpegel noch ausreichend
und lässt den jungen Phuka zustimmend nicken. „Das wäre
echt Psycho, aber ihm ist diese Art zuzutrauen. Wenn es
etwas Persönliches ist, legt er lieber selbst Hand an. Glaubt
mir, ich spreche da aus erfahrung. Der hat meiner ersten
festen Freundin den Kopf abgerissen und mir vor die Füße
geworfen, weil sie nicht dem vorgeschriebenen Standard
entsprach." er fährt sich mit beiden Händen durch sein
Gesicht und lässt die Finger durch sein glattes Haar gleiten.
Im Nacken verschränkt er seine Fingerknöchel miteinander
und kneift für einen Augenblick seine stechenden
Katzenaugen zusammen. Er schnieft einmal, löst seine
Hände und reibt sich wieder durch sein Gesicht. „Sorry." Uns
beiden entweicht gleichzeitig die Farbe aus unseren
Gesichtern. Uns beiden ist Grausamkeit kein Fremdwort,
doch dieser ist ein manipulativer kontrollsüchtiger Dämon,
der seinen Sohn auf übelster Grausamkeit das Leben zu
wahrhaftigen Hölle macht. Es grenzt an ein Wunder, das er
bisher nicht unter ihm zerbrochen ist. „Es gibt nichts zu
entschuldigen, Levi. Das muss unglaublich schmerzhaft für
dich gewesen sein." Sage ich mit sanfter Stimme und nicke in
die Richtung, in der die Wasserkaraffe steht. Fexiel geht
lautlos zu ihr und füllt Levis Glas mit Wasser auf. „Ist schon
gut." „Ist's nicht. Es wird niemals gut sein, denn ich bin nicht
gut! Wie auch? Ich bin für niemanden gut genug. Meine
Mom hat mich im Stich gelassen, da war ich beschissene fünf
Jahre alt, mein Onkel und meine Tante hassen und mein
eigener Vater verachtet mich. Sag mir also nicht, es wird alles
gut!" „Das ist bitter, man kann sich seine Eltern und Familie
nicht aussuchen. Wie lange lebst du denn bereits allein mit
deinem Vater?" „Hundertvierzehn Jahre." Antwortet er nur

knapp. °*Er ist keine sechs Jahre älter als Kätzchen! Ob er was weiß?*° Seine Stimme klingt nun doch aufgeregt. War er es nicht, der darauf beharrte, dass Widdows Geheimnis in der Versenkung bleiben sollte? Dennoch rede ich weiter. „Nun, mit einem gefühlskalten Eisblock auf Dauer zusammen sein zu müssen, ist sicherlich eine Belastung." Sein bitteres Lachen wird böse. Wütend steht er auf und schleudert das gefüllte Glas zu Boden. „Ich muss ihn ertragen! All seine Folterspiele, dass er mich halb tot liegengelassen hat. Ausblutend im Verlies, als ich siebeneinhalb war! Ich wurde mit Stromstößen gefoltert, musste in der Jauchegrube schlafen und wurde dann in dieses grässliche Internat gesteckt!" brüllt er aus und geht in Richtung meines Erkerfensters. „Sie hat es nie wirklich interessiert! Levi, mein Junge, es ist besser so für dich. Das war alles, was sie mir sagte." Er hält sich an den Gitterstäben fest. Sein Spiegelbild ist wutverzerrt. „Ich hab sogar ihn angefleht. Ihren damaligen oder immer noch Freund. Diesen Uriel. Aber Mutter meinte nur, ich sollte stark sein und hat sich mit dem verpisst, wie könnte ich auch so dumm sein, einen Engel um Hilfe zu bitten. Danach bekam ich die Prügel meines Lebens und wünschte mir zum ersten Mal in meinem Leben, ich wäre wirklich gestorben." Geschockt sehen wir erst uns und dann wieder Levi an, der sich noch immer an den Gitterstäben festhält und nun zu zittern beginnt. „Wieso muss ich das erleben? Wieso musste ausgerechnet ich mit einer beschissenen Seele geboren werden? Was hab ich nur getan, dass ich dieses Leben so gestraft bin? Selbst meine eigene Tante wollte mich töten ..." ich lasse mich von meinen Gefühlen leiten, gehe auf ihn zu, lege eine Hand auf seinen Rücken und spreche ihn sanft an. Umgehend lässt er die Stäbe los, dreht sich zu mir und stürzt bitterlich weinend in meine Arme. „Bitte, du musst etwas machen! Bitte, halt deine Versprechen, Lucifer. Ich habe bereits so viel verloren. Ich brauche einfach ein wenig Hoffnung, dass sich hier etwas zum Besseren wendet. Mir bleibt nur mein Drache und mein bester Freund Milies. Das ist alles, was ich an Familie habe." Zu gerne würde ich ihm das Gegenteil entgegenbringen, doch ich habe ein Versprechen gegeben. So nehme ich ihn nur fester in meine Umarmung und drücke ihn väterlich. „Wann immer du, wen zum Reden brauchst, levi, ich werde für dich da sein. Du bist hier jederzeit ein gern gesehener Gast." Er nickt still gegen meine Halsbeuge und drückt mich ebenfalls. „Danke. Du bist der erste Fürst, der mich so kennenlernt und mich annimmt, wie ich wirklich bin." Behutsam schiebe ich ihn ein wenig von mir und sehe in seine verweinten Augen. „Ich verspreche dir, es bleibt unter uns. Du hast mehr als genug gelitten, Levi."

Dass ausgerechnet Uriel, der Erzengel des Todes und der Zeit, der Vater von Phuka sein könnte, müssen wir beide erst einmal verdauen. Wenn das wirklich der Fall ist, ist unsere Kleine aus einer verbotenen Liebe hervorgegangen. Sollte der Himmel herausfinden, dass ein Erzengel und ein Dämon ein Kind gezeugt haben, ist Phuka nirgends mehr sicher. ... Hat Widdow deshalb so eisern geschwiegen? In diesem Moment empfinde ich das ganze Universum als einen fürchterlichen Ort voller Grausamkeit, Intrigen und Hohn. Alle tragen eine Maske, auf der ein falsches Lächeln gezeichnet ist, nur um nicht die dahinter verborgene Schwäche und Verletzbarkeit offenlegen zu müssen. Ich muss Uriel finden und herausfinden, ob er von alldem weiß.

Meine Bestimmung ist gefunden und ich werde mich von nichts und niemanden aufhalten!

Dämonen mit Seelen, Niwas, die unterdrückt werden und des gleichen mehr. Sie alle sollten ein Anrecht auf ein Leben haben. Mit der Hilfe meines Bruders und der Unterstützung unserer Verbündeten werde ich diese Hölle zu einem besseren Ort machen und hier gewaltig aufräumen. Es gibt keinen Geeigneteren als Fexiel an meiner Seite. Mein Heerführer, mein eiskalter Engel. Hier gibt es genug Seelen, die mein Licht so dringend brauchen ... Ich werde mich dem entgegenstellen, was auch immer in der Dunkelheit auf mich lauern mag. Ich bin bereit. Niemand bekommt mich, Lucifer Lux, jemals zu Fall!

Nachwort

Fortsetzung folgt:

Teil 2

Des Engels Hörner und die Dunkelheit...

Danksagung

Ein besonderes Dankeschön geht an meinen Mann, meine Familie sowie an meine Freunde raus, die mich auf meinem Weg begleiten und mich in jeder Lebenslage bestärken.

Wenn ich Zweifel habe oder ein offenes Ohr brauche, sind sie immer für mich da. Sie bestärken mich und spenden mir neue Kraft. Dank euch bin ich so, wie ich bin: voller Träume, ein bisschen verrückt und voller Mut.

Ein großes Dankeschön geht an all meine Leser*innen auf Chapters. Eure überwältigenden Kommentare dort haben mich bestärkt, Lucifers Geschichte weiter auszubauen und diese Reihe zu verfassen.

Wir sind gerade erst am Anfang seiner Reise angekommen und ich freue mich dieses Abenteuer mit euch gemeinsam hier fortzusetzen.